Les Dix Mille Marches

Lucien Bodard

Les Dix Mille Marches

FRANCE LOISIRS
123, boulevard de Grenelle, Paris

Une édition du Club France Loisirs, Paris,
réalisée avec l'autorisation des Éditions Grasset & Fasquelle

ISBN : 2-7242-6734-6

Pour Marie-Françoise

Avertissement

Ceci est un roman. Certains noms ont été changés, d'autres pas ; certains caractères, certains événements ont été rêvés, d'autres pas... C'est, je crois, le privilège du romancier.

Les noms chinois qui figurent dans ce livre sont, pour la plupart, écrits en pinyin. Toutefois j'ai gardé pour les plus célèbres d'entre eux la transcription ancienne. Ainsi ai-je écrit Pékin plutôt que Beijing, Tchang Kaï-chek plutôt que Jiang Jieshi, Juling plutôt que Ruijin... Question d'habitude sans doute, d'émotion parfois.

L. B.

Chapitre premier

DANS SON PAVILLON de la Cité interdite, auprès des lacs du Sud et de l'Ouest, Mao attend la fin de la nuit. Il gît sur son lit, écoutant l'infinie durée du silence. Chaque seconde lui pèse, chaque seconde qui le rapproche de la mort. Et lui, si indomptable, il tremble.

Il discerne sa femme Jiang Qing dans la pièce, forme immense et maléfique, à la bouche de venin. Avec quel art elle s'est enlaidie : ses lunettes, ses cheveux courts, son costume de prolétaire, le visage et le corps de l'impitoyable pédanterie. Sous ce déguisement, il le sait, elle est la noirceur même. Jadis il l'a aimée, pour sa méchanceté justement, pour sa fureur à glapir les accusations fatales, pour sa joie à accumuler les victimes. Maintenant, dans son agonie, il la craint, cette épouse qui remplit la chambre de sa colère muette. Jiang Qing fait un signe de la main, les hommes de l'unité de police 8341 surgissent près de Mao et le poignardent.

Rampe une aube blême qui sort Mao de son terrible cauchemar. Autour de lui vont et viennent des domestiques, des médecins, tous occupés à l'épier, à scruter ses pauvres gestes à peine esquissés, ses mots qui ressemblent à des râles. Pas de Jiang Qing. Il se souvient que, offusqué par ses requêtes, il lui a ordonné de ne pas se présenter à lui pendant plusieurs jours. On lui sert du thé, il se redresse pour porter la tasse à ses lèvres et boire quelques gorgées qui lui brûlent les entrailles — il ne peut plus rien avaler. Il se sent énorme, gonflé de partout, une gigantesque baudruche, ses traits se sont encore plus enlardés, ils sont désormais exorbitants de graisse. Généralement la maladie amaigrit mais lui, elle l'enfle, son ventre est une montagne où les intestins se nouent en un tas grouillant.

Mao ferme les paupières, sa carcasse le dégoûte, cette carcasse qui a été si solide à travers épreuves, défis et guerres. À peine avait-elle été assaillie par des fièvres bizarres pendant les marches à travers les jungles et les marais, mais elle se remettait rapidement pour qu'il puisse vaincre, vaincre sans cesse. Désormais elle le trahit, elle se défait dans les sursauts de cette infirmité que les Barbares appellent le mal de Parkinson.

La Camarde l'assiège. Mais l'âme, elle, demeure forte. C'est sans appréhension que Mao voit s'approcher l'instant de son dernier souffle. Il est l'empereur rouge mais à la différence de Qin Shihuangdi, le premier dynaste, il ne rêve pas de commander au temps, il ne désire pas l'éternité. Le souverain mythique avait cherché l'immortalité en de longs voyages à travers la Chine, et puis, accablé, il avait voulu figer le monde avec lui, autour de lui : on l'avait enseveli auprès d'une armée de pierre. Mao, lui, sera seul, dissous dans le néant où aboutissent toutes les créatures. Il n'éprouve pas vraiment d'angoisse devant cette fin : il n'y a pas de dieux, il n'en est pas un. Mais peu lui importe. En ces moments, il fleurit d'une pensée satisfaite, sa vie aura été prodigieuse. Qu'un individu comme lui, d'origine médiocre, ait subjugué en un règne absolu tant d'êtres, un milliard d'hommes et de femmes, lui apporte réconfort et chaleur : il a été grand. Il ne se souvient plus guère de l'enchaînement des épisodes qui l'ont amené à une telle puissance, cependant il est sûr que jamais il ne s'est essentiellement trompé. Jamais il n'a agi par égoïste ambition, son aiguillon a été la haine des fléaux qui dévorent le peuple. Sans hésiter il a massacré tous les suppôts de l'infamie, tous ces riches, tous ces bourgeois, tous ces stipendiés qui écrasaient les humbles. Bienheureux carnage !

À cet hymne dont il se repaît se mêlent toutefois des regrets, car il a échoué dans son dessein ultime. Le triomphe du communisme ne lui suffisant pas, Mao avait été saisi d'une ambition quasi métaphysique. Comme tous les génies de la Chine, comme tous les esprits supérieurs qui, dans le mépris des recettes de la sagesse confucéenne, s'élançaient sur la grande voie du tao, Mao essaya de changer la nature humaine. Il voulut répandre sur elle l'élixir de la félicité par la négation du moi. Que les individus ne soient plus emportés par l'instinct, par l'ardeur des passions, des désirs, des angoisses, que soient éteints les sentiments qui révulsent et les pensées qui tourmentent, que disparaissent l'amour et l'amitié qui ne sont que des pièges, que soient abandonnées la science et la connaissance qui déchaînent l'orgueil et n'apportent que de vaines solutions, que toutes les identités se fondent en une seule. Si tout cela est accompli, il n'y aura plus de souffrance, il n'y aura plus de mort. Fini le gouffre de l'inconnu, la mort est une illusion si le trépassé se perpétue à jamais dans le peuple, faisceau de la vie unique gouverné par l'unique pensée de Mao, la pensée du monde. Hélas, Mao a failli. Impuissant son dessein, impuissante sa mystique, l'humanité a regimbé. Elle s'est débattue, elle a refusé de s'anéantir dans le non-être du paradis rouge, elle a croisé les bras et les récoltes n'ont pas poussé. Il en est résulté la famine, des meurtres, le chaos — tant de cadavres marqués par la mort noire, la mort réactionnaire... L'humanité est demeurée vile, soumise aux fausses joies cachant douleurs et trahisons, et Mao lui-même n'est plus qu'une loque, bientôt la proie de la triomphante mort.

Du décès de cette loque la nature s'est pourtant émue. Tout près de Pékin l'enfer a explosé. Des profondeurs de la Terre est montée une rumeur, des crevasses ont fendu le sol, des laves se sont répandues à travers villes et contrées, des montagnes se sont écroulées, des flots se sont rués en vagues immenses. Ce hurlement de l'insondable, ce ne pouvait être qu'une prophétie fatale : le président Mao allait mourir. Ainsi du moins l'ont compris les masses.

Année 1976, année des échéances. Ce ne fut pas Mao, ce

fut Chou En-lai qui s'éteignit le premier, après une longue course entre les deux géants condamnés par la maladie, entre un Chou En-lai mangé vif par un cancer et un Mao au sang asphyxié, qui s'épiaient l'un l'autre pour deviner lequel franchirait le premier la porte du vide. Avec Chou En-lai, Mao perdait le prince, le mandarin, le charmeur qui, ces dernières années, avait assumé les fatigues du pouvoir pour lui : maigre, le sourire creux, envahi par les cellules mortifères, Chou En-lai s'obligeait à trouver des forces pour être encore et toujours l'instrument d'un Mao épuisé qui reposait sur sa couche entre sommeil, rêverie et réveils plaisants.

À sa mort Mao n'éprouva aucune peine — il n'avait de peine pour rien ni personne — et pourtant Chou En-lai était son double. Mao lui devait beaucoup : il avait été fidèle, même pendant la Révolution culturelle. Après les destructions, Mao accepta que ce grand commis toujours déférent prêche un message réparateur, essaie de guérir la Chine. Et il se trouva que Chou En-lai, ce Mercure de toutes les besognes, qui avait su être cruel mais qui avait su être bon, fut à sa mort pleuré. Si intense avait été l'affliction qu'il avait fallu en réprimer l'excès, faire tirer sur la foule, tuer.

Le trépas de Chou En-lai avant le sien décida Mao à jouir de son prolongement de vie. Vainqueur du marathon mortuaire, le caprice lui vint de s'occuper de sa succession. Aimable distraction, un chatouillis délicieux... Comme si on pouvait lui succéder !

Il se moque, il s'amuse et même il ratiocine pour mieux semer la confusion. Il ouvre les yeux, il tend l'oreille, il observe les agitations craintives autour de lui, les intrigues dérisoires et féroces qui bouillonnent à son chevet. C'est l'éclosion des ambitions purulentes. Ragaillardi, mais accentuant son personnage de moribond, il regarde toutes ces créatures lamentables surveiller les mouvements de ses lèvres, attendant la phrase qui intronise. Il prend soin de n'émettre que des mots vagues, contradictoires, pâture que s'arracheront les candidats, chacun les interprétant à son avantage. Déjà la curée.

Jiang Qing est la plus avide. Sa joie ululante à la mort de

son vieil ennemi Chou En-lai… Jiang Qing, l'imbécile qui se voit souveraine de la Chine. Elle ne cesse de se comparer à l'impératrice Wu, une femme terrible qui avait broyé mari et enfants pour tenir seule un sceptre de sang. Cette énorme prétention n'a pas vraiment fâché Mao, mais il fait semblant d'être courroucé et quelquefois il interdit sa porte à son épouse. Quand elle n'est pas là, il la vilipende en petites phrases qui lui sont aussitôt répétées : elle est revêche, cupide, insatiable, ingrate, idiote… En fait il lui est suffisamment attaché pour se délecter à préparer le piège où elle tombera dès qu'il aura expiré.

Jiang Qing mène la traque avec trois dogues, Zhang Chunqiao son amant, Yao Wenyuan et Wang Hongwen. La Bande des Quatre… Ils sont — s'en rendent-ils compte ? — eux-mêmes pourchassés par les dignitaires du Parti, êtres cauteleux, faux, pourris d'avidité et suant la peur, vieillards aux faces tavelées, racornies, courtisanes, vers de terre qui en leur sénilité veulent être dragons. Que tous pourtant soient prudents : Mao peut s'irriter de leur outrecuidance et, par un dernier décret, les envoyer dans la grotte de l'au-delà.

La lumière maintenant inonde la chambre et donne à Mao une sorte d'alacrité. Chaque journée commence par la même cérémonie. D'abord l'irruption des médicastres qui le tâtent, l'auscultent, prennent sa tension et son pouls. De leurs lèvres prudentes ils prononcent toujours le même diagnostic favorable : les artères se décrassent, le cœur est solide, le président Mao se rétablit. Lequel oserait émettre un verdict néfaste ? Puis entrent des femmes. Elles récurent sa vieille chair, cet épanchement gras, mou, elles le lavent, le coiffent, le purifient. Son corps impose ses lois, il faut soulever Mao, glisser sous lui un bassin et l'empereur fait des efforts pour lâcher sa sublime crotte et quelques gouttes de son divin pipi. Parfois le maître de la Chine rouge n'a pas été le maître de ses excréments, il s'est souillé, on le lange. Jiang Qing a prétendu procéder elle-même à ces soins et Mao lui a jeté : « Pas vous, vous êtes trop desséchée, vos mains me blesseraient. Je veux des mains jeunes et tendres. » Et désormais ce sont de charmantes camarades, radieuses et appliquées, qui nettoient Mao.

La volupté... Selon l'antique tradition, Mao a longtemps pensé que le contact de chairs nacrées, irisées, serait pour lui un excellent remède. On garnissait donc son lit d'adolescentes nues. Entassement, amoncellement de filles qui paraissaient sortir de peintures galantes, filles dociles, émerveillées de complaire à Mao. Il se délectait à regarder leurs gorges naissantes, leurs toisons légères, elles le caressaient, son membre durcissait un peu, cherchait à pénétrer une vallée des roses. Cela jusqu'au jour où Mao dans l'effort s'épuise. Il lui semble que ses poumons éclatent, qu'il meurt. À peine revenu à lui il expulse les fées thaumaturges, il n'aura plus que des infirmières. Mais, avec persévérance et perversité, il éloigne toujours davantage Jiang Qing de lui.

Jiang Qing se ronge, redoutant qu'au chevet de Mao ses ennemis se prodiguent en ruses et en calomnies. Comme chaque fois qu'elle est contrariée, elle est souffrante, la bile l'envahit, son visage devient un eczéma, ses paupières des sanies. Mais chez elle le désespoir cède toujours à la volonté de revanche et c'est alors qu'elle abonde en stratagèmes. Que n'imaginerait-elle pas ? Elle s'avise d'une messagère, une des égéries qui ont satisfait la luxure de Mao, la seule qui a eu le privilège de rester dans ses bonnes grâces. Loin de lui reprocher des étreintes qui auraient pu lui être fatales, celle-là, cette petite fleur-là, Mao la chérit et souvent la réclame : elle est sa favorite, sa fauvette, dit-il, qui le charme de son gazouillis. Cet oisillon, Jiang Qing le fait quérir et l'agrippe de son sourire impérieux. La délicieuse n'aime pas, mais comment refuser d'obéir ? À la première occasion, elle répète à Mao le discours qu'elle a dû apprendre par cœur : « Jiang Qing m'a chargée de vous avertir... Comme toujours vous êtes trop bon, de mauvaises gens profitent de votre faiblesse, autour de vous pullulent les “ droitiers ”, les réactionnaires, les traîtres qui veulent détruire votre œuvre. Ils la détestent, elle Jiang Qing, parce qu'elle est votre disciple, nourrie de votre vérité. C'est un complot, écrasez ce nœud de serpents. Jiang Qing m'a cité des noms... »

Mao éclate de rire, il se trémousse, son gros ventre ballotte : « Arrête, petite concubine. Elle se sert même de toi. Je reconnais bien là mon épouse. » L'impudence de Jiang Qing le réjouit et il juge la scène digne d'un de ces romans anciens qu'il apprécie tant : le vieux roi se délecte avec une jouvencelle et l'épouse fait entendre sa voix par le truchement de la gamine de volupté.

C'est la nuit suivante que Mao a vu Jiang Qing ordonner son assassinat. Et le lendemain, sa toilette terminée, il se persuade qu'il vaut mieux l'affronter en chair et en os plutôt que d'être hanté par son image. Il se décide à la mander auprès de lui et il l'accueille avec amitié :

— J'ai appris avec peine que tes malaises étaient revenus, mais tu as l'air mieux. Je m'en félicite. Tu me survivras longtemps, et quand tu auras cessé de me pleurer, tu seras une veuve heureuse.

La figure de Jiang Qing s'est rétrécie, elle jappe :

— Je continuerai votre œuvre.

Mao feint de ne pas l'entendre :

— Dis-moi, toi qui as été mon âme, qui dois-je désigner pour successeur ?

— Je vous l'ai déjà dit, Zhang Chunqiao.

— Ton amant ?

— Il ne l'est plus guère.

— Il est ton mentor, c'est pire.

Depuis longtemps, Mao et Jiang Qing n'habitent plus ensemble. Jiang Qing s'est installée avec sa cour à la Terrasse des Pêcheurs, dans une demeure calme, sans pourpre ni majesté. Dans son bureau, elle rédige textes et proclamations pour les nombreux meetings qu'elle tient à travers le pays, célébrant Mao et se déclarant son premier disciple. Le reste du temps, elle jouit de l'existence. Telle l'impératrice régente Ts'eu Hi, elle se livre à tous les plaisirs : l'art, la musique, composer des opéras, se nourrir des mets les plus fins, se donner à la volupté — des passades avec de beaux jeunes gens et sa liaison avec Zhang Chunqiao.

Mao est comme une énorme vomissure de lui-même, mais

dans ce délabrement son esprit est resté terrible. Il regarde Jiang Qing avec une raillerie bonne :

— Ce Zhang Chunqiao est une brute, capable de te trahir. Prends garde, un jour tes molosses te déchireront.

— Je m'en débarrasserai le moment venu.

— C'est vrai... Tu veux continuer ma révolution... Mais moi, moi, tu entends, je l'ai ratée. Alors ce n'est pas toi, même en prenant mes défroques, qui vas la réussir. Ma pauvre Jiang Qing, après moi, ne restera à prendre qu'un pouvoir médiocre.

Mao s'octroie le plaisir de méditer un peu. S'il a survécu, s'il s'est imposé dans sa gloire, c'est que mieux que tous il a pratiqué les exterminations nécessaires. Là était son talent. Dans cette œuvre de destruction, Jiang Qing l'a aidé : elle est douée pour le sang. Elle a aussi appris que le pouvoir recèle un cratère dévorant, qu'à cause de lui les alliances anciennes, les compagnonnages, les combats passés, les tâches autrefois accomplies en commun finissent en raisons impératives de s'éliminer. Tous sombrent, il n'y a qu'un vainqueur... Et encore... Même lui, Mao, au comble de sa puissance on a tenté de le tuer. Quant à Jiang Qing qui se dit son élève, c'est une élève incapable : charmer, s'offrir, massacrer, ce n'est pas assez. Elle a beau se parer de ses trophées, chevaucher les hécatombes, il lui manque le génie de l'État, de la chose publique. Elle ne connaît pas les lois du gouvernement ni celles de l'intrigue décisive où l'on soulève à son profit les passions des hommes et bientôt elle sera broyée. Idée séduisante... Plus que jamais Mao est résolu à manœuvrer Jiang Qing. Il la détrompe à moitié, pas tout à fait, qu'elle s'égare dans ses chimères !

Des jours passent. Mao décline lentement. Il se met à maigrir, son trop-plein de vapeurs et de mauvais liquide, son obésité visqueuse semblent s'écouler hors de lui. Et plus il se détériore, plus il s'engourdit dans les ténèbres de sa matière putride, plus il s'abîme dans son crépuscule, plus ses poumons sifflent, plus il bave et frissonne, plus une immense crainte, plus un immense respect l'entourent.

Désormais, chaque matin, Jiang Qing arrive de bonne heure auprès de Mao. Un jour elle trouve toute la petite assemblée figée dans le silence. Mao est totalement inerte : a-t-il rendu l'âme ? Personne n'ose s'en assurer tant la peur tient les gens ; et s'ils se trompaient ? Quel crime cela serait d'avoir pris une somnolence pour la fin du héros ! Mais Jiang Qing pousse un cri et un sanglot lui étreint la gorge. Aussitôt Mao remue, ouvre les yeux, se dresse sur son séant.

— Alors, Jiang Qing, tu as cru que j'étais parti pour les Fontaines Jaunes ? Pourquoi pleures-tu ? N'est-ce pas ce que tu souhaites ?

Mao arrive à ricaner, sa figure se transforme en gargouille de la joie et il fait un geste pour chasser l'assistance :

— Laissez-moi avec Jiang Qing. Nous avons à parler.

Tous se retirent, la gueule chafouine, dévorés de l'envie de savoir ce que ces deux-là ont à se dire. Ces deux-là... Une fois seuls, Jiang Qing assène à Mao qu'elle l'aime. Et Mao ricane encore.

— Notre amour ? L'amour qui a rempli notre vie ? Venons-y. Il y a longtemps, très longtemps, tu m'as envoûté. Et je t'ai épousée malgré ta réputation et contre l'avis des grands camarades. Mais nous n'avons jamais roucoulé, nous baisions.

— Je me suis efforcée d'être digne de vous et de votre pensée.

— Digne de moi ? Comment digne de moi ? En bonne pute et puis en bonne intrigante. Ça je le reconnais, tu résistes à tout, aux exils, aux disgrâces, aux insultes. Je t'ai trompée, je t'ai chassée, tu t'es toujours accrochée. Et aujourd'hui tu es encore là à me jauger, à te demander comment utiliser mon cadavre au mieux de tes intérêts. Tu as tout préparé avec tes ruffians. Mais ce n'est pas parce que nos corps se sont beaucoup frottés que je t'ai communiqué le secret d'être un autre Mao. Et cela ne t'autorise pas à me parler de ton amour.

— Je veux avant tout que vous soyez le seigneur des Dix Mille Années.

— N'aie crainte, mon jour est marqué, tu seras bientôt ma veuve et moi, de mon néant, je te regarderai avec haine.

— La haine, vous n'avez que ce mot à la bouche.

— Je t'ai toujours enseigné que si notre couple avait résisté à tant de traverses, c'est que nous étions attachés l'un à l'autre par une détestation de la meilleure qualité. Notre amour, comme tu dis, a été forgé dans le métal solide d'une mutuelle exécration. Tu m'as été utile et je t'ai été utile. Lorsque je serai mort, nous nous haïrons toujours et je te servirai toujours.

— Je vénérerai votre mémoire.

— Que non ! Tu seras au comble de l'allégresse et tu t'empareras de ma dépouille. Rapidement tu hurleras : « Mao est mort, je suis Mao. » Dégoûtante nécrophagie. Mais prends garde, mes âmes mauvaises rôderont autour de toi.

Jiang Qing fait front avec la dignité qu'elle atteint parfois, grande dame brûlante de passion, fière et douloureuse :

— Président Mao, vivez toujours et je serai toujours à côté de vous, votre élève. Et quand plus tard, bien plus tard, vous disparaîtrez, je serai l'unique personne à pouvoir prolonger votre pensée. Depuis que j'ai partagé vos tâches, le peuple entier me connaît et m'aime. Outre les masses, j'ai avec moi le parti, l'armée, la police. Ne se dressent contre moi, c'est-à-dire contre vous, que quelques rebelles.

— Ma pauvre Jiang Qing, tu crois avoir beaucoup de partisans. C'est faux. Tu vas chez les paysans et tu leur parles comme si tu étais moi, mais le peuple qui simule l'enthousiasme ne s'y trompe pas. Tu n'es qu'une vieille épouse ambitieuse qui se pousse du col, une effrontée.

— Je procède de vous, je suis votre reflet.

— Tu t'abandonnes à une vie luxurieuse. Vous êtes

grotesques, toi, tes sbires et ton singe dont il faut embrasser le derrière. Quoique cet animal te représente bien, guenon qui ne se sert plus, dis-tu, de son derrière simiesque, guenon qui clame à tous vents qu'elle est Mao.

— Je dis seulement que je suis votre disciple.

— Mon disciple. Mon disciple. Ce mot, c'est ton escabeau. Et tu crois avec ça grimper au faîte de la puissance. Tu te conduis comme une dévergondée, tu dépenses trop d'argent. Tu dois à l'État et au peuple des millions de yuans.

— Quelques milliers.

— Je t'ai assigné une trésorière et je t'ai ordonné de lui soumettre tes dépenses.

— Elle me chipote sur tout. C'est une de vos anciennes favorites, elle me déteste.

— C'est une excellente communiste et tu lui présenteras tes comptes. Elle les examinera comme je le lui ai demandé. Quel est le montant de ta dette ?

— Huit mille yuans.

— Je vais t'en faire verser dix mille, ensuite, sois économe. Est-ce que je gaspille, moi ? Je croyais t'avoir inculqué la parcimonie. Et te voilà ridée et prodigue. Que de fois pourtant je t'ai recommandé de ne rien dilapider, ni l'argent, ni tes moyens, ni tes forces. Tu auras besoin de toutes tes ressources si tu persistes dans tes desseins. Maintenant, va-t'en, tu me fatigues.

Quelle dérision que ces disputes pour quelques yuans alors que la Chine entière est en jeu. Une partie extraordinaire commence, le Céleste Empire dans la beauté de ses plaines, de ses montagnes, de ses fleuves, de ses côtes est à prendre, le Céleste Empire, cette civilisation raffinée et tumultueuse, ce trésor reviendra à qui aura la meilleure martingale et le couple impérial radote griefs et rancunes sordides, se galvaude en scènes de ménage.

Que va faire Mao ? Jiang Qing est folle d'inquiétude. Elle connaît trop cette brave face, ces discours médiocres qui dissimulent des cheminements tortueux. Imprévisible, indéchiffrable Mao. S'il pouvait crever, qu'enfin elle brandisse son linceul en guise de drapeau !

Elle interroge Zhang Chunqiao. Selon lui, Mao se donne du bon temps avec elle, il fait le galopin, mais il est trop revenu des choses pour prendre la peine de la détruire. D'ailleurs ces disputes sont rassurantes : Mao baisse. Tout ce dont il est capable, c'est de clabauder, de remuer les lèvres dans un clapotis à peine hostile, résidu d'une conjugalité épuisée. Il est ramolli, réduit aux criailleries et aux argumentations du faible. L'essentiel, conclut Zhang, c'est de ne pas se laisser démonter et d'appliquer les plans prévus. Cet homme ordinaire, ce vieux, ce gâteux ne peut plus rien contre elle. Et puis, sait-on jamais, il tient peut-être à elle.

Et Mao dure... Il connaît des jours fastes et des jours néfastes, comme s'il dépendait d'une déesse humeuse de mort mais fantasque et peu pressée. Parfois il se porte mieux, beaucoup mieux. Ses yeux brillent de malice, sa voix est moins râpeuse, il dit qu'il n'a que quatre-vingt-trois ans et qu'il peut résister encore des années. Mais la plupart du temps il est enfermé en lui-même, en son trépas imminent. Dans l'obscurité de la chambre on distingue mal l'outre dégonflée de son corps et la médaille concassée de sa figure. Quelquefois il pousse des cris, il s'agite comme pour échapper à la Parque qui étend sa main vers lui. Et il rétrécit toujours. Lui qui ressemblait en la force de son âge à une femme suiffeuse est désormais une vieillerie cuite dans son jus, couleur safran, et qui se déchiquette. Il n'est plus ni mâle ni femelle, c'est une ruine indifférenciée.

Arrive le jour où la douleur tord cette décomposition. Les médecins, plus effrayés que jamais, lui font une piqûre, le massent, et Mao revient à lui. Par quel miracle ? De longues minutes, il regarde l'assistance, Jiang Qing, ses enfants, les grands cadres, et soudain il articule :

— Vous êtes tous là ? Écoutez-moi... Je vais vous indiquer mes volontés et mes choix. Vous êtes mes dignitaires aimés et mes familiers, les meilleurs hommes et femmes de Chine. Je veux qu'après moi vous vous associiez en un Conseil suprême, imprégné de ma mémoire, où régneront l'enthousiasme et l'harmonie. Il sera constitué de camarades d'âges et de mérites variés, de sorte que les capacités s'ajusteront et se compléteront pour le bénéfice du peuple. Je pense à un directoire de cinq ou six membres...

Mao scrute les visages des prétendants. Ils font cercle autour de son lit, crispés, muets, intenses, et tous sont laids. D'affreux petits bonshommes qui ne parviennent pas à réprimer les signes de leur convoitise, les tics, les rictus minuscules, les battements de paupières. Des cochons... La répugnance étreint Mao.

— Je ne sais plus si mon projet est bon. Je vous contemple et je me dis que vous ne manquerez pas de vous empoigner et d'entraîner la Chine dans les plus grands désordres. Vous êtes des nabots et la somme de vos nullités hargneuses sera une catastrophe. Vous saccagerez mon œuvre...

De nouveau la longue somnolence où pèse l'angoisse et que traversent de sombres visions. Une mélancolie noire envahit Mao, la grande peur. N'existe-t-il pas des dieux qui le jugeront, un enfer où il sera plongé ? Superstitions infâmes... Il ne trouvera que le vide. Et que lui importera sa légende, sa superbe légende, le culte qu'on lui rendra, si on lui en rend un ? À quoi lui aura servi son génie ? Vanité des fastes, ceux de la Révolution, ceux de la gloire. Futilité des honneurs funéraires, illusion de la renommée. Combien de temps faudra-t-il pour qu'on l'oublie ? Question dérisoire. L'avenir de cette Chine qu'il a façonnée — mal, si mal — lui est indifférent dès lors qu'elle ne sera plus vivifiée par son souffle : l'univers n'est qu'un songe, seul compte d'avoir été aimé, de l'être encore, d'aimer soi-même.

Il n'a que Jiang Qing, il n'y a plus qu'elle, ses anciennes épouses, ses amantes ont disparu dans le sillon du temps. En son naufrage, Mao est saisi d'un extraordinaire élan vers elle ; si mauvaise soit-elle, elle est sa compagne. Mais comment protéger cette furie ? La consacrer ? Ce serait la pousser à sa ruine, car elle voudra happer la lune. L'abaisser pour son bien ? Mao n'en a pas le courage... Incertitude, embarras. Quoi qu'il décide, elle ne renoncera jamais, elle jouera son va-tout, et elle perdra.

Enfin il est résolu. Il convoque tous les dignitaires de premier rang, y compris Jiang Qing. Mao considère son épouse et elle jette sur lui un regard froid, comme pour renfoncer dans sa gorge l'annonce qu'elle craint — elle a deviné qu'il ne la désignerait pas. Sans ciller, Mao soutient l'éclat des yeux de Jiang Qing, ensuite il tourne la tête de gauche à droite, de droite à gauche, s'arrêtant sur chacun des assistants, le nommant et le remerciant.

Il y a dans cette assemblée une sorte de gnome, une crevure sans prestige du nom de Hua Guofeng. D'un geste il signifie à cette raclure d'approcher :

— Hua, tu n'es pas un héros mais de tous les grands camarades, tu es le plus dévoué. Je t'avais nommé gouverneur de ma chère province du Hunan et tu as su transformer ma maison natale en un sanctuaire où sont accourues les foules. Tu ne t'es jamais égaré dans des ambitions perverses, ton obscurité est preuve de vertu. Tu seras le gardien du drapeau rouge.

Un silence fantastique s'est abattu sur la chambre. On entend vibrer la lumière du dehors, on entend l'émoi de l'assistance quand Mao annonce que Hua lui succédera à titre provisoire jusqu'à ce que le peuple se prononce sur ses mérites. Comment ? Mao ne le précise pas. Il se borne à murmurer à Hua :

— Avec toi, je suis tranquille. Je peux partir en paix. Ma femme...

Là-dessus, il ordonne qu'on lui apporte son écritoire. Péniblement il parvient à s'asseoir, à tendre une main informe et rêche, à se saisir du porte-plume et, tout tremblant, il s'efforce de tracer des caractères. Il est pitoyable ce géant qui essaie de rédiger son testament, ce merveilleux calligraphe qui ne peut plus écrire. Et il persévère, et il se débat, secoué par la toux. Des gouttes de sueur coulent de son front, son visage est tordu d'épuisement, enfin il dessine quelques gribouillis et lâche le porte-plume. L'encre se répand sur les draps, lie noirâtre, un dégueulis de choléra. Mao hoquette, reprend son souffle et commande à Hua de lire le texte. Scène lamentable, ridicule : Hua est incapable de déchiffrer ces souillures et ces embrouillaminis et Mao, qui ne comprend pas, se moque :

— Mon pauvre Hua, tu ne veux pas du pouvoir ?

Éperdu, Hua se frappe la poitrine et se met à remercier Mao en proclamant son indignité et sa surprise. L'aréopage s'ébroue d'approbation et Mao sourit devant ce piètre étalage. Soudain un cri, un hurlement. Mao tressaille et congédie l'assistance ; l'heure est venue de la grande explication avec Jiang Qing, la harpie.

Elle est là, face à lui, et elle écume, elle glapit, elle glapit toujours, comme si elle ne pouvait s'arrêter. Sa colère, dans son intensité, est devenue vulgaire. Les yeux injectés, poings sur les hanches, elle a retrouvé l'accent épais de sa province, mégère qui coasse, charriant ordures et insultes :

— Mao, vous êtes un imbécile et vous aimez les imbéciles. Vous avez choisi un idiot, un crétin qui vous trompe. Vous êtes sénile. Mais je ne me laisserai pas faire. Je sauverai votre mémoire et votre héritage.

Sans doute le dernier tête-à-tête... Sur le visage de Mao s'est répandue une douceur songeuse, mélancolique, la suavité du désir et du regret. Jiang Qing reste dressée, défiante, grondante d'invectives. Mao tend les bras vers elle, il veut l'enlacer, il ne brasse qu'un vide empli de vociférations. Enfin il la supplie de se rapprocher et Jiang Qing s'avance un peu. Dans un effort pathétique, Mao lui frôle la hanche. À ce contact pourtant si léger, elle sursaute, recule, se campe hors de portée du moribond. Et Mao est pris d'une hantise, lui confier les sentiments nouveaux qui s'épanouissent en lui comme une moisson d'avant-tombe :

— Jiang Qing, bientôt je ne te verrai plus et c'est désormais mon seul chagrin. Je ne pense plus qu'à notre bonheur ancien, à notre rencontre, à notre joie : tu étais si belle et si ardente quand tu caracolais à mes côtés. Oh, Jiang Qing, qu'il m'est dur de te laisser ! L'idée que tu seras puissante et honorée est ma seule consolation.

Jiang Qing l'a écouté avec mépris, la figure labourée par l'exécration. Une répugnance coule d'elle :

— Vous m'aurez tout fait, jusqu'à la comédie de l'amour, vous qui récemment me félicitiez de ne pas avoir roucoulé avec vous, vous qui me vantiez la qualité de notre haine. Et maintenant vous voilà joli cœur pour couvrir la plus ignoble de vos perfidies.

— Essaie de comprendre, Jiang Qing. Si je t'avais conféré le grand pouvoir, les intrigues et les complots auraient déferlé contre toi. Tes ennemis répètent partout qu'ils ne veulent pas de ma putain à la tête de l'État, pire, de la putain de la Bande des Quatre. J'ai désigné Hua pour que tu puisses franchir ces écueils. Il est loyal et, quelques mois après mes funérailles, quand les passions se seront calmées, il se dessaisira du pouvoir pour te le remettre, ainsi que je le lui aurai prescrit avant d'expirer. Tu n'auras qu'à attendre dans le deuil et la dignité.

— Toujours vos finasseries, vos ruses et vos manèges. Vous seul pouviez m'introniser et vous ne l'avez pas fait. Je ne vous le pardonnerai jamais.

Mao lui sourit. D'un sourire qu'elle ne lui avait jamais vu, un sourire de compassion et de miséricorde qu'elle hait.

— En mes derniers jours, je te le répète, je ne pense qu'à toi. Tu es ma vie, ce qui me reste de vie, et je manœuvre malaisément pour te porter à la toute-puissance.

Jiang Qing ne l'a même pas entendu. Mao a toujours son sourire de grâce :

— Je te consacrerai mais, sache-le, tu seras seule. Il faudra que tu te hisses jusqu'à la cime de la grande et belle Révolution, que tu me dépasses. Sinon, tu dégringoleras des sommets et tu ne seras qu'un corps fracassé, rompu, au fond des abîmes. On ne te tuera pas parce que tu portes mon nom, mais tu souffriras les longues prisons, les insultes et les crachats. Jiang Qing, je veux t'éviter cela...

— Je vous maudis. Vous ne me verrez plus.

Peu après Jiang Qing quitte Pékin. Elle s'en va au loin, vers la montagne. Là elle dispose d'une résidence digne d'elle, une série de palais aux tuiles vernissées, aux colonnes rouges, aux pilastres dorés, gardés par des lions de pierre... Sa Cité interdite, où elle est impératrice, où elle pourra préparer son coup d'État, puisque Mao l'y accule. Cette demeure est aussi une forteresse. Elle y a envoyé Zhang et ses acolytes avec une escorte armée, des hommes sûrs, des miliciens qui, par le passé, ont accompli des missions sanglantes pour la Bande des Quatre. Déjà ils ont pris position sur les enceintes. D'autres hommes, les vétérans de toutes les ruses et de toutes les fidélités, sont cachés dans les jardins. À l'intérieur glissent les ombres des vigiles. Toutes ces précautions ! En ces jours incertains, Jiang Qing redoute l'assassinat prédit par Mao. Tant de gens doivent vouloir la faire tuer ! Et d'abord Mao lui-même. Et s'il ne supportait pas qu'elle règne après lui ? Et s'il ne tolérait pas qu'elle le surpasse ? Et s'il déchaînait l'apocalypse dans un dernier délire ? Elle craint aussi Hua Guofeng, une limace à la bave empoisonnée — il fallait qu'il fût capable de tout pour avoir plu à Mao ! Et elle en craint tellement d'autres qui, derrière leur masque bienveillant et soumis, cachent des intentions hostiles. Mao ne se trompe pas : la Chine est déjà une forêt de conspirations.

C'est la fin de l'été. Le flamboiement de la nature trouble Jiang Qing, sa torpeur l'oppresse : dans cette luxuriance écrasante elle discerne le dépouillement à venir, l'épuisement de la sève, la prochaine nullité du monde. L'accablement règne comme un sommeil exaspéré. La végétation d'un vert presque noir, laqué, est figée dans une pesanteur sombre, frondaisons et ramures immobiles, sauf quand claque une rafale de vent venu d'on ne sait où. Alors, quelques instants, le paysage danse... Et puis tout retourne à la léthargie. Il semble que l'univers cuve la chaleur qui va disparaître. Le soleil arde dans un ciel d'un bleu foncé et cependant fragile, de la couleur de certaines porcelaines sur le point de se briser, bleu trop pur, bleu cruel. Les premières feuilles châtiées, enroulées sur elles-mêmes, amarre rompue, planent jusqu'à la terre desséchée. Août est un mois funèbre.

Mais Jiang Qing se reprend : pourquoi songer à la mort quand la fortune est là ? À elle bientôt ces villages en pisé, ces hommes qui travaillent dans les champs. À elle ces collines qui s'ébauchent, s'amplifient, s'accolent, s'accouplent. À elle les buissons de rhododendrons, à elle la sylve de résineux, leurs fûts élancés, leurs aiguilles, leur senteur poivrée. À elle la Chine.

Dès son arrivée, Jiang Qing s'enferme dans sa chambre. Zhang Chunqiao surgit, elle le chasse après lui avoir jeté que Mao a remis le pouvoir à Hua Guofeng et que c'est sans importance. Et elle rit, elle rit, la guerre commence. Une fois seule, elle met un disque et retentit l'*Hymne à la joie* de Beethoven, des accents somptueux qui l'entraînent dans un sillage de gloire et de bonheur. Rêve. Exaltation. Fièvre. Jamais elle ne s'est sentie aussi sûre d'elle et, dans sa force et sa certitude, elle convoque en imagination les grandes reines de l'Histoire. Curieusement elle ne fait pas venir Wu ni les souveraines chinoises, trop féodales, vieilles de trop de siècles, trop mythiques et sentant trop la Chine. En cette heure de liesse Jiang Qing veut auprès d'elle des créatures qu'elle juge plus attrayantes, plus romantiques, Élisabeth Ire d'Angleterre, Catherine II de Russie et surtout Christine de Suède, toutes souveraines qu'elle connaît essentiellement par le cinéma et dont elle apprécie la prestance, les attraits, l'audace et ce charme que donne le crime. Christine surtout lui plaît, la Christine incarnée par Greta Garbo, avec ses pommettes saillantes, sa figure creuse, sa voix envoûtante. La grandeur de Christine... Certes Jiang Qing a fait exécuter ses anciens amants, si nombreux. Mais c'était par calcul politique, par nécessité. Christine, elle, s'est offert le plaisir du caprice absolu, de la complète désinvolture : cette façon de commander le meurtre de son écuyer Monaldeschi, ouvertement, somptueusement, en terre étrangère... Qu'il soit poignardé devant elle, plaisir fou, hautain, admirable. Il est étrange qu'elle ait renoncé au trône. Régner l'ennuyait-elle ? Elle préférait s'entretenir avec les philosophes et les théologiens de l'époque. Orgueil splendide, orgueil au-dessus du sien, car elle, Jiang Qing, le pouvoir, elle le veut, elle va le prendre, demain, après-demain, à n'importe quel prix. Et elle le gardera.

Elle fait appeler ses trois dogues pour un conseil de guerre. Brièvement elle expose la situation : le gâtisme de Mao, l'imminence de son trépas, la probable traîtrise de Hua Guofeng, il faut vérifier le dispositif. Devant eux une table couverte de dossiers et, sur les murs, des cartes où le nom de certaines villes est souligné en rouge. Des discussions furieuses, des phrases hachées, des décisions, des ordres transmis par un émetteur radio. Borborygmes des réponses. La conversation métallique dure presque toute la nuit, sons nasillards qui commandent la destinée de la Chine. Tout est favorable, tout est prêt. La Bande des Quatre peut compter sur les grandes villes, sur Shanghaï et sur Shenyang, sur des millions de cadres du Parti, de policiers, de responsables d'associations, de chefs d'unité de travail et de comités de quartier, capables de mettre le peuple en mouvement, l'immense conjuration se ramifie partout.

À l'aube le travail est enfin terminé. Jiang Qing n'a pas envie de dormir, une insomnie licencieuse l'agite. Des serviteurs apportent une collation, ce n'est pas assez, elle veut un bal, danser sur le cadavre de Mao. Elle court se changer et réapparaît moulée dans une robe chinoise rouge, couleur vampire, dont les fentes dévoilent ses jambes encore minces et nerveuses, elle s'est parée, maquillée, elle se croit ensorcelante. Toute l'assemblée manifeste donc par ses mimiques et ses regards une concupiscence. Jiang Qing rit. Elle désire une musique suave, des valses viennoises. Quand commence la mélodie, Zhang Chunqiao enlace Jiang Qing, il la serre dans ses bras, elle minuscule contre son corps massif. Ils tourbillonnent au milieu d'autres couples qui sont là surtout pour s'effacer, pleins d'admiration. Valse, valse, volupté, la musique caresse, gémit, et Zhang se penche sur Jiang Qing pour l'embrasser et, langoureuse, elle lui demande s'il est prêt à risquer sa vie pour elle. Que ne promettrait-il pas ce chevalier de fortune, ce galant cavalier d'une femme que le matin montre vieille, très vieille ? Ses fards ont coulé, ses rides se sont creusées, elle est laide, l'impératrice. Pourtant elle se sent jeune, radieuse, elle a envie de faire l'amour et elle entraîne Zhang qui bientôt se met à la tâche. Les corps unis, le flux et le reflux, la forge des respirations, la face sanctifiée de Jiang Qing. Un bonheur mystique s'est emparé d'elle. Elle cueille la semence des hommes, leurs membres la hissent sur le pavois. Les hommes... ils éventrent, ils portent des coups, ils dominent, ils pèsent, ils écrasent, ils croient l'avoir marquée, en fait ils se diluent dans la vallée de Jiang Qing. Son sexe est une arme. Elle n'est pas violée, elle viole.

Mao est fini, maintenant c'est au tour de Zhang. Avec lui, le jeu est subtil. Jiang Qing croit que, dans une entreprise comme la leur, il est décent d'offrir son corps, que sinon il manquerait une donnée à leur entente. Mais Zhang n'est pas de ceux qu'on enchaîne et leurs ébats ne suscitent en lui aucun émoi. C'est elle plutôt qui risque d'être captivée. Qu'elle soit donc d'abord l'alliée, la complice, celle qui partage, tout en se méfiant. Plus tard, souveraine assouvie, elle réglera ses comptes, elle expédiera Zhang dans l'*in-pace* de quelque geôle ou carrément au tombeau. Se débarrasser de ceux qui ont servi, telle a toujours été sa coutume et Mao l'a confortée dans cette pratique, Mao qui constamment élaguait.

Jiang Qing et Zhang demeurent côte à côte dans leur nudité. Si le visage de Jiang Qing est raviné, si la peau de son cou se plisse, son corps est presque préservé des atteintes de l'âge. C'est un fleuve, une coulée sans hanches qui mène à un pubis au poil rare, à un sexe blet, gonflé, démantelé par l'usage. Femme flétrie aux restes de beauté, elle aime la présence de Zhang auprès d'elle, trapu, musculeux, le torse couvert d'une toison noire, elle l'aime sur elle, en elle. Elle est insatiable, elle le dorlote avec de petites exclamations bêtes et banales, elle lui gratte l'échine, elle se met dans des positions obscènes, lui offrant la perspective de ses charmes. Et lui se remet à la besogne, ouvrier impassible, martelant ses coups. Jiang Qing jouit de cette rusticité taciturne et, en même temps, elle est en proie à un ressentiment, à une colère contre cet homme qui, sans aucun doute, la méprise. Et cette rancœur s'épaissit, s'incruste en elle.

Les jours, les nuits... Une semaine, deux semaines, le temps est un ténia rongeur, l'attente une maladie. La sueur de l'angoisse recouvre les conjurés, une peur suinte sur leur peau, Jiang Qing tombe dans des états étranges, des impatiences, des abattements proches du désespoir, elle reste des heures sans parler. Comme Mao est long à mourir : on croirait que de loin il les contamine tous. Les nouvelles de Pékin sont monotones. Mao est toujours enfermé dans sa faiblesse extrême, muré dans son silence. Mais il continue à vivre, pour quelques heures au moins. Et ces heures se prolongent indéfiniment.

Que faire ? Sinon travailler et consolider le dispositif. De nouveau la Bande examine tous les schémas et tous les plans. Des querelles s'élèvent, une discutaillerie incessante, Jiang Qing se montre atrabilaire, despotique, écartant les arguments qui ne lui plaisent pas, imposant des modifications incongrues. La voix nasillarde de l'émetteur radio transmet constamment de nouvelles instructions, parfois il n'y a pas de réponse, d'autres fois les messages, auparavant si zélés, si serviles, paraissent hésitants, comme si un certain nombre des partisans de Jiang Qing se retranchaient dans une prudente neutralité. Est-ce parce que le pays entier a compris que Mao avait consacré ce Hua Guofeng qui se prodigue à la télévision et dans les journaux ? Malgré tout, observe Zhang, il serait grotesque de s'affoler : un déchet est inévitable mais l'ensemble du réseau reste solide.

Et Mao qui ne meurt pas, Mao dont la cervelle ne doit plus être qu'un magma visqueux et puant, et toujours le mystère : parlera-t-il ? Et comment ? Plutôt que de subir le temps, Jiang Qing s'exalte et s'enfièvre : que le château soit un paradis. La fête, la grande fête. Elle se pare de diamants, de rubis, de topazes, elle orne ses oreilles de boucles en plumes de martin-pêcheur, elle s'habille de robes de soie brodées de dragons et de caractères fastes, elle porte une tiare. Et sans cesse elle piaille de joie, elle cascade de rires. La fête, la fête.

La danse encore, mais cette fois le choc du jazz, les insolences des saxophones, les plaintes des trompettes bouchées, le fracas des percussions, la loi du rythme. Il y a plus de quarante ans que Jiang Qing n'a ainsi gigoté, elle, le pilier des dancings de Shanghaï. Ah, comme elle se trémoussait avant d'aller faire l'amour dans quelque chambre, souvent avec un inconnu. Le plaisir des rencontres... Maintenant, pour sa débauche, elle n'a plus que Zhang et ses os sont vieux. Mais c'est sans importance. Au milieu de sa cour, elle se dandine, elle se déhanche, elle sautille, ridicule et se moquant d'être ridicule, toute à son amusement. Zhang s'applique et Jiang Qing le raille... un éléphant qui batifole. Quand enfin elle s'écroule, c'est pour ordonner un festin. Une noria de voitures apporte de Pékin les mets les plus délectables qui sont servis dans des bols ombrés de rêves. Zhang, de ses baguettes, lui choisit les meilleurs morceaux, elle ouvre les lèvres et savoure.

À la longue, les fêtes deviennent fastidieuses. Jiang Qing décide de se consacrer au bridge. Ce jeu la passionne et elle y excelle : envoûtée par les donnes, les annonces, les combinaisons, les impasses, elle se livre à de grands manèges, visage tendu, lunettes en bataille, voix impérative, toutes ses facultés de ruse, de calcul, de dissimulation déployées, amazone, espionne, combattante et bourreau. Être admis à sa table est un honneur dangereux, présageant grâces et disgrâces, car il faut, face à elle, perdre sans laisser supposer une complaisance qui la mettrait en fureur : elle gagne régulièrement mais c'est un effet de son génie.

Au palais, elle est réduite à n'avoir pour partenaires que Zhang et ses acolytes. La Bande se rassemble autour du tapis vert et les dogues méditent sur les cartes qui leur sont distribuées — le bridge est un coupe-gorge. D'ordinaire, Jiang Qing est la reine du carnage, multipliant les défis et les risques, mais là, comme minée par un mal secret, elle fait des fautes si grossières que, malgré la bonne volonté de ses comparses, elle est écrasée. Au point que Zhang, charitable, lui recommande d'être attentive. Elle lui jette les cartes à la figure en criant qu'elle n'a besoin de lui ni pour cette partie ni pour aucune autre. Il n'est qu'un malotru, un faible d'esprit ; se commettre avec lui, c'est se condamner.

Dans cette mornerie Jiang Qing se commet toutefois beaucoup avec Zhang, jamais ils n'ont autant forniqué. Aux approches de l'aube, Zhang, son labeur achevé, s'endort d'un sommeil formidable, infrangible, un sommeil sans rêve ni cauchemar. Ses ronflements réguliers témoignent de la tranquillité de son âme, ronflements qui parfois s'infléchissent pour reprendre une ampleur gigantesque, vagues de fond de son repos que rien n'entame. Pourtant... Près de lui il a un revolver chargé. Comme si dans son engourdissement il pouvait sentir le danger et se réveiller pour tirer. Jiang Qing a plus de mal à s'assoupir. La tient éveillée une peur insidieuse qui, un soir, s'empare d'elle au point de l'anéantir. Elle n'a plus de corps ni d'âme, elle n'est plus qu'une enveloppe contenant un effroi sans limites. Ainsi désincarnée, des idées la percent et la déchirent, s'entrecroisant, s'ajustant, se complétant, celles de la défaite et de l'ignominie prédites par Mao. Et puis lui apparaissent des images très belles. Elle se baigne dans un étang couvert de feuilles de nénuphar, conques fraîches au cœur rouge. Près d'elle nagent de vieilles et sages tortues qui sortent la tête de leur carapace et lui font de leurs yeux millénaires des signes d'amitié. Mais, subitement, il leur pousse d'énormes excroissances de chair grumeleuse, elles se métamorphosent en hydres armées de crocs, de dards, de tentacules qui s'enroulent autour d'elle et l'étouffent.

Dans sa terreur Jiang Qing se met à taper sur l'épaule de Zhang qui continue à ronfler. Elle le cogne si violemment de son poing fermé qu'enfin il grognonne :

— Qu'est-ce qui te prend ?

— J'ai peur.

— Comment, tu as peur ? Qu'est-il arrivé ?

— Rien. Absolument rien. Mais j'ai peur.

Brusquement Zhang a l'esprit clair. À tout prix il doit la rassurer, la consoler, la fortifier, elle est la clé de son système. Qu'elle s'effondre, qu'elle soit terrassée par l'anxiété et ce sera la catastrophe.

— Jiang Qing, tu as eu un instant de faiblesse bien compréhensible. Sors-en et sois plus résolue que jamais. Redeviens toi-même pour la plus grande bataille de ta vie.

— Zhang, fais-moi l'amour. Prends-moi.

Et Zhang s'exécute, cette fois avec une ardeur qu'il ne lui a jamais montrée, avec de la gentillesse et des égards aussi. Il lui embrasse les paupières, il lui flatte les seins, il la caresse, ensuite, comme il la connaît, la brutalité nécessaire. Il se donne même la peine de haleter et Jiang Qing, gémissante, redouble de sanglots et de pleurs comme si le plaisir trop grand était une douleur. Lorsque la semence de Zhang se répand en elle, elle lance un cri d'agonie et Zhang avec fatuité vérifie l'effet de son remède héroïque : a-t-elle cessé d'avoir peur ?

— Oui. Zhang, sans toi...

— Quoi, sans moi ? Disons que nous nous aimons bien et que nous avons des intérêts communs.

Au matin, Jiang Qing revêt un bleu de chauffe, sa tenue de combattante, elle veut paraître à Zhang revigorée, au comble de l'énergie et elle lui propose une promenade dans le parc. Une grisaille, une pluie fine, la brume de leurs souffles... ils sont seuls dans ce monde aux contours estompés et moisis et ils sont bien. Des arbres inclinent vers eux leur chevelure roussie, reflets de sang qui annoncent la froidure. Sous ces arches de tristesse, ils foulent une décomposition, cadavres de feuilles, herbes noyées, humus à odeur de lichen et de champignon, la pourriture. Les parterres, où pleurent des statues, ne sont plus que des marécages, les fleurs saturées d'eau s'étiolent au bout de leurs tiges ployées, pétales perdus, corolles édentées. Silence... Des corbeaux soudain plongent et s'abattent sur une carcasse, sans doute celle d'une biche, ils s'agrègent autour d'elle, la dépècent de leurs becs, et comme les amants passent auprès de la curée, ces prédateurs au plumage bien lustré croassent pour les éloigner. La mort. Jiang Qing serre la main de Zhang, à nouveau elle est assaillie par la peur.

Par un chemin qui zigzague en plein bois, ils montent jusqu'au sommet d'un mamelon. Là un chantier, un énorme trou aux parois à pic. La cavité est remplie d'une eau rouge, dégoûtante, sur les bords de la fosse, les déblais de terre s'écroulent. Jiang Qing, inquiète, s'enquiert auprès de Zhang... Aurait-on arrêté la construction de l'abri antiatomique commandé par elle il y a près d'un an ? Zhang bat sa coulpe, mais sur le mode ironique... C'est bien ça, l'abri antiatomique n'a pas été achevé, faute de crédits, et pour d'autres raisons qu'il ignore. Jiang Qing se lamente : l'abri antiatomique, cette auge répugnante, inondée, cette auge à rats et à serpents ? Où est la longue galerie qui devait s'enfoncer sous le sol ? Où est le béton ? Où est l'acier ? Elle en est sûre, on veut la tuer.

Zhang essaie de l'apaiser. Il est très improbable que sur ces lieux puisse être lancée une bombe atomique. Pourtant, les travaux auraient dû être poursuivis, il y a eu négligence, on fera une enquête et on punira les coupables.

Alors la démence saisit Jiang Qing. Folie de ses yeux exorbités, de ses gestes disloqués et surtout de sa voix trop lisse, sans intonation :

— Tu veux ma mort. Mes ennemis sont capables de balancer une bombe atomique sur le palais. Toute la région serait engloutie dans une gerbe de feu et de fumée empoisonnée et moi je serais volatilisée, disparue à jamais. Dans cette apocalypse, il ne resterait rien de moi... Anéantie, anéantie, te dis-je... Mes ennemis n'hésiteront pas. Et j'ai tant d'ennemis... À commencer par Mao, ce vieux salaud, ce détraqué qui se délecte dans les supplices. Maintenant qu'il sent approcher sa fin, il peut me faire griller dans un brasier colossal. Ce serait sa dernière farce. Et puis il y a tous les autres... Zhang, la bombe atomique, ce n'est pas une lubie de mon imagination malade. D'ailleurs, je ne suis pas malade.

Zhang l'écoute, accablé. Elle est folle, vraiment folle. Plus tard, il verra à la faire enfermer. En attendant, encore une fois il importe de la calmer :

— Soit. Les travaux vont reprendre, on creusera les galeries et on aménagera des chambres fortes. Tu vois juste, Jiang Qing, la bombe est une menace réelle. Mais cela va demander du temps...

Rires échevelés de Jiang Qing, rires insensés, grelots du délire.

— Du temps, bien sûr. Espérons en Dieu, Dieu qui n'existe pas. Et prions pour que Mao meure vite avant que ne lui vienne l'envie de nous cramer. Avoue, Zhang, que tu n'y crois pas. L'abri serait depuis longtemps achevé si tu t'étais senti en danger, tu t'y terrerais et tu supplierais le Buddha de t'épargner.

Une longue quinte heureuse saisit Jiang Qing, un accès d'exubérance vengeresse :

— Laisse donc ce chantier aux couleuvres. Pensons plutôt à la destruction de nos ennemis. Je n'ai plus peur d'eux, je vais les exterminer, les empaler tous, qu'un bambou aiguisé soit enfoncé dans leur fondement et leur ressorte par la bouche. Ah, voir Hua ainsi transpercé, gigotant comme un ver accroché à un hameçon, que ce serait beau !

Silencieusement ils sont rentrés au palais où Jiang Qing s'est mise à boire. Elle boit trop, presque un flacon de *maotai*, et elle songe. De quoi va-t-elle s'aviser ? Les pommettes rouges, la langue pâteuse, elle annonce à Zhang qu'elle veut tenir un meeting. Trois heures plus tard quelques centaines de paysans sont rassemblés dans une clairière. Des loqueteux, la face camuse, grossière, mais tous ont les yeux rusés... Bêtise judicieuse et malice en alerte, cette plèbe sait qu'elle est là pour acclamer Jiang Qing, quoi qu'elle dise. Enfin celle-ci apparaît, escortée de Zhang. Ils montent sur une estrade, déjà les accueille une gigantesque ovation. Jiang Qing lève les bras et fait signe à la foule de se taire. Le visage empreint de solennité, elle entame sa harangue :

— Le président Mao arrive à la mort. Mais aux approches de l'éternité sa pensée qui a dominé le monde a été affaiblie par la grinçante Camarde. Profitant de sa faiblesse, les ennemis du peuple ont arraché à son agonie des décrets criminels, des décrets qu'il aurait haïs s'il avait conservé tant soit peu de sa lumière. Hua Guofeng nommé par lui à la tête de l'État, quel reniement ! Honte à Hua qui a abusé de Mao quand celui-ci aurait dû lui être le plus sacré ! Abomination,

abomination. C'est moi que le président Mao souhaitait comme successeur car je suis son compagnon d'armes. Cela il l'a dit et répété maintes et maintes fois.

À ce moment Zhang souffle à Jiang Qing de ne pas trop mettre en cause Mao, surtout de ne pas en dire du mal. Mais Jiang Qing ne l'écoute pas, elle est toute à son illumation, à l'extase de ses chimères :

— L'œuvre du président Mao, moi seule peux la continuer et la parachever. La grande Révolution culturelle, il ne l'a pas menée jusqu'au bout, il a épargné des hommes et des femmes empestés par les relents d'antan et qui maintenant se révèlent dans leur infamie. Moi, je réussirai où il a échoué. La grande Révolution culturelle, je la referai et ce sera un incendie immense qui nettoiera la Chine. Je tuerai tous les traîtres adonnés à l'égoïsme, à l'individualisme, à l'économisme. Et alors vous, pauvres des pauvres, vous serez par moi délivrés de vos oppresseurs. Que les flammes de ma Révolution culturelle embrasent la Chine, que coulent des ruisseaux de sang, et vous qui, sous mon égide, aurez exterminé vos exploiteurs, vous connaîtrez le bonheur. Vous n'aurez plus faim, vous n'aurez plus froid, vous serez dignement logés et vêtus, vous profiterez des fruits de votre travail dont on vous dépouillait au nom du peuple.

Zhang tire le bras de Jiang Qing pour la ramener au terre à terre de ce monde. Mais elle s'est envolée dans son homélie, elle est inaccessible, elle plane. Cependant un rictus amer, désabusé lui est venu :

— Certains, pour contrecarrer mes projets, objectent que je ne suis qu'une femme. Pourtant d'illustres souveraines ont assuré le bonheur de leurs sujets et la grandeur de leur empire. Et quoi d'étonnant à cela ? Les femmes surpassent les hommes par l'acuité de l'instinct, la générosité des sentiments, la compréhension des êtres. Elles sont le ferment de l'univers. Aussi, moi, je veux les libérer du joug des maris, des frères, des fils, des pères qui les rudoient et les humilient. Qu'elles soient libres, totalement libres, au point de commander aux fonctions de leur corps, à leurs menstrues, à leur fécondité, qu'elles puissent mettre au monde des enfants qu'elles auront conçus seules, sans la semence poisseuse d'un géniteur.

Les paysans se regardent éberlués, bourrelés de surprise et de consternation. Quelles sont ces billevesées ? Sont-elles dans la « ligne » ? Un silence hostile monte de la foule. Zhang cette fois secoue Jiang Qing, l'insulte pour la réveiller, la sortir de sa fureur messianique. Vainement, Jiang Qing est toujours en transe :

— J'ai pris conscience de l'esclavage féminin quand, jeune actrice à Shanghaï, je jouais *Maison de poupée* d'un certain Ibsen, un Blanc, un Norvégien. J'incarnais l'héroïne, Nora, une épouse soumise, une mère qui se sacrifie pour sauver l'honneur d'un mari escroc. En récompense de quoi l'homme la traîne dans la boue, l'abjection et l'ordure. Et Nora soudain souriait. Ah, ce sourire qui disait tout, qu'elle partait, qu'elle abandonnait ce sauvage et même les enfants qu'elle avait eus de lui. Nora avait choisi la fuite, la solitude où elle reforgerait son âme. Quelle leçon ! J'ai résolu d'être une Nora dans la vie. Tout les hommes qui m'ont approchée, je les ai vus avec le regard de Nora, j'ai vu leur mesquinerie et je les ai chassés. Jusqu'au jour où j'ai rencontré et épousé le président Mao. C'était un génie et je l'admirais, mais au fur et à mesure des années, je me suis aperçue que chez un génie les vilenies étaient encore plus grandes, les traîtrises plus cruelles. Si j'avais vraiment été Nora, je l'aurais quitté. Lâchement j'ai supporté humiliations et tortures mais je n'ai jamais oublié ma cause, la libération de la femme. Et bientôt, Mao mort, je serai libre, prête à libérer toutes les femmes de Chine.

L'hystérie, l'extravagance, l'aliénation totale. Les paysans heureusement n'ont rien compris, ils sont tout ébaubis, à la recherche du bon comportement : s'ils ne le trouvent pas, ils auront à se critiquer et à se repentir. Mais Zhang, dans une inspiration grandiose, applaudit longuement, bruyamment et toute la cour l'imite. La masse, ravie qu'on lui indique une solution, acclame aussi. Un triomphe. À ce moment, l'aura mystique de Jiang Qing se dissipe, elle est revenue ici-bas, aux rites ordinaires du communisme. Aussitôt elle se lance dans le processus des questions et des réponses :

— Aimez-vous le président Mao ?

— Nous aimons le président Mao, hurlent les paysans.

— M'aimez-vous, moi, Jiang Qing.

— Nous t'aimons, Jiang Qing.

— Voulez-vous que je succède au président Mao si malheur lui arrive et si telle est sa volonté ?

— Si malheur arrive au président Mao et si telle est sa volonté, nous voulons que tu lui succèdes.

Le soir, dans leur chambre, Jiang Qing et Zhang ne font pas l'amour, ils se parlent :

— Ne me réprimande pas, supplie Jiang Qing, j'avais besoin de me délivrer... Hormis toi, j'ai toujours détesté les hommes, même Mao. Quoique pour lui ce soit compliqué. Je l'ai aimé aussi, jusqu'à l'affaire Hua... Il faut que je t'avoue autre chose : j'ai parfois l'impression que tous deux en baisant nous prolongeons sa vie. Il met vraiment très longtemps à mourir.

Jiang Qing a un sourire doux, un peu mystérieux :

— Je crois qu'il attend de me voir à son chevet pour expirer.

— Veux-tu rentrer à Pékin ?

— Non. Je préfère rester ici. Je ne retournerai auprès de lui que pour sa dernière heure. Lorsqu'il sentira ma présence, il sortira de ses brouillards, le temps de me remettre le pouvoir.

— Es-tu sûre qu'il dira les mots que tu espères ?

— Il les dira parce qu'il m'aime. S'il ne m'aimait pas, je me serais trompée, j'aurais gâché ma vie.

— Vraiment tu es étrange. Tu l'aimes plus que tu ne le prétends.

— En tout cas je veux qu'il me bénisse pour la postérité. Qu'elle croie notre amour grandiose et éternel. Cela je le veux...

Une nuit très noire, sans étoiles, sans lune, une nuit où siffle le vent et s'abat la pluie, Jiang Qing est dans les bras de Zhang quand le téléphone sonne. Une voix annonce que désormais les instants de Mao sont comptés.

Branle-bas de combat, la Bande et la cour s'entassent dans des voitures et le long cortège s'ébranle au sein du monde endormi. Des heures dans l'obscurité à rouler vite, très vite, les phares perçant les ténèbres, ressuscitant fugitivement les paysages. Enfin, à l'aube, apparaissent les faubourgs de la capitale. Jiang Qing murmure à Zhang assis à ses côtés qu'elle se sent tout imprégnée des odeurs de l'amour, cette fragrance un peu surie, et qu'elle ira d'abord à la Terrasse des Pêcheurs se laver. Au surplus quelques minutes de repos la délasseront.

Le peuple grouille, mais les gens sont atones comme si, en proie à un extrême émoi, ils avaient suspendu leurs occupations vulgaires. Une vie qui a été celle de toutes les créatures humaines, à la fois leur souffle, leur âme et leur cœur, va disparaître. La foule a compris et elle attend ; avec Mao elle est entrée en agonie. Le convoi de Jiang Qing fracasse cet engourdissement et les passants, par crainte et prudence, s'inclinent. À peine s'ils osent lever les yeux vers le tonnerre de ces grandes limousines sombres qui annoncent peut-être l'avenir.

Ocre se dressent les murailles de la Cité interdite d'où jadis le Fils du Ciel répandait les émanations du Firmament. Le cortège de Jiang Qing franchit les enceintes et s'arrête devant un pont arqué aux dalles de marbre. Ce pont est jeté sur le Fleuve d'Or, un sillon qu'aux temps anciens, dès que les ténèbres envahissaient le monde, nul ne pouvait franchir pour s'approcher du souverain des Dix Mille Années. Au-delà commençaient les lieux hantés par la divinité, des palais encore plus beaux, des salles consacrées à la loi, à la justice, au sommeil, et aussi des jardins magnifiques, des bois et des lacs. Depuis longtemps cet univers redoutable et béni est le domaine de Mao et de ses dignitaires.

Jiang Qing traverse le labyrinthe des merveilles pour gagner à pied sa demeure. Autour d'elle, la Bande. Elle regarde le visage de ses complices, elle se demande s'il n'y a pas parmi eux un traître ; il y a toujours un traître. Qu'importe... Ce sera elle qui tout à l'heure s'acquittera de la tâche essentielle : recueillir sur les lèvres de Mao la preuve de son amour.

En attendant, ils se préparent. Jiang Qing ordonne à Zhang ainsi qu'à Yao et Wang d'aller occuper le terrain dans la chambre de l'agonie. Elle leur recommande de ne pas parler, de ne pas lancer de lourds regards, de ne pas faire un geste ; qu'ils se tiennent là en force, et que leur présence résolue décourage les complots.

Restée seule, Jiang Qing contemple le parc qui s'étend à ses pieds et dont les fleurs et les arbustes montent jusque dans l'intérieur de la maison. Il suffit de rien maintenant, d'affronter la charogne de Mao, de lui faire dire quelques mots, quelques mots seulement et elle sera souveraine. Sinon, d'un cœur dur et froid, elle prendra les décisions nécessaires, les décisions cruciales, elle sera inexorable.

Pourtant elle traîne. Elle demande à sa servante préférée, une grosse mafflue aux doigts délicats, de lui couler un bain : elle adore se nettoyer des souillures de la vie dans une eau embaumée tout en se racontant à la matrone à qui elle ne cache rien, même le plus monstrueux. La femme sait depuis longtemps que Jiang Qing veut empaumer Mao mourant et cette rubiconde et excellente personne, une connaisseuse du crime, ne doute pas de la réussite de sa maîtresse.

— Il m'arrive d'avoir de mauvais pressentiments, gémit Jiang Qing.

— Vous réussirez, vous dis-je. Je ne me trompe jamais.

Cette prophétie, c'est un signe de plus. Avec l'aide de la servante, Jiang Qing choisit un bleu de chauffe particulièrement usagé. Puis elle chausse les lunettes de sa « mauvaiseté ». Mais aujourd'hui, se dit-elle, elle doit être douce pour rejoindre Mao et le séduire encore. Jiang Qing saisit un miroir et minutieusement elle s'observe, elle répète ses expressions, elle affine ses mimiques, elle fait des mines qui sont les sourires du réconfort, de la consolation et même de la tendresse. Tout à l'heure, grâce à ces grimaces bien étudiées, elle illuminera les derniers instants de Mao. Grande et bénéfique tromperie…

Enfin elle descend l'escalier de la Terrasse des Pêcheurs, et seule, tout à fait seule, elle s'engage sur la voie qui conduit vers le mouroir de Mao. Elle marche à pas mesurés dans le dédale des buissons et des frivoles pagodons. Tout est silence, les nuées se sont déchirées et maintenant le soleil assomme cette nature si artistiquement arrangée. Luisances rouges des palais, or gris des palmes agitées par un vent léger… Jiang Qing avance lentement vers le lac de l'Ouest. Et soudain lui parvient une rumeur, une sorte de piétinement, les agitations et les lamentations d'une foule.

Dans la demeure elle se heurte à un mur de gens enchevêtrés qui geignent et reniflent, domestiques égarés de douleur, grands dignitaires secoués de hoquets. Jiang Qing est offusquée : ils manifestent leur chagrin d'une manière indécente, indigne de vétérans chevronnés qui devraient savoir que le deuil rouge méprise les clameurs réactionnaires, qu'il est un garde-à-vous du sentiment. Ignobles, ils sont ignobles et, pis, leurs rangs ne s'ouvrent pas devant elle. Les yeux secs, elle crie à cette tourbe de s'effacer, mais elle a beau vociférer, on ne veut pas l'entendre et dans la cohue quelqu'un glapit :

— Elle, Jiang Qing, ne se désole pas, son cœur est un caillou.

Ses ennemis sont bien là. D'ailleurs elle aperçoit la garde prétorienne du nain Hua Guofeng qui se baisse vers lui pour le gaver d'assurances. Heureusement Zhang et ses affidés émergent de cette racaille dans toute leur brutale tranquillité, rocs battus par une marée fétide. Ils s'entretiennent avec Mao Yuanxin, un neveu de Mao, le seul parent du président qui soit normal et intelligent, il ressemble même à son oncle quand celui-ci était jeune et beau, les cheveux rejetés en arrière, tellement romantique… et c'est un des plus fervents partisans de Jiang Qing.

Comme ce garçon est racé à côté des restes de la progéniture de Mao, des dégénérés, des femmes quelconques, de la marmaille. Un sort bienveillant a voulu que son seul fils doué soit tué pendant la guerre de Corée, l'autre est un débile. Les filles, y compris la sienne, Jiang Qing les a mésalliées, avilies.

Elle considère ces rejetons et elle se dit qu'elle a bien travaillé : ils sont tous lamentables, partant inoffensifs. Elle sourit longuement à Mao Yuanxin qui l'entraîne au chevet du mourant. L'horreur... Se penche, douloureuse, au-dessus du moribond, une femme d'une cinquantaine d'années, toujours belle et qui se conduit comme la future veuve. Avec quelle haine Jiang Qing la reconnaît... Près de trente ans auparavant, alors qu'elle, Jiang Qing, était pratiquement répudiée, que Mao, pour s'en débarrasser à jamais, l'avait expédiée en URSS, dans un hôpital psychiatrique — oh, ces semaines, ces mois de torture, seule parmi les blouses blanches indifférentes —, cette jeunesse, une splendeur à côté de laquelle elle se sentait un laideron, l'avait supplantée. Mao, transporté d'amour, avait comblé cette fille d'honneurs. Il l'avait exhibée à ses côtés devant le peuple, le Parti, tous les dirigeants. Cette passion avait duré deux ou trois ans, le temps normal pour que Mao se détache. La créature avait disparu et miraculeusement Jiang Qing était revenue en grâce ! Et aujourd'hui cette rivale resurgit, se conduit en épouse, ose même intimer à Jiang Qing l'ordre de sortir.

Jiang Qing va se jeter sur l'intruse mais Zhang la retient d'une main ferme et, d'un signe, commande à Yao et Wang d'expulser la femme. Cela fait, il dit à Jiang Qing de ne pas se tourmenter pour cette histoire d'autrefois — Mao, dans son état, n'a pas pu convoquer cette fille. Ce doit être une intrigue de Hua.

— Mao a voulu l'épouser.

— Mensonges, divagations. Décidément, vous avez l'esprit obscurci. Dois-je vous rappeler votre rôle ici ?

Et il la pousse vers le lit.

Son rôle... Elle regarde et elle voudrait pleurer, verser au moins une larme, une seule larme, une larme digne et décente qui serait à elle seule la mer du chagrin. Mais ses yeux restent désespérément secs... Elle regarde Mao, elle l'examine comme s'il s'agissait d'un inconnu. De ce corps toute chair a disparu, la peau se colle au crâne, Mao est déjà un squelette. Il gît, inconscient, perdu dans on ne sait quel royaume. Et soudain, ignominie, il bouge.

— Vous aviez raison, chuchote Zhang, il vous cherche. Embrassez-le.

Dans un effort démesuré, Jiang Qing se baisse vers Mao et lui touche le front du bout des ongles. À ce contact, Mao desserre la mâchoire, il remue les lèvres, son corps, son pauvre corps s'agite un peu. Enfin, il gargouille :

— Jiang Qing, est-ce toi ?

Jiang Qing se penche à nouveau vers lui, étranglée de dégoût. Mais en ces instants sa destinée se joue, alors elle caresse le front squameux, y attarde sa main. Et Mao ouvre les yeux, contemple sa femme, et on l'entend prononcer très faiblement :

— Aidez Jiang Qing…

Il bredouille encore quelques syllabes incompréhensibles, il se débat, il voudrait parler, il suffoque, il ferme les paupières, tout s'arrête.

Jiang Qing délire de joie, convaincue que Mao vient de lui léguer le pouvoir devant les dignitaires. Ils devront l'aider, on ne peut désobéir au président Mao. Submergée par la félicité, elle se tourne vers Zhang. À sa stupéfaction, elle lui découvre un visage sévère. Il l'admoneste, lui recommandant de ne pas se réjouir trop tôt, la victoire n'est pas acquise, et la phrase de Mao, inachevée, peut être mal interprétée et utilisée contre elle. En effet de l'assistance monte déjà une haleine pestilentielle, une cacophonie d'où il ressort que le président Mao a enjoint à sa femme de se repentir de ses fautes, que c'est à cela que les vrais communistes doivent l'aider.

À tout prix que Mao se remette à parler. Jiang Qing se jette sur le corps inerte, elle le malmène, elle s'étend sur lui, collant ses lèvres sur les siennes pour respirer avec lui, lui rendre le souffle vital. Mais rien ne se passe et, dégrisée, elle quitte la chambre.

Il est midi et le soleil éclate sur les marbres en mille brasiers. Jiang Qing s'est allongée sur sa terrasse pour attendre les nouvelles. Hypnotisée par la chaleur, par le blanc des pierres, par le sombre des charmilles, dans ce sommeil de tout, l'incertitude la taraude : Mao avait-il déjà succombé ? Se serait-elle accolée à un cadavre ? Et si elle ne s'était battue qu'avec de la chair morte, qu'avec une dépouille ? Et puis quand l'astre s'incline dans sa course, quand la nature se revivifie, l'espérance lui revient d'une résurrection. Craquements, bruissements, crissements... C'est l'heure de l'amour, les bêtes s'accouplent et se dévorent. Elle songe aux quarante années de sa vie avec Mao... Tant de batailles, tant de combats, la haine, et maintenant de la pitié... Une compassion sourd en Jiang Qing mais le noyau dur de son être résiste. Quoi qu'il puisse arriver, triomphe ou défaite, elle ira jusqu'au bout. Les ombres s'allongent, quelques hirondelles jacassent encore, l'ardoise du crépuscule recouvre la terre et les choses dans ces ténèbres claires prennent des formes mystérieuses. Où est la vérité ? Où en est Mao ? Indéfiniment Jiang Qing remâche ses hantises. Elle remâche, remâche... Des yeux jaunes la fixent, ceux d'une chouette qui se met à ululer. Il est tard. Le rêve de Jiang Qing s'est-il écroulé ?

Surgit un Zhang au masque impérieux :

— Dépêche-toi. Mao n'en a plus que pour quelques minutes et il faut que tu sois là.

Zhang l'entraîne et tous deux courent à travers le parc, silhouettes irréelles, dérisoires, pantins assoiffés, fantômes.

Jiang Qing est entrée dans la chambre avec une lenteur majestueuse. Autour d'elle, des ombres. Ni pleurs ni sanglots, des gens comme effacés devant la grande énigme. Jiang Qing s'approche du lit et elle s'aperçoit que la mort est douloureuse à Mao. D'une main, il répète le geste de repousser la Camarde, mais elle arrive et, paralysé d'angoisse, il cesse son mouvement et il se met à geindre comme un enfant, un tout petit enfant, en une plainte chétive, lamentable. Et Jiang Qing, la terrible Jiang Qing, bouleversée, renouvelle sa caresse du matin sur ce front qu'elle a tant aimé. Et soudain Mao sort de ses limbes : d'une voix ferme, claire, bien timbrée, de sa voix tellement reconnaissable, il commande à tous de se comporter correctement, selon les principes du Parti.

Miracle éphémère. Un froid saisit Mao, son sang s'est figé, son cœur ne bat presque plus. Et puis il se révulse. Est-il encore capable de penser que la mort s'abat sur lui ? Ses yeux sont ouverts, un blanc vitreux s'y étale, s'élargit... Désormais Mao s'enfonce dans la nuit.

Jiang Qing est figée dans une transe calme. Mao la contemple, regard d'au-delà de la vie, regard obscur, regard de reproche qui l'accuse de l'avoir abandonné, regard de défi, regard de malédiction. Alors Jiang Qing étend les doigts et avec décision elle referme les paupières de Mao sur son regard mort.

Malgré sa répugnance, elle décide de surveiller la dernière toilette. Nettoyer un cadavre, lui enlever la fadeur, le suint, l'horreur, manipuler cette chair sans défense, souffrir son contact, sentir son abandon, c'est une abomination. Quelques matrones expérimentées procèdent, de celles qui président aux grands moments de l'existence, aux naissances, aux maladies et aux agonies, matrones aux longues mains, aux yeux inscrutables, matrones qui fouaillent les corps, matrones accoucheuses, matrones de la mort. Elles s'activent sur Mao : ôter le suaire aux taches infâmes, pour cela soulever le cadavre encore chaud, encore imprégné du relent de la vie mais déjà livré aux premières alchimies du pourrissement, se dépêcher surtout, ce corps malléable bientôt sera soumis à la loi de toute chair, la rigidité puis la décomposition. Mao apparaît nu et c'est peu de chose. Jiang Qing regarde avec effarement cette lividité, la tristesse de ces restes humiliés. Affreuse nudité, avec, comme une moquerie, sous le ventre, le sexe jadis si formidable, ce sexe avide qu'elle a tant satisfait, un sexe qui n'est plus qu'une minuscule pendeloque.

On lave Mao, on le sèche, on l'oint, on le parfume. Il convient qu'il soit revêtu pour son dernier gala de sa tenue Sun Yat-sen, cet uniforme civil inventé jadis par le premier père de la Révolution, la tenue des grands dirigeants. Quelle besogne de faire endosser ce costume à Mao, mannequin indocile qui toujours s'échappe. On tâche de l'agripper : qu'il accepte ces accoutrements, qu'il en soit fier. Mais il est gauche, pondéreux, fuyant, réfractaire, il faut obliger, contraindre, violer la dépouille pour la harnacher.

Enfin Mao est prêt à être lancé sur l'esquif de l'éternité. Jiang Qing veille aux détails, elle améliore, elle perfectionne, qu'il n'y ait aucune négligence, que la veste soit bien boutonnée, que le pantalon soit bien ajusté, mais surtout elle prend soin que le visage soit parfaitement arrangé, elle fait des essais, cherche le meilleur sourire, le plus noble et le plus avenant. Elle se bat avec la peau, tire les commissures de la bouche, lisse les lèvres pour éviter les grimaces, les retroussis, les rictus, pour que les traits offrent l'image de la sérénité et du bonheur.

Veillée funèbre. Mao a repris la plénitude du bel âge, comme une impérative vigueur et même une douceur heureuse. Il est totalement le président Mao, le seigneur des Dix Mille Années. Des torches serties dans d'énormes chandeliers d'airain l'illuminent, soulignant les pommettes abruptes, la mâchoire puissante, le front large et hautain, le nez épais. Les flammes ondoient, vacillent, dansent et les ombres dansent avec elles, garde fantastique et irréelle. Manque la psalmodie des prières, mais certains balbutient des propos mystérieux, s'engagent dans des conversations avec le défunt. Jiang Qing elle-même se met à lui parler, elle l'implore, elle supplie ses mânes de lui pardonner et une larme coule enfin sur sa joue.

Ce qu'elle demande à Mao, c'est son secret, comment, à son exemple, détruire infailliblement ses ennemis, Hua Guofeng et ses suppôts qui, entre deux simagrées de deuil et de chagrin, lui jettent des regards haineux. Mao déjà n'est plus pour eux qu'une carcasse adornée, quand il est tout pour elle. Et cette relique tellement précieuse, elle l'adjure : qu'il la soutienne de ses avis, que de l'au-delà il verse sur elle l'eau sacrée des Fontaines Jaunes et l'amène à l'apothéose, elle, une femme, sa femme, le seul être humain qui soit digne de lui.

Veillée funèbre. Les heures noires s'effilochent et les

clartés de l'aube supplantent les rougeoiements des torches. La dépouille de Mao paraît fatiguée, la figure s'est creusée de cernes et de rides, la bouche s'est entrebâillée sur des dents noircies, les traits sont comme défaits, des poils folâtres sortent du nez. L'uniforme Sun Yat-sen s'est fripé, bras et jambes semblent des moignons, échardes d'un tronc qui se rabougrit. Une odeur fade se dégage du corps. Après une dernière prosternation, les vigiles se retirent : Mao dorénavant appartient aux embaumeurs qui de sa charogne feront un Prométhée aseptisé. Pas question en effet de le mettre entre quatre planches et de l'ensevelir. On érigera pour lui un mausolée somptueux place Tiananmen et là, couché sur un sarcophage de marbre noir, coupé du monde par une paroi de verre, il dormira pour les siècles des siècles.

Les grands techniciens, les maîtres de la conservation des corps, sont venus chercher Mao. Ils vont l'ouvrir, l'étriper, extraire les entrailles et les viscères qu'ils remplaceront par de la paille, ils feront sauter ses yeux pour leur substituer des globes de verre. Ils seront chirurgiens, bourreaux de la chair morte, ils se serviront d'instruments de supplice, de lames, de scalpels, de ciseaux, de rabots, de pinces, de tenailles, de seringues, d'aiguilles. Tortures... Après l'avoir recousu, avec quels égards et quelles précautions, ces sculpteurs de viande fabriqueront un Mao de la plus belle allure, épanoui, lumineux, un Mao vainqueur de la mort.

Jiang Qing s'est retirée à la Terrasse des Pêcheurs. L'idée lui vient de montrer son zèle à Mao, de séduire ses esprits en se souciant de son corps soumis à la géhenne des mille couteaux et elle court chez les embaumeurs, dans la salle carrelée puant le formol et le sang. La dépouille est posée sur une table réfrigérée violemment éclairée. Les équarrisseurs ont de petites têtes ordinaires, des têtes assidues cependant que leurs mains tailladent le macchabée pour lui donner forme. Jiang Qing contemple avidement le cadavre couturé, balafré de partout, le ventre déboyauté couvert d'un énorme pansement. Et encore une fois son regard est attiré par le sexe de Mao. On l'a recouvert d'une sorte de laque protectrice et, sous cet apprêt, il a retrouvé comme une puissance. À nouveau elle se souvient de l'exaspération de leurs corps. Est-ce que cela avait été de l'amour ? Elle était lucide, elle calculait, elle agissait en artiste de la volupté calcinante. Était-ce de l'amour ? Elle n'est sûre que d'une chose, elle seule désormais peut conférer à Mao beauté et magnificence. Elle veut que sa bouche parle, que ses yeux étincellent, que son masque flamboie. Alors elle ordonne aux ciseleurs de chair d'ouvrir davantage les paupières, de vivifier les lèvres, d'imprégner le visage d'ardeur. Que son cœur batte, que son corps palpite d'élan pour de longues marches aux issues prodigieuses, que ses mains soient des glaives, qu'il resplendisse des grandes béatitudes promises à son peuple. Qu'ainsi refaçonné il soit le génie du pays qu'elle régentera.

Le jour approche où, sur la place Tiananmen, seront célébrées les obsèques. Les dogues s'affairent. Jiang Qing, elle, rumine : comment imprimer sur Tout-Ce-Qui-Est, sur Pékin et son peuple, les dernières volontés du président Mao, celles qui l'intronisent ? Surtout ne pas être l'épouse éplorée aux voiles de chagrin. Non, elle surgira comme la statue du maoïsme et la sentence imparable sera inscrite sur une couronne mortuaire qu'elle aura fabriquée elle-même. Sur une armature métallique, elle fait pousser la végétation du deuil, des fougères et aussi des chrysanthèmes, symboles d'une vie profuse et du respect aux morts, ces morts qui gouvernent les vivants.

Un gigantesque catafalque a été dressé sur la place Tiananmen : Mao y est couché pour le suprême hommage. Les couronnes sont si nombreuses qu'il semble reposer sur un buisson de ferraille, de verroterie, de fleurs et de banderoles, tout un fatras clinquant et prétentieux. Tels des cafards emmitouflés de chagrin, avant de prendre place dans la tribune d'honneur, les dirigeants s'inclinent longuement, avec une piété cagote et hypocrite, devant la dépouille du

Grand Timonier, Maître des Pensées. Ils se raclent la gorge pour exprimer l'immensité de leur désolation et de leur reconnaissance, à la vérité ils sont bien contents : le géant laisse un vide fabuleux où chacun pourra s'assouvir.

Jiang Qing impassible se tourne vers Mao, s'absorbe en lui pour leur dernier face-à-face et, sans remuer les lèvres, elle lui dit que les infâmes sont là et qu'ils vont se repaître de lui. Puis elle monte solennellement les degrés jusqu'à sa place, qui n'est pas la première. Celle-ci est occupée par Hua Guofeng qui lui prodigue des politesses et l'installe à sa droite, en subalterne très honorable, le personnage le plus important du régime après lui. S'il se doutait...

Mao sourit... Que les chiens se battent. Et déjà ils se battent : les signes du triomphe de Hua se multiplient. Le nabot a tout préparé soigneusement : Tiananmen est remplie de milliers de cadres qui lui sont acquis. Ils sont arrivés en délégations, en cohortes, de toutes les provinces de Chine et ils se tiennent là, sur la place, tous pareils, des hommes âgés, mûris dans l'obéissance, les traits sans flamme, vulgaires, épais, des rondouillards de la dialectique. Soudain, comme sur un ordre, ils se mettent à déplorer et à gémir. Il en résulte une plainte morne, mécanique, sans entrailles. Une fanfare militaire vient se ranger devant le catafalque, le porte-drapeau abaisse son étendard et retentit un hymne aux accents sinistres. Quand s'éteint la musique, un silence s'établit, bientôt rompu par un martèlement : un millier de soldats marchent au pas. Ils s'arrêtent et présentent les armes, un roulement de tambour, et puis encore un silence lourd que coupe le cri des dignitaires :

— Longue vie au président Mao, gloire à sa dépouille !

Sur Tiananmen, toutes les têtes s'inclinent, tous les fonctionnaires de la solution correcte reprennent en chœur l'adieu à Mao.

Le calme revenu, Hua se dresse du haut de sa petitesse, toussote pour se donner de la voix et entame l'oraison funèbre. Ce qu'il dit... Des hyperboles usées, des fleurs de rhétorique desséchées, un discours pâteux, enroué, où les arguments s'enchaînent doctrinalement, tous exaltant le génie et la grandeur du président Mao qui restera l'âme de la Chine, l'exemple à toujours suivre... En somme, se dit Jiang Qing, de l'eau de vaisselle.

Elle hait, comme elle n'a jamais haï. C'était à elle de parler et sa voix serait montée jusqu'aux cieux, elle aurait chassé les miasmes, elle aurait anéanti les germes qui grouillent et prolifèrent autour de Mao abusé, trompé, tenu en mépris, auquel on refuse la seule tombe qui compte, la mémoire inspirée. Et elle se résoudrait à cette lâcheté... La haine incandescente coule dans les veines de Jiang Qing, submerge son cerveau, la haine tumulte, la haine tempête, la haine ouragan, la haine flux des mers déchaînées, la haine lave des volcans, la bonne haine, la sainte haine qui crée les mondes.

Pauvre Mao dont l'erreur éclate sur cette place ! Comment a-t-il pu croire que ce vermineux de Hua était un apôtre dévoué ? Certains signes auraient dû éveiller sa méfiance. Cet avorton, ce trognon doucereux, ce têtard au nom ordinaire n'avait-il pas choisi de se faire appeler « Avant-Garde de la Chine » ? Profitant de ce que l'agonie de Mao durait indéfiniment, ne s'était-il pas employé à se fabriquer une légende ? Alors que Mao n'était pas encore mort, n'avait-il pas imposé le culte de sa personnalité ? Le têtard s'était gonflé en une outre à vents qui partout mugissaient sa renommée. Il aurait été un héros vertueux et intrépide, le père et la mère des petites gens, la terreur des ennemis du peuple. Au temps où les miséreux se battaient les mains nues, il leur aurait forgé des armes en se servant du fer tiré des statues des temples, en obtenant du salpêtre à partir des sols alcalins, en allant chercher du soufre dans des régions hostiles. Il aurait tué des milliers de réactionnaires. Hua était un paladin : telle était la fable dont ce détritus avait gargarisé la Chine. Et il avait mis ses gens en place, dans la tribune, sur Tiananmen, partout. S'il se doutait...

À peine Hua a-t-il terminé son panégyrique que résonne à nouveau une fanfare, une autre fanfare gaie, joyeuse, une fanfare d'orgueil et de gloire qui vibre sur tout Pékin. Derrière elle, avance l'énorme cortège de la masse que la Bande des Quatre a mobilisée au travers de centaines et de centaines de comités et de cellules. Un million d'êtres au moins progressent vers Tiananmen en un immense charroi. Le peuple arrive, le peuple qui aime Mao. À son entrée sur la place, la musique redouble et cet océan de gens, têtes et corps soudés, balaie tous les stipendiés de Hua Guofeng. Au premier rang de cette foule résolue, porté par elle, un portrait de Mao, image incantatoire, le Mao des envoûtements. Et derrière ce Mao, il y a, brandis par quantité de mains, d'autres Mao plus petits, plus modestes, et aussi des Jiang Qing, des dizaines de Jiang Qing. Dans la tribune, Hua Guofeng et consorts ont pris la mine blême et effondrée qu'ont au théâtre les traîtres sur le point d'être percés à jour. Jiang Qing a réussi : les obsèques, c'est désormais elle qui les conduit. Elle descend de l'estrade, y laissant des dignitaires apeurés, et elle marche vers l'effigie de Mao. Sous le grand portrait qui la domine de sa joie, elle parcourt les quelques mètres la séparant du catafalque. Le Mao de carton-pâte regarde le Mao embaumé, couché tout maussade dans son trépas. Et soudain le Mao de carton-pâte s'incline devant le Mao mort et tous les petits Mao et toutes les petites Jiang Qing s'inclinent aussi, et durant quelques secondes est célébré le culte extatique. Puis tous les Mao et toutes les Jiang Qing sont amenés, il ne reste plus que Mao roidi dans son sourire d'éternité.

Alors Zhang écarte les couronnes déposées par Hua Guofeng et sa clique. Fracas, quelques-unes tombent, perdant leurs rubans et leurs louanges. Place est faite pour celle, unique et précieuse, de Jiang Qing. C'est l'offrande sacrée, les champs de la vie, une moisson, il n'y a plus de mort, Mao vit en elle, par elle. En témoigne la proclamation si soigneusement rédigée par Jiang Qing inscrite en caractères dorés sur une banderole : « Au maître, au professeur, au Président très révéré, avec le profond chagrin de son élève et compagnon d'armes, Jiang Qing. » Transsubstantiation… Sur Tiananmen, Jiang Qing se proclame le disciple unique de Mao, l'être à qui sont dévolus la tâche et le devoir de lui succéder. Et cela par la nature même des choses, parce qu'elle est le nouveau Mao, imprégnée de sa science, de sa philosophie, de sa pensée. En même temps, avec cette formule, elle déclare la guerre à Hua et à ses alliés, ces bâtards, ces usurpateurs, ces traîtres.

La tribune se vide, bâtiment échoué d'où s'enfuit l'équipage, tous ces croque-morts qui prétendaient exploiter la carcasse de Mao. Jiang Qing est restée devant le catafalque, quelques minutes elle médite, puis elle crie : « Que le peuple approche ! » Et le peuple est là, qui se meut dans un ordre parfait, qui se renouvelle comme l'eau d'une rivière.

Le peuple n'était pour Jiang Qing que de la pâte à faire lever dans l'enthousiasme ou la haine, mais en ce jour, merveilleusement submergée par lui, elle s'aperçoit qu'il est composé d'êtres distincts. Dans son exaltation, elle sent, elle palpe la réalité des individus. Elle contemple ce ressassement fait d'hommes, de femmes, de mères avec leurs bébés, d'enfants des écoles guidés par leurs instituteurs, de vieillards et de vieillardes. Elle contemple les visages craquelés, ridés, usés — rares sont les visages lisses et tendres car la vie détruit. Elle contemple les corps abîmés par la faim, par le poids des fardeaux, par la détresse. Et à tous elle trouve une beauté que rehausse l'émotion. Quand les gens arrivent près de Mao, ils le regardent un instant, l'ensevelissent en eux et, tout emplis de lui, s'éloignent tandis que d'autres gens leur succèdent pour cette rouge eucharistie. Rumeur très douce des sanglots. À cette heure un milliard d'êtres pleurent Mao à travers les cités et les villages de Chine.

Jiang Qing s'est jetée dans la masse immense. Auprès d'elle, vigilants, Zhang, Yao et Wang pour la protéger. Mais elle ne risque rien, au contraire, la foule s'écarte en murmurant avec un respect un peu effrayé : « C'est Jiang Qing, c'est Jiang Qing. » Elle lui crie de ne rien redouter, elle ne veut que le bonheur du peuple, elle est là pour le bien du peuple. Et elle se met à la liturgie : cingler la masse de questions, en obtenir les répons, cela jusqu'à la conclusion voulue. Aujourd'hui, Jiang Qing exige l'amour. Seule dans le cercle qui s'est créé autour d'elle, elle pose la première question :

— Vous aimiez le président Mao ?

Et dûment s'élève la clameur :

— Nous aimions le président Mao.

Et se poursuit l'office selon les rites éprouvés de l'offertoire communiste, les rites absolus. Claquent donc la voix de Jiang Qing et le tonnerre de la voix du peuple en une logique toujours plus impérieuse. « Regrettez-vous Mao ? », « Nous regrettons Mao », « Je suis Jiang Qing, la veuve de Mao, me connaissez-vous ? », « Nous vous connaissons, vous êtes Jiang Qing, la veuve de Mao », « Je suis Jiang Qing, le meilleur élève de Mao. Le savez-vous ? », « Nous le savons, vous êtes Jiang Qing, le meilleur élève de Mao », « Parce que je suis son meilleur élève, Mao veut que je lui succède. Le voulez-vous ? », « Mao veut que vous lui succédiez, nous le voulons aussi », « M'aimerez-vous comme vous aimiez Mao ? M'aiderez-vous ? », « Nous vous aimerons comme nous aimions Mao, nous vous aiderons », « Vous voulez que je sois Mao, mais je serai peut-être indigne », « Soyez Mao, vous êtes digne d'être Mao », « Si j'ai des ennemis en étant Mao, est-ce que vous les tuerez ? », « Si vous avez des ennemis en étant Mao, nous les tuerons ».

Le sang, la promesse du sang, encore plus de sang… Jiang Qing est surexcitée par ces rugissements allègres, envoûtée par la beauté de l'impitoyable dialectique. Et qu'importe que cette plèbe si ardente soit activée par des agents de Zhang, Jiang Qing à la fin de l'office se persuade qu'elle est aimée.

Le soir, à la Terrasse des Pêcheurs, Jiang Qing, vieille gamine excitée et hilare, se vautre dans la certitude et jabote de bonheur. Mais Zhang la hache de son mépris :

— La masse, qu'est-ce que c'est ? Une argile qu'on malaxe, qu'on pétrit. Cette masse de Tiananmen qui a vociféré selon tes vœux, crois-tu qu'elle te soit acquise ? Certainement pas. Elle est prudente, elle te voit à ton apogée, elle te suit donc, mais elle ne t'aime pas. Sache que la plèbe se comporte de façon capricieuse, peureuse, et qu'elle t'abandonnera au premier péril. Tu ne peux pas compter sur elle, elle est une illusion pour toi comme pour les autres… Ce n'est pas grave, la bataille se déroulera ailleurs, autrement, en dehors d'elle, et elle se soumettra aux vainqueurs, quels qu'ils soient.

Jiang Qing passe la main sur son visage comme pour en retirer les copeaux de gloire. Une expression triste et méditative alanguit ses traits :

— Mao m'avait avertie des dangers qui nous guettent, dit-elle, mais peut-être s'amusait-il simplement à m'effrayer... Je ne sais pas.

Et désespérément elle répète son acte de foi :

— Le peuple m'aime, et nous sommes le peuple.

— Le peuple, le peuple. Comme si tu étais le peuple. Tu me fais rire. Laisse le peuple tranquille et soigne ta clientèle. Fais le trottoir, tape-toi les gros michetons avant que Hua ne te les souffle.

Cet accent de crapulerie, voilà le vrai Zhang, le maquereau issu des fanges de Shanghaï. Curieusement, cette façon de la traiter en putain de la Chine ne heurte pas Jiang Qing. Quand elle est déprimée, quand elle doute, la grossièreté de son amant la réconforte : même pour les affaires d'État, il n'est jamais meilleur que dans sa peau de souteneur.

— Ramasse les commissaires politiques, les généraux, les dirigeants. Tu les réchaufferas et aussitôt nous passerons à l'action.

— Je leur parlerai de Mao.

— Mao est mort et ces gens-là se foutent de lui. Peut-être que les cadres moyens et subalternes du Parti le révèrent-ils encore, mais ils ne sont rien. Nous, nous ne recherchons que les grands dignitaires, les hommes clés qui n'entendent que le langage de l'intérêt. Et n'oublie pas que Hua leur offre déjà prébendes et hochets.

Ce rustre a forcément raison, puisqu'il connaît les lois de la pègre. Et qu'est-ce que le Parti, sinon une pègre ?

— On devrait pouvoir compter sur les armées basées en Mandchourie et à Shanghaï, continue Zhang, mais il faut travailler, Jiang Qing. D'abord, prodigue tes caresses au maréchal Chen et à ses congénères. Les militaires sont essentiellement lâches et arrivistes ; leur loyauté, tu parles...

Éblouis-les, promets-leur de l'avancement, enjôle-les. Ils se détestent et se jalousent, sers-t'en.

Jiang Qing ricane, quel ministre fera ce salaud !

— Il y a plus urgent encore, Jiang Qing. Avant de peloter les soudards, tâte les polices secrètes, les polices politiques. Flatte surtout Wang Dongxing et les chefs de l'unité 8341. Ces types-là t'ont bien rendu service, ils ont fait disparaître tes anciens amants de Shanghaï et ils ont retrouvé des papiers compromettants pour toi, mais ils sont flics, donc encore plus dégueulasses que les militaires. Arrange-toi pour qu'ils ne se retournent pas contre nous.

Cette fois Jiang Qing s'alarme :

— Ce que tu me décris, c'est un château de cartes qui risque de s'écrouler à tout instant.

Zhang arbore un sourire supérieur :

— Les cartes sont biseautées en notre faveur, on ne peut pas demander plus. Un coup d'État comporte toujours des risques, mais, et tu as bien dû te le dire, si un homme comme moi reste avec toi, c'est que tes chances sont tout à fait raisonnables.

Le crépuscule s'approche comme une bête au pelage sombre, masse noirâtre qui avale tout. L'angoisse s'est emparée de la terre et dans le calme elle tend ses pièges : la Terrasse des Pêcheurs ne va-t-elle pas être prise d'assaut ? Jiang Qing essaie de se rassurer : qui oserait ? Personne. Mais cette objection, même cette objection, Zhang la balaie en quelques phrases :

— Les crocodiles du Parti ne t'attaqueront pas directement, mais ta présence dans leur marigot les gêne. Alors ils lâcheront Hua contre toi, et lui, crois-moi, est convaincu que l'audace, la très grande audace, est son seul atout. Face à lui, être la veuve ne te protège pas. Mais n'aie pas peur, sauf traîtrise, tu n'as rien à redouter, j'ai fait de la Terrasse un camp retranché.

La traîtrise... À ce mot, Jiang Qing frémit, la traîtrise est là, toujours là, fatalement là, cachée, visqueuse, gluante, obscène. La traîtrise... sa vieille comparse. Comme elle s'en est servie ! Comme elle a su duper, abuser, tromper, mentir, exploiter, leurrer. Comme elle a su aussi la flairer, la traîtrise, la stigmatiser, l'inventer même pour faire liquider des milliers de gens. Et maintenant elle la sent auprès d'elle, spectre assassin prêt à l'achever. D'une petite voix fragile, elle s'accroche à Zhang :

— Penses-tu que mes partisans pourraient me trahir ?

— La trahison est l'apanage des hommes, leur don. L'Histoire s'écrit sur elle. Pour l'instant, c'est à toi de la mettre dans ton jeu, de la prévoir et de la pratiquer.

— Allons dormir.

Dormir, prendre Zhang entre ses bras, chasser cette terreur... Mais comme chaque nuit depuis la mort de Mao, elle se cogne au bas-relief d'un cauchemar, toujours le même. Et comme chaque nuit, elle se réveille en sursaut et constate en un éclair, avec un bonheur infini, qu'elle est là, dans sa chambre, dans son lit, près de Zhang, libre :

— Zhang, mon rêve est revenu. Toujours ce cachot, cette obscurité. Je frappais les murs, la porte, un guichet s'ouvrait et je n'apercevais que de longs couloirs ténébreux. Il y avait aussi des gardiens qui se moquaient de moi, je me souviens de toutes leurs injures : « Jiang Qing, qu'est-ce que tu crois, espèce de petite souillure ? Impératrice de mes fesses ! Pauvre folle... »

— Toi et tes cauchemars... Tu ne seras jamais impératrice si tu t'abandonnes à de pareilles visions. À force de rêver de ta défaite, tu seras vaincue par toi-même.

Elle, Jiang Qing, déliquescente ? Non. Et aussitôt elle en administre la preuve à Zhang. Tendant la main, elle se saisit de ses couilles, les roule dans sa paume, elle les serre, elle s'amuse avec elles, elle les connaît si bien, grosses, dures, la mitraille du plaisir. Bientôt ils font l'amour et l'imagination de Jiang Qing musarde. Toutes ces couilles dans sa vie... il y en a eu d'insignifiantes qui n'ont guère compté, pas même politiquement, alors que d'autres... Celles de Zhang, succulentes, ne sont toutefois qu'un superflu dans leur association. Vitales ont été celles de Mao, énormes et d'où coulait un foutre intarissable. Mais surtout, même si elle n'aime pas s'en souvenir, ont importé celles de Kang Sheng le Terrible, le maître espion, l'homme des basses besognes, l'homme des massacres... ses couilles étaient des fruits merveilleux qu'elle avait découverts très jeune... Plus tard, il l'avait récompensée, comblée : il lui avait donné Mao. Dire que lui aussi venait de mourir.

Dès leur réveil, Zhang barde Jiang Qing d'instructions. Avant tout s'assurer de Wang Dongxing, le personnage le plus redoutable de Chine depuis le décès de Kang Sheng, Wang le bourreau en chef à qui elle a confié tellement de missions si diligemment exécutées. Une amitié solide les lie, elle et ce bureaucrate amoureux de l'humanité dont il nettoie les déchets dans des lessives de sang. Son art pour discerner le mal par des enquêtes, en mesurer la gravité par des interrogatoires, présider patriotiquement aux opérations nécessaires, et infliger la mort selon les modalités adéquates... Comme il avait compris, comme il comprenait toujours ! Cet honnête homme, ce fonctionnaire si dévoué, est le chef de vingt mille prétoriens-assassins, tous excellents. De plus il dispose, pour la solution de cas urgents, d'une garde de fer de cent braves triés sur le volet, très expérimentés, qui sont les parangons de la grande vertu rouge.

À peine a-t-il été convoqué que Wang Dongxing se présente à la Terrasse des Pêcheurs. Il salue Jiang Qing avec une soumission émerillonnée d'une certaine familiarité. Il est dodu, bedonnant, les traits épais et émoussés, comme taillés dans une pomme de terre, un nez poreux où poussent quelques poils noirs, l'aspect paterne d'un compère à toute épreuve, mais l'enjouement de ses yeux est inquiétant. Il loge sa rondeur dans un bleu de chauffe et, de ses doigts boudinés, il tripote avec une fausse gêne une grossière casquette qu'il a enlevée respectueusement. Luit une calvitie bosselée... Jiang Qing, très hôtesse charmante, fumant une cigarette dont les bouffées montent en auréole autour de sa tête, l'invite à s'asseoir à côté d'elle et lui offre du thé. Petits rires de courtoisie de part et d'autre, enfin Jiang Qing se met à célébrer les mérites de Wang Dongxing :

— Camarade Wang, vous avez toujours été fidèle au président Mao qui me vantait constamment votre clairvoyance et votre zèle. Il appréciait beaucoup votre flair, votre don pour repérer les traîtres. Camarade, le président Mao avait en vous une confiance totale et il m'a recommandé de m'appuyer sur vous.

Le camarade Wang, tout en écoutant, continue à torturer sa casquette : quand Jiang Qing en a fini avec ses compliments, il s'éclaire d'une bonasserie vulgaire et son regard déborde de contentement :

— Mes mérites ont été bien modestes, j'aurais dû servir beaucoup mieux le président Mao. J'ai été indigne de lui.

Jiang Qing se jette sur cette phrase qu'elle attendait : c'est sûr, Wang, ce finaud, a bien vu que son intérêt était avec elle.

— Camarade Wang, vous pouvez encore acquérir de très grands mérites. Il suffit que vous respectiez et que vous fassiez respecter les dernières volontés du président Mao, celles qu'il a exprimées avant d'expirer.

— Camarade Jiang Qing, les dernières volontés du président Mao sont pour moi sacrées. Je suis peu de chose, mais je les appliquerai et je les ferai appliquer de mon mieux. Si j'ai bien compris, c'est...

Jiang Qing coupe brusquement ce Wang trop mielleux. Les lèvres amincies, elle fait siffler les phrases qu'elle ne cesse de rabâcher :

— Camarade Wang, lors de l'agonie du président Mao, vous avez été témoin de ce que, luttant contre la mort, il s'efforçait encore d'exprimer sa volonté : que je lui succède, moi, son meilleur élève, son disciple, son compagnon d'armes.

Les bajoues de Wang frémissent comme si une mouche s'y était posée, c'est une ombre de rictus, le soupçon d'un rire minuscule. Mais très vite il reprend le commandement de sa physionomie.

— J'ai entendu... Le président Mao, dans ses derniers instants, vous a désignée comme successeur, vous, son élève, son disciple, son compagnon d'armes.

Est-ce que Wang Dongxing ne se moque pas d'elle à répéter ainsi tous ses titres ?

— Le président Mao le savait, il reste toujours des crapauds et des serpents. Maintenant ils grouillent autour de moi. Les exterminerez-vous pour moi ?

— Dites-moi leurs noms.

Jiang Qing s'impatiente :

— Ne faites pas le naïf, camarade Wang, vous connaissez très bien mes ennemis. Sans doute sont-ils réunis en ce moment même tout près d'ici.

— Je les connais, mais donnez-moi quand même leurs noms.

— Il s'agit de Hua Guofeng et de ses partisans. Camarade Wang, oserez-vous les arrêter ?

— Dès maintenant je prépare mon dispositif. Mille hommes encercleront le palais de l'Assemblée et une centaine de mes meilleurs agents y pénétreront, moi à leur tête, quand vous le jugerez bon.

Jiang Qing sourit, le camarade Wang sourit, d'un sourire énorme.

— Je vous livrerai Hua enchaîné. Je le déposerai ici et, si vous le souhaitez, je lui tirerai moi-même une balle dans la tête devant vous.

Quel empressement ! Quel enthousiasme ! C'est trop. Wang, secouant ses tripailles, se lève et s'apprête à partir. Il fait quelques pas vers la porte, soudain il se retourne :

— Il est essentiel d'agir vite. Si jamais une grande unité militaire protège Hua, je ne pourrai plus rien.

Jiang Qing arrive à s'esclaffer :

— Soyez sans crainte, l'armée est avec moi.

Une fois le camarade Wang sorti, Zhang qui a écouté l'entretien d'une pièce voisine rejoint Jiang Qing :

— As-tu compris ? Wang t'a menacée. Ce salopard prend

le vent. Selon les circonstances, il nous apportera Hua sur un plateau ou il nous arrêtera, pour lui, c'est tout un. Cela dit, il a raison sur un point, nous devons nous dépêcher. Je vais convoquer Mao Yuanxin, ton bel amoureux. Il se rendra en Mandchourie et de Shenyang il nous enverra dix mille soldats. Toi, tu pars pour Baoding, auprès du maréchal Chen, qu'il marche immédiatement sur Pékin avec sa 38e armée. Habille-toi autrement, mets une perruque, qu'on ne te reconnaisse pas, un attentat est toujours possible. J'avertis le maréchal Chen de ton arrivée afin qu'il ne te reçoive pas à son état-major, mais dans une maison des faubourgs.

L'action, l'entrée dans l'action ne déplaît pas à Jiang Qing. Traiter avec des policiers douteux, commander à des maréchaux, rassembler des armées, subjuguer les camarades incertains, elle le fera. Elle fera tout ce qui est nécessaire, même s'affubler de vieilles nippes. Mais Hua lui paiera le déguisement, l'automobile pustuleuse, le petit avion à hélice qui traverse un orage, ce voyage miteux et clandestin vers une ville de suie. Il paiera pour cette poussière de charbon, ces crassiers, ces usines, ces prolétaires aux yeux résignés, pour ces soldats que l'uniforme rend beaux et qu'elle ne peut passer en revue. Il paiera.

Le maréchal Chen la reçoit dans le salon d'une demeure écartée. C'est un vieillard fragile, une figurine si polie par l'âge qu'on la croirait d'ivoire : le temps, en grand artiste, a donné à ses traits une délicatesse extrême, une réserve courtoise et comme une philosophie. Tout son personnage est de douceur éthérée, sa taille élancée ne s'est pas courbée, la luminosité de ses yeux, l'exquis de son sourire, le nectar de sa parole sont les onguents de la suavité. N'étaient sa tenue, ses épaulettes et le flamboiement des étoiles rouges sur son col, on ne croirait jamais un militaire qui a versé beaucoup de sang, mais un sage parvenu après une longue quête au sanctuaire du renoncement bienfaisant.

Son accueil... Jiang Qing s'épanouit. Elle est vraiment heureuse de trouver en pleine santé ce maréchal couvert d'ans et qui, toute sa vie, n'a été que fidélité et dévotion au président Mao et à elle Jiang Qing. Adolescent, il était déjà connu pour sa vaillance et son excellente cruauté. L'exploit qui le rendit fameux avait été de sauver le président Mao, capturé par des brigands lors des difficiles débuts de la république du Juling (Ruijin), la première République rouge en Chine du Sud. Évidemment il avait été un héros de la Longue Marche, promu ensuite aux plus grandes dignités. Mais contrairement à tant de glorieux vétérans de cette épopée qui, bien plus tard, s'étaient entre-tués et avaient tenté d'éliminer Mao, il était resté lui-même, l'indéfectible Chen. Les années avaient passé. Quand Mao au seuil de la vieillesse avait voulu, en une Révolution culturelle, effacer la charognerie du monde, le maréchal Chen s'était joint à l'entreprise. Il avait aussi compris l'importance croissante de Jiang Qing et il lui avait toujours donné des gages.

Avec Chen elle peut parler à cœur ouvert :

— Maréchal, voyez à quoi j'en suis réduite, regardez les défroques humiliantes que j'ai dû revêtir pour arriver jusqu'à vous.

— Camarade Jiang Qing, comme à l'accoutumée vous vous vengerez. Et je vous aiderai.

Reniflement satisfait de Jiang Qing qui immédiatement reprend son antienne, son éternelle antienne, celle par laquelle elle se proclame l'élève, le disciple, le compagnon d'armes du président Mao qui, en ses derniers instants, l'a choisie pour qu'elle poursuive son œuvre.

Le maréchal l'écoute très benoîtement, en homme édifié :

— Il est notoire que le président Mao vous a désignée comme successeur, n'en déplaise à tous les porcs bouffis qui s'opposent à vous.

Jiang Qing s'illumine. Radieuse, elle entoure Chen de ses grâces, elle roucoule qu'elle le fera nommer ministre de la Guerre sous les ordres de Zhang qui dirigera son gouvernement. Au nom de Zhang, une ombre passe sur la figure angélique du maréchal, ombre trop fugace pour que Jiang Qing la remarque. D'ailleurs elle ne voit qu'une chose, la belle armée qui dès demain marchera sur Pékin.

Le maréchal toussote, sa physionomie se crispe, se ride, comme prise dans une toile d'araignée, tant de replis où se cache la mauvaise bête, celle de la Difficulté. Laquelle ? Le maréchal a besoin de plusieurs jours pour mettre ses régiments sur pied de guerre, même de simples éléments précurseurs. Il doit d'abord vérifier l'armement, distribuer les munitions et surtout procéder à une indispensable épuration. On ne pourra en effet passer à l'action qu'avec des gens sûrs, qui ne s'étonneront d'aucune décision. Cela suppose que certains gradés soient éloignés, en particulier les commissaires politiques qui ne bougent que sur ordre du Parti. Les soldats n'ont pas d'opinion, mais ces officiers risqueraient de jeter le trouble.

Ce discours filandreux, ces tergiversations, est-ce que le maréchal la lâcherait ? Jiang Qing est hors d'elle :

— Vous n'êtes pas à la hauteur, je ne vous reconnais plus.

Chen se dresse, martial, toute vigueur revenue, et il ouvre sa vieille bouche aux dents restées blanches et aiguës, des dents pour mordre et faire saigner :

— Jiang Qing, ne doutez pas de moi. Cette nuit même je rédigerai une proclamation où je vous saluerai comme le maître de la Chine. Je la lirai dès demain matin à mon état-major et tout le pays sera averti de mon engagement solennel. J'arriverai à Pékin à la tête de mes hommes dans moins d'une semaine. Le cas échéant, je combattrai les forces que Hua Guofeng aurait pu rassembler. Mais vous-même, tenez jusque-là.

Ce qu'il y a d'équivoque dans ces derniers mots, Jiang Qing ne le perçoit pas. La fièvre triomphale l'a reprise et c'est voluptueusement que le soir elle raconte à Zhang son entretien avec le maréchal, les apprêts pour la mise en route rapide de la 38e armée, l'assainissement des effectifs, l'entrée de Chen dans Pékin et, bien sûr, sa proclamation.

Jiang Qing se pâme :

— J'ai indiqué au maréchal que je voulais Hua Guofeng vivant. Le peuple le jugera, le condamnera à mort et je le ferai fusiller.

— Tout ce que tu rapportes, c'est une promesse.

— Mais puisque je te dis qu'il doit nettoyer ses unités...

— Je ne crois pas ce nettoyage obligatoire. C'est un prétexte. Cette vieille fripouille t'a roulée, lui aussi prend le vent, comme Wang Dongxing. Heureusement tout va bien du côté de Mao Yuanxin. Autre chose, Hua s'est installé aux Collines Parfumées, au grand état-major.

Jiang Qing jubile, divague :

— Ainsi donc il s'est retranché dans une forteresse. C'est qu'il a peur. Profitons-en tout de suite. Téléphone-lui, préviens-le que je veux le rencontrer dès demain à quinze heures au palais de l'Assemblée du peuple pour discuter sincèrement avec lui. Là je lui ferai avaler les dernières volontés du président Mao. Je sortirai chef de l'État et tu seras mon Premier ministre.

— Un fameux avancement ! À moins que je ne me retrouve en taule.

— En taule, en taule, toi aussi tu as la trouille. Reprends-toi, téléphone à Hua et allons nous coucher.

Jiang Qing s'endort d'un sommeil plein de gloire. Mais — est-ce la pusillanimité de Zhang qui l'a contaminée ? — les vers rongeurs de la crainte s'introduisent dans son repos. Et encore une fois revient à Jiang Qing son rêve obsédant, la longue perspective de geôles noires, de couloirs sinistres, de surveillants exécrables. Puis changent les images, elle est enchaînée à un mur et montent vers elle les clameurs effrayantes d'une foule qui la juge. Se rapprochent des faces innombrables, hilares, ravagées d'une haine heureuse, des bouches qui hurlent : « À mort, à mort la sorcière. » Jiang Qing s'agenouille devant le peuple, prend les poses du repentir et s'accuse de ses crimes. Les huées redoublent, les bourreaux s'avancent... Tout s'efface. Elle est engluée dans la poix d'une torpeur sans images. Elle a chaud, elle a froid, elle transpire, mais rien ne l'arrache à cet assoupissement nauséeux, à ce cauchemar où il n'y a plus que le néant... Le ciel a mangé les étoiles.

Une aurore pauvre la tire de cette malenuit, de gros nuages traînent leurs ventres sales et déchirés, le vent hurle et la pluie hache l'univers. Désolation, les bourrasques ont arraché aux arbres leurs feuilles qui recouvrent la terre d'une lie rougeâtre. Tempête, grondement de la nature, l'ouragan se cogne à des pagodons dont les toits dégorgent des torrents d'eau, le monde est un cachot rugissant, une fureur mélancolique, un défi pour Jiang Qing. Et une fois encore elle revêt son armure, son bleu de chauffe qui engonce, qui arase, plus de sein, plus de cul, plus de corps. Aujourd'hui elle jouera de son allure ingrate, de sa face rabotée, de son cou tendineux, des stigmates de l'âge, elle se veut une laideur inquisitrice et superbe.

Quinze heures. Jiang Qing et Hua Guofeng, arrivés presque en même temps, entrent ensemble dans le palais de l'Assemblée du peuple. Ensemble ils remontent les travées et ensemble ils s'inclinent devant le gigantesque portrait de Mao qui domine la salle des délibérations, l'un et l'autre avec la même expression de piété suprême. Laissant leurs suites dans l'amphithéâtre, ils s'enferment dans le bureau réservé aux dirigeants, une pisseuse solennité. Le têtard, tout sourire, multiplie les marques de respect que Jiang Qing reçoit avec froideur et dignité :

— Mon cher Hua, asseyons-nous, nous serons plus à l'aise pour discuter. J'ai voulu cet entretien afin que tout soit clair et je vous remercie de l'avoir accepté.

Hua obtempère et, petite chose emmiellée de courtoisie, il se pose dans un fauteuil :

— Jiang Qing, je veux vous témoigner mon admiration et celle de la Chine entière. Vous avez été la femme très attentionnée du président Mao, sa joie de tous les instants. Le Parti reconnaissant veillera à ce que votre existence soit aussi douce que possible. Vous serez la grande dame du régime, nous exaucerons tous vos souhaits et recueillerons toujours soigneusement vos avis, nous vous élirons président d'honneur du Parti.

— Tu veux que je sois une potiche, comme la veuve de Sun Yat-sen qui se contentait de si peu, d'être une grande dame, comme tu dis. Mais tu ne te débarrasseras pas de moi. J'exige que soit respectée la volonté du président Mao.

Hua se vrille sur lui-même, la mine chafouine, le ton insidieux :

— Quelle était selon toi la volonté du président Mao ?

— Ne me tutoie pas, je t'interdis de me tutoyer... Tu sais très bien que le président Mao voulait que je continue son œuvre.

— Êtes-vous bien sûre d'avoir compris la volonté du président Mao, sa dernière volonté ?

— Oui. Et tu la connais aussi. Avant de mourir il t'a exhorté, toi et les autres dirigeants, à m'aider à gouverner.

— Ce n'est pas ce que j'ai entendu. Le président Mao requérait de moi et des autres dignitaires que nous vous amenions à procéder à votre autocritique et à vous corriger de vos fautes.

Face au têtard qui ose l'accuser, Jiang Qing feint un tel étonnement que son visage en acquiert une sorte de stupidité :

— Quelles fautes ? Quand le président Mao a été affaibli par l'âge, je l'ai assisté, comme un bon élève vient au secours d'un maître qui décline. Grâce à moi, le président Mao a, jusqu'à sa mort, toujours prôné les solutions les plus correctes. Tu l'outrages quand tu m'outrages.

— Le président Mao voulait que tu te corriges de tes crimes. Il est mort prématurément à cause de toi.

Deux fauves sur le cadavre de Mao... Un tigre nain, un bredouillis de mâle aux griffes courtes et acérées, contre une tigresse géante, une grande femelle échevelée à la mâchoire cannibale. Hua s'est mis debout, accusateur suprême qui martèle ses phrases et souligne ses rauques raisonnements de gestes de prétoire :

— Tes crimes hurlent. Par amour pour toi, le président Mao ne les a pas dénoncés mais il ne pouvait mourir en paix sans t'ordonner de te repentir. Tes crimes ? La démence, l'orgueil, l'ambition, la cruauté.

— Ne me tutoie pas.

— Tais-toi et souviens-toi. Les Gardes rouges qui étaient si bons et si justes, tu en as fait une écume d'enragés. Et le président Mao a dû recourir à l'armée pour réprimer ce chaos. Alors les militaires grisés ont voulu s'emparer du pouvoir et assassiner Mao. Souviens-toi de ton complice le maréchal Lin Biao... C'est toi, toi qui as déchaîné la suite d'événements qui ont précipité le président Mao dans la mélancolie et la maladie, c'est toi qui as hâté sa fin. Repens-toi, puisqu'on te permet de te repentir et profite de la vie qui t'est si généreusement laissée.

— Ton discours est idiot, tu n'as jamais rien compris. Loin d'apaiser les tumultes, le président Mao les laissait croître afin que dans leur paroxysme les rebelles et les séditieux se révèlent. Crois-tu qu'il n'avait pas depuis longtemps deviné les plans meurtriers de Lin Biao ? C'est seulement l'abcès bien mûr qu'il a cautérisé au fer rouge. Mais peut-être n'a-t-il pas assez fouillé la plaie, autrement il t'aurait vu grouiller dans ce pus et il t'aurait écrasé.

— Le président Mao a reconnu mon zèle. Il m'a choisi pour que je t'impose le remords.

— Ton zèle, tu l'emploies à dissimuler tes forfaits. Veux-tu que nous parlions de ton zèle auprès de l'armée ? Tu t'en es toujours servi et tu essaies encore de t'aboucher avec elle contre moi.

— M'aboucher avec l'armée ? Et toi ? N'es-tu pas allée demander au maréchal Chen de faire marcher ses troupes sur Pékin ? Moi, je ne veux pas de l'intervention des militaires, je suis résolu à obéir à la loi, elle me suffit.

— La loi, c'est la volonté du président Mao.

Hua aussitôt surenchérit :

— Tu as raison. Le président Mao, quand on le croyait au-delà des choses de ce monde, a eu le sursaut héroïque de revenir à la conscience pour exprimer la loi. Tu as entendu ses paroles : « Agir conformément aux principes établis. »

— Les principes établis reconnaissent que je suis l'élève, le disciple, le compagnon d'armes du président Mao, la loi m'appelle à lui succéder.

— La loi, c'est le Parti qui la décrète et la fait appliquer, tu entends, Jiang Qing, le Parti dans ses instances supérieures. J'ai donc convoqué le bureau politique. Nous nous réunirons dans quelques jours pour délibérer démocratiquement de la succession du président Mao. J'ai bien peur, Jiang Qing, que tes prétentions n'apparaissent vaines et ridicules.

— Et tu crois, mon pauvre Hua, que tu seras proclamé successeur du président Mao ?

— Et tu crois que le Parti va te choisir ? Jiang Qing, as-tu oublié comment le Parti t'a traitée il y a quarante ans, quand Mao a voulu t'épouser ? As-tu oublié que les grands camarades unanimes ont essayé de s'opposer à cette union ? As-tu oublié que tu devais t'abstenir de toute action politique jusqu'à ta vieillesse ? Vieille, tu l'es, et tu cherches à rattraper le temps perdu.

— Votre clique a été ignoble. Le président Mao n'a jamais pardonné l'affront que j'ai subi et qui l'entachait lui aussi.

— Le Parti te jugera bientôt, Jiang Qing, le Parti qui sait tout de ta jeunesse dévergondée et des innombrables débordements de ton âge mûr.

— Tu rampes dans la fange, Hua, et tu mens.

— Mensonge que tu aies été une actrice légère ? Une moucharde qui, à Shanghaï, a dénoncé des camarades au Kuomintang ?

— Tu n'as pas de preuves.

— Les preuves, tu les as fait détruire par Zhang. Il n'en est pas besoin du reste : nous ne voulons pas d'une Chine gouvernée par une prostituée et un maquereau.

– Zhang n'est pas un maquereau.

— Si, il a longtemps vécu des femmes. Toi, tu n'es qu'une donneuse, tu as fourni des noms pour te sortir de la prison où le Kuomintang t'avait enfermée.

— Je n'ai donné que de faux renseignements.

— Qui t'auraient permis d'être libérée ? Tu te fous de moi ?

— Bien d'autres communistes ont été arrêtés, puis relâchés. Kang Sheng, par exemple.

— Kang Sheng... lui était capable de tenir tête. Pas toi. Tu as dénoncé.

— Si j'avais dénoncé, Kang Sheng m'aurait-il par la suite protégée ?

Hua Guofeng se tait, embarrassé. Impossible de toucher à Kang Sheng qui a été une des pièces maîtresses du régime et à qui l'on a fait des funérailles nationales. Alors Hua se rabat sur une proie plus facile :

— Ton cas reste trouble, Jiang Qing, mais pour Zhang il n'y a pas de doute possible. C'était un informateur professionnel fiché comme agent de la police secrète de Tchang Kaï-chek. Et c'est cette ordure que tu voudrais comme chef de ton gouvernement ? Il est mort-né ton gouvernement, Jiang Qing.

— Et le tien, Hua ? Qui s'associera avec un contre-révolutionnaire, un anti-Parti ?

Tout l'après-midi, elle est restée triomphante, convaincue d'avoir foudroyé le têtard, répétant chaque phrase de l'entretien, s'étourdissant d'insultes contre Hua, cette pustule, ce trou-du-cul glaireux. Anti-Parti... quelle invention géniale ! Zhang a eu beau essayer de la calmer, ses remarques, elle ne les a pas entendues. Imaginer que cette accusation pouvait être retournée contre elle, et avec de bien meilleures raisons, il fallait vraiment qu'il soit un pauvre maquereau ! Ils se sont chamaillés : altercation feutrée de vieux complices, ignominies d'autrefois déterrées, mais à peine, ils se sont aussi ménagés, enchaînés qu'ils sont l'un à l'autre, redoutables l'un pour l'autre.

Au crépuscule est apparu Wang Dongxing, plus faraud que jamais :

— Camarade Jiang Qing, je suis au courant de tout, le président Mao vous a inspirée, vous avez mis en charpie ce malheureux Hua qui essayait de vous ébranler avec ses vantardises et ses ragots.

Bouffissures de gaieté sur le visage de Wang Dongxing.

— Mon dispositif est prêt, je peux arrêter Hua à tout moment. Mais le bureau politique va se réunir en session extraordinaire et je me demande s'il ne vaudrait pas mieux attendre la fin de ses délibérations qui ne manqueront pas de vous être favorables. Les principaux dirigeants vous sont acquis, les autres vous craignent.

Jiang Qing remercie et, minaudante, propose une collation. Elle grignote et lui s'empiffre, broyant les gâteaux au gingembre, les galettes, les fruits confits ; puis le rustre s'attelle au madrigal : sa voix s'amenuise pour féliciter l'héroïne. Ses projets prennent corps, elle est la source de vie, un printemps. Jiang Qing rit gentiment de cette poésie de flic énamouré. Soudain Wang Dongxing se lève et gueule :

— Buvons à la victoire imminente de Jiang Qing ! Gloire à Jiang Qing qui gouvernera la Chine comme un autre Mao !

Il semble à Jiang Qing que l'expression de Wang Dongxing a changé : un sourire retors, goguenard même lui est venu.

— Et le maréchal Chen, ce débris de maréchal à qui vous venez de rendre visite, que devient-il ? A-t-il tenu ses promesses ?

Décidément cette canaille a des oreilles partout ! Cependant Jiang Qing choisit de répondre d'un ton uni que le maréchal met ses troupes sur pied de guerre et que bientôt elles avanceront sur Pékin à marche forcée.

Mais Wang Dongxing pousse son avantage :

— Et le serment d'allégeance qu'il devait prêter ? On dirait qu'il tarde.

— Pas du tout, le maréchal Chen parlera tout à l'heure...

— Espérons-le pour vous. Et le neveu de Mao, le mirobolant Mao Yuanxin, se presse-t-il davantage avec la petite armée mandchoue qui est à sa dévotion ? En voilà un qui vous est vraiment attaché et qui est un bon communiste. S'il n'apparaît pas très bientôt avec ses unités...

Le sourire de Wang Dongxing est devenu corrosif. Pourquoi n'a-t-il pas achevé sa phrase ? Par provocation, par impudence, par plaisir de laisser pressentir cette énormité que si Mao Yuanxin, le chevalier de Jiang Qing, n'arrive pas à dépêcher rapidement son armée, tout est foutu ?

— Wang Dongxing, vous vous alarmez à tort. Tout se présente au mieux pour moi. Je vaincrai politiquement grâce au Parti et au peuple. Militairement, je me borne à prendre quelques précautions. Rassurez-vous, l'armée de Mao Yuanxin sera bientôt aux portes de Pékin et celle du maréchal Chen suivra.

— Je ne doute pas que votre victoire soit d'abord politique. Néanmoins ne négligez pas vos précautions militaires.

Nouveau silence.

— Hua, contrairement à ce qu'il vous a dit, mobilise. Hormis peut-être le maréchal Chen, tous les chefs militaires vous détestent. À Canton, le général Xu crache dès qu'il entend prononcer votre nom et ne rêve que de coller la veuve Mao en prison.

— Je le ferai exécuter.

— Il n'est pas seul : toutes ces brutes ont été soudoyées. Dans votre clairvoyance vous vous êtes, Jiang Qing, toujours méfiée des Seigneurs de la Guerre rouges. Mais maintenant, ils sont là. Deux divisions d'infanterie ont déjà pris position aux Collines Parfumées. Hua les a inspectées avant de vous rencontrer.

— Je sais me battre. Le peuple me fournira les bataillons dont j'ai besoin.

— Vous croyez ? Il faudrait d'abord qu'il vous écoute.

Jiang Qing scrute ce gros tas de ruses, de torture et de mort :

— Que me proposez-vous ?

Wang Dongxing répète que son dispositif est prêt. Mais que Jiang Qing lui signe d'abord l'ordre écrit de s'emparer de Hua le rebelle qui viole le testament de Mao et qui se soulève contre elle, le meilleur compagnon du président décédé.

La voilà la traîtrise : que Jiang Qing appose son sceau sur le mandat d'amener, et elle serait la proie de cette outre vineuse ; il n'aurait qu'à remettre ce papier à Hua et c'en serait fini d'elle. Et pourtant comme il serait doux de s'abandonner à cette offre... Si jamais ce flic était sincère ? Elle n'a que quelques secondes pour prendre une décision.

Rictus de Wang Dongxing :

— L'avenir est incertain. Qu'est-ce qui me prouve qu'ensuite ma bonne action ne vous pèsera pas et que vous ne chercherez pas à vous défaire de moi ?

— Wang Dongxing, vous avez tort de ne pas croire à ma reconnaissance qui ne cessera jamais. Le morceau de papier que vous me réclamez est superflu.

— Je veux votre signature.

— Alors partez.

Loin de se cabrer, Wang Dongxing se montre tout gracieux. Jiang Qing a la bizarre impression que dans les ruisseaux de sang qu'ils ont versés ensemble a poussé une fleur bleue et que, s'il lui fallait la sacrifier, il le ferait avec une sorte de tendresse.

— Je continuerai à vous servir fidèlement... autant que je le pourrai.

Elle grince :

— Une fidélité qui requiert de moi des gribouillis dangereux, est-ce une fidélité ? Je ne sais si vous êtes loyal, je le saurai quand nous nous retrouverons.

— Nous nous retrouverons bientôt. Mais dès maintenant assurez-vous que le maréchal Chen ne vous abandonne pas.

Wang Dongxing... son mystère, son comportement si singulier. Est-il venu rôder autour d'elle, sa future victime, la caresser, la flatter avant de la happer dans sa gueule ou bien voulait-il, à sa manière cauteleuse, la renseigner, la prévenir ? Ambiguïté des êtres, même le flic le plus exercé peut, jusqu'à un certain point, en se couvrant de précautions, avoir la faiblesse d'un sentiment. Un regret saisit Jiang Qing quand elle regarde son vieil allié sortir mais Zhang hausse les épaules :

— Tu as raison, c'était sans doute une chausse-trape. Et

même sa ruse était grossière, ses rets indignes. Mais en s'amusant trop, Wang Dongxing s'est dévoilé, ce qui est un bienfait pour nous. Ce bourreau, nous le confierons à d'autres bourreaux... Il y a toujours des assassins.

— Quoi qu'il en soit, Wang Dongxing nous a rendu un sacré service en nous racontant les préparatifs militaires de Hua. Ce n'est pas nous qu'il a trahis, mais lui. Et nous allons en apprendre plus par Mao Yuanxin et par cette planche pourrie de Chen. Celui-là, je lui téléphone immédiatement.

— Et les écoutes ? Au moins fais attention à ce que tu dis...

Jiang Qing se jette sur l'appareil et compose un numéro. Des grésillements, des marmonnements, une voix. Jiang Qing dit qu'elle est Jiang Qing et demande l'état-major du maréchal Chen. Un silence et puis une autre voix, un hachis de mots, comme une suspicion, une indécision. Jiang Qing plus furieusement encore clame qu'elle est Jiang Qing et qu'on lui passe le maréchal. Une friture de bruits métalliques et de nouveau rien. Zhang lui fait signe d'abandonner : les fantômes sont là qui enregistrent. Mais Jiang Qing est enragée, elle vocifère des dizaines de fois qu'elle est Jiang Qing, Jiang Qing la veuve du président Mao et qu'elle veut le maréchal Chen. Enfin quelqu'un lui répond vraiment, un aide de camp : le maréchal dort et a interdit qu'on le dérange sous aucun prétexte. Jiang Qing, écumante, répète et répète son nom jusqu'à ce que l'interrompe la petite voix du maréchal qui s'excuse, il est si vieux, il a besoin de repos. Jiang Qing joue la doucereuse, à son tour elle s'excuse, elle regrette de le tirer de son sommeil réparateur, mais où en est sa proclamation, où sont ses troupes ? Le maréchal geint qu'il n'est qu'un pauvre ancêtre incapable dans son délabrement de se lancer dans de nouvelles entreprises.

— Maréchal, lors de ma visite, vous vous portiez comme un charme. Vous avez changé d'avis.

Le maréchal s'exprime maintenant d'un ton clair et net, les mots lui viennent, il est tout à fait à l'aise : certaines raisons contraignantes, impératives l'ont en effet empêché de se ranger ostensiblement à ses côtés et d'ouvrir les hostilités. Pourtant il est accablé par ces retards.

— Vous me trahissez.

— Je ne vous trahis pas mais je ne veux pas que mon armée soit détruite inutilement. La situation générale a évolué si vite que je n'ai pas eu le temps de vous l'exposer. Prenez exemple sur le président Mao qui ne s'obstinait pas si les risques étaient trop grands.

Zhang veut arracher le récepteur à Jiang Qing, l'affaire est perdue, inutile de renseigner davantage les espions de Hua. Mais Jiang Qing dans sa colère perd toute prudence, elle raille, elle insulte le maréchal, qui encaisse paisiblement ses paroles d'égout et même est pris de volubilité, comme s'il appréciait, lui, d'être écouté.

— Les colonnes de tanks du maréchal Hung avancent sur Pékin. Si j'engageais mon armée contre lui, il en aurait beaucoup de regret mais ses chars nous passeraient sur le corps, à mes hommes et à moi. Mes soldats n'ont pas d'armement lourd, pas de bazookas, ils ne pourraient rien. À quoi bon faire détruire mes divisions ? Je les conserve intactes dans leur cantonnement pour le jour où elles vous seront utiles, car je demeure votre partisan.

— Vous vous ralliez à Hung, vous vous soumettez à ce félon qui s'est vendu à Hua.

Alors le maréchal Chen lentement, avec emphase, avec coquetterie, entame le péan de Hung :

— Lui et moi nous nous sommes entretenus au téléphone. Sachez-le, il est mon ami, mon grand ami, comme moi le compagnon d'armes du président Mao.

— Le seul compagnon d'armes du président Mao, c'est moi.

— Soit... Réservons ce terme pour vous, mais Hung et moi nous avons été les meilleurs combattants que le président Mao ait jamais eus. Tous deux nous étions des paysans ignares, tous deux nous avons été éduqués, tous deux nous avons erré avec le président Mao au hasard des défaites et des victoires, tous deux nous avons prêché le peuple et l'avons rassemblé autour de nous. Tous deux durant la Longue

Marche nous avons servi de gardes du corps au président Mao. Des années et des années nous avons guerroyé contre les propriétaires fonciers et leurs milices. Nous avons affronté les troupes solidement équipées de Tchang Kaï-chek et celles des Japonais. Nous avons été blessés, Hung m'a porté lorsque j'ai été éventré, je l'ai porté lorsqu'une balle lui a perforé la poitrine. Ensuite, dans toutes les luttes, militaires ou politiques, nous avons soutenu le président Mao. Le président a reconnu nos mérites, nous a promus, nous a donné de grands commandements. C'est ainsi qu'ensemble nous sommes devenus des maréchaux...

— ... Et qu'ensemble vous trahissez le président Mao, Hung en se ruant dans le parjure et vous, Chen, en vous y installant doucettement. Chen, que faites-vous de l'honneur ?

— L'honneur est une notion réactionnaire s'il n'est pas suprême sacrifice au Parti. D'ailleurs, ici, il n'est pas question d'honneur mais d'amitié. Il arrive que de vieilles amitiés se terminent en haine, en rivalité mortelle, ce n'est pas notre cas à Hung et à moi, nous sommes toujours des frères.

— Mais cette amitié bourgeoise dont vous vous gargarisez est encore plus contre-révolutionnaire que l'honneur. La seule bonne amitié est celle de dénonciation. Or, loin de dénoncer votre ami Hung, vous obéissez à ses ordres infâmes. Vous êtes un traître, un grand traître, un immense traître.

La voix de Jiang Qing est montée dans le suraigu de la rage incendiaire, mais il en faut plus pour émouvoir le maréchal Chen :

— Il y a autre chose. Le camarade Hung m'a démontré irréfutablement mon erreur idéologique. La règle première de tout bon communiste, c'est de se soumettre au Parti. Hung le fait. Tant que le Parti ne s'est pas encore prononcé sur la succession, le camarade Hua, nommé, dois-je vous le rappeler, par le président Mao lui-même, est notre dirigeant suprême, fût-ce à titre provisoire. Si dans les jours prochains le Parti ne le confirmait pas dans ses fonctions et vous désignait comme successeur, le maréchal Hung vous obéirait et moi aussi... Moi avec ferveur. Je vous salue, camarade Jiang Qing.

Avant que le maréchal ait raccroché, Jiang Qing a encore le temps de lui crier que lui et son ami Hung seront fusillés ensemble, qu'ils s'aimeront dans la mort.

Ténèbres. Allongée sur son lit, Jiang Qing est moulue d'angoisse. Tant de déceptions. Wang Dongxing qui joue au sphinx et le bénin maréchal qui l'outrage ! Non content de l'abandonner, Chen s'est retourné contre elle, de sa voix flûtée il l'a mise sur le gril avec tous les raffinements d'un bourreau poli. Finalement, sous son apparence d'onction courtoise, il n'a été sa vie durant qu'une brute intelligente qui flairait le succès et se rangeait toujours du côté du vainqueur. Qu'à présent il se permette d'accabler Jiang Qing de sa douceur sulfureuse, c'est la preuve qu'il est sûr de sa défaite. Il a attendu le vent et le vent s'est mis à clamer l'échec.

Que reste-t-il à Jiang Qing ? Avant tout Mao Yuanxin, le fils du frère aîné du président qui avait été tué à la fin de la Longue Marche. Il y a entre eux de l'amour, mais ils ont en une accordance profonde, évité les facilités du plaisir. Leur domaine est une extase supérieure, une passion qui s'exprime par la jouissance ardente, partagée, infinie, de la politique. Mao Yuanxin s'est consacré à Jiang Qing et à son ambition impériale, et pour ce dévouement sublime, Jiang Qing le chérit. Elle a certes sa force de frappe, Zhang, ses satellites, ses partisans, mais Mao Yuanxin depuis des années est le bon intrigant qui pour elle se débat dans le dédale des choses. Né dans le berceau du Parti, il excelle aux subtilités, aux manœuvres et aux contre-manœuvres, il répand la bave, la ruse, le poison et aussi les paroles de pourpre et d'or. Dans la tourbe vénéneuse qu'est l'entourage de Mao, il est la lumière.

Mais maintenant, à Shenyang où il rassemble son armée, à quels écueils se heurte-t-il ? Son silence, son long silence...

Est-ce que ses officiers refuseraient de le suivre ? Est-ce qu'ils auraient également été contaminés ? Se retrancheraient-ils derrière le Parti ? Alors, qu'il rentre le plus tôt possible à Pékin pour abattre la carte maîtresse : lui seul, sur son nom, peut soulever le peuple et amener les grands dirigeants à se prononcer pour elle.

Jiang Qing se laisse aller au sommeil. Elle sent Mao Yuanxin à côté d'elle, elle le respire, elle en est imprégnée. Il est si beau, si jeune encore, les traits suaves, sur le visage comme une innocence. Et voici qu'il s'approche d'elle, qu'il la prend entre ses bras, qu'il lui murmure qu'il l'aime...

La chute... Une chute interminable à travers un espace blême, inconsistant, des limbes, le vide. Et elle tombe et tombe encore, cela ne s'arrêtera pas, cela ne s'arrêtera jamais. Soudain ce néant se fait mâchoire, gouffre gigantesque, l'entrée d'un enfer. Jiang Qing sombre toujours mais les parois rugueuses de l'abîme se resserrent sur elle et de ces abrupts ruissellent des pleurs. Elle entend un chœur de bienvenue : « Salut à toi, Jiang Qing, qui nous rejoins dans notre abjection », elle sent monter vers elle une ignoble puanteur et elle comprend que des âmes volent autour d'elle tandis que les corps se putréfient dans le fond de l'abysse. Ces cadavres, ces chairs infâmes, ces débris qui ne mourront jamais s'agitent, carcasses infectes, palpitantes, mangées par des bêtes immondes, insectes aux élytres géants, oiseaux aux ailes membraneuses, tout ce qui rampe, mord et pique, serpents, rongeurs, carnassiers, tant de museaux, de dards, de griffes, de dents, toute la méchanceté du monde.

Jiang Qing tournoie au milieu des âmes qui gémissent et se désolent. Elle sait qu'elle va s'écraser sur l'immense gisement des dépouilles molles et horriblement vivantes, se déchirer sur les squelettes et les crânes, n'être plus qu'une parcelle de cette décomposition. Mais elle ne veut pas se fondre dans cette souillure chancreuse, elle ne veut pas que son âme quitte son corps pour se joindre à la cohorte des vapeurs qui se lamentent. Alors, de ses mains, de ses pieds, de tous les crocs de son être, elle essaie de s'agripper aux saillies et aux anfractuosités des parois. Elle parvient à se cramponner à un éperon, elle s'y accole et, mètre par mètre, elle s'arrache à l'appel de ce mouroir gluant.

Jiang Qing est revenue sur la terre des hommes. Un vacarme s'approche d'elle, un vacarme qui dépasse celui des éléments, les grondements des eaux, les clameurs des tempêtes, les vociférations des volcans, les meuglements du sol qui s'ouvre, les rugissements des montagnes qui s'effondrent. C'est un ferraillage sinistre, un fracas de métaux, un raclement de machines, ce sont les tanks annoncés par le maréchal Chen. Il y en a des centaines et des centaines, monstres d'acier impitoyablement cadenassés dans leur hargne, qui écrasent sous leurs chenilles la nature, les villages, la vie. Cette nappe luisante et hérissée arrive sur Jiang Qing et va la broyer elle aussi, quand, dans un sursaut, elle fait un effort désespéré pour échapper à l'horreur tueuse. Après un combat de quelques secondes qui semblent une éternité, elle se réveille enfin. Elle est moite, baignée de sueur, une dernière vision d'épouvante traîne devant ses yeux, mais comme chaque matin, après les nuits d'abomination, elle constate qu'elle existe, qu'elle est elle, Jiang Qing, entière, indestructible.

Au milieu de la matinée, Jiang Qing est tirée de sa chambre par un remue-ménage, Mao Yuanxin est là, défait, épuisé, le visage en détresse. À Shenyang il n'a pas réussi à convaincre ses officiers et ses hommes, ses paroles s'émoussaient sur leur tiédeur, et pourtant il avait prodigué toute son éloquence. Pour la première fois ses troupes lui ont désobéi, en s'abritant derrière le Parti.

— Ne vous désolez pas, interrompt Zhang, ce n'est qu'une autre preuve de la lâcheté des militaires. On ne peut pas compter non plus sur la police. Quant au Parti, il hésite. Il faut que nous prenions les choses en main. Mao Yuanxin, vous allez présenter le testament de Mao à la Chine entière. Vous seul pouvez le faire, tout le monde sait que le président vous chérissait et que vous étiez son confident. Dites, dans une déclaration solennelle, qu'il était résolu à transmettre le pouvoir à Jiang Qing, intronisez-la devant la nation.

Il est décidé de rédiger une grande proclamation sur le thème des « deux écoles » qui, toute sa vie, a hanté Mao. Constamment l'eau de la vérité se trouble, les cœurs des hommes les plus fidèles se corrompent et se gangrènent, et des communistes, même ceux qui ont été les meilleurs, s'engagent dans une « mauvaise école ». Combien le président Mao n'en a-t-il pas anéanti de ces écoles pernicieuses qui ne cessent de surgir sur l'humus des pensées pestilentielles ! « Tuez, tuez, disait-il, exterminez pour que ne repoussent pas les têtes de l'hydre de la réaction ! » Œuvre immense car à l'intérieur du Parti prolifèrent les engeances excrémentielles et les hérésies puantes : à peine une « mauvaise école » est-elle détruite qu'en apparaît une autre. Et maintenant que le président Mao est entré dans la gloire universelle, maintenant qu'il n'est plus là pour exciser les chancres, une audace encore plus grande vient aux êtres vils : il s'est constitué une méduse de la contre-révolution qui étend partout ses tentacules.

Mais la « bonne école », celle qui était l'émanation du génie du président Mao, doit continuer à rayonner sur la Chine, sous peine que le communisme se corrode et que le pays se dégrade. En ses dernières années, le président Mao, dans la générosité de son cœur plein d'amour pour le peuple, a distingué le personnage qui le prolongerait et qui continuerait à répandre les bienfaits de la « bonne école », inspirant la vertu et donnant le bonheur aux masses. Souvent il s'est entretenu avec son neveu Mao Yuanxin et il lui a découvert le fond de ses pensées, il n'y avait auprès de lui qu'une seule constante gardienne de la « bonne école : Jiang Qing.

La légende dorée de Jiang Qing, Mao Yuanxin la répandra partout. Comment, née dans la misère et l'oppression, elle avait combattu les jougs infâmes. Comment toute jeune elle avait été animée par une foi qui lui avait fait supporter le martyre, les supplices, les lames de couteau et les brûlures au fer rouge plutôt que de se renier. Comment, devenue actrice dans le Shanghaï des corruptions, elle avait incarné à la scène et à l'écran des héroïnes dont l'exemple enflammait le peuple. Comment, lorsque les Japonais avaient envahi la Chine, elle avait refusé, malgré leurs propositions mirifiques, de suivre les réactionnaires du Kuomintang qui s'enfuyaient vers Chongqing. Comment elle avait alors pris la voie difficile, le chemin étroit et dangereux qui l'avait amenée à Yanan, dans l'austérité du peuple rouge. Comment là, elle avait corrigé ses défauts et refait son éducation avec une application qui avait plu au président Mao. Comment il l'avait épousée parce qu'il avait été touché par son zèle idéologique. Comment Jiang Qing, dans l'intégrité de la doctrine et par l'ardeur du dévouement, en quarante ans de compagnonnage, avait toujours su conseiller au président Mao les audaces utiles, comment elle était plus que son élève, son inspiratrice.

De longues heures ils cherchent les termes précis, les expressions convenables, les raisonnements rigoureux qui doivent aboutir à la conclusion unique, inéluctable, que Jiang Qing gouvernera la Chine. Ils tisonnent les cendres du passé, en font jaillir la splendeur, ils tressent une couronne de dithyrambes, ils déifient Jiang Qing dans l'encens des hommages. Pendant que Mao Yuanxin écrit, Jiang Qing le regarde avec tendresse. Vont-ils, tous deux, réussir à déchaîner le peuple, à mettre le feu à la plaine comme disait autrefois le président Mao ? Mao Yuanxin sourit. Et sa voix est une musique. Que Jiang Qing soit apaisée, cette proclamation atteindra la Chine entière, elle remplira les yeux, elle sera articles dans les journaux, affiches sur les murs, images à la télévision, et, clamée par la radio, répercutée par les haut-parleurs, elle abreuvera toutes les oreilles. La « campagne » imprégnera, mobilisera le peuple entier. Partout les masses assemblées brandiront les portraits de Mao et de Jiang Qing, ensuite, dans des réunions innombrables, elles discuteront du sens exact des termes employés et ainsi comprendront que Jiang Qing est l'émanation du président Mao.

Jiang Qing n'est pas satisfaite encore : il ne suffit pas d'embraser les masses d'amour, on doit toujours, en même temps que le cyclone d'adoration, susciter l'ouragan de la haine, désigner un coupable sur lequel on versera le purin de l'infamie et dont les fautes seront formidablement dénoncées. Mao Yuanxin reluit d'acceptation narquoise : dans un premier temps, la « campagne » sera un nuage parfumé qui montera vers Jiang Qing et la ceindra de vénération, après viendra le moment de la justice, de l'exécration, du piétinement mortel, des hurlements contre le chef de la nouvelle ligne révisionniste, le traître Hua Guofeng.

Pour lancer cette « campagne » ils choisissent un endroit symbolique, une terre où fleurit la légende, Changsha, le sanctuaire de Mao, la ville auprès de laquelle il est né. Son neveu y sera comme un poisson dans l'eau.

Dès le lendemain, Mao Yuanxin est parti pour Changsha et déjà Jiang Qing se ronge. Le temps ne se dévide pas, chaque heure est interminable et aussi chaque minute et chaque seconde. Que les aiguilles des horloges s'arrêtent, qu'elles ne mesurent plus l'insupportable ! Qu'on la laisse aux battements de son cœur, aux pulsations de son sang, à l'étau qui lui serre les tempes, aux frémissements de ses nerfs, qu'elle s'abîme dans la durée et que son corps en soit la forge.

Le temps dévore Jiang Qing et tout s'exacerbe en elle, rires écorchés, sourires à vif, sueurs chaudes, frissons glacés. Son sommeil n'est qu'un voile où flottent des images diaphanes, moins des rêves que les projections d'une conscience à peine assoupie. Les ténèbres lui font peur — le temps y est encore plus pesant ; elle pense trop, elle entend les hymnes des apothéoses et les gémissements des catastrophes, elle se voit triomphante mais souvent revient la perspective maudite des longs couloirs et des cachots. Alors elle s'arrache à ces présages et se trouve réveillée… Combien de fois se réveille-t-elle chaque nuit ? Pour échapper aux ombres, elle a placé à son chevet un chandelier d'argent et un miroir où elle se découvre parfois un visage d'impératrice, d'autres fois un visage d'éternelle captive. Quand la détresse la saisit trop violemment, elle allume l'électricité — la chambre est comme à cru —, elle se lève, va jusqu'à une grande glace et interroge encore l'énigme de son reflet. Impératrice ? Captive ? Captive ? Impératrice ? Zhang grogne : « Éteins, tu déménages. » Elle obéit. Autour d'elle, la nuit est immobile, le temps opaque. Dehors il n'y a pas de lune, pas d'étoiles, elles ont de nouveau été mangées. Et Jiang Qing se répète que Mao s'est plu, pour s'amuser d'elle, à lui donner de faux espoirs. Elle s'agrippe à Zhang : « Crois-tu que Mao m'a roulée ? » Il la repousse et replonge dans le sommeil. Jiang Qing écoute les rumeurs de la ville, ces bruits minuscules qui, dans la paix des choses, deviennent énormes. Le ciel lui semble une bacchanale. Elle surveille tout, elle guette tout ce qui pourrait avoir une sonorité anormale, des voix, des pas signifiant le danger. Elle distingue, à intervalles réguliers, un léger remue-ménage, mais ce n'est que la relève des sentinelles. A-t-elle l'imagination détraquée ? Son cœur bat la chamade, elle se prépare une boulette d'opium, elle aspire... le grésillement, l'odeur douce-amère, le goût épicé, la fumée qui l'amène à un calme bizarre dans un monde lénifiant. Elle se sent aérienne mais brusquement l'envie de vomir la crispe... L'aurore enfin chasse les nuées indéchiffrables et pose les tréteaux de l'univers vrai, ceux de la scène où elle, la grande actrice, joue sa dernière partie.

Tout à coup le temps se déchire : le téléphone, la voix de Mao Yuanxin, il la serre contre lui comme sa très chère et il lui dit ce qu'elle désire tellement entendre, que la cité de Changsha célèbre Mao. De la foule montent les cantates de l'amour et les versets de la vénération, les vieux se souviennent de lui, les jeunes vivent dans son épopée, et pour tous Jiang Qing est indissolublement liée à lui.

Mao à Changsha ?... Comment la ville saurait-elle ? Jiang Qing seule connaît toute l'odyssée de l'étudiant misérable qui y cherchait la vérité, et ses paroles lui reviennent, les longues conversations de leurs débuts, quand elle l'écoutait, fascinée. L'histoire commençait en 1893 dans le village de Shaoshan où le père de Mao, un ancien soudard, avait, avec le fruit de ses rapines, acheté des terres et s'était établi usurier. Dès ses premières années, Mao avait exécré ce rapace comme il avait exécré les dieux lares de l'autel des ancêtres. Ce fut là son premier grand sentiment, la détestation.

Haïr un homme, ce n'était pas assez, il fallait en haïr beaucoup ; il sentait cela en lui. Mais qui et comment haïr ? Il s'était enfui de la demeure familiale et avait gueusé à travers les campagnes. En 1911, à dix-huit ans, hâve, déguenillé, sans le sou, il était arrivé à Changsha. Il avait erré dans le quartier des prostituées et lui, le rustre dépenaillé, il avait été emporté par le désir des richesses et des luxures. À l'époque, l'Empire s'était écroulé, la république avait été proclamée et, le Ciel disparu, tout n'avait plus été que massacres, pillages, tortures, cadavres. Une famine avait jonché la terre de moribonds aux os saillants, un incendie avait dévoré la cité et des gueules patibulaires avaient surgi. Bien plus tard Mao avait avoué à Jiang Qing que ce règne de l'enfer l'avait fasciné, qu'étant devenu soldat il avait participé aux meurtres et aux abominations et qu'il avait manqué faire carrière dans le banditisme.

Et puis il s'était dégoûté de lui et de toutes ces horreurs. Au point qu'il avait décidé de combattre le mal, mais au nom de quel bien, il l'ignorait. Alors il s'était transformé en lettré, il avait revêtu une tunique noire déchirée et il s'était inscrit à l'École normale. Cinq ans à lire, sans dégager de tous ces textes la voie, sa voie. Pour échapper à ces incertitudes, il parcourait la campagne, en plein hiver il grimpait au sommet des montagnes et il nageait dans les torrents glacés. Dans sa première dissertation, il avait vanté la vigueur physique et il avait écrit que la vertu ne servait à rien si les vertueux étaient faibles, que la vertu venait de la force.

Mais de quelle vertu parlait-il ? Pas de celle de Confucius et des Sages qui prêchaient la soumission, la vertu selon lui devait être rébellion. Mao avait publié dans un journal une annonce pour recruter de jeunes patriotes qui voudraient métamorphoser la Chine. Il avait reçu quelques réponses et fondé l' « Association culturelle du peuple éclairé ».

Jiang Qing rêve à ce Mao jeune, à son visage inspiré, à sa longue chevelure, à ses yeux de source. Quand elle l'a connu et épousé, il s'était épaissi mais elle aimait en lui le romantique de Changsha. C'est sur les traces de cet homme-là qu'elle veut marcher, sur les traces de cet étudiant qui, petit à petit, découvre le communisme, qui se fond dans le Shanghaï des misères, qui refuse de s'expatrier pour apprendre les techniques du soulèvement, qui invente la révolution à la chinoise. Elle est avec le Mao qui, de sa voix tonnante, avait soulevé les paysans, les pauvres des pauvres, ceux qui n'avaient pas un arpent de sol sous les pieds, pas un coin de ciel au-dessus de la tête, le Mao qu'elle a aimé.

Souvenirs, relents du passé, bouffées du présent... Mao Yuanxin ne revient toujours pas de Changsha. Quand elle ne se rompt pas d'angoisse, Jiang Qing surit d'exaspération. Colères, caprices, toujours les mêmes simagrées. Elle réclame à manger mais la nourriture lui répugne, tout la dégoûte. Les bruits de la demeure, les murmures du jardin lui blessent les oreilles, autour d'elle les courtisans chuchotent au lieu de parler, glissent au lieu de marcher. À défaut de pouvoir apaiser la brise et le vent, on pourchasse les oiseaux qui célèbrent le matin rayonnant et le soir chatoyant, on traque les chiens errants, on extermine toutes les bêtes mais les insectes continuent à crisser. Souvent Jiang Qing maugrée contre la lumière qui, même à l'intérieur des pièces, lui brûle les yeux. On ferme les persiennes, on tire les rideaux, on met des housses à toute chose, mais dans cette pénombre Jiang Qing se plaint de douleurs, de migraines, de maux de ventre. Grincheries. Zhang la houspille :

— Tu es enceinte d'un monde. Mais si tu continues, tu finiras par faire une fausse couche.

Enfin Mao Yuanxin est là et il exulte. Jamais le président Mao n'a été célébré avec plus d'émotion... Cette foule, ces défilés, ces rassemblements, ces discours, sa visite à la maison natale, à l'École normale, la tendresse pour l'enfant du pays... on avait retrouvé de ses anciens condisciples, évoqué un passé savoureux et touchant... Jiang Qing s'impatiente :

— Et moi ? Et la proclamation ?

— Je l'ai lue, je l'ai fait afficher, elle était partout et tous la connaissaient par cœur.

Jiang Qing s'empare du poignet de Mao Yuanxin :

— Mais moi, m'a-t-on acclamée ?

— La foule n'était qu'un cri : « Longue vie à Jiang Qing, la veuve du président Mao. »

— La veuve et pas le compagnon d'armes ?

Mao Yuanxin bredouille, hésite, et ses mots trop bien choisis ébranlent les certitudes de Jiang Qing. Soudain Mao Yuanxin lui apparaît terne, émoussé, raboté, un homme ordinaire qui essaie gauchement de dissimuler le médiocre des choses.

— Mao Yuanxin... pas vous, pas davantage. Vos mots fourrés de bienveillance ne sont dignes ni de vous ni de moi. Toujours nous nous sommes dit la vérité, cette fois vous me ménagez et cette pitié me fait tout craindre. La situation est-elle à ce point désespérée ?

Un soulagement vient à Mao Yuanxin, enfin il peut raconter qu'à Changsha la foule acclamait Mao, seulement Mao, l'ombre formidable de Mao. Lorsqu'il a parlé de Jiang Qing comme du compagnon d'armes, comme du successeur, il n'a recueilli que de la surprise et des approbations très prudentes. Quant à dénoncer Hua Guofeng, il n'y fallait pas songer :

— Escompter que les braves gens de Changsha, les braves gens de la Chine entière, vous portent au pouvoir par des soulèvements ou des tumultes, non. Mais si vous êtes désignée souverainement, ils vous accepteront.

— Et qui me désignerait souverainement ?

— Moi. La bataille décisive se déroulera à la réunion du Politburo le 5 octobre. Certains membres me sont acquis, j'exclurai les autres, je les anéantirai, je démolirai Hua Guofeng et sa clique et vous serez nommée.

— Je vous accompagnerai.

— Surtout pas. Votre présence pourrait tout faire échouer. Je préfère mener l'attaque en douceur.

— Et moi je serai à la Terrasse des Pêcheurs à me morfondre pendant que se jouera mon sort ? Je ne peux pas, je ne veux pas accepter.

— Jiang Qing, vous ne devez pas apparaître. J'ai mon plan, vous me gêneriez.

Une joie illumine Mao Yuanxin : il a en lui ses repères, ses rets, sa stratégie. Jiang Qing ne peut rêver de meilleur champion lors de ce huis clos où ils se retrouveront à quelques-uns, les mêmes, toujours les mêmes, qui n'ont cessé depuis des années de s'opposer ou de s'allier dans ces combinaisons tordues qui commandent des dominations, des effondrements, des disgrâces, des survies. Ils seront quelques-uns assis autour d'une table en forme de U, qui palabreront durant des heures, apparemment normaux, devisant, échangeant des arguments et des remarques, fumant des cigarettes et remplissant les cendriers de mégots. Mais les grimaces et le ton de la bienséance dissimuleront la soif de carnage, la nécessité qu'il y ait des vainqueurs et des vaincus. Et subitement, sous le voile des paroles ordinaires, ces quelques-uns se porteront des coups terribles. La confrontation aboutira à quelques décisions exécutoires répercutées dans toute la Chine qui feront des milliers de victimes ignorant même les raisons de leur condamnation... Joutes du communisme, joutes mystérieuses inconnues du monde et dont le monde est l'enjeu.

Jiang Qing regarde ce Mao Yuanxin auréolé de détermination : son nom, sa fortitude, sa science des ruses en font un extraordinaire combattant. Peut-être a-t-il raison de ne pas vouloir qu'elle soit là pour mieux dérouler les fils de ses stratagèmes ? Mais peut-être présume-t-il trop de lui ? N'est-il pas bien jeune, malgré tout son art de la parole incommode et subtile, face à pareille harde de barbons à peau de tapir, les galériens de la malice, les racornis de l'horreur, les dégénérés du pouvoir ? Comme Jiang Qing voudrait mener la curée auprès de lui, les babines retroussées et la voix en poignard. Mais Mao Yuanxin ne cède pas.

Puisqu'il s'arc-boute, autant renoncer et le laisser aller seul dans l'arène. D'ailleurs il y est déjà. Ensemble ils passent en revue les grands camarades, une lèpre remonte du passé : tous sont des assassins. Encore doit-on distinguer ceux qui ont déjà tué pour elle, Jiang Qing, et qui sont en principe ses partisans, de ceux, aussi chargés de cadavres, qui ont exterminé des hommes qui lui étaient attachés. Dans cette abjection, Mao Yuanxin ne discerne que deux ou trois personnages complètement sûrs et un nombre à peu près égal d'ennemis déclarés.

La décision dépendra donc des tièdes, des grenouilles de marécage qu'il s'agit dès à présent d'enrôler dans le camp de Jiang Qing pour constituer une majorité en sa faveur. Ce sera très probablement une majorité dure car, une fois engagés, ces indécis se révéleront impitoyables par crainte du châtiment s'ils avaient mal misé : la couardise est la reine des assemblées exterminatrices. Ces lâches, il faut les persuader et surtout les compromettre, qu'aucun retour en arrière ne leur soit possible, qu'ils ne puissent pas, si les chances de Jiang Qing paraissaient s'amenuiser, faire défection et, pour se racheter de leurs tergiversations, s'acharner contre elle. Il ne serait pas mauvais que ces badernes irrésolues sentent que Jiang Qing est appuyée par Wang Dongxing et l'unité 8341 : on reverra le policier.

Finalement Jiang Qing et Mao Yuanxin ont arrêté leur programme. Il ne reste que quelques jours pour recruter, attirer, soudoyer et éblouir. C'est un immense démarchage des mous, des hésitants, de ceux qui ne sont pas très favorables comme de ceux qui sont presque gagnés : on les enrobe, on les englue, on joue de leurs craintes et de leurs ambitions. C'est la course aux salauds, aux beaux salauds qu'on enfarine. Mao Yuanxin en harponne beaucoup, Zhang s'entremet et Jiang Qing en reçoit elle-même à la Terrasse des Pêcheurs. Ces vieux roublards prodiguent des acquiescements, des demi-acquiescements, des semblants d'acquiescements, des paroles fallacieuses, des expressions obséquieusement hypocrites. Peu importe, l'essentiel est de leur imprimer une marque dont ils ne pourront se défaire.

Mao Yuanxin, Zhang et Jiang Qing s'épuisent à les cajoler et à les stigmatiser. Et ils croient avoir capturé beaucoup de ces énervés, de ces flapis, de ces timorés, assez en tout cas pour qu'on puisse faire venir Wang Dongxing.

Le jour dit, à l'heure dite, se présente un Wang Dongxing particulièrement engageant, le Wang Dongxing des temps anciens, à la chair rose et bien lavée, aux yeux porcins pétillant d'enjouement, la bonhomie à l'étal. Toute cette viande n'est qu'urbanité et bonne grâce : il y a de l'enchère heureuse dans l'air. Et en effet Wang toussote, se gargarise, postillonne, comme se préparant à quelque proposition alléchante :

— Camarade Jiang Qing, hier j'ai eu un entretien avec un personnage qui m'a parlé de vous avec ferveur.

Jiang Qing se raidit et s'enquiert de l'identité de l'individu mais Wang Dongxing fait des circonlocutions, il rondouillardise, s'adonne à toute une gymnastique d'apprêts, nasillant que c'est quelqu'un qu'elle, Jiang Qing, croit son ennemi, qui ne l'est pas, même si récemment elle a échangé avec lui des propos tumultueux, mais c'est un malentendu, un petit malentendu, la personne en question en a beaucoup de regrets, elle éprouve pour elle les sentiments les plus dévoués. Dix minutes durant Wang Dongxing batifole dans l'orgeat avant de lâcher que la personne est Hua Guofeng, l'homme que le président Mao a nommé au poste suprême.

— Le président Mao m'a nommée moi et Hua Guofeng n'est qu'un usurpateur.

Wang Dongxing esquisse un geste bénisseur :

— C'est là le malentendu que le camarade Hua Guofeng veut dissiper. Il m'a demandé de vous transmettre une requête : acceptez de le recevoir demain, chez vous.

— Qu'il vienne reconnaître ses torts.

Wang Dongxing ouvre la gueule pour un rire tonitruant

mais il n'en sort aucun son, ce n'est qu'une contrefaçon de rire, une énorme grimace sans vacarme :

— Vous vous entendrez, vous y avez intérêt tous les deux. Il passera le soir très discrètement, dans une simple voiture noire.

Une fois Wang Dongxing parti, Jiang Qing tient conseil avec Zhang. Elle jubile, certaine que Hua Guofeng vient à récipiscence. Mais Zhang fait le rabat-joie.

— Méfie-toi, Hua Guofeng a plus d'un tour dans son sac. Ne le rebute pas tout de suite, écoute-le, il te proposera vraisemblablement une alliance contre votre ennemi commun, Deng Xiaoping. Celui-là, s'il sort de son exil, vous êtes perdus tous les deux. Tu n'es quand même pas stupide au point de ne pas avoir deviné que c'est lui qui, de Canton, agite les militaires contre toi. Et Hua a bien compris que, toi vaincue, ce maudit Sichuanais finirait par le bouffer.

La nuit suivante Jiang Qing revoit la perspective des cachots, sa cellule, un homme la regarde par le guichet, Deng Xiaoping, un nain lui aussi, mais tellement plus dangereux que Hua Guofeng, que mille Hua Guofeng. Hua, elle le déteste en raison des circonstances, de la tournure des choses, mais sa détestation n'est pas fondamentale : ce Hua n'est rien, un petit monstre qui agite ses grelots, c'est la fourberie blême, maladive, une morve soutenue par un Parti à la crève, et Jiang Qing persiste à penser que dans les jours prochains Mao Yuanxin écrasera ce foutriquet. Den Xiaoping, c'est autre chose. Lui, elle l'exècre essentiellement et jamais elle n'a pu avoir sa tête, il a toujours survécu à tout.

Deng Xiaoping le coriace, Deng Xiaoping qui la combat depuis les temps reculés de son mariage, Deng Xiaoping si teigneux avec elle, voilà l'ennemi. Ramassé sur lui-même, noueux, trapu, toujours en pleine gaieté, en pleine santé, l'existence lui est un perpétuel banquet. Rallié dès le début à Mao, c'est un personnage obscur à côté des grands camarades, mais dès qu'il apparaît, ceux-ci filent doux. Car les titans sont fragiles, ils se cassent, ils attrapent les maladies de la mauvaise pensée et le président Mao les fait occire. Den Xiaoping, lui, a eu l'art de nager dans les eaux de la

Révolution, même quand elle brisait ses digues et se répandait en torrents turbulents : il répondait aux exigences des situations et pratiquait opportunément la cruauté comme la clémence. Il s'y connaît à tuer, il a contraint à l'autocritique meurtrière des milliers de capitalistes et de bourgeois, il a été de presque toutes les campagnes de rectification. Mais quand ils devenaient inutiles et fastidieux, il effaçait excès et outrances : il est raisonnable, il crée dès qu'il le peut une normalité. La face camuse, les traits disloqués et goguenards, la paupière lourde, l'accent épais, il lâche au bon moment les mots décisifs. Ce petit bonhomme est un rouage indispensable jusque dans les plus hautes instances... Le secrétaire général... secrétaire aux massacres et aux rafistolages.

Il irritait Mao mais Mao ne se décida jamais à le faire exécuter, pas même lors de la Révolution culturelle, et cela malgré Jiang Qing qui voulait l'écorcher vif. Entre autres crimes, ce Deng ne cessait de la railler, la traitant de vieille traînée, de sorcière à balai, de constipée congénitale qui, lorsqu'elle arrivait à chier, ne déféquait que des cailloux. Mao se borna à bannir Deng après qu'il eut été stigmatisé comme « tête de chien » et « monstre cornu ».

Le pire pour Jiang Qing était à venir : en 1973 Deng alias « le dirigeant capitaliste numéro 2 » était de retour à Pékin, un peu concassé mais bientôt papelardant Mao et s'harmonisant merveilleusement avec le mandarin Chou En-lai qui l'avait réclamé auprès de lui. Fureur de Jiang Qing qui glapissait auprès de son époux : « Celui-là, celui-là surtout te trahira... »

Jiang Qing ne se trompait pas entièrement : Deng n'était pas, malgré sa fidélité à Mao, un maoïste pur sang. Selon lui les hommes étaient immuables, et l'on ferait d'eux d'excellents communistes, bien peints en rouge, en sachant utiliser leurs instincts éternels et leur égoïsme foncier pour remettre la Chine en marche. Le pays, il voulait le récurer, le moderniser, l'ouvrir aux Barbares, il voulait jouer au ping-pong avec les Américains et conseiller aux gens de s'enrichir... La trahison en effet.

Trois années durant la haine de Jiang Qing contre Deng et

les siens resta vaine. Enfin le hasard heureux l'avait secourue, Chou En-lai était mort, le peuple l'avait pleuré et acclamé, demandant en son nom la liberté. La milice avait réprimé l'émeute et Jiang Qing avait pu obtenir de Mao le châtiment de Deng, toujours au gouvernement, et qu'elle accusait d'avoir fomenté ces troubles. Elle n'obtint, mince satisfaction, qu'une disgrâce et un exil à Canton. Du moins le « monstre cornu » n'était plus à Pékin. Mais aujourd'hui, Zhang a raison, c'est lui qui souffle sur la braise.

Toute la journée Zhang a prêché l'alliance avec Hua : que tous deux s'unissent contre Deng, qu'ensemble ils le détruisent. Et toute la journée Jiang Qing s'est irritée de ses conseils. S'acoquiner avec Hua, non. Plutôt le réduire et ensuite, forte de son pouvoir, se débarrasser à jamais de Deng, tel est son plan et nul ne l'en fera changer. Cette fois Deng ne ressuscitera pas.

Hua mis en déroute, puis Deng anéanti... Elle caresse encore cette vision heureuse quand Hua sort de sa voiture tout croquignolet, bonbon fondant, mille politesses, mille courbettes. Et d'exprimer aussitôt ses regrets infinis, de déplorer son humeur trop vive, ce malentendu. Il est là pour créer une bonne entente. C'est ainsi qu'il désire respecter intégralement le testament du président Mao dont certaines clauses lui avaient échappé. Jiang Qing sera un Trésor national, mais ce rôle est très insuffisant pour elle, le compagnon d'armes, le meilleur élève, le disciple de son mari.

Jiang Qing sourit, suspectant un piège :

— Ainsi vous me remettez le pouvoir et vous acceptez que je prenne Zhang pour chef de mon gouvernement.

Hua continue à ruisseler de douceur :

— Permettez, permettez. Il semble que les dernières paroles du président Mao aient été confuses et même un peu contradictoires. Il vous désignait comme son successeur mais pas entièrement. Dans sa sollicitude pour vous, il m'a nommé votre tuteur, votre défenseur...

À quel animal ressemble-t-il, ce Hua ? À quel méchant

petit rapace, à quel minuscule rongeur, à quel hypocrite carnassier en train de faire le beau ? Quand il s'amadoue en une maquellerie enjôleuse, il joue à l'écureuil qui offre ses noix, à l'ourson qui propose de voler ensemble le miel d'une ruche, au caniche qui invite à partager sa pâtée, la truffe mouillée d'amabilité conviviale. Le salaud, se dit Jiang Qing, il ne peut cacher ses dents gâtées, il a des dents de rat. C'est un rat, un vieux rat qui lui présente un morceau de lard, un lamentable rat qui redoute le maître de tous les rats bouffis du Parti, un misérable rat qui tremble devant Deng Xiaoping.

Une ironie flotte sur le visage de Jiang Qing :

— Camarade Hua, le président Mao avait raison de vous apprécier, il savait que vous respecteriez ses volontés... Mais laissons ces propos oiseux...

Jiang Qing perle d'un rire jeune et amusé, elle s'égaie pendant que Hua marmonne que l'unique, l'intangible vérité, c'est qu'il veut appliquer le testament du président Mao.

— La vérité, coupe-t-elle, c'est que vous craignez Deng Xiaoping, l'homme qui vous fera tomber si je ne vous aide pas.

— Jiang Qing, Deng Xiaoping est votre ennemi bien plus que le mien. Mais comme je vous suis dévoué, je viens à votre rescousse contre lui.

— Vous voudriez bien me grignoter, petit rat, mais vous vous êtes avisé que, m'auriez-vous grignotée, Deng vous grignoterait à votre tour. Aussi pensez-vous maintenant à restreindre votre appétit, à laisser à ma carcasse suffisamment de chair pour que je puisse être utilisée contre Deng Xiaoping.

Soudain elle fulmine :

— Vous me proposez de partager le cadavre du président Mao, vous en prendriez les parties nobles, ne m'en cédant que les abats. Et vous vous réclameriez de lui, de son cœur et de son cerveau pour vous emparer de sa Chine. Moi, je n'aurais que les miettes de votre banquet.

Hua est saisi de stupeur devant ce tableau de boucherie :

— Que voulez-vous dire ? Qui parle de déchirer les restes vénérés du président Mao ?

— Le président Mao est ma propriété, il est à moi, à moi seule, tout de lui m'appartient.

— Ne parlons pas du cadavre du président Mao dont vous avez la bouche pleine, parlons de son esprit qui lui survit. Que conseillait-il, le président Mao ? De réfléchir, de toujours réfléchir. Réfléchissons donc.

— Réfléchir... En êtes-vous capable, pauvre rat ?

— Je vous le répète, si le président Mao m'a nommé auprès de vous, au-dessus de vous, c'est qu'il craignait que vous manquiez du pouvoir mâle de la réflexion. Je vous suggère...

— Le pouvoir mâle de la réflexion... comme si vous étiez un mâle ! Taisez-vous. Ou plutôt étalez devant moi votre marchandise, que j'en découvre la saleté.

— Jiang Qing, discutons sérieusement. Vous avez été le compagnon d'armes du président Mao, son élève, son disciple, je le reconnais. À ce titre, je désire vous nommer, vous et vos fidèles, à des postes clés. Ainsi participerez-vous aux décisions capitales.

Jiang Qing le regarde, supérieure, condescendante :

— Encore une fois, grince-t-elle, je ne partage pas la dépouille du président Mao. Vous n'en aurez pas un morceau, rat que je vais dératiser, rat bientôt crevé.

Mais Hua ne lâche pas prise, il mord :

— Réfléchissez, Jiang Qing. N'oubliez pas que le président Mao avait réfléchi pour vous. Il se méfiait de vous, il ne vous a pas légué tout le pouvoir, loin de là.

— C'est complètement faux. Vous mentez et en plus vous mentez stupidement. Vous analysez mal la situation : laissez-moi gouverner la Chine, vous m'assisterez et, je vous le garantis, notre ennemi commun sera bientôt mort. Mais il me faut tout, tout de suite, et d'abord votre obéissance.

Hua dresse une vieille tête aux yeux de mauvais sort :

— Jiang Qing, vos conditions sont insensées. Acceptez les miennes.

— Vous êtes un escroc.

— Jiang Qing, vous êtes folle.

— Je triompherai de vous, je triompherai de Deng Xiaoping, je triompherai du monde… Le président Mao l'a voulu et le président Mao n'a jamais tort.

Le jour décisif approche. Le 4 octobre au matin se présente un Wang Dongxing amaigri, la mine triste. Que sont devenues sa rondeur guillerette, ses bajoues avantageuses, sa gourmandise cruelle ?

— Salut, camarade Jiang Qing. Le président Hua m'a averti de votre refus et j'ai pris sur moi de venir, ce qui n'est pas sans danger.

— Merci, courageux camarade Wang Dongxing. Mais où est le péril ?

— Camarade Jiang Qing, j'ai été heureux de vous servir. Je n'aimerais pas avoir à vous arrêter.

— Et pourquoi m'arrêteriez-vous ?

— Si vous êtes jugée criminelle, j'aurai à vous traiter en ennemie du peuple. Cela me chagrinerait car j'ai du cœur, en tout cas un cœur qui vous est attaché.

— Faites attention, camarade Wang Dongxing, vous vous rangez dans le camp de mes ennemis et moi je n'éprouverai aucune peine, absolument aucune, à vous faire châtier.

— Vous divaguez, camarade Jiang Qing. Demain vous serez vaincue. On ne tardera pas à vous déclarer contre-révolutionnaire et mon devoir sera de vous tourmenter.

— Camarade Wang Dongxing, ne jouez pas les prophètes de malheur.

— Camarade Jiang Qing, il est encore temps d'accepter un accord avec Hua. Peu à peu vous le pousserez de côté, vous l'éclipserez et peut-être par la suite viendrez-vous à bout de Deng Xiaoping. De toute façon vous vous ménageriez un avenir, tandis que demain, si Mao Yuanxin demande le pouvoir pour vous, vous chuterez dans le précipice.

— Wang Dongxing, la vie est à l'opposé des songes. J'ai souvent rêvé que je tombais dans un gouffre et j'y vois le présage de mon élévation. Je suis sûre que demain le Parti se rangera derrière Mao Yuanxin.

— Vous vous trompez. Vos partisans ne sont plus qu'une poignée et même ceux-là sont en train de vous abandonner. C'est le sauve-qui-peut.

— Vous mentez.

— Hélas non. Négociez avec Hua. Sinon dans quelques jours ou quelques semaines, je vous passerai les menottes. Épargnons-nous cela, Jiang Qing, réfléchissez…

Réfléchir, toujours réfléchir, Hua, Wang, Zhang même, ils n'ont que ce mot à la bouche. Mais Jiang Qing n'est plus capable de réfléchir. Son âme est un puits d'eau sombre, la fièvre tournoie en elle, et chaque heure qui passe est perdue pour la conciliation, et le sablier s'épuise. Au soir, le sort en est jeté : pas d'alliance avec Hua, Mao Yuanxin ira au combat.

Jamais il n'a été plus beau, plus résolu, demain il fera ce que jamais aucun homme n'a fait pour elle, il la couronnera. Elle le regarde longuement, tendrement, elle s'approche de lui, le frôle, et ses lèvres susurrent l'inconcevable : elle lui propose de faire l'amour.

— Et Zhang ?

— Il s'en fout.

Mao Yuanxin s'écarte : cette femme qui met ses charmes à l'étal rompt leur pacte. En cette veillée d'armes, elle va gâcher la pureté qui est leur force, l'intégrer à la cohorte des hommes qu'elle prend pour mieux les détester ensuite, mais comment se dérober ?

— Demain, dit-il, j'ai besoin d'être calme, décidé, tranchant. Après une nuit avec vous, je ne le serai pas. Trop d'émotions…

— Aucun homme ne m'a jamais refusée, répond Jiang Qing, la voix rauque. Ne m'offense pas. Je veux seulement que notre union soit totale, ce sera ma manière d'être demain avec toi. Allons viens. Faut-il que je te le répète ? Viens.

Mao Yuanxin ne peut que s'incliner : en effet on ne

repousse pas une Jiang Qing qui s'offre. Pourtant la répulsion l'étouffe, surtout quand surgit un Zhang qui aussitôt comprend et qui rit :

— Je te cède ma place, heureux Mao Yuanxin. Et je me retire dans une pièce lointaine pour que mes ronflements ne troublent pas vos jeux.

Et à l'oreille de Mao Yuanxin :

— À partir d'un certain moment, elle pue la vieille, une odeur aigre et sure.

Dans la chambre, Mao Yuanxin reste debout sans se dévêtir. Jiang Qing, en habituée de la conquête, est déjà nue, complètement nue. Ses avantages sont fanés et cependant elle n'est pas répugnante, la peau n'est pas flétrie ignominieusement, les chairs sont toujours fermes, il y a même comme une poésie dans l'érosion de son corps et Mao Yuanxin y discerne une dégradation émouvante. Toute une vie d'usage...

Il est en proie à une étrange impression. Comme Jiang Qing a dû être belle... Mais combien d'hommes se sont étendus sur cette beauté ? Combien ? Combien ? Des dizaines, des centaines ? Ils sont là, leur longue théorie, mâles qu'elle a domptés, écrasés, dont elle a fait des cadavres. Tant d'hommes vaincus qui n'ont pas laissé de trace. Si ce corps est abîmé, c'est par l'âge : la débauche n'est rien.

Tel un éphèbe soumis au caprice d'une souveraine, il se déshabille enfin et s'allonge à côté de Jiang Qing qui le caresse d'une main experte pour l'emporter dans la rage de l'accouplement. Se prendre, se détacher, se reprendre, se détacher à nouveau, parler un peu, Mao Yuanxin est gagné par un malaise, par le sentiment d'être ailleurs, un acteur le remplace dans ce lit. Et puis la nausée le saisit. L'assaille le relent annoncé. Jiang Qing lui paraît ridicule dans sa luxure, toute la gymnastique de ses ébats, toutes ces figures qu'elle impose. Mais le comble du repoussant, c'est cette mare qui se répand sous elle. Cette femme n'est qu'une femelle incontinente qui exige et clame sa jouissance. Jouir, le mot qu'il ne fallait pas, le mot du marécage...

Tous deux tâchent de s'endormir et chacun de son côté reste éveillé, immobile, lui, pris dans l'empois du dégoût, et elle, inquiète, extraordinairement inquiète, Mao Yuanxin lui semble si lointain. Aurait-elle perdu son champion ? Se pourrait-il que l'honorer soit désormais une besogne pénible ? Vieille, elle se sent vieille, et seule.

— Nous n'aurions pas dû, murmure-t-elle timidement.

Et Mao Yuanxin répète d'une voix terne :

— Nous n'aurions pas dû.

Il est parti au petit matin, le visage embrumé, après quelques effusions chastes et tendres.

Et Zhang tout de suite a attaqué Jiang Qing :

— Tu as les yeux cernés, les traits taraudés, mais tu n'as pas l'air heureux. J'ai entraperçu Mao Yuanxin, il ne paraît pas en meilleur état que toi, tu as le sens du gâchis.

— J'ai gardé Mao Yuanxin auprès de moi pour le réconforter. Je ne voulais pas qu'il passe la nuit, solitaire, à penser, à avoir peur de ce qu'il allait faire.

— Ma pauvre Jiang Qing, tu comptes encore sur tes charmes mais tu es déjetée, couturée, salopée. Il n'y a plus que moi qui puisse te baiser, moi tout m'est bon. Tu as écœuré Mao Yuanxin ; ce matin, il était décomposé.

— Ne m'insulte pas, Zhang. Qu'as-tu chuchoté à Mao Yuanxin hier soir ?

— Qu'à partir d'un certain moment tu puais la bique.

— Zhang, Zhang, pourquoi dis-tu toutes ces horreurs ?

— Pour m'amuser.

— Tu t'amuses trop ces derniers temps.

— C'est ma philosophie devant les échecs qui s'accumulent. Pourquoi as-tu refusé l'offre de Hua ?

— Ce qui est fait est fait. Et maintenant il est trop tard.

— C'est le moins qu'on puisse dire. Il ne nous reste plus qu'à attendre notre arrestation.

— Tu crois vraiment que tout est perdu ?

— Nous le saurons tout à l'heure quand réapparaîtra ton bien-aimé Mao Yuanxin. Rien qu'à voir son visage…

Il y a comme une mollesse dans la voix de Zhang.

— Ce sera la victoire, j'en suis certaine, dit Jiang Qing.

— Alors, si tu en es certaine…

Mao Yuanxin a pénétré dans la salle des délibérations. Les dignitaires sont tous là, assis autour de la table en U. Ils sont en bleu de chauffe et en casquette, la vraie tenue prolétarienne. Ils fument et bavardent. Bonnes faces paisibles, bien nourries, quelconques... des grands-pères inoffensifs. Cependant, pour avoir survécu, pour assister à ce concile, quelles existences de ruses, d'embûches, de meurtres ont-ils menées ! Et malgré leur apparence débonnaire, ils n'ont pas changé. Des fauves, encore.

Hua Guofeng préside, malicieux, narquois, gentil. Il se lève, déclare la séance ouverte et propose de commencer par l'apologie du président Mao. Et chacun de célébrer le Grand Timonier bien dialectiquement, en mots éculés, en lieux communs éprouvés. Seul Mao Yuanxin met dans ses phrases une fulgurance digne du Mao vivant. Une fois ces louanges terminées Hua Guofeng annonce que l'on va étudier la situation générale. De l'avis commun elle est excellente. L'un après l'autre, les participants se dressent et prononcent un discours jubilatoire, en termes à peu près identiques. Il n'y a qu'à continuer : moderniser, renforcer l'économie, ouvrir la Chine aux pays amis ; l'industrie, les hauts-fourneaux, le profit individuel, la bannière étoilée, c'est bien, c'est très bien. Toutes ces harangues sont longues, interminables même, moites d'ennui.

Enfin c'est à Mao Yuanxin. On le regarde avec bienveillance mais une tension s'instaure quand il revient au président Mao pour détailler ses accomplissements dans les mois qui ont précédé sa mort. L'âge n'avait pas affaibli ses facultés ni entamé sa lucidité. L'assistance guette : fera-t-il un éclat ? Abordera-t-il de front la question du testament ? Mao Yuanxin s'en garde bien, le sujet est trop incertain. Mais il va vers son but dangereux en le contournant :

— Je constate quelques vacances au sein de l'appareil, des nominations s'imposent.

Les visages doucereux se crispent, redeviennent des visages de vieillards venimeux où dardent les rides. Hua Guofeng porte la main à l'oreille pour mieux écouter. Si Mao Yuanxin prononce le nom de Jiang Qing, il fera comme convenu un signe à ses partisans : qu'on ne bronche pas, qu'on le laisse s'enferrer. Et ce nom Mao Yuanxin le prononce et même l'exalte :

— Durant la vieillesse du président Mao, Jiang Qing l'a beaucoup aidé et le président Mao l'a reconnue comme son meilleur élève, son disciple, son compagnon d'armes.

Quelques semblants d'applaudissements, quelques bruits divers, toux, raclements de gorge, ensuite la chape du silence. Apparemment pas de contre-attaque. Mais les patriarches ont sorti de leurs poches calepins et stylos et ont noté tout ce que disait Mao Yuanxin. Ces gribouillis, ces gribouillages, ce sont là des armes meurtrières qui dans un proche futur pourront servir à étayer une accusation. Désormais la menace plane…

Mao Yuanxin ne se désarçonne pas, il continue à parler très calmement, et enfin il aboutit au grand défi :

— Je propose donc de porter la camarade Jiang Qing à la présidence du Parti. Zhang Chunqiao serait Premier ministre et Wang Hongwen président du Parlement.

Mao Yuanxin se rassied mais personne ne demande la parole. De maigres acclamations, de rares protestations, un léger brouhaha où quelqu'un qualifie Jiang Qing d' « usurpatrice » et Mao Yuanxin d' « ennemi du peuple », rien de plus. D'un geste, Hua Guofeng fait taire ces tièdes manifestations :

— Camarade Mao Yuanxin, nous avons écouté avec attention vos sérieuses propositions. Dans les jours qui viennent nous les discuterons démocratiquement au sein des diverses instances du Parti. De très nombreux camarades donneront leur avis, nous les critiquerons et nous nous autocritiquerons pour arriver à la solution correcte. Lors du prochain conseil du bureau politique, le Parti fera connaître ses décisions.

C'est fini, des mains se tendent vers Mao Yuanxin, des visages lui sourient, on ne s'écarte pas de lui, on ne vocifère pas contre lui, il n'est pas un pestiféré… pour le moment. Mais il est englué dans l'hypocrisie rouge, celle qui mène aux condamnations implacables. En lui sonne le glas, c'est plus que la défaite, la déroute. Les partisans de Jiang Qing ont reculé, les indécis ne se sont pas ralliés à elle, bien au contraire, et ses ennemis, même s'ils affectent la modestie et la modération, triomphent. Dans un jour, dans un mois, l'abîme s'ouvrira et ce sera le châtiment.

À la Terrasse des Pêcheurs, Jiang Qing est sereine : le temps est cousu de fils d'or, le temps annonce le bonheur. Le président Mao est en train de la couronner, ses mânes inspirent Mao Yuanxin qui, au Politburo, prononce son nom à elle, Jiang Qing, Ondes vertes, Jiang Qing le compagnon d'armes. Et tous les camarades chenus la reconnaissent comme l'âme de la Révolution qui, sans elle, s'éteindrait et mourrait.

Une heure, deux heures passent de plus en plus lentes et lourdes. L'exubérance de Jiang Qing n'est pas atténuée par la gaieté railleuse de Zhang qui, avec une sorte de plaisir, ne cesse de répéter que les vieux singes n'ont pas besoin d'elle, qu'ils veulent le pouvoir avidement pour s'en repaître et qu'ils ne désirent surtout pas qu'elle continue la Révolution :

— Jiang Qing, ces cancrelats te haïssent, ils vont t'écarter pour s'ébattre dans la jouissance et les profits. Hua Guofeng ou Deng Xiaoping, l'un ou l'autre les arrange. Ils veulent des bénéfices bien palpables et plus de potence, sauf une pour toi.

Mao Yuanxin devrait arriver et chaque seconde d'attente désormais tourne au supplice. Jiang Qing déambule en fumant des cigarettes, dix, vingt cigarettes et toujours pas de Mao Yuanxin. Nerveusement, elle descend dans le parc. Autour d'elle, les arbres dénudés tendent vers le ciel leurs moignons, ce sont des gibets. Le sol dépouillé de ses herbes a la couleur du sang, les massifs sont taillés en bloc, tels des billots... La mort ? Quelle sottise, la victoire est là. Jiang Qing guette chaque bruit pour saisir du plus loin le ronflement de la voiture qui ramènera Mao Yuanxin. Rien, les prémices de l'hiver gèlent le silence. Alors le temps empoigne Jiang Qing à la gorge, la serre, l'étrangle. Elle rentre dans la demeure, elle retrouve Zhang qui, encore une fois, la nargue :

— Ne sois pas impatiente. Pour ce qu'il aura à nous annoncer…

Midi. Enfin un moteur, une voiture, le claquement d'une portière, un homme qui approche, un somnambule qui touche à peine terre, un fantôme qui ne regarde pas, qui ne voit ni Jiang Qing ni Zhang. Le visage de Mao Yuanxin est calme, ce qu'il contemple de ses yeux sans conscience, c'est le vide, ce qu'il dit d'un ton de suaire, ce sont des inanités :

— Tout s'est bien passé, enfin presque bien. On a salué en Jiang Qing le compagnon d'armes du président Mao, je l'ai proposée pour diriger la Chine. On m'a écouté avec respect mais aucune décision n'a été prise. Il y aura des consultations…

Jiang Qing exulte :

— Le peuple va parler.

À ce cri Mao Yuanxin paraît se réveiller :

— Je suis très fatigué, je vais me reposer chez moi, auprès de ma femme et de mes enfants.

Jiang Qing s'accroche à lui, il se dégage, la repousse :

— Excusez-moi, je suis épuisé.

— Quand reviendras-tu ?

— Je ne sais pas…

Et Mao Yuanxin décampe. Ses pas qui s'éloignent, le moteur, la voiture, le silence…

Jiang Qing et Zhang sont face à face, Jiang Qing garde une bonne contenance :

— Il est vraiment à bout. Mais il nous a apporté d'excellentes nouvelles, le peuple…

Zhang la secoue :

— Je l'avais prévu. C'est foutu, complètement foutu, on va nous arrêter.

— On n'arrête pas Jiang Qing, le peuple…

— Tais-toi. Si nous avions du courage, nous nous supprimerions. Je prendrais un revolver, une balle pour toi et une pour moi. Nous éviterions bien des hontes en mourant ensemble.

— Nous régnerons ensemble.

— Chimères… Tout est foutu. Mais j'ai mon honneur de forban, quand une partie est perdue, j'en tire les conclusions. Dans notre corporation, on sait se saborder. C'est un talent qui te manque.

— Je suis Jiang Qing.

— Et qui est Jiang Qing ? Si nous vivons, tout ton passé, tout le mien vont revenir à la surface.

— Je suis Jiang Qing, la veuve du président Mao. On n'osera pas me salir.

— Sans doute n'étalera-t-on pas toutes tes turpitudes, elles souilleraient la mémoire du président Mao. On t'atteindra plus subtilement, plus insidieusement. On te jugera.

— Non, je suis Jiang Qing, le compagnon d'armes…

— On te jugera et tu seras condamnée à la prison perpétuelle. Moi aussi, et moi je ne veux pas croupir le reste de ma vie dans une taule.

— Non. Et je vais te prouver immédiatement que le peuple m'aime et qu'il me donnera la Chine.

— Tu n'es plus rien. Que peux-tu faire ? Essaie n'importe quoi et tu comprendras ton malheur. Tu perdras tes boyaux, tes tripes traîneront, tu saigneras, tu pleureras. Reste ici.

— Je suis un tigre et je prendrai le peuple dans ma gueule.

— Femme imbécile.

— Pauvre femmelette, tu vas voir comment je vais vaincre.

Et Jiang Qing court revêtir sa livrée de dame d'œuvre des masses. Ainsi attifée, elle monte dans une limousine noire et ordonne qu'on la conduise place Tiananmen. Sur la place des rassemblements géants, des ouragans de l'adoration frénétique ou de la colère noire, en ces lieux où voici trois semaines Mao exposé sur son catafalque recevait l'amour du peuple, elle, sa veuve et son compagnon d'armes, veut réclamer le même tribut. Au milieu de la cohue paisible des familles qui baguenaudent, elle se met à parler en marchant, à la façon de certains détraqués. Des regards se tournent vers elle, l'examinent, enfin on la reconnaît. Son apparition solitaire est tellement surprenante que les gens n'osent pas croire que c'est elle. Pourtant elle le dit, elle le répète :

— Je suis Jiang Qing, c'est bien moi. Je suis Jiang Qing.

Alors s'enfle la rumeur de sa présence. Des curieux l'entourent, lui laissant à peine un espace où, debout, elle pérore, les lunettes sages, la physionomie sage, le poing à peine tendu :

— Je suis Jiang Qing. En mourant, le président Mao m'a prescrit de continuer son œuvre.

Le public s'est coagulé, intense d'incrédulité, ahuri : une situation imprévue comme celle-là est toujours dangereuse. L'interrogation flotte sur tous les visages. Jiang Qing, devinant ces hésitations, entreprend de galvaniser ce peuple qu'elle a tant de fois marqué au fer rouge des justes passions. Campée dans sa pose de combattante, elle harangue la foule d'un ton de plus en plus aigu et entame le rite des questions et des réponses. Mais qu'on est loin des rugissements d'antan. Les bouches ne hurlent pas, les visages s'attiédissent, les voix s'éraillent, on s'écarte. Aujourd'hui, mystérieusement, tous savent où est la menace : elle a pour nom Jiang Qing, la tueuse qui risque d'être tuée et qui, dans sa disgrâce, peut entraîner avec elle les naïfs, les complaisants, les jobards. Son contact est urticant, la prudence commande de s'éloigner de cette Jiang Qing, la traqueuse de criminels, qui serait elle-même une criminelle, et de l'espèce la pire, celle qui ne se repent pas, celle qui se pavane dans ses fautes et essaie d'attirer dans son sillage nauséabond des innocents qui, rien qu'à la regarder, rien qu'à l'écouter, se rendent coupables de complicité. On se détourne donc d'elle, d'abord avec précaution — sa félonie n'est pas encore proclamée, il convient peut-être de ménager cette femme… Mais pourquoi est-elle seule ? Pourquoi n'est-elle pas encadrée par des dirigeants ? Cette apparition dégage l'odeur du scandale. Le recul de la foule s'accélère, devient une fuite, une panique.

Jiang Qing prêche devant le néant. Elle vitupère, yeux chargés d'éclairs, voix glapissante, bras fouaillant l'espace, elle condamne à mort tous les ennemis du peuple. Imprécations vaines, la place Tiananmen est déserte. Dans sa fureur, Jiang Qing se démène comme une mégère hystérique, grincements, écume, bave, gémissements, soupirs, elle mâche et remâche des malédictions contre les réactionnaires acquis au Mal : à elle seule, elle est un pandémonium.

Et puis ses cris faiblissent, ne sont plus que borborygmes, vagissements, finalement elle s'écroule, ses bras enserrant sa tête et reste là, gisante, désespérée, vaincue, l'impossible s'est produit, l'inconcevable est arrivé. Elle reste là jusqu'à ce que deux policiers, des flics tout à fait ordinaires, la ramassent, la mettent debout et, la tenant par les épaules, la conduisent doucement jusqu'à sa voiture. Elle s'y tasse, le chauffeur démarre. Lui vient un sourire extraordinaire, elle a retrouvé la foi.

À la Terrasse des Pêcheurs, Zhang l'accueille avec le ton et les mots de gouaille qui sont désormais son langage :

— Alors, un triomphe ?

— Non, pas encore. Mais la masse est saine, elle est vigilante, disciplinée, elle attend que le Parti me nomme président de la République pour m'acclamer.

Jiang Qing a toujours son sourire très suave, le sourire figé, illuminé, de la certitude inébranlable. Et Zhang ne cesse de ressasser que tout est foutu, foutu, foutu.

Sans doute a-t-il raison. Le lendemain des bruits sinistres rampent depuis les lisières de la ville, ce sont les chars du maréchal Hung qui investissent l'agglomération entière. Rumeurs du fer destructeur, luisances de l'acier. Ces fracas s'amplifient, s'approchent de la Cité interdite, la remplissent : les engins y ont pénétré et s'embossent dans le parc, prêts à cracher l'extermination. Un de ces monstres braque son canon sur la Terrasse des Pêcheurs. La nuit tombe et la lune se reflète sur les plaques d'acier, puis les ténèbres s'épaississent et tout s'efface. Au matin, les tanks ont disparu, ne restent que les traces de leurs chaînes, un effrayant labour, un saccage. Jiang Qing continue de sourire béatement, persuadée que le maréchal Hung a reculé par peur d'elle. Zhang, lui, maintient qu'on a voulu les intimider, briser leur ressort, qu'on les arrêtera aujourd'hui même.

Pourtant la journée et même toute une semaine s'écoulent paisiblement. D'une façon très extraordinaire de nombreux fidèles viennent auprès de Jiang Qing lui témoigner leur loyauté. Ils disent qu'à travers le pays se multiplient les meetings et les manifestations en sa faveur, et en effet elle reçoit, de nombreuses provinces, de métropoles comme Shanghaï et Canton, de partout, des adresses où on la salue comme la Mère de la Révolution.

Alors l'espoir renaît chez les conjurés, un espoir qui chaque jour grandit. La Bande des Quatre s'active, téléphone, se régénère au son de ces voix lointaines qui bourdonnent comme un chœur séraphique. Jiang Qing se pavane, s'abreuve de délices :

— Je n'étais pas folle. Je savais bien que je serais victorieuse.

Et Zhang, ébranlé dans son nihilisme suicidaire, marmonne que, peut-être, tout n'est pas perdu. Quand même, Mao Yuanxin n'a pas réapparu.

Un matin se présente à la Terrasse des Pêcheurs un camarade très déférent, un septuagénaire bien pris, bien mis, la figure maigre et ascétique. C'est un proche de Hua Guofeng, un cadre supérieur de bonne réputation. Il commence par saluer longuement, multiplie les politesses, rappelle de vieux souvenirs avant de délivrer son message :

— Le bureau politique se réunira prochainement, et je crois savoir que ses décisions vous seront favorables, camarade Jiang Qing. Le camarade Hua défendra votre cause, mais il aurait besoin de certains renseignements pour mieux vous soutenir. Ne prenez pas la peine de vous déranger vous-même, camarade Jiang Qing. Les camarades Zhang Chunqiao, Yao Wenyuan et Wang Hongwen suffiront. Le camarade Hua les attendra cet après-midi à cinq heures.

Une fois l'homme parti, Jiang Qing se pâme. Zhang est plus circonspect :

— La victoire... En tout cas un marchandage. C'est déjà ça, nous ne sommes pas mis hors la loi. Mais dis-toi aussi, Jiang Qing, que Hua ne peut accepter toutes tes exigences, quelle place lui resterait-il ? C'est de cela que nous discuterons tout à l'heure.

— On lui trouvera un strapontin pour caser sa petite taille.

— Ressaisis-toi, il n'y a pas de quoi plaisanter. Jiang Qing, nous devons nous montrer raisonnables.

— La raison, la raison, je la déteste. C'est une infirmité qui mène à l'acceptation, à la soumission, à la capitulation.

— Jiang Qing, si jamais Hua renouvelle l'offre qu'il t'avait faite, je l'accepterai. Contente-toi d'être un membre éminent du bureau politique.

— Je ne veux pas. Tu ne vois pas que la Chine se mobilise pour moi ?

— Jiang Qing, c'est moi qui rencontrerai Hua tout à l'heure, pas toi. Sans doute savait-il ce qu'il faisait en me convoquant sans toi, mais je parlerai en ton nom et, en ton nom, je dirai que tu souscris désormais aux conditions qu'il t'avait proposées.

— Je te l'interdis, je ne veux pas, je ne veux pas...

— Il le faut, Jiang Qing.

Et Jiang Qing soudain enlève ses lunettes comme si elle lâchait un sceptre, elle ferme les yeux et elle se met à pleurer. Étrange abandon... les larmes coulent doucement sur ses joues, larmes qui n'ont même plus le sel de la tristesse, le goût de la désolation, une eau pure, des larmes d'enfant.

À cinq heures les trois acolytes passent le seuil du pavillon où loge Hua. Le grand accueil, un huissier s'incline, des appariteurs conduisent les trois hommes dans le vaste bureau où Hua travaille. Il se lève, fait avancer des fauteuils, commande du thé, tout sémillant, il s'inquiète de la santé de la camarade Jiang Qing, congratule ses hôtes et entre enfin dans le vif du sujet :

— J'ai de bonnes nouvelles, enfin assez bonnes, à vous donner. Le bureau politique a étudié soigneusement les recommandations de Mao Yuanxin. Celui-ci n'a pas participé aux nouvelles délibérations, il est malade, une crise de foie, paraît-il. C'est désolant.

Tous compatissent au regrettable mal dont souffre Mao Yuanxin. Hua reprend avec une bonhomie chafouine :

— Les camarades ont donc examiné le cas de la camarade Jiang Qing. Ils reconnaissent ses mérites et admirent son ardeur révolutionnaire mais ils estiment qu'elle devrait d'abord se livrer à un peu d'autocritique.

Zhang Chunqiao se courbe humblement :

— La camarade Jiang Qing connaît ses fautes.

Hua s'est dressé, son visage s'est durci et il pointe un doigt accusateur :

— Ses fautes sont graves. La camarade Jiang Qing a violé les statuts du Parti, elle a contrevenu aux derniers ordres du président Mao sur la nécessité d'agir selon les principes établis. Ses manquements pourraient être considérés comme des crimes si elle ne se critique pas, si elle ne se repent pas avec toute la force de son cœur et de son âme, ce qu'elle n'a pas fait, au contraire.

Effrayé, Zhang essaie d'amadouer Hua :

— La camarade Jiang Qing, suivant nos conseils, se critique et se repent. Elle regrette surtout d'avoir rejeté les propositions généreuses que vous lui aviez faites lors de vos récents entretiens.

— Quelles propositions ? De quoi voulez-vous parler ? Je n'ai jamais suggéré ni offert quoi que ce soit à Jiang Qing. Jamais, jamais, vous mentez. Je n'ai entrevu qu'une fois Jiang Qing, par bonté d'âme et parce qu'elle est la veuve du président Mao, pour lui conseiller de se repentir. Loin d'écouter mon modeste avis, elle a profané la mémoire de son mari, elle a outragé le peuple. C'est une criminelle, une contre-révolutionnaire qu'il convient de châtier. Quant à vous, ses complices, vous êtes arrêtés.

Hua agite une sonnette et se retire dans un coin de la pièce. Surgissent six hommes armés qui braquent leurs mitraillettes sur les têtes des trois « criminels ». Zhang les regarde, il connaît chaque figure, les balafres, les mâchoires carrées, les dents aurifiées. Ce sont là des amis, d'excellents amis, les meilleurs assassins de l'unité 8341. Que de missions leur a-t-il confiées jadis et ensuite que de goinfreries et de saouleries avec eux pour célébrer leurs succès ! Maintenant c'est lui le « client » et ils ont pour lui les visages indéchiffrables, les yeux limpides de la pure férocité. Zhang les salue d'une ultime moquerie :

— Bonjour les potes.

Il ne se débat pas, Wang et Yao non plus. Vont-ils être exécutés sur place ? Non. Les « amis », ces doux spécialistes, les ligotent, les bâillonnent, les frappent avec les crosses de leurs armes dans le ventre et les couilles.

— On va vous rééduquer, surtout soyez sages et dénoncez bien la criminelle Jiang Qing, crie Hua.

Là-dessus, les complices de Jiang Qing sont jetés dans un fourgon cellulaire. Formidable déploiement de flics, voitures de police... Encadré de motards et d'automitrailleuses, le convoi traverse Pékin. Sirènes hurlantes, gyrophares... La foule s'écarte prudemment, sans doute y a-t-il une guerre au sommet, mieux vaut se tenir à carreau.

À la Terrasse des Pêcheurs encore une fois Jiang Qing connaît la longue attente. Mais elle n'est pas anxieuse, loin de là : Zhang Chunqiao, Yao Wenyuan et Wang Hongwen n'ont pu être appelés par Hua que pour un arrangement, un misérable obstacle qu'elle franchira bientôt. Si elle doit d'abord se courber, elle se courbera. Lui vient une ventrée de rage voluptueuse. Ce nabot de Hua et tous les nabots du Parti, ces vieillards cacochymes, elle les dévorera en peu de temps et à belles dents, elle les dégustera bouchée par bouchée, elle les exterminera, ces vermines, ces vieux étrons, ces crachats glaireux… Et une fois débarrassée d'eux, elle s'élèvera jusqu'au zénith, elle sera reine. Ainsi seront accomplies les dernières volontés du président Mao.

Le crépuscule ensommeille la terre et le temps peu à peu enlace Jiang Qing. Une inquiétude diffuse la noue, subitement elle remarque sa solitude, plus de courtisans, plus même de serviteurs, personne, la Terrasse des Pêcheurs est vide. Jiang Qing appelle, crie des noms, le silence lui répond. Alors d'un coup la peur l'envahit, un malheur est arrivé, quelque noire calamité. À ce moment, des pas, on frappe à la porte. Entre un jeune homme, affable, les traits charmants, les yeux vifs, qui regarde, épie, sourit tout timide :

— Camarade Jiang Qing, à l'université de Pékin je comptais parmi ces étudiants que votre parole a enflammés. J'ai été Garde rouge, j'ai voulu détruire le passé. Mais le passé triomphe, j'ai tenu à vous en prévenir.

— Je vous remercie. De quel danger voulez-vous m'avertir ?

— Les camarades Zhang Chunqiao, Yao Wenyuan et Wang Hongwen ont été arrêtés.

— Comment le savez-vous ?

— Tout Pékin le sait. Les yeux du peuple voient tout et ils voient juste. Depuis quelques jours, la rumeur circulait. J'ai traîné là où il fallait et j'ai vu passer le convoi.

Jiang Qing tremble, blêmit, vacille. Le garçon se penche sur elle et la soutient jusqu'à un divan. Elle veut l'interroger encore mais il s'affole :

— Camarade Jiang Qing, chaque seconde de plus auprès de vous peut me perdre.

Il est parti, le dernier homme de bonne volonté, le seul de tout le peuple qui ait eu le courage de se rendre auprès d'elle dans sa défaite. Elle est abandonnée, tellement abandonnée et son malheur est complet, vers lequel l'a poussée perfidement, jouissivement, le président Mao. Son dernier plaisir…

Mais au lieu de s'écrouler, Jiang Qing s'exalte. Un élan la prend, un désir extraordinaire : celui de finir en beauté. Elle n'est pas vaincue, son désastre est une victoire. Au terme d'une histoire qui l'a portée si haut, elle restera pour la postérité mieux qu'une héroïne, l'ultime combattante de la Révolution. Avant tout, qu'en ces instants cruels elle se montre digne de sa destinée, que son épopée s'accomplisse dans le sublime.

Jiang Qing regarde dans la glace la Jiang Qing dont le nom restera dans les annales. Que survienne le cataclysme, qu'on l'insulte, qu'on l'accable, qu'on la couvre d'ordures, ce sera sa grandeur. Les tourments et les supplices lui assureront l'éternité bien plus que ne l'aurait fait son triomphe, les triomphes sont toujours vulgaires. Jiang Qing rayonne — sa fin approche. Quand l'arrêtera-t-on ? Tout à l'heure ? Cette nuit ? À l'aurore, lorsque le jour nouveau illuminera le monde ? Peu importe. Ce qu'elle souhaite, c'est que ce soit Wang Dongxing qui surgisse. Avec lui, la barbarie sera aussi une tendresse. Que la scène soit belle.

En attendant Wang Dongxing, Jiang Qing revêt une chemise de nuit de dentelle et elle se couche. Les étoiles brillent, les constellations scintillent, le Grand Chariot se déploie dans le firmament, mais le ciel illuminé est vide. Où est l'esprit de Mao ? L'au-delà n'est qu'une illusion et la terre une géhenne. Jiang Qing s'endort et elle revoit encore les couloirs, les guichets, les cellules et quand elle se réveille elle se dit que demain elle sera ainsi ensevelie, condamnée aux ténèbres, aux chaînes, aux tortures, aux innombrables interrogatoires. Mais dans sa geôle, même couverte de croûtes et de pustules, morte vivante, elle ne se reniera pas, elle sera toujours l'âme de la Révolution.

Pauvre âme… Traquée par les images du cachot où elle croupira, l'horreur la gagne et pour lui échapper à l'aube elle avale sa chère pilule, celle qui chasse les visions terribles et procure le repos. Elle s'assoupit encore… Mais de loin, de très loin, lui revient son long passé, son enfance misérable et humiliée, ces premières années qui l'ont forgée dans sa dureté et ont fait d'elle, dans une vengeance inlassable, ce qu'elle est devenue, Jiang Qing.

Le jour éclaire son visage et Jiang Qing dort toujours. Wang Dongxing est là qui essaie de la réveiller en la secouant. Elle hurle, comme elle hurlait, fillette outragée ; elle se débat et elle expose son corps usé qui lutte contre les infamies d'antan.

Wang Dongxing la réprimande :

— Où êtes-vous, Jiang Qing ? Revenez à vous, nous n'avons pas beaucoup de temps

Jiang Qing, les paupières encore fermées, gémit qu'elle est dans les commencements de sa vie et que rien ne change. C'est une femme de toute éternité vouée à la souffrance qui ouvre les yeux et reconnaît Wang Dongxing :

— Vous venez m'arrêter ?

— Tout à l'heure, mais je tenais d'abord à vous dire la peine que j'aurai à faire ce que je ferai.

— Je suis heureuse que ce soit vous qui procédiez, Wang Dongxing. Mais comment se peut-il que vous, que j'ai connu si impitoyable avec les vaincus, soyez venu m'exprimer votre désolation ? Je suis une vaincue, moi aussi.

— Jiang Qing, je me suis attaché à vous. Nous avons accompli de si belles choses ensemble. Ah, si seulement vous m'aviez écouté quand il était temps encore, quand Hua recherchait votre alliance...

— Dans ce malheur, ma destinée sera parachevée.

— Jiang Qing, la prison se refermera sur vous pour toujours.

— Vous me plaignez ? Vous êtes bon, Wang Dongxing.

— Quand j'apparaîtrai devant vous, sachez-le, je serai très ému.

— C'est bien, Wang Dongxing. À tout de suite.

— Je reviendrai avec mes hommes dans une demi-heure. D'ici là, habillez-vous, parez-vous. Soyez au mieux de vous-même.

— Je serai Jiang Qing.

— Que je vous dise : sous ma nécessaire rigueur, je procéderai avec douceur et je me suis déjà arrangé pour que vous soyez enfermée dans une cellule propre et même décente. Vous aurez des gardiennes qui vous traireront bien, je ne peux pas plus.

— Merci, Wang Dongxing. Je vous suis reconnaissante. Allez.

Ils se sourient. Jiang Qing, altière, montre déjà comme un dédain des choses terrestres cependant que la face de Wang Dongxing semble pétrie d'une sorte d'émotion. Il a pitié d'elle, est-ce drôle ! Il est bête, mais le monde entier est bête. Jiang Qing hausse les épaules. Désormais elle travaille à sa légende.

Soudain un bruit de bottes, Wang Dongxing fait irruption dans la pièce à la tête d'un petit détachement, six officiers supérieurs de l'unité 8341. Wang Dongxing n'est pas armé mais ses subalternes, se déployant autour d'elle, la mettent en joue avec leurs mitraillettes. Eux aussi, elle les connaît... Récemment encore leurs courbettes, leur docilité, leur servilité... Des ombres assassines qui se répandaient pour elle sur la Chine... Et maintenant ils ont des figures roides, impassibles, ils la méprisent, ces machines de meurtre, ils ne la voient même pas.

Wang Dongxing s'approche, gros poupon de la camarade, très sanguin, très charnu, presque violacé de haine, ainsi qu'il se doit devant les criminels. Pourtant la scène est sobre. Pas de coups, pas de cris.

— Que désirez-vous, camarades policiers ? demande Jiang Qing en hôtesse aimable.

Wang Dongxing lui jette un long regard terne et l'interroge d'une voix incolore :

— Êtes-vous la camarade Jiang Qing ?

— Je suis la camarade Jiang Qing.

— Je vous arrête sur instruction du bureau politique du Parti, vous êtes une ennemie du peuple.

— Camarade Wang Dongxing, en m'inculpant, vous tuez la Révolution. Je suis son âme et après moi elle sera morte. Il ne restera plus que des traîtres.

Alors Wang Dongxing se met à crier :

— Taisez-vous ! Par vos paroles infâmes vous refusez la clémence du peuple, vous aggravez le châtiment qui vous attend.

— Camarade Wang Dongxing, vous êtes un chien rampant. Pourquoi tout à l'heure vous êtes-vous présenté à moi pour m'assurer de votre amitié ?

Wang Dongxing n'est plus qu'un gosier qui hurle ;

— Taisez-vous, taisez-vous, ne mentez pas davantage et tendez-moi les mains.

Jiang Qing obéit. Wang Dongxing sort des menottes de ses poches et les lui passe aux poignets. Il rit :

— Vous voilà captive, ma chère Jiang Qing. Votre punition ne fait que commencer.

Chapitre II

CETTE RENCONTRE, qui aurait pu en prévoir les conséquences ? Qui aurait pu croire ? Cela se passe dans la province du Shandong. Au sud du fleuve Jaune, ses côtes abruptes et dorées s'avancent dans la mer de Chine, les criques et les baies sont les havres des grandes jonques aux voiles carrées et aux proues sculptées de dragons, jonques marquées de l'œil qui voit l'invisible, jonques de tous les trafics. À l'intérieur, des montagnes sacrées, des massifs qui embaument le lys et le rhododendron, de larges vallées tout imprégnées de magnificence et de vie. Estampes embuées, rêves de beauté... Shandong, terre des Sages, terre de Confucius et de Mencius dont les demeures millénaires sont lieux de pèlerinage et de vénération, terre des temples et des bonzes, terre de la prière, terre d'hommes rudes qui guerroient et de filles à la grâce légendaire.

Le Shandong est renommé pour sa richesse, pour sa fortitude, pour sa piété, pour ses vices. En ce début de siècle, dans les villes moyenâgeuses ceintes de murailles, règnent le culte de la vertu, et la violence et la débauche. Tant de lettrés qui enseignent les lois de la morale, tant de ruffians sanguinaires, tant de courtisanes qui exaspèrent la jouissance, tant de commerces, tant de marchands, tant de cruauté dans les familles dominées par le patriarche et la première épouse, et, depuis la fin de l'Empire, tant de Seigneurs de la Guerre... Calamités, supplices, batailles, le Shandong est aussi une province de mort et de chaos.

C'est au milieu de ces désordres que se produit la rencontre. Lui est un adolescent de bonne origine, il porte un chignon et des lunettes, il est revêtu d'une longue robe noire. Maigre, la figure décharnée, il a un sourire pâle et une voix timide. Distingué, avenant, il a beaucoup étudié et se destine à l'honorable profession d'instituteur. Aucune fulgurance en lui mais un certain charme. Il s'appelle Kang Sheng.

Elle, son nom est Shumeng, c'est-à-dire « Pure et Simple », ce qui ne convient guère à sa face hâve et dure, étrangement dure, à ses yeux où ne brûle jamais aucune joie. Elle est haillonneuse, maladive, et il la prend en pitié. Elle a dix ans. C'est un petit être à la traîne de sa mère, Lotus, une bonne personne qui n'a jamais su se refuser aux hommes. Toute jeune, Lotus s'est enfuie de chez ses parents pour suivre un séducteur. Sa joliesse a passé ; ravagée par le malheur, elle a le visage veule, la chair boursouflée. De son métier elle est concubine, hélas de la dernière catégorie, en fait à moitié servante, à moitié prostituée, qui passe de foyer en foyer, satisfaisant les sens de vieillards atrabilaires, toujours méprisée par les épouses et leur progéniture.

Connaissance est faite dans le bourg de Zucheng, chez M. Wang, un commerçant prospère qui exerce le respectable métier de marchand de cercueils. Ce Wang, encombré de femmes et d'enfants, est le meilleur des compères, rubicond, ventru, amateur de propos joyeux et de festins somptueux. Lotus vit chez lui, reléguée aux tâches les plus humbles, c'est elle qui tue les cochons qui seront servis bien laqués lors des banquets, on la loge dans une mansarde où souvent elle reçoit la visite de M. Wang. Shumeng doit se recroqueviller dans un placard, l'accouplement, elle sait ce que c'est — des bruits, des manèges, des relents, une gymnastique ridicule qui s'achève par les gémissements de M. Wang. Elle regarde, elle hait.

Tout cela Shumeng le raconte à Kang Sheng qui fréquente le salon de M. Wang. Celui-ci, moraliste et confucéen, se targue de philosophie et de littérature. Kang Sheng le lettré est toujours bienvenu chez lui, d'autant mieux accueilli que son père, un négociant en soies, est l'ami de Wang. En fait, c'est la gamine qui l'attire, ce qu'elle dégage de malheur et de répulsion quand elle sert à table. Il apprivoise Shumeng, il l'interroge, il interroge aussi Lotus qui, la voix flasque, confirme les dires de sa fille. Kang Sheng s'émeut de leur sort au point de leur offrir l'hospitalité du *yamen* de ses révérés ancêtres qui, affirme-t-il, sont bons. Là, elles seront convenablement traitées.

Elles le sont. Parce que Maître Zang, le père de Kang Sheng, craint son fils, si déférent mais qui a dans sa nature quelque chose de redoutable. Il le couvre d'approbations : il a eu raison d'amener ces deux malheureuses car Confucius a prescrit de soulager la détresse. Lotus sera gouvernante, elle commandera toute la domesticité. Quant à la gamine si pâlotte et si jolie, il faudrait qu'elle prenne des couleurs. Et pourquoi ne pas lui donner un nom plus favorable ? Pure et Simple évoque la docilité et l'humilité, il conviendrait de l'appeler Yunhe, autrement dit Grue des Nuages, l'oiseau symbolique serait un présage très faste, qui la promettrait au ciel du bonheur et de l'immortalité.

Kang Sheng est-il dupe des propos doucereux de son géniteur ? Il conseille à ses protégées de montrer la plus extrême courtoisie, cependant d'être fermes le cas échéant. Elles ne risquent rien tant qu'il est là, mais il va partir. Depuis longtemps il est attiré par les sociétés secrètes, par ces étranges institutions de l'extrême folie et de la justice extrême. Elles se sont dissoutes dans le mythe et l'oubli, ce qui en reste s'adonne aux extorsions criminelles, pourtant Kang Sheng garde d'elles comme une nostalgie. Qui désire être admis dans l'alliance de la Grande Vérité parcourra la Cité des Saules, jurera sur l'épée et ensuite tuera quiconque lui sera désigné par le chef inconnu... Kang Sheng s'abreuve de rites et de chimères. Et puisque les sociétés anciennes ont échoué, il rêve à des complots nouveaux, à une grande conjuration moderne qu'il veut aller chercher.

Dès que Kang Sheng a disparu, une extraordinaire acrimonie monte sur le visage de Zang, son père. D'une voix ébréchée, il ordonne aux deux femmes de ne pas offusquer de leur présence sa famille — une horde d'épouses et de concubines, une nuée d'enfants gâtés, choyés, de garçons dissipés et jouisseurs, de filles coquettes et maniérées. Cette engeance maltraite et raille Grue des Nuages et Lotus, les souillons.

Le yamen est un lacis de pavillons, de cours, de jardins et d'étangs. Maître Zang bannit les deux femelles tout au fond, dans une cabane qui surplombe le réservoir d'engrais humain, des barriques contenant de l'or liquide : l'odeur est épouvantable. Elles sont là comme des prisonnières, dans leurs hardes minces et usées. L'hiver arrive et elles ont froid. Le vent se rue sur elles par les déchirures du papier de riz jaunâtre qui tapisse une fenêtre démantelée, l'eau gèle dans les brocs et le feu n'est jamais allumé. Sinistre séjour.

Quand la température n'est pas trop glaciale pour ses vieux os, Zang flambe de sensualité : les avantages énormes et mous de Lotus lui paraissent soudain irrésistibles. Il surgit, se déshabille, n'est plus qu'un squelette impérieux qui se satisfait sur Lotus, cette loche. Et si Grue des Nuages est témoin du spectacle, le vieux Zang n'en a cure. Peut-être que bientôt il la voudra, elle, la fille. Mais elle le tuera.

Surtout il y a la faim : cet excellent monstre de Zang ne leur donne que des rogatons avariés. Les entrailles leur tirent, leur ventre est un appel désespéré, le domaine du creux. Dans ce dénuement, Lotus se glisse chaque nuit hors du yamen et ne revient qu'à l'aube, épuisée, rapportant des morceaux de viande, des sucreries, des douceurs. Grue des Nuages se gave. Elle sait bien les activités auxquelles s'est livrée sa mère, aller par la ville de grabat en grabat, faire des passes avec des clients de moins en moins glorieux : une pute, sa maman. Mais cette misère ne choque pas Grue des Nuages — elle aime trop Lotus pour la juger —, ne la tourmente que la solitude. Dans la mansarde qu'assiège la nuit, elle pleure, elle a peur des âmes errantes et des démons qui s'ébattent ; s'il règne une vague clarté, elle n'est guère plus rassurée, les génies rôdent et sans doute aussi Maître Zang.

Kang Sheng est de retour, il n'a pas trouvé de Cité des Saules, la Révolution n'est encore qu'un songe. Il s'accommode du clan des Zang dont, étant l'aîné, il deviendra le chef. Alors, obéissant à la loi confucéenne, il s'incline devant son père, lui jure soumission et il sacrifie à l'autel des ancêtres. En somme complètement la vieille Chine. Et même tellement qu'il accepte d'épouser une fille de haut parage, une vierge fortunée que les marieuses lui ont trouvée. Grue des Nuages assiste de loin à la cérémonie grandiose, gongs, encens, pétards, musique, le palanquin rouge de l'élue et les coffres pleins de cadeaux. Kang Sheng peut enfin découvrir sa femme, elle est belle, mais on devine la matrone qu'elle sera. Et encore des courbettes, des salutations, des offrandes aux dieux, et la formidable goinfrerie. Le lendemain matin, la jeune mariée, impassible, sert ses beaux-parents. L'ordre règne. Kang Sheng est-il retourné à l'ancienne sagesse du monde ? Grue des Nuages est désespérée.

Pourtant Kang Sheng n'a pas oublié ses protégées. Il s'est inquiété d'elles, il a appris ce qu'on leur faisait subir et il a obtenu de son honorable géniteur qu'on se comporte décemment avec elles. On les loge mieux, on les habille mieux, on les nourrit mieux, elles engraissent, ce qui est en Chine signe de prospérité, mais elles restent des ombres, des exclues qui n'ont droit ni à la tablée ni aux génies protecteurs de la famille. Sans doute Lotus continue-t-elle d'accorder ses faveurs à Zang, mais très discrètement. Peu importe à la fillette, du moins sa mère ne sort-elle plus la nuit pour de misérables aventures.

Lotus est satisfaite de sa médiocre condition, elle revendique même le titre de concubine, tout cela sans histoires, en un bon compromis. Grue des Nuages grandit et de plus en plus déteste ces gens cousus de richesse, de méchanceté et de luxure. L'apprentissage de la haine... Elle exècre comme jamais les bambins empouponnés de soieries qui ne cessent de la harceler, de la traquer, de l'insulter : « Gueuse, fille de gueuse. » Sa violence innée explose, elle ne hurle pas mais elle griffe, elle mord, elle saute à la gorge, elle veut crever les yeux. Les mioches effrayés se plaignent d'elle au patriarche Zang qui la condamne à se mettre à genoux et à demander pardon. Le supplice, et encore plus de haine.

Heureusement Kang Sheng la cajole. Il est si différent des siens ! Son épouse va accoucher et il semble que cela lui soit complètement indifférent. Il s'enferme des journées entières pour étudier, mais il aime convoquer Grue des Nuages dans sa bibliothèque pour parfaire son éducation. Loin d'essayer de l'adoucir, il rit, il lui dit qu'elle a raison, que les personnes comme elle ont la révolte dans le sang. Cependant, que pour l'instant elle n'essaie pas d'assouvir cette fureur car on la briserait. Plus tard, elle pourra consacrer sa vie à la vengeance. Il comprend, il la comprend, mais qu'en attendant, dans cette maisonnée hostile, elle s'abrite derrière Lotus qui désormais est presque en faveur. Grue des Nuages s'empourpre :

— Ma mère est une grosse vache qui ne réussit nulle part. Tout ce qu'elle sait faire, c'est ouvrir les jambes et vider les pots de chambre.

Kang Sheng lui caresse le front :

— Je suis ton grand ami, ma petite, je m'occuperai toujours de toi.

Étrange Kang Sheng… sa femme a donné naissance à une fille, c'est à peine s'il la félicite. Il ne s'incline plus devant l'autel des ancêtres, il rudoie tout le monde, sauf Grue des Nuages avec qui il tient de longs conciliabules, comme s'ils étaient du même âge, et elle écoute, et elle apprend. Il vomit sa famille, des bourgeois encrassés dans le mal, il lui jure qu'ensemble ils referont le monde, mais il lui prêche la dissimulation :

— Même les révoltés doivent avoir de bonnes manières. L'hypocrisie est un art difficile, il ne faut pas effaroucher les gens qu'on veut abattre.

— Tu tuerais ton père que tu prétends respecter ?

— Oui. C'est un salaud.

— Que vas-tu faire de ta femme et de ta fille ?

— Les laisser mijoter tant que je ne pourrai pas les quitter. Ce sont des idiotes et elles resteront des idiotes. Qu'elles deviennent des épaves au fil de l'eau.

Kang Sheng est enfin nommé directeur d'une école dans le quartier des temples et des maisons closes. Aux portes des bordels, les putains sont assises les jambes haut croisées, exposant leurs pieds nus — ils ne sont pas cassés, ce ne sont pas des putains de qualité. Dans les pagodes, les bonzes égrènent leur chapelet près des buddhas au ventre doré.

Kang Sheng parcourt les lieux avec Grue des Nuages et promet de chasser toute cette racaille.

— Même les prostituées ? Ma mère aurait pu être l'une d'elles.

— Eh bien, nous les contraindrons à la vertu.

L'école n'est qu'une grande masure en ruine. Kang Sheng la rebâtit lui-même, maniant la truelle et le rabot. Grue des Nuages l'aide, elle lui tend des briques ou des planches, mais elle n'aime pas le travail manuel, elle a la peau fragile. Kang Sheng la réprimande :

— Les temps nouveaux exigeront des mains sales, des mains calleuses, qui ne répugnent pas à la besogne.

Curieux langage... Où Kang Sheng est-il donc allé ? Qui a-t-il rencontré pendant ses voyages ? Une fois l'école ouverte, il fait la classe de la manière la plus traditionnelle, ses élèves chantent les *Analectes* de Confucius et les *Quatre Classiques*, jusqu'à ce qu'ils les sachent par cœur. Avant tout il enseigne les grands principes de la morale et de la philosophie antiques. Une dérision, car ses leçons s'adressent à des fils de boutiquiers qui deviendront des marchands cauteleux et retors, des poussahs sans autre idéal que l'argent.

Dès que ces chenapans ont déguerpi, Kang Sheng se consacre à Grue des Nuages. Il lui apprend à lire et surtout à écrire, à tracer les caractères dont il lui explique l'âme :

— Chacun d'eux est un bloc, un repère, un monde qui se suffit, il désigne souverainement le concret comme l'abstrait. Il n'en existe pas pour représenter la Révolution, rien que des approches signifiant la révolte, la rébellion, la rupture du

Mandat du Ciel, le soulèvement des pauvres, des opprimés, des meurt-de-faim.

Et Kang Sheng pour l'enfant si intelligente déroule les annales, l'histoire de ces accablés qui se faisaient bandits, qui se rassemblaient en armées et dont le chef parfois, à force de victoires, montait sur le Trône du Dragon, devenait Fils du Ciel et créait une nouvelle dynastie. Et il lui montre comment tout recommençait, et comment l'ordre de l'Univers demeurait inchangé.

Lorsque Grue des Nuages a suffisamment progressé dans la connaissance des signes, qu'elle en possède plus de cinq cents, Kang Sheng lui propose un jeu :

— La vraie révolution est une idée nouvelle en Chine. À nous d'inventer le caractère qui l'exprimera.

Jours d'essais et de tâtonnements, infinies recherches, enfin ils en conçoivent un qui leur paraît pur et beau. Dans la voix de Kang Sheng, tous les carillons et tous les tocsins :

— La Chine ne s'embrasera pas comme cela. Le peuple n'est qu'une plèbe qui ne sait pas encore qu'elle est le peuple souverain et ne le saura qu'après des années de sang et de massacres, de sacrifices, de revers et d'échecs. Quelle forme aura la victoire ? Comment te répondre ? L'histoire est imprévisible.

Ainsi parle Kang Sheng l'instituteur. Mais parfois, après ces prophéties terribles, il se laisse aller au plaisir des choses, à son amour de la littérature. Ô splendeur des textes, ô beauté de l'art, ô chair des fantômes, ô immortelles fictions. Kang Sheng entraîne Grue des Nuages dans un roman qui a bercé tous les cœurs sensibles de la Chine. Ressorts implacables, intrigues fatales, prédestination néfaste, la mort, toujours la mort… Il fait recopier à Grue des Nuages le passage le plus triste et le plus poétique de cette légende, le chant funèbre d'une jeune princesse dont le cou blanc sera bientôt tranché par la hache du bourreau. Son père, l'empereur, l'a vouée au supplice parce qu'elle s'est éprise d'un prince qui ne lui convient pas. Et cette héroïne née sous une conjonction malheureuse des étoiles déplore en une mélopée suave sa prochaine fin. Elle célèbre l'exquis de l'univers, les murmures des ruisseaux, les corolles des fleurs, les brises parfumées et les fières montagnes, les sentiers escarpés qui conduisent les cortèges nuptiaux jusqu'à un temple bénit. Mais elle, elle ne connaîtra plus de printemps, elle disparaîtra de ce monde d'enchantements. Son sang sera répandu, et son amant revêtira la robe jaune des moines.

Kang Sheng est fou de ce récit tellement évocateur d'une société féodale disparue, où même la haine était un joyau. Il achète les livres et les rouleaux qui lui sont consacrés, il court voir représenter l'opéra qu'on en a tiré, il se délecte des grands guerriers au masque rouge et des traîtres au masque blanc, il se grise à écouter le lamento de la princesse. Et bientôt il veut que Grue des Nuages, son invention, recrée le merveilleux, joue l'héroïne infortunée. Il lui apprend à moduler, à donner de la grâce à ses gestes, à se transformer en cette victime qui, si harmonieusement, se plaint. Qu'elle soit une élégie, la mélancolie même ! Les répétitions se multiplient, Grue des Nuages s'impatiente et puis goûte au sortilège quand son professeur lui affirme qu'elle peut devenir une actrice, une grande actrice.

Pour la première fois l'enfant a envie d'apparaître devant les foules et de les subjuguer en personnifiant des êtres livrés à toutes les démences, à ce fétu qu'est la gloire, à cette certitude qu'est la mort. Tous les sourires et toutes les grimaces de la condition humaine, la forêt des douleurs, l'océan des joies s'offrent à elle : elle ne cesse d'y penser.

Longues soirées de Zucheng, douceur des rêves... Le jeune homme et la fillette s'enivrent de ferveur. En d'autres temps, Kang Sheng aurait aimé être Grand Censeur ou Grand Chambellan, l'oreille et l'œil de la divinité. Il aurait passé tous les concours destinés à donner au Fils du Ciel des colonnes qui soutiennent le Firmament Divin. Chaque matin, à l'heure où le jour se lève, il se serait rendu au Grand Conseil de l'empereur, dans sa Cité interdite, au pavillon des Décrets Sereins. Et là, prosterné au milieu des autres dignitaires, il aurait murmuré quelques mensonges.

Grue des Nuages se moque de lui mais Kang Sheng continue à divaguer. Il se voit aussi partir pour le temple de la

Loi Vénérable, soumettre sa candidature à un ossuaire de vieillards. Ils sont des centaines comme lui. On les cloître dans des cabanes toutes semblables, qui flanquent un chemin dallé. Trois jours et trois nuits pour l'épreuve. Kang Sheng entend la clé qui referme la porte de sa cahute, l'univers se réduit pour lui à une mèche allumée, à un bâton d'encre et à un pinceau. Si terrible est la tension, si inexorable l'acharnement que certains parfois en meurent.

Et Kang Sheng écrit. Il n'a pas besoin de dormir, il touche à peine au brouet qu'on lui passe par un guichet, il écrit avec une érudition ailée, en se conformant aux canons classiques. Le sujet ? Pour Grue des Nuages, il en imagine un, les vers d'un poète sur l'écoulement de la vie et l'immanence de la mort. Ce qu'il faut en dire ? Que la fugacité des joies ne doit entraîner aucune désolation car toute existence, à son terme, se fond dans l'éternité bénéfique de l'Ordre Divin, incarné par le Fils du Ciel, maître de Tout-Ce-Qui-Est. Le malheur n'est qu'une illusion tant que les astres illuminent la pensée du souverain, la pensée qui embrase tout à jamais.

Ce concours, c'est pour Kang Sheng une nostalgie inépuisable. Sans cesse il en évoque les fastes. La proclamation des résultats l'exalte particulièrement. Au temple de la Loi Vénérable, le troupeau des candidats vitreux, décomposés par l'angoisse, attend le verdict, massé devant un baldaquin où siège un aréopage d'éminences engoncées dans des robes chamarrées. Enfin de la bouche du plus âgé d'entre les pontifes, tombent les noms de ceux que le Ciel a admis. En tête, celui de Kang Sheng, on lui remet une plume de paon et vingt taels d'argent pour acheter un habit de cérémonie, il est mandarin. Même si ce n'est encore que du neuvième grade, son père lui doit le respect.

— Tu imagines, Grue des Nuages ? Je suis dans mon prétoire et seul, dominant les travées où s'entassent accusés et plaignants, je rends la justice. Je parle et un homme est livré au supplice. Quel mandarin j'aurais été ! J'aurais extorqué des impôts énormes, on m'aurait craint et révéré. Je ne me serais déplacé que précédé de gardes en uniforme brodé des bêtes de la punition, et suivi de bourreaux exhibant leurs instruments de torture. J'aurais gagné la faveur de mes supérieurs et très vite je serais monté en grade. Au premier, j'aurais eu des robes fourrées et un chapeau de zibeline, une maison avec cent cours.

— Et moi, j'aurais été ta concubine, une beauté couverte de bijoux !

Longues soirées de Zucheng... Depuis longtemps les concours ont été supprimés et l'Empire emporté par un ouragan. Ne reste que la guerre entre les oppresseurs et les opprimés, guerre terrible, guerre des appétits entre ceux qui ne veulent pas manger moins et ceux qui veulent manger un peu. Sa seule beauté est son âpre férocité, elle ravit Kang Sheng : cette guerre-là il la mènera en vrai roué qui, connaissant les penchants les plus infâmes des êtres, frappe plus juste. À défaut de pouvoir devenir mandarin, il deviendra chef révolutionnaire. Aidé de Grue des Nuages, évidemment.

Saisi d'impatience, Kang Sheng constitue dans son école un « groupe de travail », avec les jeunes gens et les jeunes filles les plus agiles d'esprit. Kang Sheng veut transformer ces adolescents en militants d'un monde nouveau. Il les éveille au grand tumulte de l'univers, il les imprègne des idées modernistes, peu à peu il en arrive à dénoncer Confucius et sa sagesse, à stigmatiser la pourriture de la Chine, à prophétiser la révolte des masses. Ces propos séditieux sont rapportés à des parents qui courent se plaindre au seigneur du bourg, un ancien bandit jouant à l'homme pieux. Il condamne Kang Sheng à mort et envoie ses sbires l'arrêter dans son établissement. Les ruffians surgissent et pillent, ils s'emparent des bancs, des pupitres et des tableaux noirs, tous objets qu'on retrouvera le lendemain au marché des dépouilles. Dans leur soif de voler, ils oublient Kang Sheng : à leurs yeux, un instituteur ce n'est rien, un gueux même pas rançonnable, même pas monnayable. Lui en profite pour s'échapper en compagnie de Grue des Nuages.

Mais la cité est dangereuse : qu'un soudard reconnaisse Kang Sheng et c'en est fait. Fuir donc et tout de suite, sans un adieu. Kang Sheng et Grue des Nuages se ruent à la porte de la ville. Soldats tenant des hallebardes, condamnés mis à la cangue, cavaliers, palanquins, coolies, le grand charroi humain... là peut être le danger. Mais Kang Sheng et Grue des Nuages se noient dans la foule ; qui irait remarquer, soupçonner un jeune lettré accompagné d'une fillette ? Ils franchissent le tunnel creusé sous le rempart et s'éloignent hâtivement vers les premiers champs.

Kang Sheng s'engage sur un sentier qui mène à un hameau ceint de bambous géants. Tout alentour, des paysans à demi nus essaient de labourer une terre crevassée par la soif. La saison des pluies tarde, le ciel chaque jour prend une teinte plus cuivrée, il gronde, théâtre d'une bataille stérile entre des nuées qui ne crèvent pas. Kang Sheng et Grue des Nuages marchent en silence. Elle songe qu'elle aimerait partir avec lui mais qu'elle ne peut abandonner Lotus. Et puis qu'elle est trop petite, qu'il ne voudra jamais s'encombrer d'elle. Au-delà du village passe la route que Kang Sheng par prudence n'a pas voulu prendre à Zucheng même. Quand ils l'aperçoivent, Kang Sheng s'arrête, il embrasse Grue des Nuages sur le front :

— Je vais te quitter longtemps, des mois, peut-être des années. Cette fois je vais aller au-delà des océans pour apprendre les techniques de la révolution là où elle a triomphé. Quand je reviendrai, ce sera pour jeter la vieille Chine à bas.

— Et moi ?

— Je ne t'oublierai pas, je penserai constamment à toi et un jour tu me verras surgir auprès de toi pour te guider.

— Dans combien de temps ?

— Je te l'ai dit, longtemps. Sois courageuse : mon père va me maudire et il vous chassera ignominieusement ta mère et toi.

Kang Sheng la serre dans ses bras, tous deux sont très émus, enfin il se détache d'elle et se dirige, silhouette mince et nerveuse, vers la grande voie dallée. Sur le point de disparaître dans le lointain, Kang Sheng se retourne et fait un grand geste à Grue des Nuages. Elle n'a pas bougé, mais elle ne le voit pas, elle pleure. Elle pleure à cause de Kang Sheng, à cause des jours à venir et de tout ce qu'elle pressent d'abominable.

Kang Sheng ne s'est pas trompé. En proie à un courroux dément, son père prononce contre lui toutes les malédictions terrestres et divines. Il procède aux rites noirs, devant l'autel des ancêtres il brise une baguette et rompt un fil rouge pour faire savoir aux génies protecteurs de la maison que Kang Sheng n'est plus son fils. Il convoque des sorciers consacrés au mal ; leurs visages rapaces, leurs hurlements vénéneux, leurs chantonnements empoisonnés appellent les esprits néfastes : qu'ils tourmentent Kang Sheng, qu'ils le tuent et qu'il ne puisse renaître que sous une forme infâme, que pour lui ce monde-ci et le monde de l'au-delà ne soient plus qu'espaces désolés où il errera éternellement. Enfin l'ultime outrage. Dans un cercueil en bois blanc on dépose un mannequin supposé être le cadavre de Kang Sheng. Dès que cette bière est refermée, on la porte sur un tas d'immondices où on l'abandonne, et cette sépulture honteuse signifie que Kang Sheng n'a jamais existé.

Devant la maisonnée assemblée, Zang ordonne à l'épouse de Kang Sheng de déguerpir avec sa fille puisqu'elles ne peuvent être la conjointe et la descendante du néant. C'est la condamner au suicide : dans sa famille la malheureuse répudiée ne trouvera que mépris et traitements indignes, elle se jettera dans un puits sa gamine serrée contre elle. Vient le tour de Lotus et de Grue des Nuages. Gâteux de haine, Zang crache sur elles un torrent d'insultes jusqu'à ce qu'il s'en étrangle. Puis il s'empare d'un fouet pour les battre férocement, mais tout de suite à bout de forces il s'écroule :

— Vous allez me faire mourir, moi qui vous ai reçues avec tant de bonté, qui vous ai nourries, habillées. C'est vous qui avez pourri mon fils, vous avez apporté le malheur dans cette maison. Partez...

Et soudain il commande qu'on les fouille, qu'elles restituent leurs vêtements.

Des mains innombrables leur arrachent leur tunique et leur pantalon. Quand elles sont presque nues, on leur tend des haillons qu'elles revêtent, la mère sanglotante, Grue des Nuages calme, dure, incisive, qui défie.

— Tu as raison, tu mourras bientôt et c'est ton propre fils, Kang Sheng, qui te tuera. Il me l'a dit, il ne t'épargnera pas. Lorsqu'il reviendra à Zucheng, il nettoiera la vermine, il fera la Révolution.

Autour de Lotus et de sa fille, si pauvres et tellement affamées, s'ébroue une foule indifférente à leur misère. Lotus n'a qu'une idée, retourner chez le père de Grue des Nuages, Li le forgeron.

Li est une brute que tout son quartier surnomme « le maître des injures » ou « le loup carnassier ». La fillette garde de lui un souvenir de beauté : dans l'antre de sa forge, une incandescence semée d'étincelles, il semblait un titan. Ses muscles, ses traits abrupts, le feu de ses yeux, le feu qui l'entourait… cet animal la séduisait. En même temps, elle le hait : elle déteste son rire, elle déteste sa violence, elle déteste tout en lui, et d'abord ce qu'il a fait à sa mère, à Lotus l'éternelle victime.

Il faut imaginer Lotus à seize ans. Elle s'est enfuie de chez ses parents, des instituteurs vertueux qui l'ont élevée avec tendresse et sévérité : un joli vaurien passait, qui l'a vite abandonnée. Loin de pleurer, elle s'est consolée, elle est devenue serveuse dans une maison de thé et n'existe que pour l'amour, toujours joyeuse et plaisante. Elle vit comme l'air, comme le vent, comme le désir, elle a des élans, des déceptions, une aisance à pleurer mais rien de tout cela tragiquement. Elle est un étang à la surface fraîche dont l'eau ne recèle aucun cadavre, ne cache aucune boue. L'argent ne l'attire pas, elle se donne à de gentils escholiers, elle en change souvent, elle est heureuse. Déjà elle se fane.

Dans une taverne elle rencontra Li le forgeron qui venait y jouer au mah-jong. Il fut séduit par la plénitude de ses appas et, quelque temps après, il lui proposa de la prendre pour concubine. Cet homme rugueux qui la courtisait d'une grosse voix râpeuse attirait Lotus, elle se délectait de ses rires tonitruants et elle trouvait du charme aux cals de ses mains velues, à la puissance de son torse, à la férocité de ses dents gâtées, aux rides qui coupaient sa figure en sillons martiaux, elle le croyait bon. Il la pressait, lui disant qu'elle serait la maîtresse des lieux, qu'il avait une première femme maussade, une seconde laide, une troisième sourde, et des enfants idiots, surtout des filles, engeance exécrable, rien qui fasse sa joie. Alors qu'elle... Elle accepta.

Sa Lotus, il l'installa chez lui, dans la rue des métaux, celle des joailliers qui travaillaient l'argent et l'or, des armuriers qui fabriquaient des lames réputées pour bien couper les têtes et des fusils à la détente sûre. Mais sa demeure était modeste, des pavillons au sol en terre battue, des murs crépis à la chaux et des meubles en rotin. Là s'entassait une tribu qui reçut l'ordre de se soumettre à Lotus, sous peine d'être châtiée. Et il cognait, le forgeron. Quand il était pris par la colère, il tapait avec ses poings, il faisait tournoyer des barres de métal qui manquaient fracasser ses victimes. La peur régnait, tout ce monde avait le regard bas et fuyant, personne n'osait parler. Heureusement il y avait des périodes où le forgeron cascadait de rires et de gaieté. Des mois durant il adora Lotus, jusqu'au jour où il s'aperçut qu'il ne lui restait presque plus d'argent, que tout avait été dépensé en cadeaux pour elle.

Les coups sur la chair de Lotus... Les insultes : elle n'était qu'un trou, pareil à tous les trous et pour ce mauvais puits, il avait gâché sa fortune. Pourtant ces deux-là s'aimaient... encore le forgeron avait-il mis une condition, que jamais Lotus ne soit enceinte.

Malgré tout Lotus devint grosse. Dès qu'elle enlaidit, qu'elle fut enlardée et suiffeuse, le forgeron lui flanqua des coups de pied dans le ventre pour la faire avorter. En vain. Lotus donna naissance à un fille — malheur, une fille ! Li voulait qu'on jette le nourrisson dans une mare mais sa mère supplia tant qu'elle sauva le bébé. Néanmoins elle restait méfiante et, craignant que le forgeron ne l'étrangle, elle portait en permanence sa fille sur son dos. Ainsi cette petite chose survécut. On l'appela Shumeng, on n'organisa pas de cérémonie, de banquet ou de prière pour elle, on ne chassa pas d'elle les mauvais esprits et les diables.

Dès qu'elle ouvrit les yeux, elle n'eut d'autre univers que le sein de Lotus, un sein meurtri auquel elle s'accrochait goulûment. Elle paraissait avoir compris qu'en dehors de ces mamelles le monde où elle était venue était mauvais. Elle ne devait ni vagir, ni crier, ni pleurer sous peine d'être la proie du mal incarné par un grand être furieux qui frappait Lotus. Elle apprit le mutisme, elle sut que l'homme, le père, était un animal haïssable et que les sanglots de Lotus étaient la musique de la destinée.

Cependant la beauté de l'enfant finit par séduire le forgeron qui laissa Lotus la câliner et la vêtir de charmants affûtiaux. Lorsque Shumeng fut en âge, Lotus, en mère dévouée, ne voulut pas que sa fille connût la disgrâce d'avoir de grands pieds comme elle. Et elle se mit à supplicier Shumeng, elle entreprit de la mutiler en lui cassant les orteils, en les repliant, en les comprimant dans des bandes chaque jour resserrées de manière à lui façonner des moignons qui feraient d'elle une créature de luxe : que Shumeng ne puisse ni marcher ni travailler, qu'elle soit un rêve de volupté. Mais Shumeng se débattit. Elle arrachait ses pansements avec tant de fureur, elle refusait si fort de devenir une tâtonnante béquilleuse aux extrémités martyrisées que sa mère s'inclina, tout en lui prophétisant qu'elle ne serait jamais une princesse.

Au fil des années le forgeron s'aigrissait et plus que jamais il battait Lotus dont la chair blanchâtre attirait les coups. Les hurlements, les pleurs de la malheureuse retentissaient à travers la maison et Shumeng pour échapper à cette détresse s'enfuyait. Dehors, c'était pire. Elle allait jusqu'aux portes de la ville et elle regardait les têtes coupées qui étaient suspendues, des têtes d'assassins figées dans le tourment. Parfois elle entendait au loin claquer des coups de fusil... passait la justice du Seigneur de la

Guerre... Tout n'était donc que meurtre, songeait la fillette.

Shumeng se sauvait même la nuit, quand le forgeron rentrait ivre de l'auberge et que le corps endormi de Lotus lui était une provocation. Le noir, le vide, le silence, tous les bons Chinois barricadés dans leurs demeures, juste par-ci par-là quelques ombres fuyantes et sinistres. Aucun secours à espérer. La paniquait surtout l'idée des bandes de loups qui, l'échine souple, le poil mat, les yeux luisants, les babines retroussées, semaient la mort et la désolation à travers la contrée. Elle ne se disait pas que ces fauves aux crocs terribles ne pouvaient chasser leurs proies dans ces ruelles, elle écoutait leurs longs hurlements, elle apercevait leurs formes souples... c'étaient en fait des chiens sauvages, de grands chiens galeux, efflanqués, affamés, au corps pustuleux et à l'haleine puante. Dans l'obscurité ces bêtes étaient les maîtres des pavés, on prétendait qu'elles déchiraient les enfants égarés. Il arriva qu'un de ces monstres, surgi de derrière une baraque, se jeta sur Shumeng et la mordit ; elle en garda la cicatrice toute sa vie et par la suite elle n'osa plus jamais affronter les ténèbres...

Lorsque Shumeng eut huit ans, Lotus fut à nouveau enceinte. Cette fois le forgeron s'acharna jusqu'à ce que Lotus saigne d'un sang interminable et que la fièvre s'empare d'elle. Li se refusa à appeler un médecin, prétendant que Lotus faisait des simagrées et que cela coûterait trop cher. Lotus respirait à peine, son esprit voguait au loin, sa main semblait se refroidir. Pris de remords Li envoya enfin quérir un apothicaire, un chenu barbichu qui prépara des décoctions noirâtres capables, affirmait-il, de ressusciter les morts. Cela contenait de la bave de crapaud, du venin de cobra, de la fiente de rhinocéros. On arriva à soulever Lotus et elle parvint à avaler cette potion. Miracle, ses joues se colorèrent, ses yeux s'éclairèrent, elle était revenue à la vie.

Ce fut pour s'échapper avec Shumeng, et ramper de vieillard en vieillard. Mais de temps en temps, comme obéissant à un appel, Lotus retournait chez Li. Peut-être aimait-elle être battue ? Surtout sa clientèle d'ancêtres vicieux aux chairs corrompues lui répugnait. À côté d'eux le forgeron était un superbe mâle dont tous les coups n'étaient pas odieux, loin de là — le lit craquait. Ces relations, Shumeng les déteste : un magma fétide de brutalité et de luxure. Elle pense que sa mère est une idiote qui ne sait pas se faire payer, qu'un corps de femme doit rapporter. C'est encore un sentiment vague en elle, mais déjà elle connaît la valeur de ses charmes naissants.

Toujours est-il que la fillette n'est aucunement surprise lorsque, chassées par Zang, sa mère suggère qu'elles s'abritent chez le forgeron. Celui-ci les accueille jovialement :

— Ah, te voilà, traînée. Tu as été expulsée de toutes les maisons honorables, alors tu viens pâturer chez moi... Mais c'est notre fille que tu amènes ? Une belle garce maintenant. Embrasse-moi, Shumeng. Mérites-tu ton nom ? Es-tu pure et simple ?

Et elle plantée face à lui :

— Je ne suis ni pure ni simple, je suis Grue des Nuages.

Il attire sa fille à lui, l'accole tout en frôlant sa jeune poitrine. L'horreur...

Pourtant l'aspect du forgeron la rassure : il est devenu vieux. Comme la vieillesse tombe vite en Chine... Ses muscles ont fondu, sa figure s'est creusée, son regard s'est terni. Il raconte qu'il a eu des malheurs. Sa première femme, la maussade qui lui donnait des conseils pour le négoce, est morte. La seconde, la laide, n'est plus qu'un petit tas ratatiné. Quant à la troisième, la sourde, c'est un fantôme hagard. Tous ses enfants sont partis chercher fortune ailleurs, les ouvriers l'ont quitté. Dans la forge le feu ronfle à peine, ne reste que l'odeur de la désuétude.

Bonheur, bonheur malgré tout. L'existence est chiche, presque misérable, mais le forgeron est doux et Lotus se sent aimée, bien qu'elle s'épuise à toutes les corvées domestiques. Elle se vautre dans la félicité, même si le lit craque moins.

Évidemment le forgeron désire Grue des Nuages. Dès qu'il l'aperçoit, sa lippe tremble et son œil se rallume. Il la poursuit, il l'implore, il essaie de la caresser et elle se moque de lui. Si veule est Lotus qu'elle prêche la complaisance à sa fille. Pourquoi se refuser au vieil homme ? Tous y gagneraient et puis une virginité, ce n'est rien.

Grue des Nuages ne se fâche pas, elle a son projet. Un soir qu'elle dort elle est réveillée par un souffle, par des mains, par un poids qui pèse sur son corps. Quand le forgeron essaie de la pénétrer, sans aucun bruit, sans dire mot, Grue des Nuages se saisit d'un petit couteau qu'elle porte toujours sur elle, d'une main elle tient solidement le phallus, de l'autre avec sa lame elle l'entaille, le coupe, le pique, fait saigner le gland. Li meugle, essaie vainement de se protéger. Grue des Nuages rit :

— Ce cochon, ce vieux cochon, être dépucelée par lui, ah non... Il me faut un seigneur.

Et là-dessus elle laisse Li aux bons soins de sa mère qui passe des onguents sur le pauvre sexe du forgeron, sur son dard écroulé et ses testicules en pâmoison.

Désormais Lotus a peur de sa fille. Celle-ci est toute jubilation parce qu'approche la fête des lanternes, le quinzième jour du premier mois lunaire. Dès que monte dans la nuit l'astre souriant où l'on distingue le lapin des heureux présages, s'allument des lampions. Il y en a partout, balancelles de joie bercées par le vent, accrochées aux rebords des fenêtres, en haut des portes, à tout ce qu'on peut imaginer. Dans un fracas de détonations sèches, explosent des pétards, des milliers de pétards dont le bruit et les étincelles chassent les mauvais esprits. On glorifie le principe même de la vie qui expulse de leurs cavernes le chagrin et la mort. Liesse sacramentelle. Tous ont revêtu leurs plus beaux atours, rutilance, plénitude béate... Zucheng, comme une seule beuverie, comme une seule ripaille, dévore ce qu'il y a de plus délicieux, avec au dessert d'énormes gâteaux de miel sur lesquels ont été inscrits les caractères propices. Les familles au grand complet sont rassemblées autour des tables qui empiètent sur les ruelles, on boit, on mange, on chante, on se porte des *kampé*. On distribue les miettes des festins aux pauvres sans qu'ils aient à tendre la main. Les lanternes ne s'éteignent qu'à l'approche de l'aube, lorsque le peuple gavé s'endort dans l'apaisement des entrailles pleines.

Lotus veut que son foyer soit une fontaine de joie où Li ressuscitera. Elle lui a extorqué quelques milliers de sapèques pour organiser la fête. Une dérision selon Grue des Nuages qui, elle, rêve de somptuosité et qui surtout désire achever le forgeron. Il a un petit pactole, c'est là où le frapper, dans son avarice. Sans hésiter, jouissant de nuire à ce père détestable, elle est allée déterrer le trésor, l'a allégé de dix dollars d'argent puis elle l'a soigneusement remis en place, en rebouchant bien la cavité. Lotus a tremblé quand sa fille lui a raconté son exploit, elle a d'abord maudit ces agapes qui ne manqueraient pas de se terminer en catastrophe, mais elle n'a pas osé s'opposer à une Grue des Nuages pleine de défi et d'arrogance. Et même, elle a été emportée par le désir. Elle a acheté des vêtements, des denrées hors de prix, des ailerons de requin, des holothuries, du ginseng, un poisson mandarin, de quoi préparer plus de douze plats.

À l'heure des lanternes, la figure du forgeron s'est embrumée. À quoi se réduit sa famille ? Sa progéniture a commis l'outrage de ne pas venir se rassembler autour de lui, ses vieilles épouses ne sont que des trognons et il éprouve de la haine contre sa concubine qui n'est plus qu'une dondon flasque et contre sa fille qui l'a mortellement offensé. Avec quelle rage il les regarde se pavaner, Lotus maquillée comme une princesse et dont les appas gélatineux le dégoûtent, Grue des Nuages si maigre dans sa tunique de soie peinte. Celle-là… Un bouton de pivoine, une effrontée, qui le sert en lui donnant du « père vénéré », du « père vénérable », du « père vertueux »…

Du dehors parviennent les rumeurs propices. Mais chez Li, le repas est triste : cinq convives pour trop de mets, une lenteur, le silence qui s'installe… Soudain, le soupçon… ces parures, cette chère succulente, l'allégresse forcée de Lotus, le regard moqueur de Grue des Nuages. Son pécule, son petit pécule… Le forgeron y court, l'extrait de sa cachette et aussitôt comprend, c'est elle, c'est sa fille. Il se rue à la forge, saisit une pelle, la brandit contre Grue des Nuages qui s'échappe en le narguant. Alors il tape sur Lotus qui s'écroule, il tape et le métal fait un bruit mat sur la chair molle, il tape sur le ventre, sur le dos, il tape sur le crâne qu'elle essaie de protéger de ses mains. Le sang. Grue des Nuages se précipite au secours de Lotus, elle saute sur le forgeron qui la repousse d'un coup de pelle en pleine figure. Une pause. Et la bouche ensanglantée, Grue des Nuages se jette encore sur son père et réussit à le faire tomber. La bataille s'arrête.

Lotus pleure à peine, elle souffre trop, Grue des Nuages la secoue, elles doivent partir, immédiatement. Le forgeron, d'une voix pitoyable, demande pardon, suppliant qu'elles restent chez lui, sa concubine et sa fille, ce qu'il a de plus précieux dans ce monde qu'il quittera bientôt, il est trop épuisé, il va mourir, qu'elles demeurent au moins jusqu'à ses funérailles. Lotus est prête à céder, mais Grue des Nuages s'y oppose : le forgeron crèvera seul, ainsi en a-t-elle décrété.

Lotus connaît à la lisière de la ville un amas de taudis en boue séchée qui appartiennent à un vieux de ses relations : il n'exigera qu'un loyer modeste. Grue des Nuages ramasse quelques effets et bientôt elles franchissent le seuil sans que le forgeron s'y oppose. Les ruelles sont rouges des débris de pétards, la bamboche s'achève en somnolence, en disputes d'ivrognes : dans cette fin d'orgie Grue des Nuages, stoïque, soutient sa mère qui marche péniblement, qui se fait de plus en plus lourde… Quand elles atteignent un faubourg pouilleux en bordure d'un vaste marécage, les deux femmes avisent une cabane infecte ouverte à tous les vents, Grue des Nuages déploie une couverture sur le sol et y installe sa mère :

— Repose-toi, dis-moi qui est le propriétaire, je m'arrangerai avec lui. Il me reste quelques sapèques.

Les semaines suivantes, Lotus se rétablit peu à peu. Elle est encore dolente, mais elle mange abondamment : Grue des

Nuages rapporte des provisions qu'elle vole dans les échoppes de la ville. La cahute se meuble, les objets indispensables y apparaissent. Comment ? Grue des Nuages refuse de répondre. Elle fait les poubelles, monte de misérables trafics, se débrouille. Comment ? Lotus s'inquiète et se tait. Sa fille prétend savoir duper les hommes, ne distribuer que des mensonges, sa fille si jeune et si sûre d'elle. Bientôt, lorsque Grue des Nuages s'absente, Lotus accorde ses faveurs à des mendiants contre quelques sous. Évidemment elle est surprise dans ce lamentable commerce par Grue des Nuages qui la réprimande :

— Tu veux vraiment tomber malade, attraper un chancre ou un bubon ? Faire la pute avec ces débris, ces raclures d'humanité, ma pauvre mère, je préférais tes vieillards.

— Laisse-moi gagner notre vie, ça vaut mieux.

— Je te l'interdis. S'il nous faut de l'argent, j'ai ma virginité et je la vendrai cher. Mais nous n'en sommes pas là. En attendant, nous nous arrangerons, sans que tu te prostitues, ni moi non plus.

Cependant la Camarde rôde. Un homme a surgi, un demi-frère de Grue des Nuages qui a réussi à trouver leur masure. Le forgeron se meurt et il les implore de venir recueillir son dernier soupir.

Grue des Nuages crache :

— Qu'il crève sans nous, je l'ai déjà dit. Et vous autres conduisez le deuil. Je vous fais confiance pour dépenser peu, une caisse de bois blanc vous suffira. Et puis amusez-vous, cherchez le pactole qu'il a caché dans la maison, torturez-le, il finira bien par vous dire où. Maintenant, fous le camp.

La Camarde rôde... L'eau gèle dans les marais et le froid déchire Lotus. Sa toux a redoublé, des quintes lui arrachent la gorge, elle respire péniblement et de plus en plus souvent elle étouffe. Ses yeux semblent énormes au milieu de son visage rétréci, la fièvre... Quand la neige se met à tomber, elle est à moitié inconsciente. Ruisselante de sueur, les joues d'un rouge toujours plus intense, elle murmure des paroles incompréhensibles, elle ne retrouve sa lucidité que pour annoncer qu'elle sera morte au printemps.

Grue des Nuages proteste avec véhémence, elle chaparde, elle revend et lorsqu'elle a assez d'argent elle va chercher l'apothicaire qui jadis avait guéri sa mère. Brandissant ses sapèques, elle le convainc de la suivre jusqu'au faubourg pestilentiel. L'examen est bref, un regard et le bonhomme secoue la tête, avoue qu'il ne peut rien, réclame ses honoraires. Grue des Nuages comprend enfin que sa mère est condamnée.

L'hiver s'étiole et poussent les premières fleurs. Partout la sève s'épanouit, sève des arbustes, sève des animaux, sève des hommes. Gaieté du monde... Les eaux, les bocages, les bois chantent l'hymne de la résurrection. Les mères allaitent, les enfants s'ébattent, les vieillards se rassemblent sur les places des villages à l'ombre d'énormes banians. Tout n'est qu'hyménée, les sons, les lumières, le vent. On repique les plants de riz, on prépare les moissons, on mangera, on se gavera. Dans les temples, l'encens monte, les bâtonnets brûlent, les bonzes psalmodient et invoquent les dieux bienveillants. Aucune guerre, aucune flamme d'incendie à l'horizon, aucune de ces calamités, la faim, l'inondation ou l'épidémie, dans lesquelles périssent tant de créatures. La paix, la grande paix. C'est un de ces printemps de bénédiction qu'ont tant célébrés les peintres et les poètes. Suavité des choses, nuages légers dans le ciel, l'alizé caresse des lacs d'émeraude et des paysages estompés par les vibrations de l'air limpide, on croit voir des princesses se baignant dans les ruisseaux, des seigneurs chevauchant au milieu de somptueux cortèges.

Lotus est heureuse d'avoir atteint cette saison de félicité mais elle agonise. Par une sorte de grâce, si proche de sa fin, elle connaît le repos et l'apaisement : aucun mal ne tourmente plus ni son corps ni son âme. Elle se sent transparente, consolée :

— Ne pleure pas, ma fille, je suis sans chagrin, sans regrets, sans peur, arrivée à mon terme et, je te le dis, soulagée. Ne pleure pas mais rends-moi un ultime service. Je ne veux pas que mes restes soient jetés aux immondices et mangés par les chiens. Quand tu m'auras fermé les yeux, tu distribueras quelques sapèques aux voisins pour qu'ils veillent mon cadavre et tu te rendras à Tsinan (Jinan) auprès de mes parents. Tu leur diras que je suis morte et que ma dépouille les attend. Vivante ils me repoussaient, morte ils me pardonneront. Ils t'accompagneront ici, ils organiseront une cérémonie funéraire et me donneront une sépulture dans la Plaine des Tombeaux. Jure que tu feras ce que je te demande.

Alors Grue des Nuages prête le grand serment :

— Je marcherai jusqu'à Tsinan, je trouverai ton père et ta mère, et je les amènerai auprès de toi pour qu'ils te bénissent et t'enterrent selon les rites.

Désormais Lotus s'abîme dans le récit de sa vie comme pour se prouver qu'elle a existé, et son désolant passé, au fur et à mesure qu'elle parle, prend une consistance, devient une trame au milieu de l'infini des trames humaines :

— Mes parents se désoleront et pourtant j'ai été leur honte et leur accablement. Ils s'aimaient et mon père n'a jamais eu que ma mère pour épouse. Mais longtemps leur union fut stérile. Ils ont prié, ils ont fait des offrandes dans des pagodes, ils ont gémi et imploré la princesse des Nuages Bigarrés, et miraculeusement ma mère à plus de quarante ans a été fécondée. Leur joie à ma naissance... J'ai été très gâtée. C'étaient des instituteurs dévots, soumis aux préceptes légués par Confucius, ils m'ont enseigné la décence. Hélas, mes instincts étaient pervers ! J'ai cherché les plaisirs, tous les plaisirs, et je me suis fracassée. Après ma fuite, leur existence n'a plus été qu'une longue douleur. Maintenant que mon corps va pourrir, ils pourront m'aimer et surtout ils t'aimeront. Je désire qu'ils te gardent avec eux, pour ton bien.

Grue des Nuages esquisse une moue réticente :

— Je veux être libre.

— Une fillette comme toi, toute seule, que deviendrais-tu ?

— Je saurai me défendre.

Une tendresse dans la voix si faible de Lotus :

— Tu es une combattante, tu es dure, très dure et tu as de

grands desseins. Mais tu es trop jeune et tu dois apprendre, mes parents te serviront de guides.

— Ils me rabâcheront la vertu.

— Ne ris pas. Ils sont très vieux mais ils sont bons et sincères. Ils veilleront à ce que tu sois instruite, ils se saigneront pour t'envoyer dans les meilleures écoles. Le savoir que tu auras acquis te sera très utile, ton existence ne ressemblera pas à la mienne.

Des jours et des jours Lotus survit, muette, attendant la mort comme la terre dans une pesante immobilité attend la pluie. Enfin un soir la nature explose, le ciel est un tonnerre, le vent hurle en rafales démentes, l'univers n'est plus qu'un déluge opaque et zébré, des torrents d'eau s'abattent sur la misérable cahute qui s'effondre. Lotus regarde le cataclysme de ses yeux grands ouverts, mais ils sont aveugles.

Grue des Nuages remet quelques sous aux gens du voisinage et, son baluchon fait, elle rejoint la grand-route par où jadis son ami Kang Sheng avait disparu, mais elle refuse d'y penser. Sur la chaussée mandarinale s'écoule, comme chaque jour, l'innombrable Chine, seigneurs, gueux et marchands. Les richards et leurs épouses en palanquin dominent le lot, protégés par des gardes du corps et des serviteurs. Sur les bas-côtés ahanent de longues files de coolies que bousculent des théories de soldats à cheval. Il y a aussi des gens à la trogne douteuse, aux activités sans doute inavouables, et des miséreux, tellement de miséreux. Dans cette cohue Grue des Nuages court de grands risques : sa joliesse peut susciter des concupiscences et personne ne se soucierait d'elle si elle était enlevée, violée, vendue à des maquerelles. Aussi a-t-elle essayé de s'enlaidir. Elle s'est barbouillé le visage de crasse, elle a fait de sa chevelure une nappe pouilleuse et ses vêtements élimés, elle les a tailladés. Une souillon... qui, pour plus de sécurité, évite les endroits où la foule s'éclaircit, qui s'imbrique dans les cortèges, se mêle aux escortes des pacifiques négociants. Parfois l'un d'eux la remarque, plaisante grassement, lui proposant de l'adopter pour une heure ou deux. Badinages... La nuit pourrait être plus dangereuse, elle se réfugie dans les auberges où s'empiffrent et dorment les riches ; toute menue, elle se faufile et disparaît dans l'entassement des corps repus.

L'après-midi du troisième jour, elle approche de Tsinan. Un éblouissement. Au pied de crêtes sévères s'épanouit une large vallée empanachée de bois, de buissons, de fleurs, d'une exubérante prolifération de palmes, de calices et de corolles. Grue des Nuages est fascinée par une fontaine monumentale : jamais elle n'a vu autant de statues de lions et de dragons, jamais elle n'a vu la licorne de l'Éternité et celle de la Félicité verser l'eau pure qui ruisselle des montagnes. Plus loin elle aperçoit les ondes d'opale et les berges caressantes du Lac Très Brillant. Sur les rives, des pagodes célèbrent l'harmonie de ce monde. Le long tintement des cloches... Tout cela comme un rêve que dominent dans le lointain les murailles crénelées de Tsinan.

Enfin Grue des Nuages franchit la grand-porte de la ville. L'obscurité du long tunnel qui perce les remparts, le grouillement incertain des cavaliers, des coolies et des caravanes, une mêlée fantasmagorique, des cris pour obtenir le passage, des hurlements de colère, et soudain la lumière : pour la première fois de sa vie la fillette pénètre dans une cité immense. Tout y est à profusion, même les têtes coupées, près d'une centaine alors qu'à Zucheng il n'y en a que quelques-unes. Cette armée de rictus, c'est signe que Tsinan est bien gardé. Des soldats patrouillent, luisants comme leurs fusils et leurs épées mais ils ne semblent pas menacer les honnêtes gens... il doit y avoir un bon Seigneur de la Guerre. Sous cette vigilance, des quartiers et des quartiers consacrés à tous les besoins, à toutes les passions que peuvent ressentir les hommes.

Grandeur, somptuosité des demeures, gloire des palais... Le faîte est une échine de dragon et le rouge des laques éclate sur les seuils. Abondance... Grue des Nuages s'enfonce dans Tsinan. Sous la voûte des oriflammes, la foule se grumelle devant les éventaires qui proposent les merveilles du monde, les soies, les brocarts, les argenteries ciselées, l'or et ses reflets, les jades aux veines vertes. Plus loin, c'est le royaume de la mangeaille, l'avalanche des victuailles, un déferlement de viandes puantes et précieuses, des milliers de canards pendus et aplatis, cadavres savoureux. Au-delà encore, les petits métiers, les herboristes, les apprivoiseurs de grillons, les arracheurs de dents, les polisseurs de miroir et les barbiers qui brandissent leurs sabres pacifiques en pleine rue.

Partout des temples où se pressent les fidèles, riches priant les dieux de leur conserver leur fortune et pauvres qui demandent une existence meilleure. Partout des maisons de thé où les petites fleurs au comportement de millénaire prévenance consolent les hommes las de leurs épouses et de leur gynécée. Il règne à Tsinan une telle frénésie que même de l'adversité on tire bénéfice : infirmes, lépreux et guenilleux se sont constitués en des corporations qu'il vaut mieux ne pas braver. Conseil est donné de toujours déposer quelques piécettes dans les paumes arrogamment suppliantes.

La loi est omniprésente : des prétoires, des noms de rues qui évoquent les balances et les glaives de l'équité suprême, rue du Yamen judiciaire, rue de la Magistrature de l'Ouest. Il existe aussi une rue du Trésor provincial qui annonce une administration rigoureuse et promet la levée des taxes et des impôts. De toute façon, les voleurs, les malfrats, les criminels font partie de la prospérité. Malgré les bourreaux, autre confrérie capitale qui parfois s'occupe d'eux, les ruffians pillent et enlèvent des gens pour lesquels ils demandent rançon — il n'est pas rare qu'ils envoient quelques morceaux du kidnappé afin d'attendrir le cœur des familles et d'accélérer les paiements.

Plus Grue des Nuages s'avance dans ce labyrinthe de toutes les tentations, dans ce délire, cette liesse, cet enfer, plus elle est grisée. Le désir effréné la saisit de participer à la bacchanale qu'est Tsinan. Mais elle se souvient que le cadavre de sa mère gît auprès d'un étang, sans doute déjà envahi par les jus de la corruption : il lui faut trouver ses grands-parents.

Après s'être maintes fois renseignée, elle arrive dans un parage calme, un jardin public entouré de petites maisons en brique rouge. Là tout n'est qu'éloignement des tumultes et repos. Sur le seuil des demeures, des ancêtres se délassent, autour d'eux pas de mioches, pas d'hommes ou de femmes jeunes, plus de famille, le sort, le hasard les en ont débarrassés.

Grue des Nuages examine ces faces et ces corps, elle interroge le parcheminé de la peau, le chassieux des yeux, la fixité des pupilles, cette manière de voir intensément qui n'est peut-être que la contemplation du vide. Pourtant une félicité émane de tous ces vieillards, celle d'avoir survécu jusque-là, de humer une saison de plus et de la partager avec le compagnon de sa vie. Il y a bien des tremblotements, des mains tavelées, des tendons saillants qui se crispent parfois, il y a des veines comme des nervures de sang noir, il y a du couperosé et des verrues, il y a de la cécité, mais ils ont en eux la paix, la luminosité de l'âme. Nulle crainte de la mort, nulle peur, ne leur reste qu'un égoïsme serein et purifié, presque une indifférence, sauf pour le conjoint. Descendus au cours des ans dans une retraite douce, ils sont deux, toujours deux, appareillages qui défient le malheur.

Ses grands-parents, la fillette les reconnaît d'instinct : deux vieux plus que les autres marqués par le bonheur dans la résignation, une façon d'être au-delà des choses, ensemble, seulement ensemble. Grue des Nuages marche vers eux et ils la regardent approcher sans ciller, avec juste ce sourire qui est un retranchement : avant tout ne pas être dérangés. Ils n'acceptent de la voir que lorsqu'elle jette une ombre sur leur quiétude en annonçant qu'elle est Grue des Nuages.

Ces deux-là, on les croirait sourds : ont-ils entendu ? Sont-ils enfermés dans leur sénilité ? Cependant la femme, d'un tremblement de menton, désigne son mari pour la corvée, qu'il réponde :

— Je ne connais pas de Grue des Nuages, qui es-tu ?

— Je suis votre petite-fille.

Les grands-parents se penchent l'un vers l'autre pour tenir un conciliabule. Ah, leurs joues crépies par l'âge, leurs bouches ravinées…

— Si tu es là, Grue des Nuages, c'est que ta mère est morte, dit enfin le grand-père d'un ton neutre.

Une fois encore, Grue des Nuages voit le cadavre putréfié, assiégé par les mouches. Et ces vieux lui paraissent horriblement distants ! Pourtant le grand-père a la pomme d'Adam qui bat et la grand-mère renifle. Une minute passe avant qu'ils demandent si Lotus a été enterrée. La colère a saisi Grue des Nuages, les mots lui viennent, atroces :

— Sa dépouille est en train de pourrir dans une cabane au bord d'un marais. Votre fille était la créature la plus misérable de Zucheng, elle a agonisé pendant des semaines dans la puanteur et la bouillasse. Mais elle était sûre que vous auriez pitié d'elle et que vous la feriez ensevelir décemment. C'est pourquoi je suis là. Je lui ai fermé les yeux et je suis venue.

Silence. Grue des Nuages sait trop ce qu'ils pensent... Que cette fin sinistre était inéluctable, que la vie de Lotus ne pouvait se terminer que dans le grand abandon et dans l'ordure.

Silence. Ces deux croûtons sont-ils encore capables d'un sentiment ? L'âge a-t-il tout racorni en eux ? Se souviennent-ils même d'avoir aimé leur enfant ? Grue des Nuages attend, attend. Enfin une larme se forme dans les yeux tellement secs du grand-père :

— Les derniers vœux de Lotus seront exaucés, même si nous sommes bien fatigués pour voyager. Nous louerons une carriole, nous irons à Zucheng, et là nous nous occuperons de notre fille.

— Lotus avait un autre désir, qu'ensuite j'habite avec vous.

Grue des Nuages a un peu hésité avant de prononcer cette phrase qui la piège : vivre avec eux ! Mais elle a promis... et puis elle s'arrangera.

Le grand-père scrute sa petite-fille avec méfiance, il jauge les yeux brillants, les traits décidés, tout ce qu'elle dégage d'éruptif :

— Ta mère a été notre désolation parce qu'elle n'avait pas assez d'orgueil, toi, tu en as trop.

— Je pratiquerai les trois obéissances et les quatre vertus.

— On verra. De toute façon nous te gardons, tu es notre petite-fille. Mais n'accable pas notre vieillesse.

Dès le lendemain matin, ils sont juchés sur une charrette à grandes roues, parmi un branle-bas de ballots, de légumes, de sacs de riz, de marchandises de toutes sortes. Comme ils sont fragiles dans leur houppelande immaculée, couleur de deuil, lui si vieux avec sa longue barbe blanche aux poils rares, elle si vieille avec son antique chevelure ramassée dans un chignon, deux ombres légères qui affrontent muettes le terrible voyage, la chaleur qui pèse, qui engourdit, qui écrase, qui décompose. Dans quel état sera le corps de Lotus ? Sera-ce un corps ou une coulée de chairs jaunâtres ? Ils voient des marbrures, les teintes vertes de l'infection, du pus, des organes éclatés, des épanchements. Lotus ne sera-t-elle qu'un amas de tripes grouillant de vers ?

Zucheng, enfin. La charrette cahote à travers la bourgade et, sur les indications de Grue des Nuages, s'approche du marais. L'odeur de la vase qui sèche au soleil, toute cette boue comme l'excrément de la nature, les nuages de moustiques, les croassements des corbeaux... Pestilences. Dans la case, la dépouille solitaire de Lotus. Le visage a été attaqué, les yeux sont crevés, la peau est déchirée de piqûres et tavelée de fiente, le corps est gonflé, une outre déchiquetée... Les rats, les grands rats noirs, d'autres bêtes, peut-être les cochons, l'horreur. Pour échapper à ce cauchemar, les grands-parents s'agenouillent et longuement prient le Bouddha, qu'il épargne Lotus, que les bons génies ne s'enfuient pas d'elle, la laissant aux esprits pernicieux qui en feraient leur proie.

Grue des Nuages regarde sa mère, l'ignoble carcasse qu'elle est devenue, elle ne pleure pas, elle se dit que Lotus doit être heureuse qu'elle ait rempli sa mission : son corps ne sera pas abandonné puisque les grands-parents sont là et que des larmes coulent dans le lacis de leurs rides. Tremblants de pitié, ils décident de ramener Lotus à Tsinan dans le logis familial, auprès des dieux lares et de l'autel des ancêtres, afin de la rendre à la chaîne des générations. Hélas, dans sa pourriture, elle n'est pas transportable. Alors, qu'à Zucheng même elle soit enterrée.

D'abord trouver un autel des ancêtres de remplacement pour que son âme s'inscrive dans une lignée. Grue des Nuages, suivie de ses grands-parents, s'active, visite toutes les masures d'alentour. Chaque fois des discussions, des refus : abuser des aïeux en leur faisant croire que Lotus est une morte de leur descendance et qu'elle a droit aux tablettes votives, ce serait une profanation. Et si ces mânes s'apercevaient qu'on les trompe, effroyable serait leur colère : l'endroit serait envahi d'esprits, une géhenne. Enfin un couple de paysans madrés cède devant l'appât du gain. On leur apporte les restes de Lotus et le prix monte : le cadavre est trop décomposé et les démons qui s'échapperont de pareille charogne seront particulièrement néfastes. Tant de périls valent cher, très cher. S'ensuivent naturellement d'autres marchandages jusqu'à ce que l'accord se fasse et que le grand-père paie en bons dollars d'argent.

Le rituel. On dépose Lotus sur une couche et Grue des Nuages va chercher des matrones dont le métier est de préparer les défunts. Nouvelle négociation, les toiletteuses se plaignent d'avoir trop de travail, rembobiner les intestins, effacer les traces de morsures, enlever à ce qui reste du visage son apparence imprécatoire, la besogne est immense, il faut les dédommager en conséquence. Ces sorcières déguerpies, Lotus est enfouie dans un linceul blanc, gisante paisible et convenable sous la bénédiction d'aïeux qui ne sont pas les siens mais que des gâteaux, des fleurs, des lingots de papier doré et des bols de riz paraissent avoir dupés.

Il y a bien un cercueil dans cette cabane mais lui, contrairement aux ancêtres, n'est pas à vendre. Car, si modeste soit-il, il est l'orgueil du patriarche du lieu qui s'en remplit la vue pendant ce qu'il lui reste d'existence : même les rustres ne se défont pas de leur ultime asile. Grue des Nuages se rend donc chez un fabricant de bières de Zucheng, personnage important, connaisseur et roublard, le pire concurrent de ce Wang chez qui sa mère avait été une concubine maltraitée. Si sacrée est l'étiquette des obsèques que l'achat du cercueil le plus simple exige force explications et discussions : une bière, c'est comme un armorial, l'écusson pour l'au-delà, le moindre détail est chargé de sens. De part et d'autre on invoque le ciel et la terre, le marchand propose un article en bois de pin garanti étanche durant six mois. Pourquoi six mois, puisque de toute façon les ossements partiront ensuite à la dérive ? Mais un cercueil qui ne logerait pas confortablement son habitant pendant ce laps de temps n'en serait pas vraiment un. Quel maquignonnage, quelles argumentations, l'infini échange des répliques... Grue des Nuages mène le débat, les grands-parents interviennent de leur petite voix toussoteuse, enfin l'acquisition est faite et la bière livrée, installée à côté du corps, béance prometteuse.

Arrive le jour des funérailles. Les grands-parents, Grue des Nuages, des bonzes et des pleureuses marchent derrière le cercueil porté par des coolies. C'est la fête du chagrin. Les professionnelles du gémissement tarifé s'emportent dans les hystéries de la détresse. Leur art de la douleur, cette débauche de gestes et de voix lamentables... elles sont ravagées par le désespoir, elles grimacent, leurs yeux se révulsent, elles se contorsionnent pour bien convaincre la défunte qu'elle était aimée et surtout de ne pas revenir tourmenter les siens. Et puis le silence, et puis une mélopée.

La psalmodie a remplacé les ululements, des bonzes récitent des prières. Ils sont une demi-douzaine dont les services ont été loués et réglés d'avance dans un temple voisin. Graves dans leurs robes dont la couleur de poussière est la synthèse de toutes les couleurs de l'univers, ces saints hommes célèbrent en un chantonnement monotone la gloire de Çakyamuni et appellent sur la jeune morte la pitié du ciel. Que malgré ses fautes dans l'existence qu'elle vient de terminer elle soit reconnue bonne et qu'après quelques autres existences aussi excellentes il lui soit permis d'arriver au néant qui est la suprême récompense. Ne plus souffrir, ne plus renaître... Les bonzes donc, têtes de repus et escarcelles pleines, implorent le Buddha pour que Lotus disparaisse à jamais de la roue du destin. Litanies, litanies, ils sont consciencieux, les bonzes, ils bourdonnent de paroles sacrées même si, en leur for intérieur, ils se moquent bien de cette Lotus qui, à sa prochaine apparition sur terre, sera au mieux encore une catin.

Des curieux se sont joints au cortège : c'est qu'un enterrement, en Chine plus qu'ailleurs, est une foire. Il n'y manque même pas l'orchestre, une dizaine de bateleurs qui, pour chasser tous les diables, tapent sur des gongs et des tambours, frappent des cymbales, soufflent dans des trompettes et des flûtes. Il en résulte une cacophonie où, dans la douceur aiguë des sons chinois, se glissent des rengaines importées d'Occident par des matelots. Jouées dans les boîtes de nuit des grandes villes, répandues par les entraîneuses, les chansons les plus vulgaires, des sortes de « viens poupoule », rythment les obsèques.

Ce joyeux tohu-bohu parvient enfin à la Plaine des Tombeaux. Pas de cénotaphes, pas de grandes sépultures, pas de monuments, à perte de vue le moutonnement de tumulus couverts d'herbe. Parfois une stèle, parfois quelques ossements remontés à la surface, et pourtant rien de funèbre : ici tout est harmonie, ici Lotus dormira. Quelques pelletées de terre, un misérable tertre pour la protéger et elle sera de nouveau sève au sein de la nature. Grue des Nuages pleure, et elle se jure que ces larmes sont les dernières : jamais rien, elle y est résolue, ne pourra plus la faire souffrir.

Chapitre III

A TSINAN, l'ennui, le terrible ennui. Les vieux surveillent Grue des Nuages, ils épient ses gestes, ses pas, ses mouvements, constamment ils lui chuchotent : « Fais ceci » ou « Ne fais pas cela. » Ils la veulent sage, les deux ancêtres, ils la tuent parce qu'ils existent à peine et qu'ils lui font partager leur déliquescence et leur étriqué : ils ont besoin de si peu et leur vie est réglée par le sablier d'un implacable horaire, l'horaire du rien. Quand ils dorment, leur sommeil est si léger qu'on n'entend pas leur respiration, quand ils mangent, ils se contentent d'un maigre brouet, quelques grains de riz liés par un condiment. Que font-ils de leur temps ? Presque toujours ils se taisent, parfois ils radotent, quelques mots leur suffisent pour se comprendre, avant tout ils se prolongent. Si la journée est belle, ils s'installent dehors sous les charmilles parmi les autres vieux, avec lesquels ils tiennent la chronique de la mort : celui-là est malade, celle-là est agonisante, le fils d'untel est décédé. Eux continuent à bien se porter, ils ne sont plus tracassés par les malheurs de leur fille Lotus qui a rejoint le royaume des ombres, cependant ils ont peur pour Grue des Nuages, et plus elle grandit, plus ils sont vigilants.

L'ennui, le terrible ennui… Heureusement le grand-père a une bibliothèque. Souvent il en tire un livre usagé, il appelle Grue des Nuages et ensemble ils lisent Confucius et d'autres auteurs vénérables. Il est étonné de ses connaissances, il l'est plus encore quand, lui ayant fourni un pinceau, elle trace des caractères, mais elle ne lui parle pas de son maître de Zucheng, Kang Sheng le révolutionnaire. De sa voix précise d'ancien instituteur, l'aïeul interroge Grue des Nuages sur la morale et elle lui répond avec justesse, trouvant des explications intelligentes et pieuses, pourtant quelquefois un rire la prend, un rire moqueur, inquiétant.

Elle grandit... On la sert mieux aux repas mais elle trouve fade la ragougnasse et encore plus fades toutes les ragougnasses spirituelles qui l'accompagnent. Quelle mornerie que ces grands-parents qu'on croirait en terre cuite, des bibelots fossiles ! Elle a envie de s'amuser, de gambader, de pétiller, sa vitalité inquiète et dérange le vieux et la vieille, si Grue des Nuages allait saccager leur vie ? Elle insolente un peu mais sans exagération.

Seules lumières dans cette existence accablante, les légendes de la culture classique que lui raconte son grand-père. Elle retrouve *Le Rêve dans le Pavillon rouge* et *Les Trois Royaumes* dans lesquels jadis Kang Sheng l'avait entraînée. C'est là son monde, celui des fureurs et des tumultes où elle sera princesse. En attendant, jour après jour elle supplie ses grands-parents de l'emmener au théâtre, elle les harcèle, quel mal y a-t-il à cela ? Les grands-parents hésitent, tergiversent, enfin consentent. C'est un événement... On s'habille en conséquence. Pour Grue des Nuages, la grand-mère coud une tunique où chatoient des oiseaux. Mais l'étoffe est pauvre et la blouse mal coupée. Grue des Nuages se pare comme elle peut, elle noue ses cheveux en une tresse qui danse dans son dos et même elle se maquille légèrement. Elle se sent belle, elle l'est.

Pas question toutefois d'aller à l'Opéra, trop cher selon le grand-père. Une troupe foraine se produit en ville, c'est là qu'ils se rendent. La salle est un dévergondage de gens de toutes sortes qui s'empiffrent, mais Grue des Nuages et les vieux sont relégués parmi les coolies et ils dégustent de l'eau chaude où nagent quelques feuilles de thé. Amertume... Grue des Nuages voudrait être avec les riches, se pavaner au milieu des concubines endiamantées, sentir peser sur elle des convoitises. Elle dévore la salle des yeux, elle apprend.

Soudain un gong, le spectacle commence, un salmigondis de rêves, de chants, de farces, d'apparitions magiques et d'exploits incroyables. Grue des Nuages est envoûtée. Un homme surtout la fascine, un acrobate qui risque sa vie dans de prodigieuses voltiges : il lui semble qu'un instant, au moment de s'élancer, il l'a regardée et elle le contemple avidement. Il a une figure fière, des traits lisses sur lesquels erre un sourire de cruauté.

Et la vie insipide reprend. Le grand-père est de plus en plus épuisé par Grue des Nuages et ce qu'il devine de ses appétits. Il ressent aussi vaguement que Confucius ne suffit plus, que le monde a changé et qu'il faut que sa petite-fille acquière des connaissances nouvelles. Alors un jour il la conduit à l'école où pendant tant d'années il a été un tout petit prof qui, selon la coutume, faisait chanter à ses élèves les versets de la sagesse. Oh, la belle musique de ces antiennes qui gravaient dans les cervelles des leçons millénaires… Dans sa classe, évidemment, rien que des garçons. Mais maintenant l'établissement a été refait, agrandi et il est dévolu aux filles. Impensable… De son temps…

Le grand-père, intimidé, marche à petits pas sous les moqueries de ces demoiselles à l'élégance ostentatoire. Grue des Nuages le suit, honteuse d'être en sa compagnie et d'être aussi mal vêtue. Elle ne s'apaise que dans le bureau du directeur dont le luxe flambant la ravit. Tout lui plaît : et le mobilier à l'occidentale et le personnage à la quarantaine satisfaite engoncé dans un costume trois pièces, et les lunettes en écaille, et l'épingle de cravate et la chevalière en or qu'il arbore.

— Ah, grand-père, ronronne-t-il, vous avez enseigné ici dans les temps de l'ignorance, ça s'est bien transformé depuis. Nous préparons une Chine meilleure. Et cette mignonne, c'est votre petite-fille ?

— Oui, monsieur le directeur… Je désirerais…

Coupant la parole au vieillard, le directeur se lance dans son propre panégyrique. À son retour d'Europe il a racheté cette institution pour soustraire les jeunes filles de bonne famille aux coutumes déplorables qui les brimaient. Celles-ci, qui désiraient être libres et instruites, ont su persuader leurs pères, même les plus rétrogrades, de les envoyer dans son collège — collège, il insiste sur ce terme. Elles y apprennent les sciences, les mathématiques, les arts, les langues vivantes comme l'anglais ou l'allemand. Ainsi deviendront-elles des femmes décemment savantes qui feront de beaux mariages dans le goût d'à présent.

Le directeur ricane d'aise :

— Mes élèves, je vous le répète, viennent des milieux les plus aisés puisque chez moi l'éducation est sans prix. Comment s'appelle votre petite-fille ?

— Grue des Nuages, monsieur le directeur.

— Un bien beau nom... Si elle était éduquée ici elle le justifierait en s'envolant haut, très haut. Mais naturellement vous ne pouvez régler sa pension.

— Je n'ai aucune fortune, malgré cinquante ans de services dans votre établissement.

— Ce n'était pas encore le mien.

Le directeur, si moderne soit-il, use d'un crachoir où il lance avec force et précision une glaire. Ainsi nettoyé, tout content de lui, il réfléchit :

— Je suis patriote et je crois que les Chinois doivent s'entraider. Je tiens à accueillir, à côté des jeunes filles bien nées, quelques élèves peu choyées par la vie. Je prendrai donc Grue des Nuages sans exiger aucune rétribution mais ses repas lui seront servis à part, elle devra se conduire avec modestie, donner le bon exemple et se montrer serviable avec ses condisciples.

Mois de torture pour Grue des Nuages. Elle hait les péronnelles pomponnées, leurs atours de soie, leurs jolies robes aux dentelles délicieuses, leurs oreilles percées de boucles d'argent, leurs regards vifs, acérés, leurs badinages, leurs roueries, leurs coteries. Un lien les unit, l'argent. Pauvresse, pauvresse, hurlent les jouvencelles dès que Grue des Nuages apparaît — la pauvreté colle à sa personne comme une infirmité, comme une malédiction. On la pourchasse, on la couvre de sarcasmes, elle se rebelle, elle assaille les pécores, elle les pince, elle les griffe, mais elle ne fait qu'augmenter le chœur des insultes, on la surnomme « la mendiante », on raille sa tunique effrangée et ses chaussures qui bâillent. Si, à bout, elle fond en larmes, elle déclenche une pétulante gaieté. On l'appelle « la fille sans père », affront terrible. Toutes les voix autour d'elle piaillent : qui est ton père ? Tu n'as pas de père, tu n'es qu'une roulure, fille de roulure.

Grue des Nuages est meilleure élève que ses compagnes, mais les institutrices, loin de la protéger, l'accablent aussi. Ce sont des haridelles mal payées, mal attifées, ingrates, qui respectent infiniment les pimbêches effrontées parce qu'elles sont riches. Réprimandes. Glapissements. Pour la moindre faute Grue des Nuages est grondée, à la joie générale. Un jour une de ces gorgones la gifle et immanquablement Grue des Nuages se précipite sur elle pour lui crever les yeux. Quel scandale ! On l'entraîne jusqu'aux W.-C. — W.-C. modernes avec chasse d'eau — où le directeur en personne lui cingle le postérieur avec une ceinture de cuir. Ensuite, elle est renvoyée.

Les grands-parents ne la revoient pas : elle a pris la décision extraordinaire de se joindre à la troupe des forains qui est revenue à Tsinan. Elle a quatorze ans, elle est désormais une femme aux courbes heureuses, avec, sur son visage à la peau presque blanche, une expression d'innocence. Une fois arrivée au cirque, elle demande le patron, on la conduit auprès de lui, c'est le voltigeur pour qui naguère elle a tremblé.

L'homme s'appelle Ma et il l'accueille avec une grimace sardonique — ses yeux sombres contiennent bien des énigmes, ses lèvres minces présagent bien des périls, mais il excite Grue des Nuages dès le premier instant.

— Tu es venue de toi-même, c'est bien. Les jolies filles la

plupart du temps, il faut se les procurer… Approche-toi que je t'examine.

Là-dessus, il la palpe et siffle de contentement : elle a des seins charmants, un derrière prometteur, elle vaut cher, d'autant qu'elle se prétend intacte.

Déjà Mme Ma, une femme osseuse, plus âgée que son mari, de ses doigts jaunis par l'opium s'est assurée de la présence de ce pucelage :

— Elle n'est pas cassée. On pourra vendre ces prémices un bon prix.

— C'est moi qui la casserai et tout de suite.

Les époux s'injurient, la sorcière, furieuse, reproche à son mari de ne pas être sérieux, de gâcher de l'argent. Grue des Nuages jubile : faire l'amour enfin et avec un bel homme dangereux !

D'abord que la déflorer lui soit agréable ! Bientôt elle est nue, étendue sur un grabat, un peu de chair si tendre, elle sourit, elle tend les bras, elle écarte les jambes. Sans se soucier de la présence de sa Carabosse, Ma se déshabille et s'abat sur Grue des Nuages. Écrasée, déchirée, celle-ci se retient de pleurer, elle a même la force de feindre la volupté : elle râle comme de plaisir et elle accompagne de son mieux les mouvements du sexe qui la perfore. Et enfin elle entend le cri désespéré et triomphant du mâle qui perd sa semence et qui s'effondre. Elle saigne, elle est humide, gluante. L'épouse vient à elle et lui tend un breuvage, elle a peur d'être empoisonnée, c'est juste pour éviter une grossesse.

Grue des Nuages est heureuse. Déjà elle croit qu'avec ses appas elle enchaînera les hommes, tous les hommes utiles ou désirables, à commencer par Ma. Naïveté… Ma est un individu bien plus sinistre qu'elle ne le suppose, une brute mêlée à tous les trafics, à tous les enlèvements, à tous les meurtres. Il est au mieux avec les brigands, les soldats, les pirates de la province et il leur sert d'homme d'affaires pour la négociation des rançons. Avec cela, spadassin et maquereau : sa troupe est un repaire d'hommes de main, un bouge qu'il a garni de filles de jade, de pauvres gosses kidnappées et dressées. Surtout il est intelligent et rusé, et il navigue toujours habilement au milieu des périls qu'il transforme en profits pour ses respectables, ses insoupçonnables commanditaires, de grands bourgeois qui plusieurs fois lui ont évité le prétoire et les supplices.

Pourtant Grue des Nuages ne se trompe pas complètement, Ma se la réserve, il est insatiable, il se gave d'elle. Avec des gravures anciennes, il lui enseigne les jeux des nuages et de la pluie. Ô tableaux délicats où des créatures charmantes bataillent dans toutes les épures de la grâce. Beauté des corps, tendre fierté des regards, infini des caresses, ces lèvres qui rôdent, qui effleurent, qui avalent, ces mains qui fomentent. Ô royauté de ces accouplements précis, exigeants, toute pesanteur abolie. Alentour l'exquis et le précieux, les lits d'acajou massif, les paravents ornementés, les porcelaines dont la finesse vibre. Des servantes dévêtues, de leurs doigts agiles, de leurs bouches fraîches, de tous leurs attraits dévoilés, viennent aider à ces joutes : attentives à leur perfection, elles rafraîchissent les amants avec des éventails et leur apportent au moindre repos des mets succulents. Tout est grave et enjoué, le plaisir est une bénédiction, la jouissance une sainteté.

Rêves... Grue des Nuages se perd dans l'extase des étreintes ; cependant, jusque dans la volupté, elle sent en Ma comme une lie d'ambiguïté. Que se passera-t-il quand il sera rassasié de son corps, lui si avide d'or et que sa femme houspille pour qu'il mette Grue des Nuages sur le marché ? Elle sera putain. Mais sans doute n'est-il pas encore lassé : il lui assigne le domaine du crottin, il en fait une écuyère qui, sur sa monture, traverse un rideau de flammes. Dur apprentissage sous les quolibets de Ma et les claquements de son fouet.

Depuis longtemps la troupe a quitté Tsinan. Cheminements par les sentes dans des chariots bringuebalants, contrées pouilleuses, bourgades crasseuses, petites villes moyenâgeuses... et les orages, et la canicule, et la pluie, et les morsures du froid, et toujours à les regarder passer, les mêmes culs-terreux stupides. Chaque soir le convoi s'arrête dans quelque hameau puant. On bat du gong, une danse du dragon parcourt les ruelles pour attirer les chalands : Ma et les siens sont célèbres dans toute la province.

Grue des Nuages s'est habituée à cette troupe d'histrions à bout d'usure, cracheur de feu, lanceur de couteaux, acrobates, déchets humains qui jouent les clowns ou se mutilent sans se blesser, magicien qui suscite les licornes du paradis ou les démons des royaumes infernaux. Il y a des animaux, un éléphant fatigué, un dromadaire, des serpents, une pauvre tigresse pelée dont on vend l'urine aphrodisiaque aux vieillards et aussi des souris qui se nichent dans un crâne évidé qu'elles font rouler. Et puis il y a des monstres extraordinairement monstrueux puisqu'ils suscitent l'intérêt dans cette Chine où la monstruosité abonde. On présente une chose à deux têtes, une chose sans tête, des choses aux excroissances fantastiques, cornes ou trompes, d'autres au corps complètement écailleux, et ces choses vivent, ont un cœur, un cerveau, des pensées, et non content de les exhiber on les force à chanter, danser, mimer la fornication. Dans les villes, on sort des nymphettes qui versent du vin aux spectateurs, les caressent, les pelotent et offrent leurs faveurs. Au-dessus de ces turpitudes, l'œil de Ma.

L'aime-t-elle, l'aime-t-il ? Mystère. Jamais un mot tendre, parfois peut-être un regard complice. En tout cas, chaque soir, quand il s'envole dans les airs, elle a peur pour lui. Et lui, la découvrant piètre écuyère et craignant qu'elle se rompe les os, lui trouve d'autres emplois : se faire couper en morceaux au fond d'un coffre par le magicien, enfoncer sa tête dans la gueule de la vieille tigresse édentée ou se pavaner avec un gros python en collier. Enfin Ma juge qu'elle est capable d'apprendre le métier complet de l'Opéra de Pékin, de chanter dans les tons convenus, de danser avec harmonie et d'exécuter justement les gestes aux significations symboliques. Et c'est la femme de Ma qui, jour après jour, inlassablement, lui donne des leçons. Car cette personne affreuse a été, avant de rencontrer Ma, une gloire de la scène. Maintenant, puisque telle est la volonté de ce Ma qui l'a dégradée, elle enseigne avec haine et diligence les secrets de son art.

Lorsque Grue des Nuages est prête — du moins selon les critères de la troupe — on la farde, on la peint, on lui dessine un visage stylisé, on relève en torsades la masse de ses cheveux, on lui passe une robe aux motifs nobles, on la constelle de perles et de plumes de martin-pêcheur, elle est princesse des temps anciens. La musique crépite, gongs et crécelles se déchaînent et Grue des Nuages comparaît devant son père qui lui reproche son amour interdit et la condamne à mort. Alors elle entame sa longue complainte funèbre, celle qui éblouissait Kang Sheng. Le succès est vif, Ma s'amuse, Grue des Nuages se sent des ailes.

Princesse, elle est toujours plus princesse face à des péquenots ignares, dans la puanteur, la saleté, l'odeur de la merde qui imprègne tout. Curieusement elle est devenue l'amie de tous les saltimbanques et de tous les monstres : à la mort de l'un d'eux, le bicéphale, elle ressent du chagrin et elle prie pour qu'il revienne sur terre sous une forme plus normale, avec une seule tête. Quant à Ma, s'il ne la contraint toujours pas à se prostituer, il ne lui accorde toujours rien de plus que son éternel sourire esquissé, sa concession à l'inexprimable.

Et l'épuisant voyage continue. Souvent à l'étape Ma poursuit de longs entretiens avec des individus à gueule de fripouille. Dans cette racaille, un bonze, toujours le même, va et vient comme s'il était un émissaire. Pour quelles tractations ? D'abord le commerce des filles. Aucun doute, on en rabat pour Ma, on lui en vend. Toute arrivante est confiée aux soins de la sorcière qui, après l'avoir battue comme plâtre, la fait consommer par quelqu'un de la troupe, généralement le cracheur de feu. Éducation sentimentale.

Une nuit, une de ces nouvelles s'est pendue. Dans un demi-sommeil, Grue des Nuages a cru voir l'adolescente accrocher une corde à une poutre, faire un nœud coulant où elle a passé la tête, elle a cru voir un corps flasque, un visage violacé, des yeux exorbités, elle n'a pas bougé, cela ne pouvait être qu'un cauchemar. Lorsque Ma s'est réveillé, il était trop tard. Avec l'aide de Grue des Nuages, il a dissimulé le cadavre dans un chariot — heureusement le village était encore assoupi. L'après-midi même Ma jetait la dépouille bien lestée de pierres dans un étang. Pour une fois, Grue des Nuages a peur : est-ce que les esprits de la morte ne viendront pas tourmenter les vivants ? Ma hausse les épaules, si elle veut partager ses secrets, qu'elle soit moins sotte.

Les secrets de Ma... Dans ces régions isolées les brigands abondent. Au passage des cols, des gueux dépenaillés armés de vieux fusils fondent sur la caravane : Ma est toujours dans les meilleurs termes avec eux, il palabre avec leurs chefs, des ancêtres moustachus à l'aspect bonhomme. Les soldats et leurs officiers, qui partout installent des barrières d'octroi, prélèvent des impôts et menacent de leur verbe tranchant, sont autrement plus redoutables. La plupart du temps Ma arrive à marchander et en est quitte pour une somme décente. S'il y a litige, il offre quelques filles. Il n'est pas regardant, Ma, il est arrivé qu'elles soient toutes violées, même sa femme, même Grue des Nuages. Le patron a noté que sa protégée avait été très appréciée par les gradés, il l'a félicitée :

— Tu attraperas tous les hommes, sauf moi. Parce que moi je connais ta race, tu es un serpent.

Cris et pleurs de Grue des Nuages. Une taloche la calme et puis Ma s'enferme dans le silence, deux jours, trois jours, huit jours. Grue des Nuages tremble, s'affole, est saisie de terreur quand enfin Ma l'appelle et la fait asseoir dans une charrette à ses côtés. Il a retrouvé son sourire, elle est sûre qu'il va la vendre. Tirée par deux chevaux puissants, la carriole escalade un sentier vertigineux jusqu'à un sommet chauve d'où la vue s'étend sur des lieues et des lieues d'une nature tourmentée. Ma s'arrête devant les ruines d'un monastère abandonné. Surgissent des hommes enturbannés de rouge, habillés en femmes et qui portent des poignards à la ceinture. Ce qu'ils sont : des adeptes de la secte des Nian qui, en d'extraordinaires cérémonies, adorent le mal. Adonnés au crime ils règnent sur la région et personne n'ose les affronter tellement est grande la terreur qu'ils inspirent. Si jamais l'un d'eux était capturé et subissait le supplice des mille couteaux, ces forbans infligeraient à des populations entières le supplice des dix mille couteaux, on le sait et cette certitude leur assure l'impunité.

Ma est accueilli cordialement par le chef, un ventru déguisé en courtisane, l'œil fardé, la figure parcourue de veinules pacifiques. Il est gai, son regard a des lueurs amusées, il tape paternellement sur les fesses de Grue des Nuages et entraîne la compagnie à l'intérieur du temple. Fantasmagorie : les statues ont été fracassées et une végétation sauvage fleurit sur ce qui fut le sourire du Buddha, quelques démons épargnés dansent sur des os, des torchères éclairent ces ruines où une table a été dressée. Ma et le chef s'y installent et s'engagent dans une longue conversation tandis que les affidés apportent des plats et encore des plats. Grue des Nuages est restée debout dans un coin : désormais elle connaît Ma, une bête féroce alliée aux bêtes féroces, leur complice, leur cerveau.

Quelques semaines plus tard, dans une sous-préfecture où la troupe s'est arrêtée, des satellites du magistrat interrogent Ma : un grand propriétaire a été capturé par les Nian, qui ont exigé une énorme rançon. Comme la famille tardait à s'acquitter, selon la coutume on lui a envoyé une oreille du prisonnier, puis l'autre. Toujours pas de paiement, la tête est arrivée et Ma est soupçonné d'être l'instigateur du crime. Évidemment il nie : comment lui, simple directeur de cirque, pourrait-il être mêlé à ces horreurs ? Loin d'avoir des contacts avec la secte, il la redoute comme tous les honnêtes citoyens. Les satellites questionnent la troupe entière, monstres compris, et tous clament que Ma ne se sépare jamais d'eux, même la nuit où il reste à jouer au mah-jong. Enfin c'est au tour de Grue des Nuages qui répond en présence de Ma. Une envie terrible lui vient de le dénoncer, elle le regarde, il la regarde, sourit. Mais elle se tait, et tout s'arrange, pour Ma tout s'arrange toujours.

Leur tête-à-tête ensuite... Elle, blême de crainte, et lui, sarcastique :

— Je t'avais emmenée avec moi pour te mettre à l'épreuve. Je savais que tu serais tentée de m'accabler, mais je ne risquais rien : tu tiens trop à moi. D'ailleurs si tu avais parlé, j'aurais balayé tes dires et je t'aurais livrée à mes amis. Mais un jour tu céderas, tu trahiras. La sagesse serait de te supprimer.

Ma ne la veut plus sur sa couche, il se satisfait ailleurs. Grue des Nuages, croyant exciter sa jalousie, se donne au cracheur de feu, au lanceur de couteaux, à d'autres. L'ingénue... Ma n'est pas jaloux, il ne le sera jamais :

— Ma petite Grue des Nuages, tu ne m'amuses plus, il est temps que je dispose de toi. Nous retournons à Tsinan où je te vendrai au plus offrant.

Tsinan... l'émoi de revoir la cité, ses temples, ses palais, ses belles rues, sa richesse. Chaque jour Grue des Nuages est princesse sur les planches, et chaque jour elle contemple les spectateurs avinés, avec des filles de jade vautrées sur leurs genoux. La peur la hante, à qui sera-t-elle ? Déjà des vieillards, des maquerelles se sont portés acquéreurs mais ils ergotent sur le prix. Tout en gémissant sa mélopée, elle scrute la salle avec l'espoir dément d'y découvrir ses grands-parents. Et puis un soir ce sont eux : deux ancêtres qui se lèvent et qui lui font des signes.

Grue des Nuages chante et elle est envahie par la joie. Ainsi ses grands-parents ont repoussé le trépas jusqu'à ce qu'ils l'aient retrouvée, elle n'aurait pas cru qu'ils l'aimaient autant. Les aime-t-elle ? Non, mais ils sont là, son unique chance. À la fin de l'acte, encore parée somptueusement, elle court vers ces ombres un peu perdues dans le brouhaha et qui pleurent des larmes sèches, l'expression du bonheur chez les vieux.

— Reviens chez nous.

— Il faut d'abord que vous me rachetiez.

— Et ce sera très cher, éructe Ma. Grue des Nuages n'était rien et j'en ai fait une princesse, j'exige le prix d'une princesse.

Autour d'eux les monstres, les histrions, les filles de jade s'amusent de la scène. Après avoir échangé quelques mots avec sa femme, Ma foudroie les grands-parents : il veut mille yuans, une somme fantastique :

— Je ne vous ferai pas grâce d'un yuan. Grue des Nuages peut me rapporter une fortune avec ses charmes.

Le grand-père chevrote qu'il est pauvre, il demande pitié, il supplie. Ma lui ordonne de partir et de ne réapparaître qu'avec l'argent. Et les grands-parents s'en vont tandis que Grue des Nuages leur enjoint de revenir et de s'accrocher, de s'accrocher beaucoup.

Le lendemain le grand-père se présente tout résolu :

— Mille yuans, c'est trop, c'est ridicule, dit-il à Ma. Grue des Nuages n'est pour vous qu'un arbre d'argent mais, ne nous racontez pas d'histoire, personne, personne, pas un richard vicieux, pas une patronne de bordel n'en donnerait autant.

La discussion se poursuit pendant des jours. Ma est ferme, il les connaît ces vieux si respectables et si avares. Ceux-là prétendent aimer Grue des Nuages ? Eh bien, qu'ils crachent, l'amour est un luxe qui se paie. Pourtant, le grand-père est tellement coriace que Ma finit par baisser ses prétentions, lentement, avec rage.

Après force ruptures et raccommodages, force marmottements du vieux et force insultes de Ma, le marché est passé : Grue des Nuages vaut cinquante taels, ce qui est peu pour une princesse. Le grand-père sort de sa robe une bourse de cuir usagée et il en tire difficilement une pièce d'argent qu'il tend à Ma. Cinquante fois il fait le même geste et à chaque fois Grue des Nuages se dit qu'une partie d'elle est rachetée, sa tête, son cœur, ses entrailles, ses membres, son sexe. Mais à la cinquantième pièce elle est reconstituée, entière, libre.

En même temps lui vient une tristesse, ce Ma qui longtemps l'a si bien traitée, elle ne le reverra plus. Qu'il ait participé à des crimes effrayants, elle s'en moquait, mais comme l'a blessée son sourire froid, ce sourire qui signifiait qu'il ne l'aimait pas, qu'il ne l'aimerait jamais ! Première passion, premier échec : Ma, l'homme des gouffres, restera son modèle de l'homme. Au moment des adieux, elle juge de bon ton de pratiquer les rites de la politesse et par trois fois elle s'incline devant Ma qui, comme toujours, ricane :

— Tu es une garce, je t'ai rendue encore plus garce, j'ai droit à ta reconnaissance.

Désormais elle est aux vieux, à leur poussière, à leur léthargie dont ils ne sortent que pour ressasser leur obsession, la marier. Ils ont trouvé un parti, un homme de quarante ans, instruit, riche, qui a présenté sa demande convenablement, par l'intermédiaire d'une entremetteuse.

Grue des Nuages ne veut rien savoir. Elle a entrevu la marieuse, elle a aperçu le prétendant, un avorton très laid, très cérémonieux et très infirme — un côté de sa face est paralysé et il boite —, pas question. Mais, rétorquent les vieux, il est bon, méritant, pieux. Sa femme est morte sans lui laisser d'enfants, il n'a pas de concubine et Grue des Nuages serait la seule épouse.

— Mais je ne me marierai jamais. Ma m'aurait mieux vendue que vous.

— Et que vas-tu devenir ? Une fille perdue comme ta mère ?

— Je veux être actrice.

Calamité. Ma et ses baladins ne lui ont-ils pas suffi ? Actrice, c'est un métier de putain.

Grue des Nuages, la bouche en cœur, réplique qu'elle veut entrer à l'Académie des beaux-arts, que c'est une institution très cotée, appuyée par les autorités de la province et dont les professeurs sont réputés à travers toute la Chine. On y enseigne l'art dramatique et la musique selon l'esprit des temps nouveaux, avec des techniques empruntées à l'Occident. Si ses grands-parents tiennent à elle, ils ne peuvent pas lui refuser cette éducation-là.

Chantage, cris, larmes, fatigue, épuisement. Bientôt le grand-père gémit qu'elle le tuera. De fait il ne quitte plus son lit. À son chevet Grue des Nuages se livre aux simagrées de la douleur, elle se frappe la poitrine, elle se frotte les yeux, elle réussit même à larmoyer. Quand enfin elle cesse ses démonstrations, elle a gagné.

— Je vais mourir et comme ta grand-mère ne me survivra pas, dit-il, tu seras seule. Une femme seule en Chine est maudite. Mon frère est trop vieux pour s'occuper de toi, alors inscris-toi à l'Académie, au moins tu seras entourée. Je vais te donner tout de suite l'argent qui me reste.

— Je n'en veux pas.

— Tu vas le prendre et quitter immédiatement la maison. Tu ne peux pas assurer le culte des ancêtres et notre neveu s'installera bientôt ici sous prétexte d'accomplir les rites filiaux. Il s'emparera de tout et il te chassera. Pars avant que ce vaurien n'arrive.

Encore des comédies, encore des affectations... La grand-mère a sorti d'une cachette une sacoche contenant quelques dizaines de taels. Grue des Nuages passe une dernière nuit dans la maison et au matin, elle se penche pour embrasser le vieux à l'haleine pourrie, à l'odeur de cadavre, pour frotter son museau contre les joues toutes moussues de la grand-mère, et elle décampe. Elle est heureuse. Les grands-parents, elle les a regardés pour la dernière fois et ils la dégoûtent.

L'Académie est installée dans un ancien temple de Confucius. C'est un monde joyeux où très vite Grue des Nuages trouve sa place. Elle gambade, elle pétille, elle est amusante — on la surnomme « le petit lapin » —, mais avant tout elle est studieuse. Elle s'enivre de la culture magique des Barbares à peau blanche, Hugo, Ibsen, Shakespeare... Grâce à eux, elle sera toutes les femmes, les glorieuses, les implacables, les abaissées, les humiliées, les ensorcelées. Sur scène elle sera reine, impératrice, femme ordinaire, douleur et scintillement, hurlements de vengeance et larmes de sang, mots de douceur et de destruction. Par ses incantations, par les intensités de son visage et de son corps, elle suggérera tous les paroxysmes, elle créera des illusions plus fortes et plus vraies que la vie, indélébiles.

En attendant, Grue des Nuages a tout à apprendre et d'abord à jouer. Pour cela elle couche utilement avec l'illustrissime professeur Pei qui a été formé en France, à la Sorbonne. Il lui prêche des idées antiféodales et la convainc que le théâtre est de la dynamite qui ébranlera l'ancienne société. Au reste, dans toute l'Académie les idées nouvelles sont à la mode, enseignants et étudiants ne parlent que du peuple. Discours fumeux pour Grue des Nuages qui se souvient que Kang Sheng haïssait particulièrement les bourgeois progressistes parce qu'ils finissent toujours par trahir. Mais Kang Sheng a disparu et ces bourgeois, Grue des Nuages cherche à les séduire et à les épater.

L'ennemi de tous est là. C'est le Sage, le Maître pour Dix Mille Générations. Entouré de soixante-douze disciples, tenant un sceptre et coiffé du chapeau impérial, il trône dans le théâtre de l'Académie, majesté de pierre au sourire énigmatique qui semble prête à proférer les sentences de la vertu. Son ombre est étouffante et fait peur, même aux plus hardis. Grue des Nuages le redoute aussi, mais une nuit elle entraîne ses camarades dans la salle, et là, bravant craintes et superstitions, elle grimpe jusqu'au sommet de la statue et en arrache la coiffure qu'elle jette comme un trophée aux autres étudiants. Un triomphe.

Grue des Nuages ne se connaît plus. Elle se galvaude, elle se laisse entraîner à n'importe quoi, elle prend des amants. Son protecteur la surprend et, mal dégagé des préjugés, déteste être cocu. Il la traite de paysanne vicieuse, sans mœurs ni éducation, pis, en public, il daube sur son ambition grotesque et son accent épouvantable. Immédiatement la quarantaine et le mépris : la favorite est tombée. On la découvre pauvre — entre son inscription, ses frais de pension et ses robes, les taels du grand-père sont épuisés. Encore une fois les sarcasmes sur son dénuement : les fils de bourgeois, même teintés de rouge, détestent en elle la fille du peuple.

Pourtant, un autre professeur la remarque, celui-ci plus sincère dans sa foi révolutionnaire et que la détresse de Grue des Nuages émeut. Il a entrepris de monter une pièce chinoise tout juste arrivée de Shanghaï, un mélo dans le goût du temps où l'héroïne, une victime de la société injuste, est acculée à la déchéance et à la mort. Le premier rôle de Grue des Nuages. Quand elle joue, son destin lui paraît si semblable à celui de son personnage qu'elle trouve des accents émouvants. Elle pleure, la salle pleure et à l'issue de la représentation, un jeune homme vient à elle, bouleversé. Il a bonne allure, l'œil humide, déjà il l'aime. Ils se revoient. Idylle, badinages tendres, chastes baisers, pour lui la passion. Bientôt il la demande en mariage.

Le mariage, c'est ce qu'exècre Grue des Nuages, c'est le renoncement, l'abdication, la soumission à la nécessité, l'horreur. Quelle dégoûtation que d'être épouse et mère au sein d'une famille triviale, avec des parents, des ancêtres, des descendants ! Au théâtre, les visages sont beaux, faces de l'hallucination éphémère, alors que dans la vie, à vous être imposés ils acquièrent une veulerie oppressante, la laideur de la honteuse intimité. Oh, l'intolérable des mêmes traits, des mêmes voix, des mêmes gens, qui sont inéluctablement eux-mêmes avec leurs sales manies, leurs exigences, parfois leur repoussante bonté. Ils sont eux, toujours eux, jusqu'aux dents gâtées, jusqu'aux yeux chassieux, jusqu'à la moindre verrue. Le mari surtout est une atrocité, et plus encore s'il est amoureux. Être sa possession, sa propriété, sa chose qu'il caresse, quelle humiliation ! Pourtant Grue des Nuages n'a pas d'autre recours… Mais elle ne sera pas docile : pour être supportable le mariage doit être une guerre.

Elle est tombée sur le bon sujet, un vrai micheton. Son prétendant habite une belle demeure, et depuis le décès de son père, il dirige un commerce de tissus florissant. Il vit avec sa mère qui le chérit et qui consent au mariage pour peu que sa bru renonce au théâtre. C'est un homme gentil, qui accepte les exigences du monde moderne telles que les lui impose Grue des Nuages : tout ce qu'elle admet pour l'hyménée, c'est un festin avec la parentèle au cours duquel elle se montre charmante.

La première nuit, l'époux s'aperçoit qu'elle n'est plus vierge : elle raconte qu'elle a été violée par des bandits, elle pleure. Or il se trouve que la déplorable perte de son pucelage lui a inculqué une science de la volupté qui le rend fou. En quelques semaines elle l'enchaîne donc, ensuite, languissante et maussade, elle commence à se refuser, à le torturer. Le faire souffrir, atrocement souffrir, c'est son plaisir et son programme.

Pour un rien Grue des Nuages entre en courroux, sa figure est un triangle pourpre, ses lèvres découvrent des dents carnivores, elle mange tout cru son mari. Montre-t-il une envie amoureuse ? Elle se moque de sa lubricité, il n'est qu'un chien baveux, un cochon, et elle ne veut pas être sa porcherie. Essaie-t-il de se rebeller ? Elle l'amadoue, le tranquillise, l'écrase, le broie.

Tout aussi résolument elle se montre impudente avec sa belle-mère : l'excellente femme voudrait qu'elle soit plus aimable avec son fils et qu'elle participe aux travaux domestiques, elle la rabroue, elle n'est pas là pour vider les pots de chambre. Elle passe son temps devant un miroir à se farder, à essayer des robes, et puis elle disparaît pendant des heures. À son retour, elle affiche une extraordinaire lassitude, l'époux demande des explications, elle bâille, se déshabille et s'assoupit. Parfois, rarement, elle se donne à lui. Il continue à l'adorer, il voudrait un fils. Quand elle se prétend grosse, il se réjouit jusqu'à ce qu'elle lui assène que l'enfant n'est pas de lui. Mais il ne la croit pas, il surveille béatement sa taille qui n'enfle pas, elle n'a jamais été enceinte.

Peu à peu, c'est la géhenne. Grue des Nuages l'entretient soigneusement et la jalousie de son époux devient une fièvre harcelante, une maladie qui le dévore. Sa tête n'est plus qu'un champ de bataille, tellement de suppositions, d'hypothèses, d'images affreuses...

— Avoue que tu as des amants. Dis-moi qui, donne-moi leur nom, cela me soulagera. Ce sont des acteurs, n'est-ce pas ?

— Qu'est-ce que tu imagines ? Je te suis fidèle. Si je sors d'ici, c'est pour regarder le ciel et compter les étoiles. Et aussi pour rencontrer quelques amis avec qui je m'entretiens de choses qui m'intéressent, de littérature surtout. Avec toi, ça ne risque pas. Et ne parlons pas de l'accablement où me plonge ta mère, cette dingue qui sans cesse me cherche noise. Quant à tes oncles, tantes et cousins, ce sont tous des poux qui voudraient me sucer le sang.

Supplice de l'incertitude... Grue des Nuages a compris que c'était le meilleur moyen de vider un homme, de l'étriper, de l'éviscérer. Jamais elle n'avoue tout à fait, elle égrène quelques semblants d'aveu suivis de dénégations qui tombent dru et de vertueuses fureurs.

Incohérence voulue, contradiction calculée. Toujours le même jeu. Après les paroxysmes, elle câline son mari, le console, s'offre à lui pour ensuite l'accabler de mépris et mieux faire lever les soupçons. Qui ? Quand ? Combien ? Celui-ci ? Celui-là ?

— Qu'est-ce que ça peut te foutre ? C'est mon droit. Je suis une actrice et mon métier est de plaire.

— Tu n'es qu'une putain.

— Tu ne comprends rien. Je ne te trompe pas. Je m'assieds sur un banc dans un parc et je discute des pièces récentes avec leurs interprètes.

Si la victime se ragaillardit, elle en refait une chiffe :

— Ah, quel tigre tu es, un tigre édenté... Même pas capable de me battre. Il ferait beau voir d'ailleurs que tu me frappes.

Grande est la joie de Grue des Nuages à ces arcanes. Les hommes ne sont que des pantins, celui-ci elle en tire les ficelles pour arriver à son but : s'en débarrasser tout en obtenant beaucoup d'argent, énormément d'argent, une somme qui lui permette de se relancer dans l'aventure du théâtre, mais ailleurs qu'à Tsinan, cette cité croupie, dans une métropole. Se faire chasser avantageusement suppose une stratégie qui n'est pas sans risque pour elle : une fausse manœuvre et tout échoue. Certes les mœurs ont changé au point que certaines épouses à la page demandent le divorce et extorquent une fortune au conjoint, mais le mari de Grue des Nuages n'est pas évolué à ce point : il en est encore à penser qu'un mari lassé peut répudier sa femme à sa guise !

Arrive le moment où le pauvre homme ose prendre des colères mais elles sont molles et lâches et Grue des Nuages en profite pour le vriller de glapissements. Les éclats du mari se disloquent, il se perd en de longs discours, reconnaît ses torts et demande pardon. C'est alors que Grue des Nuages décide de se servir comme d'une arme meurtrière de cette mère qu'il révère du plus profond de son être et qui désormais exècre sa bru.

— Tu te montes la tête, explique-t-elle, parce que ta mère ne cesse de te débiter des mensonges sur moi. Installons-nous ailleurs, nous nous retrouverons et nous serons heureux.

— Je ne peux pas la quitter, elle se laisserait mourir de chagrin et le quartier me considérerait comme un fils indigne.

— Au contraire, elle serait contente de ne plus me voir. D'ailleurs les couples modernes ne vivent pas chez leurs parents.

— À Tsinan, on est vieux jeu. On me jugera mal, on ne viendra plus dans mon magasin et je serai ruiné.

— Alors, reste ici et loue-moi un pavillon au bord du lac où tu viendras me rejoindre chaque jour.

De caresses en étreintes, bientôt elle l'a son pavillon. Au début tout est merveilleux ; tendresse, luxure délicate, érotisme courtois... Mais l'humeur de Grue des Nuages se corrompt, elle se sent seule, négligée, elle est certaine que son mari fréquente des maisons de thé, qu'il court les petites fleurs, on raconte qu'il entretient une courtisane, la célèbre Lune Printanière. Cantate de lamentations et de sanglots. Grue des Nuages brisée par le chagrin ne voit qu'une issue, le divorce. Ce sera douloureux, mais moins que la mélancolie où elle sombre.

Lui de supplier, de jurer qu'il ne connaît cette Lune Printanière que de réputation, qu'il ne va jamais dans les lieux de perdition. Mais à la longue il s'endurcit, il se fatigue de ces manigances, il n'aime plus. Un jour il lâche que sa famille exige qu'il renvoie Grue des Nuages :

— Tu voulais faire de moi un homme moderne, tu as

réussi. Je pourrais t'éjecter sans un sou, mais je t'accorde le divorce et je te donnerai de l'argent pour que tu ne sois pas à la rue.

Reste à fixer la somme. Grue des Nuages a trop de délicatesse pour discuter de ces questions financières, une de ses amies s'en chargera. Le mari, en bon marchand, se révèle coriace, très coriace. Comme ultime argument, la plénipotentiaire couche avec lui. Et un étrange hasard fait que Grue des Nuages arrive au milieu de la fornication. Cela règle tout : cent taels pour l'épouse trahie qui en reverse vingt à sa complice. Grue des Nuages peut partir.

Chapitre IV

Où aller, seule, sans connaître qui que ce soit au monde, avec pour tout viatique un peu d'argent arraché ? Grue des Nuages rêve de Pékin, la ville merveilleuse qui a gouverné l'Empire céleste dans l'accomplissement des rites. Au firmament, le Grand Chariot traçait les caractères bénits que seul le Souverain Auguste pouvait lire afin de régenter ses sujets et de leur donner la félicité. Le mal écrasé, les supplices équitables, les fécondités, le baume de toutes les existences, c'était lui, le monarque tellement sacré qu'il était enfermé dans la Cité interdite pour ne pas se souiller au contact des hommes dont sa justice assurait le bonheur. Mais les pavillons et les palais tombent en ruine. Pékin, le Pékin fabuleux, est devenu poussière des siècles : il n'y a plus d'Empire du Milieu, plus de Fils du Ciel, Pékin s'est écroulé dans le sommeil, la désolation, la mort, Pékin est une charogne, une sépulture.

Où aller ? Grue des Nuages se sent attirée par Shanghaï, la métropole surgie de la vase et des miasmes. Shanghaï, fantastique érection, cité immense, formidable projection d'un univers jusqu'alors inconcevable. Tous ces édifices prodigieux, tous ces temples du gain au style baroque et effrayant, tous ces frontons dominant une rivière sale et puante qui charrie les flottes du profit… Shanghaï l'impure, Shanghaï l'ignoble, le cancer de la Chine, la blessure saignante infligée par les Barbares triomphants, Shanghaï née des vices de ces Blancs forcenés. Mais Shanghaï est aussi la ville de tous les désirs et de toutes les aspirations des Célestes épris d'Occident, le creuset de la Chine nouvelle qui s'y construit en une pullulante gestation. Là tous s'exaspèrent à inventer, se prodiguent dans le business, les arts, les lettres et la politique. Prolifération merveilleuse d'une Chine moderne qui imite les maudits Barbares même si elle gronde contre eux. À Shanghaï est né le parti communiste chinois et la révolte y est un espoir et un levain. Peut-être Kang Sheng est-il là-bas... Mais Grue des Nuages ne songe pas à la Révolution, elle pense simplement qu'à Shanghaï elle pourra faire carrière, qu'elle saura s'insinuer dans les fissures des agitations lyriques. Pourtant elle hésite, Shanghaï est un monstre et elle a peur d'être dévorée.

Où aller ? La péninsule du Shandong se hérisse d'un cap qui éperonne l'océan. Au bout de cette étrave rocheuse, les Barbares ont construit un port du nom de Tsingtao (Qingdao) qui porte la marque de l'Occident. Ce sera là.

En blouse et en jupe, avec son éternel baluchon, Grue des Nuages monte dans le dragon de feu : pour la première fois de sa vie elle prend le train et tassée dans un wagon parmi des coolies abrutis et des soldats ceinturés de cartouches elle en éprouve un vrai vertige. Autour d'elle les gueules décharnées et les loques des miséreux, les gueules bestiales et les uniformes des militaires. La promiscuité, les regards lourds de convoitise. Si on l'attaque, aucun secours à attendre, tant il est indécent pour une jeune femme de se risquer seule dans une pareille cohue. De grosses mains la palpent, elle les écarte, elle se tortille, elle sourit, elle s'irrite, en vain. Soudain elle trouve le mensonge protecteur, elle se rend à l'enterrement de son père, ses esprits l'attendent. Après cette judicieuse évocation on la plaint, on la laisse en paix.

Neuf heures de voyage, debout, agglutinée à d'autres

corps. La chaleur est accablante, tout poisse, la vie poisse. Quand le train passe près du Taishan, la plus sacrée des cinq montagnes sacrées de Chine, Grue des Nuages songe aux émanations des défunts qui s'accumulent au bas des pentes et où gémissent des sanglots que le vent emporte avant d'être jugés par le Grand Magistrat des Enfers. Au-dessus s'élève le pic des bénédictions. Sur les flancs escarpés se succèdent les oratoires et les sanctuaires du rachat et les pèlerins cheminent péniblement sur les escaliers qui mènent du temple des Dix Mille Immortels au Sommet de la contemplation du soleil. Le salut est assuré à tous les fidèles qui viennent y prier et s'y mortifier ansi qu'à leur lignée. Ses grands-parents, autrefois, ont suivi ces sentiers pour attirer la pitié des dieux sur leur fille Lotus. Superstition, préjugé, imbécillité, se dit Grue des Nuages, ne hantent ces cimes que des moines qui s'engraissent avec les oboles des dévots. S'il existe une vérité, elle est ailleurs.

Mais Grue des Nuages ne s'attarde pas. Elle vient de découvrir l'océan et elle est fascinée par cette étendue turquoise qui arrive de l'infini pour s'emmêler aux terres, par ces vagues qui se brisent en écume blanche contre les falaises, qui s'engouffrent dans des baies ou lèchent des plages de sable étincelantes. L'empire des ondes... Déjà la locomotive crache sa vapeur et expire. Tsingtao.

Grue des Nuages suit la foule à travers la gare, loue une chambre dans le premier hôtel venu et part explorer le port. Beauté des quais, des gréements de fer, des hangars, choc de la technique... Elle marche jusqu'au bout de la jetée, jusqu'aux bâtiments du grand commerce dont les cales se vident et se remplissent de tant de marchandises : les produits manufacturés de l'univers contre les denrées séculaires de la Chine. Et elle regarde les remorqueurs qui s'ébrouent, et elle écoute les meuglements des navires, ces sons étranges et lancinants qui sont comme les hymnes du business. Sur le quai, le mouvement est incessant. Treuils, cabestans, grues, bras métalliques, dockers aux épaules creuses qui succombent sous les fardeaux, messieurs jaunes en complet-veston qui s'affairent, empaquetés dans leurs nouvelles richesses et leurs nouvelles manières. À l'écart, des usines enfermées entre des murs sales, de hautes cheminées qui vomissent un brouillard âcre. Là un prolétariat affamé, sous un joug nouveau — celui des machines —, fabrique des textiles et autres fournitures. Prospérité, injustice, domination des Blancs, des capitalistes, des compradores. Pour eux il y a de beaux quartiers avec des bungalows, des jardins, des domestiques, une bonne vie mondaine et coloniale. Au-delà, très loin, s'entassent dans des huttes de boue séchée les travailleurs et leurs misérables familles.

Tsingtao. Combien de facultés, d'académies, bien plus qu'à Tsinan et tellement supérieures. Splendeur des édifices inspirés des monuments de Berlin — autrefois l'Allemagne a régné ici... Les étudiants sont d'un chic épatant, pas des rejetons de magots, pas des rogatons de la Chine ancienne à peine colorés de modernisme mais vraiment des fils et des filles de millardaires jaunes pratiquant le négoce comme en Europe ou en Amérique. Évidemment ces garçons et ces filles nés sur des tas de dollars sont en proie aux idées et aux mœurs les plus séduisantes, ils sont tous plus ou moins tentés par le socialisme.

Exaltation de Grue des Nuages : suivre des cours, passer des examens, étonner par son intelligence et ses capacités, être admirée, être adulée... Dans les magasins illuminés elle s'est acheté une robe haut fendue, elle s'est fardée, elle s'est natté les cheveux, elle s'est regardée dans une glace et elle s'est trouvée très avenante, digne d'entrer à l'université.

Un matin, elle en franchit le grand portail. C'est immense, un souffle vient de la mer, les arbres frémissent dans le vent, comme en une danse se forment et se reforment des groupes où éclatent des rires et des reparties. Grue des Nuages aborde ces jeunes gens si nets, si huppés, pour leur demander le bureau des inscriptions mais elle ne reçoit que des sourires condescendants. Enfin on la dirige vers un aréopage de maîtres du meilleur ton, affichant tous une pédanterie légère qu'ils coupent de mots d'esprit. Bref examen de cette créature voyante et mal fagotée, on se borne à lui demander ses titres, qualifications et diplômes. Grue des Nuages a beau parler de ses longues études à Tsinan, de son théâtre et de ses rôles, ils s'accordent sur son insuffisance. Elle se met en colère, braille, étincelle, une voix magistrale la coupe net, des huissiers l'expulsent, comment cette petite putain s'était-elle faufilée jusqu'ici ?

Que va devenir Grue des Nuages ? Dans quel néant sombrera-t-elle ? Au mieux elle sera institutrice dans quelque hameau perdu, faisant ânonner des bouseux ignares aux faces stupides. Alentour la glèbe, l'infini de la glèbe chinoise où jamais rien n'arrive, sauf parfois une calamité qui sème la faim... Les ventres gonflés des enfants et les agonies des vieillards, squelettes vivants... Prières, vanité des prières, éternité du temps, dépérir, vieillir, mourir...

S'enliser ainsi, jamais. Alors la ressource éternelle des femmes ? Le mariage ? Une autre forme d'enlisement. Plutôt se prostituer, conquérir des hommes, s'en servir, les soumettre : cette radieuse perspective sèche les larmes de Grue des Nuages.

À l'aurore, un poing cogne sur la porte et elle va ouvrir, épave furieuse au visage gonflé de sommeil. Entre un inconnu d'une trentaine d'années en robe noire, la figure émaciée. Derrière des lunettes cerclées de fer-blanc, des yeux malicieux la contemplent tendrement.

— Tu ne me reconnais pas ? Je suis ton bon génie. Je t'avais dit que je reviendrais, je suis là.

C'est bien Kang Sheng, souple, félin, nerveux, avec son regard d'ironie. Grue des Nuages hoquette d'allégresse. Longues effusions.

— Je crois que j'arrive à point. Hier on t'a flanquée hors de l'université.

— Comment le sais-tu ?

— Dis-toi que je sais tout de toi, de tes malheurs, de tes efforts et de tes échecs.

— Et toi, qu'as-tu fait pendant toutes ces années ? Autrefois tu prétendais que tu deviendrais la bête fauve de la Révolution...

— Je suis allé dans des pays où l'on m'a enseigné les

bonnes techniques. L'apprentissage a été long. De retour en Chine, à Shanghaï surtout, j'ai travaillé dans ma spécialité. Ce que je suis, je ne peux pas te le dire maintenant.

— Que fais-tu à Tsingtao ?

— C'est un refuge, personne n'y soupçonne mes activités. On me tient pour un jeune homme de bonne famille qui a parcouru l'univers avant de se ranger dans le négoce. J'ai même pris la précaution de me réconcilier avec mon père et avec les autorités de Zucheng. Je vais, je viens, je joue mon rôle de bourgeois. C'est un rôle que je t'enseignerai.

— Toi, ami des bourgeois ?

— Il faut ce qu'il faut.

Grue des Nuages s'est tue. Mais en elle-même elle entonne un chant de victoire : Kang Sheng a tellement l'air de s'intéresser à elle ! Lui, d'une petite voix affûtée, incise cette suffisance :

— Sans doute coucherons-nous ensemble, puisque tu es facile. Mais ce qui m'attire en toi, ce n'est pas ta banale absence de vertu, c'est ta méchanceté. Je pourrais m'en servir.

— Pour la Révolution ?

— Tu es bien prétentieuse. Entre d'abord à l'université. Ils ne se sont pas trompés les professeurs et les fils à papa qui t'ont recalée, tu as mauvais genre et tu te comportes comme une virago. Je vais reprendre ton éducation et, d'ici à quelques mois, tu charmeras croulants et godelureaux. Et oublie la Révolution ; à Tsingtao ce n'est qu'une bulle irisée qui flatte les imaginations des gandins. Ne donne pas dans ces chimères, avant tout plais.

— Je te plais ?

— Bien sûr. Déshabille-toi.

Grue des Nuages est nue sous le regard de Kang Sheng. En silence il inspecte la poitrine pommelée, les hanches étroites, le pubis fleuri. Il passe la main sur elle, c'est à peine une privauté, plutôt un constat.

— Ma jolie nymphe, tu as un très beau corps… tu es belle.

Alors il se dévêt et Grue des Nuages voit avec satisfaction que Kang Sheng, l'imperturbable Kang Sheng, bande. Elle lorgne la queue longue et mince, elle s'apprête à la toucher et soudain le geste lui fait horreur. Pas avec Kang Sheng, pas avec son bon génie ! Un flot de souvenirs la submerge, leurs conversations de Zucheng, l'école, sa fuite, sa voix si douce, sa silhouette fragile qui s'éloignait à travers les champs. Disparues les années sordides, les brutalités, les fornications, elle est innocente et elle rêve : elle fait l'amour pour la première fois et c'est avec lui.

Et lui qui tout à l'heure était si sévère, à quoi pense-t-il ? Revoit-il la fillette misérable qui l'avait ému ? Songe-t-il aussi aux soirées de Zucheng, à l'enfant dont il voulait faire une princesse ? Calmement, avec une sorte de gentillesse, il a pris la main de Grue des Nuages et il l'a conduite vers le lit. Ensemble ils se sont assis, ensemble ils se sont allongés, elle a eu un sourire printanier, immobile, il l'a effleurée, caressée, longtemps, paisiblement, inlassablement, et puis, sans un mot, il est entré en elle et elle a joui.

Toute la journée, ils ont recommencé, dans la quiétude, dans la fureur. Et la peur, insidieusement, a saisi Grue des Nuages : l'œil ouvert, l'oreille attentive, surveillant ses soupirs, écoutant ses gémissements, Kang Sheng, même dans la luxure, reste un juge. Petit à petit l'amour devient une épreuve redoutable.

Enfin Kang Sheng a prononcé sa sentence :

— Tu fais bien l'amour, mais c'est le cas de tant de femmes... Je te le répète, tu dois devenir une jeune bourgeoise élégante.

— Pour quoi faire ?

— Pour briller dans certains cercles quand je t'aurai métamorphosée. Dans ma profession on a tous les talents, même celui de remodeler une femme.

Des jours et des jours Kang Sheng procède à l'instruction de Grue des Nuages. Il l'a sortie de son trou à rats pour l'installer dans le meilleur hôtel de Tsingtao. Là, étreintes, mais surtout rééducation. Il lui inculque les bonnes mimiques, les gestes harmonieux, il lui apprend à parler, il corrige son accent, il lui montre comment se maquiller et se vêtir décemment, il lui achète des parures seyantes, des bagatelles essentielles, il la veut ravissante, délicieuse, parfaite.

Enfin, lorsqu'il la juge suffisamment dégrossie, Kang Sheng abat son jeu : il va emmener Grue des Nuages chez Mme Yu, la plus célèbre hôtesse de la province et, de surcroît, l'épouse du doyen de l'université. Fille du plus gros propriétaire terrien de Chine, élevée en Amérique, de religion protestante, Mme Yu est la reine des tenancières ès académies. L'argent ne l'intéresse pas, les milliardaires au cerveau plein de chiffres non plus, les politiques encore moins, quoique chez elle un portrait de Tchang Kaï-chek soit accroché à la place d'honneur. Tout ce qu'elle aime, ce sont les beaux esprits, les intellectuels et les artistes qu'elle consomme sur place. Cuisinière, elle fait bouillir dans son salon le pot-au-feu de la conversation précieuse : de grandes symphonies, des pastorales, quelques solos, le poivre des ricanements, les grains de sel de l'ironie. Elle ne s'en contente pas : de sa baguette mignarde, elle finance et régente une troupe d'opéra dans le cadre de l'université. Le Tout-Tsingtao court aux représentations.

Kang Sheng lui rendra visite pour lui annoncer qu'il a retrouvé une de ses cousines, une jeune femme qui a dans la gorge un rossignol aux gazouillis particulièrement délectables. Il parlera d'elle de façon que Mme Yu désire l'écouter et si elle passe l'examen, elle pourra sans mal la charmer et devenir sa favorite :

— C'est très important pour toi car elle mène son mari par le bout du nez. D'un coup d'éventail, elle l'obligera à t'admettre à l'université de façon à t'engager dans sa troupe. Nous allons donc répéter ton grand air, celui de la princesse condamnée. Le très équivoque Ma a su améliorer ton chant mais insuffisamment. Par parenthèse, il a été décapité. En voilà un qui ne pourra plus parler de ton brillant passé, je suppose que cela ne t'affecte pas.

Sans en demander davantage, Grue des Nuages s'alanguit, se courbe comme un saule et se lance dans la fameuse complainte de la douleur extrême. Jugement de Kang Sheng, c'est bien, mais les effets sont trop faciles, trop appuyés, du travail de petite théâtreuse :

— Une princesse, ça meurt dans la décence et la distinction. Toi, tu brailles. On croirait que tu vas occire ton père. Même si ce n'est pas dans ta nature de garce, sache être une victime.

Répétitions. Kang Sheng est impitoyable. Chorégraphe, maître de solfège, professeur de maintien, il chasse le plébéien dans la voix et les attitudes de Grue des Nuages, il lui donne du suave et du moelleux, il l'imprègne de cette douceur un peu aigre qui est la magie céleste. Après ces orgies vocales, ils festoient et font l'amour : Grue des Nuages a l'impression qu'elle tient Kang Sheng par les sens.

Galatée prête, Pygmalion s'habille à l'occidentale pour aller vanter sa créature à Mme Yu. Le révolutionnaire au salon... Grue des Nuages se moque mais Kang Sheng la rabroue : il a su mettre assez de mystère dans ses propos pour que l'ineffable Mme Yu le croie agent secret du Kuomintang, la couverture idéale. Que Grue des Nuages, cette sotte, se taise donc !

Le soir il revient tout content. Les choses ont tourné de façon imprévue. Dès qu'il a parlé de sa jeune cousine dans le malheur, les yeux de Mme Yu se sont allumés. Elle a posé maintes questions plutôt perfides, il était évident qu'elle voulait savoir si Grue des Nuages était sa maîtresse, en fait elle en était persuadée et ô combien émoustillée.

— Et tu as avoué que nous couchions ensemble ?

— Non, tu n'es pas assez illustre. Cela dit, je t'ai rendue intéressante. J'ai laissé tomber le rossignol et je t'ai inventé toute une histoire, un roman à faire pleurer, avec un peu de vrai et beaucoup de faux, ce qui est le bon dosage du mensonge. Résultat, ce gratin de femmes savantes et de valets des lettres t'attend. On veut te voir, te connaître, on meurt d'impatience et bientôt je te conduirai là-bas.

Mais Mme Yu va certainement se montrer inquisitrice : il faut raffiner le récit, le rendre en tout point plausible, concocter des situations, imaginer des personnages que Grue des Nuages dépeindra avec la poignance de la vérité. Que cela se passe à Zucheng où ses parents l'ont vendue très cher à un barbon jaloux qui la surveillait, l'insultait, la battait. Et elle, elle a eu le courage de s'enfuir. Elle a cherché refuge dans sa famille mais on l'a rejetée par peur d'avoir à rembourser le mari. Le hasard a voulu que Kang Sheng, son lointain cousin, qui l'avait connue enfant et avait été son professeur, la rencontre alors qu'elle errait seule dans Zucheng. Craignant qu'elle se suicide, comme tant d'épouses et de concubines dans ce pauvre pays, il l'a prise en charge, incitée à recommencer ses études et à acquérir son indépendance. Il l'a envoyée à Tsinan, puis emmenée à Tsingtao, la seule ville où elle puisse parfaire son instruction.

Et de nouveau des répétitions : que le conte jamais ne sente le simulacre.

La demeure de Mme Yu est située en dehors de la ville, au sommet de la falaise. Du portail, Grue des Nuages découvre des jardins, des pavillons au toit recourbé, des gloriettes et au loin un Windsor en réduction. Dans le vestibule, son émotion est à son comble quand Mme Yu apparaît, leur faisant l'exorbitant honneur de venir au-devant d'eux. Kang Sheng s'incline, déjà Mme Yu entraîne Grue des Nuages vers le salon :

— Ma pauvre enfant, ma pauvre enfant, ma chérie.

L'assemblée, une vingtaine de personnes, s'apitoie aussitôt. Mme Yu se rubiconde de bonté cependant que les messieurs se rosissent de charité :

— Ma pauvre enfant, dites-nous…

Mme Yu n'a pas d'âge. Grasse, petite, un peu usée, elle semble quelconque, elle ne l'est pas. En pleine besogne mondaine, une autorité se dégage de ses grimaces de l'avenance ou de la réprobation, de ses sourires doucereux, de toutes les moues qui ont tracé sur son visage de légères mais innombrables rides. Elle est vêtue d'une robe noire ostensiblement modeste, à peine ornée de quelques dentelles, et si les cheveux sont frisés, c'est moins une coquetterie qu'une précaution — ainsi cache-t-elle un début de calvitie. Pas de bijou sauf un collier d'énormes perles qui, après avoir enserré son cou dodu, ondoie sur son manque de poitrine, luisance impérieuse, perles de sa souveraineté.

— Ma pauvre enfant, racontez-nous.

Et Grue des Nuages de débiter son histoire. Avec un émoi réprimé, elle campe les personnages qui l'ont persécutée, le barbon est là, répugnant fossile, charogne hargneuse, ses parents sont là qui la repoussent, elle a froid, elle a faim, elle va se noyer lorsque Kang Sheng...

Dans les noirs moments, Mme Yu gémit, et la société reprend en chœur ses gémissements, mais l'œil de l'hôtesse épie avec une pointe de dureté et ses questions sont aiguisées. Alors Kang Sheng se porte au secours de Grue des Nuages : né lui-même à Zucheng, il connaît bien tous les acteurs du drame. Le barbon... De son métier, un usurier qui livrait ses débiteurs à la justice, un tyran domestique qui terrorisait sa tribu. Quant au père de Grue des Nuages, c'est un marchand de cercueils, un forban qui s'enrichit avec les cadavres et que le suicide de sa fille n'aurait pas troublé. Vraiment des gens détestables, mais on ne choisit pas ses parents, n'est-ce pas ? Et Kang Sheng brode, améliore, décrit l'enfant à laquelle il avait autrefois appris à écrire, l'épave qu'elle était devenue, son chagrin, sa volonté à lui de la sauver.

Désormais Mme Yu est sûre qu'ils sont amants, mais avec ces temps nouveaux, qui s'en soucie. Et puis cette Grue des Nuages est attrayante, elle pourrait être une bonne acquisition pour son salon, la jolie femme qui lui manque.

Cependant Grue des Nuages paraît flotter dans l'extase, au-dessus des abominations passées :

— Kang Sheng a été mon bon génie. Maintenant je sais que j'ai eu de la chance, toutes les chances. Car si mon époux n'avait pas été aussi atroce, je ne me serais pas enfuie. J'aurais continué à mener la vie dégradante des femmes chinoises. J'aurais pourri sur place et sans doute fini dans la peau d'une ignoble douairière, avide uniquement de vengeance. La famille à l'ancienne, c'est le meurtre.

Mme Yu exulte. Elle qui toujours recherche les os à moelle de la bonne discussion, Grue des Nuages lui en fournit un fameux : l'horreur de la condition féminine. Quel sujet que les massacres au sein des yamen ! Un débat là-dessus, rien de plus à la mode. Un signe et elle lance ses troupes qui bientôt s'entrechoquent, les anciens contre les modernes. Le clan des vieux est dominé par un ancêtre prestigieux, un poète au visage escarpé, extraordinairement buriné. Pour lui est essentielle la tradition de l'ombre et de la lumière, de l'humide et du rocailleux, afin de recueillir les ambroisies des temps anciens et de préserver la trame antique de la vie céleste. Ce barde tonitruant est soutenu par deux lettrés en robe qui s'agitent au nom de Confucius. Le camp adverse, composé de gentlemen jaunes et d'un détachement de dames à la pédanterie glapissante, est bien plus nombreux : eux brandissent les flambeaux de la philosophie des Lumières et proclament les droits de la femme moderne dont le modèle est Mme Yu.

Un beau tournoi ! Mme Yu se donne beaucoup de mal pour extraire le rendement maximum de ses invités, elle pétille, encourage, attise les propos, les dirige, notant les contributions de chacun, poussant l'artillerie des phrases, à moins qu'elle ne tique et ne fasse arrêter les salves indues. Avant tout elle surveille le choix des arguments, la qualité du ton — les potins ou les médisances ne conviendraient pas à son salon qu'elle croit le premier de Chine — mais elle glousse de bonheur aux traits piquants et aux reparties spirituelles. Et la victoire revient toujours au progrès sagement modulé. On parle de Luxun, de ses livres consacrés au malheur des existences. On découvre les hommes, on découvre le peuple et certains profèrent qu'il n'est pas besoin de doctrine sanglante et perverse pour assurer le bonheur ; Tchang Kaï-chek, soutenu par son épouse, Meiling, y pourvoira.

Grue des Nuages sourit, surtout lorsque Kang Sheng vante les mérites de Tchang Kaï-chek. Elle est charmante, c'est-à-dire qu'à tous et à chacun elle exprime son admiration pour leur génie. Et cela marche, même avec Song Minh, un bel homme silencieux qui à Shanghaï écrit des mélodrames à succès. Grue des Nuages voudrait l'échauffer, l'animer, s'en faire désirer... il lui susurre en lui remettant sa carte de visite qu'elle ne manque pas de venir le voir si jamais elle passe par Shanghaï.

La nuit arrive et la société se disperse, Mme Yu glisse à l'oreille de Kang Sheng :

— Revenez, revenez dans deux jours, avec Grue des Nuages.

Une fois dehors Kang Sheng jubile.

— Ça y est, tu l'as dans ta poche la mère Yu, tu vas devenir sa dame de compagnie et on va lui placer ta chansonnette.

Et puis il la morigène :

— Pourquoi as-tu entrepris Song Minh, et sans ma permission ? Ce n'est pas du tout l'homme qu'il te faut. D'autant que j'en ai un en réserve pour toi. Un beau gosse qui te plaira.

Deux jours plus tard ils sont de retour chez Mme Yu. Toujours le brouhaha de la conversation et toujours l'hôtesse en directrice de pensionnat, si petite, si ronde, si mielleuse :

— Ma pauvre enfant, considérez-moi comme une mère... Kang Sheng, avez-vous des projets pour elle ?

— Elle voudrait être actrice. Elle a suivi des cours d'art dramatique à Tsinan.

— Vous avez déjà joué ?

— Pas vraiment mais j'ai tenu quelques rôles. Du théâtre moderne et aussi de l'Opéra de Pékin.

Kang Sheng intervient :

— Grue des Nuages a une très belle voix.

Aussitôt Mme Yu se précipite gloutonnement sur la marchandise, grosse carpe qui aurait trouvé une nourriture délicieuse, qui batifole des ouïes et des écailles :

— L'opéra, vous le savez bien, Kang Sheng, c'est ma passion, j'y consacre ce qui me reste de force.

— Et vos efforts sont récompensés... Les spectacles que vous donnez sont les meilleurs de Chine.

Mme Yu secoua la tête, on ne peut plus flattée et, la bajoue gonflée de modestie, elle explique ses difficultés, tant de difficultés. Les étudiants méprisent l'opéra, ses traditions, ses symboles, ses techniques, surtout ils répugnent à s'astreindre aux contraintes nécessaires, à cet enseignement long et pénible. Quant aux étudiantes qui prétendent conquérir le bastion de l'opéra, rares sont celles qui ont la joliesse et la grâce suffisantes. Cela pour ne rien dire des voix. Enfin elle se tourne vers Grue des Nuages :

— Mon enfant, quel est votre rôle préféré ?

— La princesse qui pleure son destin.

Extase. Le rôle exige un timbre si ténu et si puissant, un charme si capiteux et si poignant qu'il était toujours réservé à des eunuques qui seuls arrivaient à la délicatesse souhaitable. Mais l'époque veut que désormais la princesse soit jouée par une vraie femme.

Mme Yu fixe Grue des Nuages :

— Je suis sûre que vous serez excellente. À défaut d'orchestre traditionnel, pour cette fois, je vous accompagnerai au piano, juste un petit soutien.

Avec des mines faussement enthousiastes, l'assemblée se regroupe autour de ces dames, Mme Yu se met au clavier, Grue des Nuages se tient debout près de l'instrument. Kang Sheng lui fait un signe d'encouragement, mais elle n'a pas besoin de son appui : elle est pleine de cette énergie qui, elle en est persuadée, la fera toujours vaincre au cours de ses épreuves. Un feu en elle… Jamais elle n'aura le cou tranché.

Quand elle en a terminé, les assistants regardent le visage de Mme Yu pour se conformer à son verdict. Mme Yu se lève, serre Grue des Nuages entre ses bras :

— Vous avez beaucoup de dons, mon enfant, Kang Sheng ne s'est pas trompé. Mais vous devez encore travailler énormément. Eh bien, c'est moi qui serai votre professeur, je vous prends dans ma troupe.

Applaudissements nourris interrompus par l'arrivée d'un personnage à la tête carrée, une sorte de buffle humain. Horreur, c'est le mari, le doyen de la faculté des lettres, le président du jury qui a recalé Grue des Nuages, et avec quelle brutalité, comme une rien du tout. Lui, l'œil d'abord vague, soudain se la remémore et son visage se peint d'ahurissement — cette fille chez lui, choyée par son épouse ! Avant même qu'il ait ouvert la bouche, sa femme lui jette d'un ton comminatoire que Grue des Nuages est une cousine de leur ami Kang Sheng, qu'elle l'engage dans sa troupe et que lui, dès demain, l'acceptera à l'université.

— Mais je l'ai déjà refusée, elle n'a pas de diplôme.

— Je te le dis, tu l'inscris.

— Qu'est-ce qu'on en fera ?

— Je ne sais pas, moi, prends-la auprès de toi comme aide-bibliothécaire. Tu es toujours à chercher des bouquins, elle te les trouvera et elle te rendra bien d'autres services, mangeur de grimoires.

C'est la dernière nuit de Kang Sheng à Tsingtao, une lettre lui est parvenue qui l'appelle à Shanghaï. Nuit voluptueuse, pour un peu Grue des Nuages s'aventurerait à parler d'amour mais Kang Sheng brise son élan :

— Jusqu'à présent mes plans pour toi ont fonctionné, le reste va suivre. Bientôt tu seras tout à fait dans les petits papiers de Mme Yu, elle s'ennuie avec son balourd de mari et ses beaux esprits imbéciles, tu la divertiras. Tu chantes très médiocrement mais sa troupe est mauvaise, exécrable même, tu en seras facilement la diva.

— Cela ne me mènera pas loin.

— Je te conseille de séduire son époux. Ce malheureux est fidèle, ça doit le démanger.

Kang Sheng a son petit rire vicieux :

— Mais surtout ne couche pas avec lui. Émoustille-le juste assez pour que Mme Yu s'aperçoive que son mari est un cochon.

— Elle me mettra à la porte.

— Pas du tout, elle n'est pas bête la mère Yu, elle ne voudra pas de scandale, elle te fera rencontrer quelqu'un.

— Le beau gosse que tu m'as annoncé ?

— Tu verras bien. De toute façon, tu es à moi...

Kang Sheng parti, Grue des Nuages se présente à l'université et le doyen l'inscrit en littératures chinoise et étrangères. Ce faisant il a la trogne furieuse ; sous le front bas, le regard est exaspéré.

— Vous voilà étudiante, maugrée-t-il, on va voir vos fameux dons. Tâchez de ne pas dissiper mes garçons. Si vous en débauchez un, je vous renverrai, vous entendez, je vous chasserai.

Mais sans doute dans son crâne épais entend-il résonner la voix de son épouse car il ajoute plus doucement qu'il nomme Grue des Nuages aide-bibliothécaire.

— Vous savez lire, je crois, alors essayez de vous rendre utile.

Les semaines s'écoulent, Grue des Nuages ne manque aucun cours, écrit des devoirs très convenables, et surtout s'applique auprès du doyen. Elle époussette, elle range et quand il a besoin d'un ouvrage elle le lui apporte aussitôt. Très vite elle est capable de tenir un fichier et de l'aider dans ses recherches.

Avec Mme Yu, Grue des Nuages soigne son chant, opératise, s'époumone et se montre modeste : elle n'est qu'une débutante qui attend tout de Mme Yu. Devant cette débauche d'humilité, Mme Yu l'encense, la déclare meilleure princesse qui soit, d'ailleurs on le verra bientôt, au prochain spectacle donné pour les notables de la ville.

Le premier point du programme de Kang Sheng est atteint : Grue des Nuages est désormais indispensable à Mme Yu, le prodige de sa troupe, la perle de son salon, sa confidente. Lorsque les deux femmes sont seules, elles cancanent, se moquent des sommités, de leurs tics, de leurs prétentions, de leur boursouflure, elles multiplient les anecdotes comiques sur le maître qui crache au milieu d'un exposé sur Ibsen, sur celui qui rote pour virguler ses discours, sur celui qui mange des graines de pastèque tout en pérorant avec componction. Et dire que ces rustres se prennent pour des gloires nationales ! Grue des Nuages louange M. le doyen mais sans exagération. Pourtant Mme Yu confesse que son mari est un pédant, un songe-creux qui sans elle… Bavardages. Bavardages. Mme Yu demande souvent à Grue des Nuages si elle a un amoureux. Dénégations.

— Et Kang Sheng ?

— Lui, c'est mon protecteur et je l'aime pour ses bienfaits.

Reste à entortiller le doyen. Pour cela, ne pas l'attaquer directement mais créer une ambiance amoureuse, dégager les effluves de la séduction, tisser une toile où il ne manquera pas de se prendre… Aguicher donc quelques jeunes gens et peut-être du même coup découvrir le fameux quelqu'un promis par Kang Sheng — un homme présenté par Mme Yu appartient forcément à l'université. Bien que Kang Sheng lui ait ordonné de ne rien précipiter, elle sélectionne un lot de jolis garçons et les essaie l'un après l'autre. Elle se montre changeante, folâtre, vagabonde, rebelle, elle est irrésistible et exaspérante. Celui qu'elle est en train d'éprouver, elle jongle avec lui, l'envoûte, lui accorde de menues privautés et lorsqu'elle est sûre que ce n'est pas lui le prédestiné, qu'il n'est qu'un galantin ordinaire qui ne connaît pas Mme Yu, elle injurie et foudroie. À ce jeu émane d'elle une frénésie qui contamine le doyen.

Il tombe de lui-même, en quelques semaines. Tout d'abord, il ne se montre plus revêche avec elle, il la met en garde paternellement contre sa coquetterie : certes elle est chaste et pudique mais ses gentillesses, même les plus innocentes, font des ravages autour d'elle. Peu après il la gronde en jaloux, le visage cramoisi, la voix rauque et l'œil porcin. À l'étape suivante, il la convoque dans son bureau, il la regarde, soupire, lui dit des mots idiots, que sa beauté est dangereuse, qu'elle décime les étudiants, alors qu'elle soit vertueuse, encore plus vertueuse. Ensuite de quoi il la renvoie, pour la suivre immédiatement à la bibliothèque sous prétexte de lui réclamer un ouvrage. Un soir qu'il l'a gardée là sous prétexte d'un travail urgent il se jette sur elle, essaie de l'embrasser et la supplie de se donner à lui. Grue des Nuages se borne à rétorquer : Et votre femme ? Le doyen blêmit, se décompose et puis la concupiscence chasse sa peur :

— Nous ferons très attention, je louerai quelque chose dans un quartier discret. Je vous ferai une vie magnifique, je vous couvrirai de cadeaux. Mon épouse n'en saura rien.

Mme Yu sait tout, évidemment. Les rumeurs de cette intrigue qui fait jaser l'université lui sont parvenues détaillées, exagérées même. D'ailleurs elle n'a qu'à observer ce qui se passe dans son propre salon, quand le doyen y rencontre Grue des Nuages : égards excessifs, politesses de bellâtre, voix emberlificotée... Mme Yu se décide à avoir avec Grue des Nuages un entretien amical :

— Mon enfant, ce n'est pas votre faute, absolument pas, mais vous avez rendu mon mari gâteux et tout le monde a remarqué son égarement. Sa folie nous rend ridicules, lui et moi, et certaines mauvaises langues vous estiment responsable. Cette situation ne peut durer et je veux chercher avec vous une issue honorable car dans l'état où il est, si j'entreprenais de le ramener à la raison, mon époux serait capable de me braver, de commettre n'importe quelle sottise.

— Je l'ai découragé autant que j'ai pu.

— Je m'en doute, sinon je ne vous consulterais pas. Que vous a-t-il proposé ?

— Une maison, de l'argent, des bijoux. J'ai refusé. Mais pour moi aussi l'affaire est délicate, j'ai peur d'être chassée de l'université.

Mme Yu plonge dans ses pensées comme pour rechercher une solution. Une minute, deux minutes... et elle sort de sa méditation avec un sourire d'une suavité exquise :

— Mon enfant, je vais faire votre bonheur. Je vais vous présenter un garçon contre lequel mon mari ne pourra rien. Il est jeune, très beau, très intelligent, irrésistible. Celui-là, Grue des Nuages, vous ne le repousserez pas.

Mme Yu ne veut pas en dire davantage. Elle se borne à répéter, béate, « quelqu'un, quelqu'un que vous aimerez ». Ce ne peut être, se dit Grue des Nuages, que le héros promis par Kang Sheng.

À quelques jours de là, lors d'une réception chez Mme Yu, Grue des Nuages découvre parmi les commensaux chevronnés, un gueux, un gueux sublime, la chemise déchirée, la robe noire en loques et les pieds nus dans des sandales de paille. Mais que ce mendiant est beau ! Mince et légèrement voûté, il se tient immobile, muet, dans une sorte de réserve sacerdotale. Sa tête surtout fascine, de longs traits pâles, des pommettes saillantes, des joues creuses, des yeux mordorés, quelque chose d'une sculpture au sourire de courtoisie impérieuse. On le salue, il répond poliment mais à peine, il est divin, décide Grue des Nuages.

Mme Yu tout aimable fait les présentations :

— Voici Yu Qiweï, mon frère. Notre mère est morte à sa naissance et c'est moi qui l'ai élevé. N'est-ce pas qu'il est superbe ?

Le gueux s'incline devant Grue des Nuages d'une façon appuyée et il s'écarte, la laissant aux mains de Mme Yu.

— Il me semble avoir aperçu votre frère à l'université. Pourquoi est-il vêtu si étrangement ?

— Il prétend que l'habit est un mensonge, qu'il cache la vérité des êtres, la seule chose qui lui importe. Je reconnais qu'il peut paraître bizarre, mais ce n'est absolument pas un ascète… La preuve, il ne cesse de vous regarder. Quant à ses idées… il espère réformer le monde et prépare une thèse sur la lutte contre la pauvreté. Que puis-je vous dire ? Ses professeurs l'apprécient, et sa famille, notre famille, est très bien considérée.

Si détaché que soit Yu Qiweï, il connaît parfaitement les stratégies de salon et il ne tarde pas à aborder Grue des Nuages, à plaisanter avec elle, à la quitter pour reprendre sa pose énigmatique, à revenir enfin avec un air préoccupé :

— Vous méritez mieux que cette tourbe. Retrouvons-nous ce soir pour dîner… À six heures, devant la grande jetée.

Grue des Nuages arrive sur le port au crépuscule. Le monde s'ensevelit sous une voûte de vapeurs noires qui peu à peu se diluent lorsque se lève la pâle clarté d'une lune laiteuse. Magie du firmament que les hommes veulent ignorer : comme une agression partout ils font éclore des guirlandes d'ampoules, un flamboiement de caractères. Le quai est un serpent de feu qui proclame la gloire de l'import-export, vante le business et promet le plaisir. On s'empiffre dans les restaurants, tournent dans les dancings de méprisantes taxi-girls, les courtisanes se fardent dans les maisons de thé. Féerie... La berge est un ruissellement où se pavanent des Occidentaux à l'air arrogant, où des Japonais promènent leur petit sourire, pots-bouilles des amabilités cupides que les richards célestes ne remarquent même plus. Mais au milieu de ces repus exultants glissent des employés aux faces et aux vêtements élimés, de pauvres gens à la recherche d'un bol de riz et des professionnels de la sébile. Et dans les coins sombres sont embusqués de vrais rois, les marchands de dockers, de coolies et de filles, les maîtres de la chair à vendre.

Grue des Nuages attend à l'endroit convenu. Les minutes s'écoulent, son cœur bat, ses yeux s'aiguisent sur la foule. Enfin au bout d'une heure elle aperçoit Yu Qiweï, sa tête charmeuse. Est-ce vraiment lui le quelqu'un promis par Kang Sheng, cet homme qui va vers elle sans émotion apparente ?

— Excusez mon retard, j'avais un travail indispensable à terminer.

— Un travail qui vous fait manquer à toute bienséance. Quelle est donc cette besogne si exigeante ?

— Je n'aime pas les questions, ne m'en posez jamais.

Et il l'entraîne dans un restaurant miteux où il commande un repas bon marché. Assis face à face sur des bancs rugueux ils se regardent et se mettent à manger en silence. Soudain Yu Qiweï sort de son mutisme :

— J'ai pensé ne pas venir. Ma sœur m'a appris que vous lui aviez été présentée par Kang Sheng et je subodore une manigance. Ce type n'est que calcul et manipulations.

— C'est mon cousin et rien d'autre, quoi qu'ait pu insinuer votre sœur.

— Mais ma sœur n'insinue rien. C'est moi qui le trouve suspect.

— Il me protège depuis toujours.

— Justement. Et puis ne parlons pas de lui, il me dégoûte.

— Pourquoi ? Vous êtes jaloux ? Mais Kang Sheng est à Shanghaï. Si vous le désirez, je ne le reverrai jamais.

Yu Qiweï a une expression lasse :

— Cette discussion est absurde. Je vous connais à peine et vous me parlez de jalousie ! Nous ferions mieux de nous dire nos vérités. Vous vouliez savoir à quel travail je me consacre ? Je vous ai laissé le temps de regarder autour de vous. Qu'avez-vous vu ? L'injustice et l'oppression...

Le casse-pieds, se dit Grue des Nuages, l'absolu casse-pieds ! Nous nous sommes plu au premier coup d'œil, il s'est empressé de me donner rendez-vous, et le voilà qui me fait la leçon... Des mots lui parviennent, « opulence », « loi du plus fort », « gouffre », « triomphe », toutes les platitudes du redresseur de torts annoncé par Mme Yu. Mais ce n'est pas déplaisant non plus de regarder ce dandy de la Révolution refuser l'évidence, son envie de la sauter... Grue des Nuages sourit, approuve des propos qu'elle entend à peine, relance Yu Qiweï de quelques murmures approbateurs. Le jeune homme, grisé par ses discours, se détend. Aucun doute, il est joli !

Le repas achevé, ils sortent dans la nuit, Yu Qiweï insensiblement se rapproche de Grue des Nuages, son petit doigt cherche le sien, l'enlace, et ainsi accordés de façon tendre et pudique ils se promènent sur le port. Douceur des choses, fluorescences d'opale, mâts et gréements piquetés de lueurs, lucioles, feux follets, grincements, gémissements des treuils, bruit des hélices qui barattent l'écume ; les cargos, ces ventres enchaînés, ont pris une beauté fantomatique. Entre eux se faufilent des jonques et des sampans, l'éternelle Chine de l'eau, adonnée à tous les commerces...

Ils ont grimpé un vieil escalier de pierre, ils sont passés devant un temple en ruine, ils ont avancé parmi les pins et les cyprès dans l'obscurité embaumée. Suavité. Un instant Yu Qiweï s'est arrêté pour cueillir des fleurs et les offrir à Grue des Nuages. Parvenus au sommet de la falaise, ils ont regardé les lumières de Tsingtao dans le lointain, ils ont écouté la mer et choisi une crique cernée de rochers qui dans son fond s'alanguissait. Le sentier escarpé, la plage enfin comme une nacre qui s'éteint... Ils se sont allongés côte à côte sur le sable et leurs yeux se devinaient et leurs mains épiaient, tâtonnaient, caressaient. Minutes de fièvre... Yu Qiweï a repoussé Grue des Nuages :

— Non... Disons-nous d'abord la vérité.

Aussitôt Grue des Nuages s'est écartée. Dans ces frôlements elle a senti que le sexe s'était érigé et qu'ensuite il était retombé. Yu Qiweï a eu un étrange soupir, un râle qu'elle connaît bien, victoire donc mais combien rebutante et triste. Déjà Yu Qiweï avait repris son antienne :

— Disons-nous la vérité.

Grue des Nuages a eu envie de pouffer, de cribler de sarcasmes son amoureux transi, mais elle a préféré se soumettre, débiter sa vie, la légende dont elle avait déjà fait profiter Mme Yu, celle fabriquée par Kang Sheng. Sur cette grève perdue dans les ténèbres, Yu Qiweï l'écoute, l'interrompt, la questionne. Loin d'être dupe, il rit et tire une morale de cet édifiant récit :

— Le passé, on en fait ce qu'on veut pour peu que l'on soit adroite, et vous l'êtes. Sans doute Kang Sheng vous a-t-il aidée à tisser cette trame qui en vaut une autre, Kang Sheng votre amant.

— Mais c'est une obsession ! Je vous le répète, Kang Sheng est mon cousin.

— C'est sans importance.

Que veut-il dire ? La croit-il ? Grue des Nuages se jette au combat :

— Vous aussi, vous avez votre mystère. Vos hardes, vos principes, votre façon de planer, tous ces gens à l'université que vous semblez dominer, votre haine de la bonne société, cela signifie quoi ? Inventez-vous aussi un passé... Mentez comme vous pensez que je l'ai fait.

— Moi, je n'ai rien à dissimuler.

L'existence de Yu Qiweï ? L'ordinaire de la richesse. Son père, un grand propriétaire terrien, est un homme moderne, élégant, qui a étudié à Shanghaï. En bon membre de la gentry, sans faire de politique, il appartient au Kuomintang ; mais son frère, l'oncle de Yu Qiweï, commande, lui, l'une des armées de Tchang Kaï-chek. La famille vit dans un immense domaine où elle accueille le gratin de la Chine entière. Sans cesse des réceptions, l'hospitalité, la prodigalité, automobiles tout enguirlandées de chromes, smokings et majordomes... Enfant choyé, jeune homme cajolé par sa sœur et par une belle-mère plus qu'indulgente, de quoi pourrait se plaindre Yu Qiweï ? De rien justement, sinon de l'horrible injustice de cette richesse.

Et Yu Qiweï de raconter que son père est un oisif qui traîne en fumant des cigares de Manille pendant que son épouse s'escrime au piano, que sa fortune s'est édifiée sur la misère des paysans, au moins un millier de familles. Peut-être ignore-t-il les cruautés infligées en son nom car il règne par l'intermédiaire d'un intendant qui exige toujours le même tribut : les trois quarts des récoltes. Il n'empêche : s'il n'est pas responsable des horreurs ordonnées par ce chacal, il s'en lave les mains, il consent. En cas de disette, l'intendant revend aux paysans, à des taux usuraires, le grain saisi les années précédentes et conservé dans des greniers. Pour payer, ces malheureux livrent leurs filles à des maquerelles, beaucoup de pensionnaires des bordels de Tsingtao proviennent des domaines paternels.

— Et il n'y a jamais de révolte ?

— Vous plaisantez. Le Shandong a toujours fourmillé de rebelles et mon père a un souvenir horrifié de la Société des Poings de la Fleur de Prunier qui est née dans cette région. Vous avez entendu parler des Boxers, du siège des légations à Pékin ? Auparavant, ils avaient essayé d'exterminer les miens, ils se sont même lancés à l'assaut de notre propriété. Mon père a failli être égorgé. Alors la famille a levé une armée de mercenaires qui tuaient au moindre désordre et nous avons gardé cette milice.

— En somme, vous êtes un nostalgique, le dernier adhérent de l'honorable Société des Poings de la Fleur de Prunier ?

— Ne vous moquez pas. Ces gens-là étaient des primitifs, des sauvages aux imaginations délirantes. Tout cela est démodé, mais il existe d'autres sociétés. Connaissez-vous le nom de Mao Zedong ?

Évidemment Grue des Nuages, dont l'éducation politique est nulle, n'a jamais entendu parler de ce Mao. Explications de Yu Qiweï : quand le parti communiste chinois, qui s'appuyait en bonne règle sur le prolétariat urbain, a été écrasé à Shanghaï, Mao a clamé que la révolution se ferait par les paysans et même par les plus pauvres d'entre eux, que des milliers de manants se soulèveraient comme un ouragan, qu'ils se dresseraient contre les capitalistes, les impérialistes, contre tous les oppresseurs, si on les éduquait et si on déchaînait la haine qui leur emplissait le cœur. Il a crié que la révolution n'était pas une partie de plaisir ou une soirée dansante, qu'elle n'était ni une peinture ni une poésie, mais un acte délibéré, long et réfléchi par lequel une classe détruisait systématiquement une autre classe, celle des possédants. Aujourd'hui Mao a créé une République populaire rouge dans les jungles du Sud, la république de Juling, d'où il pense pouvoir politiser et soviétiser toute la campagne chinoise.

— Vous l'admirez ce Mao ?

— Incontestablement il fait peur aux propriétaires comme mon père, mais cela ne les incite pas à modifier le système agraire, qu'ils trouvent juste et légitime parce qu'il est aussi vieux que la Chine.

Yu Qiweï ricane :

— Mon père est inconscient… En plus il est soutenu dans ses convictions par la Bible. Nous vivons sous la coupe d'un pasteur américain qui se goinfre à notre table en nous assurant que Dieu veut la paix parmi les hommes, qu'Il a créé une société harmonieuse à laquelle il ne faut rien changer. Et rien n'a changé, à ceci près que mon père a fait construire une chapelle méthodiste où quantité de paysans assistent à l'office, toute conversion étant récompensée par une prime, faible d'ailleurs. Je déteste cet apôtre blanc et sa tête de méduse vaniteuse.

— Mon pauvre Yu Qiweï… Pourquoi ne pas m'avouer

que toutes ces ignominies ont fait de vous un révolutionnaire, un communiste ?

Et lui se met à crier dans la nuit :

— Car je n'en suis pas un... Contrairement à mon père, je ne suis pas affilié au Kuomintang et même je le hais, mais je ne suis pas communiste comme votre ami Kang Sheng.

— Laissons là Kang Sheng. Comment luttez-vous contre l'abomination qui vous écœure tant si vous n'appartenez à aucune organisation ?

— Je vous l'ai dit, il y a d'autres sociétés.

— Ah oui. Et comment s'appelle celle à laquelle vous êtes abouché ? Sans me dévoiler vos activités mystérieuses et magnifiques, indiquez-moi au moins vos objectifs.

— Une société secrète doit rester secrète. Sachez que nous sommes des patriotes qui aimons la Chine, qui la voulons grande, juste et puissante. Nous poursuivons la lutte contre les Barbares et surtout contre les Nains, ces ignobles Japonais qui exercent leurs dents sur notre Shandong. Vous les avez vus ? Petits, râblés, bas du cul, horribles, uniquement occupés à corrompre le pays pour mieux le dévorer.

À nouveau le discours doctoral, terne, banal. Quel idiot ! pense Grue des Nuages, persuadée qu'il y aurait beaucoup mieux à faire cette nuit. Cependant, elle le laisse pérorer.

— Nous éveillons les esprits, nous entretenons l'agitation, nous avons des yeux et des oreilles partout, nous dénonçons les charognards, les traîtres et les vendus, nous jugeons les lâches et les cupides et nous en disposons.

— Vous les tuez ?

— Il y a des cas...

Le rire de Grue des Nuages se répercute à travers la baie, ses rocs, ses eaux, tout un paysage de beauté que dévoile l'aube naissante...

— Arrêtez ces sornettes. Votre société secrète, c'est de la foutaise. Vous avez beau vous déguiser en clochard et prendre des airs nobles, je parierais que votre père vous entretient, et bien encore.

— Je vous interdis...

— Admettons... admettons... Je pense que vous êtes

sincère, et je crois même que vous êtes communiste. Mais je ne comprends pas pourquoi vous vous obstinez à le cacher en me racontant des fariboles.

Colère de Yu Qiweï, les vapeurs de l'extrême courroux, la crise démente. Non, il n'est pas communiste, absolument pas, il vomit les bandits rouges. Qui a pu fourrer ce mensonge dans le crâne de Grue des Nuages ? Qui, sinon Kang Sheng ?

— Et pourquoi Kang Sheng se soucierait-il de vous et de vos opinions ?

Grue des Nuages pressent qu'entre les deux hommes il existe des liens obscurs, puissants, terribles, que cette politique dont ils sont entichés est une machine infernale qui constamment déchiquette. Comme les têtes doivent voler parmi ces soi-disant camarades ! Mais ces batailles qu'elle devine ne l'intéressent pas. Ce qu'elle veut c'est Yu Qiweï. Alors pour lui complaire, elle se contredit, non, elle ne croit pas qu'il soit communiste, qu'il se rassure, elle s'est amusée à le provoquer, et elle le regrette.

— Moi aussi, je regrette. Mais j'ai peur de Kang Sheng et j'ai peur de toi. Je ne veux pas être malheureux, je vais te raccompagner à l'université.

Ce « tu » soudain fleuri entre eux comme un timide aveu… Rien n'est perdu, songe Grue des Nuages.

Ils ont rejoint le quai et elle décide de passer à l'offensive : que ce benêt l'emmène n'importe où et qu'il lui fasse l'amour.

— Et pendant l'étreinte, dit Yu Qiweï, je verrai le visage de Kang Sheng.

Grue des Nuages grimace d'insolence et de moquerie. Sa voix râpeuse :

— Tu n'as pas envie de moi ?

— Si… mais avec les femmes je souhaite n'avoir que de brèves aventures, des bagatelles. Avec vous, cela tournerait autrement.

— En somme, vous vous défendez de moi.

— Tout en vous est dangereux. Je vous l'ai dit, je souhaite me consacrer à mon œuvre.

Nouveau grincement de Grue des Nuages :

— Kang Sheng n'est pas chaste, lui, ce qui ne l'empêche pas d'être un héros.

La gifle, la formidable gifle. Grue des Nuages vacille, manque tomber et se raccroche à Yu Qiweï qu'elle tente de convaincre dans un baiser.

— Allons faire l'amour.

— Et Kang Sheng ?

— Il n'a jamais été mon amant. J'ai dit cela parce que j'étais humiliée et que je voulais me venger. Maintenant pardonnez-moi, faites-moi l'amour.

Charme, dénégations, excuses sont inutiles... un Yu Qiweï à la tristesse altière reconduit Grue des Nuages à l'université. Après s'être beaucoup tortillée, celle-ci s'est enfin tue. Dans sa tête, les plans et les stratégies défilent, il lui semble même avoir du chagrin. À peine entend-elle Yu Qiweï lui proposer un rendez-vous pour le lendemain, à la même heure, et au même endroit.

Mais une fois couchée, quelle transe ! Se revoir... Il veut la revoir... Sous peu il succombera. Pour le conquérir elle sera délicate, elle l'apprivoisera, elle ne le contraindra pas à ces ébats qu'il craint et qu'il désire, elle le tranquillisera autant que possible. Ne pas le tourmenter, ne pas se moquer de lui, accepter ses théories ridicules sur les dangers de la passion, elle est prête à tout. À bien y réfléchir d'ailleurs, en prônant ces théories Yu Qiweï s'est trahi ; seul un militant communiste peut prêcher ainsi la continence, Kang Sheng a assez raillé cette morale devant elle pour qu'elle ne s'y trompe pas. Mais pourquoi Kang Sheng la jette-t-il dans les bras d'un communiste ? Que cherche-t-il ? Et comme Yu Qiweï a raison d'avoir peur !

Une semaine plus tard, à cinq heures du matin, devant la jetée. L'univers entier n'est qu'une nuée aveugle et glaciale, une brume que ne perce pas même une promesse de lumière. Et la nuit ne disparaît pas, et le jour ne naît pas, et Grue des Nuages — c'est presque une habitude maintenant — attend Yu Qiweï. Le port est désert, quelques lampadaires encore allumés grelottent, n'arrivant à diffuser que de faibles lueurs mangées par la bruine, quelques craquements proviennent des maisons du quai, closes, cadenassées, hostiles. Parfois un coup de vent subit fait crisser les gréements d'un bateau à l'ancre perdu dans la poix. Solitude... Enfin Grue des Nuages entend des pas et à un mètre d'elle, elle découvre Yu Qiweï dont le visage transi n'est qu'un sourire. Aussitôt ils s'embrassent, aussitôt ils partent vers la muraille grisâtre de l'horizon.

Pas trace de ciel, et c'est à peine si en marchant ils distinguent le sol, des pavés, une gadoue, des mares comme des plaies suintantes. Depuis longtemps ils ont escaladé les marches usées qui ruissellent, dépassé le temple abandonné et ils se sont hasardés sur les chemins précipitueux qui conduisent au haut de la falaise. Autour d'eux les arbres balaient le néant de leurs branches gémissantes, à leurs pieds, l'abîme semble un cloaque brassé par des forces géantes. Et ils avancent encore et toujours, ignorant la crique où ils s'étaient étendus comme pour en chasser le souvenir.

Enfin la suée froide qui encrassait la terre s'est éclaircie et un jour faible a filtré redonnant une forme aux choses. Sur le chaos de la nuée s'est découpé un chaos de rochers, rocs noirs, pierres moussues, caverneuses, débris effrayants. Entre ces énormes dents cariées, un escalier aux degrés innombrables mène à une anse d'une tranquillité mortuaire. Nul vent, nulle vague. Ce havre enserré dans les à-pic s'ouvre à peine du côté de la mer dont il est protégé par un récif et des îlots. C'est, explique Yu Qiweï, un repaire pour les pirates, leur fief immémorial. En effet deux jonques sont embossées au fond du gouffre, voiles amenées, mais elles paraissent bien pacifiques : on ne voit à bord que des matrones affairées.

Une anfractuosité de la paroi cache une grotte où Yu Qiweï entraîne Grue des Nuages. Ils ont froid, ils tremblent, Yu Qiweï balbutie qu'il ne faut pas mais déjà Grue des Nuages a porté la main sur son sexe, l'a caressé, l'a dégagé des vêtements, et le membre a surgi, luisant, exigeant. Yu Qiweï ne proteste pas, il est dans une absence émerveillée. Agenouillée sur les galets, appliquée à sa tâche, Grue des Nuages absorbe le phallus entre ses lèvres, l'avale, l'engloutit. Et le sperme jaillit, épicé, âcre et doucereux. Le cri de Yu Qiweï, le calme de Grue des Nuages, sa façon de déglutir, de s'essuyer la bouche du revers de la main, sa fierté...

Elle a jaugé la taille de ce pénis, elle l'a trouvé très convenable, sans plus, mais elle connaît le compliment qui rend les hommes fous d'orgueil. Ces mots, elle les murmure à Yu Qiweï tombé à genoux devant elle. Étrange face-à-face : il la contemple, muet, blême, les traits tirés, et elle le fixe, souveraine. Lentement Grue des Nuages ôte sa blouse pour dévoiler des seins qu'elle sait beaux. Lui touche cette chair au parfum de fleur et soudain il enfouit la tête entre les deux globes que de ses mains il approche l'un de l'autre pour mieux s'y emprisonner. Cette chaleur de satin... Il se redresse, hagard, pour se déshabiller, montrant tout le tableau de sa virilité qui est joli, des cuisses nerveuses, un fessier délicat, des couilles comme de braves jouets, la verge dure, vivante.

Yu Qiweï s'est jeté sur Grue des Nuages, fasciné, hébété, avec le regard vide des obsédés. Il tâtonne, n'arrive pas à trouver l'orifice, alors elle vient à son secours, le guide en elle, et pressé, primitif, glouton, il la chevauche, la ramone, la fouaille, la défonce comme un furieux. En quelques minutes, il l'a inondée.

Toute la matinée n'est que fornication. Et pendant que Yu Qiweï l'assaille, Grue des Nuages s'étonne. Ce Yu Qiweï qui la possède et pour qui elle n'est plus qu'un réceptacle, elle ne le déteste pas. Où est la haine si souvent éprouvée après la jouissance ? Seul Kang Sheng échappait jusqu'ici à son ressentiment, Kang Sheng qui lui impose une soumission absolue, essentielle. Se pourrait-il qu'elle soit touchée par Yu Qiweï, par ce grand enfant qui joue au chef ?

Bleu léger de l'hiver, soleil disque pâle, au-delà des récifs l'océan s'est calmé. Il est près de midi. Dans l'anse aux eaux sombres les jonques ont disparu. Grue des Nuages a entendu le grincement des poulies, elle a vu les voiles se déployer sur les mâts, voiles faites de haillons cousus entre eux, voiles reprisées de partout mais solides et bonnes… près d'elle Yu Qiweï dormait. Quand il se réveille, c'est pour geindre qu'il a froid et qu'il a rêvé de Kang Sheng. Jamais, non jamais, il n'aurait dû baiser cette roulure de Grue des Nuages. Une pute, voilà ce qu'elle est, une pute au service de Kang Sheng.

La masse du chagrin si lourde sous les côtes de Grue des Nuages, sa gorge qui se noue, ses épaules qui se voûtent… pour desserrer l'étau, elle est prise de l'envie de tout dire ou du moins de présenter l'affaire comme une liaison ancienne, oubliée, sans importance. Mais non, la moindre confession, même arrangée, serait une erreur monstrueuse, nourrirait les hantises de Yu Qiweï. Nier, mentir, toujours mentir, c'est la seule façon de le garder :

— Je te jure que…

— Le serment d'une catin… Allons-nous-en.

Une minute suffit à Yu Qiweï pour remettre ses hardes. Elle, elle prend son temps, elle tire une glace d'un petit sac et se regarde soigneusement :

— J'ai les yeux cernés et les traits défaits, c'est toi qui m'as abîmée, pas Kang Sheng. Mais je vais me mettre du fard et de la poudre et je n'aurai plus l'air d'une putain.

Et, toujours se regardant dans le miroir, elle répare sa figure — le bâton de rouge, la houpette. Elle se peint et repeint par petites touches, elle efface les plis noirs de la fornication, les cernes du baisage, la saleté de la copulation, et elle se tourne vers Yu Qiweï toute joyeuse. Lui enfin se décrispe, un sourire lui vient et Grue des Nuages lui saute au cou, l'enlace. Elle l'aime, il l'aime, elle fera tout ce qu'il voudra.

Les jours suivants ils poursuivent leur idylle dans les criques ou dans les profondeurs des bois. Longues pérégrinations, déambulations interminables avant de trouver leur couche nuptiale : quand ils restent sur les hauteurs, c'est une plaque de mousse entourée de fougères et protégée par de grands arbres bénisseurs. Une fois ils sont entrés dans la pagode en ruine et ils ont ri de ses démons lézardés, et ils ont forniqué sur les dalles incertaines. Mais la plupart du temps ils cheminent jusqu'au bord de l'océan, explorant une à une toutes les baies de cette côte redoutable. Et ils se livrent à la volupté sans se rassasier. Lorsqu'ils s'interrompent leurs voix douces s'enlacent, ils se disent les choses les plus touchantes, ils s'étourdissent de promesses, leurs destins sont scellés, ils s'aimeront toujours, toujours, ils ne connaîtront jamais la lie de la tristesse ni le goût du déclin, ils ne connaîtront jamais le malheur.

Défier le monde, défier l'univers, aimer. Des semaines et des semaines, ils sont allés par les sentiers à la recherche de leurs édens si beaux et si inconfortables. Ils se sont exposés à tous les climats, aux froidures, aux brumes, aux aubes mouillées, aux maigres soleils de fin d'hiver, aux bises et aux aquilons, rien ne les a fait reculer. Mais Grue des Nuages s'est mise à tousser, d'une toux sèche qui lui vient par crises, d'une toux qui persiste, petite et mauvaise comme un tic-tac de néfaste augure. Et la lame pourpre de la peur parfois la taraude.

Pourtant elle ne se plaint pas, plus que jamais elle veut conquérir Yu Qiweï, le lier à elle par des étreintes passionnées. Les quintes s'aggravent, qu'importe, le printemps est là, les flammes de l'été éclatent sur la terre spongieuse et tous deux jouissent de cette beauté. Ils sont libres, totalement libres, inépuisables.

Yu Qiweï était en elle, emparadisé, quand Grue des Nuages a été prise d'un râle. Tremblante, suffocante, asphyxiée, elle a repoussé son amant. Les larmes de la fièvre sur sa peau, et la peur, l'horrible peur de finir comme sa mère... Grue des Nuages frissonne, elle claque des dents, elle brûle, sa poitrine est une forge, son visage une cire. Pour rentrer à Tsingtao, Yu Qiweï a dû la porter.

L'hôpital est un de ces bâtiments construits par les pasteurs américains si fervents, si riches, si sûrs que la Chine finira par tomber dans leur besace. Avec leur scalpel et leur bible les pères au poil roux soignent les corps, convertissent les âmes, font le business de Dieu. Ces religieux, qui vendent le Seigneur comme la marchandise suprême dans la hotte des marchandises, s'empressent auprès de Grue des Nuages, d'autant plus que Mme Yu, la méthodiste, alertée par son frère s'est précipitée chez les saints hommes pour leur recommander la jeune fille. On la palpe, on l'ausculte, on la passe aux rayons X, on multiplie les analyses, on ponctionne. Les bronches et les poumons sont pourris, la pleurésie dévore une Grue des Nuages lointaine, absente, comme résignée. Lorsqu'elle revient à elle, c'est pour crier d'angoisse : elle est dans une chambre inconnue et le Christ la regarde. Elle demande qu'on décroche le crucifix et Mme Yu la calme, parce que Mme Yu est là, compatissante et importante, avec son mari le doyen. Surtout il y a, en permanence, Yu Qiweï. Comme il attend, comme il désespère, comme il espère, comme il surveille la figure blanche de Grue des Nuages, une longue figure silencieuse où les yeux fixent le néant. Dans son angoisse il est pris par la superstition, « Seigneur, Seigneur, ayez pitié », mais n'est-ce pas la complainte universelle ? À Grue des Nuages perdue dans les limbes, à cette statue inerte, il répète qu'il l'aime. Une incantation, une magie qui doit la sauver. Et en effet, ces « je t'aime » tirent la jeune femme de son atonie, et elle sourit, et bientôt Mme Yu rapplique avec son cheptel : la visite à Grue des Nuages comme une pieuse mondanité. La convalescence, la guérison, presque un miracle. Mme Yu est aux anges et elle annonce que de tout cœur elle consent que Yu Qiweï et Grue des Nuages vivent ensemble et elle rit :

— Ce n'est plus vous qui êtes malade. C'est lui. Le mal de l'« Absurdie ». Ses idées... Vous lui remettrez les pieds sur terre.

Loin du port et des quartiers populaires, s'étend un faubourg cossu où sur de petites ruelles donnent des portails laqués de rouge. Yu Qiweï fait franchir un de ces seuils à

Grue des Nuages : au-delà d'un écran qui protège la maison des mauvais esprits, au-delà des glycines et des pampres, au-delà des arbres et des fleurs, elle découvre une demeure à l'ancienne, petite mais ravissante. Dans la pénombre elle entrevoit des bois de fer et des bois de rose, des paravents, des porcelaines et des jades et de ces peintures qui sont des caresses. Tout annonce le plaisir, tout conduit à un immense lit sculpté. On l'étrenne de la bonne manière. Quand ils sont épuisés, une très jeune servante leur apporte des coupes de vin. Cette fille, comme une offrande...

Félicité. Et pourtant quelques questions dans la petite tête de Grue des Nuages :

— Toi qui disais mépriser le luxe, comment as-tu pu aménager un endroit aussi délicieux ?

— Ce n'est pas moi, c'est ma sœur.

— C'est elle qui a payé ?

— Non, c'est mon père, il ne m'a jamais rien refusé.

Badinage, élans, volupté... Un azur. Cependant un jour Yu Qiweï déclare qu'il doit s'absenter quelque temps. Commence pour Grue des Nuages l'attente, la grande attente, une éternité où elle s'étiole dans une suave mélancolie. Elle reste couchée, languide, vêtue d'une chemise en dentelle, prête à ouvrir les bras, à recevoir le corps de son amant. De loin lui parviennent les rumeurs de la ville, les bruits mesquins des tourmentes humaines. Parfois elle ouvre des paris, « si je me lève et si je me maquille, il arrivera ». Elle se pare, guettant les pas dans la rue, pas qui se rapprochent et puis s'éloignent, Yu Qiweï n'apparaît pas. Et l'attente devient supplice. Grue des Nuages somnole, elle cauchemarde, elle convoque la servante, l'interroge, la supplie, l'injurie, si elle sait quelque chose, qu'elle le dise, mais la fille ne sait rien, toujours rien. Alors Grue des Nuages refuse toute nourriture, elle veut se pétrir de faim, ne plus être qu'une faim.

C'est une malade épuisée de larmes que Yu Qiweï a retrouvée. Il raconte que dans les rangs de son groupe s'était glissé un agent ennemi, qu'il a fallu le découvrir, rassembler des preuves, le juger. Aussitôt fureur de Grue des Nuages, tout chagrin oublié :

— Tu mens, tu mens... Ta politique, c'est une vapeur de ton esprit. Si encore tu étais communiste... Un rêve m'a avertie, je t'ai vu te soûler, faire la fête à en crever.

L'éternelle scène, le ballet impeccable des arguments, l'ivresse du discours, la volupté de l'anathème, ensuite les paroxysmes de la chair, ces moments où la luxure dans son intensité devient pureté.

Absence, turbulences, haine, contrition : une fois, dix fois, Yu Qiweï et Grue des Nuages ont refait le parcours et enfin ils ont conclu une sorte de trêve. Le bonheur au yamen. Yu Qiweï ne disparaît plus, ses amis viennent. À cela près qu'ils sont mal habillés, ce sont des jeunes gens charmants qui taisent leurs trames et leurs rôles d'initiés. Politesse exquise, mains délicates, jolis sourires sur des dents saines, ils sentent l'argent, pas l'argent médiocre et sale, mais l'argent héréditaire, fin, tamisé, odoriférant, excellent.

Tout ce petit monde crépite d'esprit, de gaieté. On ne bousille pas les gens, on ne bousille pas la langue, on converse sur les sujets à la mode, les belles-lettres, le socialisme, le féminisme, l'amour libre — mais on est aérien, on joue : saute-mouton avec les préjugés, marelle des mots, chat perché des traits piquants.

Comme ils sont instruits, se dit Grue des Nuages, et quel bon temps ils se donnent avec leurs théories ! Féminisme et amour libre permettent aux filles d'avoir des amants. Avec le socialisme même les frileux ont l'air intéressant. Quant à la littérature, c'est le pont-aux-ânes des intelligents, des soi-disant intelligents, des extra, des déliés, des analystes, des jugeoteurs en rupture d'écriture qui exégèsent au nom de tous. On critique les bouquins et on se tape la cloche. Yu Qiweï est manifestement le chef et Grue des Nuages est fière d'être sa compagne. Elle est reine, une reine qui de temps à autre se demande si, dans tous ces mignons, il y a des tripes, de la viande qu'on saigne, de l'univers qu'on révolutionne, s'il y a du communisme.

Bientôt, comme prévisible, Yu Qiweï demande Grue des Nuages en mariage et elle accepte de l'épouser, sans les minauderies d'usage. Ces jeunes gens modernes refusent toute cérémonie, on se déclare unis et cela suffit. Mais Yu Qiweï a envie d'une fête, d'une ripaille pour célébrer l'amour et la fraternité. La maison étant trop petite, il est décidé que le banquet aura lieu chez Mme Yu. Elle préparera les choses somptueusement pour son petit frère bien-aimé et elle n'apparaîtra pas, son mari le doyen encore moins.

Un crépuscule très beau. En haut de la falaise le domaine de Mme Yu décoré comme le palais de toutes les festivités. Sur les côtés du portail sont accrochés des panonceaux rouges qui souhaitent, selon la coutume, « longévité, prospérité, fécondité » aux époux, qu'ils se réjouissent et que leur descendance se réjouisse jusqu'à la consommation des temps. En passant devant ces inscriptions, Yu Qiweï ne manque pas d'évoquer leur progéniture à venir. Cette obsession des hommes… Grue des Nuages — là est la limite de sa passion — ne sera jamais une outre pleine, l'outre de Yu Qiweï. Mais l'heure est à l'allégresse, alors elle cache sa pensée et elle promet une théorie de mioches et de marmots à son Yu Qiweï.

La demeure baigne dans une ombre propice, bougies, chandelles, lampes en papier, comme une douceur… De grandes tables rondes ont été dressées… fragilité des bols innombrables, luisance des baguettes d'ivoire, rire des gobelets minuscules qui présagent l'ivresse. Sur une console un Buddha obèse en porcelaine blanche contemple, hilare, son nombril dénudé pour dire que l'existence est une goinfrerie, qu'il faut se repaître, se repaître de toutes les façons.

Arrivent les premiers invités, chacun à son tour s'incline devant les époux et prononce les vœux consacrés, comme ils ont été engendrés, qu'ils engendrent. Rites d'autrefois… Enfin ils sont tous là et ils prennent place. Des serviteurs apportent sur un plateau d'argent un énorme cochon laqué, la peau dorée, croustillante, et aussitôt l'alcool limpide qui semble de l'eau et brûle les gorges. Un des convives porte le premier kampé :

— Que la joie des mariés demeure et qu'ensemble ils cheminent sur le sentier de l'éternelle félicité !

Ils se mettent debout et font cul sec, retournant les gobelets pour montrer qu'ils n'ont pas triché. Suit un déluge de plats, une mangeaille fantastique, des ailerons de requin, des abalones, des nids d'hirondelle, des yeux de mouton, quantité de boyaux, d'abats, de glandes et toujours des kampé. La gaieté fuse. Grue des Nuages est extatique, Yu Qiweï la regarde fasciné. Maintenant on apporte des délicatesses venues du fond des océans ou du sommet des cimes, des bêtes velues, des monstres, des hydres, des hippocampes et aussi des racines magiques qui ressemblent à des têtards ou à des fœtus. Kampé ! Voici du *cho-chow* bouilli, voici un panier où des serpents presque endormis se nouent en un tas visqueux encore mouvant. Kampé ! Devant chaque invité un domestique incise un de ces reptiles à la hauteur du foie et fait tomber quelques gouttes de bile dans un verre déjà rempli de maotai. L'aphrodisiaque suprême. Grue des Nuages et Yu Qiweï avalent cet élixir, de l'assemblée monte un cri :

— Embrassez-vous !

Et tous deux se donnent un très long baiser. Tohu-bohu, charivari, acclamations. Vive la mariée, vive le marié !

Personne ne remarque le gâteau de noces et ses caractères fastes en pâte d'amandes, les ventres sont trop pleins, les esprits trop embrumés. La suée de l'ivresse, les yeux brillants, des rots, les corps qui tanguent pour porter encore des kampé... Voix pâteuses, propos incohérents. Dans ce tourneboulis on entend quelqu'un clamer :

— Vive Chou En-lai qui à Shanghaï brave la terreur et maintient le drapeau du Parti.

Grue des Nuages ignore qui est Chou En-lai, mais elle a compris.

Autre hurlement :

— Vive Kang Sheng qui tue patriotiquement les ennemis du peuple.

Fou de rage, décomposé, Yu Qiweï glapit :

— Kang Sheng, ce tueur de traîtres, est un traître. Un agent du Kuomintang.

Le silence comme une graisse. Le visage de Yu Qiweï s'amenuise, se poussiérise, son regard n'accroche plus rien, figures diluées des bons compagnons, magma des bols, des baguettes, nappe souillée, capharnaüm. Mais dans son angoisse il est saisi par une illumination. Il se redresse de toute sa taille, fait remplir les gobelets et crie :

— Buvons à la Révolution victorieuse qui balaiera les miasmes puants de ce monde.

Tous se sont levés, jambes flageolantes, faces extasiées, voix tonitruantes :

— Vive la Révolution victorieuse !

Grue des Nuages a crié comme les autres. La preuve est faite, Yu Qiweï est un rouge, ses amis sont des rouges. Mais Yu Qiweï poursuit glorieusement sur sa lancée :

— Vive le Parti communiste chinois qui triomphera bientôt du mal et sera le phare de l'univers.

Nouvelle tempête, clarté, fulgurance, flammes sur lesquelles souffle un Yu Qiweï superbe :

— Maintenant chantons *L'Internationale*.

Alors s'élève l'hymne aux accents graves et religieux, un roulement terrible et velouté, les forçats de la terre, les forçats de la faim ce sont eux, avec leurs panses bien gonflées. Mais ces repus briseront les chaînes de leur appétit, pour établir le règne des peuples bien nourris. Tout de même ce chœur est émouvant, songe Grue des Nuages. Enfin le cantique s'éteint et monte l'odeur du dégueulis.

Dans la salle, la ferveur est retombée. Mines tavelées et maussades. Entraînés par Yu Qiweï et par l'ardeur mangeatoire, tous n'ont-ils pas commis un crime contre le Parti ? Ils se sont découverts, qui plus est devant une profane. À eux les séances de critique et d'autocritique, à eux les inévitables remontrances des chefs, des vrais, ceux qui depuis Shanghaï dirigent tout. Les tripes engorgées et les cervelles encore imbibées, lourds aussi de mauvaise conscience, les convives décampent hâtivement, fuyant cette maison et leurs égarements gastro-doctrinaires. Déroute. Les coliques de la gloutonnerie et de la crainte.

Grue des Nuages et Yu Qiweï se retrouvent seuls au milieu des reliefs de la fête. Inconsciente, elle exulte :

— Yu Qiweï, je sais enfin qui tu es. Merci pour ce gala, pour ces kampé que tu as portés à la Révolution. Et ce chant... c'était du miel. Yu Qiweï, tu es un dirigeant communiste.

Mais Yu Qiweï a la figure pochée de mauvaise humeur et les yeux injectés de mécontentement :

— Nous sommes communistes et quels communistes ! Des traîtres qui pour un gueuleton oublient les règles du Parti. Nous avons parlé devant toi...

— Mais pourquoi se cacher de moi ? Depuis que je sais, je t'aime encore plus.

— C'est la loi. Nous avons juré de ne jamais révéler notre appartenance au Parti.

— Même à moi ?

— Surtout à toi. On ne sait pas d'où tu sors, tu n'as jamais fait tes preuves. Tu pourrais parler, par inconscience ou par vanité. Et si la police t'interrogeait, es-tu sûre que tu résisterais aux questions, à la torture ?

— Je suis courageuse, je n'avouerais jamais.

— Le Parti m'avait fait une grande faveur en me permettant de t'épouser, mais il a été imprudent. Nous n'aurions jamais dû nous marier.

— Pourquoi ça ? Je t'aime, tu m'aimes. Je serai une femme fidèle, à toi et à ton Parti.

— Fidèle au Parti ! Ça tu peux le dire puisque tu es mon épouse et la maîtresse de Kang Sheng.

— Kang Sheng n'est pas mon amant.

— Assez... Il est ton amant et surtout il est mon supérieur. Mon sort dépend de lui et je l'ai insulté, il se vengera.

— Tu te trompes, il t'apprécie beaucoup, il m'a poussée dans tes bras.

— C'est un esprit tellement tortueux...

— Chéri, Kang Sheng est mon protecteur. Il t'a choisi pour moi, pour mon bonheur. Je suis sûre qu'un jour il viendra t'expliquer que tu n'as aucune raison d'être jaloux de lui.

— Si cela se pouvait...

— Il viendra, il éclaircira tout.

— Il n'y a pas que ça. Le Parti apprendra ce qui s'est passé ici ce soir. Je risque d'être jugé.

— Mais non, Kang Sheng réglera tout.

— Ce n'est pas parce qu'il est ton amant qu'il me sauvera.

— Kang Sheng veillera à ce que le Parti ne te punisse pas, parce qu'il est mon ami et par conséquent le tien.

L'espoir, la honte, les pensées qui défilent, l'envie d'en finir, de se vautrer dans la vase si douce des compromissions... Douloureusement, comme si les mots forçaient sa gorge, à l'heure où la lumière chasse les fantômes, Yu Qiweï murmura enfin qu'il avait confiance, que Kang Sheng arrangerait tout.

Les mois suivants sont très heureux. Aucune réprimande du Parti ne vient troubler leur euphorie. À l'université où la nouvelle de leur mariage s'est répandue, de toutes parts on les félicite, on leur fait des cadeaux. Yu Qiweï est un autre homme, il s'habille mieux et il se prodigue. Jamais il n'a été aussi actif, multipliant meetings et congrès, sans cesse créant de nouvelles organisations, toujours courant du Front culturel à la Ligue anti-impérialiste. Gaie, délurée, acharnée, Grue des Nuages s'agite à ses côtés, participe aux manifestations où elle hurle : « À bas le colonialisme, à bas le capitalisme », elle se fait même écrivain de gauche. Elle clabaude, elle barbote, mondaine, cheftaine, pionnière. Pour le théâtre, Mme Yu ne lui suffit plus, elle est trop réactionnaire. Avec des camarades elle fonde une troupe « populaire » qui parcourt les villages de la région. Une trame unique : un héros sacrifie sa vie pour démasquer un traître à la patrie. Elle rentre de ces tournées exténuée, sale, dégoûtée des culs-terreux, cependant elle reste plus enthousiaste que jamais. Dans le petit yamen, les « amis » sont revenus. Gaieté, la rhétorique de l'insouciance. Le cataclysme du dîner des noces est oublié.

Parfois Yu Qiweï disparaît à l'aurore, il se rend à une réunion de cellule dans une cache en plein quartier des brasseries — les Allemands ont légué la bière — et des filatures. C'est le royaume des murs pouilleux et des chaussées défoncées, le gîte d'une humanité rabougrie, rachitique. Les plus à plaindre sont les ouvrières, tristes créatures au visage blême et creux qui, seize heures par jour, se consument sur des navettes, comme bouillies vives dans des atmosphères d'étuve. Il y a aussi des enfants qui sur leur petit dos portent des charges trop lourdes vers des machines dévoreuses. Le peuple… À son retour Yu Qiweï décrit sans fin à Grue des Nuages cette misère irrespirable, ces malheureux prolétaires abrutis de douleur. De tournées aux champs en récits de Yu Qiweï, Grue des Nuages a le sentiment de baigner dans le communisme : il ne lui manque que d'être admise dans une cellule. Mais Yu Qiweï se dérobe : les mérites de Grue des Nuages sont insuffisants, il n'est pas qualifié, il faudrait qu'une décision soit prise au sommet de l'appareil et qu'elle lui soit transmise, on voit mal comment.

— Je présenterai ma requête moi-même. À qui, selon toi, dois-je m'adresser ?

— À Kang Sheng sans doute.

Aucun défi dans la voix de Yu Qiweï quand il prononce ce nom, plutôt une amertume fade : contre Kang Sheng, la ténébreuse éminence du Parti, l'amant de sa femme, il ne peut rien. Alors au moins se donner l'étrange plaisir d'ordonner soi-même le supplice.

Un matin que Grue des Nuages est seule au yamen, on frappe au portail rouge, la servante va ouvrir et Kang Sheng apparaît, mille lueurs narquoises dans les yeux :

— Je viens de débarquer, ma première visite est pour toi. Ton mari est en train de pérorer à sa réunion et il en a encore au moins pour deux heures, cela nous laisse du temps.

— Du temps pour quoi ?

— Ne fais pas l'imbécile, laisse-moi te caresser.

— Pas ici.

Elle devrait résister, se fâcher, le chasser, mais elle est subjuguée par l'homme qui s'est assis et la contemple plus rigolard que jamais :

— Maintenant que tu es mariée, es-tu heureuse ?

— Oui. Je suis très amoureuse de Yu Qiweï.

— Voyez-vous ça ! Tu parais oublier que tu m'appartiens. Conduis-moi dans votre chambre.

— Et la bonne ?

— Elle se taira, elle sait qu'elle doit se taire.

La chambre si douillette, si bien arrangée, avec au mur les photos des noces, Yu Qiweï et elle s'embrassant ; la chambre avec son grand miroir qui reflétait leurs ébats... Kang Sheng se laisse tomber sur le lit, Grue des Nuages reste debout, elle essaie de négocier un peu :

— Kang Sheng, allons ailleurs, tu as bien un coin à toi... Pourquoi veux-tu bafouer Yu Qiweï ?

Un rire sec de Kang Sheng, un coassement.

— Le bafouer... Mais il est trop en dessous de moi pour que j'y pense. Je fais ce qui me plaît et je trouve attrayant de te sauter dans votre petit nid. Je t'ai donnée à Yu Qiweï, je t'emprunte un moment et ton cher mari n'a rien à redire.

— Ce n'est pas bien.

— Bien, pas bien... tout ce que je désire est bien. Approche. Déshabille-toi, que je voie si Yu Qiweï ne t'a pas abîmée.

Que cela finisse ! Puisqu'il la veut putain, qu'elle le soit ! Grue des Nuages est nue et elle s'étend sur le lit, chair inerte, viande étalée, poupée mécanique sur laquelle Kang Sheng se démène. Va-et-vient frénétiques, grotesques. À peine a-t-il éjaculé qu'il se moque :

— Ma pauvre, tu as peur que ton mari arrive, tu ne cesses de regarder la porte. Si tu crois que j'apprécierais de me trouver dans une situation aussi bouffonne. Nous avons tout le temps, il y a à peine une demi-heure que je suis arrivé.

— C'est plus fort que moi.

— Et toi qui prétends être capable de tout. Tu n'es capable de rien, pauvre linotte. Ce n'est pas grave, je m'en vais. Mais tu m'accompagnes.

— Où allons-nous ?

— Comme tu le voulais, chez moi. Dans ma maison de rendez-vous, si tu préfères.

C'est une cabane parmi d'autres cabanes, en lisière d'une manufacture crasseuse dont les murs coupent l'horizon. Grue des Nuages suffoque quand elle pénètre dans la pièce minuscule, au sol de terre bosselé, aux parois de boue séchée peintes à la chaux, avec un trou pour fenêtre ! Chaque objet, chaque épave lui rappelle les cahutes de son enfance, sa mère bouffée par les rats. Elle détaille la valise effondrée, le broc, la cuvette, le seau, le savon, les quelques instruments de toilette, le fourneau de vieille argile craquelée, le tas de charbon, les deux chaises dépenaillées, la table branlante, les bols, les crayons. En fait de lit, des planches posées sur des briques. Comme ornement, un portrait de Tchang Kaï-chek en majesté. Kang Sheng grimace :

— Ça, c'est pour la police, mais elle a peu de chance de me surprendre. Alentour j'ai des yeux, des mioches et des vieux qui regardent pour moi. Un coup de sifflet et je décampe à travers les tas d'ordures. Même si je passe pour être du Kuomintang à Tsingtao, je préfère que les flics ne me trouvent pas ici, ils pourraient me poser des questions gênantes, par exemple ce que je fabrique dans cette pouillerie, qui j'y reçois et pourquoi.

Silence de Grue des Nuages qui n'arrive pas à sortir de sa stupéfaction. Kang Sheng la poursuit de son ironie :

— Hein, princesse, ce n'est pas un palais comme ton yamen, mais ne t'inquiète pas il n'y a ni cafards, ni punaises, ni puces, je veille à l'hygiène. Pour la blanchisserie j'ai les matrones du voisinage, elles trempent mes nippes dans une eau fangeuse mais tapent si dur sur mon linge qu'il en devient immaculé. J'ai aussi parmi ces mémères des cuisinières qui me font un fameux fricot. Quant aux filles, elles ont pour moi de gentils sourires. Tu vois, je suis comme un coq en pâte, protégé par des communistes comme ton charmant mari n'en connaît pas. Sa cellule, c'est du chiqué, des momeries d'intellectuel qui veut faire peuple. Mais je te parlerai de lui tout à l'heure, je n'en ai pas terminé avec toi. Suce-moi.

Éberluée, craintive, Grue des Nuages sort le membre du pantalon. Et le rite reprend, furieux, et la mémoire revient à Grue des Nuages. Elle reconnaît le phallus long, le corps nerveux, l'odeur de Kang Sheng, sa façon égoïste de la pénétrer. Sauvagerie, silence. Comme absorbé par la jouissance, Kang Sheng a fermé les yeux et Grue des Nuages se souvient que naguère, durant les étreintes, il ne cessait de surveiller son visage de femme possédée et que ce n'était pas par un raffinement de jouissance, mais en juge.

Est-il devin ? Pendant une pause Kang Sheng s'explique :

— La vraie nature d'une femme m'apparaît quand je fornique avec elle... Mais toi, plus besoin de te regarder, je te connais : jusqu'au fond de ton cœur et de ton con, tu es une salope d'une espèce rare, une vraie salope. Continuons à baiser.

Quand l'ombre envahit la cabane, ils s'apaisent enfin. Ils sont toujours nus, heureusement las, repus, tous deux couverts de sueur et de sperme. Kang Sheng pose la main sur la croupe de Grue des Nuages et il lui dit que l'heure est venue de parler :

— Yu Qiweï a commis une grosse faute en te laissant découvrir qu'il est communiste. J'aurais dû le châtier, je ne l'ai pas fait par égard pour toi.

— Ce n'est pas un grand crime.

— C'en est un. Pour survivre, traqué et pourchassé comme il l'est, le Parti est obligé de se cacher.

— Avec moi, cela n'avait pas d'importance. Au contraire. J'ai même demandé à Yu Qiweï de me recruter mais il a refusé.

— Évidemment, il n'a pas le pouvoir de le faire. Ton Yu Qiweï est un bon militant mais nous limitons ses responsabilités, il a quand même des défauts d'enfant gâté.

— Si tu le méprises, pourquoi me l'as-tu choisi ?

— Je ne le méprise pas totalement et il me semblait

convenir à ta situation : il te fallait un marchepied. Je n'avais pas prévu le gâchis sentimental où tu t'embourbes.

— J'en sortirai si tu m'inscris au Parti.

Le visage de Kang Sheng s'est fermé.

— Le Parti… qu'est-ce que c'est que le Parti ? Tu n'imagines pas les haines, les dénonciations, les coupes sombres dans nos rangs. La police de Tchang Kaï-chek essaie de nous infiltrer et nous nous battons entre nous. Que ferais-tu là-dedans ?

Ces confidences, ces secrets… Un sourire flotte sur les lèvres de Grue des Nuages. Elle se blottit contre Kang Sheng, elle murmure, elle le câline. Que peut-il redouter d'elle ? Qu'il l'accepte donc dans le Parti… Mais lui est perdu dans ses pensées.

— Ma petite Grue des Nuages, en ce qui te concerne, je n'ai pas droit à l'erreur. Je pourchasse les gens du Parti qui recrutent n'importe qui contre de l'argent ou, s'il s'agit de femmes, contre leurs faveurs.

— Sans mes faveurs comme tu dis, je ne serais rien pour toi.

— C'est plus compliqué… D'une certaine façon je tiens à toi, et je suis même persuadé que nous pourrions faire de grandes choses ensemble. À condition que je serre la vis… parce que toi, tu ne seras jamais une martyre. Pourtant j'ai bien envie de prendre le risque.

Extase de Grue des Nuages. Sarabande. Elle bat des mains, des bras, tressaute de tout le corps, s'accroche à Kang Sheng, le cajole, l'embrasse, il se dégage gentiment et lui effleure la joue :

— C'est bien… Si tu te comportes comme je l'espère, je t'emmènerai à Shanghaï. Je m'absente quelques heures pour régler ton affaire. Attends-moi, surtout ne te rhabille pas.

Des heures. Toutes les secondes qu'il y a dans ces heures. Kang Sheng a laissé Grue des Nuages dans une jubilation angoissée : pourquoi a-t-il exigé qu'elle reste nue ? Où veut-il l'entraîner ? Et par quels moyens ? Elle pourrait s'enfuir, elle attend, soumise, un Kang Sheng qui reparaîtra assez tard :

— Tu as rendez-vous demain matin à dix heures sur le

port devant la jetée. Un homme jeune t'abordera, accueille-le en amoureuse. Il t'enlacera et te guidera jusqu'à une cellule qui dépend de moi. J'ai quelques amis de Shanghaï dans la région, ce sont eux qui décideront de ton cas.

Grue des Nuages est au comble de l'excitation. Pourtant elle réussit à le dissimuler, et même, elle se compose un masque grave, indifférent, pour annoncer qu'elle rentre chez elle afin de rassurer Yu Qiweï.

Hilarité de Kang Sheng :

— C'est ça ton obéissance ? Je ne veux pas d'allées et venues, ni d'agitation. Tu resteras ici toute la nuit.

— Mais Yu Qiweï va devenir fou.

— Ma petite, tu as fait tes choix.

— Et après, qu'est-ce que je lui dirai ?

— Si tu veux, tu lui annonceras que je t'emmène à Shanghaï.

— Et s'il se tue ?

— Qu'est-ce que tu crois ? Il ne te fera pas cet honneur.

Nuit terrible. Le chaos pour Grue des Nuages. Kang Sheng gît à côté d'elle sur les planches, il sent le mâle, le bouc, cet homme maigre et anguleux qui parfois s'assure d'une main de sa présence, la palpe, l'embroche, l'écrase. Un maniaque, un forcené du rut. Où est Yu Qiweï, sa peau de satin, son corps suave, sa grâce que rien n'altère ? Il est encore temps de le rejoindre, de le consoler. Mais alors, fini Shanghaï... Si Grue des Nuages s'assoupit, des lambeaux d'images la hantent, elle se voit adulée, acclamée par des foules innombrables. Et soudain une huée de dérision emplit le ciel et la terre. Elle est seule, dans une détresse effrayante quand Yu Qiweï lui apparaît... Le tendre Yu Qiweï...

L'aube. Et à nouveau Kang Sheng, Kang Sheng qui dispose d'elle en propriétaire fastidieux. Enfin il lui permet de se laver et de se vêtir. Elle verse de l'eau dans la cuvette et, avec un morceau de savon noir, elle essaie de se décrasser de lui, de son fumet, de ses souillures : que par cette toilette, elle efface la nuit. Illusion... Lorsqu'elle est prête, Kang Sheng lui assène que la cérémonie terminée, elle ne se hâte pas de courir auprès de Yu Qiweï, qu'elle revienne d'abord à la cabane.

— Je ne te retiendrai pas longtemps. C'est un ordre. Maintenant va.

Sur le port. Brusquement, derrière elle, une voix rauque : « Je suis un peu en retard, ma chérie. » Un bras se glisse sous le sien. Elle voit une main calleuse, gercée, aux ongles cassés. Un visage se penche, un visage abrupt, les traits comme inachevés. L'homme est jeune, trapu, vêtu d'un costume à carreaux. Ce n'est pas un prolétaire, encore moins un bourgeois, il y a en lui du fauve. Sans doute un « tueur », se dit Grue des Nuages au-delà de la surprise, un tueur qui sent l'ail et la friture. Il s'est encore rapproché. Elle distingue des dents en or et, juste au-dessous d'une pommette, une cicatrice rougeâtre, elle aperçoit même, à la base du cou et se perdant ensuite sous un maillot de corps, un tatouage. Révulsée, elle se laisse embrasser. Enfin c'est terminé. Mais l'individu, le regard fielleux, lui glisse à l'oreille :

— Ne montrez pas un pareil dégoût. Faites l'amoureuse. Recommençons.

Ils s'embrassent à nouveau, longuement cette fois. Puis l'homme l'entraîne au-delà du port, avec mille recommandations chuchotées :

— Parlez-moi, souriez, riez, soupirez, soyez coquette, ce n'est pas compliqué. Trois hommes nous escortent. Ne vous retournez pas, ne les regardez pas. Le long de notre chemin, des signaux nous indiqueront si la voie est libre et si nous pouvons avancer. Au cas où je me détacherais de vous, fuyez.

Mimant la passion, le couple pénètre dans un grand parc ombragé d'arbres superbes. Presque personne. Si, un Sun Yat-sen en bronze glorieux sur son socle. La paix… Grue des Nuages et son compagnon s'asseoient sur un banc. De là elle peut apercevoir les acolytes qui, accroupis, dévorent des petits pains. Elle les jauge aussitôt : même gabarit que l'« amoureux », mais eux sont vêtus en coolies. Grue des Nuages et son bien-aimé se sourient. Passe un vieux poussant une bicyclette, qui enlève et remet sa casquette… La permission de continuer. Ils repartent donc par une allée chatoyante et aboutissent dans le quartier des entrepôts. Ordre carcéral, auquel succède le grand délabrement, des bâtiments lépreux, des carcasses de fabriques à l'abandon. Choses mortes, machines ayant rendu l'âme, murs effondrés, ferrailles rouillées, un labyrinthe, un cimetière où fleurissent des orties. Dans cette désolation un gamin qui agite un chiffon. Autre signal. Grue des Nuages et son compagnon s'engouffrent dans un hangar. Dédales, de la poussière, des gravats, un amoncellement de caisses. Et derrière, une porte. Trois coups discrets, le bruit d'une serrure, dans une pièce à peu près intacte, assis autour d'une table se tient l'aréopage.

Huit personnages, huit sales trognes, huit tatoués, huit balafrés, huit brutes. L'œil sévère, ils regardent Grue des Nuages qui avance vers eux et dont le guide a disparu. L'un d'eux cependant est d'un modèle différent, un grand échalas à la figure maigre, ascétique, au sourire d'une épouvantable bienveillance : c'est l'intellectuel de la bande, le chef probablement. Il se lève pour saluer Grue des Nuages et lui avance un tabouret sur lequel elle se laisse tomber. D'une voix asthmatique il annonce que lui et ses compagnons sont heureux de l'accueillir. Son sourire grimace encore plus quand dans un silence effrayant il déclare ouverte la séance consacrée à l'examen du cas Grue des Nuages.

Visages glacés, cérémonial lugubre. L'imagination de Grue des Nuages galope : ces hommes, elle en est sûre, ne sont pas des communistes normaux. Ils doivent appartenir à un « comité d'assassinat ». Il lui revient que Yu Qiweï lui a raconté que Kang Sheng dirigeait un réseau d'exécuteurs, qu'il tenait sa noire et terrible importance de sa besogne, faire occire à Shanghaï les agents de l'ennemi. Kang Sheng à la tête d'une police secrète ? Il l'a sous-entendu. À moins que Yu Qiweï dans sa jalousie n'ait tout inventé pour noircir Kang Sheng. À moins qu'elle n'ait rêvé. Tout de même, si ces types allaient la condamner…

Folie, démence, ces huit personnages ne sont pas là pour lui nuire à elle, la protégée de Kang Sheng, mais pour peser et soupeser son mérite afin de déterminer si elle est digne de recevoir l'onction rouge. D'ailleurs c'est ce que profère l'intellectuel :

— Nous allons te mettre dans la balance de la grande équité et ainsi verrons-nous si son fléau penche du côté de tes vertus ou de tes vices. Raconte-nous ton existence sans mensonge, efforce-toi d'arriver à la vérité, celle qu'on obtient par l'impitoyable examen de soi-même. Nous t'aiderons par nos questions.

Nouveau silence. Dans cet antre enfumé, Grue des Nuages se sent très loin des hommes. Pourquoi Kang Sheng l'a-t-il livrée à ce tribunal sinistre ? Pourquoi a-t-elle voulu entrer au Parti ? Par quelle aberration, quelle ivresse de modernité ?

Raconter sa vie ? Elle l'a racontée si souvent. Mais cette fois elle ne doit rien cacher : Kang Sheng, dont le fantôme préside la séance, en sait tout. Et puis de quoi pourrait-elle être coupable ? Son passé est bien plus misérable qu'entaché d'erreurs, il lui sera facile de montrer qu'elle est une victime, une des innombrables victimes de l'oppression qui ne peuvent trouver le salut que dans le Parti. Elle n'a qu'une chose à taire, son arrivisme, sa frénésie d'ambition, ses desseins d'orgueil.

Grue des Nuages se dresse, et debout, humble et véridique, elle se met à dévider l'écheveau de ses jours, sa naissance lamentable, ses détresses anciennes, sa mère tombée dans l'abjection, sa mère abandonnée au bord d'un étang. Elle-même va d'horreur en horreur... Le maître du cirque qui la viole, qui veut la vendre.

Pas question ici de reprendre le récit concocté avec Kang Sheng pour apitoyer Mme Yu, pas question de jouer les mal mariées en rupture de noces dégradantes, maintenant, au contraire, elle peut étaler les abominations qu'elle a subies. Pourtant les individus qui la jugent ne désarment pas :

— Tu n'as rien dit du camarade Yu Qiweï. Pourquoi ?

— C'est mon mari.

— Pourquoi t'a-t-il épousée ?

— Nous nous aimons.

— On ne doit aimer que le Parti.

— Nous aimons le Parti.

Grue des Nuages esquisse un sourire. Mais un des individus, le plus affreux, le front fuyant, des mains comme des haches, grince :

— Ainsi tu sais qu'il est communiste... Comment l'as-tu appris ?

— Ce n'est pas de ma faute, lors du banquet de noces...

Et elle décrit l'allégresse, l'ivresse, les épanchements des convives et de Yu Qiweï.

L'intellectuel intervient :

— Yu Qiweï a commis une erreur grave et a bénéficié de l'indulgence du Parti à cause des services qu'il lui a rendus. Toi, tu es sans excuses.

— Mais qu'ai-je fait ? s'alarme Grue des Nuages.

— Tu as poussé tes invités à boire. Toute faute est collective. Tu étais présente, donc tu es coupable.

— Le camarade Kang Sheng m'a déjà critiquée.

Recours puissant et formidable... Il est notifié à Grue des Nuages qu'on va délibérer, qu'elle attende dans une mansarde attenante.

Le reste, comme un songe. Elle revient devant le tribunal. Bien sûr, elle est acceptée. On lui montre le portrait d'un Barbare au regard débonnaire et à l'énorme moustache, un certain camarade Staline qu'ils prétendent le chef de tous les communistes du monde, on lui fait prêter serment, on lui dit qu'elle ne s'appartient plus, qu'elle appartient au Parti communiste chinois. À peine quelques félicitations à la camarade Grue des Nuages et les forbans s'évanouissent, la scène se dissipe... Grue des Nuages est seule et elle marche vers la ville.

Son impatience... Elle a envie de se précipiter vers Yu Qiweï, de le serrer contre elle pour le consoler si le chagrin le ronge, pour l'apaiser s'il est emporté par le courroux. Mais dans un éclair douloureux elle se rappelle qu'avant d'apparaître devant son mari il lui faut affronter Kang Sheng, le remercier peut-être. En tout cas elle ne fera pas l'amour avec lui, plus jamais.

Grue des Nuages se détourne de la cité et arrive au terrain vague où est plantée la cabane. Elle s'en approche lentement, frayant son chemin parmi les immondices où s'ébattent des petits cochons noirs à poil dur. La puanteur, la crasse, des matrones malsaines, des gosses nus... et toujours cet horizon fermé par les murs des usines... L'univers qu'elle s'est engagée à transformer par la Révolution. Quelle dérision ! De loin elle aperçoit Kang Sheng debout devant sa porte. Il a la mine sévère et tranchante. Quand elle n'est plus qu'à quelques pas, il se jette sur elle et la pousse brutalement dans sa tanière :

— Je vais repartir pour Shanghaï. Je t'emmènerais bien, mais tu ne voudras pas. Tu ne penses qu'à ton Yu Qiweï.

— Je t'aime aussi, Kang Sheng.

— En ce moment tu me détestes. Tu ne me remercies même pas.

— Oh, Kang Sheng, comment te faire comprendre ?

Cette guimauve fait cracher Kang Sheng :

— Tu as comparu devant mes tueurs qui feront de toi ce que je veux, ici, ailleurs, n'importe où. Mon comité d'assassinat n'est pas un organe reconnu, si plus tard tu te réclamais du communisme, les camarades te considéreraient comme une affabulatrice, peut-être comme un agent de l'ennemi. On ne te croira que si je reconnais ton affiliation. Tout dépendra de moi.

— Ainsi tu t'es moqué de moi.

— Pas vraiment, tu es un peu du Parti. Ah, que je te prévienne. Lorsque tu seras auprès de Yu Qiweï, avertis-le qu'il est menacé.

Grue des Nuages a un haut-le-corps :

— Tu vas le détruire.

— Non, c'est par pure bonté que je vous mets en garde.

— Qui pourrait lui nuire si ce n'est toi et tes tueurs ?

— Les autorités de la ville et les instances supérieures du Kuomintang. Jusqu'à présent les magistrats de la cité ne s'inquiétaient pas trop des turbulences à l'université, n'étaient-elles pas le fait de garçons et de filles d'excellente famille ? Cette indulgence va cesser. Le général Tchang Kaï-chek a été instruit des désordres et des agitations des étudiants et il lui est apparu qu'ils étaient provoqués par des meneurs rouges. Un coup de filet est à craindre.

— Comment le sais-tu ?

— J'ai des gens partout... Ils parlent de cinquante arrestations. Yu Qiweï est du nombre.

La peur s'infiltre en Grue des Nuages, la saisit :

— Et moi ? Je ne veux pas être arrêtée...

— Pauvre Yu Qiweï que tu aimes tellement et dont le sort t'émeut si incroyablement ! Ne crains rien pour toi. Tu n'es pas sur la liste.

La figure de Kang Sheng est un creuset d'ironie et c'est d'un ton suave qu'il distille ses conseils :

— Tu pourras larmoyer à ton aise, mais ne t'inquiète pas trop pour Yu Qiweï. Suggère-lui plutôt, à cet excellent communiste, de cultiver sa parenté réactionnaire, Mme Yu, son père, et surtout l'oncle, le général nationaliste qui exècre les rouges. Il en aura besoin.

— Yu Qiweï est trop orgueilleux pour demander quoi que ce soit à cette ordure.

— On verra. Quant à toi, dans les jours qui suivront l'arrestation de Yu Qiweï, avant que le général ne soit intervenu, les flics t'interrogeront. Tous les chantages leur seront bons pour te faire avouer que ton mari est communiste. Tu seras accusée de complicité, on te promettra la prison et, dans ta frousse, tu parleras. Ce que tu raconteras de Yu Qiweï ne m'intéresse pas. Vends-le, moucharde-le autant que tu veux, en revanche je te conseille de ne pas me mettre en cause. Maintenant cours rejoindre ton Yu Qiweï.

Et elle court, Grue des Nuages, elle court en proie à tous les tourments, à la crainte et au remords. Elle court et elle voit Yu Qiweï en prison, elle court et elle entend le rire de Kang Sheng, elle court et elle tremble. Le cœur qui cogne, les jambes qui se raidissent, le souffle qui manque, la sueur ignoble sur le front, sur la lèvre, dans le dos… Elle pleure, Grue des Nuages, elle pleure et elle pue. Ah, faire que tout cela n'ait pas été, cette disparition, cette soirée, cette nuit, cette matinée, ces étreintes, ces fantasmagories, ces humiliations, ces sarcasmes de Kang Sheng, sa veulerie à elle, sa bassesse. Mais comment nier ? Comment expliquer ? Comment se justifier ?

Dans la maison, le silence, un silence balsamique, un silence outrageant. Elle croyait déchaîner la tempête et Yu Qiweï dort sur le lit conjugal ! Il ronflote, souriant, perdu dans le contentement d'une bonne digestion. Près de lui un plateau, des bols, des baguettes, de la nourriture.

Grue des Nuages passe la main sur le front de Yu Qiweï. Frôlement, caresse, mais lui se débat comme s'il voulait défendre un sommeil précieux, enfin il ouvre les yeux, aperçoit Grue des Nuages et aussitôt, mécontent, il la repousse :

— Pourquoi m'as-tu réveillé ? Je rêvais que j'étais avec une femme qui m'aimait et qui n'était pas toi. La déception est peinte sur ta figure… sans doute me trouves-tu trop paisible : c'est que je te connais maintenant. Tu m'as, comme prévu, trompé avec Kang Sheng qui est depuis deux jours à Tsingtao.

Grue des Nuages est si dépitée, si désarçonnée qu'elle arrive à peine à balbutier une misérable défense : oui, elle était avec Kang Sheng, non, elle n'a pas couché avec lui.

Une grande fatigue se répand sur les traits de Yu Qiweï, l'œil atone, la bouche amère, il laisse tomber :

— Un cocu, un cocu complaisant, voilà ce que tu as fait de moi. J'ai passé la nuit à t'attendre, à pleurer, à t'imaginer avec ton amant. Et puis j'ai mangé, j'ai bu, j'ai fini par vous oublier.

— Mais tu m'aimes encore ? Dis-moi que tu m'aimes.

— Si cela te fait plaisir…

— Ce matin j'ai résisté à Kang Sheng, il m'a proposé de m'emmener à Shanghaï. Il veut me lancer. J'ai repoussé son offre et je l'ai chassé, tu entends, chassé.

Yu Qiweï sourit, avec cette fois dans les yeux une lueur d'amusement triste :

— Tu mens, tu mens constamment. Que faisais-tu ce matin à dix heures sur le port ?

— Kang Sheng n'était pas avec moi.

— Certes, mais que faisais-tu ?

— Je n'ai pas le droit de te le dire.

— De toute façon, je le sais. Des amis t'ont vue. Tu jouais à l'idylle avec un individu patibulaire. Vous avez marché vers le quartier des entrepôts, jusqu'à un cloaque où Kang Sheng rassemble son comité d'assassinat. Là tu as prêté serment et désormais tu te crois communiste.

— Comment aurais-je pu refuser de devenir membre du Parti ?

— Kang Sheng t'a attirée dans un piège pour mieux te lier à lui, tu n'es qu'une marionnette entre ses mains. Je vais te dire, ce sont ces pitoyables simagrées qui ont achevé de me détacher de toi.

À quoi bon lutter, mentir, se confesser, implorer ? Grue des Nuages sent bien que ni son charme ni ses raisonnements n'auront de prise sur Yu Qiweï. Autant jouer la carte que Kang Sheng lui a donnée :

— Kang Sheng n'est pas ce que tu crois... La preuve, il m'a chargée de te transmettre un renseignement important : si l'agitation continue à l'université, les autorités arrêteront cinquante étudiants, toi en tête.

— Le salaud... Il me prévient pour me foutre la trouille et que je me dégonfle. Eh bien, il va voir.

Le lendemain, des conciliabules. Et puis les étudiants progressistes se rassemblent sur le parvis, ils sont quelques centaines à crier, à hurler, à gesticuler. Juché sur un podium de fortune, Yu Qiweï lance des proclamations... Le monde nouveau est en marche, qu'on débusque les tièdes et les tenants du Kuomintang, qu'on proteste contre le manque de patriotisme des professeurs, qu'on détruise cette université réactionnaire, que le peuple enfin déferle. Au premier rang des manifestants, Grue des Nuages, en épouse zélée, se démène et applaudit. Parfois, vaguement, un doute l'assaille, Yu Qiweï est suicidaire, Yu Qiweï est fou, mais le volcanisme ambiant chasse vite ces ombres. Exubérante, surexcitée, survoltée, elle titube de bonheur : son Yu Qiweï a déclenché la Révolution et la Révolution les a réconciliés.

Ensuite l'émeute. Les salles de cours sont dévastées, les maîtres assaillis, insultés, couverts d'oripeaux grotesques, expulsés. Yu Qiweï, le chef incontesté de la rébellion, ne cesse de haranguer ses troupes : il dénonce l'instruction, la connaissance, nul besoin d'apprendre, la vérité est au cœur de l'homme. Houle tumultueuse des garçons déchaînés, défilés et meetings, mots d'ordre repris en chœur : « Détestez les riches et les capitalistes », « Chassez les Japonais », « Aimez le peuple ». Il y a de véritables combats contre les partisans du Kuomintang et de Tchang Kaï-chek. Les poings, les pierres, les barres de fer… Les ennemis des masses sont vaincus et Yu Qiweï constitue un tribunal populaire pour les juger. Il accuse, il rend des verdicts, les meneurs sont condamnés à la quarantaine, enfermés dans un grenier étouffant. Là on les prive de sommeil et de nourriture jusqu'à ce qu'ils reconnaissent leurs crimes. Seule précaution des « révolutionnaires », jamais ils ne se réclament du communisme.

Grue des Nuages prend part à la curée : elle s'occupe tout spécialement des filles. Certaines sont gracieuses et jolies, celles-là, Grue des Nuages les fait comparaître devant elle et elle les inculpe. Sa puissance de haine ! Elle les questionne avec une fureur méticuleuse, elle les traque, elle leur extirpe leurs secrets, énormise leurs méfaits. Enfin le châtiment : des nuées de mains sur la coupable qu'on gifle, qu'on dévêt, à qui on arrache ses bijoux. Une mêlée de harengères.

Mais un jour où Grue des Nuages, épuisée par ces efforts méritoires, se repose dans le petit yamen, quelqu'un glisse une feuille de papier sous sa porte, une page arrachée à un calepin sur laquelle elle reconnaît l'écriture de Yu Qiweï. Quelques caractères tracés à la hâte : « La police est là, elle me cherche. Quoi qu'il arrive, je t'aimerai toujours. »

Toute la soirée et toute la nuit elle attend. La peine

l'étrangle, ses nerfs sont les filaments dénudés de la douleur, son corps s'est vidé, son cœur va s'arrêter. Yu Qiweï... sans doute est-il incarcéré, peut-être est-il torturé. Et elle ? On va venir l'arrêter. Pourquoi ne vient-on pas ? Dans la demeure silencieuse, elle tourne en rond, bête inlassable qui partout se heurte à des souvenirs de bonheur. Yu Qiweï, que lui fait-on pour qu'il avoue ? Jamais il n'avouera, il mourra sous les coups. La panique l'étreint. Et elle tourne, tourne, molle, nauséeuse, et elle se traîne jusqu'au lit, les yeux brûlants, paupières papier de verre, frissonnante, les joues creuses, une ruine.

Combien de temps est-elle restée inconsciente ? Quand elle se réveille, le soleil brille et Grue des Nuages se révolte contre elle-même, il faut agir. Et d'abord se renseigner. Pas question d'aller à l'université, elle décide de se rendre directement à la préfecture de police, un grand édifice de brique construit il y a quelques années pour embellir la ville : c'est là qu'on s'occupe des criminels importants.

De hauts murs, un portail grillagé par lequel on entrevoit un monde de barreaux... Afin d'entrer, Grue des Nuages tâche d'amadouer les sentinelles mais ils la repoussent en la menaçant de leurs armes. Il ne lui reste qu'à se mêler aux badauds, tous édifiés et ravis qu'on ait mis hors d'état de nuire des bandits rouges. On les a amenés la veille, ils sont toujours là... Certainement l'interrogatoire se poursuit. Entendez-vous ces cris ?

Grue des Nuages blêmit. Est-ce Yu Qiweï qui hurle ainsi ? Un gros homme en robe de soie, hilare, la prend à témoin :

— Moi je les ai vus les révolutionnaires. Des fils de famille à ce qu'il paraît mais courageux. Les soldats les frappaient à coups de crosse pour les faire avancer et pas un ne bronchait. Une pitié... Ah, si les pères avaient encore de l'autorité... Enfin j'espère que cela servira de leçon à ces gosses. On en fusillera un ou deux, les plus mauvais sujets, et les autres fileront doux.

Impavide, Grue des Nuages demande si Yu Qiweï était parmi les jeunes gens arrêtés.

Le compère la scrute, soudain huileux :

— Yu Qiweï, le fils du propriétaire terrien ? Qu'est-ce qui a pu lui pourrir la tête à celui-là ? On dit que c'est lui le chef. Mais vous le connaissez ?

Déjà Grue des Nuages a décampé. Des heures elle erre dans la ville, cherchant un étudiant, une figure connue. Personne. Pas un jeune dans les rues, mais des soldats aux carrefours et quantité de flics qui interdisent tout rassemblement. L'université doit être en état de siège, à moins que le Kuomintang triomphant n'y fasse déjà régner son ordre. Grue des Nuages imagine le silence, la peur, le soulagement, les reniements, les vengeances, les délations, l'armée dans les salles de cours, dans les dortoirs, l'armée qui nettoie, qui écoute, qui veille. Et les amis d'hier, si contents de ne pas être sur la fameuse liste des cinquante, qui congratulent cette racaille, et les petites salopes réactionnaires qui se pavanent en racontant les horreurs qu'elles ont subies. Ah, les avoir là, leur faire la peau à ces garces ! Un moment elle songe à se réfugier chez Mme Yu, elle y renonce : cette idiote l'achèverait. Et puis affronter le doyen, subir ses remontrances satisfaites, se taire devant cette outre à proverbes… Jamais.

Épuisée, affamée, Grue des Nuages est retournée au yamen, convaincue d'y trouver la police. Mais rien. Le calme, la pénombre douce, la servante qui sans mot dire lui apporte du thé. D'une voix évidée, d'une ombre de voix, elle lui demande si quelqu'un est venu, si on n'a pas déposé quelque message. Rien non plus. Alors Grue des Nuages s'effondre dans le grand chagrin. Une tornade, une agonie, un naufrage dans les eaux sombres de la mort. Qui est-elle ? À quoi sert-elle ? Où est Yu Qiweï ? Titubante elle va chercher son billet, le billet de son amour, elle le lit et le relit cent fois, mille fois. Soudain lui apparaît le fantôme de Kang Sheng, Kang Sheng qui avait tout prévu et qui a prédit qu'elle trahirait son mari. L'ordure… Un blanc dans la tête de Grue des Nuages, un vide affreux : son sommeil a été un évanouissement entrecoupé de cauchemars et de rêves tendres. Et le matin suivant, comme Kang Sheng l'avait annoncé, un policier a cogné à la porte.

La peur, l'affolement, la frousse ignoble : elle ne pense plus au sort de Yu Qiweï, c'est le sien qui est en jeu et elle, avec une violence effarante, elle ne veut pas être condamnée, elle ne veut pas dépérir en captivité, dans les sévices, dans la longueur du temps.

L'homme, placide, comme s'acquittant d'une tâche ordinaire, grommelle qu'il a ordre de la conduire à la préfecture de police où l'on désire lui poser quelques questions.

— Je ne suis pas arrêtée ?

— En tout cas par pour le moment.

Qu'avait-elle imaginé ! Tout est banal, la marche dans la rue avec le flic à ses côtés qui parle de la pluie et du beau temps, la préfecture de police avec ses longs couloirs, ses murs délavés, ses bureaux quelconques. L'ordinaire de l'administration, sans horreur apparente. Pourtant, à un certain air sur le visage des policiers, à leur nonchalance froide, Grue des Nuages les sent ennemis, souverains qui disposent des gens à leur gré, pontifes miteux et implacables. Subitement elle s'avise que Yu Qiweï est peut-être là, qu'on va les confronter. Dans quel état sera-t-il ? Surtout se maîtriser, ne pas lui nuire. Mais à son âpre déception, on l'enferme dans un cagibi encombré de délinquants aux vêtements déchirés, aux visages tuméfiés, du rebut d'humanité. De temps en temps la porte s'ouvre, une voix prononce un nom et l'un de ces malheureux est emmené. Des heures s'écoulent ainsi. Une impatience craintive ronge Grue des Nuages qui multiplie les hypothèses, prépare ses arguments, se remplit de conviction : elle sera suave et terrible.

C'est enfin son tour. On la conduit chez le commissaire principal, un personnage à la figure et au corps ronds, aux manières rondes, qui la fait asseoir et lui offre une cigarette qu'elle accepte. Il sourit, il la contemple aimablement, avec un rien d'impudence, comme charmé. Un soupir, une petite voix de châtré pour énoncer une évidence :

— Ainsi vous êtes l'épouse de Yu Qiweï.

— Oui.

— Excusez-moi de vous avoir dérangée pour une simple formalité. Quelques questions et ensuite vous pourrez partir.

— Je n'ai rien à cacher.

Le sourire s'est affûté, le regard figé :

— Votre époux a été arrêté. Il a avoué qu'il appartenait au Parti communiste. Étiez-vous au courant ?

En elle-même Grue des Nuages ricane, soulagée : la ruse est par trop grossière. La ferait-on venir, l'interrogerait-on si Yu Qiweï avait reconnu son affiliation ? Elle n'a qu'à jouer les innocentes :

— Arrêté ? Mais pourquoi ? À cause des manifestations à l'université ?

L'inquisiteur ne relève pas. Il martèle :

— Yu Qiweï est communiste, vous le savez très bien.

Impressionnée, Grue des Nuages susurre que Yu Qiweï ne lui parle jamais de politique. Peine perdue. Le sourire du commissaire est devenu cruel, son regard une exaspération, un métal. Grue des Nuages bafouille :

— Je vous le répète, il ne me dit jamais rien. Il respecte le secret, même avec moi.

— De quel secret parlez-vous ? Êtes-vous communiste vous-même ?

Un silence.

— Votre mari, en tout cas, l'est. Dites la vérité, sinon vous vous rendez sa complice et je vous ferai jeter en prison. Pour de longues années. De quel secret parliez-vous ?

Le piège... le piège s'est refermé. Le commissaire à nouveau toute rondeur affable tend une autre cigarette à Grue des Nuages, pétrifiée, déjà résolue. Puisque Kang Sheng lui a dit que ses déclarations ne tireraient pas à conséquence, puisqu'il y a l'oncle, le général du Kuomintang...

— À bien y réfléchir, il me semble que mon mari et ses amis tenaient parfois des propos étranges.

— Quels propos ?

Ignominie, s'enfoncer dans l'ignominie... Et Grue des Nuages de détailler des indices, de citer des phrases de Yu Qiweï. Comment il proclamait que la condition humaine allait changer, que le bonheur régnerait quand partout flotterait le drapeau rouge. Comment souvent, oui souvent, il évoquait la lutte des classes, la révolution.

— Au cours de ces réunions amicales, parlait-il aussi du Kuomintang ?

— Il disait qu'il fallait l'abattre, détruire Tchang Kaï-chek et ses suppôts.

Le commissaire est exquis :

— Vous avez l'oreille fine et beaucoup de mémoire, c'est bien. Maintenant ne tergiversez plus, reconnaissez que Yu Qiweï est communiste.

— Il l'est.

— Et les jeunes gens que nous avons arrêtés le sont aussi ?

— Ce sont des militants.

Face béate du policier :

— Je croyais au début de notre conversation que j'aurais à vous inculper, mais vous avez compris, vous êtes intelligente. Ah, encore une petite corvée.

Il fait appeler un greffier et lui dicte la déposition de Grue des Nuages, un accablant chef-d'œuvre qu'une fois transcrit il lit à haute voix :

— C'est bien cela, n'est-ce pas ? Une déclaration spontanée. Relisez-la, prenez une plume et signez. Vous avez tout votre temps.

De retour au yamen, allongée sur sa couche, Grue des Nuages s'abandonne aux vertiges de la justification. Et même elle ressuscite. De quoi aurait-elle honte ? Elle n'a pas trahi, elle a seulement obéi à la nécessité, elle s'est sacrifiée, et ainsi elle est disponible pour sauver Yu Qiweï. À cette heure, elle ne l'a jamais autant aimé, et cette fois c'est d'un amour allègre, joyeux : femme et époux ne doivent pas être séparés, grâce à elle Yu Qiweï sortira du cachot et ils seront réunis.

Elle se rend donc au sommet de la falaise, chez Mme Yu qui n'est que pleurs et interrogations. Son frère chéri a été arrêté, son mari le doyen refuse d'intervenir pour ce rouge, et Grue des Nuages qui avait disparu ! Elle n'en peut plus, Mme Yu et elle écoute à peine Grue des Nuages qui se vante :

— J'ai été questionnée par la police. J'ai nié que Yu Qiweï fût communiste et je crois avoir été convaincante. Je l'ai décrit comme un jeune homme ardent, généreux, qui veut améliorer le sort de l'humanité.

— Mais l'est-il, communiste ?

— Tout à fait.

Panique de Mme Yu. Son mari avait raison ! Dans ce cas, on ne peut rien faire ici, il faut viser haut, très haut, remuer l'oncle général, et encore, en lui cachant la vérité. Grue des Nuages renchérit :

— Mais surtout que rien de cette démarche ne parvienne à Yu Qiweï. Il n'apprécierait pas que sa famille appelle un bourreau, un massacreur de rouges à son secours. Cela le discréditerait aux yeux du Parti.

— L'imbécile... Enfin, on agira à son insu et on le sauvera malgré lui. Mais seul notre père est capable de s'entremettre efficacement, je le préviens tout de suite.

Mme Yu maugrée :

— Encore une fois, pourquoi avez-vous tant tardé, Grue des Nuages ? Vous m'avez fait perdre du temps.

Fini la salonnarde minaudante : Mme Yu a son visage de commandement. Elle est un chef de guerre qui va mener son mari, son père, le clan entier jusqu'à Nankin, jusqu'à Tchang Kaï-chek. Grue des Nuages assiste, interloquée, à la métamorphose : cette bonne femme qui soudain veut ébranler la Chine ! Ah, c'est autre chose que les tactiques clandestines du Parti. Elle découvre ce qu'est le pouvoir établi, ce que signifie la richesse, elle devine un univers aux ramifications innombrables et décisives. À l'idée d'enfin rencontrer le patriarche du clan elle est même saisie d'une fièvre : jamais Yu Qiweï n'a voulu la présenter à cet ennemi modèle des masses. Quelle absurdité ! Un propriétaire, un gentilhomme oisif et élégant, elle, cela la fait rêver.

Le père leur a envoyé une voiture superbe, conduite par un chauffeur en livrée. La capote du véhicule a été rabattue et Grue des Nuages se prélasse sur la banquette de cuir : le paysage vient à elle comme une offrande, toute la beauté des collines, des vallées, des ruisseaux lui appartient, le vent la caresse, elle se sent adulée, prédestinée. Enfin l'entrée du domaine, des villages en torchis, d'innombrables paysans qui repiquent le riz, une fortune qui pourrait être la sienne si Yu Qiweï était moins sot. Pourquoi, se dit-elle, a-t-il rejeté cette existence comblée ? Et elle se jure que plus tard elle connaîtra le luxe.

Une allée de flamboyants, une résidence en brique rouge de style boursouflé, sur le perron un homme d'une soixantaine d'années qui sourit.

— Voici votre bru, dit Mme Yu.

— Elle est charmante. Mon fils a eu bien raison de l'épouser.

L'heure n'est pas aux grâces : d'une voix hachée, Mme Yu interrompt ces compliments et annonce la catastrophe à son père.

Stupeur du vieux monsieur :

— Mais Yu Qiweï n'est pas communiste. Il est sensible et exalté, c'est tout. Je parlerai aux autorités et cette stupide histoire sera réglée.

— Cela ne suffira pas. Votre frère, le général, doit intervenir auprès de Tchang Kaï-chek : Yu Qiweï et ses camarades ont été arrêtés sur ordre de Nankin.

— Je pars dès demain.

— Non, mon père, pas vous. En vous déplaçant, vous gonfleriez l'affaire. J'ai pensé au pasteur.

Le pasteur, la bête noire de Yu Qiweï enfant, celui qui voulait qu'on ne changeât rien, le parasite du clan... L'idée est bonne, très bonne même : ce clergyman aura d'autant plus d'influence que Tchang Kaï-chek et son épouse Meiling, en protestants très dévots, n'imagineront pas qu'un prêtre plaide la cause d'un communiste. Il est donc résolu que le saint personnage ira à Nankin pour rencontrer son évêque et qu'il en profitera pour porter des lettres au frère général et à Tchang Kaï-chek.

La première, pour le frère, est aisée à rédiger, on insiste juste sur l'insouciance de ce neveu un peu fantasque. Quant à celle destinée à Tchang Kaï-chek on en pèse et soupèse chaque terme car c'est un homme à s'irriter d'un mot qui ne lui conviendrait pas, un tatillon, un maniaque, un obstiné, qui n'a pas la grâce facile mais fait facilement fusiller. Il s'agit de bien présenter le cas, d'atténuer sa gravité tout en admettant les erreurs de Yu Qiweï, que Tchang Kaï-chek n'ait pas l'impression de céder à une complaisance indue.

Hyperbole, protestation de dévouement, le père rappelle sa fidélité inébranlable à la personne du généralissime... enfin tout est prêt. Le pasteur s'embarquera par le prochain bateau pour Shanghaï d'où il rejoindra Nankin.

Embrassades, effusions. Le soir, dans la limousine qui les ramène à Tsingtao, Mme Yu et Grue des Nuages, éperdues d'espoir, forment un duo séraphique.

Et le temps s'étire. Les beaux esprits désertent le salon de Mme Yu : on sait que Yu Qiweï est incarcéré et on a peur de se compromettre. La figure de Mme Yu s'embrume. Que se passe-t-il à Nankin ? Comme le pasteur traîne... Heureusement la visite quotidienne de Grue des Nuages la console. Ensemble elles gémissent et raniment la flamme de la confiance. Mais un certain jour à peine Grue des Nuages a-t-elle franchi le seuil que Mme Yu se dresse devant elle, hallucinée, luisante de haine :

— Tchang Kaï-chek refuse de libérer mon frère. De mauvais renseignements sont parvenus à Nankin, ceux que vous avez donnés.

— Que voulez-vous dire ? J'ai fait de mon mieux pour sauver Yu Qiweï.

Mme Yu n'est qu'une grimace convulsive, une clameur :

— De votre mieux ! Nous avons enquêté : lorsque vous avez été convoquée par la police, vous avez dénoncé Yu Qiweï. Votre témoignage le condamne. Vous l'avez trahi, ignoblement trahi.

Loin de se laisser abattre Grue des Nuages élève la voix :

— Le commissaire m'a menacée de toutes les tortures, d'années et d'années de prison, il a osé me dire qu'il serait dommage qu'une jolie femme comme moi pourrisse dans une geôle. Je lui ai tenu tête, j'ai répondu à ce furieux que je ne risquais rien parce que l'innocence de mon mari me protégeait.

— Vous l'avez trahi.

— Au contraire, j'ai bien pris garde de ne prononcer aucune phrase équivoque pour sauvegarder mon plan, le recours à l'oncle général. Quand je suis sortie, ne suis-je pas venue directement ici vous le proposer ? Vous vous doutez bien que le dossier de Yu Qiweï est mauvais, quoi que j'aie pu dire.

Touché. Mais Mme Yu ne s'apaise pas :

— Vous avez comploté la perte de Yu Qiweï parce que vous avez un amant. Et cet amant, c'est Kang Sheng. Mon frère m'avait parlé de ses soupçons, je l'avais détrompé mais maintenant je vois clair. Vous n'êtes qu'une catin arriviste. Ah ! c'est bien joué ! Kang Sheng, le bon agent du Kuomintang, en dénonçant un communiste, vous débarrasse d'un mari encombrant ! Et en plus il soigne sa carrière !

Ironie des choses... Yu Qiweï n'est pas allé jusqu'à confier à Mme Yu que Kang Sheng était aussi membre du Parti et de plus son chef. Amusée, Grue des Nuages a envie de crier la vérité, mais la prudence l'arrête : impliquer Kang Sheng, surtout pas.

— Vous m'accusez injustement. Qui vous dit que le commissaire n'a pas falsifié mes déclarations ? Les policiers sont des voyous, le mien était prêt à tout pour charger Yu Qiweï.

Mme Yu ne l'entend pas. Elle continue de vociférer avec une force dont on ne croirait pas capable sa menue personne :

— Partez ou je vous fais jeter à la porte !

À ce moment, une autre voix retentit aux oreilles de Grue des Nuages, une voix de veulerie déchaînée :

— Dehors, dehors tout de suite !

Monsieur le doyen vient de surgir. Et dans quel état ! Le vénérable professeur, l'éminent érudit, le bon époux bat la breloque. La fureur l'a fait enfler de la panse jusqu'aux bajoues. Son lard, ses tripes, sa grosse tête tressaillent tandis qu'il hurle :

— Putain, fille des rues, ordure... Dehors, dehors !

Et le poussah s'approche d'elle, la bouscule, la gifle. Tumulte. Embrouillamini. Tout à coup Grue des Nuages blêmit. Emportée par l'ardeur elle a oublié sa signature, sa maudite signature au bas de la dénonciation. Si jamais on produit ce document elle est perdue. Mieux vaut s'esquiver...

Son nom, son propre nom de Grue des Nuages est désormais une atroce menace. Dans sa détresse, elle court à l'université. Là-bas elle est la femme de Yu Qiweï et nul n'osera l'attaquer. Au contraire, on s'apitoiera, on la réconfortera. Mais une fois dans l'enceinte, elle s'aperçoit qu'ici aussi tout est modifié. Sa figure est une plainte, ses yeux des puits de douleur, pourtant ses amis se détournent. Obstinément elle cherche une main qui se tende, une voix qui lui parle. Rien, rien que des faces grises et ternes qui ne veulent pas la voir. Soudain un garçon la frôle et lui crache un mot, un seul mot : « Donneuse ».

La solitude dans le yamen... Plus que jamais Grue des Nuages espère le retour de Yu Qiweï. Lui l'aimera, lui aura confiance en elle, lui l'imposera à ce monde répugnant. Mais le temps dure. Des semaines incolores. Grue des Nuages dépérit, l'ennui la rompt, la brise, elle vomit d'ennui. Alors pour déjouer le temps, elle décide de sortir, elle drague sur le port. Plaisir des rencontres rapides et sans conséquence, plaisir de lever un inconnu ou de se faire lever. Un certain sourire, une certaine façon de parler, savoir repousser tout en acceptant, connaître quelques paroles clés, celle de l'impudicité de bonne compagnie, quelques gestes qui sont l'alphabet de la galanterie, et prononcer la phrase décisive : « Venez donc chez moi vous désaltérer un peu. » On se flaire, on bavarde, arrive le moment de l'exploration des corps. Grue des Nuages raconte qu'elle est veuve, que son époux est mort depuis un an. Pauvre Yu Qiweï.

Au yamen les hommes passent. Un footballeur, un marin, quelques fils à papa, personne qui soit mêlé à l'intelligentsia ou à l'université et qui puisse la compromettre, du matériel humain solide et fruste, des instruments.

À l'aube, Grue des Nuages ordonne à son partenaire de déguerpir. Elle n'éprouve ni remords, ni attirance, ni répulsion, ces hommes n'existent pas. Elle n'offense personne, elle ne trompe pas Yu Qiweï, elle ne trompe pas Kang Sheng, elle ne fait pas vraiment l'amour, elle fornique, elle nourrit son con, cette bouche insatiable.

Un soir qu'elle a ramené un prodigieux colosse, Grue des Nuages entend la servante ouvrir la porte d'entrée. Des chuchotis, des pas, un rire. C'est Kang Sheng qui se moque.

Effarement du couple. Déjà l'homme s'est dégagé et, tout nu, il se rue sur Kang Sheng qui prestement sort un revolver de sa poche et ajuste l'assaillant :

— Foutez le camp ou je tire.

Et l'hercule de ramasser ses vêtements à la hâte et de s'enfuir. À tout hasard Grue des Nuages s'est mise à hurler :

— Tu aurais pu venir à un autre moment.

— Comment savoir ? Sois heureuse que ç'ait été moi et pas ton bien-aimé Yu Qiweï. Et maintenant tais-toi, je suis venu te faire un cadeau, un cadeau inestimable.

Il agite quelques feuilles de papier et puis à voix haute, lentement, il commence à les lire. Grue des Nuages, avec effroi, reconnaît sa dénonciation. Lecture interminable... Kang Sheng se délecte à souligner les phrases les plus accablantes, à examiner la signature :

— C'est bien toi, n'est-ce pas ? Vraiment tu as mis le paquet, du travail d'artiste. Tu as été beaucoup plus loin que je ne le prévoyais. C'est inquiétant, cela...

Grue des Nuages se cache la tête entre les mains et Kang Sheng l'embrasse :

— Je t'ai dit que je te faisais un cadeau. Alors, regarde bien, je détruis la preuve de ta lâcheté.

Une allumette, le papier flambe et retombe en cendres noirâtres sur le sol.

— Fini ton forfait ! Mais heureusement que je suis là et que je me suis activé pour toi. Par des moyens que tu n'as pas à connaître j'ai arraché ce document au flic qui t'avait interrogée avant qu'il ne l'expédie à Nankin, hélas il avait déjà bavardé. La moitié de la préfecture est au courant.

— C'est allé jusqu'à Nankin ?

— Des rumeurs sont parvenues, mais grâce à moi il

manque la preuve essentielle. De plus je me démène pour susciter des témoignages qui innocentent presque ton Yu Qiweï, l'oncle est dans tous ses états, tout cela finira bien par aboutir. Et je m'arrangerai pour que le Parti ferme les yeux sur cette libération octroyée par les ennemis du peuple. Je te restituerai un Yu Qiweï immaculé, mais il sera grillé à Tsingtao et je l'enverrai porter la révolution ailleurs, probablement à Pékin.

— J'irai avec lui.

— J'en doute. Sa famille lui parlera de toi, de ta délation, de ton inconduite. Crois-tu qu'on ignore que tu racoles ?

— Des imbéciles. Est-ce que cela compte ?

— Pas pour moi, mais lui appréciera moins. S'il te repousse, je tiendrai mes promesses, je t'emmènerai à Shanghaï.

Deux jours et deux nuits avec Kang Sheng, et de nouveau la solitude. Grue des Nuages médite, elle songe, elle rêve. Lui apparaît l'image de Yu Qiweï, un Yu Qiweï évanescent au sourire triste... Combien de temps depuis leur rencontre dans le salon de Mme Yu, depuis leurs longues randonnées jusqu'aux criques où ils abritaient leur romance ? Leur passion devait être immortelle... Et le monde a vacillé, parce que elle, Grue des Nuages, n'a pas su aimer, célébrer cette douceur, cette tendresse, ce corps si délicat, cette âme si généreuse. Si seulement elle pouvait remonter le fleuve, effacer les erreurs, les horreurs... Mais l'image disparaît, sa présence s'évapore, Yu Qiweï est un fantôme et leur passion terminée. À quoi bon se perdre dans de nauséeuses nostalgies ? Pour échapper à ses hallucinations, Grue des Nuages court au port chercher un homme. Dans ses oreilles tintent les sarcasmes de Kang Sheng :

— Cocufie ton mari avec moi, mais quand même pas avec tout le monde.

Le temps, la vie de Grue des Nuages comme une éternelle attente, une somnolence, une prostration. Elle ne va plus sur le port prendre à l'hameçon de son sourire une machine à foutre, elle ne sourit plus, elle gît recroquevillée, abîmée dans ses visions... être dans les bras de Yu Qiweï. Pourtant elle est attentive, elle guette le moindre bruit, le moindre craquement qui briserait cette inconsistance et recomposerait l'univers. Mais tout est immobile, silencieux, mort.

Un après-midi le vent s'est levé et Grue des Nuages y a vu un signe : Yu Qiweï arrive, il est là, elle le sent. Malgré la tourmente, les rafales sur la maison, les pleurs des branchages fouettés par la pluie, elle entend deux petits heurts contre la porte, et c'est bien lui, un Yu Qiweï hâve, décharné, aux yeux fiévreux, un spectre à la voix lointaine qui décrit la prison, les coups, la faim, le désespoir.

Grue des Nuages s'avance pour l'enlacer mais il la repousse doucement :

— Écoute-moi... en ces moments je ne veux pas penser à tout ce qu'on vient de me raconter sur toi. Je m'accorde pour quelques heures l'illusion de te retrouver telle que je te croyais à l'époque de nos noces. Je passerai cette nuit avec toi et demain je prendrai le train pour Pékin où le Parti m'envoie.

— Je t'accompagnerai.

Le sourire ineffable de Yu Qiweï :

— Ce n'est pas possible mais donnons-nous la consolation d'une nuit magique. Soyons plus proches l'un de l'autre que nous ne l'avons jamais été.

Nuit de rupture, nuit douce comme le sont certains automnes. Acceptation mélancolique, harmonie de ce qui se termine inexorablement, pas de désespoir, encore moins de disputes et de récriminations... Leur ultime intimité est délicieuse. Ils font à peine l'amour mais sans cesse ils se disent : « Je t'ai aimée », « Moi aussi je t'ai aimé », échos qui se répondent. Parfois ils sommeillent et puis ils se réveillent pour se contempler dans la voussure de leur chair. Et alors ils se remémorent indéfiniment des épisodes, des anecdotes, les petites aventures d'un passé de félicité. « Te rappelles-tu ? »,

« Et toi te rappelles-tu ? » Ainsi renaissent toutes les joies anciennes, les grands élans et aussi des drôleries, l'amusant de la vie quotidienne, des fâcheries légères, des bulles sur la surface de leur accord parfait.

Le poids des dernières minutes, des dernières secondes. À l'aurore, pendant qu'il s'habille, elle le contemple mettre ses vêtements, l'armure qui l'éloigne d'elle à jamais. Le rattraper ? Le reconquérir ? Étrangeté de cette nuit, elle ne le désire plus. Enfin il est prêt et il murmure gentiment qu'elle peut rester dans le yamen jusqu'à ce que Kang Sheng vienne la chercher.

Encore un baiser, mais chaste, un baiser comme un souvenir. Quand leurs lèvres se séparent, quand ils se détachent l'un de l'autre, dans l'intervalle qui se crée s'engouffrent et se perdent toutes les années de ce qui fut leur amour. Enfin Yu Qiweï franchit le seuil et referme la porte. Il a disparu, il n'a jamais existé.

La mémoire tueuse de Grue des Nuages, les tiroirs qu'elle referme, sa capacité d'oubli : tout ce qu'elle a évoqué la nuit précédente avec Yu Qiweï s'est évanoui, elle est désormais projetée vers l'avenir, vers les continents merveilleux qu'elle explorera bientôt. Dévorée d'impatience, elle piaffe dans l'attente de Kang Sheng. Quand sera-t-il là ? Quand ?

En fait Kang Sheng surgit au bout d'une heure :

— Alors ? Ton Yu Qiweï s'est tiré ?

— Il m'a quittée à jamais, il n'a pas voulu m'emmener à Pékin.

— Je t'avais prévenue.

Kang Sheng regarde la jolie chambre, hume l'atmosphère :

— Vous avez passé la nuit ensemble ?

— Oui, et ce fut une nuit très paisible où nous avons évoqué nos instants de bonheur.

— Vous avez quand même fait l'amour.

— Un peu, très peu. Juste quelques étreintes de tendresse. Plutôt comme une communion des âmes au moment où les corps vont se quitter.

— Ne fais pas de poésie, s'il te plaît, il t'a baisée. Et pour commencer je vais l'exorciser, ton Yu Qiweï. Enlève ton peignoir, mets-toi debout, appuie-toi contre le mur et tends ton cul.

Vertige de la soumission, subir, se prêter à tout, s'annihiler pour mieux exister, jouir de n'être qu'un objet, mais indispensable... Grue des Nuages, docile, s'exécute. Lorsque Kang Sheng a terminé, il est tout malicieux.

— Nous partons pour Shanghaï mais je ne voyagerai pas avec toi. Tu prendras le bateau, en cabine de luxe. Un homme t'attendra qui, durant la traversée, sera ton mari supposé. Pour le devoir conjugal, tu aviseras, il est vraiment laid.

— Je ne veux pas te tromper.

— Avec toi, les amants ne sont jamais loin. C'est sans importance.

— Mais pourquoi m'affubler d'un faux mari ?

— Je prends mes précautions. Ton « mari » te surveillera, il t'empêchera de jaspiner. Autre chose, même avec lui, ne prononce pas mon nom.

— Tu m'attendras à Shanghaï, au débarcadère ?

— Non. Un autre homme viendra te chercher. Plutôt bien celui-là, la quarantaine avenante. Pour te faire reconnaître, tu brandiras ce recueil de pensées de Tchang Kaï-chek. Il te conduira dans un hôtel minable mais sûr, où tu resteras enfermée dans ta chambre à m'attendre. Si je tardais trop, je t'autorise à sortir pour visiter la ville, à condition que tu ne parles à personne. Et pas question de racoler, pour une fois je te condamne à la chasteté.

— Que de mystères !

— À Shanghaï, les polices secrètes de Tchang Kaï-chek foisonnent et traquent tous les communistes, et moi en particulier pour des raisons que je te dirai peut-être un jour. En attendant, connaissant tes précédents exploits, je ne veux pas que tu sois un danger pour moi, donc tu ne sauras rien. Moi, je saurai toujours où tu es, ce que tu fais. De temps en temps j'apparaîtrai et puis je disparaîtrai, à ma convenance.

— Et ma carrière d'actrice ? Toutes tes promesses ?

— Plus tard. Une dernière information, j'ai une épouse et

je la garderai. C'est elle qui se présentera à toi pour te transmettre mes instructions.

— Tu ne m'avais pas dit que tu étais marié.

— Je n'avais pas à te le dire. C'est une militante exceptionnelle, ma compagne acceptée par le Parti et dont le soutien est sans faille. Elle a été arrêtée, emprisonnée, torturée, mais elle s'est tue, au point que les flics ont cru qu'elle était quantité négligeable et qu'ils l'ont relâchée. Tu peux en prendre de la graine. D'ailleurs tu la connais, c'est une ancienne étudiante de l'université de Tsingtao, Xiao Ling.

La rogne, la fureur de Grue des Nuages. Kang Sheng l'a roulée. Ce qu'il veut, c'est une gentille maîtresse qui se tienne à sa place, qui ne dérange pas sa vie, ses aises, son confort. Ses activités secrètes ? Une plaisanterie. Il n'est qu'un salaud de bourgeois et elle une imbécile de s'être prêtée à ses manœuvres. Quant à sa femme, c'est un monstre, une jument aux grosses lèvres baveuses.

— Et tu baises cette pouffiasse ? Vire-la ou bien c'est moi qui te vire.

— Sois polie quand tu parles d'elle, je te l'ordonne. Je ne chasserai pas Ling et tu l'accepteras. Oh, je sais ce que tu penses, que je t'ai trompée et que je ne ferai rien pour toi. Erreur, ma petite, je t'aime et je tiens toujours mes promesses. Mais il y a des enjeux que tu ne peux pas comprendre, des personnes devant lesquelles tu dois t'incliner. Sinon...

— Sinon quoi ?

— Sinon tu restes ici. Et je préfère ne pas penser à ce que tu deviendras. Une fille à matelots dans le meilleur des cas. Moi, si tu te conduis bien, je t'offre la vie de tes rêves.

— Tu l'aimes, ta Ling ?

— Je la respecte. Tu n'as aucune raison d'avoir de la peine, c'est elle qui en aura mais cela ne l'empêchera pas d'être ma messagère auprès de toi.

— Et tu es sûr qu'elle ne se révoltera pas ?

— Jamais.

— Quelle sainte femme !

— Méfie-toi quand même... Si je lui dis de t'enfoncer un couteau dans le corps, elle le fera.

— Monsieur et ses tueurs! Même ta femme est une tueuse.

Kang Sheng éclate de rire.

— Si tu le peux, ma reine, un jour tu feras tuer.

— Je suis ta reine?

— Tu l'es. Et je vais te donner un nom de reine. Grue des Nuages m'ennuie, à Shanghaï tu seras Lan Ping, Pomme Bleue. C'est plus gai.

Chapitre V

SHANGHAÏ... Une exaltation extraordinaire s'est emparée de Pomme Bleue. Shanghaï, Shanghaï, la métropole qui exaspère toutes les cupidités, toutes les frénésies, Shanghaï martingale des destins, Shanghaï, champ de bataille permanent avec ses vainqueurs et ses vaincus. Shanghaï... Fièvre, luxure, débauche, renommée, gloire, misère, mort, pestilence des sentiments, flamme de la volonté, immensité des profits, relents du crime. Et pas de pitié... Shanghaï avec sa concession internationale où les Barbares font régner leur loi mercantile, avec sa concession française où la bonhomie gauloise cache la saine utilisation du vice, Shanghaï avec ses faubourgs chinois où tant d'êtres vivent dans la jungle des injustices. Shanghaï de la *law and order*, des magistrats à perruque, du fouet et du gibet. Shanghaï du Cercle sportif où dansent les jolies dames, Shanghaï des prostituées russes blanches, Shanghaï sous la menace des Japonais et de leurs cuirassés gris. En 1932 les Nains ont essayé d'écraser les quartiers purement célestes, ils ont échoué mais ils recommenceront. Shanghaï où s'affrontent individus et nations. Shanghaï de la répression. Shanghaï de Tchang Kaï-chek qui gouverne depuis Nankin. Shanghaï de la guerre secrète, des assassins du Kuomintang et des assassins du Parti communiste. Shanghaï chaudière de l'enfer, ventres pleins méprisant les ventres creux. Les cadavres des meurt-de-faim jonchent la chaussée, les services municipaux les ramassent, la haine fleurit. Cela n'empêche pas la jouissance. Nombrils dorés des nantis, gentlemen et compradores, le business, le plaisir, tant de magasins, tant de dancings... Le Grand Monde... Shanghaï est un théâtre à nul autre pareil où Pomme Bleue, frêle, inconnue, atteindra le faîte de la grandeur. Pendant l'ascension, Kang Sheng sera là, toujours là, et si elle défaille, il se portera à son secours.

Shanghaï... Le jour est arrivé. Le bateau est une chose puante, incohérente, un tas de rouille. À l'intérieur un entassement d'êtres qui emportent leurs biens les plus précieux, des pacotilles misérables, des légumes, de la viande et jusqu'à de petits cochons au groin inquisiteur. À nouveau le peuple... Pomme Bleue déteste le peuple. Posant sa valise, elle s'empresse de montrer son billet à un commissaire de bord à la tenue maculée qui lui indique un groupe de bourgeois le nez pincé de dégoût, les gens de son monde. Un matelot leur ouvre brutalement la voie. Des coursives étroites, crasseuses, enfin elle débouche sur un pont supérieur réservé à la clientèle de qualité. Elle aperçoit au-dessus d'elle, sur une passerelle, le commandant en veste sale ouverte sur un maillot de corps douteux. Il donne un coup de sifflet. Un long mugissement, des gémissements, des grincements, bruits de chaînes, bruits de l'eau brassée par les hélices, des secousses, le rafiot s'écarte du quai.

On conduit Pomme Bleue vers une cabine déjà occupée par un gringalet mal foutu, chafouin, le regard oblique, le « mari » qui joue la sollicitude et lui assigne la couchette inférieure.

Le navire a pris de la vitesse. Par le hublot, Pomme Bleue regarde s'éloigner Tsingtao. Elle aperçoit le quartier de son yamen et plus loin l'université. Toute une vie, tant d'échecs. Où est Yu Qiweï ? Est-il arrivé à Pékin ? Mais le bateau tangue... Est-ce la chaleur ? L'odeur ? Un malaise la prend, elle se précipite sur le pont et elle vomit longuement, presque voluptueusement. Et elle reste là, accrochée au bastingage, incapable de faire un mouvement, hypnotisée.

Car une tempête s'est levée comme par magie. Le vent

hurle et les flots ne sont qu'un saccage, des vagues rugissantes déferlent, leurs crêtes s'entrechoquent, puis laissent se creuser entre elles d'énormes trous noirâtres, des abîmes. L'océan est une révolte effrayante qui assaille le navire, le gifle, va le détruire. Succession de chocs et de chutes, le bateau gîte, prêt à se coucher, à se déchiqueter, mais il se redresse chaque fois pour s'offrir de nouveau aux éléments. Le pire c'est qu'on voit à peine, la fureur des ondes et la crasse des nuées se soudent pour un bal maudit, et les nuages sont si bas que le bâtiment paraît naviguer entre leurs flancs.

Une main s'est posée sur celle de Pomme Bleue, c'est le « mari » qui ricane :

— Les poissons que vous avez nourris ne se nourriront pas de vous, il n'y a aucun danger : il ne s'agit que de la queue d'un typhon qui s'éloigne. Il fera beau tout à l'heure. En attendant, rentrez dans la cabine.

Pourquoi lui a-t-on choisi cette petite fripouille insolente ? Pomme Bleue a le cœur soulevé, le goût du vomi dans la bouche, l'estomac noué par l'angoisse. Rentrer, elle ? À l'intérieur, dans une cabine-tombeau, elle deviendrait folle d'attente et d'incertitude. Non, plutôt le pont et les rafales. Chaque seconde qui passe la rapproche du salut. Et si le navire devait sombrer, elle veut assister à la catastrophe, savoir qu'elle meurt.

Le « mari » la regarde, l'air vicieux :

— Quelle froussarde vous êtes ! Je vous ai dit que votre précieuse existence n'était pas menacée, la mer se calmera bientôt.

Au bout de quelques heures, il semble en effet à Pomme Bleue que l'ouragan s'apaise. Les flots sont moins tumultueux, le ciel s'éclaircit et bientôt un rayon de soleil le déchire. Rassurée, Pomme Bleue rejoint sa couchette et elle s'endort profondément.

À son réveil, le « mari » est là, plus limaceux que jamais, les yeux mités, l'haleine infecte. Cette présence nauséeuse, quel beau cadeau lui a fait Kang Sheng ! Cependant l'homme lui tend un bol de nouilles et il la regarde manger, impudent, odieux, louchant sur elle et bavant de désir. Enfin il lance :

— Puisque nous sommes mari et femme…
— Je suis malade, trop malade…
— Quand vous irez mieux…
Le « mari » est du genre tenace. Pomme Bleue, qui n'a pas osé se changer devant lui, dort tout habillée dans sa robe souillée. Demi-sommeil, l'esprit aux aguets, elle rêve que des doigts la parcourent, elle se réveille tout à fait et constate que le « mari » la caresse. Hurlements.
— Ça ne va pas, non ? Vous êtes trop laid, une larve…
L'autre se met à rire :
— Je ne suis peut-être pas beau, mais j'ai des avantages. Regardez…
Et de son pantalon il tire un membre monstrueux.
Pomme Bleue glapit :
— Vous êtes ignoble. Je me plaindrai de vous à Kang Sheng et cela vous coûtera cher.
Expression ébahie du gnome :
— Qui est ce monsieur ?
La faute, la faute grave. Le nom de Kang Sheng, elle ne devait le prononcer sous aucun prétexte. Et cette gargouille le sait bien. Il grince des dents de contentement :
— Je signalerai votre erreur à qui de droit, à moins que…
Est-ce la menace ? Ou bien la curiosité ? La taille de ce phallus extraordinaire ? Pomme Bleue cède. Elle ouvre les jambes, elle se cambre, elle s'arc-boute, s'offre le plus possible à l'engin qui la défonce, qui la déchire. Un supplice mais aussi quelle jouissance ! Être ainsi emplie, bourrée, pilonnée, avec au-dessus d'elle cette tête hideuse, crispée dans le plaisir… Pomme Bleue se jure de ne rien raconter à Kang Sheng, il rirait trop.
Le reste de la traversée est consacrée à cette fornication envoûtante. Quand Pomme Bleue retourne sur le pont, la mer est devenue bourbeuse, une nappe lourde de tous les limons du Yang Tse-kiang et sillonnée par toutes sortes de bateaux, de cargos, de paquebots à l'étrave arrogante qui ne cessent de mugir pour écarter de leur route les jonques et les sampans qui pullulent. Shanghaï approche, Shanghaï est là.

Un pilote est monté à bord du vapeur et le dirige vers une côte plate et marécageuse où se découvre un chenal étroit, méandreux, qui s'enfonce à l'intérieur des terres : le Whangpoo, une coulée d'eau grise complètement désolée, pestilentielle. Dans ce néant nauséabond, ravagé par le paludisme, il y a moins d'un siècle, les Barbares ont fondé Shanghaï. Une dernière courbe que le bateau prend lentement et la métropole surgit devant Pomme Bleue.

Ce qu'elle voit, c'est un paysage fantastique, une forêt de pierres, le jaillissement d'un monde pétrifié dans sa beauté et sa richesse, une parade de tours, de dômes, de campaniles, de coupoles, un délire architectural souverain, une armée de la matière triomphante. Ces orgueilleuses structures bâties dans un style venu d'Albion, de Byzance, du Bengale et de la Phénicie clament la grandeur du commerce qui dépouille la Chine selon la loi et l'ordre des Blancs. Au sommet d'une de ces érections, une énorme horloge égrène les heures de la spoliation et du profit. Et ces heures se succéderont à jamais.

Ce que Pomme Bleue voit, tout ce décor, c'est le Bund, la façade de la concession internationale sur le Whangpoo. Une illusion… une réalité qui s'incruste en elle dans sa fantasmagorique et cruelle splendeur.

Une chaloupe conduit Pomme Bleue et quelques passagers au débarcadère. Il est presque vide : personne qui attende, pas de familles en liesse, pas de cris. Elle déambule, elle scrute les visages de quelques passants et comme il lui a été recommandé de le faire, elle brandit le livre de Tchang Kaï-chek, mais nul ne vient à elle. Serait-elle abandonnée dans cette ville frappée de mort ? Un taxi argent s'arrête devant l'appontement. En sort un homme d'une quarantaine d'années revêtu d'une robe noire, un bourgeois de bon ton, l'allure d'un professeur. Il se précipite sur elle, il la prend par la main et la pousse dans le véhicule qui redémarre aussitôt. Un véritable enlèvement. La voiture s'engouffre dans l'artère la plus célèbre et d'ordinaire la plus achalandée de la ville, Nanking Road, aujourd'hui un quasi-désert. Pomme Bleue s'inquiète auprès de son convoyeur qui lui glisse à l'oreille de parler à voix basse, bien qu'ils soient séparés du chauffeur par une glace :

— Les mots sont dangereux à Shanghaï ces jours-ci.

Cependant Pomme Bleue s'enquiert encore. Il lui chuchote :

— Ne voyez-vous pas ces sikhs à turban et à barbe, baïonnette au canon ? Ces mercenaires des Anglais ont ordre de disperser le moindre rassemblement et ils sont prêts à tirer.

— Il y a des manifestations ?

— Il y en a eu et maintenant c'est la grande répression. Le Kuomintang fait procéder à d'immenses rafles dans les quartiers chinois pour débusquer les communistes. Les Britanniques et les Français traquent les rouges cachés dans leurs concessions et ils livrent leurs prises à la police de Tchang Kaï-chek. Il paraît que plusieurs centaines de suspects ont été rassemblés au champ de courses et qu'il y aurait parmi eux des dirigeants importants.

— Kang Sheng est-il dans le lot ?

— De qui parlez-vous ?

— Est-il arrêté ? Je vous en supplie, je vous en supplie…

Dans un souffle, son compagnon lui murmure :

— Je ne crois pas, cela aurait été annoncé dans les journaux avec des titres énormes.

Toujours le vide, les échoppes closes, les rideaux baissés, les enseignes éteintes. La population entière est calfeutrée chez elle. Seules flamboient les vitrines d'un grand magasin, le Sincere qui, lui, est ouvert. Illuminations, partout sont accrochés des portraits de Tchang Kaï-chek.

— Allons dîner là, suggère l'homme. On y mange aussi. J'ai quelques consignes à vous donner avant de vous déposer à votre hôtel.

À l'intérieur tout semble normal et pourtant l'atmosphère est bizarre : si peu de clients pour tant de marchandises, tant de pimpantes vendeuses. Même impression dans le restaurant. Une pénombre conviviale et tout juste trois tables occupées. Ils s'installent très à l'écart et passent la commande à une servante habillée en bonniche de luxe avec un coquin petit tablier. Un repas à l'occidentale, du pain, du rosbif, des légumes. Dès que la femme approche, ils se taisent. Son mentor ne cesse de répéter à Pomme Bleue de faire très attention, que la ville est truffée d'espions, que la phrase la plus innocente peut être mortelle.

— Dites-moi la vérité, Kang Sheng ?

— Il est recherché mais il a échappé jusqu'à maintenant. Tout à l'heure je vous conduirai à votre hôtel. Restez enfermée dans votre chambre. Ne sortez que pour acheter de la nourriture.

— Et cela durera longtemps ?

— J'espère qu'on vous apparaîtra sous peu.

La conversation s'anime. Pomme Bleue confie qu'elle est actrice et espère monter sur les planches à Shanghaï. À Tsingtao elle a fait connaissance de quelques acteurs et auteurs de Shanghaï auxquels elle pourrait rendre visite si on tarde trop. Immédiate réprimande :

— Gardez-vous-en bien, même si le temps vous paraît long, surtout n'allez pas les voir. Ces gens sont particulièrement surveillés. Je vous le répète, patientez.

Après le repas, le personnage qui n'a rien dit de lui accompagne Pomme Bleue jusqu'à son gîte. Ils pénètrent dans des ruelles infectes où grouillent des prostituées, des coolies, des enfants rachitiques. Orgie de crasse jusqu'à une façade lépreuse... C'est là, l'homme disparaît et Pomme Bleue entre. Une femme assise derrière un bureau branlant la regarde avec méfiance et réclame des papiers d'identité comme le veut le règlement. Son aspect bovin, presque abruti, sa face plate sans expression, sa voix étouffée... Mais avec quelle acuité elle scrute Pomme Bleue qui, penaude, avoue qu'elle n'a pas de papiers.

— Je crois que je suis attendue, je m'appelle Pomme Bleue.

— Je n'attends jamais personne. Mais si vous me payez d'avance, un yuan pour une semaine, j'aurai peut-être quelque chose.

Pomme Bleue tend un billet que l'énorme créature ramasse

prestement. Déjà elle s'est levée avec agilité et, tenant un trousseau de clés elle s'engage dans un couloir où Pomme Bleue la suit. Tout est pouilleux, écaillé, croulant, mais une vie sourd à travers les cloisons, celle de l'amour tarifé. Bruits de dispute, de marchandage, rumeurs des copulations, relents de cette marchandise qu'est le cul... l'hôtel est une usine de volupté. Un escalier vétuste, Pomme Bleue se retrouve dans un cagibi presque entièrement occupé par un lit qui sent le foutre et la pisse. Par la lucarne filtre un jour sale qui éclaire à peine une table, un broc et une cuvette, la cuvette est une abomination. Ni placard ni glace, l'endroit n'est pas prévu pour un séjour prolongé. Au mur, un portrait de Tchang Kaï-chek qui ainsi préside aux ébats. La grosse femme dit qu'il y a à l'étage un « valet de chambre », elle l'appelle et il accourt. C'est un colosse qui doit savoir faire régner l'ordre. Dès qu'elle est seule, Pomme Bleue s'écroule sur la couche, bientôt des cafards montent à l'assaut. Soudain des hurlements hystériques, une femelle glapit, injurie, reçoit des coups. Le calme revient, sans doute le « valet de chambre » est-il intervenu.

La lie du monde, la lie des êtres. Et c'est dans cette piaule, dans cet hôtel borgne que Pomme Bleue va rester jusqu'à l'arrivée de Kang Sheng. Dans combien de temps viendra-t-il ? Combien de jours ? Combien d'heures ? Comment a-t-il pu lui imposer pareille résidence, la jeter au milieu de cette misère, de cette débauche, même pas la débauche, la déchéance ? Il l'a jetée au milieu de charognes humaines réduites au besoin de bander et de décharger. Les filles défoncées, les coolies épuisés, voilà sa compagnie. Les râles de la joie truquée avant les râles de la mort véritable, voilà sa musique.

Encore attendre dans l'angoisse rongeante et l'ennui accablant. La nuit tombe mais la cité, sortant de sa léthargie, a repris vie... Par la lucarne on aperçoit la réverbération diffuse des enseignes illuminées, on entend le roulement immense et monotone d'une cohue qui piétine : Shanghaï est redevenue un océan de millions d'hommes et de femmes agglutinés qui submergent tout. Pomme Bleue a faim et elle se décide à sortir pour chercher à manger. Elle passe devant la tenancière qui braque ses gros yeux sur elle et elle s'enfonce dans la ruelle-égout où circule maintenant une plèbe nombreuse, avec, par-ci par-là, des gens qui tiennent des lampes. Leurs visages devinés dans l'obscurité... Sur une petite place, à la lueur des torches, des marchands ambulants vendent de la soupe, des beignets, des nouilles. Pomme Bleue achète un bol de riz arrosé d'une sauce épicée, prend avec réticence les baguettes qu'on lui tend, baguettes ayant servi à tant de bouches gâtées, tant de bouches de gueux en proie à toutes les maladies. Mais les entrailles lui tirent, elle avale donc.

En rentrant, les yeux de la tenancière la fixent encore tandis qu'elle regagne son galetas. Là elle allume une bougie qui s'éteint rapidement. Pomme Bleue ferme les paupières, le visage de la tenancière, ses yeux trop placides l'obsèdent. Est-elle simplement la patronne d'une maison mal famée ou bien une militante du Parti se cache-t-elle sous ces apparences de maquerelle ? L'endroit est sûr, a dit Kang Sheng... Ce boxon doit être une planque, un refuge pour les communistes traqués. Kang Sheng... Pourvu qu'il ne lui soit pas arrivé malheur, qu'il n'ait pas été ramassé dans les rafles dont parlait l'homme qui l'a accueillie. Pomme Bleue a envie d'aller interroger la grosse femme mais évidemment celle-ci, sans rien dire, posera sur elle un regard qui la fera fuir. Et si elle n'était qu'une tôlière, entendant le nom de Kang Sheng, ne s'empresserait-elle pas de la dénoncer ? Enfin Pomme Bleue s'assoupit et bientôt lui vient un rêve mauvais, les murs de sa soupente se referment sur elle, elle est enterrée vive.

L'aurore. Shanghaï ruisselle de bruits plus nets, ceux de l'agitation dévoreuse. Une journée commence. À nouveau Pomme Bleue a faim, à nouveau elle passe devant la suiffeuse dont la graisse semble plus dure le matin. Et à nouveau celle-ci la regarde sans ciller. Ses yeux, ses gros yeux, ses énormes yeux, ses yeux inertes qui ne contiennent peut-être que le vide de la bêtise, que le bon sens de la commerçante, deviennent une hantise. Pourquoi cette femme ne lui parle-t-elle pas, ne lui souhaite-t-elle même pas le bonjour ? Pomme Bleue va ingurgiter sa soupe et rentre hâtivement. Et elle repasse devant les yeux.

Ainsi durant la journée passe-t-elle et repasse-t-elle et la sous-maîtresse ne lui dit toujours rien alors qu'elle s'entretient longuement avec les putes, leur donnant des conseils, parfois en tançant une qui s'est prise aux cheveux avec une autre ou qui a fait un petit scandale avec un client. Elle recommande à une mignonne, une gamine, de se méfier de son maquereau, elle s'enquiert du rendement, félicite les bonnes travailleuses, à toutes elle prêche l'hygiène, bien examiner le chaland, veiller à ce qu'il n'ait pas de chancre ou de bubon, qu'il n'ait pas la queue qui pleure. Oui, c'est une vraie tenancière. Et qui dispose, s'aperçoit Pomme Bleue, non pas d'un mais de trois « valets de chambre ».

Des heures se sont écoulées, Pomme Bleue allongée dans sa cellule est de plus en plus inquiète. Elle s'est procuré un journal et elle y a lu que des chefs communistes avaient été arrêtés. Aucun nom cité. Est-ce le signe d'une déconvenue ? Est-ce au contraire un mutisme calculé afin de mieux exploiter une énorme capture ? Et si l'on avait pris Kang Sheng ? Cauchemar...

Encore une nuit. Au plus noir des ténèbres, juste avant la première clarté de l'aube, la cité a cessé de ronronner, les derniers bruits se sont esseulés puis éteints, le silence s'établit enfin dans Shanghaï. L'hôtel s'est vidé, plus aucun écho de baisage, plus de voix, de cris, de soupirs, plus de bruits d'eau, putains et fornicateurs ont disparu. Sèchent les misérables savons qui ont lavé les fentes des femmes, sèchent les serviettes-torchons dans lesquelles les hommes ont essuyé leur sexe, les chambres minables sont désertes. Sans doute ne reste-t-il que la suiffeuse dont les yeux se sont enfin fermés et les trois costauds qui montent la garde. Pomme Bleue s'endort et lui apparaît un Kang Sheng ensanglanté et suppliant. Elle se réveille en sursaut, déjà la ville bouge, frémit, s'anime, bourdonne, grince, ferraille, vrombit, crépite. Mais ce qu'entend Pomme Bleue, ce sont les longs gémissements de Kang Sheng. Pour leur échapper, elle dégringole l'escalier : la suiffeuse est à sa place, le regard plus indifférent que jamais. À Pomme Bleue vient la certitude que la Truie, ainsi l'appelle-t-elle, est bien la gardienne d'un havre secret, d'un ultime repaire pour les camarades en péril et que cette truie est elle-même un grand camarade. Inutile donc de chercher renseignement ou réconfort dans ces bols d'indifférence vigilante que sont les yeux de la Truie. Elle la contemple longuement, l'autre ne bronche pas, amas de graisse impassible, effrayant. Alors Pomme Bleue regagne sa chambre. Autour d'elle a commencé la triste chanson de la luxure.

Des coups frappés à la porte. Pomme Bleue ronchonne qu'on entre et elle voit apparaître une créature aux traits épais, à la tignasse sale, aux lèvres énormes, la jument, Xiao Ling, l'épouse de Kang Sheng. Pomme Bleue s'est levée de son lit, la pièce est si étroite que les deux femmes, face à face, se touchent presque.

— Kang Sheng est très occupé, dit Xiao Ling d'une voix neutre. Il ne pourra pas vous rencontrer avant plusieurs jours.

— Il ne lui est rien arrivé ?

— Rien, mais il n'est pas libre pour vous.

— Il est vivant ?

— On ne peut plus vivant.

Une allégresse s'empare de Pomme Bleue, au point qu'elle veut prendre Xiao Ling dans ses bras, à la totale horreur de celle-ci :

— Tenez-vous tranquille. Voilà les instructions. Vous continuerez d'habiter cet hôtel. Permission vous est donnée de vous promener dans la journée, à condition que vous rentriez chaque soir, que vous ne parliez ni ne rendiez visite à personne et que vous ne leviez aucun homme…

— Je ne vous permets pas…

— Pas de grands airs ! Kang Sheng m'a raconté vos fredaines qui l'amusent. Pour lui, vous n'êtes qu'une poule, une pute, comme toutes les putes de ce boxon.

— Si je n'étais qu'une pute pour lui, vous ne souffririez pas comme vous êtes en train de le faire.

Xiao Ling a blêmi :

— Dans quelque temps il viendra.

— Kang Sheng ?

— Ne prononcez pas ce nom, cela vous est interdit. Ah, j'oubliais, je dois vous remettre cent taels pour que vous puissiez faire des emplettes dans les boutiques.

— Votre cher mari me gâte.

De sa poche Xiao Ling tire une liasse de billets qu'elle jette sur le lit :

— Dites plutôt qu'il vous paie !

Pomme Bleue applaudit :

— Camarade Xiao Ling, je vous remercie de votre visite qui m'a fait grand plaisir. Et maintenant, foutez le camp.

— Toutes les missions dont m'a chargée Kang Sheng, je les ai remplies avec joie. Mais, pour venir auprès de vous, j'ai dû me forcer. Pas parce que vous êtes sa maîtresse, parce que vous êtes indigne. Vous êtes abominable.

Nouvel applaudissement de Pomme Bleue qui persifle encore et encore :

— Si vous étiez un peu plus putain, ma chère, Kang Sheng n'aurait pas besoin de mes petits services. Je suis belle, moi. Et il m'aime.

Xiao Ling s'est ruée hors de la pièce. Le rire de Pomme Bleue, et son cri :

— Nos étreintes, imaginez nos étreintes...

Bonheur. Kang Sheng est vivant, sous peu il apparaîtra et d'ici là Shanghaï est offerte, la fabuleuse Shanghaï. Pomme Bleue sort de l'hôtel, passe sous les Yeux, se hâte hors des ruelles misérables vers le royaume du désir, l'artère où montent l'encens et la myrrhe des concupiscences, Nanking Road et sa foule hallucinée. Tonnerre, gongs, fracas, grouillement insensé, orgie de rêves, joie extatique, envies exorbitantes... Sous la voûte des étendards, dans le délire des caractères, tout ce que l'homme a pu concevoir pour son plaisir, sa volupté, la satisfaction de sa chair et de son âme, tout est là, à portée de main et pourtant inaccessible à presque tous. Ce qu'on propose ? L'éternelle jeunesse grâce à l'ancienne pharmacopée, aux poudres et aux racines qui redonnent aux vieux la vigueur, aux pilules qui anéantissent les fléaux du corps. Ce qu'on distribue ? La beauté, avant tout la beauté, que l'âge ne flétrisse plus, que les joues soient des fruits veloutés, que les yeux aient des luisances prometteuses, que les femmes irradient l'appel des séductions suprêmes, qu'elles soient le fourreau des délices. Pomme Bleue est éblouie. Elle arpente Nanking Road, elle s'arrête devant chaque boutique, chaque facette du paradis, elle regarde, elle court plus loin, ailleurs, où ce doit être encore plus prodigieux, c'est toujours plus prodigieux. L'apogée de l'incroyable fortune, elle le découvre devant les joailleries, devant l'empire de l'or, l'arc-en-ciel des pierres et le tranchant des diamants. Rubis, émeraudes, saphirs, topazes, perles qui sont les grains du bonheur, jades dont le vert est sainteté... Pomme Bleue oublie la Révolution, Kang Sheng, son rire moqueur et ses mains qui tuent. Le but de la vie ne pourrait-il être de posséder tout ce que l'univers a de précieux et d'en jouir ? Elle se sent capable d'enchaîner à elle des poussahs aux biens innombrables qui feraient d'elle la putain du monde, une souveraine de soie, flambante de joyaux.

Saisie d'audace, elle pénètre dans la boutique d'un brocanteur, plonge dans un bric-à-brac d'épaves, tâtonne, fouille, tombe en arrêt devant un médaillon en argent. Alors commence le marchandage, sa coutume subtile, rugosité des voix et des gestes, crescendo des arguments, les mille aguichements de la flatterie et les mille moues du dédain, tous les ressorts de la dialectique. Enfin, après bien des assauts, on arrive à l'accord. Naît une harmonie... tout cela pour une babiole qu'elle suspend à son cou et qui représente un minuscule dragon dévorant la terre.

Dévorer... Chaque matin Pomme Bleue est sur le pied de guerre. Conquérante, stratège, elle s'attarde des heures et des heures à choisir les proies qui constitueront son butin, si peu de chose comparé à l'énormité de ses appétits, à sa fureur de tout s'octroyer. Elle entre dans le royaume de l'exquis, elle s'initie à la mode, s'enquiert des prix, fait essayage sur essayage, apprend à se farder dans un salon de beauté, se veut dame de Shanghaï, élégante, effrontée, légère, bibelot délicat. Jours de luxe... Dans cette rage, les matelots ivres, les filles qui se grisent, les richards obscènes, les Blancs insolents qui s'ouvrent la voie à coups de canne, elle ne les remarque pas. Les misérables, les lépreux, les moribonds qui jonchent la chaussée, elle s'en écarte avec mépris, comme du reste toute la foule. Shanghaï a fait son œuvre, Pomme Bleue n'est plus que désir, hantise, obsession.

Il ne lui manque que Kang Sheng ! Et soudain elle le voit. Une photo en première page des journaux, c'est lui, c'est indubitablement lui. Un titre gigantesque tel un gibet au-dessus de sa tête, un texte d'un lyrisme exalté pour annoncer aux populations qu'un chef terroriste a été écroué et que son interrogatoire est en cours. Ce serait un individu particulièrement dangereux, un assassin aux crimes innombrables, il s'était caché derrière quantité d'identités et de camouflages, actuellement il se ferait appeler Kang Sheng.

L'apocalypse, les démons, le cauchemar devenant réalité, Kang Sheng démasqué, Kang Sheng torturé, son corps nu sur lequel s'acharnent des brutes consciencieuses qui font leur besogne, questionner et étriper... Que dira-t-il ? Parlera-t-il ? Il sera tué, son cadavre souillé et profané...

Les pensées déferlent en Pomme Bleue tandis qu'elle remonte Nanking Road, un paquet à la main, avec dedans une jolie robe, une robe achetée pour plaire à Kang Sheng. Pourvu qu'elle ne s'évanouisse pas... Comme naguère devant la préfecture de Tsingtao, les gens commentent la nouvelle avec satisfaction, ils sont contents, goguenards, tous ces gros, tous ces fortunés, tous ces pleins-de-yuans. Et vive Tchang Kaï-chek qui expurgera la Chine des bandits rouges ! Rire gras, menton double, ventre rebondi des messieurs, femmes aiguës, des fuseaux. Très vite pourtant Pomme Bleue n'entend plus rien, ni lazzis ni oraisons funèbres. La bonne vie a repris tous ses droits, faire de l'argent, le dépenser, jouir comme le recommande l'honnêteté ; à Shanghaï l'existence est une fête.

Dans le taudis, tout est normal. La Truie impavide, les putes, les clients... Toujours autour de Pomme Bleue le chœur du baisage, de l'éternel baisage, de la maudite copulation, le monde n'est que du foutre. Et du sang... Des jours, des nuits, Pomme Bleue reste éveillée. Quand la faim la prend, elle se traîne à la première échoppe pour manger de la soupe aux nouilles, elle n'est plus qu'une peur, qu'on vienne l'arrêter. Kang Sheng ne pourrait-il pas la dénoncer ? Il prétendait que personne ne résistait à l'extrême douleur.

Le temps passe. Pas de flics, pas de Xiao Ling non plus. Pomme Bleue rassemble tout son courage et achète un journal. Étrangement il n'y est pas question de Kang Sheng, comme si la superbe prise était passée aux pertes et profits. Que signifie ce silence ? Une autre leçon du maître des stratagèmes lui revient en mémoire, que dans les pires extrémités, il y a toujours un pion à pousser, qu'on peut toujours s'arranger, que même se jouent là des coups qui sont de purs chefs-d'œuvre

Ce n'est pas une illusion, ce n'est pas une invention d'un cerveau égaré, un après-midi, la porte s'ouvre et Kang Sheng entre dans le galetas, un Kang Sheng inchangé, le Kang Sheng magique, le diable guilleret qui embrasse Pomme Bleue, rit, la rassure :

— Tu vois, je ne manque jamais à ma parole : je t'avais dit que je te retrouverais à Shanghaï et je te retrouve. Avec un petit retard, mais Xiao Ling a dû te prévenir. Certaines circonstances...

— Tu as été arrêté ?

— Bagatelle, j'espère que tu n'as pas eu peur, que tu m'as fait confiance, il faut toujours me faire confiance... Je suis tombé dans un traquenard et je m'en suis sorti à mon avantage. J'ai passé un marché... Tout sera fini dans quelques jours. D'ici là le temps est à nous.

Volupté de ces accordailles... Dans l'immensité de la tendresse, il n'y a plus qu'eux. Deux jours, deux nuits...

S'endormir côte à côte, sentir dans le sommeil la présence de l'autre, se réveiller ensemble, toujours ensemble. Du dehors viennent les rumeurs de Shanghaï, de la vie qui continue. Eux sont seuls, eux sont tout et cette euphorie humble et intense est le paradis.

Pour eux, l'énorme tôlière abandonnant son masque engourdi s'épanouit de malignité, elle est suavité, tendre mère qui comble ses enfants bien-aimés de petits plats et de friandises. Un ange domestique... qui tout de même a occis son mari, comme elle un militant de la première heure mais qui avait trahi. Exploit qui ravit Kang Sheng : voilà une femme sur laquelle on peut compter ! Elle a fait mieux : le Parti avait besoin d'une planque sûre où les grands dirigeants pourraient se réunir ou se cacher ; elle a eu l'idée de ce boxon et elle est devenue maquerelle, une vraie, une bonne maquerelle qui a sauvé bien des vies, celle de Chou En-lai en particulier.

— Évidemment, poursuit Kang Sheng, elle se méfie de tout et je crains qu'elle ne t'ait guère appréciée, c'est une grande amie de Xiao Ling.

— Celle-là ! Quand je pense qu'elle est venue me débiter des mensonges alors que tu étais déjà arrêté !

— Elle m'obéissait. Je lui avais ordonné, si malheur m'arrivait, de courir auprès de toi... et d'être aussi rassurante que possible.

— Tu parles ! Elle m'a accusée d'être une garce, du moins d'en avoir l'âme.

— Ce n'est pas si mal vu, non ?

Bouderies, gentillesses, caresses, étreintes. Cependant quelque chose se trame. La tenancière a fait surveiller le quartier, ses faux aveugles qui repèrent tout n'ont rien vu de suspect, ses mendiants et ses coolies-pousse non plus : Kang Sheng va sortir. Et il veut emmener Pomme Bleue que cette perspective ne réjouit guère : s'afficher avec un terroriste notoire, très peu pour elle ! Bien sûr Kang Sheng se moque :

— Il faut que tu m'aides et en plus tu ne risques rien. Nous allons au Grand Monde où j'ai rendez-vous avec un de mes hommes. Pendant que je lui parlerai, tu joueras à la roulette. Conduis-toi en maîtresse, en ravissante maîtresse, c'est tout ce que je te demande.

Le Grand Monde... L'Asie entière en rêve. Et Pomme Bleue connaît de réputation cet éden des souillures, cette forteresse de tous les plaisirs, les avouables et les moins avouables : le jeu, tous les jeux, les filles, toutes les filles, les hurlements du théâtre, les orchestres, les dancings, les restaurants. Ce palais du vice appartient à la Bande Verte, une corporation de gangsters au mieux avec les autorités françaises et anglaises et avec le Kuomintang. Kang Sheng y a pris rendez-vous, avec Pomme Bleue comme couverture, en application d'un principe de base de la clandestinité : c'est parfois chez l'ennemi qu'on est le plus en sûreté.

Une fois quittées les venelles de la misère, tous deux pénètrent dans la cohue crépitante. Ils marchent gaiement, un couple, la jeune épouse et son mari plus vieux mais fringant et amoureux, la foule est un torrent si violent qu'ils ont du mal à ne pas être séparés, alors ils se prennent par la main et se fondent dans la bousculade. Midi. Goguette. Shanghaï à son paroxysme. Une électricité sature les êtres ; les grands magasins et les emporiums comme le Wing On, le Sincere, le Sun-Sun et le Sun rivalisent de musique et de bateleurs pour exciter les gens, détraquer leurs nerfs, les rendre fous devant les millions et les millions de marchandises qui dégorgent de leurs rayons.

Enfin le Grand Monde, la cathédrale du jeu où l'office jamais ne s'arrête. Partout des chapelles, des centaines et des centaines d'autels, sur plusieurs étages des tables recouvertes de tapis vert ou marquetées de dessins géométriques pareils à des conjonctions célestes. Autour de chacune d'elles, des hommes et des femmes dans leur litanie... Dieux, ayez pitié, donnez-moi le gain salvateur... Dieux, exaucez-moi enfin, que j'échappe à la Camarde ou à la calamité. Les célébrations se font avec des cartes, des dés, des dominos, des jonchets, en d'innombrables rites, ceux du *bacquan*, du *taxieu*, du baccara, de la boule. Il y a les services pour les gros pontes et les milliardaires, services discrets dans des lieux saints généralement retirés. Le tout-venant — les gens ordinaires, les décavés — est administré par fournées entières dans des endroits moins solennels, mais, qu'on dépose des plaques d'un million ou des billets crasseux en offrandes propitiatoires au hasard souverain, la liturgie est toujours la même. La croupière chante sa mélopée, le verdict tombe, le râteau ramasse. Ruine et désolation pour tous les affamés de la manne divine, richards qui sont allés au-delà de leurs moyens, employés qui ont volé dans la caisse de leur patron, pauvres gens à qui il ne reste plus un sou pour un bol de riz. Le drame et la mort rôdent, pourtant les visages restent scellés, figés dans l'intensité de l'oraison.

Le clergé de ces messes noires, faces inscrutables, voix monocordes, dirige les cérémonies avec ce qui semble une indifférence polie. Mais toute une armée hiérarchisée et anonyme se tient là et s'assure du bon déroulement de l'office de la damnation, qui continue, qui doit toujours continuer dans son méticuleux ordonnancement. Des yeux fouillent partout, combien suspicieux, veillant à ce que les fidèles ne soient pas tentés par le seul crime, aider la chance, tricher. On ne triche pas avec M. Du, le maître et propriétaire des lieux, M. Du qui ne daigne pas être là, M. Du dont l'ombre plane, M. Du de la Bande Verte.

Le reste ne compte guère, ni les taxi-girls qui font des manières avec leur cul et pratiquent l'insolence truquée, ni les bataillons de la chair faisandée, ni les maquerelles, ni les Russes, jadis possibles princesses, désormais authentiques putains. Ne comptent ni les dancings où les gigolos essaient de lever leur proie, ni les théâtres, ni les rugissements des acteurs, ni les roucoulements des actrices. Ne comptent pas les diseuses de bonne aventure, ni les écrivains publics, ni les coiffeurs qui ont pris un prénom français, ne comptent même pas les restaurants, tout cela n'est que l'accompagnement de l'obsession fondamentale, cette masturbation brûlante, ce balancement au-dessus du vide, le jeu.

Kang Sheng enjoint à Pomme Bleue de s'installer à une table de roulette et lui donne une liasse de billets. Qu'elle gagne, qu'elle perde, aucune importance, lui seul mène de vraies parties. Elle s'assied donc parmi des gens qui ont l'air anesthésiés, des robots réduits à quelques gestes simples. Au-dessus de la table, comme dans un mirador, un surveillant en chef taciturne, en bas un personnel tout aussi fantomatique qui procède aux rites ; quand le râteau a nettoyé les mises, recommence encore et toujours le même processus, la boule qui se rue, perd peu à peu de sa vigueur, hésite, enfin s'arrête. Et puis la croupière qui chante, et puis le râteau. Sans passion, Pomme Bleue place quelques billets n'importe où. Et le râteau pousse vers elle une grosse somme d'argent, cela plusieurs fois de suite. Alors Pomme Bleue est emportée par la fièvre, elle a sur la figure cette transe, ces expressions qui viennent dans le forcené de l'amour. Furtivement elle dérobe quelques instants à cette bataille pour chercher Kang Sheng du regard, qu'il s'associe à son triomphe, mais il n'est pas là, il n'est nulle part. Tout s'effondre, son magot entier, elle l'entasse sur un chiffre. On la croit ivre, elle est dessoûlée. Encore une fois la boule court, le ululement de la croupière, Pomme Bleue comprend qu'elle a tout perdu, elle se lève précipitamment et aussitôt elle part en quête de Kang Sheng.

Trognes, gueules, têtes d'animaux malades, il y a des fouines, des rats, des méduses et de grands oiseaux bêtes. Pomme Bleue erre dans cette faune, fouille parmi ces dévergondages tristes, contemple les barreaux de fer des fenêtres, découvre le petit escalier obligeant qui mène jusqu'aux toits où rien n'empêche plus de se précipiter dans le vide, observe le manège des filles et des compères employés au réarmement moral des victimes riches. On les remplit d'alcool et de victuailles, on les bichonne, on les tripote, on s'apitoie sur leurs malheurs, on les requinque, enfin on leur conseille de consulter à nouveau la déesse Chance, qui cette fois leur ouvrira les bras. Ensuite ces bons amis iront toucher leur pourcentage auprès de M. Du. M. Du est un génie. Et c'est chez lui, dans son royaume que Kang Sheng opère…

Enfin Pomme Bleue est attirée par le bruit caractéristique du mah-jong. Une dizaine de tables. Roulement des pions et ensuite les claquements bien connus. Les murailles formées, la brèche ouverte, les mains qui se servent et qui rejettent, les cerveaux en plein travail, les dragons, les vents, les bonheurs. Enjeux formidables. Pas de paroles, juste une voix qui annonce « mah-jong », c'est-à-dire la victoire, et de nouveau la rumeur. Là, dans un recoin de la pièce somptueuse, entre les palmiers en pots, elle aperçoit Kang Sheng qui converse avec un individu tout en longueur et en maigreur, « l'intellectuel » du comité d'assassinat. À Tsingtao la comparution de Pomme Bleue devant ces brutes, son interrogatoire, son serment et sa signature sur le document d'affiliation... souvenirs effroyables. Elle approche, Kang Sheng lui sourit, salutations, congratulations, ces messieurs ont terminé leur petit entretien, « l'intellectuel » prend congé. Pomme Bleue aussitôt interroge Kang Sheng, que manigance-t-il ?

— Je m'apprête à rendre un léger service à un ami.

— Un meurtre ?

— Idiote... Demande plutôt à cette sorcière... Elle répondra pour moi. Tout ce qu'elle prédit arrive et je la consulte souvent avec profit.

— Tu es superstitieux ?

— Il y a dans ce monde bien plus de choses qu'on ne croit. Moi, le matérialiste, j'obéis parfois aux voix du mystère.

Déjà la vieille femme ratatinée par l'âge, les yeux presque blancs, s'est emparée de la main de Pomme Bleue.

— Dans ta main, dit-elle brusquement, il y a du sang, des cadavres. La mort est autour de toi... Ton compagnon est son serviteur. Dans quelques années cet homme te mettra dans les bras d'un empereur. Tu partageras son triomphe, mais tu connaîtras aussi la déchéance et la noire solitude.

Et la sorcière disparaît. Kang Sheng rit :

— Elle divague. Moi, te mettre dans les bras d'un empereur... Encore faudrait-il que j'en connaisse un. Tu devras te contenter de moi et je n'ai pas l'intention de te donner à qui que ce soit.

Tant de mystères et cette aura de sang. Dans la chambre crasseuse, la peur envahit Pomme Bleue. Pour dissiper le brouillard d'angoisse qui l'enveloppe, elle se réfugie dans l'amour... faire beaucoup l'amour. Mais au premier sommeil l'angoisse renaît, l'assaille, la submerge. Et Kang Sheng n'est d'aucun secours : il est de si bonne humeur, tellement sûr de lui.

Enfin, un matin « l'intellectuel » apparaît et Kang Sheng descend s'entretenir avec lui dans l'entrée. Long conciliabule que Pomme Bleue épie du haut des marches. Lorsque Kang Sheng revient dans la chambre, elle est étendue sur le lit, l'air désinvolte et elle se garde de poser la moindre question. Instant bizarre, temps suspendu... Kang Sheng sourit, satisfait et comme pour lui-même il se met à parler de l'homme à qui il a rendu service, un homme qu'il estime beaucoup, le seul même qu'il estime vraiment dans Shanghaï, Chen Lifu. Pomme Bleue sursaute, Chen Lifu est le chef des polices secrètes de Tchang Kaï-chek, et surtout de la police spéciale chargée de traquer les communistes. Dans quelle ignominie Kang Sheng, son Kang Sheng, a-t-il trempé ?

Kang Sheng poursuit l'éloge de Chen Lifu, cet ennemi digne de lui. Proche de la quarantaine, fils adoptif de Tchang Kaï-chek, il pourrait se prélasser dans les pourritures du Kuomintang, mais au lieu de jouir de l'existence, il vit en ermite. Grand, beau, les traits réguliers, la voix douce, il est toujours vêtu de la robe traditionnelle et pratique la sagesse confucéenne. Sans vice, sans passions vulgaires, un idéal de pureté l'habite. Il connaît les tares des hommes et celles qui lui paraissent inoffensives, il les laisse proliférer, mais il abomine le mal, le vrai mal qui pour lui est représenté par les communistes. Car eux ont la foi, une foi mauvaise et pervertie, hostile aux rites et à la civilisation qu'il défend de toute son intelligence, de toute sa connaissance des cœurs et des âmes, de tout son génie des ruses et des stratagèmes. Il n'a recours aux supplices et aux exécutions qu'en dernière extrémité. Quand il s'occupe des rouges importants, il tâche d'abord de les faire parler, employant la douceur et la bienveillance, suscitant les tentations, ceux qu'il convainc il leur accorde son pardon et parfois il en embauche certains qu'il met alors à l'épreuve. Les moyens plus rigoureux sont réservés aux réfractaires. Mais qui, au milieu des tortures, n'en vient pas à demander grâce ?

— Combien peu résistent à la mort lente. Moi-même je me demande si je tiendrais. Les meilleurs essaient de mentir mais presque toujours Chen Lifu les perce à jour. Il en laisse aller quelques-uns, que je récupère plus ou moins. Ils deviennent des agents doubles et finissent toujours mal, liquidés par ses soins ou par les miens.

— Mais tu le connais ?

— Naturellement. Quand j'ai été arrêté, j'ai comparu devant lui. À ma demande et parce que c'était le seul moyen de me sauver sans me renier, au contraire. Imagine-toi...

Et Kang Sheng de raconter qu'il avait été capturé sur une vague dénonciation le jour où Pomme Bleue arrivait à Shanghaï. Les policiers, des flics ordinaires, ignares, n'avaient pas compris qui il était et ils l'avaient jeté dans une cave, un enfer où ils battaient à mort leurs prises. Son tour venu, il avait dit à la plus gradée de ces brutes qu'il était un des chefs des services spéciaux du Parti, le Tewu, que son nom était Kang Sheng et qu'il exigeait d'être amené à Chen Lifu. Il avait ajouté que s'il ne le faisait pas, il le paierait cher. Troublé par tant d'arrogance, l'homme avait fini par téléphoner. Quelques heures plus tard, Kang Sheng s'inclinait devant Chen Lifu.

— Tu as dénoncé toi aussi ? s'affole Pomme Bleue.

— J'ai négocié.

Kang Sheng s'était retrouvé devant Chen Lifu, dans un salon austère, très ancienne Chine, avec ses bois sombres, ses porcelaines, l'élan parfois de quelques calligraphies.

Chen Lifu se comporte en hôte aimable, offrant du thé, parlant à mots graves et bien pesés, jamais on ne pourrait croire qu'il tient Kang Sheng dans sa main cruelle. Mais, dès le début, il est manifeste qu'il n'ouvrirait cette main qu'après un marchandage de pair à compagnon :

— Ainsi mon cher Kang Sheng, vous reconnaissez être un chef du Tewu. Je m'en doutais mais je n'en étais pas sûr. Tellement d'énigmes autour de vous... Il faut que vous ayez de fameux gages à me proposer pour vous être ainsi dévoilé...

— J'en ai.

Chen Lifu porte à ses lèvres sa tasse de thé de Longjing, il en avale une gorgée. Kang Sheng boit aussi. Silence... Chacun apprécie le breuvage, sa chaleur, son parfum, s'absorbe dans la contemplation de son ambre léger, chacun calcule férocement. C'est du sang, des vies, qu'ils vont échanger.

— Il y a quelques semaines, reprend Kang Sheng, j'ai fait enlever le chef de vos agents. J'aurais eu toutes les raisons d'abattre cet ancien camarade qui, en se ralliant à vous, vous a permis de décimer nos rangs. Pourtant, il est vivant, je le garde dans une de nos caches, enchaîné, yeux bandés, mais en bonne santé. Je suis prêt à vous le restituer.

Petit sourire narquois de Chen Lifu :

— Il est brûlé. Tout comme il a parlé quand c'est moi qui le questionnais, il n'aura pas manqué de parler quand vous l'avez récupéré. Me le rendre ? Je suis convaincu qu'il n'a rien pu apprendre du nouveau dispositif de votre Parti, qu'il ne saurait même pas retrouver sa cache. C'est un homme fini, vous pouvez l'éliminer, vous m'éviterez la peine de le faire... Mais j'espère, Kang Sheng, que vous avez des cadeaux plus intéressants.

— Je vous offre votre neveu, ce beau jeune homme qui ne participe en rien à vos besognes et que vous chérissez. C'est pour cela, parce que vous l'aimez, que je me suis emparé de cet innocent. Vous savez tout évidemment de la discrète irruption de notre commando dans sa demeure de la concession française ; eh bien, soyez rassuré, il va bien, il est comme un coq en pâte dans un de nos repaires. Je suppose cependant que vous préféreriez l'avoir auprès de vous.

Un instant le regard de Chen Lifu s'est adouci, un instant, pas plus.

— Il est vrai que je n'ai rien au monde de plus précieux que ce garçon que je considère comme mon fils.

Mais nos durs métiers, mon cher, commandent d'ignorer ces sentiments.

Kang Sheng balaie l'espace d'un geste apaisant :

— Votre neveu ne court aucun risque, à moins que nous ne nous entendions pas. Mon successeur pourrait songer à de fâcheuses représailles, si vous décidiez...

Chen Lifu l'interrompt brutalement :

— Assez de ces babioles... Venons-en aux affaires sérieuses. Je veux des noms, des adresses, du concret enfin.

Kang Sheng se rengorge : le concret, la permanence des alvéoles rouges dans la cité dominée par Chen Lifu et ses sbires, la clandestinité florissante avec ses réseaux, ses filières, ses messagers, c'est son œuvre. Malgré les trahisons, les retournements, les défaillances, les agents infiltrés, les supplices, les coupes sombres, le Parti ne cesse de se reconstituer et même d'attaquer grâce à lui. Les effectifs ? Deux à trois mille militants, plus une centaine de « terroristes », les hommes de main. Chaque cellule composée de quatre ou cinq membres connaît tout juste l'existence des cellules voisines et cette ignorance s'étend très haut au sein de la hiérarchie. Il en résulte qu'un rouge arrêté ne peut pas révéler grand-chose, même sous la torture. Les fidèles, bons à tout, prêts à tout, s'abritent dans les bas-fonds du port, dans les faubourgs de la misère. Mais rien n'est exclu, on peut se servir de l'arrière-boutique d'un commerçant prospère, on peut utiliser l'échoppe d'un artisan. Mystérieuses sont les affinités : pourquoi les gens établis prennent-ils de pareils risques ? On joue aussi de l'effet de surprise. Les grands dirigeants, on les loge dans la concession internationale et surtout dans la concession française, là où on s'attend le moins à les trouver, dans les chambres d'un palace. Et puis on les déplace, ils s'évanouissent dans la ville ou ailleurs. Géographie sans cesse fluctuante que celle du Parti.

Cependant trois ou quatre bastions ont été aménagés, avec guetteurs, multiples issues, boyaux creusés dans la terre, caves indétectables. C'est dans l'un de ces endroits que se réunissent les membres du Comité central pour prendre les décisions capitales. Que ces camarades soient toujours à l'abri, telle est la première loi, quoiqu'ils ne le soient jamais complètement. Ainsi lui, Kang Sheng, a été attrapé comme un imbécile, Kang Sheng qui, au jour le jour, connaît le dispositif entier du Parti immergé dans la monstrueuse cité.

Kang Sheng... Chen Lifu pourrait le faire déchiqueter, le réduire en bouillie pour qu'il parle. Mais à quoi bon ? Il parlera peu et mal et tout aura changé avant qu'il livre des secrets désormais éculés puisque sa capture est connue. Non, il vaut mieux attendre des propositions qui ne soient pas des amuse-gueules.

Dans la chambre Kang Sheng se délecte à décrire Chen Lifu qui le guette. Étrange Kang Sheng, si rusé, et qui pourtant ne résiste pas au besoin de faire la roue devant une Pomme Bleue, sous prétexte d'éducation politique naturellement.

Son thème favori ? Que la révolution serait simple s'il s'agissait seulement d'affronter l'ennemi, fût-ce un Chen Lifu. Mais qu'hélas la bataille la plus acharnée se déroule au sein du Parti : une lutte à mort entre factions opposées qui tâchent de se supplanter par tous les moyens. Lui, Kang Sheng, navigue parmi les récifs, traître en apparence mais de cette traîtrise qui est la fidélité suprême, car il maintient la bonne ligne.

Cette qualité de traîtrise, Chen Lifu la connaît. Et d'ailleurs il se plaît à jouer des schismes, des rivalités, des haines et des remous meurtriers qui déchirent l'insurrection rouge. N'est-ce pas son intérêt que de l'aider à se détruire en prêtant la main à un clan pour en exterminer un autre ? Guerre obscure, implications indicibles, manipulations inavouables, tout cela comble son esprit retors. Il caresse l'idée que le Parti, avec sa judicieuse assistance, de lutte en lutte, se morcellera, se pulvérisera, s'anéantira de lui-même. Une heureuse issue qui amène à ses lèvres un fin sourire.

Kang Sheng qui l'a deviné sourit aussi. Lui croit au contraire que les épurations au sein du Parti servent la cause, même si l'on doit pour cette cuisine infâme utiliser l'ennemi en des collusions temporaires. Parce qu'il faut à n'importe quel prix couper les racines pourries, arracher les rameaux infestés, les excroissances purulentes pour que l'arbre pousse dru et que s'épanouissent les fleurs. Au cours de cette terrible élaboration se révéleront les individus prédestinés qui mèneront à la grande apothéose rouge.

Ainsi donc Chen Lifu et Kang Sheng se reniflent, grands inquisiteurs confrontés... Mais Chen Lifu a comme une prescience des intentions et des projets de Kang Sheng. Tout est toujours plus ou moins dans l'air, des échos, des rumeurs qui sont parvenues, ce que veut Moscou...

Depuis sa fondation, le Parti communiste chinois a toujours été guidé et même dirigé par les émissaires du Komintern. Certains, les officiels, ne se cachent pas, s'installent au consulat bolchevique et se fondent dans la masse des diplomates dûment accrédités qui fréquentent les dignitaires du régime de Tchang Kaï-chek et jovialisent avec eux. Ces personnages ne comptent guère, les individus qui importent surgissent impromptu, exercent un métier recommandable, généralement dans le business et l'import-export, et puis disparaissent. D'autres les remplacent, tous des aventuriers chevronnés, aux identités incertaines, qui ont trempé dans toutes les insurrections du monde. De quel insondable viennent-ils, ces professionnels de la révolte qui ont durci leur âme et leur cœur dans le chaos des soulèvements ?

Des années durant ces agents, qui connaissent mal la Chine, ont apporté de Moscou des ordres incohérents, contradictoires, reflets lointains de la grande confrontation entre Trotski et Staline. Trotski prêchait la révolution à outrance à travers le monde et surtout en Chine, tandis que Staline s'acharnait à implanter toujours plus le socialisme en un seul pays, l'URSS. Vaincu, chassé, Trotski fulmine toujours contre Staline qu'il accuse d'avoir par impéritie condamné l'insurrection populaire chinoise de 1927 à être noyée dans le sang.

Et maintenant ce que veut Moscou, c'est-à-dire ce que Staline veut, c'est que le Parti chinois, tant bien que mal reconstitué, se débarrasse des éléments impurs qui le gangrènent, de ces trotskistes jaunes, solides, dont le but est de s'emparer de toute l'organisation par une révolution dans la révolution. Depuis le lointain Kremlin, on rabâche à Kang Sheng que sa tâche première est d'éliminer ces insoumis par toutes les méthodes imaginables. Les livrer à Chen Lifu, n'est-ce pas une méthode excellente ?

Pomme Bleue écoute ces confidences avec un mélange d'admiration et d'horreur :

— Et tout cela pendant que je t'attendais, seule dans ma chambre, seule dans Shanghaï. Donc, tu les as dénoncés ?

— J'ai fait bien plus, j'ai mis la main à la pâte.

Le face-à-face de Kang Sheng et de Chen Lifu dure toujours. Aux premiers mots de Kang Sheng, Chen Lifu, les yeux mi-clos, a ronronné.

— Les trotskistes, vos trotskistes... Vous me les donnez ? Mais est-ce mon intérêt de les prendre et de vous laisser aller, vous qui êtes un des chefs du Tewu ?

Alors Kang Sheng recourt aux grands arguments :

— Oui, et je vais vous expliquer pourquoi. Si les trotskistes s'emparent du Parti, jamais vous ne vous arrangerez avec eux, en aucune circonstance. Or vous n'ignorez pas que les envoyés de Staline pensent déjà à une coalition reconstituée entre le Parti communiste et le Kuomintang, cette fois pour faire front contre les Japonais qui s'apprêtent à avaler notre pays, ces mêmes Japonais qui menacent la Sibérie sur le fleuve Amour. Tant de choses peuvent arriver... à condition que le Parti chinois ne soit pas aux trotskistes... Réfléchissez. Mes offres ont été étudiées à Moscou. Elles prennent en compte l'avenir.

Chen Lifu a longuement écouté. Tout ce que dit Kang Sheng, ces bruits d'alliance renouvelée sont vrais, comme est très réel l'expansionnisme japonais. Vrai aussi que Staline ne déteste pas le Kuomintang. Enfin, moins qu'il ne déteste Trotski. Dans un premier temps, peut-être serait-il donc habile de relâcher ce Kang Sheng.

— Mais arrangez-vous pour que les trotskistes tombent

très bientôt entre mes mains. Je ne souffrirai pas de retard.

— Dans quelques jours ils seront à vous.

Au-delà du Bund, au-delà du quai de France, commence la ville chinoise, sur l'emplacement même de l'ancienne bourgade endormie dans les siècles que les Barbares avaient découverte voici quatre-vingt-dix ans. Qu'on n'imagine pas un fief misérable et anarchique, les antiques murailles ont disparu, il y a un quai, et des entrepôts, et des magasins, et des temples, et des jardins, et des lions et des chevaux de pierre. Une ville vraiment, avec en son sein le plus étrange des quartiers, une république de tueurs, de voleurs, d'écumeurs de toutes sortes. Ils y vivent selon leurs lois, sous l'égide de la Triade, une société secrète prétendant au patriotisme, qui s'est muée peu à peu en une corporation du mal, dirigée par des hiérarques et des pontifes inconnus. Dans le quartier règne une discipline absolue. Pas de couteaux, pas de revolvers, pas de corps qui s'effondrent, pas de sang ni de tripes, pas de hurlements, pas de faces échevelées, la Triade rend la justice — terribles sont ses verdicts aussitôts exécutés — et impose la paix. Elle se proclame fraternité et en effet elle est une fraternité de truands, des meilleurs sujets du crime. Mais ses élus ne doivent commettre leurs charitables actions qu'en dehors du repaire où se préparent les forfaits dont l'ombre s'étendra sur tout Shanghaï et sur toute la Chine. Jamais la police ne pénètre dans le quartier, jamais.

Désormais la Triade trouve que le monde est très bien tel qu'il est — ses injustices, ses oppressions ne la concernent pas, il lui faut des nantis, des riches, des pontes qu'elle peut dépouiller : kidnappings, pillages et autres violences juteuses assurent sa prospérité. Naturellement pas de politique, pas de révolte, de lutte des classes : la Triade se méfie des communistes et de tous les insurgés. C'est pourtant chez elle que les trotskistes ont trouvé asile, soit que ses très vénérables chefs aient estimé opportun de détenir des rouges au cas où le Parti s'en prendrait à leur organisation, soit, plus probablement, qu'ils aient voulu disposer de quelques têtes à vendre au plus offrant.

Depuis longtemps Kang Sheng s'était avisé que cet acquéreur pourrait être Chen Lifu. Arriva l'occasion… À peine relâché, il a contacté « l'intellectuel » et ses séides, non qu'ils appartiennent ou aient appartenu à la Triade mais jadis ils lui ont rendu de menus services — heureuse accointance qui permet les bons marchandages. Des journées de négociations, des tractations infinies, des tergiversations, des manœuvres de toutes sortes, de bizarres rencontres, des quantités de dollars que Chen Lifu a fait remettre à Kang Sheng qui les remet à « l'intellectuel » qui les remet à la Triade…

Et Pomme Bleue s'explique la joie de Kang Sheng : « l'intellectuel » vient de lui annoncer que la livraison était terminée. Hier soir les trotskistes ont été amenés aux limites du quartier où les policiers de Chen Lifu les attendaient et s'en sont emparés. Ce qu'ils sont devenus… ils ont disparu. Et les journaux de ce matin proclament en d'énormes manchettes que le Parti communiste est décapité ! Et Kang Sheng rit, rit, rit.

La nuit succède au jour et le jour à la nuit. À nouveau pèse la menace car la traque a repris, plus acharnée que jamais. Dans les tortures, les trotskistes ont dû parler et les hordes de Chen Lifu sont lâchées qui flairent les pistes, qui hument le gibier rouge. Chaque matin la presse annonce l'arrestation de camarades éprouvés. Et Kang Sheng se représente le sourire de Chen Lifu, son cerveau en pleine effervescence : ordres, interrogatoires, calculs, douceur, persuasion et supplices, les mêmes procédés mais en grand, en très grand. À cette heure, Chen Lifu sonne l'hallali, pourtant il ne veut plus qu'un homme, un seul, Kang Sheng.

Pomme Bleue est ravagée par la peur. Elle imagine, elle entend les pas lourds qui s'approchent, les coups de poing, les coups de crosse contre la porte, elle voit les faces sauvages des policiers. Et rien ne la rassure, ni les discours apaisants de Kang Sheng, tellement certain que la cache n'a pas été repérée, ni le sexe qui ne fait plus rien oublier. Parfois elle se rebelle, pourquoi son amant la compromet-il ? Pourquoi lui a-t-il montré un avenir doré dans Shanghaï quand il la destinait à l'obscurité d'une piaule misérable et dangereuse ? Elle aussi est communiste ? Mais elle s'en fout des communistes. Elle est actrice, actrice uniquement. Et d'ailleurs elle va sortir de ce trou à rats, abandonner cet assassin de Kang Sheng. Qu'il crève, oui, qu'il crève, c'est tout ce qu'elle souhaite.

Scènes affreuses entre les deux amants. Pour calmer Pomme Bleue, Kang Sheng lui raconte sa vie. Cela commence par un épisode que Pomme Bleue connaît peu ou prou mais dont elle ne se lasse pas : Kang Sheng en Europe. Au début des années vingt, fuyant Zucheng, il était allé à Berlin et surtout à Paris, dans la France merveilleuse, auréolée des grandes légendes de la Révolution et de la Commune. Émoi toujours renouvelé de Pomme Bleue : Paris, la Sorbonne, le Quartier latin, les brasseries, la mousse des bières, l'élégance, les pensées subtiles, l'enthousiasme, la Chine moderne qu'on forge dans les arrière-salles de café… Kang Sheng brode et il enjolive sa rude vie d'« étudiant-ouvrier » qui fréquentait Billancourt plutôt que les Champs-Élysées. Pomme Bleue est subjuguée, surtout quand il en vient au morceau de bravoure, sa rencontre avec Chou En-lai alors dans toute la flamme de sa jeunesse, si beau, si aristocratique et que l'on surnommait déjà le « mandarin rouge ». La fièvre de cette époque… Kang Sheng s'amuse, raconte des manifestations, une marche sur Lyon, des échauffourées, déjà des factions qui se combattent, déjà la police qui pourchasse les jeunes Chinois, expulse les plus turbulents. Pomme Bleue ne comprend pas grand-chose mais ces anecdotes l'ensorcellent.

La vie de Kang Sheng… Tout lettré qu'il fût, il lui restait beaucoup à apprendre. En 1924, sous le nom de Zhao Yun, il est inscrit en sciences sociales à Shangda, une nouvelle université de Shanghaï, située en pleine concession internationale. Un intellectuel prestigieux l'a fondée, il appartient au Kuomintang et accueille volontiers chez lui les communistes. Kang Sheng le taciturne se noie dans la masse des trois cents étudiants, adhère au Parti, s'enivre de cours et de textes, observe, se forme. Dehors la révolte gronde, les grèves se succèdent et les étudiants échappés de Shangda courent dans les quartiers ouvriers, deviennent secrétaires des syndicats qui naissent partout, poussent la ville à l'émeute et à la révolte. Parmi eux, Kang Sheng le méticuleux, le besogneux qui ne répugne à aucune tâche.

À Canton la révolution flamboie. Il y a là une école militaire commandée par un dénommé Tchang Kaï-chek et dont le commissaire politique est Chou En-lai revenu de France, une armée y est née qui maintenant marche sur Shanghaï. À mesure qu'elle se rapproche les Blancs et les capitalistes jaunes tremblent, le Whangpoo est rempli de navires de guerre, canons braqués, des troupes ont envahi les concessions, des Gurkhas chez les Anglais, des tirailleurs annamites chez les Français et combien d'autres détachements. Les forces de Tchang Kaï-chek sont en vue mais étrangement elles s'arrêtent.

Cependant des quartiers chinois montent des bruits de guerre ; Chou En-lai, au milieu des ouvriers et avec tous les cadres issus de la pépinière de Shangda, entraîne le peuple dans l'insurrection. Kang Sheng le rejoint au milieu de la bataille. Des barricades, des combats. En quelques heures les entrepôts, les arsenaux, les commissariats de police, les postes et les gares sont pris, Chou En-lai crée un conseil municipal rouge ; hormis les concessions étrangères, tout Shanghaï est aux mains des prolétaires qui attendent Tchang Kaï-chek.

Et celui-ci n'apparaît pas. En fait, il est en train de négocier sa trahison avec les milliardaires chinois, les consuls étrangers et les affidés de la Bande Verte. Tout à coup ses soldats font irruption et se mettent à tuer, les sbires de M. Du tuent encore plus, sauvagement. Le règne des coutelas, des poitrines fendues, les cœurs arrachés, les yeux crevés, les hommes jetés dans les chaudières des locomotives...

c'était le 12 avril 1927, une date que Kang Sheng répète en tremblant.

— Je n'avais joué qu'un petit rôle dans le soulèvement, poursuit-il, mais cette nuit-là a brûlé en moi une flamme qui ne s'éteindra jamais. Écoute-moi, Pomme Bleue, écoute ce que je vais te dire et peut-être me comprendras-tu. Partout, au milieu de ce qui avait été des ruelles, s'accumulaient des tas pestilentiels auxquels s'aggloméraient des mouches ; des tas de cadavres, Pomme Bleue, avec des membres épars, des boyaux qui sortaient des ventres et des têtes figées dans d'atroces rictus. Et les brutes de Du continuaient à patrouiller, à fouiller chaque maison, à torturer, à étriper, à dépecer. Comment j'ai échappé à cette horreur ? Je me suis caché et puis j'ai profité des fumées de l'incendie et des vapeurs grasses qui montaient des ruines pour sortir de mon trou et me jeter dans un de ces charniers. Avec précaution, j'ai déplacé des corps afin de m'enterrer sous eux. J'ai fait le cadavre, Pomme Bleue, sans regarder, sans penser, les héros morts n'étaient que des charognes qui dégouttaient sur moi. L'odeur... À un moment, un soldat a piqué le tas de sa baïonnette, une fois, dix fois, je n'ai pas été atteint. Autour de moi la viande refroidissait, des bras et des jambes pris par la rigidité cadavérique me frappaient comme si la vie les animait. Enfin les ténèbres ont enseveli cette désolation où gémissaient encore quelques moribonds ; des pelotons fusillaient des rescapés surpris en train de s'enfuir. La lune s'était levée et sa lueur vague m'a permis de distinguer les silhouettes des sentinelles qui surveillaient les reliefs du carnage et je me suis cru fichu. Soudain il y eut des voix, une animation, un remue-ménage : Tchang Kaï-chek entouré de son état-major venait inspecter les lieux de son triomphe. En fixant l'attention des soldats, il m'a sauvé. Je me suis dégagé des dépouilles qui me recouvraient et je me suis mis à ramper très silencieusement, centimètre par centimètre, refaisant le macchabée à la moindre alerte. Il m'a fallu des heures pour atteindre le Whangpoo, je me suis glissé dans l'eau et j'ai nagé jusqu'à l'autre rive. On a tiré sur moi, mais une fois encore je n'ai pas été touché. J'étais si épuisé que je ne sais même plus comment j'ai réussi à grimper jusqu'au sommet d'un quai, à me redresser, à me retourner pour regarder le Bund. Ce que je sais, c'est que j'étais résolu et qu'une lutte à mort commençait.

Après le massacre d'avril se sont installés des temps effrayants. Tchang Kaï-chek règne et déjà Chen Lifu sévit. Dans cette Shanghaï ennemie combien seul est Kang Sheng. Tombées toutes les places ouvrières, décimés les militants, exterminés les camarades les plus braves qui ont tenté de résister et de continuer le combat, et pourtant les vainqueurs n'ont qu'une obsession, anéantir, anéantir toujours plus. La métropole est passée au peigne fin et les prisonniers avouent n'importe quoi, ils dénoncent en inventant mais dans leurs paroles il y a des bribes de vérité. Et le Parti manque disparaître. Ne subsistent que quelques rares camarades, terrés dans des gîtes précaires et qui redoutent à chaque instant d'être surpris. Kang Sheng s'est habillé en petit-bourgeois élimé, en employé soumis, en serviteur modèle de l'argent des autres, un de ces êtres décents et étriqués complètement dominés par les registres et les chiffres de la richesse. Plusieurs fois il a été interpellé mais il a pris une mine si miteuse et si obéissante qu'on l'a laissé aller comme un utile rogaton, comme un bon néant.

C'était encore trop risqué. Kang Sheng décida de quitter Shanghaï où la répression s'amplifiait toujours. Vêtu de loques, il s'enfuit à la campagne, près de Suzhou, dans cette région coupée de canaux charmants dont les poètes vantent le paysage depuis des siècles. Il se propose comme journalier à des paysans indifférents aux massacres et aux tueries qui se sont déroulés si près d'eux. Les paysans regardent les mains de Kang Sheng, mains raffinées et sans cals, qui manifestement n'ont jamais travaillé la glèbe. Ils se doutent bien que c'est un rouge traqué mais comme sa tête n'est pas mise à prix ils ne le livrent pas aux autorités, ils le font juste travailler pour rien, un bol de gruau par jour. Sa tâche consiste à porter un baquet de merde et à parcourir les champs en y répandant à la main « l'or liquide » pour la bénédiction des prochaines moissons. Il dort avec les bêtes et lui-même devient une bête.

Cette peau tannée, ces traits sauvages... qui reconnaîtrait Kang Sheng dans ce rustre ? Il peut voyager, aller par exemple à Moscou, il peut surtout rentrer à Shanghaï.

La cité n'a jamais été aussi gaie, les étrangers pavoisent, flonflons et bals, les milliardaires chinois ont encore enflé, jamais le business n'a été aussi florissant. Les menaçantes silhouettes grises des bâtiments de guerre ont disparu, les régiments de Gurkhas et de tirailleurs aussi, et les grands sikhs à barbe et à turban règlent le flot des voitures au capot interminable. Sur le Bund, Big Ching, la grande horloge, a repris son tic-tac impérieux. Partout des portraits de Tchang Kaï-chek. M. Du, le chef de la Bande Verte, est traité comme un héros.

Aussitôt, sous la houlette de Chou En-lai, Kang Sheng se met à l'œuvre : découvrir des survivants du Parti, reconstituer des cellules. Et cela malgré la police, certes moins apparente mais toujours omniprésente. Pour circuler sans éveiller de soupçons, Kang Sheng se fait tireur de pousse, un métier de gueux, métier terrible, bon pour les meurt-de-faim. Il faut s'atteler entre les brancards et de toute sa force courir à un rythme égal tout en tirant derrière soi la « voiture à gens ». Très vite Kang Sheng ressemble à l'un de ces malheureux, la figure hérissée de poils fous, l'expression stupide, les yeux injectés de désespérance, le corps presque nu, les côtes saillantes, les mains décharnées et les pieds comme encroûtés de corne. L'un d'eux...

Comme eux il supplie dès que s'approche un client possible, il bredouille d'une voix coasseuse pour racoler les gens qui tournicotent autour de son engin. Si ce sont de « petits Blancs » il jargonne, il grogne pour faire croire qu'il a compris l'adresse qu'on a jetée et il n'hésite pas à se battre avec ses concurrents qui eux aussi proposent leurs services. Mêlées, rixes, et surtout cris sauvages entre les loqueteux qui attendent près de leurs véhicules enchevêtrés. Cela vaut la peine de se chamailler pour s'emparer de ces Barbares qui, même les plus humbles d'entre eux, des rien du tout dans leur monde, sont d'honorables « chiens puants ». Kang

Sheng sait y faire. Dès qu'il en a attrapé un, mâle ou femelle, il détale avec sa charge et se met à trotter à travers rues et artères, n'importe où, dans une errance interminable. À moins qu'il ne tombe sur des « anciens » de la cité, des « Shanghaïlanders » à qui on ne la « fait » pas. Les femelles glapissent, les hommes donnent des coups de canne pour le ramener sur le bon chemin, à l'arrivée il réclame un prix exorbitant, on lui lance une piécette, il gueule encore plus, jusqu'à ce qu'un flic se pointe. Alors Kang Sheng se tait et déguerpit. L'affaire en or, c'est l'étranger de passage. Celui-là on l'égare pendant des heures, on l'emmène dans des quartiers lointains et enfin, tour à tour hurlant et implorant, on en obtient un billet crasseux.

Les tireurs de pousse, même les plus chétifs d'apparence, ont une vigueur incroyable. Et ils en ont bien besoin quand ils embarquent des Chinois, le cas le plus fréquent. Que ne charrient-ils pas ? De gros poussahs, de grasses commères qui chiquent le bétel, de jolies putes criardes, des employés à lunettes et parfois une famille entière avec enfants et provisions. Comme on s'empile, comme on crie « plus vite, plus vite », ces voix âpres, exigeantes, ces piaillements... Au départ une discussion, des trépignements, des imprécations, le tireur de pousse rabâchant son prix jusqu'à l'accord. Quand il s'arrête, qu'il baisse les brancards et tend la main pour recevoir la somme convenue, quelques liards, nouvelle dispute, du théâtre avec gesticulations et hurlements, une débauche d'arguments, une frénésie de phrases, presque une bataille. Kang Sheng a appris à se conformer aux simagrées de la profession, il reste un bloc calamiteux mais obstiné, tenace, face à ce hourvari où pleuvent insultes et accusations. Enfin au terme du procès on lui lâche une poignée de sapèques. Il s'indigne, prend à témoin le ciel et la terre, gémit devant l'assistance, en vain, tellement en vain. Lassé il s'offre une soupe aux nouilles, s'accroupit quelques instants pour manger. Et puis il recommence sa quête, bénissant le sort quand il lui accorde un gentleman qui lui bottera les fesses ou une lady gloussant élégamment son indignation. Le soir, s'il lui reste quelques pièces, comme il est de règle dans la corporation il les joue. Il se joint à quatre ou cinq tireurs de pousse dans une ruelle, auprès d'une lampe à huile dont la mèche grésille, misent leurs gains comme des nababs dans une partie de cartes ou de dominos. Quelle intensité dans la passion ! Une sorte de bonheur souvent ponctué de bagarres où il oublie ce qu'il a forcément vu dans la journée, un tireur de pousse qui s'effondre écume aux lèvres, sa cargaison qui s'éclipse furieuse, tandis que l'homme meurt dans l'indifférence du monde.

« Place, place », crie le tireur de pousse à la foule pour qu'elle s'écarte et lui livre passage, à lui le coolie aux foulées régulières et rapides, le coolie remorquant un « rickshaw » rempli d'individus à la face béate de confort. « Place, place », et en effet la cohue innombrable se fend devant le tireur de pousse à la respiration sifflante. « Place, place », et malédiction si l'élan se brise sur un obstacle, un agent qui règle la circulation, une belle automobile où s'épanouissent les richards qui ont fait blinder leur voiture par peur d'un kidnapping. Le tireur de pousse se moque de ces accidents-là qui n'arrivent qu'aux milliardaires ; son obsession, c'est de n'avoir jamais à ralentir ou à s'arrêter car repartir est toujours plus dur. « Place, place », gronde Kang Sheng toutes les quinze ou vingt secondes. « Place, place », et ses jambes semblent des bielles, « place, place » et sa course paraît réglée pour l'éternité. Mais parfois il s'accorde un bref repos, il immobilise son rickshaw, décharge son bétail humain, s'installe à la place des passagers, et grille une cigarette pour réfléchir.

Ces pauses ne sont pas de hasard. Au bout d'un moment, précautionneusement, il abandonne son véhicule ou le confie à la garde d'un gosse, et puis il entre dans une maison, souvent un taudis où il recherche un certain homme. S'il ne trouve pas l'individu, si on ne le connaît pas, il prend son sourire idiot et se retire très vite. Mais généralement le personnage désiré est là. C'est un rescapé des massacres, Kang Sheng s'assure de son état d'esprit, et s'il juge que c'est un homme sûr il lui donne ses instructions, que ce rouge bon teint retrouve très discrètement les camarades du quartier et qu'il reconstitue avec eux une cellule. Bientôt Kang Sheng dispose d'une vingtaine de ces cellules embryonnaires à travers l'agglomération, il établit un réseau, il reconstruit le Parti. Partout la même consigne, s'organiser, juste s'organiser, trouver des caches, surtout ne pas se signaler au voisinage, ne pas faire de propagande, se méfier et, entre eux, se critiquer, s'autocritiquer, rétablir la loi et la ferveur. Déjà Kang Sheng a repéré ceux qui, plus tard, seront des cadres, des espions, peut-être des tueurs. Mais d'abord, comme la chair blessée se cicatrise, que les stigmates de la défaite s'effacent peu à peu. Refaire le moral. À plus tard la bataille, bien plus tard. Ainsi Kang Sheng, lamentable tireur de pousse, se livre-t-il à un gigantesque travail de thaumaturge.

Il tombe malade. Chaque respiration est un supplice, il étouffe, la poitrine le brûle, il se met à tousser, à cracher, il est mangé par quelque pneumonie ou par la tuberculose. S'il avait été un vrai tireur de pousse son destin aurait été tout tracé, s'écrouler et rendre l'âme, négligé, ignoré de tous. Mais Kang Sheng le faux coolie a des relations : dans un district de petits-bourgeois il connaît un camarade médecin. La sentence est sans appel : que Kang Sheng se retire au calme absolu, qu'il ne s'occupe plus que de se soigner. Sinon il mourra, et ce ne sont pas ses âmes errantes qui rendront service à la cause.

La nécessité, Kang Sheng s'y soumet avec rage. Être obligé de s'anéantir dans l'inaction pendant des mois, n'être plus qu'une chose végétative, qu'un animal blessé qui hiberne, qui s'ensommeille en se confiant au temps réparateur, quelle trahison, quelle dérision ! Lui qui si méthodiquement est en train d'emmailloter Shanghaï dans des langes rouges, il doit s'en aller, pis, risquer l'oubli quand il guigne l'auréole des héros. Et quelle situation trouvera-t-il à son retour ? Qui se sera emparé de son œuvre ?

Kang Sheng suppute, calcule, compte et recompte les grands dirigeants ou ce qu'il en reste. Moscou est revenu sur les consignes trop prudentes qui avaient permis à Tchank Kaï-chek de se retourner et Staline a prescrit l'attaque, l'assaut, l'aventurisme. À cause du Kremlin les cadres du

Parti et leurs derniers fidèles se sont précipités dans des conspirations sans espoir. Un série de catastrophes. Les quelques troupes communistes qui stationnaient encore à Wuhan ont été exterminées par les Seigneurs de la Guerre qui pendant un certain temps s'étaient alliés à elles. La tête des soldats rouges au bout des piques, la population exubérante, et Borodine, le conseiller soviétique, mis dans le train... Puis Chou En-lai a failli être capturé au cours d'un pronunciamiento à Nanchang, une forteresse au sud du fleuve Bleu. Tout avait été calculé, arrangé pour que la garnison se soulève mais seules quelques unités se sont révoltées et le gros des troupes a, au cours d'une bataille, anéanti les mutins. Chou En-lai a dû s'enfuir, il a erré des semaines, traqué, marchant de nuit, manquant plusieurs fois d'être pris avant de s'aboucher avec des pêcheurs qui l'ont conduit à Hong Kong où la Sûreté britannique l'a interrogé.

Mais l'horreur, c'est Canton qui était retombé sous la coupe des reîtres et des mercenaires. Avec Liu Shaoqi comme chef, quelques milliers de communistes se sont jetés sur la cité et ont tué les riches, les nantis, les gros, les « gras », les tenants du Kuomintang. Incendies, lourdes fumées, ruisseaux de sang, cela avait duré jusqu'à ce que les régiments fidèles à Tchang Kaï-chek massacrent les massacreurs, dans un comble de cruauté, une orgie fantastique où l'on trucidait tous les pauvres, tous les coolies et tous les gens du peuple. L'hécatombe, les rues jonchées de cadavres, les détonations, les exécutions à la va-vite, au hasard, la haine, toutes les haines, Canton devenu un charnier. Dans la crainte d'une épidémie on avait fait venir par centaines de la campagne des charrettes aux grandes roues qu'on remplissait de corps et qui étaient bientôt déversées dans la rivière des Perles ou dans des fosses communes. La rivière des Perles pleine de macchabées gonflés et la noria de ces charrettes maudites... Était-ce cela la Révolution ? Une cité où tout avait été exterminé, les gens d'un camp et les gens de l'autre camp. Par miracle Liu Shaoqi s'était échappé et il était désormais pourchassé à travers la contrée.

L'aventurisme... On avait alors entendu parler d'un

camarade obscur, un certain Mao Zedong. Permission lui avait été donnée par le Comité central de lancer la campagne de la Moisson d'Automne dans sa province natale de Hunan, au cœur de la Chine. Il devait soulever Changsha et les autres villes mais cela avait lamentablement échoué. Mao s'était retrouvé dans les monts Jinggang avec quelques centaines de paysans. Et dans cette sylve sauvage il avait fondé un soviet. Comment pouvait-on faire le « grand soir » avec des culs-terreux ? Mao avait persisté et même la chance avait voulu que la dernière troupe communiste existante, forte de deux mille soldats et commandée par un ancien fumeur d'opium du nom de Zhu De (Chu Teh), le rejoigne.

Au nom de Mao, Pomme Bleue a sursauté : Yu Qiweï déjà lui avait parlé de cet illuminé, Kang Sheng, lui, exècre cet hérétique, ce schismatique. Lorsqu'il s'épuisait dans Shanghaï à reformer un vrai Parti, il croyait être la seule chance des rouges en Chine et il n'imaginait pas que Mao puisse en être une. Décidément quelle malédiction que de tout abandonner à cause de sa santé !

Ayant repris sa tenue de civilisé Kang Sheng regagna son Shandong natal et il s'installa dans un yamen confortable au bord de la mer. Là, des semaines durant, il dort... Des médecins, des infirmières, le calme et la beauté de la nature... Jamais il ne pense parce qu'il est homme de discipline et qu'il lui est interdit de cogiter. Peu à peu, une vigueur lui revient, sa fièvre tombe, ses douleurs disparaissent, ses lésions aussi. Au bout de six mois, il est convalescent. Son repos forcé lui sert au moins à se composer un personnage utile, celui du Monsieur charmant aux opinions convenables. Il fréquente la bonne société de Tsingtao ; sémillant, séduisant, lettré subtil et de plus indéfectible partisan du Kuomintang, sans doute même un agent secret de Tchang Kaï-chek, qui pourrait le prendre pour un rouge ? Mme Yu ne jure que par lui.

À Shanghaï tout va mal. Kang Sheng apprend par ses agents que le Parti a reçu l'ordre d'attaquer les bâtiments publics et de commettre des attentats. Aussitôt pourrissement, rivalités internes pour savoir qui dirigera les opérations, l'offensive est un fiasco ridicule. Peut-être y a-t-il eu trahison... Résultat : une vingtaine de camarades cueillis au saut du lit, interrogés, la plupart liquidés, quelques-uns retournés. Et les hommes de Chen Lifu ont saisi dans un repaire les documents du Parti, les registres, les correspondances, les mots d'ordre, les tracés des itinéraires les plus précieux. Arrestations, arrestations. Anglais et Français se joignent à la curée, les Rosbifs dans leur concession s'emparent d'un secrétaire du Parti, les Grenouilles capturent dans la leur un membre du Comité central. L'un et l'autre de ces dignitaires sont dûment remis à Chen Lifu, cela va sans dire. Il est temps que Kang Sheng reparte pour Shanghaï.

Il arriva qu'à Tsingtao Mme Yu couvait de ses grâces minaudantes un jeune homme de Shanghaï habillé avec une élégance suprême et qui avait toutes les séductions. Ce jeune homme exquis était le neveu du banquier Cao Xiaqing et Kang Sheng, flairant une opportunité, entreprit aussitôt de se lier avec lui. Tous deux avaient rapidement pactisé. Le chérubin confia à Kang Sheng que son digne parent recherchait un secrétaire privé.

— Mon oncle n'est pas commode, avait-il ajouté. Jusqu'à présent il n'a trouvé personne qui lui agrée, mais si la place vous convient je vous recommanderai.

La concession française de Shanghaï, l'avenue Joffre, une énorme grille, des gardes du corps dans l'ombre, des molosses silencieux, un labyrinthe, des cours, un silence peuplé... Quelques jours plus tard Kang Sheng se présente à Cao Xiaqing, le milliardaire des milliardaires qui est pour lui l'archi-ennemi. Le massacre des rouges à Shanghaï en avril 1927, c'est son œuvre : il a rallié les banquiers et les négociants jaunes à la solution de l'extermination. Les plus puissants de ces magots, une dizaine en tout, il les a rassemblés et il a fait comparaître devant eux un Tchang Kaï-chek gagné par la haine envers ses alliés communistes mais encore hésitant. Le persuader... On lui accorde un prêt de trois millions de dollars pour qu'il rétablisse l'ordre, en clair pour qu'il convainque ses soldats

— les soldats du peuple — de se retourner contre le peuple. Cao Xiaqing est le maître de ces négociations. Il a ménagé au Généralissime un entretien avec M. Du, le chef de la Bande Verte. M. Du et le Généralissime ont refait connaissance — autrefois Tchang Kaï-chek, jeune officier à la recherche de la fortune, avait fricoté avec un M. Du à peine sorti de l'égout... Retrouvailles, accordailles, il en était résulté cette tuerie à laquelle Kang Sheng avait échappé de si peu.

Cao Xiaqing... Le Chinois le plus influent de Shanghaï. Comme beaucoup de banquiers de la ville, comme Tchang Kaï-chek, il est né dans la province voisine du Zhejiang, à Ningpo. Ses débuts sont enveloppés dans la nuit. Tout jeune il est parti à la conquête de la cité qui émergeait de la boue. On raconte qu'il a été « boy » dans une famille anglaise, ce qui lui a donné quelques manières, on sait qu'il a été pris en main par ses compatriotes du Zhejiang. La puissance des gens de Ningpo, leur sens du clan, des réseaux, leur génie de l'argent... Pour les Barbares qui ne comprennent rien aux méthodes chinoises, ils sont des intermédiaires obligés, bientôt des interlocuteurs, presque des rivaux. Cao Xiaqing là-dedans ? Un débutant, un commis rusé, roublard, qui apprend toutes les ficelles du négoce dans les banques chinoises. Ce n'est pas assez. Pour se frayer une voie royale vers la suprême opulence et la suprême considération, il faut s'attirer les bonnes grâces des firmes étrangères, s'y infiltrer, être un employé fidèle et retors, qui les sert et se sert au passage. Cao Xiaqing devient un compradore modèle, il achète et revend superbement pour le compte des Blancs qui, dans leur arrogance, ne voient pas son étoile monter. Les commissions valsent, enflent, s'accumulent, la danse des taels, des millions de taels. Cao Xiaqing investit dans des compagnies de navigation, Cao Xiaqing fonde une banque, Cao Xiaqing domine la Guilde de Ningpo, Cao Xiaqing dirige la chambre de commerce, il négocie avec les Blancs d'égal à égal, Cao Xiaqing est un roi.

Quelles alliances, quels forfaits cette gloire recouvre-t-elle ? Qu'ont transporté les vaisseaux de Cao Xiaqing ?

Des soies ? De l'opium ? Des armes ? Le grand business allié à la grande flibusterie, dans un enchevêtrement de tractations avec des gens de mauvais et de bon aloi, brigands, Seigneurs de la Guerre, négociants célestes et *merchants* britanniques, c'est toute l'histoire de Shanghaï et Cao Xiaqing en est le parfait symbole. Il est le ponte des affaires à l'odeur exquise, accompagnées de ces nécessaires auxiliaires que sont le « racket » et le « squeeze ». Jusqu'où son influence ne s'étend-elle pas ? Des basses-fosses secrètes du crime jusqu'aux frontons superbes du *trade*. Avec là-dessous des milliers et des milliers de combinaisons désormais honorables, dignes de la Légion d'honneur et de l'ordre de la Jarretière.

Cao Xiaqing... Avec l'âge, il a aussi engrangé de la graisse, une monstrueuse quantité de graisse et sa majesté est accablée par ce mal implacable, l'ennui... En son énorme magma, il est saturé de tout ce que peuvent apporter l'argent et la puissance, il est au-delà des jouissances et même des passions. Faire obéir, faire trembler, faire rapporter, faire tuer, tout cela il l'a usé. Au seuil de la sénilité les Célestes, craignant de s'abîmer dans le néant des sensations, s'adonnent à la luxure, mais Cao Xiaqing a dépassé tout désir de volupté. D'autres ancêtres se consacrent à la « fumée noire » qui apporte le rêve au sein d'une lucidité exaspérée, mais Cao Xiaqing n'a pas besoin de drogue pour, de son empyrée, prendre les décisions nécessaires au bon fonctionnement d'intérêts dont le jeu ne l'amuse plus. À peine s'il fume parfois quelques pipes, pour le rituel essentiellement.

Dégoûtation. Il se sent comme une vesse, qui grossit, grossit toujours. Sa seule appétence serait, au terme de sa vie, de rencontrer une intelligence digne de la sienne. Parler enfin et dire la vérité. Mais la vérité de Cao Xiaqing est inaccessible aux hommes qui l'entourent, êtres ordinaires, des courtisans, des flagorneurs, des animaux de bât ou de petites bêtes de proie, des renards, des belettes, des fouines.

Et Kang Sheng se révèle être ce confident tant espéré, Kang Sheng qui de prime abord n'a vu en lui qu'une écœurante montagne de saindoux, puis qui a senti le tranchant du regard, une oblique inquiétante. Sans même l'interroger, la masse de suif lui a demandé d'écrire une lettre à Tchang Kaï-chek annonçant un versement de cent mille dollars pour son mouvement de la « vie nouvelle » :

— Une imbécillité, mais il importe de complaire. Surtout insistez bien sur le fait que je ne désire rien en échange.

— Aucune requête ?

— Non. Le Généralissime refuse toujours d'octroyer quelque faveur que ce soit. C'est un juste, un saint... Cette vertu ne me gêne pas, j'obtiens tout ce que je veux par son entourage dont il ignore la corruption.

— Un saint gouverne mal.

— Et comment ! Drapé dans son honnêteté, Tchang Kaï-chek ne voit pas que la Chine se décompose sous ses pieds. Le pire, c'est qu'il n'arrive pas à se débarrasser des communistes, son Chen Lifu n'est qu'un bureaucrate. À propos, que pensez-vous des rouges ?

— Une abomination. Leur rêve de pureté est une utopie mortelle.

Ces quelques mots ont suffi. L'utopie de la pureté, voilà une notion plaisante pour Cao Xiaqing, le potentat qui en était resté à la guerre entre nantis et démunis : Kang Sheng est engagé. Et bientôt Cao Xiaqing ne peut plus se passer de lui, de sa suavité, du délié de ses phrases, de ses reparties, de sa gaieté, de son cynisme qui décape tout. Délicieux Kang Sheng ! Comme il sait aller au-devant des pensées de Cao Xiaqing quand celui-ci se referme sur lui-même, en proie à une mélancolie, comme il s'insinue, devine ses hantises, les chasse par le rire ou la consolation. Il amuse, complimente, bientôt ose proférer de légères critiques, donner un conseil, indiquer une solution, raffinant dans ces arts du méandre où Cao Xiaqing se croyait inégalable.

Le tas de graisse se porte bien et Kang Sheng en extrait les secrets de la finance et de la politique. Surtout il apprend de lui que pour réussir et culminer, on doit embrasser, prévoir, labourer le champ des hypothèses et se déterminer avec une férocité bien calculée.

Chez ce Cao Xiaqing de tous les pouvoirs et de tous les

profits défile, comme des putes offrant leurs charmes, tout ce que Shanghaï, au pinacle de sa prospérité, compte de puissants. Orgueil, prétention, honorabilité fondent devant lui à la perspective de quelque combinaison. Les contorsions de T.V. Soong, le beau-frère de Tchang Kaï-chek ! Cao Xiaqing ricane avec Kang Sheng qui le pateline toujours plus, répète que le Généralissime est un idiot et que la Chine pourrit sous lui. Mais le business va. Quand les Japonais attaqueront, le business ira encore mieux. Leçons de choses...

Pour la première fois, Kang Sheng entend parler de Mao comme d'un possible détenteur de l'avenir.

— Les Nains, médite Cao Xiaqing, qui grignotent déjà tout le nord du pays, voudront bientôt dépecer la Chine entière, et d'abord Shanghaï. Tchang Kaï-chek jouera le résistant, le héros, il a déjà des millions de soldats que j'arme, mais ses troupes sont médiocres. Alors devra-t-il s'allier avec les rouges contre les Japonais ? Pour les rouges, je ne prévoyais que l'extermination. C'était presque fait, ce n'est pas fait. Ils seraient perdus s'il n'était apparu chez eux un rustre qui m'inquiète, un certain Mao Zedong : les causes ne valent que par les hommes qui les propagent et ce manant-là est de la race des manants qui ont modelé la Chine. Nous devrions le faire assassiner mais c'est difficile, sa base est en pleine forêt. Et depuis des mois il résiste à tous les assauts que Tchang Kaï-chek a lancés contre lui.

Kang Sheng se garde de rappeler à Cao Xiaqing qu'il a fourni du matériel, un peu, très peu, à ces rouges qu'il exècre — les affaires sont les affaires et les clients, même pauvres, des clients — mais il songe. Mao, l'homme à abattre ? Dans la bouche de son patron, c'est une louange. S'en souvenir.

Pour l'heure, l'intéresse plus un commensal de Cao Xiaqing, un être froid au visage intense, une énigme revêtue d'une robe de soie qui cache, dit-on, un corps entièrement tatoué de dragons, M. Du. Autant qu'il le peut, M. Du a nettoyé sa caque. Il n'arbore plus de diamants trop gros, des professeurs l'ont civilisé. Outre le Grand Monde, il possède quantité de firmes et collectionne les places dans les conseils d'administration, le *Who's Who* le cite et les Français l'ont nommé conseiller municipal de leur concession, tout cela en récompense de son « honnêteté ».

Très jeune M. Du avait été recruté par la Bande Verte, la mystérieuse organisation aux ramifications innombrables enlaçant Shanghaï. Tueur méritant, il avait grimpé dans la hiérarchie et séduit un dirigeant, Huang le Grêlé, un trafiquant d'opium à l'ancienne mode. Merveilleuse association... Cependant la Bande Verte s'attardait dans un gangstérisme fâcheusement réprimé par les autorités étrangères. M. Du comprit que les pratiques de la Bande étaient surannées et qu'il serait intelligent de la transformer en une « Société de Protection », c'est-à-dire qu'elle vendrait sa « protection » comme une marchandise hautement tarifée. Évincé avec tact — Huang fut promu chef des inspecteurs chinois de la police française —, la paix régna dans la concession et les bénéfices furent énormes : qui aurait osé ne pas payer ?

En écoutant ce récit, Pomme Bleue a bondi :

— Et tu as supporté sa présence, toi que ses hommes ont failli égorger en 1927 ?

— Cao Xiaqing avait une telle confiance en moi qu'il ne m'éloignait pas quand M. Du venait. Et leurs rencontres étaient instructives ! Elles m'ont appris qu'en Chine tout s'associe et que chaque association est à la fois impalpable et pesante. Les sommets des institutions se perdent dans les nuages. Qui commande ? Qui obéit ? Il y a toujours des forces obscures... La Bande Verte... Cao Xiaqing m'en est apparu comme le génie tutélaire, Du n'étant que son instrument, mais était-ce certain ? Il y avait des milliardaires étrangement associés et d'autres étrangement assujettis, tant de liens, tant de rites, la loi ancienne de la Chine et la loi nouvelle de l'Occident bizarrement ajustées... Et tu t'étonnes, Pomme Bleue, que cela m'ait fasciné ?

Être le serpent doré lové dans l'antre des « ennemis modèles » du communisme, tel était le sublime rêve de Kang

Sheng. Cao Xiaqing, M. Du, quels atouts pour un homme qui se voulait grand révolutionnaire ! Qu'importait que sa percée fulgurante fût semée d'embûches et de périls, afin d'assurer son règne, il était prêt au pire.

Pour les voyous, les clandestins, les révolutionnaires, la concession française était un havre : les Français s'acoquinaient volontiers avec les Célestes, savaient fermer les yeux à bon escient et cultiver les vices des indigènes, enfin les vices recommandables qui font de judicieux placements. Parmi eux, beaucoup de Corses, les uns flics, adjudants, douaniers, les autres barbeaux et truands, mais tous sensibles sur le point d'honneur et solides techniciens des « affaires d'hommes ». Le grand ami français de M. Du était le chef de la police, un insulaire évidemment, M. Poli. C'était un fieffé marlou à la mince moustache, les cheveux rares, rejetés en arrière, l'accent rocailleux, le ton un peu crapulard qui met en valeur les politesses, le regard foncé, quelquefois sévère, presque toujours enjôleur. Justement fier, savamment coquin, averti de tout, Poli, un ancien de la colonie qui s'y retrouvait même avec les Chinois et leurs chinoiseries, frayait avec tout le monde, sauf avec les fâcheux qui « ne comprenaient pas » et les arrogants. L'arrogance, il ne supportait pas.

Kang Sheng, le collaborateur si dévoué de l'inestimable Cao Xiaqing, ne pouvait que lui plaire. Bientôt il lui promit une carte d'identité barrée d'un filet tricolore, en échange de quelques tuyaux. Informés MM. Cao et Du conseillèrent à Kang Sheng d'accepter. Et Kang Sheng de balancer des gens de toutes sortes, petits voleurs, petits salopards et aussi quelques petits rouges qui ne lui convenaient pas. Amitié, amitié, le document, dûment exhibé, permet à Kang Sheng d'aller dans tous les coins et recoins, dans les commissariats et jusque dans les prisons. De la concession il fait son chef-d'œuvre, un cimetière pour les rouges qu'il n'aime pas, un paradis pour les « bons éléments » qui commencent à pulluler. Hélas, Poli est, comme d'ailleurs tout bon policier, du genre donnant, donnant : il chasse entre autres le gros gibier communiste et il reproche à Kang Sheng de ne lui apporter que du fretin. Pour l'encourager, il lui détaille tout ce qu'il mijote en association avec le Kuomintang et les Anglais. Kang Sheng, au carrefour de tous ces jeux et contre-jeux, pousse encore et encore ses pions. Mais il se trouve que trop souvent les opérations où il s'associe avec Poli tournent étrangement. Suspicions du super-flic, enquêtes... Toujours est-il qu'un soir vient sur le visage de Poli une expression curieuse lorsqu'il rencontre Kang Sheng dans un bar :

— Quelquefois je me demande si tu ne m'as pas un peu mené en bateau ?

— Vous ? Ce n'est pas possible.

— Tu as raison, ce n'est pas possible. Alors, buvons le verre de l'amitié. Champagne...

Coupe sur coupe. Poli est un homme qu'aucune boisson n'entame, mais Kang Sheng commence à vaciller. Avec un sourire amical, Poli s'inquiète :

— Tu as la nausée ? Rentre donc, mes agents vont te raccompagner chez Cao Xiaqing. Allez, serrons-nous la main. Et sois tranquille, il ne t'arrivera rien en cours de route. Après... Tu verras bien.

La demeure de Cao Xiaqing, le silence, le parfum poivré et douceâtre de l'opium. Le banquier est allongé sur un divan, taciturne, avec la physionomie béate de ceux qui viennent de fumer beaucoup de pipes. Il regarde tendrement Kang Sheng :

— Couche-toi à côté de moi et adonne-toi à la bonne drogue, qu'elle nous apporte la paix. J'ai eu du chagrin... Tu es pour moi comme un fils.

Kang Sheng aspire une bonne bouffée. Il n'a pas peur et cependant il sait qu'il a été percé à jour, que Poli a prévenu Cao Xiaqing et que tout à l'heure les séides de la Bande Verte surgiront pour le poignarder. La mort ne l'effraie pas mais il regrette de disparaître obscur, une cheville au service du Parti et qui sera vite oubliée. À moins que... Cao Xiaqing soupire :

— Parfois il faut sacrifier un fils, quand il est félon. Et de plus grand félon que toi, il n'y en a pas. Je t'aimais et tu étais mon ennemi.

Grésillement des fourneaux, le chuintement des salives, Kang Sheng à son tour rompt le silence :

— En arrivant ici, je vous haïssais. Et petit à petit je me suis mis à vous admirer, à vous aimer. Je n'ai jamais rien fait qui puisse directement vous nuire.

— Mais tu servais une cause que j'exècre.

— Je suis communiste avant tout et je ne me renierai jamais.

— Tu n'as pas besoin de me le dire. La seule sentence possible contre toi est la mort. Elle serait horrible si je te livrais à M. Du. Eh bien, je ne te dénoncerai même pas au Kuomintang…

— Dénoncez-moi. Grâce à vous, et à ce que j'ai appris auprès de vous, j'ai bien servi le peuple. Cela se paie.

Cao Xiaqing contemple Kang Sheng :

— Je suis épuisé et je n'ai plus envie de rien, sauf de ce suprême luxe, te laisser la vie. Pars, pars à jamais. La maison n'est pas gardée.

— Je ferai la révolution…

— Peu me chaut… Je suis déjà entré en agonie. Mes dernières pensées seront pour toi qui m'as trahi. Tu croiras transformer le monde et toi aussi tu sombreras dans le néant. Le trou dans la terre, il n'y a que cela. Souviens-t'en quelquefois, si d'aventure tu penses à moi.

Tisonner l'amour par le sang… Longtemps Kang Sheng a parlé et Pomme Bleue est immensément flattée de ces confidences. Qu'il se dévoile ainsi, qu'il s'étale dans sa ruse et sa cruauté, c'est bien la preuve qu'elle lui est indispensable. Un compagnon d'armes ? Pas vraiment. Elle aurait trop peur et ce rôle est dévolu à l'épouse, Xiao Ling, la subalterne méprisée pour sa docilité même, pour son héroïsme sans faille. Non, Pomme Bleue est une fée, la femme adorée qui plane au-dessus de la mêlée, celle qui n'est pas engluée dans l'action mais qui peut en comprendre les beautés. Griserie... Un manipulateur de destin comme Kang Sheng la projettera dans la lumière tandis que lui, souterrainement, accomplira son œuvre. Il suffit de lui rappeler ses promesses et d'abord de l'écouter se vanter.

Déjà Kang Sheng a embrayé sur un homme qui l'inquiète beaucoup, un certain Joli Cœur. Le nom fait sourire Pomme Bleue, à la grande irritation de Kang Sheng :

— Ne ris pas, c'est un monstre. Il a entortillé tout le monde, mais je suis sûr que ce type est une saloperie absolue. S'il ne tenait qu'à moi, il aurait été liquidé depuis longtemps. Au lieu de cela, il se pavane, on lui confie de plus en plus de responsabilités, on ne jure que par lui. Il est bien plus qu'un tueur accompli, c'est un égorgeur comme tu n'imagines même pas qu'il en existe.

Joli Cœur... Un grand et beau garçon, bâti en force, les yeux toujours gais, le sourire éblouissant, un être d'une vitalité extraordinaire, dionysiaque, qui aime la vie, les plaisirs, les femmes, le vin, et plus encore le meurtre. Il opère lui-même. Une main qui grippe le cou, l'autre qui maintient le corps, il étrangle artistiquement sans que la victime puisse résister, presque sans qu'elle s'en aperçoive... L'étau, la respiration qui s'arrête, les yeux révulsés et puis le silence. Il sait aussi lancer un couteau de façon à percer le cœur et quand c'est nécessaire il taille dans les chairs avec dextérité. Il aime moins manier le pistolet qui fait tant de bruit et supprime l'intimité. Cependant il n'est pas méchant : trucider est pour lui chose naturelle, c'est tout.

Joli Cœur est né dans les bas-fonds : mère putain, père sampanier qui bientôt disparaissent. Tout enfant, il travaille en usine. L'enfer. Mais en lui flambe le désir d'un avenir meilleur et il devient le chef d'une bande de gosses qui dans les cloaques du port fait la guerre à d'autres gosses, assassine des mendiants dans l'espoir de trouver sur eux quelques sapèques. Il se distingue au point d'attirer l'attention de la Bande Verte. Épreuves initiatiques, serment, il est recruté comme satellite destiné aux basses besognes. Tuer ce n'est pas simplement faire passer de vie à trépas, chaque exécution pose des problèmes qu'il apprend à résoudre : on le forme à toutes les techniques de l'homicide. En même temps il découvre cet abîme qu'est Shanghaï. Avec les flics, il festoie, il apprivoise, il corrompt, si la bonne atmosphère se gâte, si on le traque, il s'engloutit dans le néant quitte à resurgir peu après, menaçant, terrible. Quand il se cache, c'est en quelque cour des Miracles, le quartier flottant ou parfois un beau gîte insoupçonnable. Sur le marché de Shanghaï, il est considéré comme un assassin hors pair.

Se lassa-t-il de n'être qu'une docilité ? Comprit-il qu'au sein de la Bande Verte il ne serait jamais qu'un bourreau ? Prit-il trop de libertés ? Se crut-il menacé ? Dans son ambition et dans sa rage, il osa le défi suprême : trahir la Bande Verte. Tous les dangers : qu'il soit appréhendé par les suppôts de M. Du, il serait traité comme un renégat avec tout le raffinement des supplices. Mais une idée lui était venue qui lui permettrait de survivre, et même glorieusement, s'il réussissait. Depuis longtemps il connaissait les repaires du PC : un matin il jaillit dans l'un d'eux, les bras levés. Des armes se braquent sur lui : il se nomme, annonce qu'il abandonne la Bande Verte et qu'il veut désormais servir la cause. Stupeur. Kang Sheng est là, ainsi que toutes les sommités du Parti. Lui, recommande de se débarrasser de cet individu au passé nauséeux, de ce criminel-né qui, ayant trahi, ne manquera pas de trahir. Mais Joli Cœur a l'accent de la sincérité, il avoue, se confesse, vomit un flot de renseignements précieux. Il se dégage de lui comme un romantisme de la rue et Chou En-lai est fasciné. L'assemblée se résout à mettre Joli Cœur à l'épreuve : la nuit même il occit un chef de la Bande Verte, le surlendemain il apporte en trophée la tête d'un homme de Chen Lifu infiltré dans le Parti.

Finalement Chou En-lai décide de présenter sa recrue aux émissaires soviétiques. Interrogatoires, inquisitions, fouilles dans le passé de Joli Cœur — un ennemi du peuple peut-il devenir un ami du peuple ? Un serviteur du mal peut-il être transformé en serviteur du bien ? C'est le point litigieux. La brutalité de Joli Cœur, sa façon de tuer, le plaisir qu'il y prend sont de mauvais indices. Mais on fait valoir que le nervi égaré par un certain ordre des choses a eu le mérite de s'en apercevoir, et les hommes de Moscou tranchent : Joli Cœur est un bon élément, une émanation du peuple chinois qui a simplement besoin d'être refaçonnée. On l'envoie donc en Sibérie, à Vladivostok, dans une école de la Guépéou où l'on dresse les sujets asiatiques qui semblent prometteurs. Là, pendant des mois, Joli Cœur est soumis à un entraînement complet et il donne satisfaction : le professionnel du meurtre devient un professionnel de l'insurrection, ce qu'il faut à Shanghaï.

Épopée du crime, l'accomplissement de travaux délicats, le génie de l'espionnage aussi. Que de ruses ! Joli Cœur sait prendre tous les visages, se déguiser de mille façons, se faire accepter comme boy en tunique blanche dans une grande maison ou se fondre dans la masse des ouvriers qu'il agite et soulève. Avec quelques acolytes il crée une troupe de bateleurs qui se produit aux carrefours. Le rire, les facéties, la musique et les plaisanteries, et en même temps l'objectif qu'on surveille, les armes qu'on distribue. Musculeux, jovial, Joli Cœur est un gavroche géant, toujours à la tâche qui, mieux que ces bourgeois de Kang Sheng ou de Chou En-lai, captive la foule, suscite l'enthousiasme et l'amour. Meneur d'hommes et étrangleur, son efficacité est extraordinaire : il recrute, démasque, tue. Le même travail que Kang Sheng...

Encore une fois Pomme Bleue a ri :

— En somme tu le détestes parce qu'il marche sur tes brisées ?

— Non, mais je n'aime pas ses méthodes. Un cinglé pareil, on l'élimine. Sinon, à la première occasion, il fait du vilain. Et celui-là, crois-moi, il en fera.

Il y a du pourri dans l'air, Kang Sheng le pressent :

— Pomme Bleue, la machine s'emballe et j'ai bien peur que nous ne la maîtrisions plus. Alors que Chen Lifu est déchaîné, on a mêlé Joli Cœur à une autre opération sans même se demander si les trotskistes ne l'avaient pas dénoncé. Moi, je suis convaincu qu'il est repéré depuis longtemps. À force de faire le mariole, il est connu, le Joli Cœur. Et il y a trop de gens après lui, à commencer par les types de la Bande

Verte, pour qu'il n'ait pas été identifié. Mais les Russes l'ont choisi… et nous nous inclinons devant eux.

Pourtant ils sont en pleine confusion, les Russes, ils se méfient des communistes chinois qu'ils estiment gâchés par le pays, tous ces entrelacs, ces intrigues, ces complots, ces foisonnements… Comme si leur Révolution avait été limpide ! Leurs émissaires ont perdu la boussole et dans l'état actuel des choses ils n'ont confiance ni en Kang Sheng, ni en Chou En-lai, encore moins en Mao Zedong. Voulant des Chinois simples, ils se sont mis à en fabriquer chez eux, à Moscou, dans des universités spécialisées où ils conditionnent des robots, de bons Chinois soviétisés qu'ils renvoient ensuite à Shanghaï jouer les experts. Un « retour d'URSS » bien mitonné, pour eux c'est du sûr, un cerveau sûr.

Leur dernière trouvaille ? Expédier un couple de ces parangons formés à l'ombre du Kremlin dans la République paysanne de Mao. Le Kremlin veut un rapport sérieux sur ce Mao qui l'inquiète.

— Et tu sais, poursuit Kang Sheng, qui a réceptionné à Shanghaï le couple de merles rouges ? Joli Cœur. Il doit les accompagner par le train jusqu'à Hangzhou et les remettre à des guides qui conduiront ces automates auprès de Mao. Ça, leurs théories conformistes risquent d'en prendre un coup là-bas ! Mais pour l'instant la question est ailleurs : je continue de penser que nous avons commis une faute en confiant cette mission à Joli Cœur.

L'intuition de Kang Sheng, son calme… À peine s'il a réagi quand Xiao Ling, sa femme, est venue l'avertir que Joli Cœur avait été arrêté et que le bureau se réunissait immédiatement au Park Hotel. Le temps de s'habiller en bourgeois bien occidentalisé, le temps d'expliquer à Pomme Bleue que dans un palace il ne risquerait rien parce que la réunion ressemblerait à un gueuleton de nantis, et il avait filé.

À minuit, il était de retour, les traits tirés, l'expression butée : il avait eu raison, Joli Cœur, d'après ce qu'on avait pu reconstituer, était désormais une grenade dégoupillée.

La veille à Shanghaï, Joli Cœur avait accueilli les « retours d'URSS ». Un dîner au restaurant, la nuit dans une planque et le lendemain matin, le train. Joli Cœur et les siens font la manche de wagon en wagon, le couple très digne s'est assis en première classe, tout est normal, pas de policiers en vue. Mais, à l'approche de Hangzhou, le convoi ralentit, s'arrête, une nuée de flics et de soldats l'investissent, ils cherchent Joli Cœur et ses saltimbanques, les trouvent, courte bagarre, menottes. À la gare les « retours d'URSS » sortent sans encombre et ils sont récupérés par le Parti. Joli Cœur, lui, est séparé des histrions de sa troupe, installé sans brutalité dans une limousine noire et emmené à Nankin, dans la belle demeure de Chen Lifu. Depuis il n'a pas réapparu. De là à en déduire que Chen Lifu le travaille au corps par la douceur et la flatterie...

— Chen Lifu connaît son monde. Menacer cette brute ne servirait à rien, il se laisserait conduire à la mort sans broncher. Non, il va l'avoir à la vanité, lui expliquer que nous sommes des doctrinaires qui le méprisons tout en lui laissant le sale boulot et il lui promettra n'importe quoi, de faire de lui son second, du moins un personnage important du Kuomintang. Et l'autre salaud marchera. Il parlera, j'en suis certain. En attendant, nous n'avons pas le choix : l'implantation du Parti dans Shanghaï est à revoir. Si vite que nous allions, cela prendra du temps : nous courons au désastre. Toutefois, nous avons quelques munitions.

Joli Cœur résista quarante-huit heures. Comment aurait-il pu tenir plus longtemps devant le miel distribué par Chen Lifu ? Il était fatal qu'il s'en pourlèche. Tchang Kaï-chek alla même jusqu'à accorder une audience au ruffian : quelques bonnes paroles et on le ramena, béat, chez Chen Lifu. C'est du moins ce qu'avaient rapporté les agents du Parti en place à Nankin avant de quitter la ville qui commençait à sentir par trop mauvais.

Encore une fois, l'attente, l'angoisse. Dans la chambre, Pomme Bleue est seule et elle se consume. Tout à l'heure, Kang Sheng est passé et il a annoncé qu'il disparaissait pour deux ou trois jours. Son sourire vaniteux quand il a, avec une sorte de gaieté, murmuré qu'il fallait savoir faire des choses effrayantes. Se peut-il qu'en politique le don des infamies sanglantes soit une forme de génie ? Mais non, Kang Sheng est fou. Oui, c'est un fou. Qu'a-t-il encore inventé dans sa logique d'halluciné ? Il se moque de Joli Cœur, mais il ne vaut pas mieux. Tourbillons de la mélancolie, colère, néant comateux... Pomme Bleue attend.

À l'aube du troisième jour, Kang Sheng se présente enfin, fiévreux, loqueteux, haletant :

— Dehors, c'est la guerre. Deux fois j'ai failli être pris. Et dans des endroits que je croyais sûrs. Je me suis même demandé si on n'avait pas perquisitionné ici. On t'aurait emmenée, Pomme Bleue... Mais c'est fait et c'est bien fait ce que je voulais faire ; tiens, regarde.

Kang Sheng tire de sa poche un grand morceau de journal froissé. Pomme Bleue scrute une photo obscure, confuse, enfin péniblement elle distingue, creusé dans un sol qui paraît être celui d'un souterrain, un énorme trou. Au fond, des cadavres emmêlés, des cadavres d'hommes, de femmes, d'enfants suppliciés.

Kang Sheng grince :

— Voilà toute la famille de Joli Cœur. Parce qu'il en avait une, nombreuse et respectable, deux femmes, des enfants, des aïeux, d'autres parents. Une belle maison, un autel des ancêtres, des tablettes votives, des bâtonnets d'encens, la morale confucéenne, les prières au Buddha, la vertu traditionnelle, la célébration des fêtes et des gosses instruits... Il avait tout, Joli Cœur, ce bon père, ce bon mari, qui cachait son métier aux siens, et maintenant il doit souffrir mille morts.

Kang Sheng est pris d'un accès de joie sauvage :

— C'est moi qui ai eu l'idée. Ensuite j'ai tout dirigé. Dès que Joli Cœur a été arrêté, nous nous sommes emparés de sa famille, à tout hasard. Lorsque nous avons compris qu'il trahissait, nous avons décidé d'agir. Il fallait glacer à jamais l'opinion, qu'on sache que le Parti est implacable. Il le fallait... Il fallait une abomination. C'est ainsi que nous avons résolu, moi, Chou En-lai et les autres, d'enterrer vivante, à moitié vivante, la jolie famille de Joli Cœur.

Cette entreprise... D'abord se procurer une demeure : connus de Joli Cœur, les repaires et gîtes du PC ne convenaient pas. Kang Sheng avait réussi à louer dans la concession française une grande bâtisse isolée pourvue d'une belle cave. Il avait conclu l'affaire en une journée : il avait, avait-il raconté, besoin des lieux d'une façon urgente pour un mariage. Une fois muni des clés, il s'était présenté à la parentèle de Joli Cœur et n'avait eu aucun mal à la persuader de déménager aussitôt — elle se doutait quand même de la nature et du danger de ses activités. Il avait donc expliqué que Joli Cœur, traqué à Nankin, avait de justesse échappé à ses poursuivants, qu'il était terré là-bas mais qu'il craignait que les tueurs du Kuomintang ne s'en prennent à ses proches. Dans son dernier message il avait demandé au Parti de les protéger. Puissance de conviction de Kang Sheng... tous étaient montés sans difficulté dans un camion surgi à point nommé.

— Mais toi, dit Pomme Bleue, tu savais comment cela finirait. Et tu as regardé les visages de ces malheureux, sans éprouver un remords...

— Un militant n'a jamais de remords.

— Tu aurais pu simplement les garder en otages pour intimider Joli Cœur, mais tu voulais te venger, te venger...

— Pas d'hystérie, s'il te plaît.

Pomme Bleue s'est recroquevillée sur le lit. Frissonnante elle écoute son amant détailler ses hauts faits. L'horreur...

L'arrivée dans la demeure, la visite, la famille rassurée. Puis leur descente dans la cave présentée comme l'abri le plus discret. La monotonie des heures, le guet, l'anxiété qui s'installe... Enfin des hommes se présentent, mais ce sont les tueurs de Kang Sheng qui haïssent Joli Cœur et sa bande, leurs concurrents. Des cordes, des pioches, des pelles, des barres de fer. Un signe de Kang Sheng — au travail. En quelques minutes les victimes, une vingtaine, sont attachées par deux, étroitement ligotées. Leur stupéfaction, leurs hurlements inutiles. Devant eux on creuse une fosse. Le reste… Les éclairs du métal, les gens fracassés, jetés les uns sur les autres dans le trou, les gémissements, les rictus et puis les pelletées de terre, le sol égalisé, le sol d'où semblent encore sortir quelques râles, une illusion sans doute.

Liesse de Kang Sheng : du bon boulot vraiment et qui sert bien la cause. D'ailleurs, dans son émotion déplacée, Pomme Bleue ne se rend même pas compte qu'il a pris de gros risques : à peine avait-il quitté la demeure que des quantités de flics s'y abattaient avec à leur tête Joli Cœur.

— Comment a-t-il su ?

— Il n'est pas idiot. Quand il a commencé à dégoiser, il a dû songer que le Parti se vengerait sur sa famille. Sans doute a-t-il supplié Chen Lifu d'intervenir. Toujours est-il qu'un avion militaire l'a déposé à Shanghaï. Malheureusement pour lui nos hommes l'ont vu à l'aéroport. C'est là que nous avons compris… Une voiture l'a conduit chez lui dans une course démente, les voisins ont expliqué, le camion, sa tribu qui s'y était aussitôt installée… La police de Shanghaï est bien faite. En une journée au plus les flics ont trouvé. Mon histoire de location urgente était suspecte, j'avais annoncé un mariage et la demeure restait close. Bref, quelqu'un a parlé. En tout cas, il s'en est fallu de peu. Lis l'article.

Répulsion. Avidité. Comme dédoublée, Pomme Bleue s'empare du journal. Et elle lit que les policiers descendus dans la cave ont remarqué qu'à un endroit la terre avait été fraîchement remuée, qu'ils ont sondé, fouillé, bêché, enfin découvert un charnier effroyable.

Kang Sheng exulte :

— J'imagine Joli Cœur devant ces corps souillés de terre et de croûtes de sang. Sans doute les a-t-on allongés côte à côte et s'est-il roulé sur eux en pleurant. Ah, je le vois en bête des douleurs, chancelant, s'agrippant à ces cadavres reconnaissables, si affreusement reconnaissables…

— Arrête… Tu es malade. Comment peux-tu te complaire à inventer une scène pareille ?

— Inventer ? Ça s'est bien passé comme ça. Continue à lire.

— Je ne peux pas, ça me dégoûte. Et ça dégoûtera tout

Shanghaï. Quel service rendez-vous au Parti avec des ignominies pareilles ?

— Tu ne comprends rien au maniement de la terreur. Et tu crois peut-être que le Kuomintang hésite, lui ? Sais-tu combien de nos partisans ont été fusillés depuis 1927 ? Non, bien sûr, tu t'en moques, tu ne penses qu'à tes petites peurs, à tes petites ambitions. Par moments, je me demande ce que je fabrique avec toi.

— Personne ne t'obligeait à revenir ici.

— Certes. Mais il se trouve que cet hôtel fait partie de mon dispositif le plus secret et que Joli Cœur ne le connaît pas.

Le silence entre les deux amants. La dernière phrase de Kang Sheng a rassuré Pomme Bleue et lentement elle s'habitue à l'atroce, à ces meurtres qui s'enchaînent et se répondent, un carrousel, une fantasmagorie où plus rien ne compte, ni le bien ni le mal, un songe absurde. À quoi bon se révolter, pleurer, crier ? Au nom de quoi ? De quelle imbécile sensiblerie ?

Des heures et des heures ils sont restés ainsi, comme deux gisants enlisés dans leurs obsessions : tandis que Pomme Bleue rêvassait à sa carrière, Kang Sheng épiait la ville, l'hôtel, ce calme soudain où tout semblait s'être pétrifié. Son masque... Et la pénombre et les ténèbres ont envahi la chambre sans qu'ils échangent une parole. Et puis, dans le jour grisâtre, ils se sont aimés, avec une ironie attentive : le plaisir, donner du plaisir, en prendre, il ne leur restait que cela.

Tout de même, Kang Sheng a voulu savoir, sortir, aller jusqu'à une épicerie tenue par un indicateur à sa solde, un individu à toute épreuve, ne dépendant que de lui et ignoré de Joli Cœur. En deux heures, il a mesuré la catastrophe : Shanghaï n'est qu'un piège. Partout des soldats qui traînent des individus enchaînés, partout des véhicules militaires, certains quartiers fouillés maison par maison. L'épicier de Kang Sheng avait fermé boutique mais il a fini par lui ouvrir et lui chuchoter quelques informations : toujours la panique, la moitié des caches découvertes. Et la répression s'accentuera, les renseignements reçus ou arrachés permettant de nouvelles traques, d'autres captures, d'autres interrogatoires qui apporteront leur boisseau d'indices. Chen Lifu mène les choses. Ah, ce n'est plus l'homme de la douceur... Le comble, il paraît qu'il assistera aux funérailles de la famille de Joli Cœur.

Kang Sheng hennit :

— Joli Cœur en héros national ! Mais cela ne durera pas. Chen Lifu, après avoir pressuré ce double traître, le rejettera parmi les ombres, il ne sera plus rien.

— Mais toi, qu'est-ce que tu vas faire ?

— Me tirer. Tous les grands camarades partent pour la république de Juling, chez Mao. Il n'y a pas d'autre refuge possible, on a beau l'engueuler on s'installe chez lui.

— Ah oui. Et moi, je continue à moisir ici, jusqu'à ce que les policiers de ton cher Chen Lifu viennent m'alpaguer ? C'est fini tout ça, tu vas me trouver un hôtel sans histoire et me donner des noms d'acteurs et d'auteurs que tu connais. J'irai les voir et je me débrouillerai.

— Surtout pas. Ces messieurs ont une pétoche noire et en ce moment mon nom n'est pas précisément une recommandation. Plus tard, lorsqu'ils auront moins la frousse, je t'enverrai aux plus illustres d'entre eux : je te l'ai dit mille fois, je te le dis une fois de plus. Mais il faut que tu attendes encore.

— Et où suis-je censée attendre ?

— À la YWCA.

— C'est quoi, ce machin ?

— Une organisation charitable. Jésus est riche et ses clergymen hébergent de jeunes Chinoises méritantes qu'ils logent, nourrissent et soignent gratuitement. Ça sera parfait pour toi.

— Je vais m'ennuyer.

— Mais non, tu te feras valoir, tu joueras de tes charmes évangéliques. Demande à être reçue par le révérend Richards que j'ai jadis un peu fréquenté, mais ne lui parle pas de moi, je ne dois plus être en odeur de sainteté.

— Que lui dirai-je ?

— Que tu souhaites te convertir, mais n'insiste pas trop là-dessus. Raconte plutôt que la vie t'a été cruelle et que désormais tu veux te consacrer aux malheureux. Souligne que tu es instruite, mais sans éveiller de soupçons de gauchisme ou de communisme ; il faut arriver à ce que le père Richards te nomme monitrice, tu auras quelques avantages et une existence confortable. On va te bénir mon enfant.

En effet le sourire ecclésial fleurit au quartier général de la YWCA. Mais le révérend Richards, un grand gaillard roux, à la tête carrée et aux yeux d'un bleu immaculé, ne perd pas son temps en simagrées à l'eau bénite : son Christ à lui est avant tout pragmatique. Deux ou trois questions pour la forme, un zeste d'enquête, le baptême évoqué mais comme une lointaine, très lointaine hypothèse, et l'apôtre du rendement en vient au grand dispensaire des Jeunesses féminines chrétiennes. On y accueille des ouvrières auxquelles Pomme Bleue pourrait apprendre à lire, ce serait une manière de se préparer à Dieu, celle qui, dans la misère de Shanghaï, Lui serait la plus agréable.

Et c'est ainsi que Pomme Bleue se retrouve dans un immense bâtiment à la lisière du quartier des manufactures. Là-dedans, un troupeau de jeunes filles déjà usées, du bétail qu'on exploite douze heures par jour avec une brutalité inouïe, des bêtes condamnées par les patrons à demeurer des bêtes. Heureusement elles ont le dispensaire et pourtant ce n'est qu'une étable où l'on récure les corps las et les âmes rompues. L'odeur de cette femellerie... Quand les jeunes ouvrières se présentent pour la première fois, on leur attribue un numéro, on les lave, on les épouille, on remplace leurs hardes par des blouses et des pantalons, un médecin les examine et puis on les entasse tant bien que mal dans des dortoirs qui se dégradent. Tout est fade. La nourriture et plus encore la vie. Chaque jour le réveil à quatre heures. À peine tirées du sommeil les filles repartent pour l'usine, croisant dans la nuit celles qu'elles vont remplacer. Dans cette caserne de la charité, l'existence est commandée par des sonneries, l'heure de s'endormir, l'heure de se réveiller, l'heure de manger. Pas d'amitié, aucun abandon, on se méfie des mouchardes, qui se plaint est aussitôt renvoyé pour insolence. On rafistole les créatures sans condamner la société qui les opprime, ainsi renforce-t-on l'ordre établi. Le dimanche, dans une église attenante, on célèbre l'office, un pasteur y condamne l'esprit de révolte : « Soumettez-vous au Seigneur et priez... » Qui viendrait chercher une communiste dans cette organisation impérialiste ?

Pomme Bleue est une privilégiée. Elle a une petite chambre très décente sur les arrières du bâtiment et elle prend ses repas dans la salle à manger des professeurs. Les conversations de ces saintes femmes, leur œil de rapace, leur plaisir à raconter les massacres anciens auxquels elles auraient échappé, l'arriération de la Chine, ses coutumes ridicules... Au mur, une image du Christ triomphant, la tête auréolée de lumière. La directrice, née à Boston dans une famille patricienne, répète que Tchang Kaï-chek est chrétien et que le Seigneur lui donnera la force d'écraser le communisme.

Discrète, éteinte dans sa longue robe de coton, Pomme Bleue écoute et ne dit rien. Matin et soir elle enseigne à quelques femmes trop exténuées pour suivre... Sur le tableau noir, elle trace des caractères à la craie et en fait répéter la signification en chœur, un maigre chœur, elle s'énerve, elle crie et face à elle les pauvres visages livides se ferment encore plus. Une tâche ingrate, fastidieuse, mais Pomme Bleue s'acharne. Un jour elle écrit le mot « prolétariat », elle parle des « sans biens », elle s'égosille, en vain, ses élèves sont des bûches. Alors, emportée par la colère, elle glapit à ces femmes qu'elles sont le peuple et que le peuple est digne.

Le lendemain, à l'heure de la sieste, une gamine encore un peu jolie frappe à la porte de sa chambre :

— Pomme Bleue, vous êtes communiste.

— Ce n'est pas vrai.

La fille la fixe hardiment :

— Pourquoi avez-vous parlé du peuple si vous n'êtes pas communiste ?

Pomme Bleue se débat, l'angoisse lui noue les entrailles mais la gamine n'en démord pas :

— Ne craignez rien. Plusieurs d'entre nous sont communistes.

— Ici ? Comment est-ce possible ?

La fille se dandine.

— Un militant du Parti s'est fait embaucher comme contremaître dans l'usine où je travaille. Il pose au chef qui oblige les filles à coucher avec lui, de cette façon il a pu m'approcher ainsi que quelques autres, et au lieu de nous mettre la main aux fesses, il nous a parlé du Parti, il nous a persuadées que seule la Révolution améliorerait notre sort. Ensuite nous avons discuté entre nous, nous nous sommes convaincues les unes les autres, d'ailleurs nous avons découvert qu'il y avait déjà une cellule dans l'usine. Nous jouons les ahuries et nous en profitons pour nous livrer à certaines activités.

— Des activités ?

— Dans la rue nous distribuons des tracts, nous collons les affiches que ce militant nous remet.

— Il est cinglé, il vous fait courir des risques terribles et pour pas grand-chose. Il ne vous a pas parlé de la répression, des arrestations ?

— Si, mais ce n'est pas une raison... Nous faisons très attention.

— Qu'un flic vous surprenne et vous serez arrêtées, interrogées, torturées peut-être. Qui vous prouve que vous aurez la force de vous taire ?

Pomme Bleue enrage : se faire débusquer dans cet abri si sûr, dans ce bastion du protestantisme, à cause de quelques fillettes écervelées, ce serait trop absurde.

— Avez-vous un de ces tracts sur vous ?

— Oui. Ce soir, quand nous retournerons à l'usine, nous en recouvrirons les murs.

— Mais vous ne pouvez même pas lire ces textes.

— Nous savons que ce sont des appels à la révolte et nous sommes des révoltées.
— Vous êtes chrétiennes, aussi.
— Le Christ n'est-il pas un rebelle ? Ne l'a-t-on pas crucifié pour cela ? C'est ce que dit notre militant, même si, ici, les monitrices nous prêchent la résignation. Mais elles ne se doutent pas de nos vrais sentiments.
— Elles s'en douteront bientôt. Donnez-moi votre tract.
D'une poche la fille tire un papier jaunâtre où sont imprimés quelques phrases martiales et le dessin très sommaire d'un coolie étranglant un gros poussah… En un éclair Pomme Bleue est résolue :
— C'est vrai, je suis une camarade et même très importante. Alors obéissez-moi. Pour le moment arrêtez votre agitation, apportez-moi vos tracts et vos affiches.
La fille hésite, considère Pomme Bleue avec surprise, puis elle sort. Au bout d'une demi-heure elle revient avec une liasse de papiers, à laquelle Pomme Bleue met le feu. Torche, cendres, coup de balai. Lorsqu'il n'y a plus trace de rien, elle essaie d'expliquer que le militant est sans doute un provocateur, qu'elles doivent se méfier, surtout garder le secret, qu'elles sont désormais liées. Peine perdue… la pauvre fille comprend mal, de plus en plus déconcertée, elle finit par lâcher que Pomme Bleue est un chef bizarre.
Pour Pomme Bleue des nuits affreuses, des jours interminables. Et Kang Sheng qui tarde, qui tarde beaucoup, deux mois déjà qu'il est parti ! Pomme Bleue est tentée d'aller s'informer à l'hôtel. Idée idiote — l'endroit a sans doute été repéré et les policiers du Kuomintang doivent le surveiller —, idée gluante, obsédante, qui s'insinue, s'installe, dévore tout. Alors un dimanche, au début de l'après-midi, quand tout repose au dispensaire, Pomme Bleue cède. Le tramway, le centre de la ville, les ruelles… Mais les soldats ont décampé, les flics aussi, plus de trognes armées, plus de patrouilles, apparemment la normalité. Aux abords de l'hôtel tout semble paisible, Pomme Bleue passe et repasse devant l'entrée, regarde le manège des prostituées et des clients, enfin elle pénètre dans le bouge. La Truie est là,

tranquille, confite dans sa graisse, elle la regarde approcher, sans ciller, et elle ne bronche pas lorsque Pomme Bleue lui souffle le nom de Kang Sheng.

— Je ne le connais pas.

— Mais j'ai vécu ici avec lui pendant plusieurs semaines.

— Je ne m'en souviens pas.

Pomme Bleue veut crier que c'est impossible, mais devant l'œil vide de la tenancière, elle renonce et sort, curieusement allègre : cet incroyable intermède l'a rassurée. Si la grosse continue ses activités, si la vraie fonction de ce bordel n'a pas été découverte, tout va bien et le mutisme de la Truie n'est que de l'obéissance. Peut-être la consigne vient-elle de Kang Sheng lui-même ? C'est cela le Parti, des lèvres closes à un point qui paraît absurde et qui est nécessaire.

Encore la YWCA, les ouvrières et les monitrices, l'ennui. Et puis le drame. Des policiers ont surgi et ont arrêté plusieurs jeunes filles, des communistes, ont-ils prétendu. Si elles parlent... Dans l'établissement, c'est le branle-bas de combat, la directrice procède elle-même aux grandes inquisitions, le visage étincelant de fièvre. Une dérision. À chaque instant Pomme Bleue s'attend à être démasquée, une phrase, une seule phrase d'une des filles emmenées par les flics et elle est accusée, jetée en prison. Mais une semaine s'écoule et rien ne se produit, sinon quelques visites du père Richards qui veut calmer le jeu et mène l'enquête à son tour, en liaison directe avec la police. Petit à petit l'affaire est tirée au clair : les jeunes filles ont été dénoncées par un contremaître et elles ont avoué leur faute.

Entretien du révérend et d'une Pomme Bleue suave qui spontanément déclare avoir recueilli quelques confidences de ces enfants, des inconscientes qu'elle avait prises en pitié. D'où son silence. Hélas, elle n'avait pas mesuré les dangers que ces gamines faisaient courir à l'établissement et c'est elle, Pomme Bleue, qui aujourd'hui se sent coupable, si coupable, la réputation de la YWCA risque d'être entachée... Le père Richards l'interrompt d'un geste miséricordieux : il n'y a là qu'égarement d'êtres enthousiastes et innocents, Chen Lifu comprendra. Quant à elle, Pomme Bleue, elle donne toute satisfaction. Mais à l'avenir, si de tels faits se reproduisent, qu'elle lui en parle. Pomme Bleue promet, elle promet tout ce qu'il veut.

Le temps si long… Et un matin, un commis apporte à Pomme Bleue une lettre de Kang Sheng, ou plutôt une feuille où sont inscrits ces mots « Allez où vous savez, tout de suite », pas de signature évidemment… Ivresse… et prudence : fuir sur-le-champ serait malhabile, elle doit organiser un départ plausible. Elle se rend chez la directrice, la figure endeuillée, et elle hoquette que sa mère est malade, mourante même, que son devoir est de l'assister, de la veiller, de lui fermer les yeux, de la mettre en terre. Exaspération de la directrice — on ne peut pas compter sur ces Chinoises —, malgré tout, le visage pincé, elle consent et même garantit des neuvaines. Pomme Bleue annonce qu'elle sera de retour dans un mois.

Bientôt elle est à l'hôtel. À nouveau la Truie, les putes et leurs clients, les bruits de la fornication tarifée. Et c'est l'éternel rite des retrouvailles avec Kang Sheng. Étreintes, sommeil… Au réveil Pomme Bleue raconte ses déboires, toute son histoire avec les filles de la YWCA, le danger où elle s'est trouvée… Kang Sheng l'engueule. C'est sa faute, elle a trop parlé. Pourquoi avoir prononcé le mot « peuple » ? Un mot peut déclencher des cataclysmes. Et qu'avait-elle besoin d'en rajouter en faisant un numéro au père Richards ? Encore sa manie de briller…

Pomme Bleue encaisse sans mot dire. C'est toujours le même Kang Sheng, celui des sarcasmes, des pièges, des railleries. Vaguement elle songe que son clandestin d'amant est ennuyeux ! Sans cesse écouter les hauts faits, les traquenards, les meurtres qui se ressemblent tant… ce morne tintamarre l'assomme. Mais Kang Sheng continue de parler et quelque chose dans sa voix surprend Pomme Bleue : au lieu de grincer, de marteler la résignation héroïque ou de ciseler le stratagème, la voix s'épanche, s'élance, s'enfle d'espoir. Ce qu'elle clame a un nom, Mao.

Mao, Mao, ils n'ont tous que ce Mao à la bouche. Déjà à Tsingtao, Yu Qiweï la rasait avec ce type qui, moralisant quelques bandits et quelques soldats, avait créé une république rouge en pleine sauvagerie. Naguère à Shanghaï, Kang Sheng lui en rebattait les oreilles, tantôt c'était un renégat, tantôt un génie, de toute façon la seule carte qui restait... Et maintenant on dirait qu'il est empaumé !

Arriver jusqu'à Mao a été difficile et Kang Sheng gémit sur son voyage, sur la jungle qui aplatit, asphyxie, supprime tout, sur cette moiteur ombreuse où les troupes de Tchang Kaï-chek sont à l'affût.

— Tu comprends, Pomme Bleue, la République est encerclée.

— Je sais, je sais... À Shanghaï, la presse l'annonce tous les jours. Je sais même que la tête de Mao est mise à prix un quart de million de yuans d'argent. Mais toi, tu l'as vu ?

— Non sans mal. Pour l'instant, il est aux abois, acculé par le Kuomintang et condamné par le Parti. Chou En-lai, Liu Shaoqi, tous les grands dirigeants l'ont rejoint mais ils sont tous furieux après lui. Un Soviétique, Otto Braun, mène la danse au nom de Moscou et de la vraie doctrine. À les entendre, Mao a trahi : il était censé s'emparer des villes pour mobiliser le prolétariat, au lieu de cela, il s'est laissé enfermer dans Juling avec ses paysans. Les camarades lui ont tout fait, ils l'ont démis de ses fonctions, traîné dans la boue, il n'a pas changé d'avis. J'ai assisté à des séances incroyables, Pomme Bleue. Braun et consorts beuglaient, lui écoutait à peine, bâillait, le visage maussade, avec sur les traits le calme du mépris. C'est à peine s'il argumentait, parfois il maugréait que les cités qu'il aurait pu prendre n'étaient que des chancres mous. Qu'y aurait-il trouvé ? Des populations tièdes, hostiles, aucun de ces fameux prolétaires qui les hypnotisaient tant, eux, les tenants de la bible marxiste... La révolte, le Grand Soir, le drapeau rouge brandi par le peuple, comment pouvaient-ils encore y croire ? Partout le peuple avait été écrasé. Lui, Mao, réinventait la Révolution à Juling en fondant cette République paysanne. Elle s'était étendue à travers les campagnes, elle s'étendrait encore jusqu'à ce qu'elle atteigne les villes, qui, contaminées, tomberaient comme des fruits mûrs.

Mais Chou En-lai hurlait que Juling allait être détruite, qu'il était impossible que Mao, ses troupes et ses gens se faufilent à travers la ceinture de blockhaus que Tchang Kaï-chek construisait autour d'eux. Et Mao souriait lentement, ironiquement. Ces détenteurs de la vérité n'avaient-ils pas été vaincus à Shanghaï, à Canton, à Wuhan, n'étaient-ils pas heureux de trouver refuge à Juling ?

— Tu l'as vu seul à seul ? Vous avez parlé tous les deux ?

— Une fois, chez lui dans sa cabane. Je ne voulais pas en faire trop... Moi aussi, j'arrive des villes.

— Il est comment ?

— C'est une brute, incapable de sentiments. Les autres ne lui sont rien, pourtant il est incroyablement séduisant. Je n'ai jamais rencontré une telle puissance.

— En somme, il t'a eu.

— À condition qu'il gagne, oui. Ses obligés se foutent de lui, en attendant il tient tête à Tchang Kaï-chek et ses paysans ont repoussé des armées redoutables formées par les meilleurs généraux allemands. Mao applique les règles les plus anciennes de la guérilla : être invisible et surgir pour tuer. Il est le cerveau, mais fondre sur la proie revient à Zhu De, Lin Biao et Peng Dehuai, trois combattants extraordinaires. Reste que je ne sais pas s'il pourra résister indéfiniment à l'artillerie et à l'aviation.

— Il sera vaincu ton Mao. Et tu t'attaches à un vaincu ?

— Vaincu, ce n'est pas sûr. Il est capable de tout. Quand il m'a reçu il était allongé sur une paillasse, il tremblait de fièvre, en proie à la malaria. Je l'ai cru perdu mais il a ouvert un œil, il m'a regardé et il s'est mis à rire, surtout lorsque je me suis enquis de sa santé. Son rire, son gros rire jouissif... Il m'a assené qu'il ne serait pas Mao s'il se laissait démolir par la maladie. La maladie, il en joue comme il joue l'offensé ou l'indifférent. Il est convaincu que tous ces dirigeants qui ont pensé se trouver en sûreté à Juling et qui se découvrent encerclés crèvent de trouille et lui ça l'amuse. Il a son plan.

— Et c'est quoi son plan ?

— Il ne me l'a pas dit, enfin pas précisément. Même si, dans son instinct, il me pressent acquis à lui, il a quelques doutes.

— Et bien sûr, toi, tu as deviné ?

— Disons qu'il m'a raconté une histoire. Un jour, sans le consulter, tous les gens de Juling décamperont pour échapper aux armées de Tchang Kaï-chek. Ils l'emmèneront avec eux, et lui sera malade, plus malade que jamais. Et ces chers apôtres feront des idioties et, dans leur détresse, ils viendront se soumettre à lui. Là toutes les perspectives lui seront ouvertes. Il recommencera Juling ailleurs...

— Ça, pour un projet, c'est un projet.

— Juling, c'est une improvisation. Il rêve d'une nouvelle base, beaucoup plus lointaine, où il appliquerait ses méthodes, en grand, scientifiquement. Surtout pas de tumulte, mais l'éducation des êtres, que leur pensée soit une. Il m'a tapé sur l'épaule en me murmurant le nom de l'empereur Qin Shihuangdi. On se trompe sur lui, ce pragmatique est un visionnaire.

— Quel galimatias, mon pauvre Kang Sheng ! Ton Mao est dingue.

— Peut-être, mais par éclairs tous les grands hommes sont déments. Finalement Mao m'a dit qu'il souhaitait que dans un avenir proche la Chine soit livrée à des guerres terribles et qu'il saurait profiter de ce chaos pour conduire le communisme chinois à la victoire.

— Encore mieux ! Et tu lui fais confiance ? Je te le répète, il t'a eu.

— Et moi je te répète qu'il risque encore d'être battu et que je ne m'associe jamais définitivement à qui peut perdre. En tout cas je ne veux pas, pour le moment, apparaître comme son homme lige.

— Mais alors, tu es avec qui ?

— Chou En-lai m'a confié une mission. Je vais prêcher la

croisade contre les Japonais en enflammant le patriotisme de tous les braves gens, surtout de ceux qui pensent à gauche en vivant à droite. L'idée, c'est de présenter les communistes comme de doux réformateurs agraires qui veulent rendre leur dignité aux humiliés et d'agir sur les intellectuels et les bourgeois libéraux, qu'ils réclament de toutes les façons l'alliance de Tchang Kaï-chek et des rouges contre les Japonais.

Pomme Bleue rit :

— Gros malin, tu as quitté Juling parce que cela sentait le roussi.

— Et je vais même quitter Shanghaï et la Chine. Ma campagne je la mènerai d'abord auprès des Chinois d'outre-mer, ceux de Hong Kong, de Singapour, de la Malaisie et de tout le Pacifique. Ce sont des poussahs qui ont financé toutes les révolutions...

— Et qui t'éviteront d'abîmer ta peau pour la Cause ! À toi la bonne parole et les banquets jusqu'à ce que tu saches si Mao est vainqueur ou vaincu. Bravo, ce n'est pas mal calculé. Et moi là-dedans ? Je refuse de continuer à végéter dans cet hôtel crasseux.

— Dès demain tu t'installes dans un petit appartement que Xiao Ling a retenu pour toi à l'hôtel des Pivoines d'Or. Sois tranquille, ce n'est pas un repaire communiste, quoique j'y aie des amitiés.

— Comment aurai-je de tes nouvelles ?

— Par Xiao Ling. Si tu as besoin d'elle, tu la convoques en adressant ici, au nom de Mme Chende, une enveloppe contenant une feuille de papier où tu n'écris qu'un mot, « venez ». Elle comprendra.

Ainsi Kang Sheng va-t-il disparaître encore une fois, fuyant les nationalistes, fuyant aussi les rouges, pour aller tranquillement convertir les bourgeois du dehors... Et elle ? Elle n'a connu que la promiscuité infecte, les relents pestiférés du danger, maintenant, semble-t-il, elle aura droit à un logement convenable, mais qu'y fera-t-elle, sinon attendre, attendre et encore attendre ? Récriminations. Tout ce que Kang Sheng trouve à lui dire, c'est qu'elle pourra amener là-bas ses amants.

— Et ma carrière ?

— Plus tard.

— Avec toi, tout est toujours plus tard.

— Les gens qui pourraient t'aider sont comme des tortues sous leur carapace, ils n'en sortiront pas pour toi.

Pomme Bleue n'en est pas si sûre mais elle se garde bien d'en aviser Kang Sheng. Ils se réconcilient donc, elle lui soutire même de l'argent. Dorénavant elle va jouer sans lui.

Chapitre VI

L'HÔTEL DES PIVOINES D'OR cache sous son toit de pagode un petit palace à l'occidentale. Une marquise, des grooms, une porte à tambour et à l'intérieur, à la réception, un personnage en uniforme, la tête lourde, ronde, incrustée de politesse aux aguets, d'amabilité circonspecte. Ce cerbère dévisage Pomme Bleue, et ses yeux contiennent toute l'expérience du monde, yeux de maquereau serviteur des désirs, yeux de mouchard. Il est manifeste que Pomme Bleue ne lui dit rien qui vaille : une femme seule, une putain peut-être, mais qu'il ne connaît pas. Pomme Bleue fournit les indications nécessaires et alors vient au personnage un sourire retenu. Le visage déférent, il consulte un registre :

— La suite 46 vous est réservée. Je vous prie d'avoir l'obligeance de me montrer vos papiers. Ces temps-ci, la police…

Tandis qu'il examine les faux papiers confectionnés par un homme de Kang Sheng, Pomme Bleue regarde le hall. Il y a là des gens d'affaires à la mine cossue, des notables du meilleur aloi. Pomme Bleue les contemple, peut-être du gibier pour elle ? Un je-ne-sais-quoi de familial la retient, trop de couples, trop de douairières, trop d'enfants aux immenses yeux sages : par qui, ici, accéderait-elle au théâtre ?

Un ascenseur, des garçons d'étage, le regard narquois d'une femme de chambre sur sa valise en carton bouilli et ses maigres effets, enfin la solitude comme une luxure délicieuse. Tout est moelleux, les fauteuils capiteux, les doubles rideaux de velours, un de ces meubles qui, elle l'a appris chez Mme Yu, portent le joli nom de bonheur-du-jour... Elle a enlevé ses chaussures et elle se promène dans l'appartement, elle tâte, touche, palpe, se prélasse, admire, s'étend sur le lit aux draps de lin brodés. Au-dessus d'elle une gravure avec un titre bizarre, *L'Embarquement pour Cythère*.

Elle décide de prendre un bain. Merveille des marbres et des cuivres. Dans un coin, une étrange porcelaine dont l'usage ne lui apparaît pas immédiatement, et puis elle se souvient d'avoir entendu parler de ce fameux ustensile, pur produit de la galante civilisation française et, à califourchon, elle l'inaugure. Plaisir d'écarter les jambes, plaisir de l'eau fraîche, plaisir du savon qui mousse, plaisir du parfum, plaisir...

Elle se recouche et sa pensée vagabonde sur Yu Qiweï, sur le salon de Mme Yu. Pas une célébrité shanghaïenne de passage à Tsingtao qu'elle n'ait alors rencontrée et à qui elle n'ait plu ! Un visage surtout lui revient, celui si fin, si élégant, si aristocratique de Song Minh, le dramaturge le plus illustre de la métropole. L'émotion de Pomme Bleue quand elle l'avait approché chez Mme Yu et qu'il lui avait donné sa carte de visite ! Et ensuite les railleries de Kang Sheng : Song Minh était un homme à bonnes fortunes, un jouisseur couvert de femmes qui n'accordait de rôle dans ses pièces qu'à ses maîtresses. Sa carte de visite, il la distribuait à tous les jupons, qu'elle ne rêve pas ! D'autant que cet auteur adulé était un blasé, un cinglé qui tombait dans de sombres mélancolies, et qui ne revivait que pour des excès.

Tous ces anciens rabâchages de Kang Sheng n'effraient pas Pomme Bleue. Au contraire. Elle a la fameuse carte de visite, elle va s'en servir. Mais chez Song Minh le téléphone sonne occupé, occupé, occupé. Elle a beau appeler, rappeler dix fois, vingt fois, cent fois, toujours ce bruit de refus, ce non métallique, cette lancinance exaspérante.

Elle cherche dans sa mémoire des noms d'acteurs rencontrés autrefois. L'un d'eux sourit dans le journal, il est la vedette d'une comédie niaise, à l'imitation de Broadway, avec claquettes et chansonnettes, romance et méprises, où la fille d'un milliardaire finit par épouser le fils d'un milliardaire, le genre de philosophie qui ne vous attire pas d'ennuis. Pomme Bleue se rend au théâtre ; à la fin du spectacle, elle se glisse dans la loge du comédien. Embrassades, congratulations, tendresses, la soirée se déroule comme elle doit se dérouler : un restaurant français, la caresse des lumières, la sarabande des violons et la joie de la nuit. Pas de sentiments, pas de soucis, juste la fantaisie, l'imagination, la volupté, une vraie fête qui change heureusement Pomme Bleue des fornications avec Kang Sheng, trop connues et gâchées par la peur.

Au moment où ils vont se quitter, remarque ironique de Pomme Bleue :

— Vous avez choisi la bonne vie, la sécurité. À Tsingtao, chez Mme Yu, je vous avais cru plus engagé mais sans doute avez-vous raison de préférer la paix. Votre ami Song Minh a-t-il fait comme vous ?

Éclat de rire de l'acteur :

— Ainsi vous avez couché avec moi pour arriver à lui ! Mais passons... Vous tombez mal. Personne ne sait où il est. Il a quitté son domicile et depuis il se cache.

— De quoi a-t-il peur ? Il n'est pas communiste à ma connaissance.

— J'ai l'impression qu'il a déraillé quand la police a raflé et fusillé des écrivains relativement obscurs mais qu'il connaissait. Il a cru qu'il serait la prochaine victime.

— Comment cela ?

— Il lui a semblé qu'il était suivi, et il s'est forgé un cauchemar... Que l'abattage d'auteurs quelconques, supposés rouges, ne suffirait pas à Chen Lifu, qu'on frapperait plus haut, au sommet de cette engeance littéraire que Tchang Kaï-chek hait tellement. Et qui était mieux placé que lui, Song Minh au prestige étincelant, pour devenir le grand condamné ? En fait il mourrait de déception s'il découvrait qu'on le pourchasse mollement et non comme l'éclatant symbole qu'il croit être.

— Tout de même… ses pièces, ses scénarios.

— Quelques tirades sulfureuses, de la marchandise à la mode pour relever ses intrigues. J'ai l'air de me moquer de lui, pourtant je vous concède que son pressentiment était juste : il a effectivement failli être arrêté mais il s'est enfui à temps. Il a eu les flics aux trousses pendant quelques jours, ensuite les choses se sont tassées. Maintenant il paraît qu'il écrit une pièce vengeresse pour parchever son personnage.

Pomme Bleue frémit : n'y a-t-il pas là un vrai rôle pour elle ? Il suffit de remonter jusqu'à Song Minh, de mettre la main sur lui, de le persuader. L'homme a compris :

— Je suppose que vous avez son ancienne adresse. N'y allez pas. Tout est incertain et il se peut que Song Minh soit quand même toujours sur la liste noire, que sa maison soit surveillée…

L'après-midi même Pomme Bleue se présente chez Song Minh, au deuxième étage d'un riche immeuble. La porte bâille, serrure fracassée. Pomme Bleue entre, pas de flics, personne, rien qu'une dévastation couverte de poussière : tout a été fouillé, pillé, saccagé. Enfin surgit une vieille femme gémissante, sans doute la gouvernante :

— Vous n'êtes pas de la police ?

— Je suis une amie.

— Alors ne restez pas, les policiers sont féroces.

— Où est Song Minh ?

— Je ne sais pas. Peut-être dans la hutte de son tireur de pousse attitré, près du Whangpoo.

— Et on le trouve où ce tireur de pousse ? A-t-il eu des ennuis ?

— Non. Il a dû reprendre sa place au carrefour à côté d'ici.

Pomme Bleue se rue à l'endroit indiqué par la vieille, vers les coolies qui attendent le client. Bagarre pour la transporter jusqu'à ce qu'elle annonce qu'elle veut aller dans les marécages bordant le Whangpoo. Tous refusent : une dame y serait forcément volée, violée, assassinée. Enfin un escogriffe lui fait signe de monter dans son véhicule. Quelques centaines de mètres et le tireur s'arrête, se retourne :

— Vous cherchez Song Minh ? Une personne comme vous, ça ne peut être que ça. Il n'est resté que quelques heures chez moi et il est parti depuis longtemps.

— Conduisez-moi. Je verrai des gens, je saurai où il est allé.

Le tireur de pousse hausse les épaules, ricane, Pomme Bleue hurle, lui promet de l'argent, il redémarre.

Plus de maisons, sur une terre qui n'est que boue et immondices prolifèrent des cabanes chancreuses. Un cloaque. Pomme Bleue se souvient de ce sordide, il est son enfance, sa jeunesse, une écœurante banalité incrustée en elle et qu'elle ne veut plus voir. Alors elle passe, ignorant les gosses, les mendiants, les lépreux, ces yeux, ces mains, ces béquilles, ces haillons. Mais s'approchent des hommes à la figure mauvaise qui entourent le pousse et l'arrêtent. Horrible sourire mince des garçons-loups. Soudain Pomme Bleue oublie Song Minh et la hutte, une peur et une haine formidables la submergent, maintenant elle se rappelle que la fange est assassine, qu'elle engendre des monstres. Quelle folle elle est d'être venue là avec ses bijoux et son argent, habillée comme une princesse ! Elle crie au tireur de pousse d'avancer et lui, saisi d'une inspiration, clame que les flics poursuivent cette femme et qu'ils ne vont pas tarder. Comme par magie, le cercle se défait, le tireur s'élance, se perd entre les cabanes, tourne, semble s'égarer, une rumeur leur parvient, s'amenuise, disparaît. Enfin un faubourg, enfin l'hôtel. Dans son sommeil Pomme Bleue est écrasée par son imbécillité.

Combien d'heures a-t-elle dormi ? Le soir tombe, mais le soir de quel jour ? Les visions nauséeuses, les images répugnantes se sont à peine effacées. Elle est surtout hantée par les lèvres couperets, par les yeux poignards, par les mains couteaux des marlous. Lui vient toute la conscience de son erreur : elle croit toujours que par sa volonté enrobée d'enjouement, par sa détermination, son charme, elle forcera les obstacles, et elle ne réfléchit pas assez, comme envoûtée par elle-même. Cet élan qui l'a poussée dans la charognardise d'une cour des Miracles pour retrouver la trace de Song Minh, quel manquement à la stratégie !

Elle décide de retourner voir l'acteur. Nouvelle nuit ensemble. Mi-rieuse mi-horrifiée, elle lui raconte son expédition au bord de la rivière, il feint de s'émouvoir et il la sermonne ; lui, de son côté, a enquêté pour elle. Les bruits qui circulaient sur Song Minh se confirment, il est cloîtré, introuvable, mais sa pièce est presque achevée et il voudrait qu'elle soit montée, qu'elle frappe Shanghaï comme un coup de massue. Quelqu'un en aurait touché mot, mais pas plus que ça, à des directeurs de théâtre et des metteurs en scène, il s'agirait de son jeune frère, Song le Mauvais. Le Tout-Shanghaï des spectacles est alléché, c'est même la grande affaire mais c'est aussi le grand refus. La pièce d'un ennemi du régime...

Pomme Bleue s'exalte :

— Merveilleux. Le rôle est à moi si la première je joins Song Minh.

— Ah oui, et comment vas-tu faire ?

— Par son frère.

— C'est la pire des idées. Tu le rencontreras facilement, il traîne dans les boîtes. Mais je ne te conseille pas de l'interroger. Si tu obtiens l'adresse par lui, jamais Song Minh ne te le pardonnera. Son adresse, il la veut mystérieuse. Chez lui, c'est devenu une obsession, une maladie que de s'emmurer.

— Il doit bien y avoir un moyen de l'approcher, cet ermite.

— Oui, le tapin. Toutes les actrices tapinent. Farcis-toi les propriétaires de salles, les metteurs en scène, les régisseurs, sois intelligente, choisis les meilleurs même s'ils sont vieux et moches. Tu lies connaissance, tu baises, c'est plus convenable et ce ne sera pas grand-chose. Sur l'oreiller, vous parlerez, tu évoqueras Song Minh et tu verras bien...

Et les pontes, les manitous, les huiles, Pomme Bleue entreprend de les chasser. Besogne délicate car ces birbes-là se moquent de la basse-cour des petites comédiennes. Trois ou quatre cependant la sautent. Elle branle, elle suce, elle fait du cousu main et surtout elle est rigolote, on cause donc et évidemment on en arrive à Song Minh, à l'énigme Song Minh. Ils ne savent pas grand-chose même si Song le Mauvais, le frère aux jambes torses et à la tête d'hydrocéphale, continue de se répandre en ragots. S'il y a un intermédiaire sérieux, ce n'est pas lui, mais qui alors ? Et les partenaires de Pomme Bleue de lancer des noms, d'autres noms, toujours des noms.

Alors elle redouble de frénésie. Elle erre à travers la ville, se renseigne, frappe à des portes, se présente à des sommités. Pérégrinations. Tant de monde possible, tous les rats des lettres, tous les histrions emberlificotés de prétentions, tous les journaleux potiniers du cul, tous les pédants qui chroniquent le snobisme, les génies va-de-la-gueule et les génies va-nu-pieds, les gambilleurs de la pensée et les clowns de la philosophie, les lécheurs de vedettes arrogantes, les Brummell de la littérature entourés de leurs courtisans à l'as de pique, les prétentieux suant le faux talent et même des gens de qualité. Tellement d'intrigues, de combinaisons, de flatteries, de médisances, d'inimitiés, de trahisons, c'est la luxuriance des académies, des salons, des boudoirs et des bistrots que Pomme Bleue découvre. Il est vrai que depuis quelques semaines on ne s'assassine plus à Shanghaï : les rouges ont fui et les Muses se trémoussent. La culture est revenue, la culture flamboie, la guerre se fait au loin et tout le monde l'a oubliée. On murmure même que Chen Lifu voudrait que Shanghaï retrouve sa gloire littéraire, qu'une représentation d'une nouvelle pièce de Song Minh lui siérait, pourvu qu'elle ne soit pas trop ravageuse ; ce serait l'annonce de temps nouveaux où les artistes et les écrivains renonceraient à leur opposition mortelle et célébreraient Tchang Kaï-chek.

Parfois Pomme Bleue reçoit un mot de Kang Sheng et elle pense à lui. Heureusement qu'il n'est pas à Juling car, à en croire les journaux, l'hallali est proche. Ce que confirme l'amant acteur qui paraît prendre plaisir à abreuver Pomme Bleue d'annonces calamiteuses sur le destin des bandits rouges. Ainsi lui raconte-t-il, un soir, d'un ton gaillard qu'ils ont abandonné leur base, qu'au moins cent mille hommes ont pris la route dans un désordre effrayant, cherchant on ne sait quoi, on ne sait où.

— Ils seront forcément exterminés. Moi je m'en moque, je ne connais pas de rouge. Sauf peut-être ce type bizarre qui à Tsingtao se faisait passer pour un nationaliste, un dénommé Kang Sheng dont on a découvert ensuite que c'était un vrai terroriste. Tu l'as beaucoup fréquenté, non ?

— Quand j'étais enfant, il m'a protégée. Je l'avais retrouvé à Tsingtao mais depuis je l'ai perdu de vue.

— Moi qui croyais que vous étiez très proches, très intimes...

— J'ai rompu avec lui quand j'ai appris que c'était un bandit rouge. On m'a raconté qu'il s'était marié avec une camarade très exaltée, une certaine Xiao Ling.

L'acteur jette sur Pomme Bleue un regard chargé d'ironie... comme s'il était au courant, comme si certaines rumeurs lui étaient parvenues. Pomme Bleue se raidit. Kang Sheng et elle, elle et Kang Sheng ensemble à Shanghaï, qui a pu jacasser ? Et puis elle se calme, personne n'a l'ombre d'une preuve. Elle n'est sortie qu'une fois avec Kang Sheng pour aller au Grand Monde, le reste du temps elle était condamnée à l'hôtel borgne, à la Truie, aux putains... Cet imbécile d'acteur ne sait rien, rien de rien. Il se moque d'elle, de la dinde qu'elle était à Tsingtao. Elle s'en souviendra. Mais qu'est-ce qu'il lui a pris à elle aussi de parler de Xiao Ling comme si elle en était jalouse ?

Maintenant Pomme Bleue ne pense plus qu'à Xiao Ling. Celle-là... À la vérité cette jument résignée la hante depuis des jours. Un geste à faire, un mot à écrire et elle serait là, soumise, prête à lui trouver l'adresse de Song Minh — Kang Sheng a été très clair, sa femme doit obéir. Mais pour Pomme Bleue ce serait s'avouer vaincue, incapable de se débrouiller seule dans Shanghaï. Tout cela est de la faute de Song Minh, à la fin : pourquoi continue-t-il à se cacher alors que sa disgrâce semble terminée ? Cette extraordinaire prudence oblige Pomme Bleue, oui, l'oblige, à convoquer Xiao Ling :

— Kang Sheng est-il à Shanghaï ?

— Non. Que voulez-vous donc ?

— Arriver à Song Minh. Il a disparu, trouvez sa planque. Avant son départ, Kang Sheng, votre époux, m'a conseillé de le joindre.

— Vous et vos prétentions... Laissez Song Minh tranquille. Et qui me prouve que vous n'allez pas le dénoncer, comme vous avez dénoncé Yu Qiweï à Tsingtao ?

— Vous refusez ? Je me plaindrai à Kang Sheng dès son retour.

— Un jour vous dénoncerez Kang Sheng aussi... Comment peut-il tenir à vous ?

— J'exige l'adresse avant la fin de la semaine.

Quelques jours plus tard on apporte à Pomme Bleue un plan de Shanghaï. Une croix tracée sur une banlieue lointaine, deux numéros, l'un pour l'immeuble, l'autre pour l'appartement... Pour se claquemurer dans un pareil faubourg, Song Minh crève vraiment d'angoisse ! Elle le consolera, le dorlotera, le cajolera — le maternage, le bon maternage est un puissant moyen de séduction dans certaines circonstances.

Pomme Bleue prend un pousse et après un trajet interminable elle arrive dans un quartier de la pauvreté extrême mais décente. Sur ce qui a été un immense terrain vague, la terre a été écorchée, dépouillée de sa végétation et l'on y a planté quelques bâtisses en ciment à plusieurs étages, toutes semblables, neuves et pourtant déjà grises et délabrées. Entre elles quelques plates-bandes exhibant dérisoirement des fleurs étiolées. Il s'agit de ces clapiers que les capitalistes, les profiteurs de l'existence, ont fait construire pour une humanité d'employés et de commis aux vies râpées, dont les salaires seront désormais presque mangés par les loyers. C'est la cité des petites gens vertueux qui, pour drapeau, ont du linge séchant aux fenêtres. Pomme Bleue repère le bâtiment où doit se tapir Song Minh. Elle grimpe un escalier raide dont les marches sonnent creux. Flotte une odeur de propreté sale... Il y a aussi des relents de déjections desséchées, d'urine évaporée, une chaleur qui décape et fait suinter l'aridité. Pomme Bleue croise des bambins, des commères, des vieux et ils scrutent cette femme qui, en dépit de la simplicité de sa toilette, apporte un autre univers, celui où il n'est pas nécessaire de compter et de recompter chaque liard pour manger, pour dormir, pour survivre.

Cependant Pomme Bleue lit les quelques indications qui barbouillent les murs, caractères pareils à des insectes écrasés, et, au cinquième étage, elle s'engage dans un boyau obscur qui s'enfonce dans le bâtiment comme dans une termitière — la pénombre grouille d'êtres quasi invisibles. Sur une porte, au milieu de la rangée des portes, elle distingue enfin le numéro qu'elle cherche. Le chiffre est délavé mais c'est bien ça, elle est arrivée.

Elle frappe doucement puis de plus en plus fort et il lui semble que disparaissent les remugles humains, les échos de rires, de chuchotis et de cris, qu'elle est submergée par un silence fondamental. Alors elle se met à cogner et elle entend de l'autre côté de la paroi un glissement feutré. Un homme en robe de chambre souillée lui ouvre, il est maigre, ses yeux sont injectés de sang, sa figure est une broussaille, sa voix un souffle rauque :

— Où sont les policiers ?

— Quels policiers ?

— Ceux que vous conduisez jusqu'à moi, qui vous suivent.

— Mais je suis seule, complètement seule, je n'ai amené personne.

Quelques secondes ils s'examinent sur le seuil. Puis Song Minh fait signe à Pomme Bleue d'entrer dans la pièce qui est petite, étouffante, désolée. Murs pisseux décorés de pages arrachées à de vieux almanachs, sur une table boiteuse traînent quelques livres, des flocons de poussière se sont accumulés partout. Mais le fond du sordide c'est ce robinet qui de temps en temps laisse tomber une goutte d'eau dans une auge grisâtre remplie de bols encroûtés de riz, de restes de mangeaille, de boîtes de conserve éventrées encore entachées d'huile.

Pomme Bleue sourit :

— Comment avez-vous pu croire que j'étais de la police ? Vous ne me reconnaissez pas ?

— Non. Qui êtes-vous ?

— Nous nous sommes rencontrés à Tsingtao dans le salon de Mme Yu, nous avons bavardé et vous m'avez invitée à vous rendre visite si jamais je venais à Shanghaï.

— Je ne me souviens pas.

— Mais si, mais si, rappelez-vous. J'ai épousé Yu Qiweï, le frère de la maîtresse de maison. C'était avant qu'il ne soit arrêté pour subversion. Quand il a été libéré, nous nous sommes aperçus que nos sentiments l'un pour l'autre s'étaient usés, nous avons divorcé et je me suis installée à Shanghaï. Et me voilà. Avec la carte de visite que vous m'aviez donnée à Tsingtao.

Song Minh regarde le bout de bristol qu'elle lui tend, c'est bien sa carte avec son nom, son adresse, son numéro de téléphone, comme une réminiscence de temps plus galants.

— À l'époque où nous nous sommes rencontrés, on m'appelait Grue des Nuages. Maintenant je suis Pomme Bleue.

Avec une sorte de résignation Song Minh esquisse un geste d'accueil :

— Asseyez-vous et dites ce que vous attendez de moi. Je travaille et je n'ai que peu de temps à vous accorder.

Ses prunelles sont très noires et le regard, malgré la lassitude, a quelque chose d'enveloppant.

— À défaut d'autre siège, dit-il, je me mets à vos pieds.

Song Minh s'allonge sur la paillasse et, l'air lointain, il allume une cigarette. Sa voix soudain songeuse...

— Mon petit, vous m'avez flanqué une belle frousse... Je vous avais invitée, mais pas ici. Comment êtes-vous arrivée jusqu'à moi ? Personne ne sait où je suis, sauf mon frère, le petit frère tout fou qui pérore tant. Mais il est fidèle et il affronterait tous les supplices plutôt que d'indiquer où je suis. Dites, est-ce lui qui vous a donné mon adresse ? Un coup de charme, un coup de croupe contre mon adresse...

— Non, je ne le connais pas. Je l'ai aperçu mais je ne lui ai jamais parlé.

— Alors comment m'avez-vous trouvé ? Personne ne vient ici, pas même mon frère et je n'ai pas de servante.

— Ça se voit.

— Très tôt le matin, je descends faire quelques provisions. Le soir, je prends l'air, je me promène quelques minutes. Le reste du temps, je travaille. Je me croyais ignoré de tous. Encore une fois, comment êtes-vous arrivée jusqu'à moi ?

— Grâce au Parti. Je suis une amie de Kang Sheng et de sa femme. Lui est en voyage, c'est donc à elle que j'ai demandé votre adresse. Évidemment elle ne la connaissait pas, mais elle a agité toutes les cellules de Shanghaï et en quelques jours vous étiez repéré. Regardez le plan qu'elle m'a envoyé, cette voix...

Song Minh se met à glousser...

— Voilà, j'y suis ! Je me souviens de vous... la petite qui s'est pointée chez la mère Yu avec Kang Sheng. Ça pour le scandale, vous vous défendez bien. Que de rouges dans votre vie et dans votre lit ! Puis-je briguer une place d'extra ? Mais je ne voudrais pas avoir d'ennuis avec Kang Sheng. Il doit y tenir à votre fameux popotin.

— Il n'est pas mon amant et c'est lui qui m'a conseillé de m'adresser à vous.

— Bien, bien, bien. Excusez-moi. Un détail cependant, comment le Parti, qui n'est plus que l'ombre de lui-même à Shanghaï, a-t-il pu me retrouver aussi vite ?

— Il reste dans tous les quartiers d'obscurs militants qui sont les yeux et les oreilles du Parti. Quand ils ont reçu l'ordre de vous voir, l'un d'eux vous a reconnu et signalé.

Affolement de Song Minh.

— Ce que le Parti a fait, la police peut le faire.

— Encore faudrait-il qu'elle en ait envie. Ces immeubles sont truffés de mouchards qui vous ont forcément repéré. Inaperçu, vous, Song Minh ? Vous me faites rire.

— Taisez-vous. Vous ne savez pas de quoi vous parlez :

j'ai au Kuomintang des ennemis mortels. Ils me haïssent d'autant plus que j'ai un cadeau pour eux, une bonne petite pièce qui les montre tels qu'ils sont, bien dégueulasses. Grâce à mon frère, tout le monde en connaît l'existence et déjà elle fait peur.

Sur la chaise, Pomme Bleue se tortille :

— Pas à moi. À mon arrivée à Shanghaï, j'étais obsédée par vous mais je n'osais pas vous appeler. Quand j'ai entendu dire que vous écriviez, je me suis décidée. Je suis comédienne, ce serait merveilleux pour moi de jouer un de vos personnages.

— Et c'est pour cela que vous me dérangez maintenant ! Pour cela que vous avez rameuté le Parti ! Vous ne manquez pas de culot ! On ne vous a pas dit que je n'attribuais de rôle qu'à mes maîtresses ?

Ses faveurs, Pomme Bleue ne demande qu'à les accorder. Mais un ricanement l'arrête :

— Ne prenez pas cette peine, je suis chaste désormais. Je me réserve pour mes héroïnes. Racontez-moi plutôt ce qu'on dit de ma pièce dans Shanghaï.

— Tout le monde en parle. Mais cela fait des jaloux. Ici ou là on vous traite d'histrion, on vous accuse de vous payer des sensations, de jouer au martyr pour mieux fourguer votre camelote.

— Je vois qui dit ça et je crache à la gueule de ces saligauds.

— Tout de même, vos méthodes sont particulières. Vous clamez qu'on veut vous tuer et vous chargez Song le Mauvais de votre publicité. Il débagoule, il dégouline, il dit n'importe quoi, que vous mettez Tchang Kaï-chek en accusation, que vous le décrivez entouré de voleurs et d'assassins…

— Comme toujours, il exagère, le Mauvais. Mais ces ragots me plaisent. Je suis un auteur et un auteur ne doit pas se laisser oublier trop longtemps.

— Mais comment communiquez-vous avec Song le Mauvais ?

Enfin Song Minh a quelqu'un à qui raconter son histoire ! Il s'épanche, il s'étale, il est en crue, il jouit. Ah, le récit voluptueux de ces semaines de traquenards, d'alertes, toujours à la recherche d'un abri. Comment chaque soir trouver un endroit où dormir, faire confiance à des gens qui peut-être ne le méritent pas… À bout de souffle et de courage, il allait craquer quand il tomba sur une flatulence maquillée, une ancienne comédienne qui avait été jolie et avait connu quelques succès. Il l'avait fait jouer autrefois, pas beaucoup, il ne se souvenait plus s'il avait couché avec elle. Cette femme l'avait sauvé. Elle avait pris récemment un logement dans une citadelle de ciment pour y abriter sa dèche, elle se faisait fort d'y négocier, avec le roquentin chargé des loyers, une chambre pour Song Minh en cachant son nom et en exhibant son argent. Song Minh s'était installé dans cet univers de la médiocrité et la grosse femme était devenue son unique lien avec le monde.

Un peu à l'écart des immeubles il y a un bistrot éclairé par quelques lampes, un caboulot minable, un repaire d'hommes soûls et de putains avachies. Chaque soir Song Minh entrouvre la porte et regarde si son ange obèse est là. Elle est toujours là, chairs croulantes imbibées d'alcool. Ils se contemplent silencieusement, parfois l'un fait signe à l'autre, alors ils se rapprochent et parlent. C'est par elle que Song Minh a donné à Song le Mauvais la consigne de ragoter, de bavasser, de dégoiser — c'est des lèvres soûles de la femme qu'il a appris qu'au milieu du concert des louanges un qui de droit, deux qui de droit, des qui de droit du Kuomintang menaçaient. On bourdonnait autour du Mauvais : que son frère prenne garde, si son chef-d'œuvre était pervers et offensant, il ne verrait pas le jour.

— Peut-être avez-vous raison… Ils m'ont repéré et ils ont décidé de m'intimider pour que j'arrête d'écrire ou pour que j'écrive en courtisan.

Là-dessus il se répand en grondements, en borborygmes où Pomme Bleue croit deviner des lambeaux amphigouriques.

— Assassiner mon œuvre… Il faudrait d'abord me passer sur le corps.

Pomme Bleue se souvient à nouveau des sarcasmes de

Kang Sheng... La prose de Song Minh passait la rampe parce que c'était le comble de la bêtise snob, le dernier cri du chic. Mais toute la vertu de l'homme était réfugiée dans sa moustache effilée, ses mains manucurées, sa figure si joliment chafouinée de dédain. Le public se pâmait, les dames tombaient, lui n'était qu'un gugusse, un malade, un dément. Pour Pomme Bleue ce serait une proie à piéger.

— Ces feuilles par terre, c'est votre manuscrit ? C'est ça le chef-d'œuvre qui fait tant jaser la ville ?

— Ce n'est qu'une ébauche. À la vérité...

La vérité, c'est qu'il s'est échiné en vain. Des dizaines de fois il a recommencé, l'intrigue ne se nouait pas, les reparties ne cliquetaient pas, les mots drôles étaient sinistres, les scènes légères funèbres, les scènes graves inconsistantes. Des dizaines de fois il a brûlé ses pages :

— Je croyais qu'enfermé ici, coupé du monde, j'écrirais facilement, je me suis trompé. J'étais trop seul et surtout j'avais trop peur. Ces pas dans le couloir... Des semaines à tendre l'oreille...

Song Minh est encore plus dingue que Pomme Bleue ne le pensait : ce gandin a bâti, construit sa trouille et il s'y est enfermé comme dans un cachot. Maintenant il s'y décompose. Elle va le tirer de là avant le naufrage, et il sera à elle.

— Vous vous tourmentez inutilement. Je viendrai demain matin vous tenir compagnie et si vous le voulez vous me dicterez ce que vous avez écrit ou bien je le recopierai.

— Que me demanderez-vous en échange ? Pour ce rôle, n'y comptez pas.

— Je désire simplement vous aider.

— Venez toujours, je verrai vite si je vous supporte. Et méfiez-vous. Si vous êtes une espionne chargée de surveiller mes faits et gestes, je m'en apercevrai et je me vengerai.

Chaque matin, vers dix heures, Pomme Bleue arrive chez Song Minh apportant provisions, douceurs, gâteries, des cigarettes et, surtout, des journaux. Lui, après s'être étiré, les lit de fond en comble, très dépité lorsqu'on ne cite son nom nulle part, encore plus quand un autre auteur a du succès. Alors il grasseye qu'il va remuer la grosse femme pour qu'elle remue Song le Mauvais. Et que celui-ci fasse mouche avec des histoires sur lui, qu'il remplisse les gazettes de son mystère et de son génie à lui, Song Minh.

Ayant baragouiné, il se rendort pour quelques minutes puis rouvre les yeux pour regarder Pomme Bleue avec réticence et circonspection. Que fait-elle chez lui, cette donzelle ? À quoi servira-t-elle ? Désormais il est impuissant, de la pire des impuissances, il ne peut plus créer. Crises de larmes et accès de colère se succèdent. La présence de Pomme Bleue l'offusque, il n'est qu'une bête dans sa cage, pire, un écrivain raté et un escroc. Et si jamais Pomme Bleue n'était pas une malédiction mais un miracle ? Elle le ressusciterait. Non, qu'elle déguerpisse, ce n'est qu'une salope.

Pomme Bleue se garde bien de jouer les infirmières ou les nounous, que les crises passent d'elles-mêmes. Comment prévoir avec un pareil cinglé ce qu'il adviendrait si elle le soignait ? Sans doute la chasserait-il... Elle commence par nettoyer le galetas, elle balaie, elle lave la vaisselle et le linge, elle coud des boutons, elle s'acharne à ces besognes ancillaires, un travail colossal. Que ne trouve-t-elle pas ? Des épluchures, des immondices, des armées de cafards, des crottes de souris, des vêtements sales, l'ordinaire d'un homme déjeté.

Petit à petit elle s'enhardit. Elle apporte des ustensiles de cuisine, du linge, elle coupe les ongles et les cheveux de Song Minh qui se laisse faire, qui grommelle que sans elle il aurait crevé seul, dans cette chambre puante.

— Bientôt, nous allons retrouver Song le sémillant, plaisante-t-elle, tout de suite même.

Une bassine, de l'eau, du savon et la voilà qui le déshabille et le lave comme s'il était un bébé et elle son *amah*. Et en le passant au gant de crin, en nettoyant jusqu'à son sexe et ses pieds, elle songe aux progrès qu'elle fait. Chaque geste, si répugnant soit-il, la rapproche de son rôle.

De récurage en décrassage, Song Minh s'est reconstitué et des sentiments lui reviennent, on dirait qu'il a comme une affection pour Pomme Bleue. Celle-ci a acheté des meubles, un lit, une table, des chaises et Song Minh n'a pas pris les livreurs pour des policiers et il l'a remerciée.

Lorsque la chambre est arrangée, Pomme Bleue complète ses apprêts avec du papier blanc, des blocs d'encre, des pinceaux, des stylos, tout le nécessaire de l'homme de lettres. Et elle lance sur la table les feuillets jaunis et déchiquetés du manuscrit. Lui les prend avec répugnance et s'attelle à les relire. Son texte lui paraît mauvais, très mauvais. Une fois de plus il faut tout refaire.

Mais l'état de la bonne excitation semble revenu à Song Minh. Un jour, deux jours, il médite dans ce silence qui précède l'assaut, puis il charge. Des heures, rouge de tension, il écrit, rature, corrige et enfin il tend à Pomme Bleue un torchon qu'elle est priée de recopier.

Ce qu'elle fait avec application tout en jugeant la scène, la première, médiocre. Mais elle se tait et muette repasse des pages calligraphiées à Song Minh qui s'exalte et se met à lire à haute voix le faisceau des reparties, le duel des répliques. Pendant au moins une semaine il poursuit sa besogne et de sa hargne sortent des héros qui se haïssent, se déchirent et se tuent, à moins qu'ils ne se ratent et s'enlisent dans l'ennui. Pomme Bleue ne cesse d'admirer, elle admire tout, le belliqueux comme le visqueux, le surabondant comme le constipé. Et un jour Song Minh s'irrite :

— Vous mangez tout avec ravissement, vous bâfrez et vous ne me servez à rien. Faites-moi donc des remarques sur mon texte, que j'en chasse les longueurs et mollesses.

Pomme Bleue se méfie. Pourtant elle se permet une légère critique à propos d'une phrase selon elle peu vraisemblable. Aussitôt l'auteur se hérisse et il crie à Pomme Bleue qu'elle est idiote, et qu'elle foute le camp. Le lendemain matin, elle est là et Song Minh s'excuse :

— J'ai passé une nuit blanche à réfléchir à votre réticence. Vous aviez raison, sans vous je m'embarquais dans une mauvaise direction. Les auteurs sont comme des femmes qui accouchent. D'un bel enfant ou d'une raclure à jeter au ruisseau ? Cela dépend de la sage-femme. Soyez ma sage-femme.

Désormais Pomme Bleue est promue collaboratrice et elle farfouille dans les tripes et les cœurs des personnages de Song Minh. Quand il a écrit un bout de dialogue, il attend son verdict avec impatience. Elle tarde souvent à parler car il lui faut choisir des mots qui ne fassent pas de dégâts. Quel prodige que d'assister un créateur en gésine ! C'est un chef-d'œuvre de tenue, de comportement, d'instinct que de savoir le satisfaire : le ton, la voix, les gestes, tout est décortiqué. Même le compliment est dangereux parce qu'on doit lui donner l'allure et le phrasé de la conviction. Et l'auteur est aux aguets, cherchant à discerner la complaisance dans la louange. Quand il attend plus — de l'utile —, comment suggérer que cela pourrait être mieux d'une autre façon ? Song Minh doute, il est écorché vif, il explose de rage, il invective mais Pomme Bleue maintient ses opinions. Algarade, parfois même déchaînement, des éclairs pour un mot. Ensuite viennent les compromis, les réconciliations pour le bien de l'œuvre. Ce labeur commun, quotidien, c'est entre eux l'étreinte la plus intime qui soit.

Intimité pour le texte, aucune autre. Lors des repas que Pomme Bleue prépare hâtivement, ils bavardent un peu. Une fois, l'air narquois, Song Minh s'enquiert de Kang Sheng.

— Il y a longtemps que je n'ai plus de nouvelles, répond Pomme Bleue.

— Même par Xiao Ling ?

— Je ne crois pas qu'elle en sache plus que moi. C'est elle qui chaque semaine, sur l'ordre de son mari, paie ma chambre. Elle me laisse de l'argent dans une enveloppe.

— En somme Kang Sheng vous entretient aux frais du Parti ? Ce protecteur est décidément bien dévoué. Mais je ne trouve pas cela très rassurant. Si on vous repère et si on vous file, on arrivera à moi ; vous feriez mieux de changer d'hôtel.

— Non, je reste où je suis, là où je dois être.

Pomme Bleue a un arrangement avec un coolie-pousse qui chaque matin la prend aux Pivoines d'Or et le soir l'y ramène. La nuit tombée, durant le long trajet lui vient de plus en plus souvent un espoir : et si Kang Sheng était là ? Certes elle s'est crue terriblement lasse de lui, certes elle a été écœurée par le constant récit de ses orgies de sang, et même elle s'est dégoûtée de ses fornications de bête fauve, mais maintenant il lui manque. Elle veut son audace, sa ruse, sa cruauté, son panache, elle désire même entendre son rire ironique. Comme il l'avait raillée quand il avait pressenti qu'elle jouerait son jeu auprès de ce foutriquet de Song Minh et qu'elle en aurait bien des déconvenues ! Finalement elle passe d'un enfermement à un autre bien pire, à cette claustration dans une chambre qui semble faite pour un éternel dégoût. Si seulement Kang Sheng revenait ! Il se moquerait de ses paniques, il ridiculiserait Song Minh, sa trouille, sa gloriole et son accouchement interminable. Quel pauvre type celui-là ! Un tordu, un infirme... Comment le talent peut-il fleurir chez des êtres aussi navrants que tous ces théâtreux et ces écrivassiers ? Pomme Bleue rêve : si Kang Sheng allait la surprendre ? Ah, l'apercevoir, l'entendre, se jeter dans ses bras et tout oublier, et, ensemble, assouvir leurs formidables ambitions...

Mais Kang Sheng n'est jamais là. Alors elle retourne à Song Minh, à la chambre qui sent l'agonie, à son ahurissant esclavage. Cette satanée pièce ! Il faut sans cesse la reprendre, la repriser, la rebâtir et, dans cette méticulosité, le travail n'avance guère. L'impatience de Pomme Bleue, sa colère même... Et ce salaud de Song Minh qui pas une fois, pas une, ne parle d'un rôle qu'il lui réserverait !

Dans cette routine, une seule chose réussit à exciter Pomme Bleue : l'impression confuse que l'épouvante dépeinte par Song Minh n'est pas une divagation, que ces haines et ces meurtres sont une réalité tout juste nettoyée, arrangée pour produire un spectacle fascinant. C'est l'histoire d'un couple, celle du plus grand joaillier de Chine et de son épouse, deux personnages clés du Kuomintang dont l'union apparemment décente n'est qu'un cauchemar. Song Minh en connaît tous les arcanes, il s'en repaît avec une joie frénétique : c'est l'histoire de ses parents.

À l'origine, un petit-bourgeois issu de modestes bijoutiers qui, très jeune, est emporté par la passion des gemmes. À la tête de quelques ruffians il est parti pour une contrée lointaine à la recherche d'un eldorado ou d'une caverne des merveilles. Des mois et des mois de marche dans les profondeurs de la jungle où l'on ne rencontrait que des brigands, des soldats déserteurs et des négociants de son acabit, prêts à tout. La mort partout, invisible et qui s'abat ; lui gémissant de fièvre, lui mis à la rançon, lui sur le point d'être décapité... et lui que ses hommes délivrent et qui s'empare de quelques blocs de jade. Plus loin encore, il était arrivé à la géhenne d'une mine où des enfants nus rampaient dans des galeries pour arracher des rubis à la roche. Combien de cadavres pour un rubis ? Il en avait acquis un énorme et quantité d'autres plus petits. Surtout il s'était abouché avec les maîtres de cet enfer qui lui livraient à Shanghaï, où il s'était établi à son retour, leurs pierres les plus précieuses.

Cette matière brute, ces cailloux qui recelaient des trésors, il les faisait tailler et les vendait dans sa somptueuse boutique de Nanking Road. Autour de lui, les saphirs, les topazes, les rubis et les émeraudes, l'élancement d'orgueil des diamants, la promesse des jades se fondaient en une palette de la sublime joie. Et ce digne négociant sorti d'un univers d'assassinats recouvrait au contact des gemmes une pureté : les pierres, disait-il, sont les larmes de la terre, un chant venu de ses entrailles.

Ce poète était un cynique qui ramassa bijoux et joyaux dans toutes les rivières de sang, dans toutes les montagnes de misères qui couvrirent la Chine au tournant du siècle. Les horreurs et les terreurs firent son bonheur. Le pays n'était plus que flammes dévorant les cités, armées qui exterminaient femmes et enfants, pillages et danses de mort, corbeaux, crânes aux yeux évidés, corps gonflés par la peste, lui commerçait. Il se rendait auprès des plus cruels, des plus rustres, des plus ignares des Seigneurs de la Guerre et il prélevait dans les butins énormes de ces gouapes à panache et à galons les bijoux rares arrachés à leurs victimes. Les plus fantastiques de ces joyaux provenaient du palais d'Été qui avait été mis à sac par les troupes franco-britanniques en 1860 ou même de la Cité interdite où les eunuques, depuis l'avènement de la république en 1911, vendaient, vendaient, vendaient.

Cela ne suffisait point. Après 1917, cet honorable marchand s'était fait détrousseur des grandes dames russes qui arrivaient à Shanghaï dans une détresse effrayante. Ces malheureuses promises à la prostitution et à la boue lui cédaient leurs derniers bijoux à vil prix : elles ne savaient pas marchander. Et qui aurait osé se porter acquéreur contre lui ?

La quarantaine venue, cœur tanné et fortune faite, il avait décidé de convoler. Pour une bonne conjonction, il s'adressa à une entremetteuse, la plus honorable et la mieux pourvue de la cité de Canton. Et elle lui trouva une jeune fille d'une lignée excellente mais ruinée... Longues négociations : il n'était qu'un parvenu et devait effacer sa roture à force d'argent. Il acquit enfin la jeune personne à la beauté garantie — il ne l'avait jamais vue — contre une somme énorme. La cérémonie se déroula selon les rites anciens, cadeaux et agapes sans fin. Quand l'épousée vêtue du rouge du bonheur et portant une couronne de phénix découvrit son visage, ce fut un ravissement : on ne pouvait être plus belle.

Trois années elle fut charmante, une fée tendre et attentionnée qui donna le jour à deux garçons, Song Minh et Song le Mauvais. Contrat rempli, désormais elle pouvait être elle-même, une garce et une meurtrière. Elle aurait voulu faire crever son mari, celui qu'on appellera désormais le père. Et lui qui dans les jungles féroces et les villes racailleuses avait appris à ne pas se faire occire et, s'il le fallait, à occire, se laissa torturer : un jeu pervers s'établit que, sans doute, ils appréciaient tous les deux.

La mère... Jamais de hurlements, de vociférations, de cris, d'insultes, toujours le sourire, mais ce qu'elle avait de délicat, d'exquis, était devenu fiel. Comblée, trop comblée, elle voulait le risque, le danger, l'art de blesser et de faire suppurer : pour éviter l'ennui de qui possède trop, pour vivifier le temps si opaque de la richesse assurée, elle passa du luxe à la luxure. Elle prit des amants, beaucoup d'amants, de jeunes garçons et aussi des bourgeois très lancés dans la société de Shanghaï, des partenaires, des acolytes de son mari. Ses aventures elle les menait discrètement, mais toujours elle s'arrangeait pour qu'il sût, cela pimentait le jeu. Elle n'avouait pas, elle se trahissait délicieusement, par une froissure de sa robe, par un mot inadvertant dans son bavardage, par une inexactitude apparemment involontaire. Elle était très consciente qu'il pouvait la maltraiter, la répudier et même la faire tuer, mais son instinct l'avertissait qu'il lui était attaché au point de préférer ses infidélités à son absence, à moins qu'il ne jouisse en vieux masochiste d'être si joliment trompé. En tout cas, jamais il ne relevait la fausse note, l'indice révélateur, le signe dévastateur. C'était un bloc inentamable et elle aiguisait en vain ses ingéniosités, ses trouvailles et ses perfidies. Était-il plus fort qu'elle ? Il continuait à se comporter en bon époux, il remplissait le devoir conjugal, élevait les enfants, célébrait les fêtes, l'accablait de cadeaux, faisant d'elle une devanture étincelante de joyaux, de trop de joyaux.

Ces arrangements auraient pu durer longtemps, mais l'arrivée au pouvoir d'un Kuomintang, qui était pourtant leur chose, brouilla toutes les cartes... Vieilles histoires. Il se trouvait que le père avait avec le Généralissime d'anciennes complicités : en 1911, lorsque Shanghaï bourdonnait de la liberté nouvelle, il s'était allié avec un jeune officier du nom de Tchang Kaï-chek et tous deux avaient fait rendre gorge aux tenants de l'Empire qui venait de s'écrouler, cela d'une façon pas très honnête. Plus tard, bien plus tard, quand, parti de Canton, Tchang Kaï-chek était arrivé avec ses troupes devant Shanghaï dont les faubourgs étaient déjà tombés aux mains des prolétaires, le père s'était joint au groupe des milliardaires qui avaient retourné le général... le sang présidait encore au prodigieux destin du père. Dorénavant, sans être entré dans la hiérarchie du Kuomintang, ce négociant pouvait tout. Il avait appris à se servir de la rigoureuse honnêteté survenue à Tchang Kaï-chek depuis qu'il était chef d'État aussi bien que de la corruption toujours plus incroyable de son entourage.

Sa femme, elle, avait décidé de coucher avec les dignitaires du Kuomintang, ministres bouffis ou généraux impudents exhibant sur leur gueule une saloperie délétère. Cela, pensait-elle, la rendrait invulnérable. Le père ne se fâchait pas, soit qu'il sût se contenir même face à ces offenses suprêmes, soit qu'il profitât des accouplements de son épouse pour ses affaires. Le temps passa ainsi, la magnificence des réceptions de la mère était célèbre, on savait moins qu'elle organisait des petits dîners de deux catégories : dans la première tous les invités l'avaient foutue, la seconde était réservée à ses futurs amants. Le père affectait toujours de ne se douter de rien.

Vint le jour où la mère tomba amoureuse et l'homme pour lequel elle éprouva cette passion se trouva on ne peut mieux choisi — ou plus mal : elle se jeta sur le ministre des Choses Précieuses, le collecteur et le gardien désigné par Tchang Kaï-chek des trésors de la civilisation chinoise. Contrairement aux autres dirigeants de l'État, il était encore jeune, parfaitement éduqué, l'avenance même, beau, de cette beauté qu'ont certains buddhas ravis de joie. Le ministre a les yeux mordorés, les lèvres savoureuses, la parole chatoyante, c'est un esthète qui jouit des chefs-d'œuvre qu'il recherche et acquiert pour l'État et les musées, à bon compte évidemment. C'est aussi le grand trafiquant du merveilleux, un rapineur extraordinaire qui revend à des collectionneurs pour des prix exorbitants les plus belles pièces de son butin. Mais son indélicatesse est connue et dans la Chine entière on cache, on enterre ce qui pourrait susciter son envie. Dans cette guerre des objets, il a ses espions qui lui signalent les raretés et, quand il le faut, il les fait dérober par ses hommes de main ; il lui arrive de commander l'assassinat... Le père, au plus intime de son business, est de mèche avec le ministre.

Longtemps celui-ci n'a pas semblé ranger la mère parmi les choses précieuses. Il lui montre grand respect, elle n'essaie pas de l'aguicher, pas encore... elle le réserve pour la vengeance finale. Enfin elle se décide, et le père est stupéfait de voir apparaître son complice à un de ces repas par lesquels elle désigne son prochain élu. Le ministre s'étonne d'avoir été convié, elle sourit. Le repas achevé, elle lui prend le bras, l'entraîne dans un jardin, le père les voit disparaître... jamais elle n'a poussé l'outrage aussi loin, il comprend que le jeu se termine.

La liaison, l'amour fou. Au bout de quelques semaines, la mère supplie son amant de la débarrasser d'un mari qui lui fait horreur. Lui tergiverse, se débat, s'apprête à céder, cède...

Par quelle aura de bonheur, par quel rayonnement la mère fut-elle trahie ? Le père l'observe, l'épie, la complimente sur sa beauté... elle sourit toujours plus. Alors il convoque secrètement le chef d'une bande qui souvent exécute les méfaits et les meurtres souhaités par le ministre, mais qui travaille parfois pour lui, un ami commun en quelque sorte. Aussitôt il interroge :

— Combien recevras-tu pour m'assassiner ? Dis tout et je te donne dix fois plus.

La somme est si considérable que la brute, pourtant dans son métier un homme d'honneur, fléchit : on doit attaquer la joaillerie, et le hold-up tournera au massacre. Lui a pour mission d'abattre le père.

— Ce n'est pas tout, mon commanditaire veut faire croire à un attentat communiste : on répandra que la tuerie est l'œuvre de rouges aux abois, que pour financer leurs entreprises ceux-ci se livrent désormais à des agressions sauvages contre les banques et les boutiques de luxe.

L'individu payé et renvoyé avec le conseil de quitter Shanghaï, le père se frotte les mains, tout réjoui, sûr de lui : la partie tourne à son avantage. Que de fois n'a-t-il pas répété au ministre qu'un meurtre réussi était toujours un meurtre simple, perpétré par un petit nombre d'exécutants ! Mais l'Excellence a monté une affaire énorme, insensée, avec pillage et incendie, c'est trop, beaucoup trop. Quant à l'idée de faire accuser les rouges de grande truanderie, elle est idiote : malgré la propagande, tout le monde sait que les révolutionnaires ne prélèvent jamais leur contribution patriotique sans délivrer de reçu.

Au plus vite, le mari convie son cher ministre à dîner et prie sa chère épouse de festoyer avec eux. Pendant le repas, il leur demande un peu d'attention car il aimerait leur lire un rapport sur un accident qui aurait pu lui être fatal.

— Mes enfants, un petit assassinat en famille ou entre amis comme celui que vous avez si mal conçu contre moi, les communistes s'en moquent. À moins qu'on n'essaie de le leur attribuer et qu'ainsi on affole les commerçants de Shanghaï qui paient prudemment la dîme aux percepteurs du Parti. Cela, ils ne le pardonnent pas.

On dirait, les avise-t-il, qu'ils ignorent tout du négoce et de sa pratique. Non seulement lui, le père, est membre du Kuomintang, mais il a presque autant payé le Parti. Rien ne lui est donc plus facile que d'adresser au Comité central sa relation des faits projetés. Les rouges ne manqueront pas d'apprécier et de réagir...

Rires du père :

— Vous feriez mieux de vous arranger de moi. J'ai trois copies de ce rapport et elles sont en bonnes mains ; si jamais il m'arrivait malheur elles parviendraient aussitôt aux bandits rouges.

Et de proposer un kampé à l'indéfectible tendresse qui les unit tous trois.

Ensuite, tout s'accélère... Le truand qui s'est vendu au père n'a pas quitté Shanghaï assez rapidement. Dès le lendemain de cette aimable discussion familiale, on le retrouve couché dans une ruelle, endormi pour l'éternité — avant de rendre l'âme il a été torturé. Ce premier cadavre, cette bagatelle de cadavre, c'est tout ce que le ministre, vexé, a pu faire. Quelques semaines plus tard, un second cadavre dans la rue, la tête éclatée par une balle dum-dum tirée des toits... l'Excellence elle-même, le crâne en bouillie. Dans la cité, le choc, les sirènes de la police, les grandes échelles. Quelle chasse sur les faîtes et dans tout le quartier à la recherche du tireur ! Une douille, c'est tout ce qu'on trouve. On se console avec des cérémonies expiatoires et Shanghaï sert de décor à de superbes funérailles où parade le Tout-Kuomintang. Évidemment le père et la mère sont dans les premiers rangs, lui ne pouvant s'empêcher de renifler son chagrin, elle, les yeux froids, le visage figé, c'est à peine si elle arrive à faire couler une larme pour ce pauvre diable de ministre assassiné par un inconnu. L'inconnu, elle ne le connaît que trop.

Le poison est l'arme des femmes : le père ne boit et ne mange que ce que son épouse a honoré d'une lampée ou d'une bouchée. Un jour elle refuse de se servir d'un plat de choux farcis. Il fait semblant d'en goûter et recrache en se plaignant d'un goût amer, inquiétant, il risque une indigestion, pour le moins. Le médicastre appelé, un vieux barbichu qui a l'expérience des drames de famille et que le père a chapitré, dit qu'à son avis cette nourriture est vénéneuse. Le plat suspect est emporté, peu après le père brandit un compte rendu d'analyse à la mère, ses choux étaient surtout farcis à l'arsenic.

Et puis, avec le temps, la mère n'a plus jamais pensé au défunt ministre, elle n'apprécie pas les perdants et elle admire la façon dont le père l'a possédée, si magistralement possédée... Alors revenir à la vie ordinaire, celle où les amants se succéderaient ? Avec une ironie presque affectueuse, le père lui a notifié qu'elle n'en avait plus l'âge : « Cesse de jouer la grande dame galante, regarde-toi sans indulgence dans une glace, tires-en les conséquences et tu seras la patronne de Shanghaï. » Et ce qu'elle a vu, ce sont des rides, les premières, de la graisse qui commence à abîmer l'ovale du visage, des seins qui deviennent des mamelles, un corps qui s'élargit... Et elle s'est jugée : elle est belle mais mûre, l'heure est venue de changer de stratégie si elle ne veut pas s'effondrer dans le tas des coquettes suries, des anciennes glorieuses qui ne sont plus que restes lamentables, qui paient pour attirer à elles les gigolos, et même paient énormément. À la perspective de cette déchéance la mère se persuade d'entrer dans une autre voie, celle de la vertu.

Vieille recette, vieille loi : il faut se donner graduellement à la vertu. D'abord la mère se consacre à une tâche méritoire, l'établissement de ses fils, en faire de parfaits messieurs, à la fois des séducteurs et des gagneurs, qu'ils soient couverts de femmes et comblés par la fortune. Mais ni Song Minh ni Song le Mauvais ne veulent succéder à leur père, l'un s'adonne à la littérature, l'autre à la fainéantise. Tant pis ! La mère découvre alors l'exquis de la charité et des bonnes œuvres, surtout elle apprend à caqueter sur la dégradation des mœurs. Pour cela elle fréquente assidûment les carnes antiques qui dominent Shanghaï de leur bagout après avoir, elles aussi, rôti le balai. Quelques-unes se vêtent de robes austères, d'autres indécemment parées de fards et de bijoux s'exhibent dans des robes fendues, mais toutes ont la tête ravagée par les excès d'autrefois, des yeux gloutons, la bouche hypocrite qui susurre le venin.

Ces bougresses, grandes douairières et suprêmes concubines, ces radasses rongées gesticulent, dénoncent le monde et clament contre l'impudence des jeunes beautés qui s'adonnent à la chair, elles ratissent les péchés qu'elles soupçonnent ou attribuent. L'indécence de celle-ci, la corruption de celle-là, les vices de telle autre... dans cette salive médisante, les matrones noient leurs propres adultères et infidélités, les tromperies, les ignominies du temps où elles étaient consommables et consommées. La mère se joint à ce flot dévastateur. Cependant elle s'occupe beaucoup des milliardaires cacochymes et des chefs du Kuomintang, elle est même aux petits soins avec eux. Car si usagés qu'ils puissent paraître, si trognardeux qu'ils semblent, ils sont bien vivants et toujours puissants. Avec le plus grand nombre elle a naguère couché mais la convenance veut que ses incartades soient oubliées, complètement oubliées... sans l'être tout à fait. Quand l'occasion s'en présente, cette mémoire à demi effacée assure à la mère le pouvoir de demander quelques services à ces rogatons qui ont droit de vie et de mort sur tant de gens. Ainsi est-elle devenue le symbole du bien incomparable.

Tandis que la mère réussissait cette ascension, le père tombait dans le gâtisme. Les pierres précieuses qu'il a tant aimées, il les délaisse, il ne sait plus où il est, où il en est, qui il est. Mais par bribes, il crachote sa vérité, une existence insoupçonnée, consacrée aux « petites fleurs », aux taxi-girls, aux courtisanes les plus célèbres et les plus voluptueuses de

Chine et même aux gitons. Joyaux vivants et impurs, magnifiques poules, putes splendides, garçonnets fardés, il a tout eu. Et la mère, qui s'était crue aimée, s'aperçoit enfin que son époux l'a poussée à toutes les inconduites pour avoir la paix. Elle était là pour enfanter mais jamais elle n'a fait partie de ses vraies jouissances : elle n'était ni une gemme ni un cul, il n'y avait même pas de jeu.

Reste une déesse et un baveux : quand il se met en colère et pousse des cris incohérents elle passe la main dans ses cheveux et le calme. Il ne suscite plus que mépris ou pitié dans son ancien clan, la mère a gardé ses fidèles, des proches de Tchang Kaï-chek toujours prêts à la servir...

— Et voilà, dit Song Minh à Pomme Bleue. Vous comprenez pourquoi j'ai si peur pour ma vie. À cause de ma mère. C'est elle qui excite les magots du Kuomintang contre moi.

— Elle n'irait pas jusqu'à vous faire tuer.

— Qui sait. Sa vertu est une légende pour laquelle elle s'est donné tant de mal qu'elle-même y croit. Elle ferait n'importe quoi pour la défendre. Si vous la connaissiez, vous auriez la trouille.

— Peut-être... Mais vous aussi, pourquoi l'avoir choisie comme héroïne ?

— À sa manière, elle est géniale. Ce que je veux faire ressortir, c'est son don de l'extrême. Elle a ramolli le cerveau de mon père, elle s'est emparée de sa fortune, moi, elle me supprimerait très volontiers, seul Song le Mauvais lui échappe.

Perplexité de Pomme Bleue : quel besoin a éprouvé Song Minh de lui raconter ces turpitudes ? Un déballage terrible dont elle cherche la clé : que s'est-il passé jadis entre le jeune Song Minh et sa mère ? Par quel secret de haine et d'amour sont-ils liés ? Pomme Bleue ne s'enquiert pas davantage, mais elle fait observer que ce long récit d'une vie, comme tous les récits de ce genre, n'aboutit qu'à du décousu, un roman par fragments et morceaux. Que pour en tirer une pièce il importe de resserrer, d'effacer les empois et les redites de la réalité, de rassembler le vécu en crises toujours plus aiguës, jusqu'au paroxysme et au dénouement. Song Minh approuve :

— D'habitude j'invente et alors la construction est facile. Mais quand on tire la matière première de soi, de ce que l'on a ressenti et vu, on s'embourbe. Pomme Bleue, travaillons.

Labeur acharné, monotonie et excitation... Pomme Bleue rentre de plus en plus tard à l'hôtel et elle part de plus en plus tôt. Un matin elle découvre, glissé sous sa porte, le message tant attendu : « Il sera là cette nuit, mais ne change rien à tes horaires. » Kang Sheng, enfin, Kang Sheng dans sa chambre... Toute la journée, au grand étonnement de Song Minh, l'idée l'a agitée, corrodée, rendue folle. Maintenant sous la pluie grasse qui recouvre Shanghaï d'un manteau de saleté, le trajet lui paraît interminable. Une nuit très noire est tombée, ouatant les rares lumières. La ville a disparu et Pomme Bleue somnole bercée par un long chuintement qu'interrompent parfois d'étranges bruits de succion, glissement éperdu des roues sur la chaussée trempée, pieds du tireur de pousse claquant dans les flaques...

À une vingtaine de mètres des Pivoines d'Or, le coolie ralentit et soudain une forme échevelée, dégoulinante, se jette sur Pomme Bleue et la tire hors du rickshaw avec de grands gestes saccadés. Xiao Ling... Dans un souffle, elle murmure que l'endroit est bourré de policiers, qu'il y en a dans tout l'hôtel, que Kang Sheng est en sûreté et qu'il l'a envoyée la prévenir, qu'elle se sauve sans perdre une seconde.

Elle allait détaler quand le coolie s'est mis à glapir pour réclamer son argent. Un homme s'est approché, et puis un autre et encore un autre. Des flics ! Quelqu'un a crié : « C'est elle. » Des coups de feu ont éclaté, le tonnerre... et Pomme Bleue qui court, qui court désespérément. Avant de s'engouffrer dans les ténèbres, elle a eu le temps d'entrevoir l'horreur, le coolie-pousse recroquevillé sur le sol, Xiao Ling couverte de sang, grosse poupée rouge que les policiers secouaient d'un air furieux.

Où aller ? L'hôtel borgne ? Les flics doivent y être. Durant des heures, Pomme Bleue marche au hasard, trop émue pour se diriger, avec dans la bouche le goût de la mort. Il s'en est fallu d'un rien…

À l'approche du jour, avec le bonheur de regarder naître le monde, le courage lui est revenu. Pomme Bleue a survécu, elle survivra toujours. Jamais elle ne sera cadavre, charogne, squelette enseveli sous un tumulus d'herbe charnue, jamais. Et jamais elle n'acceptera, comme Xiao Ling, de missions suicidaires. Le refuge, elle l'a, l'appartement de Song Minh. Elle a la tentation de héler un pousse, mais non… L'aventure de la nuit Song Minh l'apprendra avec fureur et crainte, il posera des questions et la première de toutes, celle qui l'obsédera, ce sera comment elle est venue jusqu'à lui. L'a-t-on repérée ? La connaît-on ? Plus elle y pense, plus elle se réjouit que son tireur de pousse habituel ait été tué. Quelle imbécile elle a été de prendre toujours le même ! Voilà une bourde dont elle ne se vantera pas ! Mais maintenant, surtout pas de coolie pour retourner chez Song Minh. Elle continue donc à pied, épuisée, douloureuse, complètement délavée. Enfin la bâtisse où habite Song Minh. Elle grimpe l'escalier, elle va surgir chez lui à l'aube alors qu'elle arrive généralement vers dix heures. Elle frappe à la porte de la manière convenue et, encrassée d'angoisse, attend la grande scène de la colère et de la frayeur.

Le frôlement des chaussons… Song Minh est là, un peu raide, muet de stupéfaction… La voir à cette heure si matinale et dans cet état pitoyable ! Elle chancelle, tombe dans ses bras. Il caresse les mèches trempées plaquées sur son front, chuchote des consolations ; lui le vaniteux paranoïaque, il se montre généreux, apaisant, jusqu'à ce qu'enfin la crise de larmes éclate et que Pomme Bleue, entre deux hoquets, crache des lambeaux d'une histoire insensée, les coups de feu, sa fuite dans la nuit, cette marche interminable et sa peur à l'idée de venir ici, auprès de son seul ami.

Bizarrerie des hommes. Au mot ami, Song Minh a tiqué, mais il n'a rien dit. Simplement il a conduit Pomme Bleue à son lit, il l'a déshabillée, nettoyée, séchée comme elle l'avait naguère fait pour lui quand elle l'avait tiré de sa dépression, ensuite d'une voix douce et calme il lui a ordonné de dormir.

Bizarrerie des hommes... Song Minh le lâche, l'enfant gâté, est tout sourire et efficacité lorsque Pomme Bleue se réveille dans la soirée :

— Cette fois, c'est moi qui me suis préoccupé des achats. Je me suis adressé à mon amie la grosse soûlarde que votre présence chez moi n'a pas surprise : je crois que tout le monde est au courant. Elle s'est procuré des vêtements, du linge, quelques objets de toilette et une valise. Ce n'est pas le grand luxe, mais enfin vous ne sortirez pas toute nue d'ici. Car il va falloir sortir, désormais cet endroit est brûlé. Dommage, vous l'aviez gentiment arrangé.

Song Minh éclate de rire :

— J'allais oublier l'essentiel, les journaux. Ils sont pleins de vos aventures avec vos bien-aimés protecteurs. Hélas, regardez les photos, la femme n'a pas dû beaucoup parler, son corps est troué comme une écumoire. Et les titres ! Quelle gloire, ma chère, quelles superbes fréquentations ! Il paraît que la jeune terroriste abattue est l'épouse de Kang Sheng, le grand tueur rouge mais que malheureusement celui-ci, qui était attendu aux Pivoines d'Or, a disparu. Comme a disparu une créature qui vivait à l'hôtel et dont on ignore l'identité ; tout laisse à penser qu'elle circulait avec de faux papiers.

Et la presse de s'étendre sur l'énigme de la jeune et jolie femme qui partait chaque matin et revenait le soir vers minuit. Que faisait-elle ? Savait-elle que Kang Sheng s'apprêtait à venir ce soir-là aux Pivoines d'Or ? Et lui, comment s'était-il aperçu que l'endroit était cerné par les flics ? Qui l'avait renseigné au dernier moment ? Pourquoi avait-il envoyé sa femme prévenir l'inconnue ? Si Kang Sheng avait sacrifié son épouse, ce ne pouvait être pour une simple maîtresse, l'inconnue devait être un agent important du Parti, sans doute une Chinoise formée à Moscou.

— Mes félicitations pour la promotion, raille Song Minh. Mais je ne veux plus de vous ici, vous n'êtes pas si mystérieuse que cela, et les gens finiront par parler. Il y aura forcément quelqu'un qui se souviendra de Tsingtao. Moi je quitte Shanghaï et je me retire dans un village, près de Wuxi, chez une grand-tante charmante, qui a près de cent ans et de petits pieds mutilés à la mode d'autrefois. Les paysans l'aiment bien, elle vit de maigres rentes, complètement négligée par la famille, sauf par moi... je suis prévoyant, comme vous l'avez probablement noté. Autre chose, pour être tranquille, je vais annoncer que j'abandonne ma pièce.

— J'étais certaine que cela finirait comme ça. Et moi ? Et moi je n'ai qu'à disparaître sans même un mot de remerciement...

— J'ai pensé à vous, j'ai préparé...

— Taisez-vous. Je vais rejoindre Kang Sheng.

— Vous pensez le retrouver ? Et quand bien même... Croyez-vous qu'il vous pardonnera le corps massacré de Xiao Ling ? Il la pleure peut-être. Il l'aimait, paraît-il.

— Il l'aimait, il l'aimait... C'était une bonne militante... elle vient de le prouver. Pour le quotidien, les grands et les petits services, elle lui manquera, mais Kang Sheng est un politique et un politique ambitieux doit faire des choix. Il m'a choisie.

— Ma petite Pomme Bleue, vous êtes bien sotte de vous découvrir ainsi. Que vous soyez depuis toujours la maîtresse de Kang Sheng, je l'avais compris et cela m'était indifférent. Vous m'amusez, vous m'attendrissez parfois et je n'oublie pas ce que je vous dois. Aujourd'hui laissez-moi vous dire qu'en matière de cynisme et de méchanceté vous avez encore du chemin à faire. Vous parlez trop et vous êtes trop sûre de vous. Si vous aviez lu convenablement les journaux et non pas seulement les paragraphes consacrés à vous, vous auriez vu que d'autres planques rouges avaient été découvertes. On a même, tenez-vous bien, investi un bordel ! Mais je vous rassure, Kang Sheng court toujours.

— Emmenez-moi chez votre grand-tante.

— Pour que nous soyons tous arrêtés ? Vous êtes trop

voyante pour ce village. J'ai mieux, beaucoup mieux à vous proposer : je vous envoie chez ma mère qui, à ma demande, vous accordera l'hospitalité. Là vous ne risquerez rien... Vous servirez le thé aux maréchaux du Kuomintang et ma mère vous gâtera, vous rirez ensemble, vous vous amuserez beaucoup. C'est une femme d'esprit et vous ne pourrez que profiter de ses enseignements.

Pomme Bleue s'étrangle. Et Song Minh se réjouit de la farce : organiser cette rencontre de monstresses, voilà qui est excitant.

— Je vais écrire à ma mère une lettre que vous lui apporterez. Je la préviens que je pars pour la campagne après avoir brûlé ma pièce parce que vous Pomme Bleue, ma collaboratrice, m'avez persuadé que mon chef-d'œuvre noir n'était que boue, insulte à ma famille et à ma patrie... Je me rends donc à vos raisons et je demande humblement à ma chère maman de vous recevoir pendant quelques semaines où vous vous reposerez de votre travail avec moi. Il va de soi, je le préciserai avec élégance, que je n'ai jamais été votre amant — ma mère sait que je ne couche pas avec les femmes que je respecte. Il va de soi aussi que vous êtes pauvre, depuis qu'elle est vertueuse, ma mère fait profession d'adorer les mendigots.

Et Song Minh s'attaque à la missive tout gourmand, tout satisfait de lui-même :

— Hein, si j'ai réglé la situation ! Je partirai demain matin de mon côté, vous du vôtre. Vous ne pouvez pas imaginer l'accueil que vous réservera ma mère en apprenant que je n'exposerai pas sa vie sur scène.

Un dernier ricanement :

— Les pauvres de ma mère... Si elle se doutait du genre de pauvresse que vous êtes ! Mais tout ira très bien. Et si par hasard vous aviez quelque ennui, adressez-vous à mon frère. Ne soyez pas dégoûtée par sa laideur, ses plaisanteries, ses rires presque épileptiques, cet hurluberlu a un cœur d'or. Il se mettra à votre service mille fois, dix mille fois, et il ne manquera pas de tomber amoureux de vous.

Les parents de Song Minh habitent une sorte de manoir au fin fond de la concession française. Pomme Bleue a fait remettre la lettre de Song Minh et peu après elle est introduite dans un salon. La pièce est calme, mais dieux et dragons vaquent dans les anfractuosités des meubles et dans les mystères des paravents, mais il y a ce face-à-main braqué sur elle, et qui semble à Pomme Bleue, étrangement, un spéculum la fouillant. Que de fois dans sa vie l'a-t-on ainsi jaugée, pesée et soupesée, comme si toujours on se méfiait d'elle, comme si jamais elle ne pouvait inspirer confiance...

La personne qui l'examine si âprement est la mère de Song Minh. La cinquantaine encore belle, un air de sévérité aimable et de méfiance doucereuse. Des lèvres sèches et, comme par contrecoup, des yeux qui rient. À son cou l'arrogance d'un énorme rubis saignant, pas d'autre bijou. Enfin, d'une voix câline, elle caresse Pomme Bleue :

— Vous êtes jolie, ravissante même et je vous devine intelligente, je suis heureuse de vous connaître. Nous parlerons demain de la lettre de mon fils, mais c'est déjà comme si nous nous étions tout dit. Ce soir vous rehausserez de votre grâce le dîner que je donne pour deux maréchaux à la retraite qui font partie du conseil suprême de Tchang Kaïchek. Il y aura aussi le propriétaire de tous les rickshaws de Shanghaï, enfin mes deux meilleures amies. Je vous présenterai comme une lointaine cousine de province. Ah, j'oubliais, mon mari sera là. Il éructe parfois des propos inconvenants, il ne faut pas faire attention à lui.

Ce naturel des riches, cette aisance souveraine, intangible... Pomme Bleue est éblouie. Elle bredouille quelques mots, l'autre a un petit geste magnanime : broutilles que ces paroles, puisque le vrai débat est remis au lendemain. Déjà on conduit Pomme Bleue vers sa chambre où, autre sujet d'émerveillement, sa valise a été défaite et ses quelques vêtements rangés.

Moins de grâce pendant le dîner. Les femmes reluquent Pomme Bleue, les hommes pas : ventrus, apoplectiques, ils sont vite emportés dans une discussion furieuse. Le roi des pousse-pousse a clamé qu'il était impératif de constituer « la troisième force » qui réconcilierait nationalistes et communistes contre les Japonais, que ces Nippons hideux s'étaient déjà emparés du nord du pays et l'occuperaient tout entier si l'on n'y prenait garde. Colère des maréchaux. Le plus gradé, un bonhomme minuscule qui doit être centenaire, la moitié du visage arrachée par un boulet, l'autre moitié cousue de balafres, s'agite de tout son petit corps en piaillant.

— Prenez garde, monsieur le milliardaire, de ne pas finir le cou coupé comme les traîtres. Ce sont les rouges qui m'ont fait cette gueule, j'en ai tué, je n'en ai pas tué assez et je suis trop vieux pour en bousiller davantage, mais Tchang Kaï-chek m'écoute : il a compris qu'une alliance avec les communistes serait une erreur terrible. Il veut les rayer de la terre. Ces maudits fuient à travers les montagnes méridionales, nous en avons exterminé la moitié, nous aurons l'autre ! Ce n'est pas tout, ils ont contaminé des régions entières : alors pas d'hésitation, les êtres douteux, les populations incertaines doivent être massacrés. Mais on a perdu la main : en 1927, ici même, on s'est contenté de quelques milliers de cadavres, une plaisanterie...

Le milliardaire essaie de protester, en vain. Le centenaire marmonne et le deuxième maréchal, lui, tout gras et gros, vient à son secours. Même rengaine : avant de s'attaquer aux Japonais, il est capital de se débarrasser des bandits rouges qui ont la trahison dans le sang. Mais hélas, on ne sait plus tuer à la façon de jadis, comme l'avait fait la grande impératrice Ts'eu Hi lorsque le pays du Fils du Ciel avait été assailli par les disciples d'un mystique à l'esprit dérangé.

À l'évocation de ces temps exquis, le premier maréchal, celui qui n'a plus de nez, reprend la parole : ce morceau-là est à lui. Coup de menton impérieux aux convives ; hormis Pomme Bleue, ils ont tous compris ce qui les attend : un récit complet de l'épopée des Taïping. Nul n'a jamais pu interrompre le maréchal sans nez qui déjà démarre sur le peuple des campagnes soulevé à l'appel d'un certain Hong se prétendant le frère cadet de Jésus-Christ. Autour de la table, les épaules se voûtent imperceptiblement, les regards se vident, les sourires se figent : le maréchal pérore. Hong avait ordonné de s'emparer des villes, de les détruire, d'anéantir les mandarins, les lettrés, les riches, les moins riches, et ses zélateurs, les Taïping, avaient formé d'immenses armées qui s'étaient répandues partout. Ces hordes avaient capturé Nankin et Hong en avait fait sa capitale, une capitale de la démence, et cela avait duré des années et des années jusqu'à ce que les négociants de Shanghaï — oui, déjà eux, hurle le maréchal — jusqu'à ce que ces négociants donc, financent une armée de mercenaires et de ruffians que l'Anglais Gordon avait disciplinée.

Alors avait commencé une hallucinante marche vers Nankin. Après les premiers succès — le maréchal en a les larmes aux yeux — l'impératrice Ts'eu Hi avait donné à ce corps expéditionnaire le nom d'« armée toujours victorieuse ». Horreurs, abominations, les cris des suppliciés, les flammes, la charognerie. À Suzhou les derniers rois Taïping, que les Blancs appelaient par dérision « les rois-coolies », s'étaient rendus avec le gros de leurs forces contre la promesse qu'ils auraient la vie sauve. On les avait écorchés, eux et leurs hommes. Le maréchal s'attarde un instant sur les têtes grimaçantes des empalés, déjà il met le siège devant Nankin. Semaines d'enfer dans la capitale du soi-disant empire de la Grande Paix, le désespoir, la famine, les femmes et les enfants qui se suicident. Enfin l'assaut final, tous les survivants sont passés au fil de l'épée. Hong, après avoir envoyé ses deux cents concubines dans son paradis, dissout une feuille d'or dans une coupe de vin, boit et meurt empoisonné.

Le maréchal palpite de joie :

— J'avais seize ans et je suis entré dans Nankin et j'ai vu, oui vu, tous ces cadavres. Voilà comment il faut traiter les révoltés. Après cela il n'y a plus eu de Taïping.

Le second maréchal, comme dépité et jaloux, a aussi un merveilleux massacre à offrir à la compagnie, celui des musulmans qui pourtant avaient résisté longtemps : tout avait été mis à feu et à sang dans la province du Yunnan, partout persistait l'odeur du calciné après les incendies qui avaient détruit villes et villages, brûlant la moitié du peuple rebelle. Mais à son amer chagrin, il était trop jeune pour avoir vécu ces années exaltantes. Son plus beau titre de gloire à lui, c'est d'avoir participé à la grande expédition vers l'Asie centrale. Encore une marche effroyable, cette fois à travers le désert de Gobi, pour abattre le prince Yakub Bey, un sauvage venu de l'ouest qui avait envahi le Xinkiang et fondé là-bas un royaume islamique indépendant :

— Ce Yakub, un homme hardi et impudent, avec l'appui des Turcs, des Russes et des Anglais, aurait contrôlé les confins de l'Inde, de la Chine et de la Sibérie. C'était intolérable. En deux ans nous l'avons contraint au suicide.

À ce moment on entend un formidable rot. Cela provient du père, un pauvre être déjeté, la tête inclinée, l'œil clos, la bouche ouverte. Il n'a plus de cheveux, plus de dents, il est si maigre qu'on le croirait déjà dégagé de la vie. Mais non, il parle, il dégurgite violemment, il invective :

— Caca, caca, caca tout cela, je suis caca, les généraux sont caca et ma femme est la reine des cacas.

Heureuse diversion... Les convives qui s'ennuyaient fort aux récits des vieux soldats, récits mille fois entendus, récits qui sentent le ramollissement cérébral, se jettent sur d'autres sujets. La conversation fuse : ce qui intéresse les femmes, c'est une nouvelle couturière française qui fait les plus belles robes de Shanghaï, robes à l'occidentale, robes à l'orientale. Pour celles-là elle se réclame de la mode de Paris qui arrive avec un tout petit mois de retard, le temps que le paquebot apporte modèles et catalogues. Et pour l'habillement céleste, elle maîtrise l'art du *qipao*, que la robe ne soit ni trop ni trop peu fendue, que le degré de vertu et le statut social y soient indiqués comme sur un baromètre. Mais cette couturière est chère et d'ailleurs est-elle si bonne que cela ? Au fond on ignore tout d'elle. Est-ce une vraie Française ou une fausse, métissée de tout et d'on ne sait quoi, métissée de Russe blanc ? Une Russe blanche, c'est l'abjection.

On parle, on discute à qui mieux mieux. Le père est oublié, son caca aussi, et les maréchaux couverts de médailles dorment quasiment tandis que les deux amies de la mère comme à l'accoutumée se chamaillent. L'une est une petite chose mangée par la vie, un trognon, mais un trognon aurifère. Elle a commencé dans le ruisseau, elle s'est prêtée à toutes les exigences et elle a fini par mettre la main sur le plus grand capitaliste de Chine. Lui sont arrivés un embonpoint, une armure de joyaux, une outrecuidance de richesses ; avec ça elle est teigneuse comme pas une. L'autre, à première vue, est une dinde passive, tranquille, qui baigne dans son jus gras depuis sa naissance luxueuse : elle fait la bienveillante mais elle est aussi redoutable que le trognon. Leurs maris sont au club à jouer des fortunes, du moins sont-ils en paix, loin de leurs épouses qui ne cessent de se rencontrer et se prennent chaque fois de bec.

Donc à la fin du repas, la criaillerie. Comme partout dans Shanghaï la conversation est tombée sur la mystérieuse inconnue. Le trognon annonce triomphalement que le journal dont son époux est propriétaire connaît son identité mais que les autorités lui ont demandé de ne pas l'imprimer. En revanche, et bien sûr pour aider la police, un portrait-robot de la jeune femme sera publié. Elle l'a vu, elle, ce portrait et, tenez-vous bien, la personne recherchée ressemble beaucoup à Mlle Pomme Bleue. Éclat de rire strident de la mère, son amie est si drôle ! Comment imaginer que Pomme Bleue, sa charmante petite cousine, puisse être le sosie d'une terroriste. Mais c'est dément, absolument dément — que se répande l'idée d'une ressemblance et la chère enfant ne pourra même pas visiter Shanghaï… La dondon vient au secours de la mère, grasseyant que le quotidien sérieux que possède son mari méprise ces bruits et ces rumeurs, ces dessins approximatifs destinés surtout à augmenter la vente des feuilles de chou. Et en riant de l'absurdité de sa question elle demande à Pomme Bleue si elle connaissait ce Kang Shengh qui fait frémir toute la ville. Au supplice, Pomme Bleue nie avec toute la suavité modeste dont elle est capable et il lui semble que les lèvres de la mère esquissent une approbation. La monstresse l'aurait-elle identifiée ? Et serait-elle de son côté ?

Le lendemain matin, ladite monstresse surgit radieuse et déterminée dans la chambre de Pomme Bleue et elle lui annonce qu'elle est son invitée pour au moins deux mois. Bien sûr les vêtements que Pomme Bleue a apportés sont une misère, alors, puisque le hasard fait qu'elles sont à peu près de la même taille, que Pomme Bleue aille explorer parmi ses robes, elle en a des dizaines et des dizaines suspendues dans d'immenses placards. Qu'elle se perde dans cette forêt mousseuse, qu'elle choisisse les robes qui lui plaisent le plus, des robes simples pour le jour, des robes ouvragées pour le soir et la nuit, des robes de crêpe, des robes de taffetas, des robes ornées de dentelles, des robes brodées, des robes peintes. Qu'elle pense à se chausser, qu'elle prenne ce qu'elle désire pour se farder, qu'elle soit belle.

Toute la matinée Pomme Bleue s'ensevelit dans ces merveilles, les ressuscite sur son corps. Agrément des choses... Pour finir la mère lui offre des boucles d'oreilles et une émeraude, comme un talisman, comme un charme tout-puissant qui lui fait oublier la précarité de sa situation. Elle jubile, à nouveau elle se sent invincible, quand auprès d'elle claque le face-à-main de la douairière :

— Maintenant que vous êtes parée, parlons. Seul Song Minh m'intéresse, le surplus, votre passé, votre vie, épargnez-le-moi. Surtout ne m'accablez pas de vos malheurs, je déteste le malheur et je déteste encore plus qu'on me mente. Parlez-moi seulement de Song Minh, de vous avec Song Minh. C'est curieux, d'habitude il se vante de ses conquêtes... toutes ces actrices dans son lit...

— Si vous aviez vu l'état de sa chambre, son abandon, vous comprendriez. Il se croyait traqué, il était persuadé que vous excitiez la police contre lui pour le punir.

— Moi, le punir ? Mon fils est fou. Il s'est répandu en insanités sur le régime et il s'étonne d'être inquiété, c'est pousser trop loin la candeur. Pourquoi pensez-vous que j'avais hier soir à ma table ces deux maréchaux répugnants ?

Uniquement parce qu'ils sont influents. Grâce au ciel, Song Minh a renoncé à achever cette maudite pièce et cela, paraît-il, sur votre prière. Je vous en remercie et je vous le prouve : si je le voulais vous seriez déjà au plus profond du plus profond cachot. Je n'ai pas besoin de vous interroger pour savoir qui vous êtes, mon fils a le génie des relations douteuses.

— Je ne suis pas communiste.

— Comment vous faire confiance... Mais puisque Song Minh m'a demandé de vous héberger et de vous protéger, on ne touchera pas à un de vos cheveux tant que vous serez ici, avec moi. J'aime mon fils et je ferai tout pour lui, quoi qu'il ait écrit sur moi. Il paraît que je suis, que nous, ses parents, sommes les sujets de sa pièce...

Ce disant, une impatience reluit dans ses yeux. Pomme Bleue se précipite pour répondre, s'enferre, s'enlise :

— Pas vraiment. Il est parti d'éléments autobiographiques et puis il a brodé, amplifié, avec la férocité propre aux écrivains. En tout cas, il parle très peu de vous. Mais il vous aime, puisqu'il m'a envoyée ici... Et maintenant ma vie est entre vos mains.

— Eh oui, ma chère, entre mes mains. Et qui se soucie de votre vie ?

Les jours s'écoulent et Pomme Bleue, comme dédoublée, tient à la perfection son rôle de provinciale venue découvrir la grande ville auprès d'une femme lancée. Par la maison passent les cent ou deux cents personnes qui gouvernent effectivement la Chine. Gueules de dévoreurs, appétit formidable, les jouissances de l'ambition, le savoir-faire, tous les savoir-faire à l'ombre de Tchang Kaï-chek... Pomme Bleue écoute, enregistre, s'instruit.

Cette bonne société se réjouit de la destruction désormais certaine des bandits rouges dans les jungles. Et Pomme Bleue pense à Kang Sheng. S'il avait menti ? Si, fuyant Shanghaï, il avait rejoint les colonnes de la marche sans fin ? Un éclair de douleur la traverse et elle voit le corps de Kang Sheng se décomposant sur quelque sentier de forêt, cadavre abandonné aux insectes, aux rongeurs, aux oiseaux de proie.

Atroces images avec lesquelles elle chasse la seule question qui l'intéresse vraiment, que va-t-elle devenir elle, Pomme Bleue, dans le Shanghaï des possédants où elle n'est qu'une intruse ?

Un après-midi, un rire fait exploser cette mélancolie, c'est une tonitruance joyeuse, cela tient du barrissement ou plutôt du hennissement. Pomme Bleue s'attend à ce qu'apparaisse un géant aux naseaux mouillés et aux grandes dents, peut-être un centaure idiot, enfin s'approche une « chose » aux accès d'hilarité récurrents. Et que ne voit-elle pas ? Un gnome au corps rachitique, une brindille surmontée d'une tête énorme et pour l'heure enrhumée.

Dès que le nabot aperçoit Pomme Bleue, il siffle d'admiration et lui vient un paroxysme de gaieté :

— Mazette ! Mon frère a bon goût… Dès aujourd'hui je suis ligoté à vos charmes et je me déclare votre humble serviteur, moi, Song le Mauvais, pas si mauvais que ça, ainsi appelé parce que je suis bon diable, aimant se moquer et dont on se moque.

Naissance d'une amitié. Song le Mauvais revient souvent chez sa mère. Il fait à Pomme Bleue une cour ponctuée de quintes de rire, pitre tout frétillant, tout égrillard, nain malin saisi par la concupiscence et que Pomme Bleue repousse brutalement.

Mais lui s'obstine.

— On ne sait jamais, témoin tant de charmantes personnes qui m'ont traité de crapaud et d'œuf pourri avant de se précipiter dans mon lit. Je ne suis pas l'empereur des alcôves, je suis mieux, j'ai le don d'amuser les femmes, même au déduit. Venez chez moi.

— Je n'ai pas l'intention de quitter la résidence de Madame votre mère.

— Mon excellente mère vous déteste, un de ces quatre elle vous chassera et vous serez bien heureuse de trouver mon grenier et mes amis qui sont tous plus ou moins gens du spectacle.

— Alors faites-moi engager dans une troupe, je suis comédienne.

— Pourquoi pas ? Il faut que vous soyez pleinement exercée pour pouvoir tenir le grand rôle de la pièce de Song Minh car, je vous le dis, vous l'aurez ce rôle. Mon frère va recommencer sa pièce et cette fois il la terminera, il a trop de comptes à régler avec notre chère mère.

Et bientôt, ces comptes, Song le Mauvais les expose à Pomme Bleue. Étrange confidence, toute de sous-entendus, d'insinuations, de cris parfois. Tant de rancœur, tant de chagrin... Song Minh n'avait pas tout dit. La mère détestait Song le Mauvais à cause de son physique de fœtus, de ses déformations, de sa voix et de son rire ; elle le plaça dans une institution dont il ne sortait qu'une fois par semaine et cette femme si capable de tout s'enticha du ravissant, du séduisant Song Minh. Elle en était folle. Jusqu'où alla-t-elle ? En tout cas, le Mauvais, renvoyé un jour à la maison à cause de quelque maladie, crut avoir aperçu sa mère dénudée dans la chambre de Song Minh. Le Mauvais n'avait pas de certitude, la scène il ne l'avait pas vue vraiment, il l'avait devinée dans le reflet d'un miroir ; l'avait-il simplement rêvée, horrible fantasmagorie née de la fièvre et de la jalousie ? Tout demeura comme un songe, rien ne fut dit. Bien plus tard Song Minh parla à son frère de sa honte, sans s'expliquer sur cette honte étouffante. Ensuite, il demanda à son père beaucoup d'argent pour s'installer ailleurs et il emménagea dans l'appartement que Pomme Bleue avait vu dévasté. Là il écrivit ses premières pièces. Célèbre, riche, il choisissait les femmes les plus prestigieuses et ces conquêtes, il les détaillait à sa mère qui, à coup sûr, en souffrait. Comment se réconciliaient-ils ? Le Mauvais n'ose y penser.

— Ma mère, continue le Mauvais, voulait que je succède à notre gâtifiant papa dans le commerce des joyaux mais je ne me voyais pas faire la roue devant les dames en leur racontant que l'orient des perles sied à leur teint. Je préférais leur rendre d'autres hommages. Ironie des choses... Song Minh si beau et si écœuré et moi si laid et si jouisseur. Toujours est-il que ma mère m'a coupé les vivres et que Song Minh m'a entretenu. Je fais rigoler mon frère et il m'aime bien ; il m'a même offert le grenier où je prends du bon temps en plaisante compagnie. Vous y serez mon hôte quand ma mère vous aura éjectée.

La mère, selon le Mauvais, est sortie de l'extase que lui avait procurée la lettre de Song Minh. Sa méfiance vient de ce que le Mauvais, autrefois si rare chez elle, y passe désormais tout son temps. Si encore c'était seulement pour courtiser Pomme Bleue, mais la mère pressent qu'entre Pomme Bleue et ses deux fils un manège se monte contre elle : est-ce que Song Minh, malgré ses promesses, n'aurait pas repris la pièce ? Ne serait-il pas sur le point de l'achever, la bafouant affreusement ?

Tension entre les deux femmes. À toute heure, la mère convoque Pomme Bleue, cette fille exécrable que Song Minh prétend ne pas avoir touchée. Ah, l'interroger, briser sa feinte déférence, la réduire, l'aplatir, la broyer. Mais ce serait déchaîner ses fils. Alors la mère grince, crache des remarques chaque jour plus déplaisantes, Pomme Bleue a sali une des robes qu'elle lui avait prêtée, Pomme Bleue est charmante mais mal dégrossie, Pomme Bleue a des accents qui sentent la province, des mots qui puent le ruisseau. Pomme Bleue se tait, elle regarde la mère et se dit qu'elle est vieille. Finalement elle la remercie, mille grâces, mots de miel, elle partira le lendemain.

Le grenier est une immense mansarde au sommet d'un immeuble de quatre étages. Partout des coins et des recoins, et là-dedans des gens, des gens en quantité, toute une faune marginale qui grenouille entre la mouise et le semblant de succès, figures bizarroïdes, traits alambiqués, vêtements qui clament les putasseries, le bon marché vaniteux ou la prétention à quatre sous. Parmi les femmes, nombreuses sont les ravissantes, les coquines exquises, les nymphes au nez retroussé, toutes actrices sans rôle ou se vantant de rôles minuscules qui gloussent et gesticulent comme si elles étaient très recherchées alors qu'elles se consument d'attente. Chez les hommes, des écrivaillons obscurs, des comédiens ratés, des scénaristes dont on refuse les œuvres et des mâles médiocres qui jouent les jeunes premiers. On déteste les célébrités qui d'ailleurs ne sont pas là, on les critique, on les démolit, on raconte leurs infamies, quitte à s'empresser, à flagorner si par miracle l'une d'elles daigne apparaître une minute au milieu de cette piétaille. On gambade, on s'allèche, on s'injurie, on ne s'ennuie jamais. Des chamailleries, des disputes, des engueulades et surtout comme une allégresse, comme une griserie. On boit, on mange, on fait connaissance, des couples se forment. Un peu d'amour, un petit peu de partouse aussi. Plus la nuit avance, plus on est ivre ; au matin ne restent que quelques gisants et Song le Mauvais qui dans ces frénésies pétille et se démène, maître de maison toujours précédé de son rire.

Personne ne se risque à parler de politique, non que la passion soit absente mais tous ont peur de dévoiler leurs opinions : dans ces rassemblements hétéroclites il y a toujours un espion du Kuomintang qui écoute et ensuite dénoncera. Aussi nul ne s'aventure à crier : « À bas Tchang Kaï-chek », ce qui est pourtant la tentation de beaucoup. De même les communistes très probablement égarés dans ce bric-à-brac taisent leur foi. Pomme Bleue est bien placée pour savoir la valeur du silence, motus donc. Elle s'amuse, participe aux hourvaris, se rue dans les divertissements. Une fois elle s'est déclarée théâtreuse et tous se sont demandé quelle mouche l'avait piquée, on ne la croit pas et on s'en fout. Afin d'attirer quand même l'attention, elle aguiche quelques galants, joue de la prunelle, érotise un peu mais elle ne s'abandonne à aucune étreinte pour ne pas trop blesser le Mauvais qui la contemple se pavaner et miaule de désir. Il la poursuit, la traque, essaie vainement de la peloter. Dépité, il s'entortille autour de quelques créatures qui ne le repoussent pas, mais cette manigance n'excite pas la jalousie de Pomme

Bleue. Alors il revient à elle et larmoie sans pouvoir retenir son rire coassant.

Un matin Pomme Bleue s'endort sur un canapé et le Mauvais, nu, épouvantablement nu, se jette sur elle. Éternelle scène... Pomme Bleue se réveille, elle le démonte, elle le frappe et cette fois c'est elle qui rit. Et puis elle prononce la sentence :

— Song le Mauvais, je n'ai plus confiance en toi. Si tu veux que nous restions amis, trouve-moi une maison où j'aurai la paix.

Le Mauvais part en campagne et déniche un havre chez un auteur connu, un homme marié. Le couple habite un minuscule deux-pièces et la femme est si enceinte que son ventre remplit presque l'appartement. Dans cette promiscuité Pomme Bleue est réduite à coucher sur un banc dans le cagibi qui sert de cuisine. Se laver est un problème, Pomme Bleue se hâte et la nuit elle ne ferme pas l'œil tant le mari — c'était couru — se montre entreprenant. Comble de malheur l'épouse querelle âprement son homme et entre en furie contre Pomme Bleue. Est-ce une fatalité que partout où Pomme Bleue passe, elle déclenche des bagarres ? Au bout de quelques semaines, elle doit déguerpir. On lui réclame trente yuans pour participation aux frais, elle n'a pour ainsi dire pas dormi et elle a à peine mangé, elle n'a pas un sou pour payer mais le Mauvais lui prête la somme tout en se plaignant d'être fauché : il ne reçoit plus d'argent de son frère. Pourtant il propose à Pomme Bleue de revenir chez lui, il sera sage, tout à fait sage. Sur le refus de Pomme Bleue, le Mauvais lui trouve des crèches dans des garnis minables, chez des prolétaires intellectuels en pleine panade. Pomme Bleue passe d'un taudis à l'autre, toujours confrontée à des hommes qui veulent baiser, à des femmes qui l'insultent, à leurs enfants pleurards. Mer des visages hostiles, sournois, prétentieux, parfois un peu de paix, en particulier chez une petite comédienne en fleur, qui vend son corps pour subsister et tout naturellement invite Pomme Bleue à partager ses ébats. Mais Pomme Bleue ne veut pas se prostituer. Elle maigrit, elle enlaidit, ses robes tombent en morceaux, cependant elle n'a jamais été aussi enthousiaste : elle a renoué avec la Révolution.

Shanghaï était une fête — oriflammes et confettis, vrombissements de la noce — quand subitement tout change. À l'ancienne guérilla des meurtres et assassinats succède la grande turbulence : l'agitation se répand à nouveau dans la ville, s'insinue, pourrit tout, ravive tout. Cela commence un matin par un silence de fer, un silence qui peu à peu se remplit de bruits électriques : quantité d'hommes et de femmes se sont rassemblés sur le Bund pour acclamer l'anti-impérialisme. Un cortège défile précédé de tambours, çà et là on brandit un drapeau rouge, partout explosent des pétards. Enflammée, Pomme Bleue se joint à la manifestation, délirant et hurlant jusqu'à ce que les sikhs de la concession internationale chargent, matraquent et arrêtent des gens qui seront remis aux flics de Tchang Kaï-chek. Pomme Bleue revit.

Dans Shanghaï règnent le furtif et le séditieux, la foule cultive l'art de se constituer et de se reconstituer en grumeaux rebelles après chaque dispersion et les rassemblements éclair émaillent la vie de la cité. Les consignes données par des comités secrets sont miraculeusement répercutées à travers la ville, que les gens s'agglutinent en un lieu précis autour d'une estrade où un orateur prononce quelques phrases qui se terminent par un cri : « Vive le socialisme », aussitôt repris et amplifié par des centaines de bouches vociférantes, qu'ils fassent vite, que tout soit terminé avant que surgissent les flics. Pomme Bleue qui, mêlée à la multitude, a brandi le poing et partagé la fureur des mots, s'enfuit au signal. Mais le danger croît car les policiers, toujours plus nombreux et plus entraînés, débouchent parfois en plein office et ils frappent et ils cognent. Dans le tohu-bohu, ils attrapent des gens, ils les entassent dans des camions qui les conduiront à des prisons, à des tortures, peut-être à la mort. Lors de leur capture, certains gémissent et implorent mais d'autres hurlent : « Il faut jeter une brique pour récolter du jade », ce qui est un appel au sacrifice. Ces héros, on ne les revoit jamais.

Shanghaï est fouaillée, mais au lieu de se soumettre, elle est galvanisée. Dans cette atmosphère de défi les ouvriers d'une manufacture de textile qui est le fleuron de l'oppression étrangère se sont mis en grève : visages butés, squelettes d'intransigeance, ils ont occupé l'usine qui dévore leurs forces. Les contremaîtres ont essayé de les ramener à l'obéissance, en vain ; alors des escadrons entiers ont lancé contre les travailleurs des charges sauvages. On se bat parmi les machines brisées, dans les hangars en ruine ; l'ambiance de Shanghaï s'alourdit, passe de l'effervescence à la véritable rébellion, la population se pustule en groupes de manifestants qui face aux soldats casqués ovationnent les prolétaires. On entend des coups de feu, il y a des morts.

L'actrice Pomme Bleue participe à ces émeutes : dans la rue, sur des tréteaux de fortune, elle célèbre le peuple affamé, elle griffe, elle mord, elle est enragée... Une fois un coup de crosse l'envoie à terre, elle se relève souillée, écorchée, un œil comme maquillé au beurre noir. Quand elle arrive chez Song le Mauvais, celui-ci rit, un gargouillis venu du plus profond des entrailles, puis il réussit à prendre une voix compatissante pour gémir sur le coquard de Pomme Bleue. Son visage gonflé, tuméfié, lui est un délice de rigolade, il raille ses gadins de star de la gadoue, et il pleure de joie, lui que son heureuse difformité protège — ses bras-bâtonnets lui interdiraient de se battre, ses jambes maigrelettes l'empêcheraient de se carapater et sa grosse tête le déséquilibrerait —, lui, le spectateur amusé de toutes les imbécillités humaines qui se déploient au grand jour, la lâcheté, la ruse, la prudence, l'ambition, l'héroïsme surtout. Ce qui ne rapporte pas, on doit s'en abstenir et, lorsqu'on s'y adonne, au moins toujours en rire.

Il suppose que Pomme Bleue est satisfaite, elle ne l'est pas : elle s'est dépensée pour le Parti et le Parti l'ignore. Personne ne la remarque, ne la contacte. Elle s'agite, se noie dans ses efforts, se sent un rebut malgré son jeune âge : pourquoi ne parvient-elle pas à être considérée comme une militante ? Elle a essayé de se rendre digne de la Révolution et la Révolution ne se dévoile pas à elle. Pourquoi est-elle exclue ? Malgré les replis tortueux de leurs êtres, toutes leurs déchirures, leurs âpres rivalités, la Révolution révèle des cadres, des dirigeants, des dignitaires, des chefs, pourquoi n'en serait-elle pas un ? Pourquoi ne deviendrait-elle pas une glorieuse martyre comme Ding Ling, cette femme qui dans ses écrits a dénoncé les tares du Kuomintang et qui s'est dissoute dans l'inconnu ? Toute la Chine la célèbre et la pleure, qui la pleurera elle, Pomme Bleue, si elle disparaît ? Qui l'aime, hormis peut-être ce fantôme de Kang Sheng, de plus en plus fantôme ?

Song Minh ne donne pas signe de vie depuis sa retraite campagnarde, sans doute a-t-il abandonné sa pièce comme il l'avait promis à sa mère. Seul Song le Mauvais croit encore à l'arrivée prochaine du texte mais puisque Pomme Bleue se veut l'insurgée, par affection, par goût de l'absurde, il la guide, il la pilote parmi les acteurs qui jouent les héros du grand soulèvement. Les cabots, les éternels cabots...

Song le Mauvais accepte même de l'introduire auprès de quelques amis qu'il suppose proches du Parti. Mais qu'elle ne leur parle surtout pas imprudemment, qu'elle se contente d'exprimer son désir d'être utile. Si ces gens sont persuadés de son courage et de sa discrétion, ils trouveront à l'employer.

La rencontre se déroule peu après dans le grenier du Mauvais. Celui-ci en quelques phrases la présente à des personnages masqués, à la voix déguisée qui profèrent lugubrement que dans le travail qu'on confiera à Pomme Bleue, toute erreur, toute maladresse équivaut à la mort. Quand ces individus aux allures de conspirateurs sont partis, elle éclate de rire à la face du Mauvais :

— Pourquoi ces cachotteries ? Tes types, je les ai reconnus immédiatement, ils venaient à toutes tes fêtes pour boire et se goinfrer. Maintenant qu'ils ont tourné au rouge ils ont aussi tourné au sinistre. Ça, je ne vais pas me marrer avec eux. En plus, à mon avis, ce ne sont même pas des cadres importants.

— Peut-être ; en tout cas, si tu tombes sur eux, fais comme si tu ne les avais pas reconnus.

— Sois rassuré, je suis en train de les oublier.

Les camarades qui l'ont embauchée, jamais elle ne les reverra. Mais bientôt elle est intégrée à un réseau. Souvent elle sert d'agent de liaison, allant à travers Shanghaï d'un individu qui gesticule d'une certaine façon à un autre qui dans un quartier différent s'agite pareillement. Elle répète des messages codés qu'elle ne retient pas facilement car elle ne les comprend pas. Elle qui, à la YWCA, avait si violemment réprimandé les filles qui se livraient à de pareilles besognes elle distribue des tracts par dizaines, par centaines, et même il lui arrive de porter des lettres. Mystère et confusion de la ville, ni la police ni ses employeurs, personne ne reconnaît en elle l'inconnue de l'hôtel des Pivoines d'Or. Trop de remous, trop d'événements...

Et Pomme Bleue peu à peu apprend la technique : désormais elle identifie les policiers en tenue civile à la légère vulgarité de leur habillement, à leur comportement pépère trop bien feint. À chaque instant elle peut être attrapée mais elle est heureuse, pleinement heureuse. Et parfois elle se dit que, chance extraordinaire, elle est encore libre et elle se met à jouir de cette liberté. Elle marche longuement dans la douce effervescence du monde, elle se chauffe au soleil, s'abîme dans le gris-bleu des glycines, elle regarde dans les vasques tourner d'étranges poissons-fleurs, s'enivre de sentir couler sur son menton l'huile d'un beignet, une joie sauvage l'envahit : elle a tout juste vingt ans. Song le Mauvais, lui, trouve qu'elle pue la carne. À la prochaine manifestation, il en est sûr, elle se fera trouer la panse.

Les railleries du Mauvais... Un jour cependant Pomme Bleue le trouve fou de bonheur. Il a reçu de l'argent, beaucoup d'argent, et surtout il a reçu la pièce de Song Minh, celle dont Pomme Bleue avait été la sage-femme. C'est un drame superbe, une fresque fantastique et macabre, tout le mal de l'époque mis au jour. Les personnages sont inspirés des parents de Song Minh si occupés à s'entre-égorger : il y a là les âpres pénombres du meurtre, des voluptés poignardeuses, des vices glacés. Mignonne figure du charme fatal, la mère a été perfectionnée en symbole des crimes et des duplicités du Kuomintang. Hantée par tous les désirs et toutes les haines, c'est elle telle que Pomme Bleue l'a connue mais Song Minh, avec une sorte de folie, l'a poussée à l'immense succès. Au lieu d'échouer dans ses intrigues, elle réussit et se retrouve impératrice de Shanghaï, la reine du régime, de ses profiteurs, de ses fourriers et de ses valets.

Le Mauvais transporté brandit aussi un projet de contrat dans lequel son frère a précisé que la pièce ne serait octroyée qu'à une troupe qui prendra Pomme Bleue comme actrice principale. Au Mauvais de choisir...

Le choix est vite fait. Autant la pièce de Song Minh a suscité curiosité et excitation quand elle n'existait pas, autant, existant, elle terrorise : trop de soufre... Une seule compagnie peut courir un tel risque, le Théâtre de la Lumière. C'est un théâtre populaire, pas vraiment révolutionnaire, pas vraiment communiste, qui prêche l'éducation des masses par l'art. La troupe a plusieurs fois été dissoute, mais elle s'est toujours reconstituée dans la sainte pauvreté. Maintenant elle s'est réfugiée dans un faubourg lointain où elle a transformé en salle de spectacle un hangar délabré. Selon le Mauvais, la compagnie est une secte où comédiens et comédiennes vivent ensemble une existence atone — aucun salaire, aucun bien à soi, une nourriture répugnante, les sentiments personnels interdits, l'amour réduit au plus terne de la fornication. Mais cet amoidrissement du moi permet aux interprètes de mieux faire éclater sur scène les passions et les égarements qu'ils sont chargés d'incarner.

— Tu te vois avec ces dingues? nargue le Mauvais. D'ailleurs, ils ne voudraient pas de toi dans leur cénacle s'il n'y avait le contrat...

On envoie le manuscrit et aussitôt Pomme Bleue oublie ses ardeurs militantes, ses fonctions de courrier, elle n'est plus qu'une attente exaspérée : elle en est sûre, quelque chose de bénéfique va lui arriver.

Ce qui arrive d'abord dans le grenier, c'est un bon bourgeois, avec un bon sourire et un bon petit bidon, le financier mystérieux du Théâtre de la Lumière. Jamais n'a été percée l'énigme de ce père tranquille qui entretient une bande d'histrions progressistes. Il aime son épouse, élève à l'ancienne ses enfants, jouit d'une certaine fortune, se comporte comme un notable... et paie de ses deniers les fantaisies de quelques baladins prétentieux. Sans cet original qui non seulement se ruine mais risque la prison, il n'y aurait aucun spectacle.

Salutations. Le financier marmonne que la pièce de M. Song Minh est magnifique mais que le Théâtre de la Lumière ne peut accepter les conditions de l'auteur : ses statuts interdisent la participation d'acteurs venus de l'extérieur, que Mlle Pomme Bleue s'efface et tout devient possible. La compagnie attendra la réponse pendant trois semaines. Si M. Song Minh persiste il faudra malheureusement renoncer à représenter cette œuvre si forte.

Pourtant le Mauvais n'est pas découragé.

— C'est bien la preuve que ce sont des sectaires et des fanatiques. Mais ils n'ont pas les moyens de refuser une pièce de Song Minh. Alors je vais te faire une proposition : je te suggère que je remplace mon frère qui, pour chaque spectacle, faisait répéter son actrice principale après avoir couché avec elle. Moi je n'aurai pas ses exigences approfondies. Tu connais presque tout le texte, nous allons le travailler ensemble et nous retournerons voir ces crétins qui seront obligés de t'accepter.

Pomme Bleue glousse :

— Mon Mauvais chéri ! Après la première, ma première, je te le jure, je coucherai avec toi.

Une pancarte est accrochée à la porte du grenier : « Relâche pour cause intrinsèque ». L'inscription tracée par le Mauvais fait tiquer Pomme Bleue :

— Cela ne veut rien dire.

— Cela signifiera à mes invités qu'ils aillent festoyer ailleurs.

Rigolade. Et immédiatement boulot, vingt jours exténuants où Pomme Bleue s'épanouit. Les avis du Mauvais se révèlent excellents, un vrai compagnonnage. On entend dehors des gens frapper, s'acharner en vain car le verrou a été mis, et ensuite s'éclipser. Eux fignolent chaque phrase, chaque mouvement, ensuite ils reprennent tout, scène après scène. Cela rappelle à Pomme Bleue les temps anciens quand, à Tsingtao, Kang Sheng la dégrossissait. Qu'il aille au diable, celui-là, elle n'a plus besoin de lui, elle est maintenant une véritable actrice.

Et en effet Pomme Bleue porte en elle comme une fureur. Elle se nourrit de mots, sa beauté est revenue, et sa santé. Le Mauvais la guide, la corrige, rit, mais elle n'entend plus ses rires. Enfin il déclare que le moment est venu d'affronter la troupe.

Il y a autour de ce théâtre comme des promesses de sédition et de répression. Aux abords déambulent des policiers en civil que Pomme Bleue repère immédiatement. À l'intérieur, des bruits, des voix, Pomme Bleue et le Mauvais tombent en pleine répétition. Sous le regard benoît du financier, un gaillard noueux, cheveux ras, gueule carnassière — le chef, le prophète, le metteur en scène de la troupe —, dirige souverainement une belle haquenée qui flamberge de la voix et du geste.

Le financier tout melliflue se coule vers les visiteurs et s'excuse longuement auprès d'eux : persuadés que Song Minh comprendrait leurs arguments, ils ont décidé de répéter sans attendre sa réponse. C'est qu'il y a beaucoup à faire et qu'on craignait de déranger Song le Mauvais en le relançant.

Mais celui-ci hurle qu'on arrête cette mascarade et Pomme Bleue foudroie la comédienne qui lui a volé son rôle. Le costaud se plante devant le Mauvais, prêt à frapper :

— Nous ne voulons pas de votre Pomme Bleue. Elle n'a jamais été comédienne que dans le lit de votre frère.

— C'est sa collaboratrice.

— On s'en fout.

— Je vous retire la pièce. Si vous continuez à la jouer, je porte plainte pour vol, j'avertis la police.

— Vous voulez faire venir les flics ? Ils sont déjà là, ils vont se précipiter, trop heureux.

À ce moment le financier attire à lui le costaud pour un aparté. Chuchotis. Enfin il zézaye que Mlle Pomme Bleue pourrait faire un essai. Le costaud acquiesce, convaincu que cette pétasse de Pomme Bleue, qui n'est même pas actrice, arrivera tout juste à balbutier quelques phrases, et qu'ensuite il sera permis de se débarrasser d'elle. Qu'elle reprenne donc la scène en cours.

Pomme Bleue s'installe au centre du plateau. Autour d'elle, des visages de haine, mais la haine l'a toujours stimulée. Avec calme, alors que la haquenée cherchait la sublimation ténébreuse, Pomme Bleue, se souvenant de la mère, joue une femme petite, qui, la voix lisse et froide, presque sans geste, distille le poison. Cette intensité, ce plaisir... elle est la tueuse par excellence, l'engin même de la mort. Autour d'elle le silence s'est établi : il est évident qu'elle détient la vérité du rôle. Le costaud s'incline.

Allégresse. Pomme Bleue sent en elle la graine des splendeurs qui germera, deviendra arbre, forêt, qui recouvrira la scène, la salle, la foule, la Chine. Là-dessus elle aperçoit la face grimaçante de Song le Mauvais et elle daigne revenir au monde ordinaire : le gnome l'a bien défendue, qu'il soit récompensé dès ce soir.

Le lendemain, elle court au Théâtre de la Lumière. Répétitions harassantes, jour après jour, nuit après nuit. Elle n'a plus de sentiments, ses camarades lui semblent vidés d'eux-mêmes, insignifiants, elle ne les déteste pas, elle ne lâche pas de phrases corrosives, elle se croit intégrée à la communauté, elle est ensevelie en elle. Elle ne songe plus à sa beauté, elle soigne son idéologie, elle se proclame hautement et fermement une rouge, ce qui n'éveille guère d'intérêt : pour la troupe, même si Pomme Bleue est talentueuse, elle reste une arriviste, une embourgeoisée. Tout de même le costaud qui lui a été hostile lui paraît éprouver une faiblesse pour la haquenée, la comédienne qu'elle a éclipsée : raison suffisante pour qu'elle, l'étrangère, aille s'offrir à lui. Il s'exécute dans un vestiaire, fort mal, et Pomme Bleue, un instant, regrette le Mauvais : malgré ses difformités, ce monstre n'était pas sans attraits.

Répétitions encore et toujours. L'exaltation de Pomme Bleue ne cesse de croître, enfin elle va paraître devant le public de Shanghaï, le public le plus exigeant de Chine. Le péril enfle aussi : il a bien fallu annoncer la pièce, l'afficher dans la ville toujours en proie à l'émeute — la provocation est patente. Pis, apprenant un matin que de nouvelles grèves venaient d'éclater, la troupe délibérément avance sa « première » : la recette sera remise au comité des grévistes.

La nuit tombe, le brouillard mange les bruits et avale les gens, des centaines de gens qui se bousculent aux guichets, puis dans la salle, gens ordinaires, petites gens qui hurlent et naïvement dévoilent aux bons les trames des méchants. Malgré tout les traîtres commettent leurs crimes, les riches prospèrent et le peuple reste dans sa misère. Le rideau tombe. Les spectateurs hurlent à la vengeance et acclament Pomme Bleue, si odieusement parfaite en allégorie du mal, mal de l'État, mal de l'ordre, mal des choses, mal des maîtres des choses. Mais déjà les flics ont investi la salle. On se rue sur les portes, mêlée, cohue frénétique, des arrestations. Pomme Bleue réussit à s'enfuir par les coulisses ; sans se changer ni se démaquiller, elle se lance dans la nuit.

Le noir, des ombres, des cris... courir à perdre haleine et s'arrêter pour ne pas se faire remarquer, et repartir, et écouter encore son cœur qui cogne. Dire que Pomme Bleue a tant lutté, qu'elle a connu tant d'hommes et tant de femmes, qu'elle a regardé tant de visages... pour rien. Dire qu'elle a traînaillé dans les galetas pouilleux, dans la saleté des corps et des âmes, pour rien. Tout au plus est-elle maintenant reconnue comme une actrice, mais une si petite actrice... Une Pomme Pourrie.

Au grenier, il y a du monde gentil qui la congratule et qui la félicite, Song le Mauvais surtout, il a eu si peur pour elle. Plus tard, dans leur lit, il se permet un conseil : que dorénavant elle cesse de s'agiter pour la Révolution, puisque la police l'a repérée, qu'on va la rechercher et forcément la retrouver. Elle ne peut être accusée d'aucun délit mais qu'elle fasse attention : la fureur de la mère apprenant que la pièce a été représentée, ne serait-ce qu'une fois, ne connaîtra pas de bornes. On lui tendra un piège, qu'elle se méfie de tout.

Chapitre VII

ET BIEN SÛR Pomme Bleue n'écoute pas le Mauvais. C'est le printemps, un printemps de joie car le Parti vient enfin à elle sous la forme d'un beau jeune homme au regard très doux. Ils se sont connus en s'enfuyant ensemble lors d'une manifestation. Les flics la poursuivaient, il lui a pris la main et il l'a entraînée, les flics n'ont rien pu faire. Est née une idylle. Ravissement de se promener, de déjeuner et de dîner dans les petits restaurants, de se connaître mieux, de se plaire de plus en plus. Émois, conversations progressistes, la Cause. Il travaille à la poste principale, mais il se dit révolutionnaire professionnel. Elle raconte, avec les impasses et les omissions nécessaires, une vie de petite provinciale promise à une carrière d'institutrice et rêvant de théâtre. Pour échapper au carcan de l'existence, Pomme Bleue reprend ses minauderies charmantes, les manières du bonheur, elle séduit et surtout elle s'enchante de pouvoir séduire encore. Avec euphorie elle accepte de suivre dans sa chambre cet amoureux si heureusement apparu. Après les ébats de la nuit, quel plaisir de se réveiller auprès d'un homme jeune et beau et, tandis que montent les bruits de Shanghaï, de saluer l'aurore par des je t'aime insatiables. Encore une langueur, encore une caresse…

Pourtant Pomme Bleue éprouve quelques doutes au sujet de son amant, il répète trop qu'il est communiste, il se vante trop de ses exploits de militant, et s'il parle de révolution, il profère des incongruités. Elle l'interroge, il est ignare. Elle s'ouvre de ses soupçons au Mauvais, lui présente même le personnage en qui le Mauvais renifle aussitôt le poulet. Mais Pomme Bleue est emportée par la volupté, il est si gentil ce garçon… Et puis en quoi pourrait-il lui nuire ? Elle ne lui a pas révélé son passé.

Lorsqu'il fait beau, ils se donnent rendez-vous dans un parc avant d'aller déjeuner dans une gargote. Immuables rites des amoureux, l'attente, les signaux, les embrassades. Un jour le postier arrive tout sérieux, et plein d'orgueil il tend à Pomme Bleue un exemplaire d'une revue politique dans laquelle il déclare avoir écrit un article.

Pomme Bleue a envie de s'asseoir et de lire mais son bon ami lui répète : Tout à l'heure… tout à l'heure. Ce sera ton dessert. J'ai faim, allons déjeuner. Disciplinée, elle fourre le magazine dans une de ses poches et suit son amant. Un bruit de pas sur le gravier, deux hommes se rapprochent, quand ils sont à la hauteur du couple, Pomme Bleue s'aperçoit que ce sont des agents en uniforme. Le postier bondit et déguerpit, et elle se retrouve seule, abominablement seule, face aux deux policiers qui rient.

— Possession d'une revue subversive, ça va chercher loin, ça, ma petite.

— Un ami vient de me l'offrir, j'ignorais qu'elle était interdite. Au surplus vous feriez mieux de courir après ce garçon. Lui, cette revue le publie.

— Voyez-vous ça la vipère ! Tu es trop gourde. Si tu crois que ton olibrius sait écrire… Il baise bien, ça oui, c'est même pour cela que nous l'utilisons.

Le commissariat, des couloirs sales, une odeur nauséabonde, des allées et venues. Pomme Bleue, prise de colère, crie et exige qu'on lui rende sa liberté : sans explication, on la jette dans la cage où sont enfermées les souillons, les putes, les mendiantes, les voleuses, les traînées de toute espèce. Au milieu de ce gibier ordinaire, elle fait dame, très grande dame, ce qui déchaîne les insultes de ces raclures en haillons. Non, le peuple n'est pas bon.

Comme autrefois à Tsingtao, on laisse mijoter Pomme

Bleue qui attend, qui attend indéfiniment ; comme autrefois la cage se dégarnit, on emmène les prisonnières jusqu'à ce qu'il ne reste là que Pomme Bleue. Tout est semblable mais, elle en est sûre, sa situation est bien plus mauvaise qu'à Tsingtao : là-bas, ce qu'on voulait, c'est qu'elle dénonce son mari, là-bas elle se sentait protégée par Kang Sheng. Maintenant elle est sans défense, en première ligne, elle ne sait pas ce qu'on veut d'elle et elle a contre elle l'appareil policier, le système répressif en entier qui l'accuse de répandre une brochure appelant à l'insurrection. Saloperie de faux postier qui l'a trahie ! Saloperies de vrais policiers qui lui ont piqué la revue — elle ne peut même pas en vérifier le contenu pour préparer sa défense, et saloperie de Song Minh qui se les roule à la campagne et que sa chère maman n'inquiétera même pas, et saloperie de Kang Sheng qui a foutu le camp, et saloperie de Shanghaï, et saloperie de tout.

Les unes après les autres, les filles ont disparu. À la nuit tombante, une matrone, une grosse femmasse aux doigts rugueux, sans dire un mot vient fouiller Pomme Bleue, crochète indécemment son corps, plonge dans son intimité.

Encore deux heures. Le silence règne sur le commissariat. Enfin un homme très maigre, habillé avec un semblant d'élégance, se présente :

— Suivez-moi dans mon bureau, nous y serons plus à l'aise pour parler.

Le bureau est à l'image de ce commissaire, impeccable, avec même, ici ou là, un je-ne-sais-quoi de recherché : la table est cirée, le ventilateur ne ronfle pas et l'inévitable photo de Tchang Kaï-chek est dédicacée. Flotte un délicat parfum d'eau de Cologne. L'homme avance une chaise à Pomme Bleue, lui offre une cigarette, l'éternelle cigarette des commissariats, comme à Tsingtao, toujours comme à Tsingtao. Puis il sourit :

— Il fait beau mais les nuits sont fraîches.

— Commissaire, ce n'est pas pour parler de la pluie et du beau temps que vous m'avez fait venir…

L'homme sourit à nouveau.

— Il vaut mieux pour vous qu'il fasse beau, la nuit est étoilée.

— Je ne vous comprends pas

— Vous comprendrez mieux tout à l'heure.

Il lui montre une revue froissée.

— Vous l'aviez bien sur vous ?

— Oui. Un ami me l'avait remise, un postier qui prétendait y avoir collaboré. Mais je pense maintenant qu'il appartient à vos services.

Le commissaire rit.

— Le postier, le postier… je vois qui c'est. Il vous a donné un numéro d'un organe interdit qui prêche le communisme.

Le commissaire rit encore.

— Vous êtes jeune, vous ne connaissez pas la vie. À l'avenir, faites plus attention à vos relations sentimentales, à vos petites aventures, oserais-je dire.

Et d'un ton désinvolte et négligent :

— Êtes-vous communiste ?

— Non… Un peu progressiste à la façon de tous les intellectuels. Je suis actrice.

Le commissaire s'incline avec un respect goguenard :

— Je sais. Il paraît même que vous avez beaucoup de talent. Vous n'êtes donc pas une de ces enragées femelles rouges… Avant tout vous voulez réussir et vous suivez la mode. C'est bien ça ?

— Exactement. Je peux m'en aller ?

— Vous allez partir. Et comme vous avez quand même commis un délit, vous allez partir vite et loin : vous êtes expulsée. Vous devrez avoir quitté l'enceinte de la ville au lever du soleil. C'est une belle trotte mais à la lueur des étoiles, elle n'est pas désagréable.

L'effroi gagne Pomme Bleue :

— Ce n'est pas possible, vous voulez me tuer.

Le commissaire sourit toujours :

— Allons, allons, pas de drame, nous ne sommes pas au théâtre ici. Et puis la marche ne vous fait pas peur. Vous vous êtes bien échappée du Théâtre de la Lumière il y a quelques semaines.

— Mais je vais me perdre, faire de mauvaises rencontres. Et puis j'aurai froid.

Le commissaire sourit encore plus délicieusement :

— Vos rencontres ne sont pas toujours absolument mauvaises. Ce postier n'était pas sans charme, ai-je cru comprendre. Mais je me mêle de ce qui ne me regarde pas...

Le commissaire s'est levé. Il ouvre une armoire.

— Et pour vous prouver que je ne suis pas inhumain, je vous demande d'accepter la pèlerine d'un de mes agents. Je vous l'offre, elle vous protégera.

Pomme Bleue s'emmitoufle dans la bure rugueuse, un caparaçonnage qui la recouvre en entier, elle et sa jolie robe. Le commissaire la salue :

— Franchement vous n'êtes plus aussi attrayante, mais vous aurez chaud. De plus on vous prendra pour un flic, un sale flic, qui écartera de vous ces voyous que vous redoutez. D'autre part cela vous évitera d'être interpellée par de vrais flics. Certains d'entre eux, me dit-on, sont moins généreux que moi.

À cette heure Shanghaï dort, Shanghaï est déserte, verrouillée, maisons hermétiquement closes, rideaux de fer baissés devant les étals, Shanghaï est morte, ses millions d'habitants terrés dans les caveaux du repos, Shanghaï est un cimetière de corps qui revivront à l'aube. Pomme Bleue s'en va par les grandes artères dont la grouillance a sombré. Elle progresse le plus silencieusement possible, mais le bruit de ses pas lui paraît se répercuter formidablement et la dénoncer, alors elle épie tout alentour et de temps en temps elle devine des ombres qui passent, aussi furtives qu'elles, les fantômes de la nuit.

Pourtant tout n'est pas étouffé. De certains édifices, de certaines demeures, s'échappent des bouffées de musique, des fanfares de voix joyeuses, le claquement des pions de mah-jong, les rumeurs de cette fête qu'elle a tant aimée. Ainsi donc des gens continuent de s'amuser, des vies et des fortunes se font et se défont, le vent d'est domine, le vent vainqueur. Parfois Pomme Bleue est éblouie par une illumination brutale, comme une éruption de débauche, de jazz, de clameurs indécentes — une boîte de nuit où elle est allée en d'autres temps avec un amant. Surtout elle passe devant le dancing qu'elle préfère, un dancing russe avec profusion de gaieté, des portiers chamarrés, une femme blanche qui chante, d'autres femmes blanches sur la piste, des entraîneuses. Ah, la Russie des tsars, la balalaïka, les mélopées tziganes, les cosaques du Don, s'enivrer à la vodka dans la pénombre aménagée pour les amours... Pomme Bleue ne s'est pas toujours consacrée à la Révolution !

Laissant derrière elle ces lieux de rêve, elle se dirige vers les faubourgs. Des soûlards qui titubent en compagnie l'agressent de leurs voix avinées, elle s'enfuit, une panique, toutes les paniques en elle. Au plus angoissant de la nuit elle atteint des quartiers pauvres, ceux des employés et des commis qui gisent sur leur bat-flanc, ensevelis dans leurs cauchemars. À nouveau le silence opaque. La cité s'étiole, se dégrade, Pomme Bleue pénètre dans un dédale de ruelles misérables où elle se perd. La lune diffuse sa clarté sur des taudis, des ruisseaux d'ordures, des gueux endormis qui dans leur sommeil gesticulent, quelquefois poussent un cri. C'est l'heure où les malfaiteurs sortent de leurs repaires, l'heure des vautours et celle des proies, les rats dansent, la pouillerie s'anime, les immondices bougent, vivent, et Pomme Bleue tourne en rond dans le labyrinthe, passant et repassant par les mêmes endroits, chaque fois plus hideux.

Le jour n'est pas loin. L'annonce une grisaille plus effrayante encore que les ténèbres, mais Pomme Bleue n'a même plus peur, elle avance, elle avance, elle avance. Autour d'elle, l'ignominie et la résurrection. Des bêtes, porcs et chiens, la reniflent en grognant. Surgit une population, des défroques d'humanité, des goitreux, des lépreux, la lie de Shanghaï. Tout de même Pomme Bleue se renseigne auprès de ces raclures. Des voix lui disent que la lisière de la cité avec la fange de ses étangs et la boue de ses champs est encore loin. Des bras se lèvent pour lui indiquer la direction, mais d'autres voix interviennent pour lui conseiller de rester là, parmi eux. Une douairière édentée lui explique qu'elle ne pourra pas avoir franchi les limites de la ville avant le lever du soleil et qu'alors les policiers la ramasseront, comme ils ramassent tous les expulsés, tous les bannis qui se sont égarés dans les faubourgs : qu'elle se cache dans ce recoin où ils n'oseront jamais pénétrer. Déjà Pomme Bleue a décampé.

Les dernières masures, les étangs annoncés où le cœur des nénuphars éclate sur l'eau trouble. À l'horizon, sur le ciel vert de l'aube monte le disque du soleil. Pomme Bleue court plus vite s'il est possible. Et le soleil monte toujours. Encore une maison, des bosquets, des bambous, une haie... et soudain trois hommes apparaissent, les flics redoutés. Pomme Bleue essaie de s'échapper, elle va atteindre la campagne, elle se rue sur une diguette, elle trébuche et tombe dans la tourbe où elle s'enlise. Elle se débat, elle tente encore dans cette glaise fétide de se sauver. Des mains la saisissent, la capturent. Hurlements. Un des hommes présente une carte :

— Police politique.

— Ne m'arrêtez pas, arrêtez de vrais communistes, je n'en suis pas une.

On la traîne jusqu'à la route où attend une voiture aux fenêtres grillagées. Une bousculade, des portières qui claquent, c'est fini.

Traversée de Shanghaï. Un moment Pomme Bleue a espéré qu'on la reconduirait à son sémillant commissaire mais le véhicule a tourné dans une autre direction et alors elle a compris : on l'emmène directement en prison, pas n'importe laquelle, dans celle dont l'ombre pleine d'horreur effraie la cité, celle où le Kuomintang décime ses ennemis. C'est apparemment un village, un ensemble de constructions qui aurait pu servir à n'importe quelle administration, quelque chose d'anodin, de banal, en fait une tombe.

Un attroupement devant un portail de fer forgé gardé par

des soldats. La voiture s'est arrêtée et Pomme Bleue croit entendre des injures et des quolibets. La joie de la foule... Elle baisse la tête, ne la relève que la grille franchie. Ils roulent maintenant dans un parc ingrat, où elle distingue des saules, des allées cimentées menant à des bâtiments, toujours plus de bâtiments. Enfin ils stoppent devant le plus éloigné et font descendre Pomme Bleue. Une porte qui se referme, Pomme Bleue est agrippée par une odeur de moisi, de suri, par une sorte de froidure. On la pousse dans un bureau, une femme procède à son interrogatoire d'identité et lui fait signer sa fiche. Dans la pièce voisine, des gardiennes la déshabillent et dressent une liste de ses biens et effets. Nouvelle signature. Elle est nue, des mains la fouillent, indifférentes. Elle essaie encore de protester mais les surveillantes se bornent à ne pas la voir, à ne pas l'entendre. On lui tend un coutil verdâtre qu'elle doit revêtir. Elle n'a plus de nom, désormais elle n'est plus qu'un matricule, le matricule 1050.

Le nouveau matricule est remis à deux gardes-chiourmes femelles qui l'entraînent dans un long corridor d'une propreté triste, une propreté sans cesse repeinte en un blanc jaunâtre. Un jour laiteux tombe des lucarnes, sur le sol un tapis de caoutchouc gris étouffe le bruit des pas. Impression de marcher dans le néant, rien n'existe plus que ces non-couleurs, ce silence, ces trois ombres qui glissent, muettes. Encore une porte, le raclement des clés et un autre couloir, Pomme Bleue entre dans le monde de la grande punition. En effet sur ce couloir donnent des cellules grillagées munies de barreaux dans lesquelles Pomme Bleue distingue, par groupes de deux ou trois, des prisonnières allongées sur des paillasses, l'air si éteint qu'on les croirait endormies à jamais. Et cela malgré le vacarme, toutes les rumeurs et les stridences coutumières aux prisons, le cliquetis des serrures, les battements et les grincements des portes métalliques, les aboiements des matonnes, leurs rondes incessantes...

Mais on entraîne Pomme Bleue dans une galerie souterraine. Cette fois plus de cellules, plus rien d'humain, le ciment éclairé de loin en loin par une maigre ampoule protégée par une grille. Pomme Bleue voudrait s'arrêter, interroger les gardiennes, vers quel cachot l'emmène-t-on ? Mais sa voix meurt en elle et ses jambes continuent d'avancer automatiquement. Soudain elle croit entendre un chant. Hallucination, dans ce caveau une femme a entonné *L'Internationale* et bientôt d'autres femmes se joignent à elle, et le chant monte, s'amplifie, houle qui berce Pomme Bleue, la caresse, l'enveloppe et la ravit. *L'Internationale*... tant de souvenirs déjà accrochés à cet hymne.

Portée par le chœur, elle est arrivée au bout de la galerie. Là, de nouveau une grille, et derrière, une immense voûte entièrement peinte à la chaux. Tout est nu et brutal, même la lumière qui à la fois aveugle et exhibe jusqu'au moindre détail les visages des détenues. Cet antre en contient une vingtaine qui chantent religieusement, toutes émaciées dans leur coutil verdâtre, toutes en pleine ferveur. Déverrouillage, on jette Pomme Bleue parmi ces créatures et le chant redouble pour l'accueillir tandis que les matonnes referment la porte et s'éloignent.

Le chœur s'est éteint et la cellule a pris des allures de salon. Présentations, retrouvailles. Pomme Bleue connaît beaucoup de ces femmes : il y a là la jeune fille de la YWCA qui s'était confiée à elle et trois de ses compagnes, des enseignantes et quelques bourgeoises rouges qu'elle a croisées dans des manifestations, toutes ont à peu près la même histoire, ce qu'on appelle les activités et puis l'arrestation, certaines sont enfermées depuis longtemps.

Au fond de la pièce, seule, tassée sur elle-même, la Truie, la grosse suiffeuse de l'hôtel regarde lourdement Pomme Bleue mais elle n'ouvre pas ses lèvres épaisses pour lui parler. D'ailleurs les prisonnières expliquent à Pomme Bleue qu'elle ne parle jamais à personne, qu'elle ne se joint même pas à leurs chants. Elles ignorent qui elle est, elles ne l'ont jamais vue dans les manifestations et les festivités rouges, jour après jour elle reste tranquille, silencieuse, comme indifférente, et son mystère inquiète, peut-être est-ce une moucharde, peut-être... Pomme Bleue rassure l'assistance, il s'agit d'une camarade importante, mais elle-même s'alarme de la voir là, à l'idée que les yeux, ces énormes yeux, enregistreront tout d'elle, impitoyablement.

La prison... La faim, la fatigue, la vermine, la dysenterie, l'humiliation, la longueur du temps et surtout la peur de l'interrogatoire... Règne sur les lieux un monstre surnommé le Grand Chinois noir, un homme célèbre dans tout Shanghaï tellement il est insatiable de tout. Cette prison est son paradis... tant de femmes à sa disposition ! Elles comparaissent l'une après l'autre devant lui ; ensuite, mortes, vivantes, on ne sait ce qu'il advient d'elles.

Dans la geôle de Pomme Bleue on se raconte avec horreur que les imaginations du Grand Chinois noir sont démentes, qu'il torture de sa propre main, qu'il jouit de tous les cauchemars qu'il crée. On parle d'un cachot dans les entrailles du sol, quiconque y est enfermé perd la notion du temps, oublie son identité, succombe à la folie. Il vient parfois y visiter sa victime, il lui apporte un peu d'eau et de nourriture pour mieux l'abandonner ensuite à la mort lente. Si la femme a été belle, il la possède quand elle entre en agonie.

Déjà plusieurs compagnes de Pomme Bleue ont été appelées auprès de lui et ne sont pas réapparues. D'autres femmes les ont remplacées et Pomme Bleue fond d'angoisse quand approche une des matonnes qui pourrait clamer son numéro. Chaque seconde, chaque minute, chaque heure, chaque nuit, chaque jour lui est un gain merveilleux et lamentable, elle se rabougrit, son âme est comme partie et lorsque tourne la noria des captives, elle n'a plus le courage de chanter. Et puis c'est à elle. Le numéro, ce 1050 qui résonne, les serrures, la galerie qui la ramène à la lumière, les cellules, le long couloir poisseux, un escalier et au sommet des marches, un bureau magnifique... et le Grand Chinois noir debout, tout joyeux :

— Vous m'avez été recommandée par une des plus grandes dames de Shanghaï qui m'a décrit votre vertu. Cette femme vous est très attachée et je ne voudrais pas lui déplaire, je vais donc m'occuper de vous personnellement.

Pour commencer, je vous ai préparé un petit spectacle. L'actrice que vous êtes appréciera.

Il attrape Pomme Bleue par le poignet et la traîne jusqu'à la fenêtre qu'il ouvre. Une cour banale. Sur le sol caillouteux, Pomme Bleue discerne une forme couchée, nue, les restes d'une femme que les gardiens déposent dans une longue caisse de bois blanc. Peu à peu s'organise un cortège de matons et de matonnes qui portent le dérisoire cercueil dans une voiture de police. Le Grand Chinois noir commente avec emphase :

— Je suis un père, j'ai organisé de véritables funérailles pour cette fille qui a si malheureusement expiré ici. Mais c'était une obstinée... Au terme de la cérémonie, on jettera dans une rivière ce cadavre qui aura traversé Shanghaï glorieusement, ah oui, glorieusement.

Pomme Bleue voudrait vomir, pleurer, disparaître. La victime, c'est l'ouvrière de la YWCA, la jeune fille, sa jeune fille, celle qui dirigeait le chœur de *L'Internationale* — on l'a conduite la veille au Grand Chinois noir et déjà elle est devenue cette dépouille lamentable dont vont se régaler les poissons. Le Grand Chinois noir a refermé la fenêtre, il se plante devant Pomme Bleue et soudain, le regard luisant, d'une main épaisse il la gifle sur une joue, puis sur l'autre, et il ricane :

— Je vous dégoûte, peut-être.

Pomme Bleue hurle :

— Ne me frappez pas.

Lui s'éclaire d'amusement.

— C'est vrai, vous êtes une mauviette, vous ne supportez rien. Pourtant la partie ne fait que commencer. J'ai mille et mille façons de la jouer. Les plus classiques d'abord. Je pourrais vous faire l'honneur de vous livrer à mes hommes qui se succéderaient sur vous jusqu'à ce que votre corps ne soit plus qu'une bouillie rougeâtre. Pour recueillir votre dernier soupir, je pourrais placer sur la plaie que vous seriez devenue quelque monstre, un chancreux, un lépreux... Mais je ne me permettrai pas de vous faire violer, vous méritez plus d'égards et, dirais-je, plus d'originalité. Vous plairait-il d'être ensevelie vivante dans ce cachot qui a fait ma renommée ? Quand vous dépérirez, je viendrai prendre de vos nouvelles et plaisanter avec vous. Quand vous agoniserez, je vous délivrerai, du moins je vous annoncerai la venue prochaine d'un visiteur qui vous libérera. Un cobra. Il se présentera à son heure, il sera l'instrument suprême et instantané de votre fin. Vous l'attendrez constamment, imaginant dans vos ténèbres silencieuses des anneaux, des écailles, une chose froide qui rampe. Et cela jusqu'à l'instant où vous apercevrez une luisance, où vous distinguerez une tête qui darde et entendrez le sifflement fatal. Alors la vie vous quittera et la bête se fera une niche sur votre corps.

Mais le Grand Chinois noir chasse d'un énorme rire ces évocations sinistres, il change de visage, il est poli, amical, complice :

— Et notre cher ami Kang Sheng, que devient-il ? Est-il toujours aussi charmant ? Ce bon Kang Sheng... Il nous en a fait voir ! Vous aussi d'ailleurs. Comment imaginer que la vedette d'une pièce, certes lamentable, mais tout de même signée Song Minh, était l'inconnue des Pivoines d'Or ? Il a fallu toute l'intuition de la mère de Song Minh pour éclaircir ce maquis. Mais il reste quelques embrouillaminis, vous allez m'aider.

— Je n'ai plus de contact avec Kang Sheng depuis des mois. Sans doute est-il au loin, il va souvent à Moscou. S'il était à Shanghaï, je ne serais pas tombée entre vos mains.

Le Grand Chinois noir hausse les épaules :

— Kang Sheng se cache à Shanghaï, j'en suis à peu près sûr, mais pourchassé comme il l'est, il ne se fie pas à vous et il a raison : notre police est bien faite, nous savons tout de vous et de vos trahisons. Cela dit je ne m'acharnerai pas sur vous à propos de Kang Sheng, vous m'apporterez d'autres têtes.

Pomme Bleue écume :

— Ni celle de Kang Sheng ni aucune autre, je n'ai rien à dire.

— On verra. Je vais faire venir auprès de nous une femme que vous connaissez très bien et que vous avez retrouvée dans ce séjour charmant. C'est votre logeuse, celle qui tenait l'hôtel de vos amours avec Kang Sheng. Une fameuse planque par parenthèse, nous avons mis des années à la repérer. Quand enfin nous y avons fait une descente, plus de Kang Sheng, plus même vous, il ne restait qu'elle, la tenancière, que je crois haut placée dans la hiérarchie du Parti. Je vais la soigner sous vos yeux.

Arrive la Truie poussée par deux gardiens. Elle est là comme atone, muette, très muette, elle se tient là dans le poids de ses kilos, le regard engoncé dans le suint, un regard qui ne semble pas voir, qui ne se fixe sur rien et qui cependant contemple tout avec un dédain annihilant. On va la supplicier et elle se laissera supplicier, jamais elle n'avouera quoi que ce soit, elle ira bravement jusque dans le fantastique de la douleur, jusqu'à la mort. Le Grand Chinois noir s'incline :

— Respect à notre chère camarade du Comité central. Elle va nous dire où est Kang Sheng, ce qu'il fait. La camarade Pomme Bleue, sa maîtresse, désolée de son silence, aimerait avoir de ses nouvelles.

Pomme Bleue se déchaîne, toutes ses maigreurs tournoient dans un ballet d'os, elle piaille d'une voix vinaigrée qu'elle n'a rien demandé. Mais la suiffeuse ne prête aucune attention à ses simagrées. Elle reste immobile, l'œil vide, lard qui vit, lard philosophe, lard dont le courage suprême est cette forme d'inertie que rien ne peut atteindre. Enfin elle dit :

— Je ne connais pas de Kang Sheng.

Le Grand Chinois noir rappelle les surveillants :

— Apportez une quinzaine de briques, ordonne-t-il. Puis allongez sur le sol cette énorme loche. Mettez-la juste devant Mademoiselle. Attention, ne maltraitez pas la grosse. D'ailleurs elle est bien sage, elle va s'étendre d'elle-même sur le dos, elle peut rester habillée.

Pomme Bleue voudrait fuir l'ignominie qui se prépare, un maton la retient. Brusquement la suiffeuse sort de son impassibilité, son regard flamboie d'une autorité coupante, celle qu'elle doit avoir dans les grandes instances du Parti. Avec une force extraordinaire, elle apostrophe le Grand Chinois noir :

— Je te préviens, Kang Sheng te coupera en morceaux pour ce que tu t'apprêtes à me faire subir. Compte tes jours, ils ne seront plus nombreux. En attendant, je te salue de sa part.

Elle gronde et de sa gorge sort un mollard énorme, verdâtre, glaireux qu'elle crache à la face du Grand Chinois noir. Répugnance... L'autre essuie le glaviot en criant qu'il aura la peau de Kang Sheng.

— Mais d'abord, je vais m'occuper de toi, viande puante, viande à mouches. Allez, couche-toi.

La suiffeuse a un léger sourire méprisant, à nouveau elle n'est plus que graisse, graisse amorphe et tellement hautaine. Sans mot dire elle étend sur le sol son corps adipeux, son derrière bouffi, ses cuisses en graillon, ses épaules en saindoux, sa pauvre tête. Elle procède soigneusement, en prenant garde de ne pas froisser sa tenue de taularde, enfin elle gît sur le dos, les yeux ouverts, grosse forme silencieuse qui vit, respire, entend. Quand le Grand Chinois noir lui ordonne de rapprocher ses mollets l'un de l'autre, elle obéit aussitôt. Lui besogne. Il range les briques sur les jambes de la suiffeuse, il les empile et soudain, de tout son poids, il saute sur cette construction qui s'écroule. On a entendu un craquement, les chevilles et les genoux ont été rompus. Et la suiffeuse a poussé un cri, un terrible cri d'irrépressible douleur.

Immédiatement après la Truie est emportée. Elle n'a pas perdu connaissance, elle tâche de ne pas gémir, de sa bouche ne sortent que des sons blancs. Dans cet effort elle grimace et des larmes viennent à ses yeux. Le Grand Chinois noir sourit à Pomme Bleue :

— Ne vous évanouissez pas. Ce n'est rien. Cette femelle est une orgueilleuse. Encore deux ou trois exercices de ce genre et elle sera rouée de partout. C'est un plaisir pour moi de la fricasser un peu... Imaginez, une si importante camarade et qui m'a craché à la figure. Enfin... ma bonté lui trouvera, à elle aussi, un beau cercueil.

L'horreur, la peur, le dégoût, tout l'inexprimable de l'angoisse a submergé Pomme Bleue. Mais elle ne pense qu'à elle, qu'à ce qui pourrait lui arriver dans ce bureau... Le Grand Chinois noir s'approche, toujours plus souriant :

— Ne craignez rien, je ne veux que votre bien, vous faire une existence heureuse et belle. Voyez, le soleil luit pour vous. Vous êtes ravissante et vous êtes jeune. La vie est à vous, une vie dorée. Pour cela vous n'avez que peu de chose à faire, me donner quelques noms, juste quelques noms.

Pomme Bleue continue à refuser de la tête, trop bouleversée pour parler. Mais le Grand Chinois noir est tout indulgence :

— Vous ne comprenez pas encore, cela viendra... Je vous renvoie auprès de vos compagnes, celles qui chantent la Révolution. Elles sont jeunes comme vous et beaucoup avoueront sans mal.

Pomme Bleue est reconduite à la cave grillagée. Et encore une fois elle entend *L'Internationale*. Elle approche, l'hymne grandit, elle pénètre dans l'hymne. Mais dès qu'elle est entrée dans la geôle, les voix se taisent. Tous les yeux sont fixés sur elle, la revenante, la suspecte.

— Où est la grosse ? On est venu la chercher quelques minutes après que tu as été conduite auprès du Grand Chinois noir.

— Il l'a torturée devant moi, le supplice des briques, puis il l'a fait emporter, il l'achèvera une autre fois. Elle n'a pas parlé.

— Et toi, tu as parlé ?

— Non. Sinon j'aurais été relâchée.

— Mais toi, il ne t'a pas tourmentée.

Des semaines et des semaines à guetter le recommencement des riens qui composent la trame de la vie. En Pomme Bleue une horlogerie bat la mesure de l'infinie répétition, les mêmes petits bruits, les mêmes petits détails, les mêmes craquelures de l'existence, le retour des mêmes moments, parfois le tonnerre d'une clé, l'énorme rumeur d'une voix de matonne. Bientôt il n'y a plus de jour, il n'y a plus de nuit, il n'y a que le présent perpétuel d'un monde d'acier et de ciment constamment éclairé. La torture par la lumière... Les détenues gisent sur leur paillasse, loques à demi inconscientes, plongées dans un sommeil qui, au lieu de leur rendre des forces, les décompose. Quand leurs angoisses remontent en elles, elles pleurent en de longs sanglots, toutes en même temps, étreintes par la même tristesse mortelle. Certaines, les plus courageuses, essaient de chanter encore pour dissiper la poix des chagrins mais elles sont contaminées, les spasmes les gagnent, elles pleurent avec les autres. Alors les gardiens surgissent avec des fouets, les lanières cinglent, déchirent les visages.

Le temps... Les corps toujours plus faibles, leurs odeurs, leurs déchets... En cette prison tout est défécation. Dans la promiscuité, dans l'abjection les âmes pourrissent aussi : ce que se disent les prisonnières, ce qu'elles se racontent est souvent nauséabond — le gouffre des petitesses, l'abîme des vomissures, avant d'aller quelquefois vers l'aveu ignoble, la honteuse liberté... Pourtant cette bassesse n'empêche pas à d'autres instants de beaux élans, le partage des émotions, les sacrifices, la charité, la pitié, l'amour...

Le temps... Et toujours la plèbe, la répugnante piétaille matonne. Par un phénomène curieux, à force d'avoir contemplé leurs visages, il semble aux détenues que les traits des gardiens se soient dilatés, que s'imposent à elles démesurément grossis leurs verrues, la lippe des lèvres, le chassieux des yeux, le cérumen coulant des oreilles, les poils sortant du nez, le gras des cheveux, les pores obstrués, les pustules, les boutons. La plupart de ces surveillants jouissent de maltraiter : de leurs bouches taillées pour l'outrage ne sortent que des grognements, des phrases édentées, crapuleuses qui sont autant d'ordres mortifiants. Et ils ne cognent pas seulement avec des mots, ils aiment à frapper la chair et il arrive que, dans la rage et le plaisir des coups, ils tuent impunément. La nature humaine se révèle en eux dans sa perversité foncière, ce qui les épanouit. Quelques-uns sont moins méchants, presque bons, en tout cas bonasses, compatissants, mais de ceux-là il faut encore supporter la voix populacière, les accents faubouriens, le vocabulaire de portefaix. Tous, les quasiment charitables comme les brutes homicides, appartiennent à la même engeance, ils détruisent la fierté, ils souillent, ils abaissent.

Hormis les indomptables, dont la résistance amuse le Grand Chinois noir, leur clientèle, ces créatures amoncelées, réduites à si peu, s'use, dépérit, est la proie d'une infinité de maux. Pomme Bleue, elle, est bientôt dissoute dans la maladie : c'est un de ses talents, comme une paradoxale affirmation de soi, que de se livrer totalement à la géhenne. Elle n'est plus qu'un corps qui souffre, elle se consume, elle est esclave, le sang ne se répand plus dans sa plaie des voluptés, elle se sent flétrie, une souche desséchée que dévorent les miasmes et les fièvres. Lorsqu'elle est envahie par la glu de l'éternel ennui, elle est prise de tremblements, elle frissonne, elle grelotte, elle claque des dents, comme mordue par le froid. Les suées, le délire... Et puis la crise passe et Pomme Bleue demeure allongée, calme, trop calme.

En fait, dans sa détresse, dans les paroxysmes de ses douleurs innombrables, elle conserve sa lucidité, elle est elle-même, pur venin. Elle est persuadée que pour survivre elle doit à tout prix se démarquer du troupeau des autres filles : quand celles-ci, même presque moribondes, se mettent encore à chanter la Révolution, elle rassemble ses forces pour psalmodier un air de l'opéra classique. Aux gardiens accourus, prêts à la frapper, elle sourit avec suavité, elle est, leur dit-elle, une héroïne des siècles passés, elle est la Reine des Fées, laquelle n'a jamais été révolutionnaire ni communiste. Ricanements des matons et fureur de Pomme Bleue : ils la croient folle ? Mais elle sait très bien qui elle est, elle est Pomme Bleue, actrice, uniquement actrice, exclusivement consacrée à la musique et aux textes les plus saisissants, une femme qui reste et restera toujours la servante de la beauté.

Est-ce ainsi que commence la trahison ? Pomme Bleue ne se pose pas la question, elle ne veut pas trahir. Mais un jour un surveillant-chef lui apporte respectueusement une grande enveloppe. Quand elle l'ouvre s'en échappent des photos ainsi qu'un billet du Grand Chinois noir : « Recevez avec mes hommages ces quelques images de vous. Elles ont été trouvées lors d'une perquisition chez un homme que vous avez connu. Ne vous inquiétez pas, il ne s'agit pas de Kang Sheng. Je vous prie de croire à ma respectueuse amitié. »

Transe de Pomme Bleue, les photos datent du temps où elle était Grue des Nuages, où dans la troupe de Mme Yu elle jouait la princesse que son amour condamne : la voilà bien la preuve qu'elle est une actrice, rien qu'une actrice. Le Grand Chinois noir a compris qu'elle n'a rien à voir avec les ragougnasses de rouges destinées aux bas appétits de l'humanité, qu'elle est différente, absolument différente. Dans son excitation, Pomme Bleue fait circuler les photos et le billet. Pas un instant elle ne songe à l'homme chez qui ces documents ont été saisis. Song le Mauvais ? Yu Qiweï ? Ils sont si loin...

Désormais, pour les autres prisonnières, Pomme Bleue est une félonne, une vendue. Mais elles n'ont plus la force de l'injurier, encore moins celle de l'écharper, à peine si elles marmonnent lorsque Pomme Bleue chante l'opéra. La démence... Morte est la cantate rouge, mourantes sont les choristes, il n'y a plus que Pomme Bleue qui, toute la journée, grince, miaule, vitupère, tonitrue. Elle chante les exploits d'antan comme si tout ce passé ressuscité allait la secourir, elle chante, et les souverains, les grands rois, les génies sont avec elle. Rien ne l'arrête, elle joue tous les rôles et bientôt les gardiens viennent l'écouter, lui réclament, narquois, les morceaux qu'ils préfèrent. Alors, avec les gestes consacrés, elle exalte les monarques qui disaient la loi juste et sévère, elle célèbre les amours maudites, et les surveillants se taisent, conquis.

Cela finit naturellement dans le bureau du Grand Chinois noir. Son rire...

— Une idée fameuse, géniale même, chère amie, que de jouer les princesses d'opéra dans votre caveau. Il fallait y penser ! Avec vos airs vous viendrez à bout de toutes ces petites carnes rouges.

Pomme Bleue ne sourit pas. Elle s'est jetée sur les gâteaux que le Grand Chinois noir a fait préparer et elle dévore, sans arriver à se rassasier.

— Quelle belle goinfrerie, ma chère, mes compliments !

Mais je vous trouve quand même un peu pâle, vous avez trop maigri. Sans doute est-il temps que vous changiez de résidence.

Mine alléchée, un peu méfiante de Pomme Bleue, cependant que le Grand Chinois noir la cajole de mots doucereux :

— Je vous propose de vous installer dans une jolie pièce confortable et de vous nourrir convenablement. Je vous rendrai visite, nous parlerons comme des amis, vous chanterez pour moi. J'ai beaucoup d'estime pour vous et je veux vous sauver. Épargnez-moi d'avoir un jour à prononcer une sentence cruelle contre vous.

En Pomme Bleue une bouffée de vanité, le Grand Chinois noir est donc à ses pieds : encore un homme, se dit-elle, encore un sot. Mais cet élan de fatuité ne dure pas, car Pomme Bleue est déjà ailleurs : par la fenêtre elle aperçoit le ciel et le goût de la vie lui revient avec une telle violence qu'elle pense se trouver mal. Lui arrive confusément le murmure du Grand Chinois noir qui raconte elle ne sait quoi sur la dégradante mort dont il devrait être l'instrument et elle s'entend répondre qu'elle veut vivre mais qu'elle est trop fatiguée.

La voix du Grand Chinois noir lui semble presque tendre.

— Vous êtes jeune, dit-il, si jeune et vous chantez la Chine et ses légendes. Imaginez toutes les années de bonheur et de gloire qui s'offrent à vous. Vous êtes presque guérie, guérissez tout à fait.

Et Pomme Bleue sent monter en elle une marée putride. Ah, s'abandonner, acquiescer, acquiescer enfin. Son bourreau s'est rapproché et c'est tout près de son oreille qu'il souffle : « Donnez-moi des noms. »

Trahir ? Non. Après avoir tant essayé d'être une bonne militante, n'être plus qu'une dénonciatrice, qu'une chienne infecte, non. Repoussons l'infamie, pense Pomme Bleue et le pompeux de la formule l'amuse. L'infamie, quelle infamie ? Tout cela est très compliqué, qu'on lui laisse le temps de réfléchir. A-t-elle parlé tout haut ?

— Je vous accorde quelques semaines, reprend le Grand Chinois noir. Mais dès ce moment je vous installe dans une autre cellule. Vous y méditerez à votre aise. Délibérez et tout naturellement vous arriverez à la conclusion qu'il est aisé, réconfortant, normal de dire l'honnête vérité.

Et Pomme Bleue se retrouve dans une chambre sans grillage, sans barreaux, sans ampoules électriques nues qui assomment, sans compagnes lamentables. Elle dort dans un vrai lit, elle dispose d'une table, de plusieurs chaises et, derrière un paravent, d'une cuvette et d'un seau de toilette. On lui sert des plats raffinés, cinq ou six parfois. Une délicieuse jeune femme, qui n'est même pas habillée en matonne, pourvoit à tous ses besoins. C'est une compagne, presque une amie et cette jolie personne ne cesse de répéter à Pomme Bleue que le ciel est d'azur, qu'elle redevient belle, qu'elle doit profiter de la vie. Il suffit de si peu. Quelques noms, juste quelques noms.

Parfois entrent dans la chambre des messieurs très bien élevés, aux gueules pas trop tordues, la bonne société de la maison, des gradés de la police. Ils s'assoient et prient Pomme Bleue de chanter. Louanges, applaudissements. Ils apportent des friandises et de l'alcool pour trinquer à la future carrière de Pomme Bleue. À peine sont-ils sortis que la confidente reprend son refrain : des noms, juste quelques noms s'il vous plaît.

Un colonel des services secrets, un vieux bourru paternel, s'occupe aussi de Pomme Bleue. Lui la travaille davantage, il procède encore à des interrogatoires, mais il est compréhensif, il a toutes les indulgences pour les erreurs de la jeunesse :

— Par naïveté, par bonté, explique-t-il, on veut améliorer le sort de l'univers, on devient un rouge. Et ensuite par une sotte vanité, on n'ose se dédire. Ayez le courage d'évoluer, renoncez à vos idées pernicieuses, vous retrouverez la sagesse et tout ira bien.

Pomme Bleue pleure, se désole, inspire la pitié. Mais tous la réconfortent. La conversation se poursuit à l'infini avec la jolie petite matonne, avec MM. les matons de haut rang, avec le colonel maton bourru et si brave. Et dans toutes les voix, sur tous les tons, revient l'antienne du ciel bleu, de la vie dont il faut profiter, de la carrière merveilleuse qui s'ouvre devant Pomme Bleue.

Des noms, juste quelques noms.

Pomme Bleue ne les donne toujours pas. Mais à nouveau elle rayonne, elle est la force et la sève, le charme, la séduction, elle reprend la gamme de ses sourires, de ses ondulations, de ses vivacités. Le sang pétille dans ses artères et surtout il afflue dans sa vallée des roses. Bientôt son vagin la ronge. Dehors un homme, des hommes, tous les hommes l'attendent. Tous les hommes en échange de quelques noms.

C'est alors que se présente à elle le Grand Chinois noir. Il est sévère, presque menaçant :

— Vous tardez beaucoup. Faites attention... Ah, que je vous dise, la grosse femme n'a pas parlé malgré mes soins éclairés. Je l'ai prolongée longtemps, jusqu'à ce matin. Même les yeux crevés, elle s'est tue. Alors...

La suiffeuse... Combien de jours et de nuits a duré son martyre et elle n'a pas parlé ! Pomme Bleue accorde à la malheureuse qui a si atrocement rejoint les Fontaines Jaunes l'aumône d'une pensée émue mais, insidieusement, elle se réjouit : la Truie expirée, plus personne ne pourra témoigner contre elle, la femme équivoque, celle qui gagne du temps et qui trahira sous peu.

Les noms, tout est là. En fait ils tournoient dans la tête de Pomme Bleue depuis longtemps. Elle aimerait proposer ceux d'actrices célèbres qu'elle jalouse et qu'elle pourrait plus tard trouver sur son chemin, mais ces femmes sont trop connues et la sensation que causerait leur arrestation risquerait de l'éclabousser si l'on remontait jusqu'à elle... On le lui a promis, tout sera secret, mais quand même, elle doit être prudente. D'autant qu'il y a plus savoureux encore : désigner quelques-uns de ces gens du spectacle, ces auteurs, ces compositeurs, ces scénaristes, tous ces prétentiards qui l'ont si mal reçue lorsqu'elle cherchait Song Minh. Pendant des heures, elle dresse le catalogue de ses détestations. Volupté... Elle pense aussi à la sarabande autour de Song le Mauvais, aux individus masqués qui l'ont recrutée et qui ont voulu la terroriser. Pas mal ces fantoches... D'ailleurs, n'est-ce pas eux qui, en l'acceptant, l'ont perdue ? Ils sont tout désignés... d'abord eux.

Quelques visites gentilles du Grand Chinois noir. Propos badins. Chatteries. Elle tergiverse encore, il s'irrite. Doucement elle change de camp, mais ce n'est pas un ralliement, une de ces grandes trahisons qui ont leur superbe, c'est un lent cheminement vers une petite trahison honteuse, fétide.

Et un jour l'abcès est mûr et il crève. Le pus des noms... Pomme Bleue commence la récitation de sa vie, chaque nom comme un joli cadeau. Est dénoncé un premier quidam dont elle décrit longuement les méfaits, avec un grand luxe de détails. Et c'est au tour d'un deuxième aussi abondamment dépeint dans toute son ordure. Et ainsi de suite, interminablement, jusqu'au sixième, au septième, au huitième. Dans ce marécage d'immondices Pomme Bleue est comme soûle de joie, elle se venge, rien au monde ne vaut la vengeance. Moins ivre, elle verrait le Grand Chinois noir se désillusionner, sa figure se rétrécir, enfin il explose :

— Taisez-vous. Vous ne m'avez nommé aucun rouge important. Je me demande même si ces gens sont communistes. Peut-être n'ont-ils que le défaut de ne pas vous plaire.

— Je ne suis pas communiste, je n'ai donc pas de renseignements certains. Mais d'après le peu que je sais, ils sont inscrits au Parti, ce sont même des militants actifs.

— Ils vont être arrêtés, interrogés et s'il s'agit vraiment de rouges vous serez relâchée. J'espère pour vous que vous ne m'avez pas trompé.

Un silence de tombe. La honte saisit-elle Pomme Bleue ? Mais jamais elle n'a honte de ce qu'elle fait ! Ignoble ? Comment s'appliquerait-elle ce qualificatif ? Elle a résisté longtemps, elle n'a cédé que sous la contrainte. Qui n'aurait cédé ? Ce qui compte avant tout c'est elle et son farouche besoin de vivre ; elle s'est inclinée pour qu'il y ait au monde cette merveille, une Pomme Bleue. Cependant, dans une dernière inquiétude, elle quémande :

— Vous me le garantissez... l'absolu silence à mon propos.

Le Grand Chinois noir la regarde d'un air singulier :

— Est-ce là toute votre terreur ? Mais vous n'avez rien à redouter, ma chère : je n'ai qu'une parole et votre logeuse est morte.

Deux semaines plus tard elle est à nouveau convoquée chez le Grand Chinois noir qui lui annonce très suavement qu'elle a mérité sa liberté.

— Vos amis ont été arrêtés et l'un d'eux, le plus bravache, s'est mis à parler : j'aime beaucoup les grandes gueules, les intellectuels à la nuque raide et à la bouche d'or, à la première menace, ils se couchent et jaspinent. Que j'emploie un peu plus de persuasion, vos amis diront tout, enfin tout ce qu'ils savent. Je ne vous fais donc pas attendre plus longtemps, ce sont de bonnes petites crapules rouges, vous n'avez pas menti, vous pouvez partir.

Quelques instants l'un et l'autre se taisent. Et Pomme Bleue ouvre la bouche pour revenir à sa hantise, le mutisme qu'elle exige sur ses révélations. Elle implore un Grand Chinois noir affable, bonhomme, angélique.

— Décidément, vous n'avez pas confiance en moi, moi qui ne vous fais signer qu'une confession et un formulaire pour la levée d'écrou, moi qui crois tellement en vous. Tenez, pour preuve de ma bonne volonté, vous trouverez au greffe, avec vos vêtements, un peu d'argent, de quoi vous habiller et vous loger en attendant votre prochain rôle. Parce que vous allez faire une très jolie carrière, j'en suis convaincu. Et pendant tout ce temps, vous continuerez d'avoir de bonnes pensées. Vous savez comme j'apprécie le monde du spectacle, eh bien, vous me ferez part de tout ce que vous remarquerez, de tout ce que vous entendrez qui pourrait m'intéresser dans ce monde. Nous serons d'excellents amis. Et, voyez comme je suis généreux, je respecterai votre travail. Une visite de temps en temps me suffira, sauf urgence, bien sûr. Maintenant allez, profitez de Shanghaï.

La liberté au bout de huit mois de prison. Le soleil n'est plus une illusion, le ciel n'est plus une imagination, la cité n'est plus un souvenir, tout est caresse, parfum, saveur, musique, douceur. Tant de gens, toute cette foule, des millions de créatures, l'ivresse de Shanghaï... Les sens de Pomme Bleue, qui s'étaient aiguisés à épier le sinistre des choses, s'embrasent, s'engouffrent dans les symphonies et les prodiges de l'existence. Elle était comme morte et elle est ressuscitée, elle va jouir de tout ce qui s'offre, se lancer dans les combats de l'ambition et vaincre. Mais dans cet essor d'elle-même, de sa beauté, de son charme, de son talent, elle se découvre tout à coup ligotée, traquée, et c'est à peine si elle ose encore marcher. La cruauté de son malheur l'égare, elle avait tant espéré que son acte ne serait rien, quelques noms contre sa liberté, un anodin petit mouchardage, un simple échange de bons procédés vite recouvert par le sable du temps qui arase tout. Hélas le Grand Chinois noir l'a marquée : libre, elle restera sa captive. De quelle voix satisfaite et impérieuse ne lui a-t-il pas signifié qu'elle serait, dans le destin faste qui l'attend, encore et toujours son informatrice, la répugnante donneuse à sa disposition, l'éternelle moucharde, un cafard.

Condamnée, elle est condamnée et tout ce qui danse devant elle est pourri. Les valses de l'allégresse, les scintillements du bonheur, elle les fuit. S'écartant des multitudes festives et des théâtres de la concupiscence, elle choisit dans une ruelle paisible un hôtel pauvre, elle s'enferme dans une chambre pauvre, elle s'allonge sur un lit pauvre et elle tente de dormir. Mais de partout monte la rumeur de Shanghaï, une rumeur qui dit que Pomme Bleue est une traîtresse. Elle ferme les yeux, elle se bouche les oreilles, mais la clameur grondante, incessante la persécute. Encore une fois Pomme Bleue hurle en elle-même : « Je ne suis pas coupable » et l'écho lui répond : « Tu es une criminelle. » Et le Grand Chinois noir exulte : « Tu vois, ils savent tous que tu es de mon bord, que tu es ma complice. » La nuit n'apporte aucun repos, il lui semble même que la clameur redouble. Le Grand Chinois noir s'approche d'elle et l'embrasse tandis que jusqu'au fin fond des horizons des millions et des millions de voix célèbrent les noces du bourreau et de sa bourrelle.

Quand le cauchemar s'estompe, Pomme Bleue cède à l'attendrissement, comment les dieux peuvent-ils lui être si contraires alors qu'elle ne veut qu'une vie consacrée à l'art ? Et pourquoi nul ne la prend-il en pitié ? Une exploitée, voilà ce qu'elle est, une victime dont on use et qu'on jette. Seul Kang Sheng l'avait comprise, mais il a disparu. Et cette pensée la fait pleurer.

Pomme Bleue, fût-ce sur elle-même, ne s'apitoie jamais longtemps. Ses larmes à peine séchées, et puisqu'elle n'a personne à qui se plaindre, elle sort s'acheter de quoi manger. Dans la rue, l'idée la traverse de s'enfuir, d'aller d'hôtel miteux en garni délabré et ainsi de disparaître dans les bas-fonds de Shanghaï. Là les sbires du Grand Chinois noir ne la chercheraient pas, elle pourrait quitter la ville, se perdre dans quelque campagne où elle deviendrait institutrice. Pour mieux réfléchir à ce beau projet, elle est remontée dans sa chambre et assise sur son lit, elle se raconte la fable d'une sublime Pomme Bleue dispensant son savoir à de misérables culs-terreux et soignant dans la paix des champs la gangrène de la ville. Après tout, se dit-elle, Kang Sheng n'a pas fait autrement lorsque Shanghaï est devenue dangereuse pour lui.

Malencontreuse évocation ! Kang Sheng... Mais par quelle stupidité n'a-t-elle pas songé plus tôt qu'on ne l'avait relâchée, elle, que pour mieux le capturer, lui ? On l'a forcément suivie, l'hôtel doit être surveillé et il le sera jusqu'au jour où son amant reparaîtra. Elle est l'appât, elle est le piège. Soudain elle comprend que le Grand Chinois noir se moquait qu'elle ne donnât que des communistes de seconde zone, il ne lui fallait que bien la tenir avant de la remettre en liberté.

Dorénavant elle n'a plus d'issue : où qu'elle se tourne le chancre est là, prêt à la dévorer. D'autres se suicideraient, pourtant cette solution — la seule digne — ne vient pas à l'esprit de Pomme Bleue, elle vivra, courbée, salie, mais elle vivra. Et l'ardeur la reprend, et la conviction qu'elle saura jouer le jeu du Grand Chinois noir de façon habile. Si Kang Sheng est pris ou tué en venant la voir, ce ne sera pas sa faute à elle, et puis, pourquoi lier sa vie à cet éternel clandestin ?

Ainsi passent les jours, à tourner dans le labyrinthe des hypothèses. Pomme Bleue taille des routes, construit des ponts et des passerelles, rameute à son secours tous les hommes de sa vie, se berce de rêves éveillés, tombe dans des puits, bâtit des prisons, des châteaux, des arcs de triomphe, toute une architecture que régulièrement balaie la rumeur, l'obsédante, la terrible rumeur. Traîtresse...

Et un matin, on frappe à sa porte. Elle ouvre, le cœur bondissant. Un homme est là, un inconnu : on exige, déclare-t-il, qu'elle change d'hôtel et se rende avant cinq heures ce soir dans une pension plus appropriée, près de Bubbling Well Road. « On » ? Qui est ce « on » ? Le Grand Chinois noir ? Song le Mauvais ? Comment l'aurait-il trouvée ? Jamais il ne s'est préoccupé du sort de Pomme Bleue. Alors Kang Sheng ? Il est à Singapour ou à Moscou, à moins qu'il n'ait rejoint la pitoyable colonne de Mao et qu'il ne soit perdu au loin sur les marches de l'Ouest... Alors qui ? Depuis longtemps l'homme a disparu... et il n'avait pas une tête à répondre à ce genre de questions.

En Pomme Bleue, encore plus de confusion. Et très vite un sursaut, l'événement est là qu'elle doit affronter. La rue, les trottoirs, la foule. Dix fois, cent fois, elle se retourne pour voir si elle est filée, mais comment repérer qui que ce soit dans la multitude ? Donc elle marche, s'arrête, regarde les vitrines, se perd dans les ruelles, revient sur ses pas, et même entre dans une boutique, pas trop élégante toutefois, pour se rhabiller de pied en cap. Le Grand Chinois noir, si c'est lui qui l'a convoquée, sera, elle n'en doute pas, heureux qu'elle ait utilisé à bon escient les fonds de l'État. Et si c'est Kang Sheng qui l'a appelée, le tour l'amusera.

À la pension, personne ne l'attend mais une chambre a été retenue à son nom. Confortable, la chambre, et Pomme Bleue s'y endort comme une bienheureuse.

Subitement éclate une détonation fantastique, des

flammes, un brasier illumine tout le quartier sur lequel est tombé un extraordinaire silence. Une seconde, deux secondes... et des cris montent, emplissent l'atmosphère qui n'est plus que hurlements et pleurs. La fournaise est toute proche, une centaine de mètres au plus et Pomme Bleue a la prescience que cette apocalypse la concerne. Elle se précipite hors de la chambre, court jusqu'à la grande artère où déjà l'incendie ne dégage plus qu'une fumée noirâtre. Deux voitures ont explosé en même temps, il n'en reste que des tôles tordues, des morceaux de moteur, un gisement de ferraille achevant de se consumer. Les cadavres des occupants de l'automobile qui roulait au milieu de la rue ne sont plus que du calciné, un résidu de chair et d'ossements. Il y a un trou dans la chaussée là où était arrêté le véhicule piégé. Alentour gisent d'autres corps ensanglantés, désarticulés, tête arrachée ; plus loin, à la lisière du carnage, gémissent des blessés, des passants happés par la déflagration, tombés sous une pluie de feu meurtrière, déchirés, les tympans éclatés et les yeux brûlés. Cependant arrivent, en ululant de toutes leurs sirènes, des voitures de pompiers, des ambulances, des cars de flics. Et la foule aussi se masse, qui s'était enfuie mais est revenue nombreuse pour jouir de ce chantier de la mort.

Ces badauds échangent goulûment leurs impressions : cela a été un fameux attentat, bien monté, bien synchronisé, scientifique, comme il n'y en a jamais eu, la voiture piège explosant juste au moment où passait, et pourtant si rapidement, la voiture qui était la proie, une voiture de la police paraît-il. Celle-ci a été soulevée, s'est démantibulée, transformée en un bûcher, la carcasse métallique s'est mise à rugir et a rôti les passagers qui ne sont pas identifiables. Pourtant le bruit court que le Grand Chinois noir serait parmi les victimes.

Pomme Bleue n'en doute pas un seul instant. L'aurore dans son âme... Les infirmiers, les secouristes essaient de ramasser blessés et cadavres, le sang pisse... Mais ils ne touchent pas à l'ignominie sans nom qu'est devenu le détachement de la police secrète mené par le Grand Chinois noir. Un homme enfin s'en approche, un dignitaire impassible descendu d'une limousine encadrée de motards. Il fouille parmi les restes, sélectionne des bouts de chair noircie, en fait des tas qu'il range soigneusement. Et pendant cette étrange moisson surgissent toujours plus de flics qui cognent furieusement sur les voyeurs, si grande est leur colère. Prise de panique, la foule se dégorge dans les ruelles adjacentes. Pour ne pas retomber entre les mains de la police, Pomme Bleue s'enfuit vers son hôtel avec dans les yeux une image ravissante : le dignitaire reconstituant le squelette du Grand Chinois noir. Il n'y a plus qu'à attendre l'enterrement patriotique auquel un si fidèle serviteur a droit, il n'y a plus aussi qu'à attendre Kang Sheng, car cet attentat si parfait ne peut être que son œuvre. Oh, se réconcilier avec Kang Sheng, se laisser aimer par lui...

Le messager réapparut bientôt pour lui prescrire d'aller, dès le lendemain, habiter dans un autre hôtel loin du centre de la cité. Elle obéit. La police qui cernait encore le quartier ne prêta aucune attention à cette jeune femme convenable, manifestement plus occupée d'elle-même et de ses emplettes que de terrorisme et d'assassinat.

Au bout de quelques heures, Kang Sheng est là, inchangé, le même, éternellement le même, brillant, nerveux, narquois. Pomme Bleue se jette sur lui pour l'embrasser, il la repousse dans un flot de sarcasmes...

— Tu peux me remercier, je t'ai organisé un superbe feu d'artifice et ton protecteur le Grand Chinois noir a fait un très beau bouquet. Comment cet abruti n'a-t-il pas pensé que nous avions des gens à nous dans l'état-major de la prison ? J'ai appris qu'il se rendait à la mairie pour une réunion du Kuomintang, et comme j'avais la certitude qu'il n'aurait pas la présence d'esprit de changer d'horaire et d'itinéraire au dernier moment, je n'ai eu qu'à préparer ma petite surprise. J'ai été bon, il s'est volatilisé sans douleur, il ne s'est même pas vu mourir.

— Tu l'as tué à cause de moi ?

— Non, à cause de celle que tu appelais la Truie. À cause du plaisir qu'il a pris à la massacrer en ta présence, en te faisant les yeux doux. J'aurais voulu le dépecer de mes propres mains mais c'est contraire à mes principes. On peut tuer et même tuer beaucoup mais on ne doit jamais jouir de la torture, cela gâche l'âme. Essaie de t'en souvenir.

— Vraiment, tu n'as pas pensé à moi ?

— Pas comme tu crois... Disons qu'encore une fois je t'ai tirée de ton gâchis : tu as été arrêtée, tu as trahi, bien plus, tu as été charmée par le Grand Chinois noir. S'il l'avait voulu il couchait avec toi et ce n'aurait pas été un viol.

— C'est faux. J'ai tenu longtemps, des semaines et des semaines contre les sévices et les menaces.

— Quelques taloches... N'oublie pas qu'on me rapporte tout de ce qui se passe dans cette prison. Tu n'as pas été maltraitée.

— Mais je n'ai rien dit d'important.

— Tu es inconsciente ou quoi ? Tu n'as rien dit d'important... Mais que savais-tu d'important ? De toute façon le cirque ne commençait qu'après ta libération. Tu étais dans la main du Grand Chinois noir et tu m'aurais vendu. Ensuite il t'aurait donné des consignes, tu aurais fait ta coquette, ta mignonne, ton actrice et tu aurais levé le gros gibier. Avec ton petit museau innocent tu serais devenue une vraie espionne. C'est pour cela aussi, pour t'éviter la honte et le naufrage, que j'ai fait liquider ton délicat soupirant. Tu n'as rien signé au moins ?

— Juste des formulaires et une espèce de renonciation aux idées communistes.

— Je vois. Il faudra les faire rechercher et les détruire. Quoi que nous réserve l'avenir, moins il y aura de traces de ton passage là-bas, mieux ce sera.

Le mot avenir a sur Pomme Bleue un effet étonnant. Puisque Kang Sheng l'utilise, songe-t-elle, puisqu'il parle d'eux au pluriel, tout est bien. Et sûre de son empire, Pomme Bleue s'approche de lui pour le remercier voluptueusement. Kang Sheng cette fois est brutal :

— Fous-moi le camp, crie-t-il. Et ne me touche pas, ne me touche plus jamais. J'aurais dû te faire tuer depuis longtemps, je me dégoûte de t'épargner.

— Mais tu m'aimes.

— Tu plaisantes ? Dans les temps actuels j'aurais besoin d'une femme héroïque et dévouée. Cette femme-là je l'avais et je l'ai sacrifiée pour empêcher une garce comme toi d'être prise. Cela, je ne me le pardonnerai jamais. Et pourtant je continuerai à m'occuper de toi.

— Parce que tu es incapable de ne pas m'aimer.

— Non. Je te le répète, parce que tu peux me servir. Je te tiens moi aussi, et, n'en doute pas, plus fermement que ne te tenait le Grand Chinois noir.

Soudain un sourire flotte sur le visage de Kang Sheng :

— Bien sûr, il ne t'a pas raconté que Mao avait pris la tête de la Longue Marche ?

— Toi, tu as toujours cru en ce Mao, murmure Pomme Bleue.

— Croire, croire… Pas si vite. Lis les journaux et tu verras que d'innombrables armées de Tchang Kaï-chek guettent Mao et ses troupes. Que veut-il faire ? Où veut-il aller ? Moi, j'assure mes arrières en retournant à Moscou, là où est toujours la source du pouvoir. Je verrai, j'aviserai, je compte soutenir Mao mais discrètement, élégamment. Tu me connais, je veille au grain. Au Kremlin on rencontre beaucoup de gens précieux, en particulier les fonctionnaires, les agents, les hommes de main du Komintern. Et si étrange que cela puisse paraître, tu interviens dans ces gamberges. Tu es une créature particulière, très étrange, tu perturbes les hommes, cela pourra m'être utile.

— Tu veux me prostituer, comme avec Yu Qiweï ?

— Tout de suite les grands mots. Non, ma jolie, je ne t'ai pas prostituée à Yu Qiweï, j'ai essayé de te sortir de ta misère. Maintenant c'est différent, tu m'aideras quand je l'exigerai. Et si tu ramasses une miette de pouvoir dans ces jeux, n'oublie jamais que je pourrai d'un geste, d'un mot te l'arracher.

Le pouvoir… Pomme Bleue se dit que Kang Sheng pense

pour elle à un nom, à des noms, qu'il va l'accoupler à quelque dirigeant du Kuomintang ou en faire une putain pour cadres du Parti. Faut-il qu'il ait confiance en ses charmes... et qu'il n'ait rien oublié ! Encore une fois elle voudrait l'enlacer, le contraindre, qu'il lui fasse enfin l'amour. Un instinct la retient et surtout la froideur de Kang Sheng.

— Même moi je peux me laisser aller à rêver, à t'imaginer plus tard fructueusement appareillée. Mais pour le moment revenons à la réalité. D'abord tu vas renoncer à la Révolution. Fini le zèle et la ferveur, n'attache pas ta beauté avec les rubans d'une foi tant soit peu rouge, ne milite pas, ne laisse jamais entendre que tu as milité, montre-toi un peu, très peu progressiste, d'un progressisme sans danger. Connais-toi définitivement, tu es lâche d'une lâcheté qui ne te quittera jamais. Alors sois banale, charmante. Accumule en toi les ressentiments, mais renonce à la violence, attends dans l'écoulement des jours, c'est un ordre.

Ces conseils sont une eau lustrale pour Pomme Bleue qui est lasse, qui sent en elle des angoisses, des tourments, des supplices — elle n'a pas encore oublié la prison, et le monde extérieur qui n'est que fuites, sang, attentat, abomination la révulse. De tout cela, elle veut se purifier dans la vie, la joyeuse vie, la vie délicieuse. Que le pouvoir ne soit plus une hantise, mais une idée vague, une lueur au-delà du temps, que soit seulement exaucé son vœu le plus cher, devenir actrice, et tout sera bien, et les horreurs de sa vie à Shanghaï s'évanouiront dans l'oubli.

À peine a-t-elle formulé sa demande que Kang Sheng, qui autrefois se dérobait, n'est plus que promesses volubiles :

— Avant de partir pour Moscou, je te ferai accepter par le monde du cinéma. J'ai mes entrées auprès du directeur d'un studio. Dans quelques jours tu te présenteras à lui en disant simplement qui tu es. Ne te réclame pas de moi, je n'existe plus. Le personnage ne sera pas curieux, il te fera signer un contrat après un bout de conversation. Tu vois, je te sors enfin de tes chambres d'hôtel. Tu vas t'amuser dans ce petit milieu, tu es plus douée pour l'intrigue que la plupart des cabotins avec qui tu te caramboleras. Mais pense d'abord à ton travail, répète tes rôles, acharne-toi, et couche utile. Cependant n'acquiers pas la réputation d'être trop légère, ce serait un exploit fâcheux dans ce monde connu pour sa facilité. À propos ne compte pas sur Song Minh. Le Grand Chinois noir avant de s'envoler en fumée lui avait fait des agaceries, il est toujours à la campagne et son humeur sombre a tourné à la folie. Ne compte pas davantage sur Song le Mauvais, lui s'est rangé au point d'avoir perdu son fameux rire, il porte jaquette, il est devenu le très cérémonieux propriétaire de la joaillerie familiale.

C'est donc cela la disparition de l'amour ? Cette harangue désinvolte ? Pomme Bleue se souvient de Yu Qiweï, de leur dernière nuit si tendre. À la vérité elle n'éprouve plus pour Kang Sheng de sentiments fous et poignants, mais elle est blessée, ulcérée. La foudroie l'idée que leur histoire, sans qu'elle en ait conscience, a pris une autre forme, plus terne. Et dans sa vexation le désir la tord. Ce qu'elle veut c'est que là, dans cette chambre, ils se prennent encore et que renaissent tous leurs hiers. Mais à nouveau Kang Sheng refuse et s'échappe.

— Je ne veux plus faire l'amour avec toi, ni aujourd'hui ni jamais. C'est fini.

— Kang Sheng... une dernière fois.

Lui n'est plus que raillerie, atroce raillerie :

— Dommage que le Grand Chinois noir ne t'ait pas sautée, cela t'aurait calmée. Mais il vaut mieux pour tes futurs visiteurs que tu n'aies pas été souillée par ce salaud. Du reste tu n'as plus longtemps à attendre : d'ici à quelques jours tu pourras faire ton papillon dans les studios.

L'horreur d'être ainsi rejetée... Pomme Bleue subitement se convainc qu'elle aime encore Kang Sheng, qu'elle n'aime que lui. Elle pleure, elle se traîne à genoux, elle supplie et son ventre n'est plus qu'une béance, une brûlure. Encore une fois, une dernière fois, la dernière...

Kang Sheng est sorti, l'air exaspéré, sans même lui jeter un regard.

Chapitre VIII

LES JOURS SUIVANTS, retrouvailles. Kang Sheng semble ne plus se méfier de Pomme Bleue, il l'installe même dans son repaire, un autre hôtel banal et sans mystère. Mais ils occupent des chambres séparées, ils vont l'un chez l'autre en vieilles connaissances uniquement préoccupées d'échanger des vues sur leur carrière ou leurs soucis.

— Je jouerai dans des films où mon personnage appellera le peuple de Chine à se battre contre les envahisseurs, déclare Pomme Bleue.

Sifflement d'admiration de Kang Sheng.

— Ces rôles t'honoreront et te dédouaneront, même aux yeux du Kuomintang. Tu seras une formidable actrice patriotique, la star des bons sentiments qui boutera les Barbares hors de Chine. Le nationalisme sans rougeole, c'est un bon filon pour toi.

— Ne plaisante pas, il faut les chasser.

— Et oublier les communistes... tu as bien retenu ta leçon.

Mais ces rires ne sont que de brèves accalmies dans une fébrilité que Pomme Bleue sent monter d'heure en heure chez Kang Sheng. Une seule question le tourmente : qu'advient-il de Mao ? Et les journaux le déçoivent qui en parlent à peine et pour répéter inlassablement que les colonnes rebelles seront bientôt anéanties, que les rescapés, s'il y en a, chercheront à se réfugier quelque part au Yunnan ou au

Sichuan mais qu'ils seront broyés par le dispositif militaire du Kuomintang qui se refermera sur eux comme une mâchoire. La conclusion, c'est qu'alors il ne restera plus du tout de bandits rouges en Chine, que le fléau sera éradiqué.

Et Kang Sheng tombe dans la ratiocination, et il se ronge faute de nouvelles, et il épilogue sur Mao, et immanquablement il termine sur l'avenir radieux qui les attend, lui et Pomme Bleue, tous deux associés pour cueillir les fruits de la victoire. Et Pomme Bleue s'ennuie : elle ne songe plus qu'à l'immédiat, qu'au cinéma. Enfin Kang Sheng lui annonce que tout est paré, qu'elle peut rendre sa visite au studio, mais que d'abord elle s'arrange, que lui Kang Sheng ne donne pas le sentiment d'avoir recommandé une souillon. Elle avait reçu de l'argent du Grand Chinois noir ? Le Parti fera mieux, beaucoup mieux pour elle : cinq cents yuans, une somme énorme mais indiscutablement bien placée. L'histoire de Pomme Bleue, s'esclaffe Kang Sheng, c'est aussi celle de ses vêtements, tant de vêtements offerts puis oubliés, abandonnés au gré des hasards, des déménagements, des fuites ! Des dizaines et des dizaines de vêtements, pour la protéger, pour l'aider, pour se l'attacher, pour la flatter, pour préparer son entrée dans le monde…

Perdu dans la concession internationale, le studio tient du club et du pensionnat. Un parc verdoyant, du gazon, des buissons fleuris. Sur le côté, des hangars et des bureaux, au fond deux petits immeubles relativement élégants, et puis un court de tennis, un terrain de basket-ball, d'autres pour le cricket et le croquet — le studio est installé dans une ancienne école anglaise. Devant le bâtiment principal des hommes se prélassent dans des fauteuils, bavardant, d'autres sont vautrés sur l'herbe. On entend des voix aiguës de femmes, les cris et les rires de gentlemen jaunes, un peu moins guindés et plus avenants que les gentlemen blancs. Pomme Bleue reconnaît le gratin du cinéma de Shanghaï, jeunes premiers, actrices aux allures de vamp, scénaristes, metteurs en scène, cameramen dont elle suit les hauts faits dans la presse. Elle aussi, son nom et son image seront célèbres, mais sa gloire s'étendra sur le monde entier…

Et elle avance, ravissante créature en qipao outrageusement fendu, belle, un rien trop maigre, un rien trop maquillée, avec comme toujours autour d'elle un je-ne-sais-quoi de louche, de douteux. Beaucoup de ces gens l'ont déjà plus ou moins croisée et son irruption sur la pelouse déclenche sourires et chuchotis. On la salue, condoléances et félicitations se mêlent pour son emprisonnement et sa libération, l'imperceptible méfiance qu'elle discerne ne l'empêche pas de bavarder ni même d'annoncer sa possible entrée dans la troupe du studio. Tous affirment s'en réjouir, ils s'en moquent tous, elle n'est pas encore une concurrente dangereuse.

En attendant... la visite, le grand bureau de M. le Directeur vers lequel Pomme Bleue se dirige hardiment. Un appariteur s'interpose, elle le toise, s'agace, condescend enfin à remplir un bout de fiche et même à se joindre au morne troupeau des quémandeurs prêts à passer leur vie dans les vestibules dans l'espoir qu'un ponte du cinéma les remarquera. Comme il sied pour une future star, ou plutôt pour la protégée du chef des services secrets du Parti communiste chinois — mais cela elle veut l'oublier —, Pomme Bleue est appelée au bout de quelques minutes et l'appariteur soudain déférent l'introduit avec une quasi-courbette dans le haut lieu dont il prétendait lui interdire l'entrée.

Là, rien qu'un vieil homme fort laid qui lève sur elle un regard myope et la contemple. Cela dure, cela dure même si longtemps qu'elle finit par bafouiller qu'elle est Pomme Bleue et qu'elle a rendez-vous.

Petit sourire du vieillard qui semble avoir du coup retrouvé son alacrité :

— C'est vrai... vous m'avez été recommandée. Il paraît que vous êtes une bonne actrice. Je vous engage donc pour un an. Votre salaire sera de vingt-cinq yuans par mois.

— C'est peu.

— C'est bien pour une débutante, car vous êtes une débutante, de plus vous serez logée gratuitement au studio. Nous disposons d'un certain nombre de chambres très confortables. La plupart des comédiens habitent ici quand ils tournent et vous n'allez pas tarder à tourner. Vous verrez, l'atmosphère est très bonne, nous sommes une grande famille.

Évidemment Pomme Bleue accepte aussitôt et elle signe son contrat en écoutant à peine le bonhomme, un dur à cuire qui joue de son âge pour entortiller son monde. Il est bénin, presque gâteux, mais quelle autorité retorse pour faire savoir qu'il ne veut pas d'ennuis ! Étripage dans les films tant qu'on veut mais si politique il y a, qu'elle soit bien déguisée. Quant aux acteurs, qu'ils vivent à leur convenance mais qu'ils soient soumis au studio et ne fassent pas les flambards.

Un accueil prosaïque qui amuse beaucoup Kang Sheng et qui indigne Pomme Bleue :

— C'est un réactionnaire, glapit-elle.

— Mais non. Je t'accorde qu'il n'est ni communiste ni communisant mais il est beaucoup trop intelligent pour ne pas s'être mis bien avec tout le monde... La preuve, il t'a engagée.

Dans sa chambre d'hôtel Kang Sheng reçoit agents et militants, s'informe, distribue des instructions. Mais à quoi bon ? Le Parti n'est plus rien à Shanghaï. Tout se joue là-bas, dans le Far West chinois où Tchang Kaï-chek a massé quatre cent mille hommes pour venir à bout des bandits rouges. Et Kang Sheng s'impatiente, trépigne. Enfin arrive du lointain Guizhou un courrier qui lui demande, au nom de Mao, d'accélérer son départ pour Moscou. Il urge d'informer Staline et surtout de lui arracher des précisions sur les intentions du Kremlin : on les dirait ces Russes plus favorables à Tchang Kaï-chek et sa Chine nationaliste qu'à une Chine communiste conduite par Mao.

Ce qu'a été la Longue Marche, le messager le raconte. Le départ sans doute prescrit par Otto Braun, le conseiller soviétique, ensuite la ruée nocturne, les torches, le silence, un interminable défilé de fantômes, cent mille hommes, femmes et enfants qui franchissent les lignes nationalistes autour de Juling. Le piétinement dans les ténèbres, l'escalade de cols, de pentes vertigineuses. Avant tout, aller vite : les gens épuisés ou malades on les abandonne à leur sort, proies pour les animaux ou pour les soldats de Tchang Kaï-chek qui pullulent. Gigantesque cache-cache au sein de la jungle. Quelques accrochages et même une bataille meurtrière entre ombres ennemies. On marche la nuit pour éviter les bombardements, en principe on se repose le jour. Mais on se repose de moins en moins. Une fois, vers midi, les rouges sont encerclés et décrochent par les ravines et les précipices... La traque dure des semaines. Mao, fiévreux, se fait transporter dans une litière, mais a-t-il vraiment la fièvre ? Il reste enfermé en lui-même, indifférent en apparence, Otto Braun commande, hurle, Chou En-lai obéit. On va vers le massacre et Mao laisse faire. Lorsqu'on échappe de peu au désastre Mao sort de son mutisme pour lancer quelques critiques. Sans l'avouer, les Chinois se sont déjà détournés de leur insupportable conseiller étranger. Enfin la colonne amputée des deux tiers est arrivée à la limite de la province du Guizhou, un chaos de monts chauves où selon le proverbe il ne se passe jamais trois jours sans pluie et où aucun homme n'a un revenu supérieur à trois dollars. Les troupes du Kuomintang ne s'engagent pas dans cette sauvagerie, elles préfèrent cueillir les déchets rouges à la sortie quand ils en repartiront. Elles s'embusquent donc à l'ouest de la région.

De la république de Juling il ne restait à peu près rien que des infirmes, des estropiés, des blessés, des hommes épuisés, beaucoup rongés par la dysenterie et la gale. Un détachement eut pourtant la force d'un dernier subterfuge — déguisés en soldats nationalistes, ils entrèrent dans Zunyi, une bourgade encroûtée dans les siècles où tout n'était que ruine et délabrement : l'armée de loqueteux qui les suivait s'y installa pour quelque temps.

Guizhou de la barbarie, Guizhou du rêve... Comme un sommeil, des chiens pelés, beaucoup de mendiants, beaucoup de goitreux et aussi des indigènes enturbannés, emmitouflés dans des broderies et luisants de bijoux, les Miao. Les antiques murailles ont croulé, il n'y a presque pas d'échoppes ou de bâtiments modernes. Un sentiment du danger omniprésent. Du Guizhou sont longtemps parties des bandes de pirates qui ont écumé les provinces voisines, semant la mort et ramenant captifs et butins. Expéditions rapides et cruelles : ils pillent, tuent, enlèvent, vendent des enfants, pour rien, cinq dollars l'enfant. À leur retour un peu d'agitation marchande et à nouveau la longue atonie à peine interrompue par le passage des caravanes qui apportent du sel et viennent chercher de l'opium. En effet sur les crêtes et les pentes élevées s'étendent des champs de pavots amoureusement cultivés par les tribus. Addiction générale, la fumée noire règne. Une crainte : pourquoi les rescapés ne se consoleraient-ils pas de leurs malheurs avec la drogue bienveillante ? Autour de Zunyi il y a des paysages plus riants, de l'eau, des sources, la majesté des banians, le frémissement des roseaux... Que là, dans les maisons, les huttes, les soldats se mettent à tirer sur le bambou et l'armée presque détruite deviendrait l'armée de l'heureux sommeil.

À Zunyi, Chou En-lai et ses pairs ont pensé que seul Mao pouvait apporter le salut parce qu'il avait vu la juste voie. Dans la prétentieuse maison à colonnes que s'était naguère fait construire un mandarin, tous les grands du Parti ont délibéré indéfiniment et, repentants, Chou En-lai en tête, ils se sont soumis à Mao, désormais reconnu comme le chef absolu du communisme chinois. Lui était assis sur une chaise branlante, hautain, distant, mais une intensité émanait de son corps charpenté, de sa figure impérieuse. Le maître...

Pendant une heure il parle. Un réquisitoire effrayant, toutes les erreurs de tactique, de comportement analysées, disséquées par un vrai chef... Il scrute les visages et il donne des ordres. La première tâche est de régénérer les troupes en pleine déliquescence, qu'on les soigne, qu'on les nourrisse, qu'on distribue à chaque homme des sandales neuves et un dollar et surtout qu'on explique les buts poursuivis, qu'on éduque. Mais qu'en retour tous les soldats se rendent utiles. Le peuple croit qu'une troupe, si elle retrouve sa vigueur, ce ne peut être que pour voler, violer et saccager : les soldats rouges eux seront décents, s'attribuant toutes les corvées et aidant de toutes les façons. Que rien ne soit réquisitionné par la force, que les officiers signent des bons pour la nourriture qu'ils sont obligés de demander, bons qui seront honorés plus tard. Et si malgré tout certains hommes se conduisent mal, qu'on les fusille immédiatement sous les yeux des habitants, après avoir dénoncé leurs méfaits. Puisqu'on éduque la troupe, qu'on éduque aussi les masses. Que fleurissent les dazibaos, qu'on multiplie les spectacles de rue, que la population apprenne à haïr les grands propriétaires et les nantis. Et que miroite la promesse des terres partagées, que le passage des rouges soit une liesse. C'est ainsi qu'on répandra la vérité, et qu'au bout de quelques semaines il sera possible de recruter de nouveaux militants.

Et le cadre venu de Zunyi d'expliquer que la méthode avait permis d'enrôler quatre mille hommes et que la Longue Marche avait repris dans l'allégresse avec Mao comme président du conseil militaire. Où va-t-elle ? Où s'arrêtera-t-elle ? Bientôt, au débouché du Guizhou, dans les montagnes du Yunnan ce sera le heurt avec les forces de Long Yun, le Seigneur de la Guerre yunnanais... et ces forces sont nombreuses, bien entraînées, appuyées par des divisions du Kuomintang. Ensuite il faudra traverser le fleuve Bleu, aller vers le Sichuan, vers les confins de l'Himalaya. Mais tout au long on recrutera, on éduquera. Marcher, marcher, être mobile et manœuvrer, tel est le plan de Mao.

Cette fois, Kang Sheng est décidé, il va se montrer pleinement l'homme de Mao, l'agent de Mao. Bientôt cul sec avec Staline, le dangereux Staline. Il osera lui dire de jouer gagnant en jouant Mao, il voit déjà la lippe de Staline, sa moustache, son rire... Si tout va bien. Autrement...

À peine Kang Sheng dans le train, Pomme Bleue se précipite au studio. Elle aménage sa chambre, elle répand sa séduction et elle attend. Tout de suite elle déteste les comédiennes, les belles, les moins belles, qui d'ailleurs se mobilisent contre elle avec un acharnement extraordinaire : elle est classée, c'est une garce, malheur à celui qui l'aimera. Elle plaît à quelques hommes avec qui elle flirtaille, d'autres, elle ignore pourquoi, la décrient d'instinct. Leurs propos lui sont rapportés, ce sont des morsures qui s'enveniment, deviennent des plaies, toute phrase dépréciative la ravage, la rend presque démente. Quoi qu'elle fasse, elle a besoin d'être admirée, de dominer, à la moindre réticence, à la plus légère réserve, elle s'effondre dans l'hystérie. Elle se sent calomniée, harcelée, poursuivie par la haine. Que lui reproche-t-on ? Rien de précis, mais elle gêne. Tout est difficile, même un semblant de vertu : la plupart du temps, elle s'est gardée d'accorder ses faveurs et ses soupirants évincés bavent leur rancune contre cette niquedouille qui fait la pudibonde.

Elle la fait même tellement qu'elle s'attire le courroux d'un producteur à la quarantaine bardée d'importance. Il lui propose un petit rôle dans son prochain film mais entend exercer d'abord son droit de cuissage. Il est si sûr de lui que, fâchée, elle refuse net et lui rubicond et furieux s'en va clamant : « Cette femme m'appartient, j'interdis à quiconque d'y toucher, encore plus de la faire travailler. » Ire redoutable, Pomme Bleue n'est qu'une petite comédienne et lui un ponte. Mais Pomme Bleue ne faiblit pas et le magnat, radouci, commence auprès d'elle une cour assidue. Il veut l'inviter à dîner, lui offrir des cadeaux... Rire perçant de Pomme Bleue, son bonheur à rejeter le bonhomme... il en tombe dans une telle transe qu'il demande à Pomme Bleue de l'épouser. Et Pomme Bleue d'insulter plus que jamais la baderne qui geint et se morfond. Gaieté autour de Pomme Bleue, l'histoire, par ses soins, se répand, de partout viennent des propositions matrimoniales, elle a tous les mâles à ses pieds, on la déteste.

Kang Sheng lui avait recommandé de se servir intelligemment de ses fesses, eh bien, en refusant son cul à ce manitou, elle l'a ferré. Arrive le moment où elle se montre plus compréhensive, elle daigne souper avec lui dans un grand restaurant et envisager de céder, à condition que dans son fameux film, ce poussah lui réserve un rôle important. Condition acceptée.

Cela s'appelle *Du sang dans la montagne des loups* et c'est niais. Un village est terrorisé par une horde de loups : faut-il accepter cette malédiction ou faut-il poursuivre ces bêtes immondes au fond des forêts ? La population se divise, s'épuise tandis que continue le carnage, que la meute ose même se répandre en plein jour dans les ruelles du hameau. Mais des rangs du peuple, se lève une paysanne ordinaire qui exhorte les cœurs lâches des hommes à la bravoure suprême. Et les villageois les plus timorés, sous les ordres de la pauvre femelle incarnée par Pomme Bleue, marcheront à la bataille — il est vrai que les enfants de la sudiste ont été dévorés !

Ce scénario usé, rebattu, avec pour tout piment une allégorie patriotique (les loups, ce sont évidemment les Japonais), ce scénario donc ne décourage pas Pomme Bleue, au contraire. Elle ne quitte plus le studio et partout, dans sa chambre, dans les couloirs, elle se promène avec son texte à la main et elle en clame les répliques. Elle apprend, elle récite, elle s'écoute, elle polit ses intonations, elle s'étudie dans un miroir, elle perfectionne ses gestes et ses expressions pour leur donner un sens juste et profond. Maintenant que la Chine va découvrir son image, elle s'exaspère de travail et de méticulosité, elle veut que la misérable héroïne dont on lui a confié le rôle, une résignée entre toutes les résignées, devienne une fulgurance, une incandescence. Et elle s'agite, Pomme Bleue, et autour d'elle on ricane. Elle surprend des lazzis : « Vas-y mémère, tu finiras par foutre la pétoche aux loups. »

Enfin on tourne, vite, très vite, tout doit être dans la boîte du premier coup et terminé en vingt jours. Cela demande du métier et Pomme Bleue n'en a guère, mais loin d'être rongée par le trac, elle s'excite comme une sorcière. Son gros amant de producteur l'encourage du ventre et des bajoues tout en la suppliant de ne pas en faire trop quand sa voix monte et grince et que ses traits flamboient. Avec ses partenaires, tant mâles que femelles, c'est une bagarre de chiffonniers. Tout ce monde se chamaille, se querelle, se menace, s'arrache les répliques, se tend des pièges. La vraie férocité, elle est là, entre ces cabots.

Le tournage terminé, Pomme Bleue vogue en pleine euphorie. Elle abandonne son producteur et avec ses greluchons, avec celui-ci, avec celui-là, avec le premier qui la complimente, elle court les cafés, les bars, le canidrome et les boîtes de nuit. Elle se sent grimper dans l'Olympe du Cinéma, Shanghaï est la cité du bien-être, Shanghaï la comble.

Elle regarde la ville et elle se dit qu'elle lui appartiendra. Car Shanghaï est emportée par un nouvel opium, le cinéma. À travers la cité prolifèrent des studios, des caméras s'enfièvrent, on tourne, on ne cesse de tourner. Partout éclatent des néons annonçant des salles, annonçant des films, annonçant des stars. Et Pomme Bleue imagine les spectateurs perdus dans la nuit enchantée, des millions de Shanghaïens abreuvés de philtres, se laissant aller aux rires, aux pleurs, aux craintes, aux joies qu'elle, Pomme Bleue, aura suscités. Le triomphe du cinéma... Aux riches qui s'ennuient, aux femmes en quête d'émotion, aux employés écrasés sous le terne de la vie, aux coolies affamés, il offre l'univers entier, le ciel et la terre, et les contrées lointaines, et le chapelet de toutes les intrigues concevables. Le cinéma est meilleur conquérant encore que les missionnaires. D'Hollywood il apporte au Céleste Empire les gratte-ciel, l'immensité de la Prairie, les montagnes Rocheuses, les westerns burinés et les comédies crémeuses, toutes les formes de l'*American way of life*. Et cet exotisme, Shanghaï le dévore, le digère, le recrée.

Il apparaît à Pomme Bleue que cet art nouveau est une machine de guerre contre les mœurs anciennes, contre les devoirs d'obéissance et de soumission de la Chine millénaire, contre toutes les traditions. Le cinéma crée l'amour. À l'Opéra ce n'est qu'un mythe codifié, la complainte des gitons, dans la vie l'étiquette de la « face » interdit de le montrer. Et maintenant sur les écrans il est là, à nu, exposé en gros plan dans ses entrelacs, avec ses chatoiements, ses drames, ses désespoirs, son bonheur, ses gestes... Quoi de plus révolutionnaire qu'un baiser de cinéma ? se dit Pomme Bleue. Le cinéma est une dynamite qui anéantit les lois de la vertu, qui détruit la forteresse des sagesses. À cause de lui les femmes ont les cheveux courts, elles s'habillent à leur gré, elles disposent de leur corps. C'est lui qui soulève le peuple contre les tyrannies, il apporte le progrès.

Pomme Bleue déambule dans la ville à la recherche d'affiches de son film. À la longue, elle en découvre toutes dégoulinantes de colle : son nom est inscrit en bien petits caractères, la prochaine fois, elle veillera à les faire changer.

Le jour de la première séance publique, elle se glisse dans une file d'attente — ainsi des gens vont payer pour la voir, des gens normaux qui ne la connaissent pas et qui avancent lentement en mangeant des grains de pastèque. Ces figures d'abrutis sont finalement absorbées par la pénombre et elle surgit sur l'écran, loqueteuse, hagarde... Son premier face-à-face avec elle-même, devant le public : âpre et formidable poignance, joie hallucinante, légère inquiétude aussi. Elle se regarde, elle s'examine, elle se trouve émouvante, mais surtout elle épie les visages autour d'elle, elle guette les respirations, les bruits, les rumeurs. Si ces gens savaient... Hélas, son exaltation ne dure pas. Dans l'assistance elle sent monter l'indifférence, l'ennui. On bâille quand meurt son fils, on rit quand elle se joint aux chasseurs. Lorsque la lumière se rallume, la foule s'en va rapidement. C'est tout juste si quelques spectateurs la reconnaissent. Quelques tièdes félicitations. Un garçonnet lui fait signer un autographe, rien d'autre. Elle se retrouve dehors, pâle et angoissée, déchue... Les journaux se moquent, la traitant de sorcière aux dents trop longues et plaignent les malheureux loups qu'elle poursuit de son ire. Les diverses commissions de censure qui pourtant avaient lu le scénario soudain se réveillent : comment ose-t-on, même allusivement, comparer les Japonais à des loups ? Dans quelle cervelle malade une telle idée est-elle née ? C'est une misérable provocation. Quelques voix s'élèvent tout de même dans la gauche chic pour défendre le film mais elles ne peuvent rien contre le verdict populaire : c'est ennuyeux et la tueuse de loups est une sacrée emmerdeuse. Au bout de quelques jours le film quitte l'affiche et le directeur du studio engueule Pomme Bleue :

— Il vous a manqué la simplicité qui aurait convenu à votre rôle. Certes vous haïssez les loups, vos grimaces le font comprendre, mais vous ne savez pas aimer les hommes. Vous êtes incapable d'exprimer l'humilité, la compassion, vous vociférez et gesticulez comme une mégère. Nous allons perdre de l'argent à cause de vous. Votre contrat est donc temporairement suspendu, vous ne recevrez plus de salaire mais vous garderez votre chambre ici le temps que vous vous humanisiez. Je vous tiens en réserve… on ne sait jamais.

La coupe de fiel… Kang Sheng lui a-t-il menti en lui promettant la gloire ? Est-elle vraiment une mauvaise actrice ? Enfermée dans sa chambre, Pomme Bleue rumine son échec. Et la mélancolie, la noire mélancolie la ronge. Un souvenir surtout la hante, celui de l'agonie de sa mère et des promesses qu'elle lui faisait. Comme elle était sûre de ne jamais rejoindre l'armée des déclassées, des mendiants et des putes… Pauvre Lotus, si elle voyait sa fille accablée de misère dans le plus prestigieux studio de cinéma de Shanghaï ! Quelle ironie… À cause de Lotus pourtant Pomme Bleue ne se prostitue pas, elle préfère mettre en gage ses parures, sa montre-bracelet et son stylo, accumuler les reçus des monts-de-piété, ces rapaces sinistres dont les griffes sont plantées sur la ville. La honte de se fondre, elle l'aspirante star, dans cette plèbe qui apporte ses derniers biens, des haillons, des déchets de déchets pour pouvoir manger. L'horreur devant l'avidité qui s'étale sur les faces de ces êtres rongés par la détresse, la répulsion quand leurs paumes se referment sur la monnaie salvatrice et qu'ils sourient. La peur d'être reconnue… Cependant Pomme Bleue atteint le guichet dans l'indifférence et l'employé à qui elle remet ses trésors en échange de quelques yuans reste impassible. Peu à peu, une habitude s'installe, toutes les richesses qu'elle possède, elle ne cesse de les désengager et de les engager à nouveau, selon que la direction du studio lui consent ou non de petits travaux dans les ateliers. Elle coud des costumes, peint quelques décors, sert à la cantine. Cela ne suffit pas. Elle se sent clocharde, méprisée, mortifiée, elle a faim, elle tousse, n'est-elle pas atteinte d'une maladie incurable ? Sa folie la reprend. Elle redoute d'être kidnappée et tuée. Obsession, on la hait, aussi bien les partisans du Kuomintang que les militants communistes. Elle n'imagine même pas qu'on puisse l'avoir oubliée.

Parfois elle va mieux et elle se joint à quelque bande joyeuse de garçons et de filles qui l'emmènent ripailler dans un restaurant à la mode. Le tapage, les rires, l'alcool, les mains qui s'égarent et Pomme Bleue qui gronde et se rencogne. Une phrase la hante : « Tous les banquets ont une fin. Je dois partir. » Inlassablement elle se répète cette phrase qui dans sa banalité a fait sangloter tout Shanghaï. Une jeune femme l'a prononcée, une actrice très célèbre dont la presse racontait les mésaventures amoureuses. Elle dînait avec des amis, on l'avait complimentée, on l'avait adulée, trop, d'une adulation qui ressemblait à un joug, elle s'était alors levée et elle avait fait ses adieux aux convives en murmurant la fameuse phrase. Rentrée chez elle la star s'était suicidée. Elle n'avait laissé qu'un mot : « On m'a calomniée et la calomnie est une arme terrible. » Pauvre Ruan Lingyu…

Tandis qu'autour d'elle le charivari se déchaîne, Pomme Bleue s'abstrait du monde, une fatigue insoutenable lui empoisse l'âme. Elle est Lingyu, comme elle rompue par cet univers de déceptions, de leurres et de mensonges. Elle est une victime, la proie des mâles, une malheureuse qu'on traite comme une putain. Au premier garçon qui la serre d'un peu près, elle vocifère qu'on n'abusera pas d'elle, qu'elle on ne l'aura pas. Bientôt personne ne l'invite plus.

C'est arrivé à la sortie du mont-de-piété. Elle filait, discrète, quand un homme lui a attrapé le bras. Pomme Bleue allait crier, le rire de son assaillant l'a arrêtée. Kang Sheng…

— Alors ma belle actrice, toujours aussi farouche ? Permettez-moi de vous dire que vous êtes plus belle que jamais, quoique un peu maigre. Cette expédition chez les loups a dû vous épuiser… Mais il me semble que vous fréquentez des endroits indignes de vous. Allez, je t'emmène dîner à mon hôtel et tu me raconteras tout.

Elle devrait protester, injurier cette crapule arrogante, trouver la force de s'éloigner, d'échapper à ce rire, à ces phrases truffées de vacheries. Mais non, Pomme Bleue reste figée, ravie : le duel avec Kang Sheng va reprendre, le seul qu'elle aime, celui pourtant où elle est régulièrement battue.

À l'hôtel, Kang Sheng continue de sécréter son venin. Des sourires, des petits mots pointus, insidieux, un intérêt trop marqué, son air grave, ses brusques enjouements, sa manière de harceler Pomme Bleue en posant des questions anodines sur le studio, sur ses camarades, comme s'il ignorait le drame, l'échec du film, le contrat rompu et ces hommes, tous ces hommes qui la harcèlent… Admirable calcul ! Pomme Bleue explose. Hurlements, crise de larmes, elle finira comme Ruan Lingyu. Alors cajoleries, cocasseries, serments : que Pomme Bleue est donc sotte de pleurer, d'abîmer sa beauté. Une actrice morte, c'est une rivale de moins. Quant à attenter à sa vie, quelle idée bouffonne ! Pomme Bleue va s'acharner, redoubler d'efforts, et elle sera récompensée. Un premier film ne compte pas, Kang Sheng s'engage à intervenir auprès du directeur du studio pour qu'on lui propose une production plus ambitieuse où elle fera des étincelles. Et même son salaire sera rétabli. Comment lui, Kang Sheng, pourrait-il supporter qu'une jeune fille du Shandong soit dans la misère ? En attendant, il lui donne de l'argent, comme s'il payait ses complaisances… Hélas, de ce côté, toujours rien à faire, absolument rien.

Perplexité offensée de Pomme Bleue. Elle qui voici une heure gémissait sur la triste condition des artistes perpétuellement agressées par des mâles en rut, elle fulmine devant la froideur de Kang Sheng. S'il n'a pas envie d'elle, pourquoi est-il venu l'attendre à la sortie du mont-de-piété ? Est-ce à cause du souvenir de leur amour ? Éprouve-t-il pour elle une telle tendresse, une affection si profonde, une bonne vieille amitié cuite et recuite dans tous les vinaigres ? Ce n'est pas son genre... Elle voudrait tirer une salve de mots destructeurs, railler l'âge de son ancien amant, son visage vieilli de clandestin harassé doublé d'un veuf inconsolable. Et avec cela il tâche d'apprivoiser Staline le débonnaire ! Qu'il crève, oui ! Qu'il disparaisse de sa vie ! Mais à peine ce souhait l'effleure-t-il qu'elle le chasse : sans Kang Sheng elle ne serait rien... et elle ne sera rien. Alors que surtout il continue à s'occuper d'elle, quels que soient ses refus et ses desseins, elle s'y adaptera.

Aussitôt elle est enjôleuse et elle feint de s'intéresser à la politique. Que Kang Sheng lui explique la Russie et Staline. Celui-ci est-il aussi malin qu'on le murmure ? Et où en est le projet d'un Front uni antijaponais ? Les communistes vont-ils s'allier au Kuomintang ? Au studio les gens racontent que Mao est arrivé dans le nord de la Chine et que d'autres troupes seraient massées en Mongolie, prêtes à le rejoindre...

Enfin Mao. Enfin Kang Sheng peut parler de Mao. Une fusée, c'est une extraordinaire fusée de joie, de bonheur, de délectation. Mao s'est faufilé entre les rangs de ses ennemis. Il a berné toutes les armées, toutes les hordes, il a tout franchi, les rivières, les montagnes, les marécages et il est effectivement arrivé dans le Nord où il aura loisir de constituer une République rouge qui ne cessera de s'agrandir. Pour l'instant les « marcheurs » se reposent un peu, ils ont quand même douze mille kilomètres dans les pieds, et quels kilomètres ! Ensuite le monde verra ce qu'est Mao.

Et Kang Sheng entame un hymne, un péan, un dithyrambe, une apologie tellement enthousiaste que Pomme Bleue a presque envie de rire. Jamais elle ne l'a vu, lui si avare de louanges, dans une telle ivresse ; Kang Sheng transformé en panégyriste d'un paysan matois, c'est d'un drôle !

Mais il est bien question de roublardise. Il est question de génie tactique, de génie stratégique, de sens de la légèreté, de mouvements rapides et imprévus, de manœuvres et de contre-manœuvres, il est question de faire du bruit à l'est pour attaquer à l'ouest, de connaître tous les tours et tous les détours, de se servir de l'armée rouge comme d'un seul homme, de tirer parti de tout, et en toutes choses d'appliquer les articles sur l'art de la guerre édictés voici plus de vingt-cinq siècles par Sun Tse.

Une épopée... De plus en plus lyrique, Kang Sheng décrit Mao envoyant des troupes aux abords de Yunnanfu (Kunming), la capitale de la province de Yunnan, comme s'il allait détruire la cité. Le vacarme, les coups de fusil, l'incendie dans les faubourgs, la panique et le Seigneur de la Guerre qui déjà imagine ses biens et sa richesse pillés. Ses armées, ses bonnes armées, il les a mises à la disposition des nationalistes et, encore proches du Guizhou, elles ne sauraient revenir en temps voulu. À tout hasard, pour amadouer les rouges, il leur fait porter des cartes et des vivres, quantité de ces jambons qui sont la gloire de la région. Et il attend, et il lève des renforts, et les nationalistes enfin s'annoncent... et rien ne se passe : Mao est beaucoup plus au nord, en train de franchir sans encombre le fleuve Bleu. Les hommes qui feignaient de menacer la ville l'ont rejoint à marche forcée. Les nationalistes sont ridiculisés, ils se vengent sur les traînards. Des exécutions. Mais l'armée rouge est au Sichuan, de l'autre côté du fleuve. Le transbordement a duré neuf jours et neuf nuits.

L'épopée... Kang Sheng entraîne Pomme Bleue vers un Nord de plus en plus inhospitalier. Les monts, les escaliers de dix mille marches, les nuages qui mangent tout, les routes en encoche dans les falaises et aussi, en ce mois de mai, des fleurs, des milliers de fleurs... Ils sont arrivés au pays de Shu dont Mao connaît les annales par cœur, ils sont surtout entrés en territoire Lolo, chez des sauvages qu'ils s'attachent en un serment de sang.

Sur ces confins a été exterminée autrefois la dernière armée des rebelles Taïping : un « prince » découpé au sabre, deux mille morts dont les fantômes hantent les rives de la Dadu.

Encore une rivière, et dangereuse, maudite même. Il faut passer, sinon les divisions nationalistes qui approchent jetteront les forces communistes dans l'abîme comme y fut jetée l'armée Taïping, et l'eau de la Dadu pendant des jours coulera rouge. Pour traverser, un pont suspendu et il est hors d'usage : aux deux tiers les nationalistes ont arraché les planches, ne restent que les chaînes de fer noircies, treize chaînes périlleuses, sinistres balancelles. Sur la rive opposée un fortin, et des hommes qui tirent. Seul un commando suicide peut tenter une attaque : une centaine de volontaires se propose. On en retient vingt-deux qui à quatre heures de l'après-midi progressent le long des chaînes, maillon par maillon au-dessus du vide. Mitraillage. Quatre morts au fond du gouffre... Les survivants continuent d'avancer, centimètre par centimètre. Alors les nationalistes mettent le feu aux dernières planches du pont, leur poste brûle et tout alentour. Mais les rouges poursuivent, inexorablement. Un rétablissement, un saut dans le mur de flammes et de fumée, sabre et grenades à la main ils se précipitent dans les ruines du bastion et s'emparent de la mitrailleuse ennemie. Là-bas, derrière eux, les rouges abattent des arbres, taillent des planches, reconstruisent le pont. Au crépuscule, toutes leurs troupes étaient passées.

Kang Sheng fait une pause. Il ferme les paupières comme s'il se délectait à regarder en lui un souvenir magnifique. Pomme Bleue le contemple, stupéfaite : osera-t-elle lui rappeler qu'il n'a pas participé à cette épopée, qu'il était à Moscou, tramant on ne sait quoi avec Staline ? Mais Kang Sheng, tel un possédé, a repris son récit. Maintenant l'adversaire, c'est la nature. L'horizon est barré par les massifs les plus hauts du monde, des sommets perdus dans les brumes, rongés par les vents éternels et les orages furieux. Là s'étend un enfer blanc habité par des dieux mauvais, l'air y est rare, coupant, peuplé de voix lugubres. Mais Mao ne veut pas que ses colonnes s'enfoncent dans ces légendes mystérieuses, ces hallucinations où l'on ne discerne plus qui est dieu qui est bête. En sandales de paille, les rouges longeront ces tourmentes et puis ils feront l'ascension de la

Grande Montagne de neige. Chaos de murailles, glaciers luisants qui déversent leurs déchets au bas des pentes interminables en un gigantesque magma, les hommes asphyxiés, gelés. Des cadavres, encore des cadavres...

Et au bout un éblouissement mauve et rose, une vallée tapissée de violettes, d'azalées, de cyclamens et de rhododendrons où surgit une autre armée qui est communiste et rouge elle aussi, la glorieuse armée d'une République populaire fondée au Sichuan par Zhang Guotao.

Kang Sheng a assené le nom de Zhang avec emphase. S'il voulait impressionner Pomme Bleue, c'est raté, elle ne connaît pas Zhang qui fut avec Mao l'un des douze fondateurs du Parti communiste chinois. Quant à son odyssée à travers la Chine, sa carrière et ses faits d'armes aussi impressionnants que ceux de Mao, c'est la première fois qu'elle en entend parler.

Avec une infinie patience, Kang Sheng reprend son récit, décrit un Zhang royal, entouré de son état-major, de ses drapeaux et de sa fanfare, un Zhang munificent que la culture du pavot et le commerce de l'opium au Sichuan ont enrichi, un prince fou d'orgueil et de caprice qui s'est constitué une très forte armée, très bien équipée. En comparaison, la colonne de Mao est misérable avec ses effectifs en haillons, mangés par la famine, décimés par la maladie, avec Chou En-lai que détruit un abcès au foie. Mais Mao depuis Zunyi est le chef des communistes chinois ; Zhang refusera-t-il de reconnaître son autorité ? Les deux hommes confèrent dans un village abandonné, bientôt ce sera le drame, le sacrilège, Zhang flamboyant accuse Mao de n'être qu'un lâche et un fuyard. Non, il n'ira pas avec lui vers le Nord stérile, qu'ils s'unissent, qu'ils gagnent l'Himalaya d'où ils repousseront les assauts du Kuomintang ou qu'ils fassent route vers les déserts du Xinjiang, tout près de leur mère, l'Union soviétique. Mao ne veut rien entendre. Si grande est la tension que les deux armées semblent prêtes à se jeter l'une sur l'autre et à s'entre-tuer. Enfin on parvient à un compromis : que chacun avec les siens s'en aille où il veut.

Tout ce que Pomme Bleue retient de l'épisode, c'est que

Mao demeure le maître. Pour Zhang, que les démons qui dansent sur les cimes l'avalent, elle s'en moque. Comme elle se moque au fond des histoires de Kang Sheng, mais puisque sa carrière est à ce prix elle continue de simuler un intérêt passionné. Son ancien amant, lui, court déjà dans elle ne sait quelle gadoue, une région qu'il appelle les Prairies.

C'est une immensité d'eaux vénéneuses, de tourbières et de sables mouvants, une steppe que balaient le vent et la pluie, un océan d'herbes toxiques, qui dort, obscur, infini désert liquide. Les gueux de Mao s'engagent dans cette solitude verdâtre guidés par quelques Tibétains qui miraculeusement survivent à proximité. Il faut que chacun mette ses pas dans leurs pas car ils connaissent les affleurements d'un sol un peu plus ferme, les plaques de mousse qui ne recouvrent pas des tombeaux. Malgré tout, jour après jour, les traces disparaissent, s'effondrent. Le néant gagne. Combien d'hommes s'enlisent, engloutis dans la boue sous les yeux de leurs camarades impuissants ? Le monde est toujours plus une fange sans fond, la colonne un tâtonnement incessant que cisaillent la peur, et le froid, et la faim. Quelques-uns mangent des herbes et meurent empoisonnés, d'autres sucent des ceintures de cuir, des harnais, d'autres encore fouillent les immondices, les ordures, la merde. Parfois dans les diarrhées, ils trouvent des grains de blé non digérés, ils s'en emparent, les nettoient, les dévorent. Quiconque s'allonge et s'assoupit risque la mort dans la pestilence. Dépérissement, décomposition de tout, la traversée des marais fut la pire épreuve de la Longue Marche.

— Qui te l'a dit ? interroge Pomme Bleue.

— Nous avons des courriers. De Mongolie, nous avons pu parachuter quelques hommes auprès de Mao. À leur retour, ils ont raconté. C'est ainsi que j'ai appris...

— Où est Mao maintenant ?

— Dans un pays étrange, inconcevable pour toi, le Shaanxi ; c'est le berceau de notre race...

Et toujours aussi lyrique, Kang Sheng évoque la Chine du Septentrion, une Chine froide, nue, lointaine où la terre de lœss, jaune, si jaune, la terre friable se déchire en arêtes, en ravins, en couloirs, en tertres ruiniformes. Et tout cela bouge : au gré des aquilons et des tempêtes le pays avance, recule, se creuse, se fend, s'aplatit, s'abolit sous des nuages de poussière safran. Pas de grande ville, une population clairsemée de paysans aux gueules patibulaires et aux coutumes moyenâgeuses, aucune richesse sinon de maigres récoltes de millet et de sarrasin. C'est là, loin de tout, que Mao voulait aller.

Peu après, Kang Sheng repart pour Moscou, Pomme Bleue tourne un autre film et c'est délicieux. La caméra sur elle, pour elle. Comme metteur en scène un espoir du cinéma chinois qui ne lui demande même pas de coucher avec lui, comme partenaires des comédiens qui se montrent très respectueux. Elle plane, d'autant plus qu'on a rétabli et augmenté son salaire. Elle joue, elle est toute au bonheur de jouer, elle évite de faire mégère, de trop piauler et criailler. Bien sûr la trame est toujours rudimentaire, avec l'indispensable lot de consciences à éveiller et d'ennemis à détester, mais on ne sait pourquoi cela se révèle un succès. Grande est l'actrice Pomme Bleue, une débutante acclamée par le public, célébrée par les critiques, adulée de multiples façons. Au studio elle est désormais intégrée, acceptée, quoique avec un zeste d'ironie. Ce n'est pas encore la gloire, la très grande gloire tant espérée, mais une bonne et solide renommée. Elle qui n'était presque rien, elle s'en contente, et même elle rayonne. Son humeur est à la fête, elle prend des amants. Qu'on lui fasse la cour l'ennuie, elle veut choisir d'un minuscule geste, un frisson dans la voix, un battement de paupière, une connivence furtive et décisive. Si l'heureux appelé ne comprend pas l'invitation, qu'il aille au diable et Pomme Bleue pêche quelqu'un d'autre, beaucoup d'autres. Des quantités d'amants, dans la joie et la gaieté, que cela commence par les bars, les dancings, le rire, un peu de moquerie et surtout pas d'autre tendresse que celle qui aboutit à de lourdes coquetteries, au désir, au con flatté et au foutre bien tiré.

Quand elle se lasse de ces caprices, elle décide de charmer au sein du métier. Elle choisit quatre braves garçons très comestibles, vaguement amoureux d'elle, mais résolus à ce qu'il n'y ait jamais de jalousie entre eux. Ces sigisbées occupant des chambres près de la sienne lui seront utiles, ne serait-ce que pour monter la garde autour d'elle. Ils seront sa société secrète personnelle ; pour ne pas s'embrouiller plus tard dans les moments délicats elle les numérote et appelle chacun d'eux par son numéro.

Donc à l'ouvrage avec le numéro un. Le flirt, des piques et des câlineries. Il s'agit d'un honnête butor de journaliste de cinéma, un ours gentil, un gros sac à malices. Depuis longtemps il orne ses colonnes de fleurs de dithyrambe à propos de Pomme Bleue, ce qui en retour vaut à la très chère une giclée de boue dans le reste de la presse. Qu'importe, on parle d'elle, on jase, précieux remue-ménage. Un soir Numéro un emmène Pomme Bleue avec un autre acteur dîner au restaurant Jinjiang qui est le plus huppé de la concession française. La conversation fatalement tombe sur la profession et Numéro un, sans penser à mal, donne son opinion sur Mei Lanfang, le travesti qui, dans les rôles féminins de l'Opéra de Pékin, se montre tellement plus femme que les femmes :

— C'est une merveille, une fée, cette voix si claire, ce visage si exquis, tant de grâce, aucune femelle ne lui sera jamais comparable, gémit Numéro un.

— Imbécile, crie Pomme Bleue, ce giton ne peut représenter que de petites choses sentimentales et fragiles, de répugnantes petites colombes, des victimes désignées. Il est parfait pour les lettrés de la haute, comme dit Luxun. Mais le peuple a besoin de vraies femmes, vivantes, qui tiennent debout toutes seules...

— Des fées dans ton genre, quoi.

Rires. Numéro un n'abandonne pas Mei Lanfang. L'intérêt des convives se porte sur ce point, dont d'ailleurs toute la

Chine débat : est-il châtré ou pas ? Ensuite on chante, on se lance dans des imitations.

Le soir même Pomme Bleue laisse Numéro un se glisser dans sa chambre que par discrétion il quitte avant l'aurore ; mais les murs sont minces et certains bruits révélateurs.

La liaison a continué et Numéro un a demandé Pomme Bleue en mariage et elle a refusé :

— Je ne veux pas être une chienne liée par le joug conjugal.

Numéro un n'en écrit que plus d'articles la célébrant. Et même il lui commande quelques critiques de livres qu'elle rédige en effet et qu'il réussit à faire publier dans son journal.

Et c'est au tour de Numéro deux, un tout jeune loustic de metteur en scène et un sacré viveur. Un soir il prie Pomme Bleue de se joindre à sa bande qu'il emmène dans un restaurant russe. Là, l'éternel bataclan, la fumée, la vodka, tout ce qu'on devine de possible, de probable, étourdissent Pomme Bleue. A la fin de la soirée la compagnie est ivre morte, Pomme Bleue aussi. Elle se traîne au pied de l'escalier qui mène à sa chambre, dès la première marche elle s'écroule et s'endort. Le lendemain elle se réveille dans son lit, avec du plomb en guise de cervelle. Enfin elle s'aperçoit qu'elle est toute nue, elle se traîne jusqu'à une glace et voit sur son ventre une inscription tracée avec son propre rouge à lèvres : « Tu bois trop. » Qui l'a ainsi déshabillée et marquée ? C'est Numéro deux, qui avoue avec un sourire ravi. Question : a-t-il profité de la situation pour lui faire l'amour ? Lui-même ne s'en souvient plus, il était givré aussi. En tout cas s'il y a eu omission, elle est aussitôt réparée. Quelques jours après il demande Pomme Bleue en mariage, selon le rituel elle refuse et la vie continue.

Au Numéro trois d'entrer en piste. C'est un jeune premier qui a une bonne tête joufflue et un air de naïveté. Il couvre Pomme Bleue d'égards, la conduit en calèche dans les parcs et soupire d'adoration. Naturellement, face à ses mignardises, elle s'agace, le rembarre, le rend fou. Mais lui se vante auprès de ses amis de rabattre son caquet à Pomme Bleue. On engage les paris... Une nuit de lune, dans un demi-sommeil,

Pomme Bleue aperçoit un fantôme qui rôde devant sa fenêtre en poussant des cris lugubres. Elle hurle de terreur, toute la maisonnée s'agrège sur le palier et s'enquiert de cet extraordinaire effroi.

— Un homme, un homme est apparu. Ce n'est pas une goule, c'est un homme, il tape sur les vitres.

Le rassemblement s'esclaffe car Pomme Bleue n'a pas la réputation d'avoir peur des hommes. On se retire en pouffant quand le fantôme se matérialise, c'est Numéro trois une bouteille de whisky à la main et qui ne décampe pas. Que faire après boire ? C'est évident. Mélopée des ressorts et demande en mariage.

Le Numéro quatre est un cameraman, l'homme le plus important qui soit pour une actrice : selon qu'il le veut, elle sera bien ou mal éclairée, belle ou laide. Elle l'attire chez elle et là il la saute farouchement, solidement, par terre. C'est ainsi qu'il devient le Numéro quatre de la bande des sigisbées.

Ils sont à sa disposition, elle en convoque un pour une ou plusieurs nuits et puis elle en désigne un autre, et ainsi de suite, n'en oubliant jamais aucun pendant longtemps. Pas de heurt, pas de drame. Et après chaque petite priapée l'heureux compagnon de la nuit, au matin, se met à genoux, joint les mains et, hilare, la demande en mariage.

Elle s'attire ainsi une drôle de réputation. Un soir en rentrant elle découvre sur les murs du couloir un enchevêtrement de graffitis tracés en rouge qui la représentent dans le plus simple appareil et toujours en train de se faire fourrer. Pour qu'on ne doute pas que la personne ainsi honorée soit elle, son nom est écrit partout. Et ce pêle-mêle obscène est surmonté d'un immense « je vous aime » signé d'une quantité de noms, ceux des éternels sigisbées et ceux des soupirants plus anciens, les déçus et les comblés. Ce n'est qu'une plaisanterie amicale, déclare Numéro un, confirme Numéro deux, approuve Numéro trois, assure Numéro quatre. Fête, fête pour Pomme Bleue qui sera une actrice célèbre. Il ne lui reste qu'à se réjouir malgré qu'elle en ait.

Ces graffitis, cette blague qui n'avait même pas l'intention d'être méchante — les Numéros et tous leurs comparses ne sont pas des monstres, ce sont pire, de pauvres types contents d'eux et de leurs plaisanteries — lui rappellent qu'elle est une chose facile, bonne fille, catin, putain. On l'enfourne et on rit, pas de danger qu'elle se tue comme Ruan Lingyu, elle n'est, elle, qu'une petite comédienne coriace. Cela signifie aussi qu'elle ne deviendra jamais une grande actrice dans cette société de clowns et de cabots et qu'elle doit s'arracher à cette mélasse.

La solution c'est un homme, un seul et qui soit indiscutable dans le métier. Elle aimerait un autre Song Minh, aussi célèbre, riche également mais qui serait délectable et charmant. Selon sa méthode habituelle, elle dresse dans sa tête la liste des possibles, elle les examine, les compare, les évalue, balance un temps, très peu de temps, s'aperçoit enfin que le parangon désiré est un scénariste, un auteur dramatique qui flanque le succès à tout ce qu'il écrit. Il s'appelle Tang Na et elle l'a rencontré une fois au studio. Elle avait alors pensé qu'il était beau et surtout qu'il se dégageait de lui une légère douceur, de la gaieté, on sentait qu'il piaffait, qu'il avait envie de gambader, de batifoler. Ce jour-là pour lui Pomme Bleue n'était rien — sans doute avait-il en tête quelque dame qu'il était pressé de retrouver — elle l'avait donc laissé partir sans essayer de l'accrocher. Mais ce n'était que partie remise, elle en était sûre.

Il ne manquait qu'un hasard. Un après-midi que Pomme Bleue retournait au studio après une sinistre visite à un prêteur sur gages, un homme l'aborde, Tang Na, qui l'a reconnue, explique-t-il, à son port décidé, altier, qui s'est hâté, qui lui sourit. Elle lui sourit aussi. Ils se tiennent là, debout, déjà complices, enfin elle dit qu'on le voit rarement au studio.

— Je n'y vais que pour livrer mes scénarios, répond-il, et

je viens justement d'en déposer un. Pour le reste, j'évite d'assister au tournage, c'est un massacre qui risquerait de me faire souffrir. Or, j'ai décidé de vivre aussi agréablement que possible.

Commence une conversation sur le métier. Son expérience à elle, son expérience à lui, des banalités, pour arriver à une invitation à dîner, et pourquoi pas dès ce soir ?

Évidemment le meilleur restaurant de Shanghaï, un cabinet particulier ou plutôt une sorte de loggia, la lumière tamisée, l'ouate du respect autour d'eux. Le bavardage se poursuit mais l'un et l'autre savent que tout cela, l'endroit comme leurs répliques, n'est que convenances et bonnes manières ; ils sont experts en séduction, il la séduit, elle le séduit, en personnes bien élevées qui vont élégamment vers le plaisir.

L'étape suivante est une boîte de nuit, le Silk Hat, un des rendez-vous de la jeunesse dorée. Là aussi on salue Tang Na, on lui adresse de petits gestes d'amitié, mais il répond à peine, seule Pomme Bleue est digne de ses regards et de son attention. Et elle, sous tant de sollicitude, chatoie. Les cuivres se déchaînent et les couples s'enlacent. Tang Na, qui fait tout bien, est un excellent fox-trotter. Il entraîne Pomme Bleue sur la piste : bouquet de sensations heureuses, le mouvement... et cette aisance que donne un bon cavalier. Vient un slow, tout s'alanguit... Mais de part et d'autre aucune phrase, ce serait vulgaire.

Chez Tang Na, dans son appartement cossu, les premiers mots tendres, des balbutiements, des frôlements, les chatteries, tous les rites qui précèdent les noces. Ils se dépouillent, ils sont nus, ils se regardent et ils se trouvent beaux. Alors ils s'engouffrent dans la longue volupté, ce mélange d'étreintes, de râles, de sommeil, de murmures, s'aimer encore et toujours, s'assoupir, se sentir l'un contre l'autre, l'un à l'autre, même dans les rêves. Quand ils s'éveillent, ils échangent ces paroles qui sont les élixirs et les lieux communs de la passion. Le temps ne compte plus, tout est délice, se prendre, se reposer, se parler. En ces heures sans limites chacun dissipe le mystère de l'autre, découvre son goût, sa saveur, les modulations de sa voix, les tons, les expressions. Pomme bleue a connu cela avec d'autres hommes mais il lui semble que c'est la première fois qu'elle éprouve un pareil emportement... Tang Na est fabuleux, rien en lui ne lui déplaît, rien ne la choque, il est envoûtant et lui éprouve pour elle la même attirance folle. Caresses. Toutes les sortes de caresses.

Au bout de trois jours et trois nuits de cette débauche magnifique, ils conviennent qu'ils se plairont à jamais, que Pomme Bleue habitera chez Tang Na et ils vont immédiatement au studio annoncer leur décision. Là-bas, tandis que Pomme Bleue fait ses bagages, la nouvelle se répand, et les Numéros, les anciens amants, les amants éprouvés, les amants de toutes les compétences et de toutes les facéties commencent un chahut, un fameux charivari en l'honneur du couple. Applaudissements, félicitations, et aussi détonations : des pétards crépitent. On transporte dans une cour le lit de Pomme Bleue, on l'arrose d'essence et on le brûle dans une cérémonie d'exorcisme : que les esprits du célèbre plumard où tant de fois Pomme Bleue a joué aux jeux des nuages et de la pluie rejoignent la couche où dorénavant elle opérera pour le seul bénéfice de Tang Na, le génie des belles-lettres. Les quatre Numéros annoncent qu'ils feront retraite au bordel et entament une beuverie d'anthologie. Ils courent au trottoir le plus proche et en ramènent des putes qu'ils revêtent de robes rouges d'hyménée dégotées dans le magasin de costumes. Grands kampé et soûlerie générale avec les filles empanachées qui se retrouvent bel et bien troussées.

Pendant ce temps Pomme Bleue et Tang Na se rendent chez le directeur du studio qui les congratule et leur présente tous ses vœux. Sa starlette le stupéfie : elle exige la révision de son contrat avec l'assurance d'une star, elle veut choisir ses films, pouvoir discuter ses rôles et de surcroît avoir la liberté de jouer au théâtre. À ces conditions elle continuera d'appartenir au studio et même n'écoutera pas les compagnies concurrentes qui, dit-elle, la réclament à cor et à cri. Affaire conclue... puisque Tang Na est là et que son travail enchante le directeur.

Avec Tang Na, jours merveilleux, le paroxysme du bonheur. Pomme Bleue éprouve comme une grâce à voguer tellement au-dessus du monde ordinaire, celui des ennuis, des mesquineries, du manque d'argent, des vulgarités basses, des intrigues lamentables. Désormais elle est la compagne d'un homme célèbre, talentueux, respecté et, de plus, prodigue, qui rehausse, s'il est possible, le sentiment qu'elle a d'elle-même et l'élève auprès des autres, de tous les autres. Tang Na lui fait rencontrer des artistes illustres, des mécènes réputés, les maîtres de la cité et même des Barbares blancs. Dans toutes ces assemblées nouvelles pour elle, il n'a qu'un mot à la bouche pour la présenter : ma femme.

Satisfaction, toutes les satisfactions en rafale : le théâtre vient à elle. Sur l'intervention de Tang Na, on propose à Pomme Bleue d'interpréter le rôle principal d'un mélodrame fantastique consacré à l'impératrice Wu. Certes elle ne jouera qu'une fois et pour une fête de charité, mais ce sera devant le Tout-Shanghaï — l'auteur est un milliardaire lettré qui se prend pour Shakespeare.

Comme elle excite Pomme Bleue cette légendaire Wu qui, il y a plus de mille ans, s'empara, elle qui n'était qu'une petite concubine, de l'âme et du cœur du souverain ! Elle voulait le pouvoir, elle l'obtint par le meurtre : elle fit plonger ses rivales pieds et poings coupés dans des tonneaux de vin, elle tua de ses mains son premier-né et fit accuser du crime l'impératrice ; plus tard elle se débarrassa de ses fils les princes héritiers dont le sang vénéneux devait être versé pour la sécurité de la mère. Centaines d'exécutions, des clans entiers massacrés, la cour décimée... en temps voulu, l'empereur ayant de sa belle mort rejoint les Fontaines Jaunes, Wu se proclama Fils du Ciel et réincarnation du Buddha Maitreya. Folle, débauchée, ce fut aussi un grand monarque : ses armées avaient repoussé l'envahisseur khitan, elle avait apporté la paix et la prospérité.

Le dernier exploit de Wu sera d'écraser Pomme Bleue. Dès les premières répétitions le gâchis s'installe. Les autres acteurs, des amateurs, jouent mal, les décors ne sont pas livrés, les « amis » du cinéma sont ostensiblement absents.

Tous ces malheurs dévorent Pomme Bleue, elle tremble, elle a la fièvre, des frissons, des vertiges. Enfin le soir de la représentation : au moment de parler, Pomme Bleue reste muette, elle ne se souvient de rien. Quand de sa bouche sortent enfin les phrases de son rôle, elle ânonne, incertaine, hallucinée. La représentation terminée, elle vacille, une pneumonie s'est déclarée.

C'est une mourante que Tang Na ramène dans leur appartement. Mais est-elle aussi malade qu'elle le prétend ou, comme à son accoutumée lorsqu'elle est contrariée, se réfugie-t-elle dans les maux du corps ? En fait elle se rétablit rapidement, plus rapidement que prévu par Tang Na qui n'a pas imaginé Pomme Bleue se levant, furetant dans son bureau, lisant ses papiers, son courrier, se jetant sur les lettres toutes récentes d'une jeune maîtresse avec laquelle il prétendait avoir rompu. Extraordinaire humiliation de Pomme Bleue, son ébahissement aussi : elle a l'habitude d'infliger les affronts, pas de les subir. Comment aurait-elle pu concevoir que Tang Na, cette chose entre ses mains, oserait la tromper aussi impudemment ? Mais bientôt son chagrin se dissipe, heureuses ces lettres qui la sortent de sa torpeur, plus que jamais elle se sent elle-même, elle exercera donc sa vengeance.

Un après-midi que Tang Na donne une conférence à l'université, elle convoque Numéro un et l'attire dans son lit. Tout est calculé pour qu'ils se fassent surprendre : le cliquetis de la serrure, un bruit de pas qui se rapprochent, Pomme Bleue qui serre le garçon entre ses cuisses... Tang Na a tout loisir de contempler l'étreinte qui se poursuit sous ses yeux. Enfin les amants se déprennent et Pomme Bleue murmure suavement à Tang Na :

— Tu m'as trompée, je t'ai trompé. Nous sommes quittes.

Blême, tremblant, muet, Tang Na ne bouge pas et Numéro un, en brave type, entreprend de le consoler. Pomme Bleue, il l'a sautée bien avant lui et, ce coup-ci, ce n'est pas une grande affaire. Mieux, il promet que si Tang Na épouse Pomme Bleue, il ne la baisera plus. Pour lui le mariage, c'est sacré.

Et Numéro un déguerpit tandis que Pomme Bleue satisfaite passe dans la salle de bains. Un peu plus tard il lui semble entendre claquer la porte d'entrée : dans la chambre Tang Na a laissé un billet où il annonce son intention de se jeter dans le fleuve.

Cette mort, Pomme Bleue n'en veut pas, elle a trop besoin de Tang Na et puis Numéro un risque de parler, partout on l'accuserait, elle serait discréditée, elle doit retrouver Tang Na. Elle passe une robe et se rue dans la foule shanghaïenne. De longues minutes elle erre à travers le quartier mais pas de Tang Na : s'il ne s'est pas déjà précipité dans le Whangpoo, il traîne dans l'un de ses bars favoris. Pomme Bleue les connaît tous — ils s'y sont tellement amusés ensemble — et elle commence d'en faire la tournée. Soudain elle croit apercevoir Tang Na un verre à la main, pérorant au milieu d'un cercle de consommateurs hilares. Elle entre, ce qu'il raconte de si comique, c'est que dans quelques minutes il va faire le grand plongeon, qu'il deviendra un beau cadavre flottant entre deux eaux. Et il explique qu'il se tue pour une idiotie : sa poule l'a fait cocu. Être cocu, c'est la paix, la tranquillité, mais lui il ne sait pourquoi il l'aime sa salope, sa garce, sa putain. Il admet cependant qu'il a eu des torts, de petits torts et un grand tort... Et tout à coup il s'arrête, il se secoue, il s'écrie que cette ordure est là, sous son nez, à se réjouir de sa mort prochaine. Alors Pomme Bleue le prend dans ses bras, l'enlace, l'embrasse, lui murmure une fois, dix fois, cent fois : « Je t'aime, nous serons heureux. Nous ne nous disputerons plus jamais. » Mais lui ne l'écoute pas, il ne renonce pas à son idée de se trucider. Fini tous les tracas de la vie, toutes les tortures de la passion, ce qu'il veut c'est le calme et même le calme marin... Jusqu'à ce que peu à peu il se désimbibe, comprenne ce qu'elle dit, s'accroche à cet espoir : elle l'aime, il l'aime tant, qu'elle l'aide. Elle aussi supplie qu'il l'aide, les grandes manœuvres...

Programme, la paix enchanteresse. Tang Na s'est rétabli, mais Pomme Bleue s'offre encore une maladie, une vraie celle-là, de celle où l'on écume, où l'esprit s'égare, s'affale dans les coassements du délire, la fornication des mots difficilement prononcés, leurs accouplements déments. Tang Na la soigne avec un dévouement infini, surveillant son moindre souffle, la lavant, nettoyant ses déjections car le pauvre corps de Pomme Bleue ne se contrôle plus. À la vérité elle a subi un gros choc — elle a compris que ce Tang Na si parfait, soit qu'il se tue, soit qu'il retourne à sa maîtresse, pouvait lui échapper.

Il faut l'enchaîner, se marier... Quand Tang Na et elle avaient fait connaissance, il le lui avait proposé et elle l'avait envoyé paître. Maintenant des épousailles lui conviendraient. Dès qu'elle est rétablie, elle enveloppe Tang Na de son charme... Un matin en sortant de ses bras elle fait sa demande et Tang Na accepte, jubilant. Il clame partout sa félicité, organise même un mariage très piquant, que cette fête ne soit pas seulement émouvante mais aussi amusante, qu'on saupoudre la poésie d'un peu de farce, que les cœurs soient touchés et que cependant on rie. Il se trouve que deux autres couples de leurs amis désirent plus ou moins sérieusement convoler, un mariage collectif à Hangzhou, au lac d'Hangzhou, ce paradis des nuptialités, voilà qui serait peuple, kitsch, irrésistible.

Le train crachote et dans leur compartiment tous les fiancés en costume de gala chahutent. Les hommes sont délicieux, les femmes exubérantes, on a choisi des témoins qui sont de vrais lurons. Quelle funambulerie ! Peut-être chez certains et certaines du sentiment, chez Tang Na en tout cas. Il embrasse Pomme Bleue qui lui dit de ne pas être ridicule, mais il ne l'entend pas, il est ravi.

Le lac enfin, un lac suave, aux eaux saphir, entouré de collines précises comme dans les rêves. Sur les rives, des temples, des grottes, des saules pleureurs, une telle douceur, tant de beauté que la compagnie qui a pris place dans un grand bateau se tait enfin. On accoste sur un îlot où chute une cascade, on pique-nique dans un jardin dessiné voilà plus de sept siècles, on se grise et enfin on s'épouse à la pagode des Six Harmonies. Les dieux, l'encens, la voix tranchante de Pomme Bleue — elle tient Tang Na. Ce mariage vaut-il quelque chose ? Curieusement les deux conjoints ne l'ont pas fait enregistrer. Le soir, retour à Shanghaï, la nuit conjugale. Et le lendemain tous les mariés et toutes les mariées invitent leurs amis du cinéma à célébrer avec eux des amours désormais officialisées. Les ripailles...

Elle voulait enchaîner, c'est elle qui se sent enchaînée : seul le théâtre, dit-elle, peut la libérer, lui permettre d'être elle-même. Elle s'abouche avec une troupe moderne qui donne vie à une pièce venue des confins de l'Europe. Incroyable en Chine est le renom d'Ibsen et de sa *Maison de poupée* : pendant des semaines à Shanghaï et dans ses faubourgs, Pomme Bleue incarne Nora la femme qui se désengage avec une résolution froide de la vassalité conjugale. Elle abandonne mari, demeure, enfants, elle bafoue la morale traditionnelle pour aller ailleurs, toujours ailleurs. Nora... enfin Pomme Bleue a rencontré l'héroïne de ses rêves. La critique apprécie.

Mais après s'être exaltée dans ce rôle salvateur, Pomme Bleue se retrouve épouse, l'épouse de Tang Na et lui vient le goût vicieux de le détruire, de le saigner. Puisque épouse elle est, la torture n'en sera que plus réussie — une maîtresse scandaleuse, c'est une anecdote, une femme légitime scandaleuse, c'est l'humiliation, le martyre. Depuis son premier mariage à Tsinan Pomme Bleue maîtrise cet art parfaitement. D'abord multiplier les scènes, qu'elles deviennent une tourmente interminable, que chacun d'eux se fige dans son personnage tragique, elle, l'outragée, l'exaspérée portant le masque de toutes les colères, lui, l'importun, le coupable arborant les stigmates de toutes les lâchetés. Et que se déploient les rites alternés des implorations, des menaces, des rires d'insulte et des répits miraculeux. Une dernière réconciliation et Pomme Bleue se met à prêcher Tang Na, lui débitant que la fidélité est une idiotie, qu'elle engendre l'ennui, que seules les incartades peuvent maintenir un attachement profond entre les époux :

— Soyons de notre temps, lui dit-elle, soyons dégagés des contingences avilissantes ; le mieux serait que tu me loues un appartement pas loin d'ici où je me sentirais complètement chez moi.

— Tu y recevras tes amants ?

— Quand j'en aurai, si j'en ai. Et toi, dans ton grand appartement, tu rendras hommage à tes dulcinées. Si nous nous aimons bien, nous ne nous jetterons pas nos conquêtes à la figure et nous nous retrouverons avec joie pour nous raconter nos petites histoires.

Et Tang Na lui offre un joli pied-à-terre qu'ils étrennent dans la liesse... jusqu'au moment où Pomme Bleue congédie son mari sans lui remettre de clé. Désormais un précipice est ouvert entre eux, béant, et Tang Na va y tomber, car s'il a en principe accepté les frasques de Pomme Bleue, il se révèle vite qu'il ne les supporte pas. Il l'assiège, l'espionne, cogne à sa porte qu'un jour il fracasse. Et qui trouve-t-il avec Pomme Bleue ? Numéro un, l'indéfectible Numéro un. Hantise, supplice. Cependant le malheureux Tang Na se force à l'infidélité, essaie de riposter, d'atteindre Pomme Bleue : il installe chez lui la jeune personne dont elle avait trouvé les lettres. Furieuse, Pomme Bleue hurle à Tang Na que si elle a le droit de forniquer où bon lui semble, lui ne l'a pas parce qu'il prodigue son cœur alors qu'elle, au cours de ses fantaisies, n'engage jamais le sien. Or la trahison du cœur, c'est la vraie, la seule trahison : il aime sa péronnelle sans se soucier qu'elle, Pomme Bleue, en meure de douleur. Pour confirmer ces paroles elle ne manque pas de tomber malade.

Afin d'échapper à Tang Na le maléfique, elle part pour Tsingtao où, se raconte-t-elle, elle avait été si heureuse avec Yu Qiweï. Là elle descend à l'hôtel et son premier soin est d'écrire à son mari... Elle stigmatise sa cruauté tueuse, se décrit aux portes de la mort, cherchant dans la cité de sa jeunesse, sinon la paix, du moins quelque chose qui y ressemblerait. Qu'il ne vienne pas, qu'il respecte son chagrin. Évidemment il accourt.

Il est décomposé, son visage est celui d'un vieillard, des rides labourent sa chair, son œil s'est creusé et il demande un million de fois pardon. Que ne s'est-il tu ! Pomme Bleue qui, le voyant ainsi ravagé, l'avait trouvé intéressant, avait même eu envers lui une sorte d'élan, s'irrite de l'entendre gémir, supplier, annoncer encore qu'il va se suicider. Se tuer ? Lui ?

Elle rit. Il se traîne jusqu'à la chambre voisine et, dans la nuit, il s'empoisonne avec des somnifères, quantité de pilules. Pomme Bleue s'est couchée mais elle n'arrive pas à s'endormir et soudain le silence lui fait peur. Et si réellement Tang Na s'était suicidé ? En chemise de nuit elle se glisse dans la pièce d'à côté, il lui semble que Tang Na ne respire plus, elle crie, elle le secoue, elle court chercher l'aubergiste... Tang Na est sauvé.

Retour à Shanghaï. Pomme Bleue liquide son appartement et réintègre le domicile conjugal. Et elle se montre fidèle à Tang Na. Cela n'empêche pas une belligérance permanente : autour d'eux l'air est vicié, toute anicroche s'envenime, dans l'esprit détraqué de Tang Na affluent sans cesse des soupçons qui deviennent certitudes, malgré les dénégations de Pomme Bleue il épie, il suppute, il interroge, extravagant mendigot de l'amour.

Depuis longtemps Pomme Bleue a oublié qu'elle a voulu ces violences. Elle travaille, s'agite, se répand et enfin décroche un premier rôle dans une adaptation de *L'Orage* d'Ostrovski : elle a été Nora, elle sera la malheureuse Catherine si pure et que l'univers entier déçoit, Catherine la victime qui se jette dans la Volga. Chaque jour Pomme Bleue court au studio pour le tournage et son ardeur enfièvre Tang Na, le persuade qu'elle accumule félonies et forfaits. À son retour il l'assaille de reproches et de soupçons, il a téléphoné, elle n'était pas là, la pause, comment cela la pause, prendre un café ou une bière, était-ce un café ou une bière, il faudrait s'entendre, elle n'est même pas capable de mentir convenablement, quant à ses amis comédiens, tu parles d'amis, ils l'ont tous sautée, cela pour ne rien dire de son actuel metteur en scène, sa liaison avec Pomme Bleue est la fable de Shanghaï, il n'invente pas, on lui en a parlé.

Comment faire la preuve de sa fidélité ? Tang Na la croit toujours aussi légère, pis, ses plaintes répétées dans toute la ville risquent de nuire à la carrière de Pomme Bleue. On murmure qu'elle le pousse à nouveau au suicide et que cette fois il réussira. Alors fini le théâtre et le cinéma, on la chassera sous les huées.

Tang Na... Si raffiné, si élégant et qui n'est plus qu'une entrave. Le superbe Tang Na... Elle avait cru pouvoir s'en servir, l'asservir, l'amener à toutes les acceptations et maintenant il se débat comme un chien enragé, il écume, il bave, il se complaît dans des galimatias échevelés, des imaginations éperdues, incapable de trancher, de se décider, de se conduire. C'est un faible, un faible tombé dans une débilité si grande et si féroce qu'il ne cessera jamais de délirer, de se torturer, de la torturer. Seul le temps... Et sa fidélité... Mais Pomme Bleue sait que son caprice l'emportera toujours, qu'à ce metteur en scène dont Tang Na est si jaloux demain elle cédera. Et Tang Na se suicidera et il se ratera. Et il rôdera toujours autour d'elle, reproche permanent, et on la blâmera, puisque à Shanghaï tout le monde aime Tang Na.

Pomme Bleue se résout à un appel à la raison auprès de cet homme qui a perdu toute raison. Elle écrit une longue lettre, des pages et des pages pour démontrer qu'ils doivent guérir l'un de l'autre, se quitter dans l'amitié et chacun remplir sa tâche. Un soir elle se prétend fatiguée et elle laisse Tang Na aller seul dîner chez un couple d'amis. À la fin du repas, on lui remettra la missive.

Tang Na a reconnu l'écriture de Pomme Bleue et il a pâli. Mais puisque ses malheurs sont publics, il s'est mis à lire à haute voix la liasse de feuillets. C'est un récit de leur amour avec commentaires, analyses et démonstrations, c'est un plaidoyer, un incroyable fatras rhétorique, une apostrophe que Pomme Bleue termine dans la flamboyance. Qu'ils se détachent l'un de l'autre pour s'accomplir, il deviendra le plus grand auteur de Chine, celui qui soulèvera les passions, celui qui marquera l'époque de son sceau, et elle retrouvera sa vraie vocation qui est de se consacrer à une Révolution qu'elle place au-dessus de son amour, de son art, de sa vie même. Toute à son drame avec lui, Tang Na, elle avait oublié sa mission : aujourd'hui elle redevient une militante et elle n'a plus d'autre ambition que de servir la cause du peuple.

Tang Na ayant achevé sa lecture ne se tord pas de douleur.

Il est calme, il a pris sa résolution, il sait où frapper, comment frapper, d'un coup qu'il avait jusque-là retenu. Cette fois il peut espérer la victoire, Pomme Bleue se soumettra, il en est certain.

Il court chez lui et d'une voix brève il interroge Pomme Bleue : a-t-elle été emprisonnée ? Qu'elle réponde par oui ou par non.

Pomme Bleue se raidit :

— Où veux-tu en venir ?

— Un de mes amis prétend que tu as été arrêtée et que pour être libérée tu as dénoncé des intellectuels proches du PC.

— Il ment.

— Pas de chance pour toi. Cet ami t'a connue chez Song le Mauvais et c'est une de tes victimes. Il a été relâché parce que son père était puissant au Kuomintang ou à cause d'autres micmacs dont il ne se vante pas. Toujours est-il qu'à moi il a parlé, parce qu'il voulait empêcher notre mariage. À l'époque, je n'avais pas envie de le croire.

— Et son dégueulis il l'a répandu sur d'autres que toi ?

— Tu ne ris plus, hein ? Mais sois tranquille, je lui ai demandé de se taire et il se taira, tant que mes consignes ne changeront pas.

C'est ainsi que Pomme Bleue est retombée sous la coupe de Tang Na. Par peur elle est d'une docilité aveugle. Cela dure quelques mois, ils sont presque heureux. Et puis la force des choses… À nouveau les scènes dévastatrices, deux fois encore Tang Na se suicide et se rate, naturellement Pomme Bleue tombe malade. Dans les journaux on l'accuse de cruauté envers Tang Na, autour d'elle une célébrité bourbeuse, mais aucune rumeur sur son arrestation. Quoi qu'il sache, Tang Na n'a rien dévoilé : cet homme que Pomme Bleue a tant méprisé est au moins fidèle à son amour, ou plutôt au souvenir de cet amour. Parce que Tang Na a enfin découvert qu'il était vidé de sa passion, qu'il ne comprenait même plus la frénésie que lui avait inspirée Pomme Bleue. Il ne la hait pas, il n'a pas de ressentiment, bien qu'elle s'affiche désormais avec son cher metteur en scène, tout cela lui est indifférent, d'autres femmes occupent ses pensées. C'est très paisiblement que lui et Pomme Bleue organisent leur divorce.

La campagne de presse contre Pomme Bleue, elle, ne cesse pas, au contraire. D'abord, Pomme Bleue affecte de s'en moquer, mais elle est blessée et la plaie grandit, s'infecte de jour en jour. Pour la cautériser, elle décide de se justifier, un journal publie ses confidences, rigolade générale. Pomme Bleue est une femme finie.

Chapitre IX

A SHANGHAÏ l'atmosphère est de plus en plus oppressante, présageant le martyre pour la cité et sa population. Les Japonais, ce sont eux qui annoncent la mort. Espions innombrables, coiffeurs qui étaient des agents, prostituées qui faisaient du renseignement, marchands de tous les trafics : depuis des années comme des termites ils se sont propagés dans tout le pays. Quand l'édifice a été assez vermoulu, ils se sont mis à le démantibuler. Dès 1931, ils ont arraché le premier morceau, conquérant la Mandchourie avec leurs armées assoiffées de sang. En 1932 ils ont tenté une opération contre Shanghaï mais de trop petite envergure et ils ont été repoussés. Depuis les Nains rôdent, dévorant ici ou là un district, une province. À Tokyo les ministres en jaquette et les partis politiques hésitent à aller plus loin, mais l'armée piaffe et les chefs de guerre au mufle immonde sont résolus à porter le fer et le feu au cœur de la Chine.

La peur rampe sur Shanghaï, elle effleure à peine Pomme Bleue : enfermée dans une modeste chambre d'hôtel, sans lever le nez ou presque, sans se nourrir ou presque, Pomme Bleue écrit. Le rôle du théâtre dans le progrès social, l'existence des comédiens, le mépris où on les tient, les responsabilités qu'ils doivent assumer, voilà le sujet de son essai. La petite communauté des acteurs peut bien ricaner, plaindre Tang Na, la traiter de garce et de putain, elle s'en moque, elle écrit. On va rire, dauber sur la starlette à la vie dissolue qui donne des leçons de morale et de politique ? Elle s'en moque, elle écrit. Ces fous ne comprennent rien, ne voient rien, ne sentent rien, elle, une science et une ardeur nouvelles lui ont été inoculées par Kang Sheng. Grâce à lui, elle ne sera pas une victime dans l'imminente catastrophe.

Kang Sheng... elle avait voulu l'oublier et il y a trois mois il avait brusquement surgi. Il venait du Shaanxi où, d'après les journaux, Mao vivait caché dans des grottes, profitant de ce que cette région de lœss où il s'était exilé était si pauvre et si démunie qu'elle était négligée, même par les Japonais. Tchang Kaï-chek, lui, aurait tôt fait de la détruire, d'annihiler les rouges avant d'affronter les Nippons.

C'est ce que disait la presse... Mais Kang Sheng ne ressemblait nullement à un homme traqué. Lui qui était parti si fatigué, si vieilli, à nouveau il pétillait de vie. Cette visite... Pomme Bleue s'en remémore chaque détail, chaque détour. C'était leur collusion retrouvée, une aurore dans son existence en loques.

D'abord il avait congratulé Pomme Bleue à sa manière :

— Alors, tu n'es plus bonne à rien ? Quand tu as épousé Tang Na, je ne donnais pas cher de lui, et tu n'as même pas réussi à le suicider. Tu baisses. Il paraît que vous divorcez, mais as-tu songé à ce que tu allais devenir sans ton pantin ? Tu as aussi ton metteur en scène, mais ne compte pas sur lui, c'est une nullité prétentieuse. Ma pauvre... je ne vois pas, désormais, comment tu pourrais devenir une vedette. Tu es cuite à Shanghaï.

— Et ça te faire rire.

— Pas particulièrement. Mais il serait peut-être temps que ta vie ait un sens. Si tu suis bien mes recommandations, tu trouveras ton chemin au milieu des événements terribles qui approchent et que d'ailleurs je fais approcher.

Sur le coup, Pomme Bleue l'avait jugé ridicule avec ses

façons de prophète qui commande la clameur de l'univers. Et puis elle s'était souvenue qu'il était un des hommes promus par Moscou aux tâches suprêmes, aux grands accomplissements tordus et que peut-être elle devrait le prendre au sérieux.

Le monde a changé, disait-il, et il est dangereux. Il y a Hitler, sa petite moustache et sa croix gammée, Mussolini le braillard en chemise noire, Hirohito la ganache solennelle, on croirait des marionnettes, ce sont des tueurs immenses qui veulent se partager la planète. Kang Sheng parlait aussi de pacte de fer, d'une Allemagne et d'une Italie prêtes à signer avec le Japon un traité maudit. En face d'eux, le Petit Père des Peuples se préparait à la conflagration, d'abord en nettoyant chez lui : Kang Sheng avait évoqué un chaudron infernal, des procès monstrueux.

— Si tu avais vu la tranquillité de son regard alors qu'il suggérait tout simplement le massacre ou la déportation de millions de gens ! En voilà un qui n'aura pas d'ennemis intérieurs.

Pourquoi Staline se donnait-il la peine de recevoir un Kang Sheng ? Au dire de celui-ci, il avait très rapidement abattu ses cartes : Staline voulait avant tout éviter un double front, un en Europe et un en Sibérie. Il redoutait furieusement le Japon, ses millions de soldats fanatisés, sa marine superbe, ses nuées d'avions Zero, et il songeait à une stratégie : que les Nains déjà engagés en Chine s'y engagent davantage, qu'ils s'y enlisent, ainsi seraient-ils une moindre menace sur le fleuve Amour.

— Pour contrer les impérieuses passions des samouraïs, il a pensé à une petite cuisine chinoise. Et c'est là que j'apparais moi, avec ma pelote de ruses, mon tissu d'agents et l'écheveau de mes relations.

L'écheveau... la justesse de l'expression avait frappé Pomme Bleue : en effet le réseau de Kang Sheng avait des ramifications partout, dans tous les milieux et tout le monde pouvait entrer dans ses trames, sans le savoir quelquefois. Elle-même, s'il était toujours réapparu pour l'aider, n'était-ce pas parce qu'elle faisait partie de sa toile, créature endormie qu'un jour il réveillerait pour qu'elle serve ses desseins ?

Tandis qu'elle méditait, Kang Sheng continuait son exposé. Là-bas dans le Shaanxi tout allait bien : la population avait été communisée, on avait levé plusieurs armées et Mao venait d'installer son quartier général à Yanan. Il avait surtout été décidé que les rouges se réconcilieraient avec Tchang Kaï-chek et s'uniraient à lui pour faire ensemble la guerre aux Japonais, ce qui ne manquerait pas de plaire à Staline. Hélas, Tchang Kaï-chek était toujours aussi résolu à détruire les communistes avant de s'attaquer à l'hydre nippone et, ne disposant pas de troupes en Chine du Nord, il avait chargé Zhang Xueliang, le Jeune Maréchal, de l'extermination de Mao et des siens.

— Donc, avait ricané Kang Sheng, nous avons volé la poutre et changé le pilier de la maison Tchang Kaï-chek. J'ai pris, ou du moins mes hommes ont pris le Jeune Maréchal en main. C'est un garçon charmant, beau, bien bâti, mais qui s'est fameusement drogué et qui est encore capable de s'effondrer dans des chagrins effrayants... Curieux que Zhang Zuolin ait choisi ce fils-là comme héritier. Il est vrai que c'est un bon soldat.

Zhang Zuolin maintenant ! Le plus terrifiant des Seigneurs de la Guerre... Pomme Bleue connaissait sa légende. Qui ne la connaissait pas ? Elle glaçait les esprits. Ce n'était qu'un ancien brigand des steppes comme il y en avait des centaines, mais lui par sa ruse et sa férocité avait toujours réussi à s'élever. Finalement il avait rassemblé autour de lui la meilleure armée de la Chine du Nord et il était devenu le maître de la Mandchourie, un chef dont le pouvoir à son apogée s'étendait jusqu'à Pékin. Dans sa vieillesse, tout petit, tout courbé, vêtu en patriarche, une calotte sur la tête et fumant une pipe à eau, entouré de bourreaux et de bonzes, il ne cessait de marmotter les sentences du Sage que pour condamner à mort quiconque lui déplaisait. Sa lippe de satisfaction quand il annonçait à ses victimes : « Toi, on t'empale, toi on t'écorche vif », ce qui était fait sur-le-champ...

Zhang Zuolin devait sa fulgurante ascension à une alliance

avec les Japonais. Mais il avait fini par encombrer ses protecteurs qui voulaient dépecer la Chine eux-mêmes et rien que pour eux : les services secrets nippons avaient fait sauter le train somptueux dans lequel Zhang Zuolin se rendait à Moukden. Une bombe, des wagons fracassés, le cadavre du vieux ruffian : et bientôt Moukden occupé par les forces du Mikado...

Kang Sheng s'était frotté les mains : à ce point de son récit les événements prenaient un tour avantageux. L'armée du bandit tué, explique-t-il à Pomme Bleue, était restée fidèle à sa mémoire : tout entière elle s'était rangée sous l'autorité du Jeune Maréchal à l'époque pourtant si veule. Et celui-ci avait réussi l'exploit de sauver ses troupes : loin de les laisser encercler et anéantir par les forces japonaises, il était arrivé par une marche forcée extraordinaire à les retirer de Mandchourie. Les Nippons avaient abandonné la poursuite, le Jeune Maréchal avait prêté allégeance à Tchang Kaï-chek qui, reconnaissant, s'était instauré son père de remplacement. Il lui avait attribué pour établir son état-major la cité de Xian, une ancienne capitale de la Chine, une ville magnifique et légendaire. Et puis le Généralissime lui avait donné l'ordre d'attaquer les bandits rouges installés à Yanan, à trois cents kilomètres de là, tout près.

Tchang Kaï-chek ne mesurait pas combien le Jeune Maréchal était torturé, divisé, parfois l'aimant, parfois le détestant, hanté par Zhang Zuolin, malade de haine envers les Japonais qui s'étaient retournés contre ce vénérable seigneur, malade de dégoût contre les nationalistes qui, obsédés par les rouges, ne l'aidaient pas à libérer son pays occupé, la Mandchourie. Il fallait toute la sottise du Généralissime pour imaginer que le Jeune Maréchal lui était absolument acquis et qu'à sa demande il oublierait sa détestation des Japonais pour envoyer ses troupes contre Mao.

— Nos agents ont infiltré les unités du Jeune Maréchal et porté la bonne parole : il y a de nombreux cas de fraternisation. Ces gens-là ne veulent pas se battre contre d'autres Chinois.

— Et leur chef ?

— Nous nous sommes occupés de lui. Un traitement soigné. Nous ne nous sommes pas présentés à lui comme des révolutionnaires mais avant tout comme des patriotes acharnés à chasser les Japonais qui souillent la Chine et dont la présence est notre honte. Avec sa permission nous avons peuplé son quartier général d'officiers rouges portant l'uniforme nationaliste. À ma surprise il s'est bien guéri de ses vices, fini l'alcool et l'opium, il est transformé, il prononce même des conférences antijaponaises dans les écoles. Tiens, je vais te dire un secret, il est venu à Yanan pour nous rencontrer Chou En-lai et moi.

— Et alors ? Tu espères quoi de ce théâtre ?

— Faire bouger Tchang Kaï-chek. Le Jeune Maréchal a encore de l'affection pour lui et il ne parvient pas à le brusquer. L'impulsion viendra d'ailleurs.

— C'est pour ça que tu es à Shanghaï ?

— On ne peut rien te cacher.

Kang Sheng avait eu l'idée de revoir Chen Lifu et, cette fois, pas simplement pour lui livrer quelques trotskistes. Par des agents, il lui avait fait demander la liberté de rester quelques jours à Shanghaï afin de le rencontrer. Il s'était prêté à tout, les émissaires inconnus, la voiture fermée, les yeux bandés, et il s'était retrouvé face à un Chen Lifu aimable et souriant... La tasse de thé, la légère impatience de Chen Lifu... Kang Sheng avait parlé de son entrevue avec Staline : ce que je vous avais prédit est arrivé, avait-il expliqué, le Petit Père des Peuples souhaite la réconciliation des Chinois et il couvre d'éloges Tchang Kaï-chek.

Chen Lifu n'avait pas bronché, juste un geste vague qui pouvait être aussi bien de refus que d'acceptation : ces deux hommes chargés de tout savoir, de tout oser, s'étaient compris. Si Tchang Kaï-chek n'obtempérait pas, ce seraient les représailles russes, l'arrêt des ventes d'armes, des insurrections aux frontières, une recrudescence générale de l'agitation, le chaos. Au moment de se séparer, Chen Lifu avait quand même murmuré que le Généralissime ne cédait jamais. Avec une moue ironique il avait ensuite demandé des nouvelles du Jeune Maréchal et Kang Sheng avait affirmé ne pas le connaître : celui-ci n'était-il pas le fils adoptif de Tchang Kaï-chek ? Comme pour lui Kang Sheng avait ajouté que du côté de Xian la rumeur prétendait que le Jeune Maréchal voulait rencontrer le Généralissime et qu'il n'y arrivait pas.

Tout en écrivant Pomme Bleue revoit le visage de Kang Sheng au comble de l'exaltation. Il l'avait émue — oh non, il n'était plus question de sensualité —, mais elle avait tremblé d'une émotion plus sauvage encore : c'est à ce moment-là très précisément qu'elle s'était mise à croire en une possible victoire du communisme. Oui, des événements formidables étaient en marche et le Jeune Maréchal allait jouer les premières notes de la danse macabre.

Kang Sheng, demeuré à Shanghaï, avait fait monter la clameur qui s'élevait de la cité, une clameur obsédante, toujours la même, celle qui exigeait l'alliance de tous les Chinois. Fantastique passion au milieu de la peur... Mais tombe comme une grêle destructrice un communiqué du gouvernement de Nankin annonçant que Tchang Kaï-chek avait reçu en audience le Jeune Maréchal et que celui-ci lui avait manifesté son respect et son obéissance : les opérations contre les bandits rouges allaient reprendre dans le Shaanxi. Une seule personne ou presque se réjouit de cette nouvelle, Kang Sheng, qui y voit le résultat de ses manèges auprès de Chen Lifu.

Ce que le Jeune Maréchal a dit au Généralissime, il en connaît chaque phrase, chaque mot et il les a répétés à Pomme Bleue : « Faites-moi l'insigne honneur d'accepter mon hospitalité à Xian. Au sein de mes troupes et de mon état-major des éléments douteux rêvent d'un accord avec les rouges pour que nous n'ayons plus qu'une pensée commune, lutter contre les Japonais. Mais je sais, Généralissime, que votre volonté inflexible est que moi, à la tête de mes hommes, je détruise d'abord les rouges à jamais, même s'ils nous font toutes les grimaces de l'amitié. C'est aussi mon désir. Aidez-moi donc à venir à bout des égarés. Vous n'avez qu'à apparaître à Xian, vous inspecterez, vous parlerez, une exhortation de vous suffira. »

Et Kang Sheng avait ajouté :

— Telle est la leçon que nous avons fait apprendre par cœur au Jeune Maréchal et il l'a bien récitée. Quant à toi, tu vas la boucler. Encore qu'entre tes mains ces secrets inestimables seraient pris pour de la camelote. Tu n'as plus qu'à attendre en souhaitant que le Jeune Maréchal ait été convaincant, ton avenir en dépend.

Après le départ de Kang Sheng Pomme Bleue s'était à nouveau sentie incertaine : la Chine allait couler mais pour ne pas sombrer avec elle, fallait-il se fier à Kang Sheng ? Quelques jours plus tard se forgeait un élément de réponse : à Xian avait éclaté un coup d'État, un putsch, sans doute l'œuvre de Kang Sheng avait pensé Pomme Bleue. Saisissement de tous à la lecture des journaux, des titres sacrilèges, scandaleux, abominables, et pourtant dans les comptes-rendus un certain flou, comme si les journalistes n'arrivaient pas à exprimer l'inexprimable. Peu à peu transparaît une vérité folle.

Ce qui est arrivé... Quand Tchang Kaï-chek a débarqué à Xian de son avion, la satisfaction de son sourire avantageux n'a duré que le temps de descendre les marches de l'échelle pour présider la parade militaire. Or de parade, il n'y en a pas. Il n'aperçoit pas la figure filiale du Jeune Maréchal, ni l'habituel groupe d'officiers empressés, pas de fillettes apportant un bouquet, pas de bataillon au garde-à-vous, pas de marche militaire : sur le terrain d'aviation, tout juste une vague escorte. En ville, c'est pire : on manifeste contre lui, on l'injurie, on l'arrête, on l'incarcère.

Stupéfaction du prisonnier. Lui qui n'est que ruse bornée — quelques jeux de physionomie, quelques phrases ampoulées, c'est tout son intellect —, comment pourrait-il comprendre ce qui lui arrive et pourquoi ? Tout de même il rassemble assez d'énergie et d'initiative pour s'enfuir avec deux fidèles. Mais en sautant un mur d'enceinte, il se foule une cheville : on le ramasse au matin, en chemise et sans dentier. Alors ce ratichon qui se croit inspiré par la Bible décide de se laisser mourir. Bientôt Tchang Kaï-chek, le maniaque d'autorité minutieuse toujours si sec et si bien tenu, n'est plus que faim, fièvre et haillons. Mais il ne cède pas.

Émoi dans le Shaanxi, autour de Mao. Les discussions... Le problème est difficile, il s'agit de faire plier un personnage inflexible dont toute l'intelligence se résume à cette constatation : je suis Tchang Kaï-chek et un Tchang Kaï-chek ne se soumet pas. Lorsqu'il affirme qu'il préférerait mourir ou être exécuté, il dit la vérité : on peut casser son corps, pas son âme ni sa volonté. Et l'on n'ose imaginer la catastrophe que serait sa mort : il doit vivre pour consentir à l'union des nationalistes et des communistes contre les Japonais. Pour que soit enfin constitué ce front uni, Mao est prêt à tout, il a même dépêché Chou En-lai à Xian, mais l'entrevue du mandarin rouge et du Généralissime n'a rien donné.

Jours d'angoisse... À Xian, les agents de Kang Sheng maternent le Jeune Maréchal et c'est une rude tâche. N'éprouve-t-il pas des remords lancinants ? Ne veut-il pas aller se jeter aux pieds de Tchang Kaï-chek, son prisonnier, pour lui demander pardon ? À d'autres moments, emporté par l'orgueil, il se vante de ce que le maître de la Chine, le Tchang Kaï-chek maudit, est à lui, son bien, sa possession et qu'il en fera ce qu'il voudra.

Toujours plus d'angoisse... Comment arracher sa signature au Généralissime ? La Chine est au bord du chaos. Désarroi dans le Shaanxi, désarroi à Shanghaï chez les étrangers qui brusquement songent que ces tumultes chinois pourraient signifier la fin du bon business, désarroi à Nankin où les têtes brûlées du Kuomintang, persuadées que la vie du Généralissime est en jeu, rêvent de solutions extrêmes, que l'aviation bombarde Xian, que les armées nationalistes marchent sur la cité. Billevesées.

Soudain, on ne sait où, dans la tête de Chou En-lai sans doute, germe l'idée... Il est connu qu'une seule personne au monde peut influer sur la pensée rare et têtue de Tchang Kaï-chek, son épouse Meiling, l'une des trois fameuses sœurs Soong qui tiennent dans leurs petites mains le destin du pays. Vêtue de moralité soumise et d'entregent puritain Meiling est la partenaire, le double, l'âme de Tchang Kaï-chek. On l'atteindra par son aînée Chinling, la veuve de Sun Yat-sen, le fondateur de la République chinoise, qui reste révéré par les deux camps. Quand Meiling a épousé Tchang Kaï-chek le tueur de rouges, les deux sœurs ont rompu toute relation : Chinling, en effet, est acquise aux communistes, elle est leur grande dame, leur égérie, leur trésor. Mais Chinling est obsédée par la lutte antijaponaise et, sous l'influence de Yanan, elle acceptera de revoir sa sœur et la persuadera de partir.

Et tout ce qui avait été concocté avait abouti. Meiling prit l'avion pour Xian où le Jeune Maréchal l'attendait, bien poli et bien chapitré. En un rien de temps Meiling avait fait resurgir des limbes Tchang Kaï-chek tel qu'en lui-même... propre, rasé, infaillible et, miracle, chantre de la guerre de tous les Chinois contre la vermine japonaise. Il était le chef reconnu de la Chine vaillante, le reste serait négocié. Dans l'avion qui le ramenait à Nankin, sa capitale, était monté un Jeune Maréchal radieux, convaincu d'avoir tout arrangé. Quelques secondes plus tard il était mis aux arrêts. À Shanghaï quatre millions de Chinois dansaient et lançaient des pétards, la guerre civile était finie.

Ensuite les événements se précipitent. L'essai de Pomme Bleue est publié dans l'indifférence générale, et même sa virulence progressiste fait sourire : on n'en est plus là, on ne songe plus qu'à la guerre contre les Japonais, la guerre imminente, inévitable ! Si elle est affectée par son échec, Pomme Bleue n'en montre rien : de plus hauts soucis l'occupent ! Kang Sheng va et vient, apparaît, disparaît, il prétend que Chou En-lai rencontre les pires difficultés pour instituer le fameux front uni. Pourtant il y a comme une espérance dans les âmes, une espérance de victoire : les journaux crient qu'elle ne peut pas échapper aux nationalistes et aux communistes qui ont enfin cessé leur lutte fratricide. Les rouges ne préconisent plus le renversement violent du régime, ni la confiscation des terres, ils vont réorganiser leurs armées pour qu'elles acceptent le commandement de Tchang Kaï-chek, ils vont procéder à des élections générales dans les régions soviétisées et même ils promettent de combattre pour les Trois Principes si chers au Kuomintang. La presse parle moins des promesses qu'auraient faites les nationalistes : l'instauration d'un gouvernement démocratique, la convocation d'une Assemblée nationale, la promulgation d'une Constitution, des réformes sociales et économiques... Mais peu importe, la Chine hurle à la réconciliation.

Kang Sheng, lui, continue de rire :

— Les nationalistes et nous couchons dans le même lit, mais nous ne faisons pas les mêmes rêves, dit-il à Pomme Bleue. N'oublie jamais ça.

— Mais qu'est-ce qui va arriver ?

— La guerre évidemment. Réfléchis, regarde autour de toi. Les Japonais vont attaquer la Chine riche, celle que détient Tchang Kaï-chek. Nous, dans le Shaanxi de la pauvreté, nous serons relativement à l'abri et depuis là nous nous répandrons dans tout le Nord sans trop avoir à combattre. La guerre contre le Japon durera des années et des années, ce sera la Guerre Longue tant souhaitée par Mao, la guerre aux épisodes imprévisibles et formidables qui risque d'embraser le monde en conflagrations géantes. Tout ce temps les armées nationalistes se décomposeront peu à peu, tandis que les nôtres propageront leur doctrine et recruteront. L'alliance avec le Kuomintang contre les Nippons est une très belle façade qui cache une lutte secrète, impitoyable. Et nous gagnerons, la Chine tombera entre nos mains comme un fruit mûr. Tu comprends l'importance du Jeune Maréchal maintenant ? Avec sa petite anicroche de Xian, en obligeant Tchang Kaï-chek à affronter le Japon, ce malheureux a changé la face du monde.

— Et moi ?

— Toi ? Pour l'instant tu vas te contenter de changer d'air. Ton essai te servira, c'est le signe que tu penses bien.

À Tokyo les ministres modérés sont assassinés. Décision est prise de s'emparer de la Chine entière, de l'englober dans ce que la propagande nippone appelle « la grande sphère de coopération pacifique du grand Japon ». Pour cela, la mort, les armées, les marines, les aviations qui se répandront afin de soumettre l'univers au Mikado.

Au début de l'été, Pékin tombe, le carnage commence. Mais Tchang Kaï-chek réagit à peine. À Pomme Bleue qui s'étonne, Kang Sheng explique que l'armée nationaliste n'est pas prête et que de toute manière le Généralissime n'enverrait pas la totalité de ses régiments vers ces provinces du Nord trop éloignées de Nankin, de son commandement. Non, le conflit éclatera ailleurs, à Shanghaï.

— Ce n'est pas possible, à cause des concessions étrangères, remarque Pomme Bleue.

— Aussi les Japonais n'y toucheront-ils pas. Et sois bien sûre que les étrangers préfèrent crever plutôt que de s'allier avec les Chinois contre les Nains. Pour eux, les Japonais sont des Jaunes blanchis, qui vivent à leur manière, dans des concessions, en s'appuyant sur des traités qu'ils savent inégaux. Se dresser contre eux, ce serait remettre en question un ordre qu'ils croient immuable et ils ne le feront jamais. Une preuve ? Le gouvernement chinois a offert ce printemps d'énormes avantages commerciaux et financiers aux Britanniques. Ça n'a pas marché. Pourquoi ? Parce qu'à Londres le lobby des *merchants* blancs de Shanghaï a tout fait capoter de peur d'irriter le Japon. Albion a perdu du fric, mais ne s'est pas compromise avec la racaille céleste. Dorénavant, à Shanghaï, les Anglais ayant montré leur frousse, leur place est à prendre. Surveille bien les journaux, tu ne tarderas pas à y lire le récit d'un incident qui sera une provocation ou je ne m'appelle plus Kang Sheng.

Et en effet quelques jours plus tard, près d'un aéroport militaire chinois, on retrouve les corps criblés de balles d'un caporal et d'un soldat japonais. De pauvres innocents égarés, clament les Nippons, nous devons les venger.

Frapper... Les Japonais accumulent contre Shanghaï des moyens énormes. Sur le Whangpoo s'ancrent encore plus de cuirassés battant pavillon du Soleil-Levant, leurs tourelles braquées sur la cité, une armada formidable qui déverse des troupes bardées de haine. La tension croît, gonfle, telle une mousson qui va éclater en ouragan. Tandis que les étrangers invitent les Chinois à ne pas résister, car les ressources du pays seraient à jamais détruites en cas de guerre, Tchang Kaï-chek annonce que Shanghaï sera défendue, que ses divisions d'assaut entreront dans la ville et qu'elles seront invincibles. Peu après ses unités arrivent en un flot ininterrompu. Faisant crouler immeubles et maisons, elles s'incrustent dans les gravats, creusent des tranchées, édifient ouvrages et fortifications. Les hommes ont bon moral et sont bien décidés à repousser les assaillants nippons.

Sur le Bund Pomme Bleue contemple un spectacle ahurissant, un exode gai et ordonné. Des bateaux où les femmes et les enfants blancs ont embarqué, une musique lui parvient ; se peut-il que sur ces navires il y ait des orchestres et qui jouent ? De retour dans sa chambre elle commence à préparer ses valises comme le lui a recommandé Kang Sheng : deux valises, pas plus. Pour elle, la fuite ne ressemblera pas à une fête.

— Dès le début des engagements, a prédit Kang Sheng, la ville chinoise se réduira à une carcasse ensemencée de cadavres. Après quelques semaines de résistance héroïque, les soldats de Tchang Kaï-chek seront massacrés. Et les Japonais, offensés qu'on les ait obligés à combattre au lieu de s'incliner devant leur empereur, tueront et supplicieront sans relâche, avec cette méthodique application qui est le ressort profond de tous leurs agissements. Ensuite, une fois Shanghaï écrasée, ils remonteront le fleuve Bleu, le plus loin possible, toujours égorgeant tout.

Kang Sheng s'était frotté les mains.

— Les Japonais nous rendront un fier service en exterminant les meilleures troupes de Tchang Kaï-chek dans cette vallée du fleuve Bleu qui est son fief. Pendant ce temps-là, nous, les rouges, nous ne perdrons pas un seul soldat, ou si peu... Il faudra s'arranger pour en faire tuer quelques-uns.

Et puis il s'était tourné vers Pomme Bleue et il lui avait caressé le front.

— Une actrice à Shanghaï devra cajoler les Japonais... Moi je t'offre un Yanan qui pèsera de plus en plus lourd sur les événements sans être touché par les fléaux de la guerre. Tu partiras d'ici avant que commence la détresse, je t'ai retenu une couchette sur un bateau qui te mènera à Hankeou (Wuhan). Si je suis retenu ailleurs, à Moscou sans doute, je t'enverrai quelqu'un, sinon je te rejoindrai dès que possible et de là nous gagnerons Yanan. C'est un vrai marché aux héros, je t'aiderai à choisir.

— Et mon passé ?

— Grâce à moi, il sera hygiénique.

Pomme Bleue tourne et retourne dans sa chambre. Une valise, deux valises ? Non, une, à quoi bon se charger ? Elle aimerait ne rien emporter et se jeter dans l'aventure simplement vêtue d'une robe et de sandales. Tout de même, elle devra séduire. Elle décide donc de prendre quelques robes, des produits de maquillage, les quelques bijoux qui lui restent de son idylle avec Tang Na et aussi le manuscrit de son essai, des photos d'elle sur scène, quelques articles de journaux, des critiques élogieuses... la valise est vite pleine.

Dehors, le cauchemar a commencé. Des milliers de soldats se préparent à l'offensive dans la partie japonaise de la concession internationale et trente mille Chinois leur font face. Les civils du quartier et des quartiers environnants ont été évacués et ils courent de tous côtés à la recherche d'un abri, d'une cache ou mieux d'une place de bateau. Partout des barrages, des sacs de sable, des sentinelles, partout l'angoisse déployée comme un brouillard. Pomme Bleue s'emplit les yeux de la beauté de cette ville qu'elle n'a pas conquise et il lui semble que déjà quelque chose dans la cité se meurt. Malgré le hourvari, la vie s'en retire, elle n'est plus qu'un bâtiment vide, un squelette au pied duquel grouille, telle une vermine, une humanité affolée. Shanghaï est intacte mais cette intégrité annonce la ruine, la décomposition.

Comme elle a aimé Shanghaï ! Comme maintenant elle la fuit, saisie par une peur bestiale ! Il a plu toute la nuit et la chaleur d'août est poisseuse, atroce, irrespirable. La robe collée à la peau, se tordant les pieds sur ses chaussures à haut talon, Pomme Bleue titube dans la foule qui va vers le port. Ses oreilles bourdonnent, des lumières dansent devant ses yeux, à certains moments elle a l'impression d'être seule, que sa tête se vide, elle n'entend plus que le silence, et subitement, le vacarme revient, l'habite tout entière. L'explosion dans son crâne.

Enfin elle arrive sur le quai. Le navire est là, un rafiot rouillé pris d'assaut par une multitude de réfugiés. Au pied de la passerelle, des gardes dispersent à coups de matraque une foule de resquilleurs qui tentent de monter à bord sans billet. Les cris, les hurlements, les pleurs, la pagaille, l'indicible pagaille... Alors une fureur s'empare de Pomme Bleue. Avec sa valise comme bélier, elle fonce droit devant elle, cognant les uns, assommant les autres, méchante, sauvage, une brute qui piétine des corps, du moins elle pense que ce sont des corps, elle ne sait plus, ses pieds ne touchent plus le sol, elle sent qu'on lui agrippe les jambes, et puis soudain les mains glissent, plus rien ne s'accroche à elle, à ses épaules, à ses hanches, elle s'est arrachée de l'ignoble magma humain. Un flic la regarde furieux, prêt à la repousser dans la mêlée qui rugit derrière elle, mais calmement elle pose sa valise sur le sol et, toisant le malheureux, elle défait le premier bouton de sa robe pour aller chercher son billet fort opportunément caché dans son soutien-gorge. Un sourire de cinéma, bientôt elle est dans le bateau.

Là l'entassement, la promiscuité, la puanteur d'un conglomérat de gens effarés. Tous sont riches car le prix du transport vers l'intérieur de la Chine, vers la sécurité, est exorbitant. C'est de l'or qui s'en va, de l'or qui ira partout où il croira trouver protection. L'or roule aussi en Rolls-Royce le long des rives, protégé par des hommes armés. Il y en a même dans des chaises à porteurs ! Les nantis ont ce privilège d'être les premiers à échapper au danger : ils ont le don de survie. Après eux viendront les moins fortunés, les presque pauvres et les pauvres dans un crescendo de sauve-qui-peut, toujours plus nombreux, toujours plus lamentables, toujours plus menacés par la Camarde.

Flots rougeâtres, ondes sales qui tournoient, îlots réduits à des tas de boue, le bâtiment remonte le fleuve dont on n'aperçoit plus les berges. Étrange solitude… À peine si l'on croise quelques cargos usés, quelques jonques fantômes. Dans sa cabine qui miraculeusement n'a pas été investie, Pomme Bleue songe à ses années shanghaïennes. Elle a souffert, elle s'est cuirassée, la petite provinciale mal équarrie s'est affinée, affûtée, elle a appris à séduire, à manier les hommes, somme toute elle s'est civilisée. Mais une civilisée peut-elle traverser les traquenards de la guerre ? De toute façon il y aura Kang Sheng, Kang Sheng qui lui enverra quelqu'un à Hankeou. Cette évocation la fait sourire : Kang Sheng et ses « quelqu'un »…

Sur ces nappes rouillées d'alluvions, la navigation est lente, si lente que le temps paraît arrêté en une ultime pause avant le cataclysme. Paix, proclame l'infini des rizières et des champs de coton, paix, chantent les pagodes, mais l'horizon annonce que l'apocalypse approche. Loin, loin, du côté où était Shanghaï, certains croient discerner un halo, un reflet rouge, et le vent chargé de sel et d'arômes semble porter aussi un relent de calciné.

À bord une vie s'est organisée. Un groupe de nationalistes tient salon, femmes endiamantées, hommes à la gueule en tiroir-caisse. Pomme Bleue s'efforce de les séduire — elle aura besoin de relations pour survivre à Hankeou en attendant l'envoyé de Kang Sheng. Tout de même elle est choquée, l'appétit de ces grossiums et leur façon de se pourlécher à l'idée des combines qu'ils mitonneront à Hankeou la révulsent. La Chine des manigances et des compromissions, la Chine qui demeure un butin formidable, elle est résumée par ce cénacle. Intense sentiment de supériorité de Pomme Bleue : elle, elle va vers autre chose, la noblesse est de son côté. Et des clergymen montés à l'escale de Nankin lui inspirent plus de pitié que de rage ; ces pauvres Américains répètent que les Japonais éduqueront les Chinois, qu'ils leur apprendront à ne plus mentir, à ne plus tromper, à ne plus commettre d'atrocités. Quelques Célestes onctueux les écoutent et approuvent.

Cependant on approche d'un gigantesque confluent d'eaux autour duquel se pavanent trois cités conjuguées en un assemblage formidable, Hankeou, le marché de la Chine, son entrepôt gorgé de thé, de soies, de matières précieuses. Accoudée au bastingage Pomme Bleue regarde la vieille ville mandarinale et la ville moderne avec son Bund, ses concessions étrangères, ses maisons tarabiscotées. De l'autre côté du fleuve gronde la ville industrielle, un arsenal, des hauts-fourneaux, un hérissement d'usines, d'ateliers, de manufactures. C'est là qu'en 1911 le soulèvement d'un régiment précipita la chute de la dynastie des Qing, de ce grotesque Pu Yi qui joue les empereurs au Manchoukouo, sous la botte des Japonais, c'est là qu'est née la République chinoise. Bizarrement ces souvenirs revigorent Pomme Bleue et l'exaltent : à Hankeou, elle le pressent, son destin changera.

Pour commencer, elle s'agite afin de trouver un logis. Plutôt mourir que de s'avouer qu'elle a été déçue en constatant que personne ne l'attendait à la descente du bateau… Pomme Bleue marche fièrement jusqu'au premier palace où on lui rit au nez : complet, archicomplet. Même réponse dans un deuxième hôtel, et dans un troisième et dans un quatrième : Hankeou est gonflée de réfugiés et Pomme Bleue se retrouve dans un taudis des bas quartiers. Sa chambre lui coûte une petite fortune, du moins en a-t-elle une !

Que faire ? D'abord se montrer, se faire repérer par l'émissaire de Kang Sheng qui doit la chercher dans les endroits convenables. Comment imaginerait-il que la star Pomme Bleue s'est perdue dans un labyrinthe de la misère, dans la crasse du peuple ? Chaque jour elle se pare et elle entreprend la tournée des cafés, des restaurants et des halls d'hôtel, elle va à la gare et au débarcadère, elle traîne, elle guette, elle attend. Ce sont maintenant des hordes qui arrivent. Au milieu d'elles Pomme Bleue reconnaît des gens de ce qui fut son monde, beaux messieurs et jolies dames du cinéma et du théâtre. Elle en est irritée, elle en est soulagée, certains peut-être pourront lui servir, on verra.

Hankeou n'est plus qu'un énorme tambour qui vibre et résonne sans cesse. Récits des rescapés, chœur des suppliciés emplissent l'air d'une immense douleur. Shanghaï se bat. Trois mois de bombardements, trois mois de combats de rues. Les Blancs s'en moquent, ils ont pris leurs précautions, ils sont redevenus de joyeux célibataires mais un destroyer britannique, le *Duncan*, a jeté l'ancre devant le Shanghaï Club, au cas où… La bataille n'en finissant pas, les Japonais ont envoyé renforts sur renforts et la défense chinoise s'est écroulée. En dehors des concessions étrangères, Shanghaï, la superbe Shanghaï n'est plus qu'un caveau. Les Japonais y ont défilé, hideux automates de la mort braillant des *banzaï*, et puis, quand a cessé leur tapage, un silence effrayant est tombé sur la ville. Sur le Garden Bridge, il y a des sentinelles portant un uniforme noir et des masques antiseptiques : le commandement japonais exige que les étrangers et les Chinois saluent ces pantins. Humiliation.

Cela n'est rien encore. Quand les Japonais sont entrés dans Shanghaï, les Chinois, même les vieillards, même les enfants, même les femmes enceintes n'ont plus eu qu'une obsession, partir, s'échapper n'importe comment mais ne pas tomber aux mains des Nippons qui se montrent encore plus systématiquement, plus scientifiquement cruels qu'il n'était prévu. A commencé une traque, une poursuite hallucinée : tout au long du fleuve, les meurtres, les massacres, les cités riveraines capturées et leurs habitants tués avec une froide sauvagerie.

Réfugiés à Hankeou, encore des réfugiés, toujours plus nombreux, en groupes, en grumeaux, isolés parfois, qui pleurent la même complainte. Les Nains portent partout la terreur et le gouvernement de Nankin est parti : Tchang Kaï-chek, sa femme, ses ministres, ses fonctionnaires se replient sur Hankeou. Effervescence dans la ville promue capitale.

Décembre approche et Pomme Bleue se désespère : toujours pas de messager, Kang Sheng l'aurait-il oubliée ? Inlassablement, elle continue ses tournées. Désormais les portiers d'hôtel, les serveurs la reconnaissent, non personne ne l'a demandée, non on n'a pas laissé de lettre pour elle.

C'est alors qu'à Hankeou surgit une plèbe de miséreux qui se sont entassés sur des bateaux infâmes et de soldats qui ont jeté leur équipement pour mieux courir, des foules hébétées d'où suinte l'horreur et qui n'arrivent même plus à raconter la fuite éperdue, les avions qui mitraillent, la faim, la fatigue, les blessés qu'on abandonne...

Et puis l'épouvante absolue. Les Japonais sont entrés dans Nankin et l'armée du Soleil-Levant a décidé de pétrifier la Chine, de l'annihiler dans une soumission immobile. Pour cela, les Nains ont infligé la grande leçon : quatre cent mille personnes, tous les habitants de Nankin qui n'avaient pas pu fuir, ont été massacrées méthodiquement, rue par rue, maison par maison. Le labeur des pelotons d'exécution tirant sans trêve, les fosses communes qui débordent, les cadavres jetés dans le fleuve Bleu où ils se coagulent en nappe, et aussi les enjolivements, les gens qu'on enterre vivants et ceux auxquels on met le feu, les hommes nus attachés à un pieu sur lesquels de jeunes soldats s'exercent à la baïonnette, les femmes violées et tuées par des détachements spécialisés, les revolvers enfoncés dans les vagins...

Le grand état-major nippon croyait par cette tuerie courber à jamais les populations conquises, que l'angoisse les fasse obéir et leur donne du zèle. C'est le contraire qui se produit, un sursaut de patriotisme dans la Chine que les

Nains n'ont pas encore occupée. Hankeou est un pandémonium mais Tchang Kaï-chek y est au comble de sa gloire : il a envoyé au diable l'ambassadeur de l'Allemagne hitlérienne qui proposait sa médiation pour arriver à la paix, les Japonais commençant à trouver la Chine trop vaste et trop résolue. Tchang Kaï-chek est le symbole de la Chine combattante, il incarne la Chine. Il se murmure même que Chou En-lai, l'homme que les rouges ont envoyé auprès du Généralissime pour appliquer la politique du front uni, est absolument séduit. Certains prétendent qu'il va abandonner son Mao et quitter le Parti.

De ces ragots recueillis dans les cafés et sur les terrasses, Pomme Bleue ne retient qu'une chose : Chou En-lai est ici, donc Kang Sheng ne devrait pas être loin. Alors pourquoi n'apparaît-il pas, lui ou son messager ?

Jouissance du provisoire ? Excitation des temps troublés ? Il règne une sorte d'allégresse dans Hankeou où beaucoup guettent la manne de la guerre. Tellement de trafics, tellement d'affaires… Grouillent les individus à vendre et à acheter, chefs du Kuomintang, agents secrets, hauts fonctionnaires, soldats empanachés. L'influence comme fonds de commerce et des bénéfices prodigieux à en espérer pour tous les habiles… Les intellectuels sont là, auprès du Généralissime, à histrionner l'héroïsme. Et bien sûr quelqu'un s'avise un jour qu'on devrait réaliser le grand film de la Chine résistante. Réunions hâtives, bricolage d'un scénario, Pomme Bleue qui traîne son attente avec ses « amis » du cinéma a vent du projet et immédiatement elle se déchaîne : grâce à elle, le pays, son pays, se lèvera contre l'envahisseur. Que l'œuvre soit commanditée par le Kuomintang ne la gêne pas : l'heure n'est-elle pas à la réunification et Chou En-lai lui-même ne met-il pas la main à la pâte ? Surtout elle songe qu'elle n'a plus un sou et qu'un salaire, si modeste soit-il, sera le bienvenu.

Sa campagne d'intoxication, on l'imagine. Siège du producteur et du metteur en scène, étalage de convictions, rappel de son immémorable essai, activisme vibrionnant, tant et tant de stridence et d'énergie qu'elle décroche un rôle, celui d'une jeune paysanne qui s'éveille à la lutte contre la soldatesque ennemie. Incertitude, doutes, révélation, exaltation, vociférations : la comédienne Pomme Bleue est à son affaire et elle en oublie sa vie misérable, la nourriture infecte, le dortoir sordide où elle est logée.

Le tournage terminé, toujours pas de messager de Kang Sheng. Les Japonais ont repris leur avance et dans la communauté shanghaïenne reconstituée circule une rumeur folle : Tchang Kaï-chek ferait démonter les usines, les manufactures, les fabriques de Hankeou qui, en pièces détachées, seraient transportées à Chongqing où on les remonterait. Au début, la chose semble plaisante, une ville déménagée, vous pensez ! Mais aux plus intelligents, le plan apparaît évident : située au-delà des gorges du fleuve Bleu, la vieille cité de Chongqing est pratiquement inaccessible. À force de sampans et de jonques, à force de rafiots, à force de coolies cheminant sans fin sur des sentes creusées dans les parois, les Chinois passeront les défilés, mais les Japonais, eux, seront arrêtés, quelques mitrailleuses suffiront. Quant aux avions Zero, qui bien sûr peuvent franchir les monts pour bombarder et tuer, ils seront inefficaces six mois par an, lorsque Chongqing est cachée dans les brumes qui montent des eaux encerclant le pic sur lequel elle est perchée. Oui, le Généralissime est grand qui a imaginé de faire de cette ville, si moyenâgeuse et si lointaine, sa forteresse où nul ne pourra l'atteindre. Et bientôt Hankeou n'est plus qu'un cri : à Chongqing ! À Chongqing !

À peu près tous les créateurs et tous les comédiens de Shanghaï se voient faire de la résistance à Chongqing auprès du prestigieux Généralissime. Car la propagande il en faudra toujours et toujours davantage : des sons, des images, des écrits pour galvaniser la Chine et apprendre à l'Univers qu'au plus sombre du malheur un homme garde une inébranlable vertu.

Heures de doute et de tentation pour Pomme Bleue. Plus que jamais elle erre dans la ville, cherchant conseil auprès de ses amis. Bien peu sont prêts à entreprendre l'interminable odyssée terrestre qui les mènerait à Yanan chez les communistes. À Chongqing ! crient les hommes d'affaires. À Chongqing ! tonitruent les producteurs. À Chongqing ! hurlent les actrices, ses rivales. Mais à Chongqing, songe Pomme Bleue, elle vivra comme à Shanghaï ou presque : des films et des amants, le confort en moins. Est-ce cela qu'elle désire ? Un instinct l'avertit que Chongqing sera ville de courtisans et de ruffians et que son sort y sera incertain. Tandis qu'à Yanan, sous la protection de Kang Sheng… Alors partir sans attendre pour le Shaanxi ? Ce serait un coup d'éclat, la plus forte mise dans le plus grand jeu, tout ce qu'elle aime. Pourtant une crainte la freine : si à Yanan on allait examiner son passé, découvrir des traces de son arrestation, de sa confession. Le risque est infime, mais il existe. La prudence commande de patienter, de guetter un signe de Kang Sheng. Et Pomme Bleue, inlassablement, reprend ses déambulations dans Hankeou.

La gare, un long sifflement, un train qui s'ébranle, poussif. Dans un wagon, Pomme Bleue sourit à l'énorme femme qui est venue la chercher, Mme Fu des Jeunesses communistes de Shanghaï, Mme Fu soudain apparue à la surface du marécage d'Hankeou ! Ce jour-là Pomme Bleue était allée voir le directeur d'un studio pour mendier un rôle dans n'importe quel film quand Mme Fu avait surgi, suante, la casquette crasseuse, la vareuse aussi, le ventre difficilement contenu par un ceinturon de cuir. Elle avait soupiré : « Enfin, je vous trouve », et elle s'était affalée près de Pomme Bleue en balbutiant un discours confus où il était question de Yanan, de Kang Sheng, d'heures et d'heures de recherches et de départ immédiat. En un rien de temps la valise était faite. Pas d'adieux : à Hankeou, Pomme Bleue ne regrettait personne.

Et maintenant les voici face à face, l'actrice un peu louche protégée par le chef des services secrets et la militante énigmatique qui serait, à l'en croire, mariée à un dirigeant. Une question ronge Pomme Bleue, que sait Mme Fu ? Elle l'a croisée quelquefois dans Shanghaï au cours de séances d'éducation des masses par le théâtre, elles ont échangé quelques mots, à vrai dire Pomme Bleue la jugeait inexistante, tout au plus un tas de viande dévouée. Mais se pourrait-il que Kang Sheng ait parlé à cette femme ? À tout hasard Pomme Bleue décide de ne pas jouer les acharnées, de ne même pas évoquer son engagement auprès des communistes, plutôt éblouir cette grognasse avec ses aventures de comédienne et sa célébrité. Pomme Bleue pétille, s'amuse, fait sa diva. Et miracle, cela mord : Mme Fu est une midinette que la rencontre d'une véritable actrice plonge dans l'extase. Confidences... Pomme Bleue décrit ses tourments, le labeur incessant pour chercher une attitude ou une expression juste, le bonheur quand l'inspiration la visite et qu'elle touche le cœur des foules. De fil en aiguille, on en vient aux conquêtes qu'a dû faire Pomme Bleue. Nouveaux récits de l'héroïne qui nuance, améliore, lâche une pluie de noms célèbres, enjolive jusqu'à l'ivresse. Mme Fu qui ne veut pas être en reste prend un air gourmand pour annoncer que dans ce train même il y a une artiste qui s'en va rejoindre le conseiller Otto Braun à Yanan pour l'épouser et que d'ailleurs les actrices sont bien vues là-bas. Pas par tout le monde bien sûr, mais par les gens qui comptent. Air entendu, sourire émoustillé, enfin la camarade Fu raconte l'énormité : Mao aime les jolies femmes, les jeunes, les charmantes, les mignonnes qui arrivent de la ville. Il s'est lassé des dragonnes trempées, à commencer par sa propre épouse, et sa concupiscence nouvelle a provoqué un scandale épouvantable.

La tentation de Mao avait surgi à Yanan avec une « vieille » du nom d'Agnes Smedley, une bonne garce de journaliste américaine, la quarantaine bien troussée, la foi rouge en bandoulière qui avait couru sur ses jambes épaisses à travers tous les maquis et toutes les guérillas du monde. Rigolote, hilare, en tenue de soldate, elle a, sans suivre la

Longue Marche, vécu sur les traces de Mao depuis des années et elle est devenue sa propagandiste dans la presse mondiale. Avec cela elle déguste la vie, les plaisirs, la bonne chère. Longtemps en ses périples chinois elle était accompagnée d'un chérubin jaune qu'elle appelait son bébé et puis la turbulente Agnes avait changé de couvée : à Yanan elle était flanquée d'une donzelle ravissante, une créature sophistiquée et des plus modernes, une chanteuse de Shanghaï portant le nom de Lily Wu.

On a installé le couple dans la grotte réservée à l'accueil des gens importants. Dès sa première visite à la bonne Agnes, Mao est surpris, séduit, désarçonné par la beauté si ouvragée de Lily Wu. Il galantise, écrit des poèmes enflammés, enfin se déclare sous les yeux d'une Agnes à la complicité tumultueuse, partageuse, égrillarde. Bientôt le révolutionnaire ennemi de toutes les délicatesses partage la couche de Lily, et il ne cesse de revenir auprès de la « mère » Agnes et de sa « fille ». Mais une nuit, la porte de la grotte est fracassée et une femme hurlante se jette sur Lily et Mao enlacés sur un divan. C'est He Zizhen, l'épouse de Mao ! En vain celui-ci essaie-t-il de l'apaiser, la forcenée crie, mord, frappe, tente d'étrangler Lily, gifle Mao, est assommée d'un coup de poing par la robuste Agnes, se redresse frénétique ; trois gardes du corps sont nécessaires pour la maîtriser.

Ailleurs ce genre d'incident est étouffé, pas à Yanan. D'abord il y a eu des témoins, ensuite le Comité central doit être mis au courant. Et quand bien même on ne le ferait pas, He Zizhen se charge d'ameuter la communauté. Elle porte plainte devant le Parti et elle se met à gémir dans tout Yanan. Elle a pour elle les trente femmes qu'on appelle les Amazones, les glorieuses qui ont fait la Longue Marche. Ces teignes partent en croisade pour He Zizhen, la légitime, celle qui a donné quatre enfants à Mao, celle qui est encore enceinte de lui, celle qui a été blessée atrocement en livrant combat à ses côtés, celle qui a su remplacer la seconde épouse fusillée par les nationalistes. Intrigues, tractations, rumeurs, scènes entre Mao et He Zizhen. Finalement Lily Wu a été expulsée, Agnes est partie en reportage sur le front et la conjointe meurtrie a été expédiée en URSS pour se faire soigner. Depuis cet exil Mao vit seul.

Les deux commères descendent à Xian, la cité ancienne, la cité de légende où tant de dynasties ont régné... Xian des palais, des pagodes, des yamen, des bonzes et des oriflammes du commerce, Xian la perle de la si belle vallée de la Wei, Xian et ses remparts, Xian qui commandait la route de la soie, Xian où Tchang Kaï-chek a été kidnappé, a cédé, Xian qui est à nouveau sous le contrôle du Généralissime. Au-delà commence le territoire rouge...

Mais pas question de s'émouvoir. Mme Fu, comme pour se laver du poisseux de leurs bavardages, renchérit dans la rapidité et l'efficacité : elle court au bureau de liaison de la 8e armée de route qui représente Yanan à Xian et qui délivre visas et laissez-passer. Le mesquin d'un centre d'accueil communiste, quatre cours, des bâtiments gris et blanc, les paperasseries, les formalités et très vite la catastrophe : la demande d'entrée de Pomme Bleue est refusée.

Alors Mme Fu conseille à sa protégée de s'habiller plus décemment, qu'elle quitte son qipao pseudo-démocratique et revête une tenue populaire analogue à la sienne, une veste et un pantalon de toile bleue. Mais même ainsi accoutrée Pomme Bleue reste jolie femme, elle noue sa ceinture avec esprit, elle refuse de couper ses cheveux qu'elle tresse en deux nattes nouées de rubans bleus et si elle consent à ne plus se maquiller, elle n'oublie pas de se mordre les lèvres pour les rougir, de creuser un peu ses joues ou de noyer son regard quand on approche d'elle. Elle respire la joie prolétarienne améliorée, elle paraît enchantée de la vie de vertu qui s'offre à elle, tout lui est bonheur, et d'abord l'austérité : elle tient des discours sur le naturel des choses, elle rit des punaises, elle dévore le brouet du centre. Ce contact retrouvé avec la réalité chinoise la rassure, dit-elle, elle qui a tant souffert du frelaté de Shanghaï et d'Hankeou !

N'en fait-elle pas un peu trop ? Mme Fu est perplexe, comme le sont tous les gens du bureau devant cette exhibition. Mais cela marche. On fait cercle autour de Pomme Bleue, on la regarde, on l'admire, seuls quelques pisse-vinaigre patentés refusent de se laisser séduire. Mme Fu juge le moment venu de reformuler une demande d'entrée. Elle crie que Pomme Bleue est certes une actrice connue de Shanghaï mais qu'elle a toujours aimé le Parti, qu'elle s'en porte garante. Ne vient-elle pas elle aussi de Shanghaï ? Ne la croit-on pas lorsqu'elle affirme avoir connu Pomme Bleue à son arrivée dans la métropole et que très vite celle-ci a occupé un poste d'enseignante dans un foyer pour jeunes ouvrières ? A-t-on oublié qu'elle a joué dans des œuvres engagées ?

Pomme Bleue, qui assiste à certaines discussions, est médusée. Et l'interrogation revient : que sait Mme Fu ? Un jour qu'elles papotent, assises sur un banc dans une cour du centre d'accueil, elle ne résiste pas :

— Vous paraissez bien connaître ma vie, dit-elle.

— Très bien, en effet.

— Comment cela ?

— Le hasard, les rencontres... Des gens ici ou là qui lâchent un mot de trop. Mais ne vous inquiétez pas, Kang Sheng m'a montré où était mon chemin et je lui obéis aveuglément et à tout jamais. La preuve, j'ai déjà amélioré le récit de votre vie. Parlons d'autre chose. Une fois arrivée à Yanan, inscrivez-vous à l'école du Parti. Votre ancien mari Yu Qiweï vous en ouvrira les portes si Kang Sheng est absent.

La grosse sibylle à la casquette sale se lève pour aller plaider une dernière fois la cause de Pomme Bleue : elle est prête à jouer toutes les cartes, à prononcer même le nom de Kang Sheng. Et Pomme Bleue reste à l'attendre livide, chavirée : Yu Qiweï à Yanan, c'est trop. Va-t-il l'aider ? Et d'ailleurs l'aider à quoi ?

Elle en était là de ses pensées quand Mme Fu est réapparue, triomphante : Pomme Bleue pouvait passer.

Le lendemain, elles grimpent à l'arrière d'un camion brinquebalant et se tassent contre d'énormes sacs de riz. Cahots, tourbillons de poussière, le soleil écrase la terre jaunâtre, ses tavelures et ses effondrements. De loin en loin on traverse ce qui est à peine un village, on croise des paysans aux yeux fous, l'air égaré, venus du fond des temps... Pomme Bleue et Mme Fu ne disent pas un mot. Tout juste si celle-ci condescend à annoncer qu'on ne va pas à Yanan mais à Luochan où l'on dormira.

La camarade Fu l'a réveillée à l'aube : son mari était là, à Luochan, avec tous les dirigeants du Parti qui s'étaient réunis dans ce hameau pour une session extraordinaire. Qu'elle se lève, elle allait les voir, ils retournaient à Yanan en un convoi que leur camion suivrait.

Un peu d'eau sur la figure, la soupe, les dents bien lavées, les nattes, les rubans, la ceinture serrée à mourir... Pomme Bleue sort de la cabane, fringante... Le marché aux héros est ouvert. Ils sont tous là dehors, tous ces grands personnages en livrée démocratique, avec leur batterie de stylos. Leurs traits usés racontent des tourments, une ténacité féroce. Ils ont l'air grave et ce comportement ambigu qui tient de la suffisance modeste et de l'humilité arrogante. Pomme Bleue les contemple, fascinée. Comme ils sont ternes, ces êtres de pouvoir ! Pourtant elle repère des regards qui épluchent, des rides mauvaises, les tics de la ruse : comme ils menacent, ces individus à l'apparence falote !

Soudain un brouhaha. D'une hutte éloignée est sorti un homme qui vient, superbe, vers les gens qui l'attendent. On se range, on fait la haie. C'est un quadragénaire, grand, mince, assez beau avec ses longs cheveux rejetés en arrière.

— C'est lui, murmure Mme Fu.

— Qui ça, lui ?

— Mao.

Elle a soufflé le nom comme si le simple fait de le prononcer était un sacrilège. Pomme Bleue se redresse et elle fixe l'homme qui continue d'avancer. Oui, il est beau, et sa figure est douce. Surtout il porte les stigmates du bonheur, une certaine expression de contentement qui affleure sur le visage : cet homme-là ne sera jamais repu de lui-même ni dégoûté de l'existence.

Maintenant Mao est tout près de Pomme Bleue. Elle se cambre, sourit. Déjà il est passé. Il lui semble qu'il l'a regardée.

Au lecteur désireux de s'informer sur le cadre historique dans lequel se déroule ce roman, je recommande la lecture des quelques ouvrages suivants :

All About Shanghai. A Standard Guidebook, 1re édition, University Press, Shanghai, 1934-1935 ; Hong Kong, Oxford University Press, 1983.

Marie-Claire Bergère, *L'Age d'or de la bourgeoisie*, Paris, Flammarion, 1986.

Claude Cadart, Cheng Yingxiang, *Mémoires de Peng Shuzhi. L'envol du communisme en Chine*, Paris, Gallimard, 1983.

Jean Chesneaux, *Les Sociétés secrètes en Chine (XIXe et XXe siècle)*, Paris, Julliard, coll. Archives, 1965.

Le Cinéma chinois, sous la direction de Marie-Claire Quiquemelle et Jean-Loup Passek, Paris, Éditions du Centre Georges-Pompidou, 1985.

Roger Faligot, Rémi Kauffer, *Kang Sheng et les services secrets chinois (1927-1987)*, Paris, Robert Laffont, 1987.

Ernest O. Hauser, *Shanghai. City for Sale*, Shanghai, The Chinese-American Publishing Company, avec l'autorisation de Harcourt, Brace & Co, New York, 1940.

Harold R. Isaacs, *Épitaphe pour une révolution (Journal d'un retour en Chine au crépuscule du siècle)*, Paris, Gallimard, 1989.

Harold R. Isaacs, *La Tragédie de la révolution chinoise (1925-1927)*, Paris, Gallimard, 1979.

La Longue Marche, présentée par Claude Hudelot, Paris, Julliard, coll. Archives, 1973.

Harrison E. Salisbury, *The Long March (The Untold Story)*, Londres, Macmillan, 1985.

Edgar Snow, *Étoile rouge sur la Chine*, Paris, Stock, 1965.

Ross Terrill, *Madame Mao*, Paris, Ramsay, 1984.
Barbara W. Tuchman, *Stilwell and the American Experience in China (1911-1945)*, New York, Macmillan, 1970.
Roxane Witke, *Camarade Chiang Ch'ing*, Paris, Robert Laffont, 1978.

A vous, chers lecteurs et chères lectrices du Club, cette destinée de faste et de boue. J'espère qu'elle vous fascinera comme elle m'a fasciné.

En vous souhaitant une captivante lecture, je suis votre.

Lucien Bodard.

Fiche d'identité

Lucien Bodard est né le 9 janvier 1914 en Chine à Tchong-King (aujourd'hui on écrit Chongqing) dans la lointaine province du Sichuan où son père était consul.

Enfance à Chengdu puis à Yunnanfu (aujourd'hui Kunming) dans une Chine médiévale, féroce, chaotique qui deviendra une de ses sources d'inspiration.

En 1925, retour en France. Études secondaires à l'École des Roches puis au lycée Pasteur de Neuilly. Ensuite Sciences-Po : Lucien Bodard se destine à la diplomatie, la guerre en décidera autrement. Il s'évade de France, est interné au camp de Miranda en Espagne, gagne Londres et la France libre. À la Libération, chargé de faire appliquer les ordonnances d'Alger sur la presse, il décide de rester dans le journalisme.

Devenu grand reporter à *France Illustration*, il rejoint très vite Pierre Lazareff à *France-Soir*. En 1947, il est nommé envoyé spécial permanent en Indochine. En 1955, il s'installe à Hong Kong pour suivre les événements de Chine. Rentré en France en 1960, il « couvre » la fin de la guerre d'Algérie mais aussi l'Afrique, l'Amérique du Sud, tous les conflits de la planète.

Dès 1946, il s'était essayé à l'écriture en racontant son évasion de France dans *La Mésaventure espagnole*. Au tournant des années soixante, il rassemble en deux volumes (*La Chine de la douceur*, 1958 — *La Chine du cauchemar*, 1961) ses reportages sur la Chine rouge : il est un des premiers à dénoncer l'horreur maoïste, l'intelligentsia de l'époque ne le lui pardonne pas. Lui s'est déjà attaqué à une énorme fresque sur la guerre d'Indochine en trois volumes. Il obtient le prix Aujourd'hui, Joseph Kessel voit en lui « un mémorialiste, un chroniqueur, un historien, un poète. Pour tout dire, un maître journaliste ». C'est l'époque de *La Chine de Tseu-Hi à Mao*, de *Mao*, des *Plaisirs de l'Hexagone*, de *La Télé de Lucien Bodard* et surtout du *Massacre des Indiens*.

En 1971, brusque changement de cap. Son meilleur ami, l'éditeur Jean-Claude Fasquelle, l'a convaincu d'écrire des romans qui seront publiés chez Grasset. En 1973 paraît *Monsieur Le Consul* qui remporte le prix Interallié à l'unanimité (membre du jury du prix Albert-Londres, Lucien Bodard deviendra membre du jury Interallié en 1974 et plus tard membre du jury du prix Pierre-Lazareff).

Désormais l'écriture romanesque domine sa vie : *Le Fils du consul* (1975), *La Vallée des roses* (1977), *La Duchesse* (1979), *Anne-Marie* (prix Goncourt 1981), *La Chasse à l'ours* (1985). Retourné en Chine, il en rapporte un énorme livre où se mêlent souvenirs, impressions de voyage et histoire : *Les Grandes Murailles* (1987). Et puis il revient encore au roman, en 1991, avec *Les Dix Mille Marches*.

Marié avec la journaliste Marie-Françoise Leclère, il vit à Paris. Il est père d'un fils, Julien, né d'une précédente union.

Le Théâtre de la cruauté
par Lucien Bodard

On me demande souvent comment j'ai pu écrire *Les Dix Mille Marches*, consacrer trois ans de ma vie à un personnage aussi paradoxal, violent, insensé et pitoyable que celui de Mme Mao. La réponse est très simple : parce que cette gorgone je l'ai rencontrée sur mon chemin presque naturellement et qu'en elle se résumaient toutes mes obsessions.

Que je vous explique. L'énigme de ma vie s'est nouée en Chine, dans le lointain Sichuan, auprès d'une mère dévorée de fierté et d'un fort brave homme de père qu'elle manipulait. Ce pays-là, cette guerre-là m'ont forgé : je leur dois mon ravissement et ma peur devant la folie des choses, ma manière d'être fasciné par l'excès de tout et mon désir de ne pas l'être, mon incapacité à vivre une vie réputée « normale ». Aussi, lorsque au début des années soixante-dix je suis devenu romancier, il m'a paru évident — y ai-je même réfléchi ? — d'aller interroger les mystères effleurés pendant mon enfance. Sondant le grand autrefois, j'ai vu surgir des moments, des émotions, des personnages et je m'en suis emparé. Je me suis intoxiqué d'Asie, de ses philtres, de ses poisons, de sa poésie, de sa sauvagerie, de ses calculs, de sa civilisation de la beauté, de sa frénésie des supplices, et de la dangereuse politesse de cette « face » inaltérable qui n'exprime rien et contient aussi bien alliance indéfectible que venimeuse trahison.

En même temps, de *Monsieur le Consul* à *La Chasse à l'ours*, en passant par *Le Fils du consul* et *Anne-Marie*, j'ai poursuivi la saga des Bodard. Albert le Consul, Anne-Marie la Consulesse et moi, leur fils, le futur narrateur. Ce qui déchire ces trois êtres, au milieu de toutes les menaces, de tous les désastres, c'est la violence de leurs passions. Albert qui aime trop Anne-Marie, Anne-Marie qui méprise trop Albert, Lucien qui comme son père aime trop et comme sa mère méprise trop... Tant de tourments qui s'achèveront dans le divorce, la démence d'Anne-Marie... et qui feront de moi un témoin du monde, hautain et désarmé, exalté et horrifié.

L'ASIE, LES FEMMES, LE POUVOIR

Peu à peu se mettait en place ce que l'écrivain Jacques Chessex appellera mon « théâtre de la cruauté », l'Asie, les femmes, leur pouvoir, le Pouvoir. Je ne connais rien en effet de plus envoûtant ni de plus inquiétant qu'une femme partant à l'assaut du pouvoir suprême. Qu'elle veuille l'exercer sur un milliard d'êtres ou sur un seul ne change rien à l'affaire : capable de toutes les bénévolences et de tous les crimes, elle m'enchante et me révulse à la fois.

Il se trouve que mon père, arrivé en Chine au début du siècle, y a vécu pendant que s'achevait le règne noir de l'impératrice-régente Ts'eu Hi. Ce qu'il m'a raconté d'elle, sa légende, m'ont imprégné à jamais : quand l'époque est venue, beaucoup plus tard, je lui ai consacré *La Vallée des roses*. Un roman, pas une biographie, et qui ne concerne qu'une petite partie de son existence, ses débuts dans la Cité interdite et son ascension. Concubine qui dépérissait enfermée dans le luxe d'une chambre prison, parce que l'empereur à qui elle était destinée, tout occupé de ses gitons charmants, ne pouvait supporter la vue d'aucune « bête à bosses », elle réussit à force d'intrigues à entrer dans la couche de son époux et à se faire faire un fils. Extraordinaire exploit. La suite ne fut que meurtres et convulsions mais j'avais, il faut l'avouer, pris un plaisir extrême à raconter cette attente, cette rouerie, cette jouissance et cette cruauté infinies.

Ensuite il y eut Niau, la petite sauvage de *La Duchesse*, symbole de l'Asie sensuelle et tueuse, que la colonisation avilit et qui demeure pourtant la plus forte. Et enfin voici Jiang Qing, épouse puis veuve de Mao, qui naquit « Pure et Simple », et qui changea son nom (comme il est de tradition là-bas) en celui de « Grue des Nuages », puis de « Pomme Bleue ». Coïncidence étrange : nous sommes exactement contemporains, tous deux nés en 1914 dans une Chine encore médiévale, moi à Chongqing, elle dans une bourgade perdue du Shandong. Avec elle, j'ai revisité toute l'histoire contemporaine de la Chine, ma vie d'enfant et ma vie de journaliste, la multiplicité de mes sensations, et ce que j'appellerais, sans fausse modestie tant le sujet est immense, mon peu de savoir.

Cette Jiang Qing, je ne l'ai jamais vue. Retourné en Chine en 1949, en 1956, en 1958, j'y avais retrouvé les essences, les imbrications, les mensonges d'autrefois mais accommodés à une sauce nouvelle, pas un banal communisme à la russe plein de souvenirs du Grand Soir et de la dictature du prolétariat mais un communisme différent, une utopie inventée par Mao. Promu empereur rouge, celui-ci ne se contentait pas de changer la société dans d'énormes épurations, il voulait modifier la nature même de l'homme. Dans le gigantesque de ces événements, on n'entendait guère parler de Jiang Qing, l'épouse condamnée par le Parti au silence et à l'inaction, la mégère reléguée dans quelque clinique ou quelque obscur pavillon de la Cité interdite. Et l'on n'apercevait que Mao.

UNE FEMME QUI VOGUE SUR LA HAINE

Et soudain elle fit irruption sur la scène de l'univers. Apparition fulgurante d'une femme qui vogue sur la haine : dans l'échec du grand bond en avant, Mao a été mis en

© Photo J.P. DEFAIL / PICTO

minorité, banni même, elle exercera une vengeance comme le monde n'en a jamais connu. Ce sera la Révolution culturelle, conçue, imaginée par elle : si Mao redevient dieu, elle sera déesse, la déesse de toutes les dévastations.

La suite, on la connaît. Jiang Qing menant les foules, toujours plus de foules, sa bouche qui crache, son rictus mauvais, son doigt qui accuse. Et puis les massacres, l'anarchie. Et l'agonie enfin : la gloire de Jiang Qing va supplanter celle de Mao, du moins elle l'espère. Et rien… Mao succombe sans lui avoir transmis le pouvoir. Elle tente un coup d'État mais il échoue : en haut des dix mille marches, elle s'effondre dans le précipice. Ne reste qu'une image retransmise par les télévisions du monde entier, celle d'une femme vêtue d'un bleu de chauffe, une vieille femme laide qui pendant son procès hurle encore sa fureur.

C'est là, en 1980, que je la découvre réellement et elle me stupéfie. Alors que la tradition des procès communistes exige des prévenus aveux, humilité et repentir, Jiang Qing récuse, dénonce, fulmine. Je suis ahuri, je commence une sorte d'enquête vagabonde, il me semble que la pseudo-impératrice rouge sera le pendant parfait de ma Ts'eu Hi. Une telle volonté, l'acharnement, la ruse, l'art de plaire, sa façon de dompter les hommes, sa putasserie, l'absolu de sa méchanceté et de son cynisme et puis son appétit, son allégresse, sa dignité parfois… décidément, cette louve me captive !

Car, tout de même, c'est un des plus fabuleux destins du siècle que le sien. Née misérable d'une mère à demi prostituée elle va tailler sa route jusqu'à l'homme le plus puissant de son pays. Fille de rien elle va devenir actrice dans le Shanghaï effervescent des années trente, séduisant au passage quelques-uns des hommes les plus doués de son époque. Mieux, elle a pour mentor, et ce, dès son plus jeune âge, un être redoutable entre tous, celui qui fut pendant presque cinquante ans le chef des services secrets des communistes chinois, Kang Sheng.

Kang Sheng, Jiang Qing, Mao... ces trois-là ont entraîné le quart de la planète dans leur ascension et leur chute. À ce coup, je suis décidé, ils seront mes héros. Par eux, je vais de nouveau pouvoir « transcender la réalité sanglante et glacée d'un monde fou » qui fut le mien (l'expression est de Viansson-Ponté), pour eux je vais laisser dériver mon imagination, m'offrir et offrir à mes lecteurs du baroque, de l'ignoble, de l'incohérent, du magnifique, toute la beauté et tout le tragique de la vie.

Quant à l'écriture du livre, elle fut exercice fascinant et cruel : une première version à mon sens trop proche des faits, suivie de trois versions, à chaque fois, du moins je l'espère, plus fantasmatique et plus élaborée. Ainsi ai-je eu le sentiment d'arriver au « mentir vrai » (comme disait Aragon) qui est l'essence du roman. Toutefois la construction du livre, que certains critiques ont jugée hardie, s'est imposée d'emblée : puisque tout le monde connaissait la fin de l'histoire, j'ai commencé par elle, tant il m'aurait paru ridicule d'entretenir un faux suspense. En outre, il me plaisait assez de faire planer l'échec et la mort sur le récit d'une course à la notoriété et au pouvoir !

Je ne veux pas en dire plus sur ces *Dix Mille Marches*. J'ai essayé de les gravir et, partant, de vous les faire gravir, avec au cœur des sentiments d'angoisse et d'urgence, je vous en laisse maintenant la surprise. En espérant que vous aurez, comme moi, beaucoup de mal à quitter mes personnages, ces démons ivres d'eux-mêmes dont les pulsions ont déterminé l'Histoire, celle de la Chine bien sûr, la mienne parfois et, en de très bizarres cheminements, la vôtre.

Lucien Bodard

Les Dix Mille Marches et la critique

QUEL SOUFFLE !

« Quel souffle, mais aussi quel formidable et parfois effrayant regard sur les hommes et les passions qui les conduisent vers leur destin ! Quelle étrange et talentueuse démonstration d'un enthousiasme dans l'écriture, radicalement différent de ce que l'on peut attendre d'un homme parvenu à sa maturité et qui bouscule, comme un gamin anarchique et iconoclaste, les cadres étroits et ordonnés de la " Littérature ". »

Philippe Labro, *Le Point*

UN COURANT TORRENTIEL

« Quand vous aurez plongé dans un premier chapitre hallucinant, vous irez jusqu'au bout de la traversée, porté par un courant torrentiel qui ne vous laisse pas de répit. »

Alain Peyrefitte, *Le Figaro*

L'EUGÈNE SUE DE SHANGHAÏ

« On est bousculé, piétiné, enfin emporté dans le monde fou de cet Eugène Sue de Shanghaï qui pratique généreusement l'art de la fresque quand la plupart se contentent de tableautins. »

Christian Giudicelli, *Le Figaro Magazine*

C'EST ÉPATANT

« Tout cela est écrit avec une sorte d'emportement allègre, une liberté d'invention, une verdeur de ton qui est peut-être authentiquement chinoise mais à coup sûr délectable. Bref, c'est épatant. »

Françoise Giroud, *Le Journal du dimanche*

PUISSANT ET ENVOÛTANT

« Voilà un roman comme on n'en rencontre guère qu'une fois par an. Un roman qu'on emporte au café, à la plage, dans le bus, et qui vous manque dès qu'on le lâche. Jamais, même dans le *Anne-Marie* qui lui valut le Goncourt, Lucien Bodard n'a été aussi puissant ni envoûtant. »

Christine Clerc, *Le Figaro Magazine*

UNE NÉCESSITÉ SULFUREUSE

« Épopée à rebours, roman de mœurs, traité de la concupiscence politique. Formidable portrait d'impératrice laïque que Bodard accomplit dans la matière hallucinée de ses obsessions. Il y a du Suétone chez cet auteur : l'exultation dans l'horreur, l'accent jubilant et tragique qui éclaire étrangement le tableau du vice au pouvoir. La suavité des comparaisons cruelles est si constante, la ruse des épithètes vindicatives si intense, qu'un courant de méchanceté sulfureuse traverse en vibrant tout le livre. »

Jacques Chessex, *L'Hebdo*, Suisse

Achevé d'imprimer
le 15-5-1992
par Mohndruck Gütersloh
pour France Loisirs
N° d'éditeur 25791
Dépôt légal: Mai 1992
Imprimé en Allemagne

Cet ouvrage a été imprimé
sur du papier bouffant des
papeteries Empire Fine Papers Ltd.
et relié par Mohndruck Gütersloh (Allemagne)